Amanda Cabot

Der Sommer, der so viel versprach

francke

Über die Autorin:
Amanda Cabot lebt mit ihrem Mann in Wyoming, USA, und machte zunächst als Informatikerin Karriere, bevor sie sich ganz ihrer Leidenschaft fürs Schreiben widmete. Ihre Romane waren bereits für zahlreiche Preise nominiert. „Der Sommer, der so viel versprach" ist ihr erstes Buch, das auf Deutsch erscheint.

Bibliografische Information Der Deutschen Bibliothek
Die Deutsche Bibliothek verzeichnet diese Publikation in der Deutschen Nationalbibliografie; detaillierte bibliografische Daten sind im Internet über http://dnb.ddb.de abrufbar.

ISBN 978-3-86827-429-5

Originally published in English under the title
Summer of Promise
by Revell,
a division of Baker Publishing Group,
Grand Rapids, Michigan, 49516, USA

Deutsch von Kirsten Winkelmann
Umschlagbilder: © Design Source Creative Services
© shutterstock.com / Regien Paassen
Umschlaggestaltung: Verlag der Francke-Buchhandlung GmbH / Christian Heinritz
Satz: Verlag der Francke-Buchhandlung GmbH
Druck und Bindung: CPI Moravia Books Pohorelice

www.francke-buch.de

Kapitel 1

Wyoming, Juni 1885

Es gab Zeiten, in denen sich Abigail Harding nichts mehr wünschte, als ein Einzelkind zu sein. Zeiten wie diese. Wenn Charlotte nicht gewesen wäre, säße sie jetzt nicht eingepfercht in dieser Postkutsche und würde ein Land durchqueren, das so karg war, dass nicht einmal Kojoten hier leben wollten. Zu allem Überfluss wurde sie dabei auch noch von einer Frau begleitet, die noch niemals gehört hatte, dass Schweigen Gold war.

„Is 'n ziemlich schöner Tag, stimmt's?"

Abigail zuckte zusammen, als die Kutsche schwankte und sie zum gefühlt hundertsten Mal gegen die Seitenwand schleuderte. Obwohl Concord-Kutschen den Ruf genossen, die komfortabelsten zu sein, die jemals gebaut worden waren, konnte nichts eine holprige Straße ausgleichen. Fahrspuren, so war sie von ihrer gesprächigen Begleiterin informiert worden, waren allerdings immer noch besser als Matsch. Dieser könnte nämlich dazu führen, dass die Räder stecken blieben. Und dann wären die Passagiere gezwungen, auszusteigen und Bekanntschaft mit dem Dreck zu machen.

Abigail war dankbar für die kleinen Dinge des Lebens und nickte. „Der Himmel ist herrlich", gab sie zu. Das war das einzig Positive, was sie über diese trostlose Landschaft sagen konnte. Sie würde sicher nicht behaupten, dass sie das Gebiet von Wyoming schön fände, weil das absolut nicht der Fall war. Aber sie wollte Mrs Dunn auch nur ungern beleidigen, auch wenn sie wünschte, die Frau würde endlich aufhören zu reden. Abigail war an Einsamkeit gewöhnt, und wenn sie nach den Geschichten urteilte, die die Witwe erzählt hatte, war diese ebenfalls damit vertraut. Das war wahrscheinlich auch der Grund, weshalb Mrs Dunn Abigail unter ihre Fittiche genommen hatte, als sie sie in Cheyenne auf die Postkutsche hatte warten sehen. Abigails Einwand, sie komme allein klar, schließlich habe sie ja auch schon ohne Begleitung den ganzen Weg aus Wesley,

Vermont, bis Cheyenne geschafft, hatte sie schlicht ignoriert. Es sei sehr unangebracht, so hatte Mrs Dunn behauptet, wenn Abigail ihre Reise ohne Begleitung fortsetze. Das gelte umso mehr, als einer der anderen Passagiere in der Postkutsche nach Deadwood ein alleinstehender Mann sei.

„Er is Soldat", hatte ihre selbst ernannte Beschützerin gezischt, als ob Abigail nicht in der Lage sei, eine Uniform zu erkennen. „Das sollte eigentlich bedeuten, dass er 'n anständiger Kerl is, aber man kann nich vorsichtig genug sein."

Nicht einmal der Anblick eines Ehepaares, welches Fahrscheine kaufte, reichte aus, um Mrs Dunn von ihrem Vorhaben abzubringen. Sie hielt Abigails Arm fest umklammert.

„Das sind reiche Leute", erklärte sie und zeigte auf den Berg eleganter Koffer, der die beiden begleitete. „Die wollen ganz bestimmt nichts mit uns zu tun haben."

Und so fand sich Abigail auf der Rückbank neben einer Frau wieder, die Stunden damit zubrachte, die Kordeln ihres Pompadours, eines unförmigen Beutels, der ihr als Handtasche diente, auf- und wieder zuzuknoten. Währenddessen hatte es sich der Leutnant auf dem Vordersitz neben dem wohlhabenden Pärchen bequem gemacht. Mit einem Fuß stützte er sich an der leeren Bank ab, die die mittlere Sitzreihe des Innenraumes bildete. Seine Mütze hatte er tief ins Gesicht gezogen. Der Anstand wurde zweifelsohne gewahrt, denn er und Abigail waren durch die ganze Länge der Kutsche voneinander getrennt. Sie sprachen nur miteinander, wenn die Postkutsche anhielt und er Abigail und Mrs Dunn dabei half, die hohen Stufen hinabzusteigen.

Wie von Mrs Dunn vorhergesagt, war das Paar, das sich als Mr und Mrs Fitzgerald aus New York City vorgestellt hatte, eher schweigsam geblieben. Die beiden hatten sich lediglich darüber beklagt, rückwärts fahren zu müssen. Als Abigail ihnen ihren Platz und den noch freien Sitz zwischen ihr und Mrs Dunn angeboten hatte, hatte die Witwe protestiert.

„Sie können nich bei dem Herrn sitzen. Das macht man nich."

Sie umklammerte Abigails Arm hartnäckig und hinderte sie dadurch, sich von ihrem Platz zu erheben. Die offensichtlich verärgerten Fitzgeralds beschränkten sich darauf, leise miteinander zu sprechen, und ignorierten Mrs Dunn völlig. Obwohl ihnen das nicht vorzuwerfen war, hatte es letztendlich dazu geführt, dass Abigail als einzige Gesprächspartnerin der übermäßig korrekten Witwe übrig geblieben war.

„Sie mögen also unser'n Himmel." Mrs Dunn nickte Abigail energisch zu. Ihre braunen Augen – eben noch tränennass, als sie über den Tod ihres geliebten Mannes gesprochen hatte und wie schwierig es gewesen sei, allein die Arbeit auf der Ranch weiterzuführen – strahlten wieder. Obwohl ihr Mann bereits seit über einem Jahr tot war, war Mrs Dunn noch immer tiefschwarz gekleidet und zutiefst davon überzeugt, dass sie niemals aufhören würde, ihn zu lieben. Ihr ausgesprochen unmodisches Kleid war von einer dicken Schicht grau-braunen Schmutzes bedeckt. Sogar in dem Schleier, der ihr Gesicht zur Hälfte bedeckte, hatte sich Staub verfangen. Beides war dem ständigen Wind geschuldet, der Schmutz aufwirbelte und ihn mit einer beinahe tornadoartigen Geschwindigkeit ostwärts trieb.

Obwohl sie sich nichts mehr wünschte, als die Unterhaltung zu beenden, zwangen ihre guten Manieren Abigail, artig zu erwidern: „Ich habe noch nie einen so klaren Himmel in einem so tiefen Blau gesehen."

Das entsprach durchaus der Wahrheit. Ebenfalls der Wahrheit entsprach Abigails Erkenntnis, dass dieser Teil der Reise der bisher schlimmste war. Der Zug war einigermaßen bequem gewesen und Cheyenne hatte sich als weniger primitiv erwiesen, als sie befürchtet hatte – auch wenn die gesamte männliche Bevölkerung zu glauben schien, dass mindestens eine Waffe notwendiger Bestandteil einer angemessenen Garderobe sein musste. Doch jetzt befand sich Abigail unglücklicherweise im absoluten Nirgendwo und nichts, was Mrs Dunn bemerken könnte, würde etwas daran ändern. Es gab keine Anzeichen von Leben, es sei denn, man zählte das unansehnliche Gestrüpp mit, das die Hügellandschaft überall dort bedeckte, wo eigentlich Bäume hätten stehen sollen.

Zugegeben, dieses Gestrüpp war lebendig. Lebendig und bereit zum Angriff. Die Kakteen waren schon schlimm genug, aber die wirklichen Schurken waren die Yuccas. Warum hatte Gott eine Pflanze erschaffen, deren stachelige Blätter von Rändern, scharf wie

Rasierklingen, gesäumt waren? Sicher hatte er es nicht getan, um Löcher in den Rock einer nichtsahnenden Dame zu reißen. Mrs Dunn behauptete, dass die Yuccas im weiteren Verlauf dieses Monats mit wunderschönen weißen Blüten gesegnet werden würden. Wie dem auch sei: Abigail jedenfalls betrachtete ihre Existenz als Beweis dafür, dass dies kein Ort war, an dem zivilisierte Menschen leben sollten. Yuccas und unablässig heulender Wind gehörten nicht zu Abigails Vorstellung vom Paradies auf Erden.

„Ich geh mal davon aus, dass das Gebiet von Wyoming nich gerade heimatliche Gefühle bei Ihnen weckt."

Hatte Mrs Dunn ihre Gedanken gelesen? Dieser Ort, der nun schon seit einem Jahr Charlottes Zuhause war, erschien ihr ausgesprochen ungastlich. Während sie aus dem Fenster blickte, verfinsterte sich Abigails Blick. So sehr sie sich auch bemühte, konnte sie sich einfach nicht vorstellen, dass sich ihre ältere Schwester in einer solchen Wildnis wohlfühlte. Elizabeth, ihre jüngere Schwester, würde vielleicht ein Abenteuer wittern, aber Charlotte bevorzugte elegante Kleider, Mahlzeiten, die auf feinem chinesischem Porzellan serviert wurden, und die Gesellschaft gut situierter Damen. Auch wenn sie Abigail versichert hatte, dass Fort Laramie sehr viel ansprechender sei, als man sich das von einem Fort der Armee vorstellen könne, war es immer noch von einer trostlosen Landschaft umgeben.

Vielleicht war das der Grund, weshalb Charlottes Briefe so gezwungen gewirkt hatten. Vielleicht war das der Grund, aus dem es Abigail unmöglich gewesen war, ihre Bedenken zu zerstreuen. Vielleicht war das der Grund, warum sie einen Zug bestiegen und ihr sorgfältig durchgeplantes Leben hinter sich gelassen hatte. Als sie aus Vermont abgereist war, war sie sich sicher gewesen, dass Gottes Wille sie hierhergeführt hatte. Jetzt gab es überhaupt nichts mehr, dessen sie sich sicher war.

Abigail zwang sich zu einem Lächeln und wandte sich wieder ihrer Reisegefährtin zu. Die Fitzgeralds, die wahrscheinlich genauso gelangweilt waren wie sie selbst, schienen eingeschlafen zu sein.

„Sie haben recht. Wyoming ist ganz anders als Vermont", sagte sie und versuchte, ihre Seufzer zu unterdrücken, während sie an ihr Zuhause dachte. „Der größte Teil des Staates ist sehr grün. Daher hat er sogar seinen Namen. Das Wort *Vermont* leitet sich von den französischen Worten für ‚grün' und ‚Berge' ab."

Abigail biss sich auf die Zunge, als ihr der belehrende und schulmeisterliche Tonfall ihrer Worte bewusst wurde. Mrs Dunn wollte genauso wenig eine Lehrstunde in Etymologie absolvieren, wie Abigail hier sein wollte. Wäre ihre Sorge um Charlotte nicht gewesen, dann würde Abigail jetzt zu Hause die frische Luft genießen, während sie mit Woodrow Tennis spielte und Pläne für ihre gemeinsame Zukunft schmiedete. Stattdessen saß sie in einer heißen, staubigen Postkutsche fest, gemeinsam mit Mrs Dunn, den Fitzgeralds und einem Soldaten, der vorgab zu schlafen.

Mrs Dunn musterte ihre Reisegefährten, bevor sie Abigail einen vielsagenden Blick zuwarf. „Ihre Schwester hat also 'nen Soldaten geheiratet." Abigail hatte dies verraten, als sie ihre Fahrkarte bis Fort Laramie gelöst hatte. Mrs Dunn reiste noch ein paar Meilen weiter, während die Fitzgeralds sogar das Ende der Strecke ansteuerten, die Goldgräberstadt Deadwood.

„Das is gut." Mrs Dunn nickte, wodurch einiges von ihrem großzügig aufgetragenen Gesichtspuder in die Tiefe rieselte. Mama wäre nicht damit einverstanden gewesen, wie Mrs Dunn ihr Gesicht bemalt hatte. Sie hatte immer behauptet, dass nur Schauspielerinnen und „gefallene Frauen" das Bedürfnis verspürten, ihre gottgegebene Schönheit aufzupolieren. Allerdings hatte Mama auch die Sonne und den Wind von Wyoming nicht erlebt. Vielleicht waren Farbe und Puder die einzige Möglichkeit, um einen damenhaften Teint zu bewahren.

„Soldat is 'n anständiger Beruf", verkündete Mrs Dunn. „Eine Frau könnte es schlechter treffen."

Und sehr viel besser. Charlotte hätte auch einen Mann heiraten können, dessen Beruf etwas – irgendetwas – anderes beinhaltete, als andere Menschen zu töten. Abigail verkniff sich jedoch den entsprechenden Kommentar. Sie verspürte wirklich kein Bedürfnis, jetzt ein Streitgespräch zu beginnen. Stattdessen zwang sie ein Lächeln auf ihr Gesicht und ließ die ältere Dame mit ihrem Monolog fortfahren. Vielleicht würde sie irgendwann ermüden und von selbst damit aufhören. Obwohl Mrs Dunn nach Abigails Einschätzung erst Mitte vierzig war, bewegte sie sich wie eine sehr viel ältere

Frau. Dies kam daher, so hatte sie wortreich erläutert, dass sie in ein Erdhörnchenloch getreten war. „Hab mir den Knöchel gebrochen und der is nie wieder so richtig geworden. Werd wohl für den Rest meiner Tage humpeln müssen.“

Diese Erfahrung hatte auch nicht gerade dazu beigetragen, dass Abigails Abneigung gegen Wyoming gemindert wurde. Wind, Staub, Erdhörnchenlöcher. Jede Meile offenbarte einen weiteren unerfreulichen Aspekt von Charlottes neuer Heimat.

Mrs Dunn beugte sich zu ihr herüber und tätschelte Abigails Hand. „Würd mich nich überraschen, wenn Sie sich im Fort selbst einen Ehemann angeln. Soldaten sind ganz schön einsam und immer auf 'ne Frau aus. Sie müssen sich in Acht nehmen, denn das sind nich alle ehrenwerte Männer.“

„Ich suche nicht nach einem Ehemann.“ Selbst wenn sie mit Woodrow nicht so gut wie verlobt wäre, würde Abigail ganz bestimmt nicht in einem Fort der Armee nach einem Ehepartner suchen. Sie war nicht für das Leben einer Soldatenfrau gemacht. Ganz bestimmt nicht. Gott hatte sie vielleicht hierhergeschickt, aber es war nicht sein Plan, dass sie hierblieb. Davon war Abigail genauso felsenfest überzeugt wie von ihrer Annahme, dass im Leben ihrer Schwester irgendetwas ernsthaft schieflief.

Während sie erneut an den Bändern ihres Pompadours herumnestelte, schüttelte Mrs Dunn den Kopf. „Blödsinn. Jede Frau sucht nach einem eigenen Mann. Gucken Sie sich doch mal den Leutnant an.“

Abigail hatte genau das getan, als sie in die Postkutsche gestiegen war. Der Mann, der sich selbst als Leutnant Bowles vorgestellt hatte, war mindestens 15 cm größer als sie selbst mit ihren 1,68 m. Er hatte blonde Haare und Augen, deren Blau beinahe genauso tief war wie der Himmel von Wyoming. Seine Uniform glich der Kleidung, die Jeffrey bei seiner Hochzeit mit Charlotte getragen hatte: eine dunkelblaue, lang geschnittene Jacke mit sieben Messingknöpfen auf jeder Seite sowie eine leichte blaue Wollhose mit einem weißen Streifen, der die Zugehörigkeit zur Infanterie kennzeichnete. Während sich Jeffrey jedoch ein bisschen unwohl darin gefühlt hatte, trug dieser Mann seine Uniform wie eine zweite Haut.

Abigail hatte durchaus bemerkt, dass Leutnant Bowles' Uniform seinen breiten Schultern und langen Beinen schmeichelten, aber was ihre Aufmerksamkeit immer wieder anzog, waren seine Lippen. Obwohl nicht voller als bei anderen Männern, waren sie erstaunlich ausdrucksvoll. Auch zuckten oder verzogen sie sich bei jedem der haarsträubenden Kommentare, die Mrs Dunn äußerte. Dabei blieb der Rest seines Gesichtes so unbeweglich, als würde Leutnant Bowles tatsächlich schlafen.

„Er wäre ein guter Ehemann für Sie“, beschloss Mrs Dunn.

Abigail warf einen Blick in Richtung ihres Mitreisenden. Obwohl es so aussah, als würde er gegen ein Lächeln ankämpfen, fand sie es nicht lustig, dass Mrs Dunn ständig Dinge verkündete, die jeder Grundlage entbehrten. Da war zum Beispiel die Art und Weise, in der sie versuchte, ihr ausgesprochen altmodisches Verständnis von Anstand durchzusetzen. Es wäre kein Problem gewesen, wenn Abigail auf dem gegenüberliegenden Platz gesessen hätte.

„Is ziemlich wahrscheinlich, dass er nich verheiratet ist. Man kann natürlich nie sicher sein. Er könnte irgendwo ein Mädel haben. Ich denke, ich werd ihn mal fragen, wenn er aufwacht.“

Abigail seufzte. Der Leutnant hatte es richtig gemacht. Sie hätte ebenfalls vortäuschen sollen zu schlafen.

Ethan Bowles kämpfte mit aller Kraft dagegen an, dass sich seine Lippen zu einem Grinsen verzogen. Wenn die alte Schachtel wüsste, dass er wach war, würde er keine ruhige Minute mehr haben. Sie würde mit ihren neugierigen Fragen – die kaum weniger als ein Verhör waren – dann ihn löchern. Genau das hatte ihn von Anfang an dazu bewogen, den Schlafenden zu spielen. Und jetzt befasste sie sich ausführlich mit seinem Familienstand. Wenn sie wüsste, dass er ungebunden war, würde es noch wesentlich schlimmer werden. Ethan biss die Zähne zusammen. Warum hatten seine Mitmenschen immer das Bedürfnis, ihn verkuppeln zu wollen? Zuerst sein Großvater, dann so ziemlich jede verheiratete Frau, die er getroffen hatte. War ihnen denn nicht bewusst, dass manche Männer dazu bestimmt waren, Junggesellen zu bleiben? Und dass er ganz oben auf dieser Liste stand? Aber nein, sie schienen zu glauben, dass jeder alleinstehende Mann nur auf der Suche nach dem Eheglück sei. Falsch, falsch, falsch.

Ethan verlagerte ein wenig sein Gewicht und wünschte, er könne seine Augen öffnen. Eine Reise verging schneller, wenn man die Umgebung genießen konnte. Und diese Reise eröffnete noch ganz andere Aussichten als die reizende Landschaft, durch die sie führte. Die junge Dame, die sich als Miss Harding vorgestellt hatte, war ausgesprochen hübsch, auch wenn die Kleidung, die sie trug, sehr unbequem sein musste. Der hochgeschlossene Kragen und die langen Ärmel waren vernünftig und zweckmäßig, ebenso die dunkelblaue Farbe – die Ähnlichkeit mit seiner Uniform hatte. Aber der Rock war völlig fehl am Platz. Sein Saum berührte beinahe den Boden, was bedeutete, dass er sämtlichen Staub der Prärie aufsammelte. Und dann besaß er hinten auch noch diese überflüssige Beule. Ethans Freund Oliver, der behauptete, alles zu wissen, was es über Frauen zu wissen gäbe, hatte ihn darüber informiert, dass die Damen dieses Polster Turnüren nannten. Ethan nannte es lächerlich. Warum sollte sich eine Dame etwas umbinden, das beim Hinsetzen unweigerlich im Wege wäre? Das einzig Positive, was Ethan an Mrs Dunn bemerkt hatte, war die Tatsache, dass sie keine solchen Erschwernisse mit sich herumtrug. Ihr Kleid war vielleicht nicht modisch, aber es war praktischer als die, die Miss Harding und Mrs Fitzgerald trugen.

Wenn man von der albernen Bekleidung einmal absah, war Miss Harding durchaus einen zweiten Blick wert. Unterhalb des eleganten Hutes war ihr Haar zu einem dieser Knoten geschlungen, die anscheinend gerade Mode waren. Auch das konnte jedoch nicht darüber hinwegtäuschen, dass das Haar in einem hübschen Braunton schimmerte. Was Ethan am meisten faszinierte, waren ihre Augen. Wie ärgerlich, vortäuschen zu müssen, dass er schlief, denn er versuchte immer noch herauszufinden, welche Farbe sie hatten. Nicht ganz braun, nicht ganz grün, aber ausgesprochen hübsch, besonders, wenn Miss Harding lächelte. Er war sich sicher, dass er Spuren von Gold in ihren Augen entdeckt hatte.

Die Witwe hatte recht. Soldaten bekamen hier draußen nicht allzu viele Damen zu Gesicht. Und Damen, die so hübsch waren wie Miss Harding, waren so selten wie Goldklumpen im North Platte

Fluss. Obwohl er kein Interesse – jedenfalls kein *solches* Interesse – an Miss Harding hatte, konnte Ethan nicht bestreiten, dass ihr Anblick ihm gefiel. Allerdings wollte er auf keinen Fall in eine weitere Unterhaltung mit Mrs Dunn verstrickt werden. Also hielt er seine Augen standhaft geschlossen. Die Jahre, in denen er den Gehässigkeiten seines Großvaters ausgewichen war, hatten ihn gelehrt, Gleichgültigkeit vorzutäuschen.

„Ham Sie in Vermont auf 'ner Farm gelebt?", plapperte Mrs Dunn weiter.

Da Ethan offensichtlich nicht zur Verfügung stand, ließ sie Miss Harding nicht aus den Klauen. Die Arme! Bis die junge Dame mit den faszinierenden Augen Fort Laramie erreicht hätte, würde jedes ihrer Geheimnisse enthüllt worden sein.

„Nein."

Es war nur ein einziges Wort, aber Ethan hörte den Widerwillen in Miss Hardings Stimme. Es schien, als würde sie die unangenehm neugierigen Fragen genauso wenig mögen wie er. Beim Einsteigen in die Postkutsche war er von Mrs Dunn mit einer wahren Fragenflut bombardiert worden.

„Ich unterrichte an einer Mädchenschule."

Seine Mundwinkel zuckten, als ihm bewusst wurde, dass sie deshalb so unnahbar geklungen und die kleine Unterrichtsstunde über den Ursprung des Namens Vermont erteilt hatte. Schullehrerinnen, zumindest solche, die Ethan kannte, waren steif und korrekt. Sie mussten es sein.

Er hörte, wie Mrs Dunn tief Luft holte, bevor sie sprach. „Zu meiner Zeit", sagte sie und ließ dabei keinen Zweifel an ihrer Missbilligung, „blieben Mädchen zu Hause und kümmerten sich um ihre Eltern, bis sie verheiratet waren. Sie nahmen tüchtigen Männern nicht die Arbeit weg."

Natürlich gab es als Folge des Krieges weniger tüchtige Männer als vorher. Antietam, Gettysburg und die Kämpfe an den anderen Orten hatten Hoffnungen und Leben gleichermaßen zerstört. Ethan fragte sich, ob Miss Harding diese Tatsache erwähnen würde.

Stattdessen sagte sie schlicht: „Es war der Wunsch meiner Eltern, dass ich Lehrerin werde. Glücklicherweise halte ich dies für eine lohnenswerte Tätigkeit."

Und er hielt den Beruf des Soldaten für eine lohnenswerte Tätigkeit. Jedenfalls meistens. Heute verspürte er nur Enttäuschung. Enttäuschung über die Männer, die ihren Eid und ihre Verpflichtungen missachteten und von der Armee desertierten. Und noch größere Enttäuschung über sich selbst, der er nicht in der Lage war, sie zu finden. Er war in der Hoffnung nach Cheyenne gereist, ein Nest von Deserteuren zu finden, das es dort angeblich geben sollte. Stattdessen war er in eine Sackgasse nach der anderen geraten. Aus diesem Grund reiste er nun einen Tag früher als geplant zum Fort zurück. In Cheyenne zu bleiben, wäre nur Zeitverschwendung gewesen. Und wenn es etwas gab, das Ethan hasste, dann war es, seine Zeit nutzlos zu vergeuden. Wenn er sich den Respekt und die Achtung seines Kommandeurs verdienen wollte, konnte er sich nicht leisten, einen ganzen Tag lang ziellos durch die Straßen einer Stadt zu schlendern.

Während Mrs Dunn mit vielen Worten die Vorteile eines Lebens in Wyoming pries, gab sich Ethan alle Mühe, ihre Stimme zu ignorieren.

„Eins steht fest“, sagte die Witwe, wobei ihre Worte von den Seitenwänden der Postkutsche zurückgeworfen wurden, „das Leben hier is enorm friedlich.“

Obwohl er sich fest vorgenommen hatte, die Unterhaltung der Damen nicht zu verfolgen, ertappte sich Ethan dabei, wie er auf Miss Hardings Antwort wartete. Als sie kam, war sie kaum mehr als ein Murmeln. „Manch einer könnte es langweilig nennen.“

Es *war* langweilig. Abigail starrte aus dem Fenster und versuchte, beim Anblick der Landschaft, die über endlose Meilen hinweg dieselbe blieb, nicht allzu finster dreinzublicken. Schon vor einer ganzen Weile hatten sie die Ranch wieder verlassen, in der sie Mittagsrast gemacht hatten. Das Essen dort war überraschend schmackhaft gewesen. Unglücklicherweise hatten Abigails Röcke dort die Bekanntschaft mit den Blättern einer Yuccapflanze gemacht. Seitdem hatte sie außer endlosen Hügelketten unter dem weitesten Himmel, der ihr jemals untergekommen war, nichts mehr zu Gesicht bekommen. Wie sie schon zu Mrs Dunn gesagt hatte: Der Himmel war wunderschön, aber Abigail brauchte mehr. Sogar eine Wolke hätte geholfen, die Monotonie zu vertreiben. Doch leider war nicht eine einzige am Himmel zu sehen. Es gab nur Sonne und Wind und langweilige, armselige Hügel.

Wie konnte Charlotte das aushalten? Vielleicht konnte sie es nicht. Vielleicht war das der Grund, weshalb ihre Briefe so melancholisch klangen. Obwohl ihre Schwester es leugnete, wusste Abigail, dass irgendetwas nicht stimmte.

Wenn sie nur ein Buch zur Hand hätte! Es würde noch einige Stunden dauern, bis sie Fort Laramie erreichten. Jetzt, wo Mrs Dunn gnädigerweise eingeschlafen war, hätte Abigail ungestört lesen können. Zu dumm, dass all ihre Bücher sicher in ihrem Koffer verstaut waren, was ihr keine andere Möglichkeit ließ, als aus dem Fenster zu starren. Hügel und Gestrüpp. Gestrüpp und Hügel. Mehr nicht. Langweilig.

Abigail war sich nicht sicher, wie lange sie ihre Augen schon in die Ferne gerichtet hatte, als sie die Staubwolke sah. Einen Moment lang fragte sie sich, ob es sich um eine Fata Morgana handelte. Sie hatte gehört, dass Reisende in der Wüste Bilder von Oasen mit lebensspendendem Wasser heraufbeschworen, nur um dann festzustellen, dass die schillernden Wasserstellen nicht mehr als eine optische Täuschung waren. Abigail war nicht auf der Suche nach Wasser, sondern sehnte sich nur nach menschlichen Behausungen. Aber der Staub musste eine Fata Morgana sein, denn Mrs Dunn hatte gesagt, dass es nur wenige Siedler in dieser Gegend gab. Abigail bildete sich einfach nur ein, dass die braune Wolke durch Pferde aufgewirbelt wurde. Dennoch kam der Staub näher. Schließlich erkannte sie, dass die Wolke von zwei Reitern verursacht wurde. Einer von ihnen ritt auf einem dunklen Pferd, der andere auf einem hellen Palomino.

Abigail schluckte schwer. Sie war sich nicht sicher, ob der Schauer, der ihren Rücken hinunterrieselte, von freudiger Erwartung oder von Angst herrührte. „Da kommt jemand." Obwohl sie es nicht beabsichtigt hatte, sprach sie die Worte laut aus. Die Antwort kam sofort.

„Wo?" Leutnant Bowles reagierte schnell und bestätigte dadurch

Abigails Verdacht, dass er nicht geschlafen hatte. In der einen Sekunde hatte er noch mit geschlossenen Augen auf dem Sitz gelehnt, in der anderen starrte er schon aus dem Fenster und beobachtete konzentriert die sich nähernden Reiter. Zuerst wurden seine ausdrucksvollen Lippen schmaler, dann verfinsterte sich auch sein Blick.

„Da ist Ärger im Anmarsch“, sagte er knapp. „Wahrscheinlich Wegelagerer.“

Mit einer einzigen fließenden Bewegung zog er seinen Revolver aus dem Halfter und brachte ihn auf dem Fenstersims in Stellung.

Abigail zuckte zusammen, als ihr Verstand von lang verdrängten Bildern überflutet wurde. *Nein!*, wollte sie ausrufen. *Halt!* Sie biss sich auf die Unterlippe und versuchte, die Erinnerungen zu vertreiben. *Denk an etwas anderes. Irgendetwas.* Sie klammerte sich an den ungewohnten Ausdruck, den der Leutnant verwendet hatte, und fragte: „Wegelagerer?“

„Banditen.“

Abigails Herz begann zu galoppieren. Obwohl sie einige von den Schülern konfiszierte Groschenromane gelesen hatte, war sie davon ausgegangen, dass die Geschichten von Banditen, welche Postkutschen überfielen, Hirngespinste seien. Jetzt würde sie allem Anschein nach einen Überfall erleben und – wenn die Geschichten doch ein Körnchen Wahrheit enthielten – dann bedeutete das …

Sie biss sich erneut auf die Lippe und spürte den metallischen Geschmack von Blut. Blut, genauso wie … Sie konzentrierte sich auf Leutnant Bowles und versuchte die Erinnerungen auf diese Weise zu bannen.

Ohne die Augen von den Reitern zu nehmen, zeigte der Leutnant auf die gegenüberliegende Seite der Kutsche.

„Bleiben Sie zurück“, befahl er, „und sorgen Sie dafür, dass die anderen ruhig bleiben.“ Obwohl Mrs Dunn noch immer so fest schlief, dass sie sogar ihren Pompadour losgelassen hatte, und obwohl Mrs Fitzgerald ein bisschen schnarchte, bezweifelte Abigail nicht, dass die Frauen schreien würden, sobald sie begriffen, was vor sich ging. Sie hatte keine Ahnung, was Mr Fitzgerald tun würde, aber sie wusste, dass jegliche Ablenkung gefährlich werden könnte.

Abigail atmete tief durch und versuchte sich zu beruhigen, dann warf sie einen weiteren Blick auf die herannahenden Männer. Sie würde auf keinen – auf gar keinen – Fall auf den Revolver des Leutnants schauen.

„Es sind Soldaten." Sie flüsterte, weil sie die anderen nicht wecken wollte. Die Uniformen der herannahenden Reiter hatten die gleiche Farbe wie die von Leutnant Bowles. Der einzige Unterschied im Äußeren bestand darin, dass diese Männer Halstücher über ihr Gesicht gezogen hatten.

„Wahrscheinlich Deserteure, die nichts Gutes im Schilde führen." Leutnant Bowles lehnte sich aus dem Fenster und rief in Richtung des Kutschers: „Halten Sie nicht an. Auf gar keinen Fall! Was auch passiert, Sie halten erst an, wenn ich es Ihnen sage."

„Aber Sir ..." Angst begleitete die Worte des Kutschers.

„Vertrauen Sie mir. Fahren Sie weiter."

Der Kutscher knallte mit der Peitsche, sodass die Pferde zu rennen begannen, wodurch die Kutsche ins Schwanken geriet. Als ihr der Pompadour vom Schoß fiel, riss Mrs Dunn die Augen auf.

„Was geht hier vor?", kreischte sie, als ihr Blick auf die Waffe fiel, die der Leutnant gezogen hatte. Der Schrei weckte die Fitzgeralds. Mit schreckgeweiteten Augen klammerte sich Mrs Fitzgerald an ihren Ehemann.

„Seien Sie alle still." Abigail schlug den scharfen Ton an, dessen sie sich bei besonders aufsässigen Schülerinnen bediente. „Das sind Banditen." Sie schlang ihren Arm um Mrs Dunns Schultern und drückte sie in ihren Sitz. Wenn Leutnant Bowles das Gold retten wollte oder das, was die Gauner ansonsten im Sinn hatten, zu verhindern versuchte, konnte er keine Störungen gebrauchen.

„Nein!" Mrs Dunn kämpfte gegen Abigail an. Dabei flogen ihre Augen von dem Leutnant zu ihrem Schoß zurück. „Mein Pompadour! Ich brauche meinen Pompadour."

Die schwere Tasche war auf die andere Seite der Kutsche gerutscht, wo sie neben den Füßen des Leutnants lag. Mr Fitzgerald beugte sich herab, um den Pompadour aufzuheben, doch Abigail schüttelte energisch den Kopf. „Nicht jetzt."

Aus dem Augenwinkel heraus sah sie, wie die Banditen immer näher kamen. In einigen Sekunden würden sie die Kutsche erreichen. Und dann ... *Lieber Gott, beschütze uns.*

„Riechsalz! Ich brauch mein Riechsalz!“ Mrs Dunns herrischer Tonfall verschlimmerte Mrs Fitzgeralds Gejammer.

Als die Witwe versuchte, sich aus Abigails Umklammerung zu befreien, um zu ihrem Pompadour zu gelangen, zog Abigail aus ihrer eigenen Tasche ein kleines Fläschchen hervor. Mama hatte darauf bestanden, dass eine Dame immer Riechsalz bei sich führen müsse. Sie war der Meinung, dass man jederzeit für einen Notfall gerüstet sein sollte. Aber selbst Mama, die mit einer sehr lebhaften Fantasie gesegnet war, hatte sicher nicht an einen Fall wie diesen gedacht.

„Hier.“ Abigail öffnete die Flasche und hielt sie Mrs Dunn unter die Nase, die vor Empörung schnaubte. Mrs Fitzgerald vergrub ihr Gesicht im Mantel ihres Mannes und schluchzte leise, während Mr Fitzgerald beruhigend auf sie einredete.

Draußen rief der Reiter auf dem Palomino seinem Gefährten etwas zu, woraufhin dieser sein Gewehr hob und auf den Kutscher zielte. Abigail schauderte, während panische Angst durch ihre Adern strömte. *Bitte nicht.* Der Kutscher war ein unschuldiger Mann, der nur seiner Arbeit nachging. Er verdiente es nicht zu sterben. Niemand tat das. Jedenfalls nicht so. Während die Kutsche halsbrecherisch hin und her schlingerte, hörte Abigail das Geräusch einer knallenden Peitsche und einen verzweifelten Aufschrei. Sie umklammerte Mrs Dunn noch fester. Wenn sie schon nicht in der Lage war, dem Kutscher zu helfen, so konnte sie zumindest ihre Mitreisende vom Fenster und der damit verbundenen Gefahr fernhalten.

„Gib mir Geld“, rief der Bandit. Sein starker Akzent in seinem gebrochenen Englisch verriet, dass seine Muttersprache deutsch war. Der Leutnant murmelte etwas vor sich hin. Sein Ton ließ keinen Zweifel daran, dass es etwas sehr Unschmeichelhaftes war.

„Gib mir Geld. Sofort!“, wiederholte der Mann.

Nun antwortete Leutnant Bowles laut und deutlich, wobei er seinen Blick nicht von den Angreifern abwandte: „Es gibt kein Geld oder sonst irgendetwas.“

„Hör nich auf ihn“, sagte der Mann auf dem Palomino zu seinem Gefährten. „Er is nur einer und wir sind zwei.“

Obwohl auch sein Englisch nicht das beste war, sprach er ohne Akzent.

„Halt, sage ich", befahl der Deutsche. „Halt oder ich schieße." Er untermauerte seine Drohung mit einem Schuss in die Luft. „Das war kleine Warnung", fuhr er in gebrochenem Englisch fort. „Gleich wird keine Warnung mehr sein."

Als Mrs Dunn zu sprechen begann, presste Abigail ihr blitzschnell die Hand vor den Mund. Nichts, was sie sagen konnte, nichts, was irgendjemand sonst sagen konnte, würde helfen. Alles hing von Leutnant Bowles ab. *Hilf ihm.* Abigail schickte ein stilles Gebet zum Himmel. Obwohl sie die Anweisungen des Leutnants befolgt und sich so weit wie möglich in die Kutsche zurückgezogen hatte, konnte sie die beiden Angreifer sehr gut sehen. Der mit dem starken Akzent ließ sein Gewehr kurz sinken, bis er es ein weiteres Mal auf den Kutscher richtete. Er kam jetzt näher, sodass Abigail sein Gesicht erkennen konnte. Dieser Anblick drehte ihr den Magen um.

„Halt!", brüllte der Bandit. „Ich will Geld." In seiner Stimme lag so viel Hass, dass Abigail wusste, dass er vor einem Mord nicht zurückschrecken würde.

„Hilfe!" Die Stimme des Kutschers war panisch. „Helfen Sie mir."

Es gab nur einen möglichen Ausweg. Abigail wusste das, auch als sich alles in ihr gegen diesen Gedanken sträubte. Wenn Leutnant Bowles jetzt nicht handelte, würde der Kutscher sterben. Es gab nur zwei Möglichkeiten: zu töten oder dabei zuzusehen, wie ein Unschuldiger – vielleicht mehr als einer – umgebracht wurde.

Als der Leutnant auf den Abzug drückte, füllte das ohrenbetäubende Geräusch des Revolvers die Kutsche. „Oh nein!" Mrs Fitzgerald sank ohnmächtig zusammen.

„Halt!", kreischte Mrs Dunn, während sie versuchte, Abigails Griff zu entkommen. „Der Herr sagt: ‚Du sollst nicht töten'!"

Aber der Leutnant hatte niemanden getötet, erkannte Abigail fast ein wenig ungläubig. Irgendwie, auch wenn es ihr fast unmöglich erschien, hatte er den Banditen nur so sehr verwundet, dass dieser sein Gewehr fallen gelassen hatte und jetzt seine Hand umklammerte.

„Lass uns abhauen." Der andere Bandit zügelte sein Pferd, drehte um und jagte davon. Dabei blickte er nicht einmal zurück, um festzustellen, ob sein verwundeter Gefährte hinter ihm war. Der Deutsche, der sich vor Schmerzen krümmte, folgte ihm langsamer.

Die Gefahr war vorbei. Der Herr hatte ihre Gebete beantwortet.

Niemand war getötet worden. Nicht heute. Abigail spürte, wie die Anspannung von ihr abfiel. Sie fühlte sich plötzlich so kraftlos wie ein welker Stängel Sellerie. Während Mr Fitzgerald Abigails Riechsalz unter die Nase seiner Frau hielt, lockerte Abigail ihren Griff um Mrs Dunn und wandte sich dem Leutnant zu. Dieser musterte gerade prüfend die anderen Passagiere.

„Danke", sagte sie sanft. „Ich weiß nicht, was wir ohne Sie getan hätten."

„Ich tue nur meine Arbeit, Miss." Seine Stimme war so ruhig, als vereitele er jeden Tag Raubüberfälle. Vielleicht tat er das auch. Der Leutnant lehnte sich erneut aus dem Fenster und wandte sich an den Kutscher. „Sie können jetzt anhalten. Ich bezweifle, dass die Banditen zurückkommen werden, aber ich werde neben Ihnen sitzen, nur für den Fall der Fälle."

„Was ist mit uns?", fragte Mrs Dunn. Sie hatte ihren Pompadour wiederbekommen und umklammerte ihn, als enthielte er ihre wertvollsten Besitztümer, nicht nur ein Taschentuch und eine Flasche Riechsalz. „Ich denke, wir brauchen ebenfalls Schutz."

Obwohl es um die Mundwinkel des Leutnants verdächtig zuckte, war seine Stimme ernst, als er versicherte: „Sie sind in Sicherheit, Ma'am, aber Sie fühlen sich vielleicht besser, wenn Sie die Verdunkelung herunterziehen und sich in die Mitte der Kutsche setzen."

Jetzt, wo die Gefahr vorüber war, konnte Abigail nicht mehr verhindern, dass sie am ganzen Körper zitterte. Dieses Land war schlimmer, viel schlimmer, als sie geglaubt hatte. Staub und Wind und unbarmherzige Hitze waren nichts im Vergleich zu mordenden Gesetzlosen. Wer wusste schon, was passiert wäre, wenn es den Leutnant nicht gegeben hätte?

Sie blickte aus dem Fenster auf die trostlose Landschaft. Jetzt suchte sie nicht mehr nach Anzeichen für menschliches Leben. Eine karge Umgebung, sogar Yuccas, waren die bessere Alternative.

Als ihr Blick den von Leutnant Bowles kreuzte, sagte Abigail mit fester Stimme: „Wyoming ist kein Ort, an dem man leben kann."

Was sie bereits geahnt hatte, wusste sie nun mit Sicherheit: Leutnant Bowles versuchte, sein Schmunzeln zu unterdrücken.

„Damit könnten Sie recht haben." Er lächelte, als er hinzufügte: „Aber Sie müssen zugeben, dass es nicht langweilig ist."

Kapitel 2

Fort Laramie war nicht so trostlos, wie Abigail erwartet hatte. Eigentlich war es sogar überraschend zivilisiert. Da es nicht von Palisaden umgeben war und es keine Tore gab, ähnelte es eher einem Dorf als einer Militäreinrichtung. Wären die Männer in Uniform nicht gewesen, die um den zentralen Platz marschierten, dann hätte Abigail vielleicht geglaubt, es handele sich um eine ganz gewöhnliche Stadt. Aber nichts in Wyoming war gewöhnlich.

Als die Banditen das Weite gesucht hatten, war der Leutnant auf den Kutschbock geklettert, um neben dem Kutscher Platz zu nehmen. Abigail war mit der auffallend stillen Mrs Dunn und den offensichtlich erschütterten Fitzgeralds im Inneren der Kutsche zurückgeblieben. Das Ehepaar klammerte sich aneinander, während Mrs Dunn am anderen Ende der Rückbank kauerte, die Kordeln ihres Pompadours verknotete und etwas murmelte, das wie „alles falsch" klang. Obwohl Abigail vermutete, dass die Witwe damit den gescheiterten Überfall meinte, hätte man die Worte auch auf Abigails eigene Reise beziehen können. Was daheim in Vermont noch nach einer guten Idee ausgesehen hatte, schien jetzt vollkommen falsch zu sein. Vielleicht hatte sie sich geirrt. Vielleicht brauchte Charlotte sie gar nicht. Vielleicht hatte Gott gar nicht gewollt, dass sie nach Wyoming reiste.

Abigail wischte ihre Zweifel zur Seite und sah sich um, während sie versuchte, mit Leutnant Bowles Schritt zu halten. Nachdem er dafür gesorgt hatte, dass ein anderer Offizier die Postkutsche bis nach Deadwood begleitete, hatte er darauf bestanden, Abigail zum Haus ihrer Schwester zu begleiten. Zudem hatte er ihr versprochen, dass ihr Koffer später dorthin nachgeliefert werden würde.

„Hier sind Sie in Sicherheit", beruhigte er sie.

Obwohl Abigail davon überzeugt war, dass sie sich erst wieder sicher fühlen würde, wenn sie nach Vermont zurückgekehrt wäre, war sie erleichtert, dass Charlottes Haus nicht in der kahlen, baumlosen Prärie stand, die sie gerade durchquert hatte. Obwohl niemand in Fort Laramie den Ausdruck „Wald“ benutzen würde, gab es ein paar Bäume. Eine Ansammlung von Pappeln wuchs neben dem Fluss, andere Bäume säumten drei Seiten des zentralen Platzes, von dem ihr der Leutnant berichtet hatte, dass es sich um den Paradeplatz handelte; wiederum andere schmückten die Vorgärten von Häusern, deren Veranden und Giebel sie unerwartet attraktiv machten. Ganz zu schweigen von den gepflegten Palisaden. Und obwohl der Paradeplatz eindeutig für militärische Übungen gedacht war, hatte man in den Ecken etwas eingebaut, bei dem es sich, wie der Leutnant erklärt hatte, um Vogelbäder handelte. Die flachen, mit Zement ausgekleideten Bassins von gut einem Meter Durchmesser waren mit Ziegelsteinen eingefasst und dienten – der Zahl der Vögel nach zu urteilen, die daraus tranken – einem wichtigen Zweck.

Wer hätte gedacht, dass ein Fort der Armee so einladend wirken konnte? Weiß getünchte Gebäude, Bürgersteige, Straßenbeleuchtung, ja sogar gepflegter Rasen. Das war mehr, als Abigail für möglich gehalten hätte.

Sie schnappte nach Luft. Leutnant Bowles – *nein, Ethan,* korrigierte sie sich. Er hatte darauf bestanden, dass sie ihn Ethan nannte, und sie hatte ihm ebenfalls erlaubt, ihren Vornamen zu benutzen. Ethan legte ein ordentliches Tempo vor. Vielleicht hatte er vergessen, dass sie sich erst noch an das andere Klima gewöhnen musste. In der gleißenden Sonne, bei dem trockenen Wind und in der ungewohnten Höhe war es Abigail unmöglich, sich in ihrer normalen Geschwindigkeit fortzubewegen, ohne zu keuchen oder, noch schlimmer, sich einer Ohnmacht nahe zu fühlen. Im Gegensatz zu Mrs Dunn und Mrs Fitzgerald wurde Abigail niemals ohnmächtig.

„Jeffrey hat nicht erwähnt, dass er und Charlotte Besuch erwarten“, sagte Ethan, als sie um die Ecke bogen. Seine Augenbrauen waren überrascht in die Höhe geschnellt, als sie ihm den Ehenamen ihrer Schwester genannt hatte. Neidisch bemerkte Abigail, dass seine Stimme nicht die geringste Spur der Atemnot enthielt, die sie plagte.

Er stampfte mit dem Fuß auf den hölzernen Gehweg und verjagte dadurch das kleine Rudel Hunde, das ihnen mittlerweile folgte. Das war ein weiterer Unterschied zu Vermont. Während Abigail zu

Hause gelegentlich den einen oder anderen Hund hatte frei herumlaufen sehen, war sie noch nie einem ganzen Rudel offensichtlich wilder Hunde begegnet. Aber der Leutnant wollte nicht über die Zahl der Hunde, die im Fort lebten, sprechen. Er hatte nach Jeffrey und Charlotte gefragt.

„Sie wussten nicht, dass ich komme“, gestand Abigail. „Charlotte hätte vielleicht versucht, mich davon abzuhalten, wenn ich es ihr erzählt hätte.“

Und Abigail hatte auf den Rat, zu Hause zu bleiben, lieber verzichten wollen. Sie liebte Charlotte sehr, doch ihre übergroße Vorsicht konnte manchmal etwas einengend sein. Sobald Charlotte von den Möchtegern-Banditen hörte, würde sie Abigail zweifelsohne erklären, dass sie unvernünftig gehandelt hatte. Aber was sollte sie als Schwester sonst tun, wenn ihre Fragen unbeantwortet blieben und sich ihre Sorgen mit jedem Brief vergrößerten?

Zielsicher steuerte Ethan mit energischen Schritten auf Charlottes neues Zuhause zu. Es befand sich, so hatte er erklärt, am anderen Ende des Paradeplatzes, der südöstlichen Ecke. Die Offiziersunterkünfte und öffentlichen Gebäude wie das Lagerhaus säumten die südliche und westliche Seite des Paradeplatzes. An den anderen Seiten standen zahlreiche Kasernen.

„Also sind Sie einfach in den Zug gestiegen und haben den ganzen Weg aus Vermont zurückgelegt, wobei Sie beinahe ausgeraubt und möglicherweise sogar entführt worden wären? Sind Sie immer so impulsiv?“

Impulsiv? Vielleicht. Papa hatte behauptet, Abigail gehorche ihrem Herzen und vernachlässige ihren Kopf, aber das wollte sie diesem Mann gegenüber nicht zugeben. Vielleicht war diese Einschätzung früher einmal zutreffend gewesen. Aber eine Lehrerin musste selbstbeherrscht und mit gutem Beispiel vorangehen. Deshalb hatte sie sich jahrelang darin geübt, erst einmal nachzudenken, bevor sie handelte.

„Ich ziehe es vor, in mir die vernünftige Schwester zu sehen.“ Das war der Begriff, den Woodrow benutzte, und er behauptete, dass es sich dabei um eine ihrer herausragendsten Charaktereigenschaften handelte. Woodrow hatte sie nie beschuldigt, impulsiv zu sein.

Der groß gewachsene Leutnant, der so anders war als Woodrow, grinste. „Und dann kam die vernünftige Schwester plötzlich auf die Idee, ins langweilige Wyoming zu reisen.“

Obwohl Ethan dies wie eine Feststellung formulierte, spürte Abigail, dass er nach einer Erklärung suchte. Doch sie wich aus, indem sie fragte: „Haben Sie Geschwister, Ethan?“

Als Ethan verneinte, nickte Abigail nachdenklich. „Dann verstehen Sie vielleicht nicht, wie sehr ich meine Schwester vermisse. Das letzte Mal hab ich sie bei ihrer Hochzeit vor mehr als einem Jahr gesehen.“

Abigail hielt es nicht für nötig, ihm zu gestehen, dass seit dem Tod ihrer Eltern nur noch ihre Schwestern von ihrer Familie übrig geblieben waren.

Ethan verscheuchte eine weitere Gruppe von Hunden. „Jeffrey erwähnte, dass sie erst kurz vor ihrer Ankunft geheiratet hätten. Seine Kompanie wurde ein paar Monate vor meiner hierher verlegt.“

Abigail sah sich um. Obwohl das Fort einladender war, als sie sich das vorgestellt hatte, konnte es längst nicht mit Vermonts idyllischer Lage mithalten. Die umliegenden Hügel waren längst nicht so grün wie zu Hause. Den Bäumen fehlte die Vielfalt, die Wesley und die anderen kleinen Städte auszeichnete, in denen Abigail und ihre Schwestern gelebt hatten. Und obwohl man nicht leugnen konnte, dass ein besonderer Charme von den Mansardendachhäusern ausging, bezweifelte Abigail, dass sie so luxuriös waren, wie Charlotte es sich immer erträumt hatte.

„Ich kann mir hier keine romantische Hochzeitsreise vorstellen.“

Der Leutnant verlangsamte seine Schritte ein bisschen und sah auf Abigail herab, wobei seine blauen Augen funkelten und er sein Schmunzeln nicht unterdrücken konnte. „Ob Sie es nun glauben oder nicht, Abigail – einige von uns finden Wyoming tatsächlich schön.“ Er deutete in die Ferne. „Man kann so weit sehen, wie das Auge reicht. Hier draußen wird man nicht von Bäumen eingeschlossen.“

„Das mag stimmen, aber wer möchte meilenweit Grasland sehen? Es ist …“

„… langweilig.“ Genau wie in der Postkutsche zuckten seine Mundwinkel, als versuchte er, ein Lächeln zurückzuhalten. „Sie irren sich. Die Prärien sind nicht langweilig. Wenn Sie genauer hinsehen, werden Sie eine größere Vielfalt entdecken, als Sie sich vorstellen können."

„Das muss ich Ihnen unbesehen glauben." Egal, wie sehr Ethan Bowles auch schwärmte, hatte Abigail nicht die Absicht, lang genug hierzubleiben, um die Umgebung erkunden zu können. Sobald sie sich davon überzeugt hatte, dass es Charlotte gut ging, würde sie in den Osten zurückkehren. Vermont – und noch viel wichtiger, Woodrow – wartete auf sie.

„Wir sind fast da." Sie waren eine Straße mit schönen Häusern entlanggegangen. Ethan erklärte, dass sich hierin die Offiziersquartiere befanden. Jetzt näherten sie sich der nächsten Ecke des Paradeplatzes. Direkt hinter der Biegung lag ein großes Gebäude, das sich noch im Bau befand. Der Wind trug das Schlagen der Hammer und die Rufe der Arbeiter zu ihnen herüber.

„Das neue Verwaltungsgebäude", erklärte Ethan, als Abigail in die entsprechende Richtung blickte. „Wenn es fertig ist, werden neben der Schule und der Bibliothek die Büros des Kommandeurs und des Adjutanten darin untergebracht sein."

Als die Schule erwähnt wurde, horchte Abigail auf. In Anbetracht der Tatsache, dass sie nicht lange – allerhöchstens zwei Wochen – hier sein würde, war es eigentlich unsinnig, sich darüber Gedanken zu machen. Trotzdem starrte sie auf die Wände, die allmählich Gestalt annahmen, und fragte sich, wie der Klassenraum wohl aussehen würde.

„Hier ist es." Leutnant Bowles blieb vor einem Tor stehen, das zu einem großen Haus führte, das von einer lang gestreckten Veranda umgeben war. Es führte nur eine Treppe zur vorderen Veranda, doch war diese durch eine Wand abgeteilt. Eine Tür auf jeder Seite ließ erahnen, dass das Gebäude aus zwei Wohnungen bestand.

„Ihre Schwester wohnt auf der linken Seite", sagte Ethan. Dann salutierte er kurz, indem er mit der Hand seine Mütze berührte, und fügte hinzu: „Ich verabschiede mich jetzt."

Abigail schluckte. Es gab keinen Grund, besorgt zu sein, oder? Und doch war sie es. Vielleicht waren es die Nachwirkungen des gescheiterten Überfalls, vielleicht auch ihre Sorge um Charlotte – jedenfalls erschien ihr das, was sie für eine gute Idee gehalten hatte, jetzt … als impulsiv. Sie reichte Ethan die Hand zum Abschied.

„Ich danke Ihnen nochmals für das, was Sie in der Postkutsche getan haben."

Er nahm ihre Hand und schüttelte abwehrend den Kopf. „Es wäre schön, wenn Sie den Vorfall Ihrer Schwester gegenüber nicht erwähnen würden. Neuigkeiten verbreiten sich hier sehr schnell. Ich würde meinem Kommandanten gern selbst davon berichten."

Abigail lächelte. Wenn Klatsch an der Tagesordnung war, schien Fort Laramie sich kaum von einer typischen Kleinstadt zu unterscheiden. „Natürlich."

Sie konnte nicht länger zögern und legte ihre Hand an das Tor. „Auf Wiedersehen, Leutnant … äh … Ethan."

Während seine energischen Schritte verhallten, stieg Abigail die drei Stufen hinauf und klopfte kräftig an die linke Tür. Gleich würde sie wissen, ob es ein Fehler gewesen war, nach Wyoming zu kommen. Bei dem Gedanken, Charlotte wiederzusehen, klopfte ihr das Herz bis zum Hals. Wie sie ihre Schwester vermisst hatte! Innerhalb von zwei Monaten waren sowohl Charlotte als auch Elizabeth weggezogen, sodass Abigail allein in Vermont zurückgeblieben war. Aber jetzt war sie hier und sie und Charlotte würden zusammen sein, wenn auch nur für kurze Zeit.

Doch offenbar war Charlotte nicht zu Hause. Abigail wollte gerade ein letztes Mal an die Tür klopfen, als sie plötzlich doch aufsprang. Einen Moment lang zögerte Abigail, bevor sie die Tür energisch aufschob, eintrat und die Tür wieder hinter sich schloss.

„Charlotte!" Die Frau, die vor ihr stand, sah einerseits aus wie ihre Schwester, andererseits auch wieder nicht. Obwohl es bereits später Nachmittag war, trug Abigails sonst so elegante Schwester einen weiten Morgenrock und Hausschuhe. Ihr dunkelbraunes Haar war unfrisiert, als ob sie gerade erst aus dem Bett gestiegen wäre. Noch beunruhigender waren allerdings Charlottes Blässe und die Tatsache, dass ihr Gesicht schmaler war, als Abigail es jemals gesehen hatte.

Sie war jedoch nicht minder schockiert als Charlotte selbst. Ihre Schwester presste ihre Hand auf ihr Herz und wurde noch eine Spur blasser. „Abigail!" Das Wort war kaum mehr als ein Flüstern. „Was in aller Welt machst du hier?" Sie sah sich um. „Ist Woodrow bei dir?"

Das war zwar nicht die stürmische Begrüßung, die Abigail sich erhofft hatte, aber seitdem sie in Wyoming angekommen war, war nichts so gewesen, wie sie es erwartet hatte.

Warum nahm Charlotte an, dass Woodrow sie begleitet haben könnte? „Ich bin gekommen, weil ich dich vermisst habe, Charlotte." *Und weil ich mir Sorgen gemacht habe.* Obwohl sie die Worte nicht laut aussprach, wusste Abigail, dass ihre Sorgen begründet waren. Irgendetwas lief hier gründlich schief. Sie trat einen Schritt näher, nahm ihre Schwester in den Arm und versuchte nicht zusammenzuzucken, als sie spürte, dass Charlottes Körper fast nur noch aus Haut und Knochen bestand.

Charlotte wich ein Stück zurück und sah Abigail an, mehr noch, sie studierte ihr Gesicht, so als wollte sie sich vergewissern, dass die Frau, die sie umarmte, keine Illusion war.

„Oh, Abigail, ich hab dich so vermisst, aber ich hätte es nie für möglich gehalten, dass du ohne Woodrow unterwegs sein könntest. Als ich dich hier hab stehen sehen, dachte ich, ihr wärt vielleicht durchgebrannt, um zu heiraten und dann den Sommer auf Reisen zu verbringen."

Abigail schüttelte angesichts dieser Vorstellung den Kopf. Ethan Bowles mochte sie vielleicht für impulsiv halten, aber das war ein Adjektiv, das niemand auf Woodrow anwenden würde. Woodrows Verhalten war stets vorhersehbar und gründlich durchdacht. Er war ein Mann, der sein Leben so sorgfältig durchplante wie seine Unterrichtsstunden. „Woodrow findet, dass wir noch ein Jahr warten sollten, bevor wir heiraten, aber ich konnte es nicht so lange ohne dich aushalten."

„Ich bin so froh, dass du gekommen bist." Die Farbe kehrte in Charlottes Gesicht zurück. „Was mach ich hier nur? Ich kann dich doch nicht im Flur stehen lassen!" Sie deutete auf die erste von zwei Türen, die von diesem Teil des engen Flures abgingen. „Lass uns ins Wohnzimmer gehen."

Mit seinem dunklen, auf Hochglanz polierten Holzfußboden ließ der Flur das Haus länger wirken. Am anderen Ende befand sich eine zweite Tür, die man schließen konnte, damit sie die Blicke etwaiger Besucher von den weniger förmlichen Räumen fernhielt. Diese Tür war jetzt offen. Abigail erkannte zwei weitere Räume auf der linken Seite des Hauses sowie eine Treppe, die vom Hintereingang in die zweite Etage führte.

Das Wohnzimmer war eine Überraschung, dieses Mal eine angenehme. Mit zwei Fenstern an der Vorderseite und strahlend weißen Wänden wirkte es hell und luftig. Gleichzeitig war es mit so eleganten Möbeln ausgestattet, die auch in eines der schönsten Häuser von Vermont gepasst hätten. Es war sogar ein Klavier dabei.

„Erzähl mir von deiner Reise", bat Charlotte, kaum dass sie und Abigail Platz genommen hatten. Charlotte hatte Abigail die Couch zugewiesen und sich selbst auf den gegenüberliegenden Stuhl gesetzt. Dabei verschlang sie ihre Schwester mit ihren Blicken, als fürchtete sie, dass sie sich in Luft auflösen könnte. „Wie lange kannst du bleiben?"

Ohne die Antwort abzuwarten, schüttelte Charlotte erneut ihren Kopf, wodurch sie ihr ungekämmtes Haar in Bewegung versetzte. „Warte, ich hole dir erst einen Tee." Verlegen sagte sie: „Ich habe die Lektionen wirklich nicht verlernt, die Mama uns über Gastfreundschaft erteilt hat. Ich bin nur so überrascht, dich hier zu sehen. Es ist so weit von Vermont nach Fort Laramie."

Abigail lächelte. Trotz ihrer kränklichen Gesichtsfarbe und dem erschreckenden Gewichtsverlust war das die Schwester, an die sie sich erinnerte. Charlottes Verstand arbeitete so schnell, dass es manchmal schwierig war, mit ihr Schritt zu halten. Unterhaltungen konnten anstrengend sein, einfach nur, weil sie das Thema so oft wechselte.

„Tee wäre wundervoll. Die Luft ist so trocken, dass sich meine Kehle die meiste Zeit wie ausgetrocknet anfühlt."

„Du musst vorsichtig sein. Die Sonne hat hier mehr Kraft. Bei dieser Höhenlage musst du deine Haut schützen." Das war ganz die alte Charlotte, die schon immer ihre Aufgabe als Älteste darin gesehen hatte, ihren jüngeren Schwestern Ratschläge zu erteilen. Aber vielleicht steckte auch mehr hinter dieser Warnung als bloße schwesterliche Besorgnis. Vielleicht war es eine Erklärung, warum Charlotte so blass war. Vielleicht hatte sie Angst, ihre Haut dem Sonnenlicht auszusetzen. Doch das vermochte nicht zu erklären, warum ihre Augen ihren Glanz verloren hatten und warum sie so dünn war. Wahrscheinlicher war es, auch wenn Abigail diesen Gedanken lieber verdrängt hätte, dass Charlottes Lungenkrankheit, die sie als Kind gehabt hatte, zurückgekehrt war.

„Lass mich dir helfen." Abigail folgte ihrer Schwester in die Küche. Wie das Wohnzimmer war auch dieser Raum mit teuren Möbeln ausgestattet.

Charlotte schüttelte den Kopf. „Unsinn. Mrs Channing – sie ist die Frau, die für uns kocht und sauber macht – wird in Kürze zurück sein. Sie ist nur zum Proviantmeister gegangen, um Rindfleisch zu kaufen. In der Zwischenzeit werde ich wohl Wasser für eine Kanne Tee kochen können."

Trotz dieser energischen Worte bemerkte Abigail, dass Charlottes Hände zitterten, als sie den schweren, eisernen Teekessel anhob, um ihn auf den Herd zu stellen. Im nächsten Moment sank sie müde auf die lange Sitzbank, als hätte die Anstrengung sie völlig erschöpft.

„Geht es dir gut?" Die Worte rutschten heraus, noch bevor Abigail begriff, was sie da sagte.

„Natürlich geht es mir gut." Charlotte sah an ihrer legeren Kleidung herunter und runzelte die Stirn. „Ich war heute Nachmittag ein wenig müde und hatte mich hingelegt." Sie hob die Augenbrauen, was ihr einen autoritären Gesichtsausdruck verlieh, den Abigail nur zu gut aus ihrer Kindheit kannte. „Du erinnerst dich doch daran, dass sich Mama des Öfteren hingelegt hat, oder?" Als Abigail nickte, fügte Charlotte hinzu: „Bei mir ist alles in bester Ordnung."

Obwohl Abigail ihrer Schwester nicht glaubte, wusste sie, dass Charlotte nur noch unnachgiebiger werden würde, wenn sie weiter nachfragen würde. Von der Lungenentzündung in ihrer Kindheit war bei Charlotte mehr als nur anhaltende Schwäche zurückgeblieben. Seitdem reagierte sie stets überempfindlich, wenn man sich nach ihrem Gesundheitszustand erkundigte.

Während sie darauf warteten, dass das Wasser kochte, beugte sich Charlotte vor. „Erzähl mir, was Elizabeth gesagt hat, als sie erfahren hat, dass du hierherkommen würdest. Ich dachte, du wolltest sie in diesem Sommer besuchen."

„Das wollte ich auch, aber ich habe meine Meinung geändert. Elizabeth ist so mit ihrem Studium beschäftigt, dass Weihnachten der bessere Zeitpunkt für einen Besuch ist." Abigail wusste, dass sie gerade nach Ausreden suchte. Der wahre Grund für die Änderung ihrer Pläne war das Gefühl gewesen, dass Charlotte sie mehr brauchte als ihre jüngere Schwester, deren Medizinstudium sie von morgens bis abends und manchmal sogar nachts in Beschlag nahm. Obwohl Abigail beide Schwestern furchtbar vermisste, war es Charlotte, um die sie besorgt war.

Als Charlotte aufstand, um den Tee aufzugießen, huschte ein Lächeln über ihr Gesicht. „Oh, Abigail, du bist so impulsiv."

Da war es wieder, dieses Wort. „Das hat Ethan auch gesagt."

„Ethan? Welcher Ethan?"

Obwohl es keinen Grund dafür gab, spürte Abigail, wie sie errötete. „Leutnant Bowles", sagte sie so ruhig, wie sie konnte. „Er war einer der Passagiere in der Postkutsche aus Cheyenne."

„Ach so, dieser Ethan." Charlotte nickte. „Jeffrey sagt, er sei ein guter Mann. Er hat ebenfalls in West Point seine militärische Ausbildung absolviert, wusstest du das?"

Wieder einmal hatte Charlotte das Gesprächsthema geschickt von den Fragen nach ihrer Gesundheit abgelenkt. Abigail wusste, dass es vergeblich wäre, weitere Fragen zu stellen. Sie nahm das Tablett mit dem Tee und trug es ins Wohnzimmer.

„Euer Haus ist toll", sagte sie, als sie erneut Platz genommen hatten. „Ich bin überrascht, dass ihr ein Klavier habt." Und nicht nur ein gewöhnliches Klavier, sondern ein Steinway. Das war schon etwas anderes als das ramponierte Instrument, das ihre Eltern von einem Pfarrhaus mit ins nächste genommen hatten und dessen Gehäuse bei jedem Umzug ein bisschen mehr verkratzt worden war.

Charlotte rührte Zucker in ihre Teetasse, bevor sie antwortete. „Jeffrey besteht darauf, von allem nur das Beste zu kaufen. Er ist sehr gut zu mir."

Bestimmt war es Abigails Müdigkeit nach der langen Reise geschuldet, dass es ihr so vorkam, als würde ihre Schwester etwas wie auswendig gelernt dahersagen, das sie schon mehrfach so vorgetragen hatte.

„Dann bist du hier glücklich." Es klang eher wie eine Feststellung als wie eine Frage.

„Natürlich. Wer wäre das nicht?"

Auch jetzt klangen Charlottes Worte hohl.

„Bowles!"

Beim Klang seines Namens drehte sich Ethan um. Obwohl Jeffrey Crowley ihn mit dem Vornamen ansprach, wenn sie unter sich waren, benahm er sich in der Öffentlichkeit stets förmlich. Er erklärte das damit, dass West Pointer verpflichtet seien, ein gewisses Maß an Würde zu wahren. Jeffreys Stiefel waren immer auf Hochglanz poliert, die Falten in seiner Uniform makellos. Obwohl sie es beide so gelernt hatten, vermutete Ethan, dass die Betonung, die Jeffrey auf Form und Etikette legte, eher von den Jahren herrührte, in denen er wegen seiner roten Haare und den Sommersprossen in seinem Gesicht verspottet worden war als von irgendeinem Protokoll, das er während seiner militärischen Ausbildung gelernt hatte.

„Was machst du hier?", fragte Jeffrey. Seine grünen Augen musterten Ethan genau, als er neben ihn trat. Anscheinend hatte er die Absicht, Ethan auf seinem Weg – der in diesem Fall zum ranghöheren Offizier führte – zu begleiten. „Ich dachte, du wolltest erst morgen zurückkehren."

Da er Hauptmann Westland noch nicht informiert hatte, erwähnte Ethan den versuchten Überfall nicht. „Es wäre sinnlos gewesen, noch länger in Cheyenne zu bleiben." Wie inzwischen deutlich geworden war, war es wesentlich sinnvoller gewesen, in genau diese Kutsche zu steigen.

Ethan fügte hinzu: „Ich bin in Cheyenne in eine Sackgasse nach der anderen geraten. Darum hab ich mich entschieden zurückzukommen. Wie es der Zufall so wollte, habe ich deine Schwägerin hierher begleitet."

Ein nervöses Augenzwinkern war der einzige Hinweis darauf, dass Jeffrey überrascht war. Jeffrey war einige Zentimeter kleiner und gute zehn Kilo schwerer als Ethan und hatte das, was Ethans Großvater als Boxerstatur bezeichnen würde. „Warum um alles in der Welt ist Elizabeth gekommen? Ich dachte, sie wäre noch im Studium."

„Nicht Elizabeth. Miss Abigail Harding. Ich glaube, sie hat Charlottes Gesellschaft vermisst."

Sehr zu Ethans Überraschung stieß Jeffrey einen leisen Fluch aus, der nichts mit den vier Hunden zu tun hatte, die hinter ihnen hertollten und dabei bellten, jaulten und versuchten, die beiden Männer anzuspringen. „Abigail bedeutet Ärger. Charlotte sagt, sie handele stets, ohne vorher darüber nachzudenken. Welchen besseren Beweis kann es noch geben? Sie ist bei mir zu Hause. Womit habe ich das verdient?"

Die Antwort war offensichtlich. Lachend erwiderte Ethan: „Du hast ihre Schwester geheiratet. Habe ich dir nicht gesagt, dass die Ehe mehr Ärger einbringt, als sie wert ist?"

„Warte nur, bis du die richtige Frau triffst. Dann wirst du ein anderes Lied anstimmen." Jeffrey starrte in die Ferne, so als suche er eine Lösung für etwas, das offensichtlich eine unangenehme Situation für ihn war. „Bitte, Ethan, komm mit mir nach Hause und bleibe zum Abendessen."

Ethan schüttelte den Kopf. Obwohl ein von Mrs Channing gekochtes Essen verführerisch war, hatte er noch einiges zu erledigen. „Ich muss zum Hauptmann. Abgesehen davon weiß ich, dass man Familientreffen nicht stören sollte."

Aber Jeffrey ließ sich nicht beirren. „Charlotte ist meine Familie", beharrte er. „Abigail ist ein überflüssiges Anhängsel. Los, Ethan, bitte tu mir den Gefallen. Ich will dem Löwen nicht allein die Stirn bieten."

Ein Löwe? Abigail Harding wirkte eher wie ein Schwan mit ihrem langen, anmutigen Hals.

„Also gut." Es klang nicht gerade begeistert, aber die Einladung war auch nicht gerade freundlich gewesen. „Dann lass mich nur erst berichten, was auf der Rückfahrt passiert ist."

Frances Colfax stieß eine Reihe von Flüchen aus, bei der die Farbe von der Wand gefallen wäre, wenn es denn Farbe gegeben hätte. Farbe war das Letzte, was sie an diesen heruntergekommenen Wänden brauchte. Dieser Ort war in Ordnung, so wie er war – ein baufälliges Gebäude, so verwittert von Wind und Sonne, dass niemand einen zweiten Blick darauf verschwendete, und zwar selbst dann nicht, wenn man ihn durch Zufall entdeckte. Und das taten nur wenige, schließlich handelte es sich um einen Schutzkeller, der tief in den Hang hineingegraben und meilenweit von der nächsten Ranch entfernt war. Dies war der perfekte Ort, um ihre Kleidung und ihre Einnahmen zu verstecken. Wenn es denn Einnahmen gab.

Während sie den letzten der sieben Unterröcke zusammenfaltete, in denen sie wie eine Flüchtlingsfrau aus dem Bürgerkrieg aussah, fluchte Frances erneut. Doch ihre Worte waren noch harmlos im Vergleich zu dem, was der Baron sagen würde, wenn er von dem Fiasko des heutigen Tages erfuhr. Es hätte kaum schlimmer kommen können. Dieser Leutnant hätte gar nicht in der Kutsche sein dürfen. Man hatte Frances versichert, dass niemand aus dem Fort in der Kutsche mitreisen würde, schon gar kein erfahrener Soldat. Die Reisenden, so hatte man ihr gesagt, hatten eigentlich ein Haufen reicher Leute sein sollen, deren Bargeld und Juwelen Frances' Vermögen vergrößern sollten. Es war schon schlimm genug, dass anstelle der vier oder fünf Ehepaare, die sie erwartet hatte, nur ein einziges Paar mitgereist war. Noch schlimmer war es, dass der Überfall früher als geplant stattgefunden hatte und dass sie irgendwie eingeschlafen war. Dies war eine Tatsache, die sie dem Baron gegenüber nicht erwähnen würde. Sie würde sich auf die Rolle konzentrieren, die Leutnant Bowles gespielt hatte.

Frances bürstete den grauen Puder aus ihrem Haar. Früher hatte sie ihr Publikum mit ihrer Darstellung von Julia, Desdemona und ihrer persönlichen Lieblingsfigur, Lady Macbeth, beeindruckt und begeistert. Als sie mit ihren Haaren fertig war, hätte niemand mehr eine Ähnlichkeit zwischen Frances Colfax und Mrs Dunn, der hilflosen Witwe, herstellen können.

Hilflos, hah! Wenn diese Schullehrerin nicht gewesen wäre, hätte Frances den Leutnant von seinem Schuss abgehalten und ihm den Revolver aus der Hand geschlagen, noch bevor er die Gelegenheit gehabt hätte zu zielen. Aber die Schullehrerin war stärker gewesen, als es den Anschein gehabt hatte, und sie hatte Frances davon abgehalten, ihren Pompadour zurückzuholen. Das dumme Ding hatte nicht gewusst, dass Frances nicht ihr Riechsalz, sondern unbedingt ihre kleine Pistole benötigt hatte. Frances war nicht nur eine der besten Schauspielerinnen, die jemals auf der Bühne gestanden hatten, sondern auch eine erstklassige Schützin. Sie würde – im

Gegensatz zum Baron – nicht zögern, eine Frau zu töten. Niemand durfte zwischen Frances Colfax und dem Erfolg stehen.

Während sie den letzten Knopf an ihrer Reitbekleidung schloss und sich auf den Weg zur Ranch machte, dachte sie an die Reaktion des Barons, wobei sich ihr Blick verfinsterte. Anstelle von Geld und Juwelen mussten sie jetzt mit einem verwundeten Mann fertig werden. Nicht gut. Überhaupt nicht gut. Falls seine Hand so schwer verletzt war, wie sie vermutete, wäre Schiller mindestens einen Monat lang außer Gefecht gesetzt. Der Baron würde nicht begeistert sein.

„Deine Postkutsche wurde ausgeraubt? Oh, Abigail, wie furchtbar!" Charlotte wurde noch blasser als zuvor und sah aus, als würde sie gleich ohnmächtig werden. Ethan konnte beim besten Willen nicht verstehen, warum sich Frauen so fest einschnürten, dass sie kaum noch atmen konnten. Mrs Fitzgerald zum Beispiel war beim ersten Anzeichen von Gefahr bewusstlos geworden. Sogar Mrs Dunn hatte ihr Riechsalz gesucht. Und nun schien Jeffreys Frau der Ohnmacht nahe zu sein.

Nur Abigail schien gegen die Ohnmachtskrankheit immun zu sein. Sie war vielleicht impulsiv, aber zumindest wurde sie nicht bewusstlos, und zwar auch dann nicht, wenn sie verängstigt war. Ethan hatte in der Kutsche auch an Abigail die Anzeichen wahrgenommen – die weit geöffneten Augen, die schnelle Atmung, das bleiche Gesicht – aber er hatte ebenso bemerkt, dass sie ihre Angst kontrolliert hatte. Dank ihrer Unterstützung war ihm seine Aufgabe leichter gefallen. Abigail war eine vernünftige Frau.

„Warum hast du nicht früher etwas gesagt?", fragte Charlotte. Ihre Augen füllten sich mit Tränen.

Obwohl die beiden Frauen sich auffallend ähnlich sahen, galt das nicht für ihre Augen. Abigails Augen schienen je nach Stimmung ihren Farbton zu ändern, wohingegen niemand die Farbe in Charlottes Augen infrage stellen würde. Sie waren braun, beinahe so dunkelbraun wie ihre Haare. Ihre Gesichtszüge waren so fein wie Abigails. Es gab sicher viele, die behaupten würden, Charlotte wäre die hübschere von beiden. Ethan gehörte nicht dazu. Obwohl er ihre Schönheit nicht abstreiten würde, war ihm Charlotte Crowley immer etwas kalt vorgekommen. Kalt war jedoch kein Adjektiv, das man benutzen würde, um ihre Schwester zu beschreiben.

„Wir wurden nicht ausgeraubt. Es war ein *versuchter* Raubüberfall“, beschwichtigte Abigail, bevor Ethan erklären konnte, dass sie auf seine Bitte hin geschwiegen hatte. Eigentlich hatte er geplant, Jeffrey unter vier Augen davon zu erzählen. Aber sie hatten kaum im Esszimmer Platz genommen, als Jeffrey auch schon gefragt hatte, was passiert war. Deshalb war Ethan nichts anderes übrig geblieben, als ihm das Geschehen in der Postkutsche kurz zu erläutern.

Abigail legte eine Hand auf den Arm ihrer Schwester, so als wolle sie diese trösten. Charlotte war zwar die ältere, aber heute schien es, als hätte Abigail diese Rolle übernommen. „Leutnant Bowles hat die Banditen davon abgehalten, mehr zu tun, als uns nur zu bedrohen.“

„Du hättest aber trotzdem verletzt werden können.“ Charlotte schüttelte bestürzt den Kopf.

„Wurde ich aber nicht. Am meisten ärgert es mich, dass Mrs Dunn mein Riechsalz behalten hat. Sie war eine der anderen Passagiere in der Kutsche“, erklärte Abigail. „Die arme Frau war so außer sich, dass ich Angst hatte, sie würde ohnmächtig werden.“

Ethans Bewunderung für Abigail wuchs. Obwohl er wusste, dass sie große Angst ausgestanden hatte, spielte sie den Vorfall herunter, um ihrer Schwester die Sorge zu nehmen.

Jeffrey sägte an seinem Braten herum, obwohl das Fleisch zart genug war, um mit einer Gabel zerteilt zu werden.

„Also, was genau ist passiert?“, fragte er Ethan.

„Abigails Erzählung entspricht den Tatsachen. Zwei Wegelagerer, mindestens einer davon ein Deserteur, bedrohten den Fahrer. Es bestand kein Zweifel, dass sie ihn erschießen würden, wenn er die Kutsche nicht anhielte. Also schoss ich als Erster.“

Während Charlotte einen leisen Schrei ausstieß, presste ihr Mann die Lippen aufeinander. „Ich hoffe, du hast den Schurken getötet.“

Ethan runzelte die Stirn, als er die Erregung in Jeffreys Stimme hörte. Es sah ihm gar nicht ähnlich, so leidenschaftlich Anteil an etwas anderem zu nehmen als an seiner Frau. Jeder in der Garnison wusste, dass der Mann geradezu vernarrt in Charlotte war. Warum nur interessierte es ihn so sehr, wie Ethan mit dem versuchten Raubüberfall fertig geworden war?

„Es gab keinen Grund, jemanden umzubringen. Jetzt, wo sein Schussarm verletzt ist, wird Schiller bis auf Weiteres keine Kutschen mehr ausrauben."

„Schiller?" Jeffreys Stimme überschlug sich fast. „Du hast die Männer erkannt?"

„Nur einen. Trotz des Halstuches, das die Hälfte seines Gesichtes bedeckte, gab es keinen Zweifel an Schillers Akzent. Einmal kam er so nah heran, dass ich seine grünen Augen sehen konnte, daher bin ich ganz sicher, dass er es war." Ethan spießte ein Stück Fleisch auf. „Wenn ich ein Pferd gehabt hätte, hätte ich ihn verfolgt. Unter den gegebenen Umständen habe ich lediglich dafür gesorgt, dass er und sein Partner diese Kutsche nicht länger bedrohen konnten."

Abigail legte ihre Gabel zur Seite. „Was haben sich die Banditen erhofft? Mrs Dunn und ich hatten keine Wertsachen bei uns. Und ich glaube auch nicht, dass Mrs Fitzgeralds Juwelen das Risiko wert waren, dafür gehängt zu werden."

Das war eine berechtigte Frage. Ethan nahm von dem Brot, das Charlotte ihm anbot, und begann, eine Scheibe mit Butter zu bestreichen. „Groschenromane erwecken den Anschein, dass Überfälle auf Postkutschen hier draußen beinahe täglich vorkommen. Früher war das tatsächlich so, besonders wenn Gold von Deadwood nach Cheyenne transportiert wurde. Aber dann entwickelten die Postkutschengesellschaften eine gepanzerte Kutsche, die einige den ‚Monitor' nennen."

Das Funkeln in ihren Augen überzeugte Ethan davon, dass Abigail wusste, wovon er sprach. „Wie das Schiff aus dem Bürgerkrieg."

„Genau. Das und die Anwesenheit bewaffneter Begleitpersonen haben den Diebstahl von Goldlieferungen zum Erliegen gebracht. Jetzt hoffen die Wegelagerer, wohlhabende Passagiere zu finden.

Abigail nickte nachdenklich. „Die Fitzgeralds schienen Geld zu haben, aber ich frage mich immer noch, ob es sich wirklich gelohnt hätte."

„Sie haben vielleicht angenommen, dass die Kutsche voll besetzt sein würde. Normalerweise ist sie das auch. An den meisten

Tagen sind alle Sitzplätze im Inneren belegt. Manchmal reisen sogar Männer vorne auf dem Kutschbock mit. Aber auch wenn die Banditen gewusst hätten, dass nur wenige Reisende an Bord sind, können Deserteure ziemlich verzweifelt und ausgesprochen dumm sein. Meiner Meinung nach muss man beides sein, um die Armee auf diese Weise zu verlassen." Nur Feiglinge rannten weg, das war Ethans feste Überzeugung.

„Desertieren viele Männer?" Abigails Gesichtsausdruck verriet, dass mehr als bloße Neugier hinter dieser Frage steckte. Vielleicht kam die Lehrerin in ihr durch, die Informationen für den Unterricht sammelte.

„Viel zu viele. Die Rate beträgt bis zu 30 Prozent. Stimmt das, Jeffrey?"

Sein Gegenüber nickte.

Abigail schnappte nach Luft. „Fast ein Drittel der Männer? Das ist ja schrecklich! Warum gehen sie?"

Ethan versuchte, seinen Gesichtsausdruck zu kontrollieren, während er an die Männer dachte, die einfach verschwunden waren. Er musste zugeben, dass er sich über die Gründe nicht im Klaren war. „Einige behaupten, dass das Leben in der Armee sie langweile, andere fühlen sich von dem niedrigen Lohn entmutigt. Aber das scheinen mir keine ausreichenden Gründe zu sein, um seinen Eid zu verletzen. Wenn Sie mich fragen, Abigail, warum die Schurken ausgerechnet unsere Kutsche statt einer anderen ins Visier genommen haben, weiß ich das auch nicht."

Jeffrey zeigte mit seiner Gabel auf Ethan. „Hast du dir überlegt, dass sie es auf dich abgesehen haben könnten?" Das sollte wohl ein Witz sein.

„Auf mich? Was könnte man sich denn von einem Oberleutnant an Beute erhoffen? Jeder weiß, wie schlecht die Armee zahlt."

„Vergiss nicht, dass Schiller ein einfacher Soldat war. Im Vergleich zu ihm bist du wohlhabend. Aber es gibt noch eine andere Möglichkeit. Vielleicht wollten sie ein Lösegeld für dich erpressen. Schließlich ist dein Großvater so reich wie Krösus."

Wenn es etwas gab, worüber Ethan nicht sprechen wollte, dann war es Curtis Wilson, der Schrecken seiner Kindheit. Unglücklicherweise hatte Jeffrey, wenn er sich einmal in ein Thema verbissen hatte, Ähnlichkeit mit einem Terrier, der seinen Knochen nicht wieder loslassen wollte. Wenn Ethan nichts erwiderte, würde Jeffrey mit seinen Fragen fortfahren, bis er eine Antwort erhielt.

„Mein Großvater ist vielleicht wohlhabend", sagte Ethan und wählte seine Worte sehr sorgfältig, „aber ich kann dir versichern, dass er nicht einen Silberdollar ausgeben würde, um mich freizukaufen."

Und das war auch in Ordnung für Ethan. Als er Curtis Wilsons Haus verlassen hatte, hatte er sich geschworen, dass er nie wieder etwas mit ihm zu tun haben würde.

„Jeffrey wird erst sehr spät wieder zu Hause sein", sagte Charlotte eine Stunde später.

Die Männer waren gegangen und Charlotte und Abigail hatten sich ins Wohnzimmer zurückgezogen, während Mrs Channing das Geschirr wusch. Das Essen war hervorragend gewesen, doch das Gespräch war von leisen Misstönen begleitet gewesen, wie Abigail sehr wohl gespürt hatte. Obwohl Jeffrey nicht mehr dazu gesagt hatte, war ihr nicht entgangen, dass er Ethans Handlungen missbilligte und davon überzeugt war, dass der Bandit hätte getötet werden müssen. Doch ihr Schwager hatte unrecht. Das Leben eines Menschen war kostbar. Deshalb hatte Gott seinem Volk geboten, nicht zu töten.

An dem Tag, an dem sie Luke gefunden hatte, hatte Papa versucht, sie zu trösten. Er hatte ihr erklärt, dass es ein Unfall gewesen war und dass Luke jetzt seinen Frieden gefunden hatte. Trotzdem war es Abigail unmöglich gewesen, den Schrecken eines plötzlichen Todes zu vergessen. Es war falsch zu töten. Wie konnte Jeffrey etwas anderes behaupten? Ethan hatte getan, was getan werden musste. Er hatte die Banditen davon abgehalten, den Kutscher zu töten, und er hatte es getan, ohne jemandem das Leben zu nehmen. Das war sehr mutig gewesen. Egal, was Jeffrey dachte, Ethan hatte das Richtige getan.

Abigail sah ihre Schwester an, die auf dem gegenüberliegenden Stuhl saß und ihre Füße auf einem teuren, mit Gobelinstickerei verzierten Schemel abstützte. Wenn sie sich an Ethans Verhalten störte, war das nicht zu erkennen.

„Jeffrey und die anderen Offiziere verbringen die meisten Abende in ihrem Club", fuhr Charlotte mit ihrer Erklärung fort. Der Glanz, der in Jeffreys Gegenwart in ihre Augen getreten war, verblasste.

„Das muss einsam für dich sein." Vielleicht war das der Grund, warum die Briefe ihrer Schwester so unglücklich geklungen hatten. Andere Männer ließen ihre Frauen zwar auch jeden Abend allein, aber Charlotte und Jeffrey waren gerade mal ein Jahr verheiratet. Bestimmt sehnten sie sich noch immer nach der Gesellschaft des jeweils anderen. Als Charlotte nicht antwortete, zögerte Abigail. Sie war kein Experte in Sachen Ehe, doch der offensichtliche Kummer ihrer Schwester machte ihr schwer zu schaffen.

„Irgendetwas stimmt nicht", sagte Abigail langsam. „Du kannst es leugnen, soviel du willst, aber ich kann sehen, dass du krank bist. Sind es wieder deine Lungen?" Auch als er erklärt hatte, Charlotte sei von der Lungenentzündung geheilt, hatte der Arzt davor gewarnt, dass ihre Lungen schwach bleiben würden und nicht überlastet werden dürften.

„Ich bin nicht krank." Charlotte drehte sich um, sodass sie Abigail nicht mehr ansah, sondern aus dem Fenster starrte. Schließlich – und eher widerwillig – wandte sie sich wieder um und begegnete Abigails Blick. „Ich bin nicht krank. Ich bin *in anderen Umständen*."

Ihre Schwester würde ein Kind bekommen!

„Oh, Charlotte!" Abigail sprang auf und umarmte sie stürmisch. „Das sind ja wundervolle Neuigkeiten! Du wirst Mutter sein und Elizabeth und mich zur Tante machen. Aber ich sollte dich vorwarnen. Ich habe die Absicht, dein Kind nach Strich und Faden zu verwöhnen."

Trotz Abigails Begeisterung blieb der Gesichtsausdruck ihrer Schwester traurig. Charlotte stand so steif da, als würde sie Abigails Umarmung bloß erdulden.

„Es wären wundervolle Neuigkeiten, wenn ich mich besser fühlen würde. Sieh mich an." Charlotte zeigte auf ihren Bauch. „Das Kind soll Ende Oktober zur Welt kommen, aber ich kann immer noch meine normale Kleidung tragen. Es ging mir so schlecht, dass ich nicht zugenommen habe." Ihre Augen füllten sich mit Tränen.

„Oh, Abigail, ich habe solche Angst, dass ich das Kind verlieren könnte. Und ich weiß nicht, was ich dann tun werde."

Bevor Abigail etwas erwidern konnte, fügte Charlotte hinzu: „Jeffrey möchte unbedingt einen Sohn. Manchmal denke ich, das ist der einzige Grund, warum er mich geheiratet hat."

Kapitel 3

Der Regen hatte aufgehört. Abigail sprach ein stilles Dankgebet, als sie den Vorhang beiseiteschob, um nach draußen zu sehen. Obwohl die Müdigkeit sie überkommen hatte, als sie die Treppe zu Charlottes Gästezimmer hinaufgestiegen war, hatte sie nicht den ersehnten Schlaf gefunden. Stattdessen hatte sie wach gelegen und versucht, die Befürchtungen ihrer Schwester, dass Jeffrey sie nicht aus ganzem Herzen liebte, mit der Erinnerung an Charlottes Hochzeit in Einklang zu bringen. An dem Hochzeitstag selbst war es bewölkt gewesen. Gerade als Charlotte und Jeffrey aus der Kapelle von West Point getreten waren, hatte ein leichter Sprühregen eingesetzt. Doch war Jeffrey nicht das Musterbeispiel eines glücklichen Bräutigams gewesen, so bezaubert von seiner Braut, dass er das unangenehme Wetter gar nicht bemerkt hatte? Und hatte Charlottes Lächeln nicht alles überstrahlt?

„Ich habe den perfekten Mann gefunden", hatte sie Abigail später an diesem Tag zugeflüstert.

Jeffrey, der diese Bemerkung mitgehört hatte, lachte. „Du irrst dich, Charlotte", hatte er gesagt. „Ich bin alles andere als perfekt, aber du bist die Antwort auf alle meine Träume. Du hast den glücklichsten Mann der Welt aus mir gemacht."

Bestimmt würde eine Liebe wie diese nicht verblühen. Bestimmt liebte Jeffrey Charlotte nicht nur deshalb, weil sie ihm Kinder schenken würde. Aber Charlotte schien nicht davon überzeugt zu sein. Vorhin, als sie diese verstörenden Worte ausgesprochen hatte, hatte sie sofort die Hand vor den Mund geschlagen.

„Das hab ich nicht so gemeint", hatte sie gesagt und eine einzelne Träne war über ihre Wange gelaufen. Ihre Worte konnte sie vielleicht zurücknehmen, aber ihre Augen sprachen eine andere Sprache. Charlotte hatte Ängste und Zweifel an Jeffrey und das beunruhigte Abigail genauso wie Charlottes Briefe das getan hatten.

Es musste doch irgendetwas geben, das sie tun konnte, um ihrer Schwester zu helfen! Aber obwohl sie sich so lange hin und hergewälzt hatte, bis die Bettlaken zerwühlt waren, hatte Abigail keine Lösung gefunden. Als sie schließlich eingeschlafen war, hatte sie schlecht geträumt. Vom Grollen des Donners und von dem Geräusch des Regens, der auf das Dach prasselte, war sie zweimal aufgewacht. Zwar gab es auch in Vermont Gewitter, aber keins war je so heftig gewesen wie das der letzten Nacht. Es schien, als wäre hier in Wyoming alles größer und wilder als zu Hause. War das einer der Gründe für Charlottes Sorgen? Die Ehe und die Tatsache, dass sie bald Mutter werden würde, brachten viele Veränderungen mit sich. Dasselbe galt für das Leben in einer Umgebung wie dieser. Vielleicht war es alles zusammen, was Charlotte momentan ängstigte und überforderte.

Bestimmt gab es eine Möglichkeit zu helfen. *Zeige es mir, Herr,* betete Abigail. *Zeige mir den Weg.*

„Erzähl mir von ihr. Ist sie so hübsch, wie alle sagen?"

Ethan sah in den Spiegel und runzelte die Stirn. Das Zusammenleben mit den anderen unverheirateten Offizieren hatte ihn davon überzeugt, dass einer der wenigen Vorteile einer Ehe die Tatsache war, dass man ein wenig mehr Privatsphäre genießen konnte. Niemand würde in Jeffreys Haus platzen und ihn nach Abigail ausfragen, aber hier konnte man sich noch nicht einmal in Ruhe rasieren. Der Anblick von Oliver Setons Gesicht, das ihn direkt neben seinem aus dem Spiegel angrinste, war der Beweis dafür. Ethan spielte kurz mit dem Gedanken, Unwissenheit zu heucheln und zu behaupten, er wisse nicht, wer diese „Sie" sei, die die Fantasie seines Freundes beflügelte, aber das würde letztlich wenig bringen. Wenn es um Frauen ging, konnte man Oliver genauso wenig von einer Fährte abbringen wie einen hungrigen Dachs am Bau eines Präriehundes.

Oliver war einige Zentimeter größer als Ethan und stellte die Köche der Kompanie vor ein Rätsel. Obwohl dieser Riese mit dem hellbraunen Haar im Vergleich zu den anderen stets doppelte Portionen aß, war und blieb er der dünnste Mann am Standort. Schon oft hatte man ihn bei dem Versuch ertappt, einen weiteren Laib

Brot von den Bäckern zu erbetteln. Zu Ethans Belustigung schien der Leutnant, der zusammen mit Ethan nach Fort Laramie versetzt worden war, bei der Jagd nach Frauen ebenso unersättlich zu sein.

„Miss Harding ist recht attraktiv“, räumte Ethan ein, als er Rasierschaum auf seine Wangen pinselte. In Wahrheit war Abigail wunderschön, aber das würde er Oliver nicht sagen. Dieser Mann brauchte keine Ermutigung. Selbst wenn sie so hässlich wie ein Maultier wäre, würde Oliver bald sein Glück bei ihr versuchen.

„Sie sieht ihrer Schwester ziemlich ähnlich, aber ...“ Ethan suchte nach einem Wort, um den Unterschied zu beschreiben. „Sanfter“, sagte er schließlich.

Oliver lehnte seine schlaksige Gestalt gegen den Türrahmen und grinste. „Das sind die besten Neuigkeiten des Jahres. Ich weiß, dass ein Mann nicht wählerisch sein sollte, aber einige der Wäscherinnen haben geradezu Ähnlichkeit mit einem Hundegesicht.“

„Solange sie die Laken sauber kriegen, stört es doch nicht, oder?“ Es war eine rhetorische Frage. Oliver suchte – ebenso wie viele andere alleinstehende Männer am Standort – die Gesellschaft einer jeden ungebundenen Frau und sah sogar über einen vollständigen Mangel an Schönheit hinweg. Und wenn im Fort gerade keine geeignete Frau zur Verfügung stand, verbrachte Oliver nicht selten seine Abende in Gesellschaft der Prostituierten, den sogenannten „Schmutzigen Täubchen“, im „Peg's“.

„Ich verstehe dich nicht, Ethan. Hast du deine Bibel nicht gelesen? Der Mann ist nicht dazu bestimmt, allein zu leben. Deshalb hat Gott Eva gemacht.“

„Und deshalb hat Noah die Tiere in Zweiergruppen mit in die Arche genommen.“ Ethan machte eine Pause, als er das Rasiermesser über eine seiner Wangen gleiten ließ. Er hatte nicht die Absicht, Blut zu vergießen, nur weil Oliver Seton beschlossen hatte, sich mit Ethans Desinteresse an den ledigen Frauen im Fort auseinanderzusetzen. „Die Predigt hast du schon gehalten.“

„Vielleicht, aber ich verstehe immer noch nicht, warum du nichts unternimmst, um eine Frau zu finden. Das Leben mit einer Frau wäre weit weniger einsam.“ Und Einsamkeit – so seltsam das klang – konnte auch an einem Standort mit Hunderten von Männern ein großes Problem werden.

„Nicht jeder Mensch ist für die Ehe geschaffen“, sagte Ethan so geduldig wie möglich. Er hatte mehr als die Hälfte seines Lebens damit verbracht, seinem Großvater dabei zuzuhören, wie er darauf beharrte, dass Ethan durch eine Heirat eine wichtige Geschäftsbeziehung festigen müsse. Als Ethan seinen zwölften Geburtstag gefeiert hatte, hatte sein Großvater verkündet, er habe vier Mädchen ausgewählt, die alle eine gute Ehefrau für Ethan abgeben würden, sobald er das heiratsfähige Alter erreicht hätte. Auch hatte er Ethan dazu angehalten, bei den Besuchen besonders höflich zu den Vätern dieser Mädchen zu sein, da ihnen verschiedenen Firmen gehörten, die wichtig für das Eisenbahnimperium seines Großvaters waren. Ethan hatte genug gehört, um zu wissen, dass dies nichts für ihn war. Er würde weder aus geschäftlichen Gründen heiraten noch in Betracht ziehen, den Rest seines Lebens mit einer Frau zu verbringen, die mehr an seiner Uniform interessiert war als an dem Mann, der darin steckte. Von dieser Sorte hatte Ethan mehr als genug getroffen, als er in West Point gewesen war. Allerdings hatte er nicht vor, Oliver davon zu erzählen. Ethan hätte ihn einfach auffordern können zu gehen, aber trotz der lästigen Angewohnheit, ihm Vorträge zum Thema Ehe zu halten, war der Mann normalerweise eine angenehme Gesellschaft.

„Ich denke, ich sollte dankbar sein.“ Oliver berührte mit dem Finger die Spitze seiner ungewöhnlich langen Nase. „Wenn du nicht um sie wirbst, wird sich Miss Harding vielleicht meiner erbarmen, sogar bei dieser Nase.“

„Vielleicht.“ Es gab keinen Grund, warum Ethan dieser Gedanke zu schaffen machen sollte. Dennoch störte ihn diese Ankündigung irgendwie.

„Morgen, Bowles.“

Ethan hoffte, dass der Tag sich bessern würde – wenn auch nur kurz. Noch bevor er die Rasur beendet hatte, war ihm die Order übermittelt worden, umgehend in das Büro des Hauptmanns zu kommen. Obwohl er sowieso von seinem Vorgesetzten die Erlaubnis einholen wollte, nach den Deserteuren zu fahnden, war die Tatsache, dass er vorgeladen war, keine gute Nachricht. Er hatte seine Morgentoilette in Rekordzeit zu Ende gebracht und war gerade auf dem Weg zu seinem vorgesetzten Offizier, als sich Jeffrey zu ihm gesellte. Vielleicht wusste dieser irgendetwas, das Ethan selbst nicht wusste, irgendetwas, das das breite Grinsen auf seinem Gesicht erklären würde.

„Du scheinst gut gelaunt zu sein", bemerkte Ethan, „und ich kann mir nicht vorstellen, dass das mit der Aussicht zusammenhängt, Soldaten im Schlamm zu drillen." Der Regen der vorangegangenen Nacht hatte den Paradeplatz in eine matschige Pfütze verwandelt.

„Nein", pflichtete Jeffrey ihm bei, „das hasse ich genauso wie jeder andere auch." Er blickte auf seine frisch polierten Stiefel, wobei sein Gesichtsausdruck verriet, dass er sich gerade vorstellte, wie sie in ein paar Stunden aussehen würden. Als er Ethan erneut ansah, trat das breite Lächeln wieder auf sein Gesicht. „Bevor du fragst: Nein, meine gute Laune hat nichts mit diesem Saure-Gurken-Gesicht von Schwägerin Abigail zu tun. Ich finde es immer noch unmöglich, dass sie uns unangekündigt ins Haus gefallen ist. Charlotte und ich hatten uns gerade an unser ruhiges Leben hier gewöhnt."

Obwohl er sich beeilte, zu seinem Vorgesetzten zu gelangen, konnte Ethan nicht anders, als auf Jeffreys Wortwahl zu reagieren. Saure-Gurken-Gesicht? Was konnte Abigail gesagt oder getan haben, das diese Beschreibung verdiente? Obwohl er ihre Reise auch für impulsiv und unüberlegt hielt, war es schade, dass sie den weiten Weg zurückgelegt hatte, um derart widerwillig empfangen zu werden.

„Andererseits", fuhr Jeffrey fort, „ist Abigail vielleicht ein Teil des Grundes für meine gute Laune. Jetzt, wo sie da ist, sind Charlotte und ich zu dem Schluss gekommen, dass es schwierig werden wird, unsere Neuigkeiten geheim zu halten. Deshalb erzählen wir sie jetzt – und du bist der Erste, der sie hört!"

„Ich fühle mich geehrt. Nun sag schon, was ist die große Ankündigung?" Obwohl Ethan ahnte, worum es ging, wollte er Jeffrey nicht in die Parade fahren. Er wusste, dass dieser es genoss, seine Neuigkeit selbst zu verkünden, damit man ihm überschwänglich gratulieren konnte.

Jeffreys Gesicht, das normalerweise nicht besonders attraktiv war, leuchtete, als er die Worte verkündete, die Ethan erwartet hatte: „Ich werde Vater. Ist das nicht großartig?“

„Das ist es wirklich.“ Ethan schlug seinem Freund auf die Schulter. „Herzlichen Glückwunsch, alter Freund.“

„Das will doch jeder Mann, nicht wahr – einen Sohn?“

Ethan stimmte zu, schließlich wusste er, dass dies von ihm erwartet wurde. Er würde weder darauf hinweisen, dass das Kind auch eine Tochter sein könnte, noch darauf, dass ein Mann nicht immer bekam, was er sich wünschte.

„Jetzt brauche ich nur noch die Ernennung zum Hauptmann. Die Zulage wäre bestimmt nützlich.“ Jeffrey seufzte. „Ich sag dir, Bowles – was ich an der Berufsarmee nicht mag, ist die Tatsache, dass die Beförderungen so langsam vor sich gehen. Als mein Großvater diente, war das noch anders. Ich fühle mich wie ein Leichenfledderer, der darauf wartet, dass irgendein Hauptmann stirbt, damit ich seinen Dienstrang haben kann. Schrecklich, oder?“ Er runzelte die Stirn. „Du hast es gut. Ich wünschte, ich hätte einen Großvater wie du, der im Hintergrund die Fäden für mich zieht. Wer weiß? Vielleicht gelingt es ihm, dich an einen aufregenderen Ort versetzen zu lassen.“

„Wenn du glaubst, dass er so etwas tun würde, kennst du meinen Großvater nicht. Er hasst es, dass ich in der Armee bin.“ Ethan stieg gerade die Stufen zum Büro des Hauptmanns hoch und machte sich gar nicht erst die Mühe, den Ärger zu verbergen, der wie so oft die Gedanken an seinen Großvater begleitete. „Ich bin gegen seinen Willen in die Armee eingetreten.“ Genauer gesagt deshalb, weil die beste Möglichkeit, seinen Großvater zu ärgern, darin bestand, in die Fußstapfen seines Vaters zu treten.

„Aaaachtung!“

Die Kompanie, die vor ihm aufgereiht war, zog die Schultern zurück und hob die Köpfe. Ethan blickte die Reihe entlang und registrierte zufrieden, dass die meisten Männer trotz des ständigen Gemeckers über schlecht sitzende Uniformen von zweifelhafter Qualität auch einer Überprüfung in West Point standhalten würden. Unglücklicherweise war das nicht der Grund, aus dem er die Männer zusammengerufen hatte. Eine Musterung wäre viel einfacher gewesen als die Aufgabe, die heute zu erledigen war. Ethan hatte eigentlich gehofft, einen Suchtrupp nach Johann Schiller und seinem Komplizen anführen zu können, war aber von seinem Vorgesetzten informiert worden, dass sich Leutnant Montgomery dieser Sache annehmen würde, während Ethan ein anderes Problem zu lösen habe. Die Prioritätenliste des Hauptmanns entsprach nicht der von Ethan, aber ein Befehl war ein Befehl.

„Wir haben ein Problem, Männer." Wie aufs Stichwort sprang ihnen eine Meute knurrender Hunde entgegen, die mit ihren gefletschten Zähnen und aufgestellten Schwänzen deutlich machte, dass jedes Mitglied der Meute der Rudelsführer sein wollte. „Hauptmann Westland ist ungehalten über die Anzahl frei laufender Hunde im Fort. Jeder einzelne von ihnen muss eingefangen werden." Wie das allerdings vonstattengehen sollte, das wusste Ethan auch nicht. Es gab mindestens hundert streunende Hunde, und wenn diese spürten, dass sie gejagt wurden, konnten sie so gerissen wie Kojoten sein.

„Wenn die Hunde registriert sind", fuhr er fort, „besteht Ihre Aufgabe darin, sie an ihre Eigentümer zurückzugegeben und besagte Eigentümer darüber zu informieren, dass sie ihre Tiere noch einmal registrieren lassen müssen. Außerdem werden Sie besagten Eigentümern mitteilen, dass die registrierten Hunde unter Kontrolle gehalten werden müssen, entweder indem sie an der Leine geführt werden oder indem sie in einem umzäunten Bereich bleiben. Ab morgen werden alle Hunde, die frei herumlaufen, getötet."

Ein Korporal bat um die Erlaubnis, sprechen zu dürfen. „Was passiert mit den nicht registrierten Hunden, Sir?"

„Entweder Sie finden jemanden, der sie registrieren lassen und die Steuern bezahlen will, oder ..." Ethan deutete auf den Fluss. „Sie begegnen ihrem Schicksal. Verstanden?"

„Soll'n wir die Viecher baden?", fragte ein einfacher Soldat.

„Nein!" Ethan starrte wütend auf die Männer, die angesichts dieser absurden Frage angefangen hatten zu grinsen. „Keine Bäder. Sie werden sie ertränken."

„Versenken?“

Ethan schluckte seinen Ärger hinunter und versuchte, sich seine Bestürzung darüber nicht anmerken zu lassen, dass der Soldat sich nicht etwa über ihn lustig machte. Er verstand den Auftrag schlicht und einfach nicht.

„Im Fluss *versenken* und dadurch *ertränken.*“

Die Art und Weise, in der der Soldat den Kopf schüttelte, machte Ethan deutlich, dass er nicht etwa das Schicksal der Hunde missbilligte, sondern den Befehl immer noch nicht verstanden hatte.

„Entschuldigen Sie, Sir.“ Korporal Keller trat aus der Formation heraus. „Erbitte die Erlaubnis, übersetzen zu dürfen.“ Obwohl er selber mit starkem Akzent sprach, konnte er Ethan immer verstehen.

„Erlaubnis erteilt.“ In welch armseligen Zustand war die Armee verfallen, wenn Rekruten einen Dolmetscher benötigten. Sie waren Amateure, blutige Anfänger, wie Schiller und der andere Deserteur.

Diese Möchtegern-Banditen hatten nicht erkannt, dass ihre Erfolgschancen wesentlich größer gewesen wären, wenn sie sich der Kutsche aus entgegengesetzten Richtungen genähert hätten. Anfängerfehler!

Der Korporal sprach schnell. Ethan beobachtete, wie einige der Männer allmählich begriffen.

„Gute Arbeit, Korporal Keller.“ Vielleicht würde sich Ethans Tag doch noch bessern.

Es war gut, dass Fort Laramie befestigte Gehwege hatte. Aufgrund des Regens war die Straße, die den Paradeplatz umgab, matschig und voller Pfützen. Selbst der Paradeplatz schien durchweicht zu sein. Charlotte hatte Abigail geraten, erst dann loszugehen, wenn die Sonne den Matsch getrocknet hätte. Und wenn es nur darum gegangen wäre, Ersatz für ihr Riechsalz zu bekommen, dann hätte Abigail diesen Rat auch befolgt. Doch es war die morgendliche Übelkeit ihrer Schwester, die Abigail schon jetzt auf die Straße trieb. Zu groß war ihr Wunsch, keine Zeit zu verlieren und sofort zu versuchen, Abhilfe zu schaffen.

Als Abigail an einer Magenverstimmung gelitten hatte, hatte Elizabeth sowohl Pfefferminz- als auch Ingwertee empfohlen. Beide Therapien hatten sofort angeschlagen, so wie ihre Schwester behauptet hatte. Bestimmt war im Gemischtwarenladen Minze, vielleicht sogar ein Stück Ingwer zu bekommen. Das war der Grund, warum Abigail zu dem eingeschossigen Gebäude am nordwestlichen Ende des Paradeplatzes unterwegs war.

Die Sonne schien hell, der Himmel strahlte in diesem makellosen Blau, das für Wyoming im Sommer charakteristisch zu sein schien. Sogar der Wind war abgeflaut und hatte einen Tag zurückgelassen, der schön zu werden versprach, vorausgesetzt natürlich, dass man irgendetwas an Wyoming schön fände. Abigail bezweifelte, dass die Soldaten, die in der Mitte des Paradeplatzes marschierten, irgendeinen Grund hätten, sich zu freuen, wo doch der Matsch gegen ihre Hosenbeine spritzte und sich an ihre Stiefel heftete. Und dann waren da noch andere Soldaten, die offenbar hinter einer Meute Hunde herrannten und dabei Seile schwangen, als hätten sie die Absicht, die armen Tiere mit dem Lasso einzufangen.

„Kommt her", schrie ein Mann auf Deutsch.

Abigail lachte, als sich die Hunde weigerten zu kommen.

„Kommt her, sofort!", wiederholte der Soldat.

Bemerkte er denn nicht, dass die Hunde – selbst wenn sie Deutsch verstanden hätten – nicht im Entferntesten die Absicht hatten zu gehorchen? Der einzige Hinweis darauf, dass sie den Befehl gehört hatten, bestand darin, dass zwei ihren Kopf drehten – vielleicht um die Entfernung ihrer Verfolger einzuschätzen –, bevor sie sich laut jaulend in die Mitte des Rudels zurückzogen.

Woher waren sie gekommen? Es stimmte, dass sie gestern zahlreiche Hunde gesehen hatte und auch in der Nacht Heulen und Bellen vernommen hatte. Aber Abigail hatte nicht geahnt, dass hier derart viele Tiere lebten. Das Rudel, das sie beobachtet hatte, rannte vorbei, wobei die Hunde die Soldaten, die versuchten, sie zu fangen, unaufhörlich ankläfften und anknurrten. Obwohl beinahe zwanzig Hunde an ihr vorbeiliefen, handelte es sich offenbar nur um ein einziges Rudel. Von der anderen Seite der Häuser hörte sie eine weitere Meute. Und das Gebell am gegenüberliegenden Ende des Paradeplatzes bewies, dass noch weitere Tiere um die Bäckerei herumstreunten. Abigail starrte in die Ferne und versuchte, die Gesamtzahl zu schätzen.

Rumms! Sie war so abgelenkt gewesen, dass sie nicht auf ihren Weg geachtet hatte und geradewegs in ein Hindernis gelaufen war. Aufgrund der Uniform und der Stabilität des sich darin befindlichen Körpers gab es keinen Zweifel. Sie war in ihrer Unachtsamkeit mit einem Soldaten zusammengestoßen. Abigail hob ihren Blick, sah, dass der Mann vor ihr Leutnant Bowles – Ethan – war, und spürte, wie ihr das Blut in die Wangen schoss. Wie peinlich!

„Es tut mir leid.“ Es musste der Zusammenstoß gewesen sein, der ihr die Luft zum Atmen nahm. Bestimmt war es nicht das Lachen, das sie in diesen tiefblauen Augen sah. Und bestimmt war es auch nicht die Tatsache, dass sie sich so nah bei einem Mann befand, nah genug, um den Geruch von Seife zu riechen und noch etwas anderes, etwas, das sie nicht identifizieren konnte. Wenn sie überhaupt auf einen Mann reagierte, dann hätte es Woodrow sein sollen, der ihr Herz zum Rasen und ihren Atem zum Stocken brachte. Aber so hatte sich Abigail bei Woodrow noch nie gefühlt.

„Es tut mir leid.“ In dem verzweifelten Versuch, ihre Fassung wiederzuerlangen, wiederholte Abigail die Entschuldigung. „Ich fürchte, ich habe nicht auf meinen Weg geachtet.“

Ethans Lippen verzogen sich zu einem Lächeln. „Ich wohl auch nicht, wie es scheint. Ich bin derjenige, der sich entschuldigen muss.“

Abigail trat einen Schritt zurück und hoffte, die Distanz würde ihren Herzschlag verlangsamen. Dann deutete sie auf die Männer, die die Hunde jagten. „Was geht hier vor sich? Ich habe noch nie so viele Hunde gesehen.“

„Hauptmann Westland auch nicht. Drei davon haben ihn heute Morgen angesprungen.“

„Mit matschigen Pfoten.“ Abigail versuchte, sich ihr Lachen zu verkneifen, als sie sich die Szene vorstellte.

„Ganz genau. Er war ausgesprochen verärgert.“

„Und so hat er befohlen, sie einzusperren?“ Das würde die Lassos der Soldaten erklären.

Ethan nickte. „Das ist einer der Befehle. Die Hunde sind zu einer solchen Plage geworden, dass der letzte Kommandant sich entschlossen hat, von den Besitzern eine Abgabe zu erheben. Einige Eigentümer waren nicht bereit, Geld für ihre Tiere zu bezahlen, und entschieden, ihre Hunde nicht registrieren zu lassen. Deshalb lassen sie sie wild herumlaufen."

„Und jetzt vermehren sie sich unkontrolliert."

Die meisten Tiere, die Abigail gesehen hatte, waren bereits ausgewachsen. In dem letzten Rudel waren allerdings auch fünf schwarze und hellbraune Welpen mitgelaufen, die ganz offensichtlich gerade erst entdeckt hatten, dass es Spaß machte, die eigenen Schwänze zu jagen. Abigail sah ihnen dabei zu und amüsierte sich darüber, dass der Kleinste aus dem Wurf, dessen Schwanz länger war als der seiner Geschwister, der Einzige war, der ihn zu fassen bekam. Doch ein scharfer Biss überzeugte ihn von der Unsinnigkeit des Spiels und er zog davon, um seinen schmerzenden Schwanz zu pflegen.

„So ist es. Die Anordnung von heute Morgen besagt, dass alle Hunde, die nicht registriert sind, beseitigt werden müssen."

„Sie meinen ...?" Abigail biss sich auf die Zunge. Sie wollte nicht aussprechen, welches Schicksal die armen Geschöpfe erwartete.

Ethan nickte erneut. „Sie werden im Fluss ertränkt."

„Auch die Welpen?"

Als sie keine Lust mehr hatten, ihre eigenen Schwänze zu jagen, begannen zwei der größeren Welpen, ihre kleineren Geschwister zu jagen. Während sie umherrannten, flatterten ihre Ohren und ihre übergroßen Pfoten tapsten ungeschickt durch den Schlamm.

„Welpen bleiben nicht für immer Welpen." Ethan schmunzelte. „Jetzt sind sie vielleicht niedlich, aber bald werden sie sich zu einer Plage entwickeln."

„Mit matschigen Pfoten." Als seine Geschwister davonflitzten, bemerkte der Kleinste, dass er allein gelassen worden war. Sofort versuchte er, die anderen einzuholen. Aber seine Beine waren zu kurz, sodass er in eine Pfütze stolperte und sich sein hellbraunes Fell dunkel färbte. Abigail lächelte, als sich der Welpe, der das Gefühl von Matschwasser an seinen Beinen ganz offensichtlich genoss, auf seinen Rücken drehte und anfing, sich im Schlamm zu suhlen.

„Matschige Pfoten?", lachte Ethan. „Der hier sieht eher so aus, als wäre er überall matschig."

Der kleine Hund stand auf und schüttelte sich, wobei er

Matschtröpfchen in Abigails Richtung schleuderte. Anschließend warf er sich vor ihr auf den Boden und blickte mit den größten braunen Augen, die sie jemals bei einem Hund gesehen hatte, zu ihr nach oben. Diese flehenden Augen zerrissen Abigails Herz. „Oh, Ethan, er ist so süß. Sie dürfen ihn nicht ertränken."

„Was schlagen Sie vor?"

Sie wollte gerade ratlos mit den Schultern zucken, als ihr eine Erinnerung in den Sinn kam. Es war an dem Weihnachtsfest gewesen, als Charlotte acht und Abigail sechs Jahre alt gewesen war. Abigails Wunschliste war endlos lang gewesen, doch Charlotte hatte nur einen einzigen Wunsch gehabt: einen Welpen. Nachts hatte Charlotte ihr heimlich anvertraut, dass sie sicher war, ihre Eltern würden ihr diesen Wunsch erfüllen. Aber als der Weihnachtsmorgen anbrach, waren ihre Strümpfe zwar mit Obst und Nüssen gefüllt, doch gab es keinen Hund. „Ein Welpe macht zu viel Ärger", hatte Papa erklärt. Nur Abigail wusste, wie viele Tränen Charlotte vergossen hatte, und nur sie wusste, wie tief verletzt sie gewesen war, als sich Elizabeth fünf Jahre später einen Hund gewünscht und ihn auch bekommen hatte.

Das war nicht mehr rückgängig zu machen, aber vielleicht – nur vielleicht – würde dieser erbarmungswürdige Welpe eine Leere in Charlottes Leben füllen. Abigail beugte sich herab und nahm die matschige Kreatur in ihre Arme. „Ich kenne ein perfektes Zuhause für ihn."

Der Hund war feucht und ekelig und stank schlimmer als so ziemlich alles, woran sich Abigail erinnern konnte. Doch sie lächelte, als der Welpe versuchte, ihr durchs Gesicht zu lecken.

„Lachen Sie nicht, Ethan, aber er wird ein sehr verspätetes Weihnachtsgeschenk sein. Meine Schwester braucht dieses kleine Fellknäuel."

Kapitel 4

„Sind Sie sicher? Ein Welpe ist nicht …"

„… für immer ein Welpe."

Abigail musste lächeln. Nicht nur wegen der Tatsache, dass sich der Welpe in ihre Arme kuschelte, als dächte er, er sei plötzlich ins Paradies befördert worden, sondern auch Ethans zweifelnder Gesichtsausdruck rief ihr Lachen hervor. Seine Mundwinkel zuckten, als er seine Augenbrauen so sehr hob, dass sie beinahe seine Mütze berührten.

Abigail blickte auf das Objekt seiner Belustigung und lächelte erneut. „Das weiß ich und es ist auch gut, dass er aus der Welpenzeit … wenn es so ein Wort gibt … herauswächst. Seine Ungezogenheiten werden im Moment zu Charlottes Unterhaltung beitragen, aber sie sollten sich etwas legen, bis …" Abigail hielt inne, weil sie bemerkt hatte, dass sie sich beinahe verplappert hätte. Charlotte hatte nicht erwähnt, ob noch jemand anderes als Jeffrey und die Hebamme wusste, dass sie *in anderen Umständen* war. Doch es gehörte sich sowieso nicht, wenn eine Dame etwas derart Persönliches einem Mann gegenüber erwähnte, der nicht Teil der Familie war.

Ethans Lippen verzogen sich einmal mehr zu einem Lächeln. „Bis das Kind da ist, meinen Sie?"

„Ja."

Eine Welle von Erleichterung spülte über Abigail hinweg, als ihr klar wurde, dass sie den abgebrochenen Satz nicht würde erklären müssen. Als Lehrerin bestand sie darauf, dass ihre Schüler in vollständigen Sätzen sprechen, und normalerweise wollte sie natürlich als gutes Beispiel vorangehen. Charlottes Zustand war allerdings kein normales Ereignis.

„Ich war mir nicht sicher, ob irgendjemand über Charlottes – äh – Zustand Bescheid weiß", sagte sie und vermied es, noch deutlicher zu werden. „Zu Hause hätte niemand über das bevorstehende Ereignis gesprochen, aber hier ist alles so anders." Sie deutete auf den Paradeplatz, wo die Soldaten immer noch versuchten, die Hunde einzufangen. Eine große amerikanische Flagge wehte fröhlich im Wind.

„Das haben Sie bereits mehrfach erwähnt. Was das Kind anbelangt, hat Jeffrey die Neuigkeiten heute Morgen praktisch an die große Glocke gehängt. Ich habe ihn noch nie so begeistert erlebt." Ethan lächelte schief. „Er war fast so begeistert wie Sie, als Sie gerade dieses schmuddelige Fellknäuel aufgehoben haben."

Abigail tat so, als wäre sie verärgert. „Sie sollten wissen, dass es sich bei diesem schmuddeligen Fellknäuel, wie Sie ihn so unhöflich nennen, um einen hinreißenden Welpen handelt."

Ethan hob kapitulierend die Hände. „Ist dieser hinreißende Welpe …" Er grinste, als er die Worte aussprach. „Ich kann einfach nicht ernst dabei bleiben, also versuch ich's noch mal. Ist dieser kleine Bursche Ihr Heilmittel gegen Langeweile? Sie scheinen zu glauben, dass sich jeder, der in Wyoming lebt, langweilen muss."

Unter diesem Aspekt hatte Abigail den Welpen noch gar nicht betrachtet. Wenn überhaupt, hätte sie ihn als Antwort auf ihre Gebete bezeichnet, denn sie bezweifelte nicht, dass er ihr aus gutem Grund über den Weg gelaufen war. „Vielleicht wird er das sein. Was ich ganz sicher weiß, ist, dass jeder Mensch, egal welchen Alters, das Bedürfnis hat zu spielen."

Das hatte Abigail von ihren Eltern gelernt, die in jeder der Kirchen, in deren Dienst Papa berufen worden war, Eislauffeste im Winter, Krocketspiele im Sommer und lange Wanderausflüge im Frühling und Herbst organisiert hatten. Sogar die schmuddelige Jahreszeit, diese unangenehme Zeit, in der der Schnee am Schmelzen war und die Blumen noch nicht blühten, war von fröhlichen Festen erhellt worden. Abigail würde Charlotte daran erinnern, wenn sie ihr den Hund brachte.

Sie tätschelte den Welpen am Kopf und fragte sich, ob das kurze Fell weicher würde, sobald man den Schmutz entfernt hätte. „Charlotte kann mit ihm spielen – und vielleicht sogar Jeffrey."

Ethans Augenbrauen hüpften erneut in die Höhe. „Irgendwie kann ich mir nicht vorstellen, dass Jeffrey mit einem Welpen spielt."

Das konnte Abigail auch nicht, aber darauf kam es nicht an. Wichtig war, dass Charlotte einen Gefährten haben würde, wenn Abigail nach Vermont zurückkehrte. Und zum jetzigen Zeitpunkt war es wichtig, den neuen Mitbewohner in sein neues Zuhause zu bringen und ihn zu säubern, bevor Jeffrey zum Abendessen erschien.

Als Abigail sich umwandte, um den Heimweg anzutreten, blieb Ethan an ihrer Seite. „Sie werden ihn registrieren lassen müssen. Außerdem müssen Sie natürlich sicherstellen, dass er unter Kontrolle bleibt."

„Zum Glück ist der Hof umzäunt."

„Aber Hunde sind dafür bekannt, dass sie sich unter Zäunen durchgraben."

„Stimmt." Abigail sah auf den Welpen hinab, der in ihren Armen eingeschlafen war. Obwohl er im Moment geradezu aussah wie ein Engel, konnte sie sich nicht dafür verbürgen, wie er sich benehmen würde, sobald er erst einmal aufgewacht war. „Ich werde eine Leine kaufen. Ich vermute, im Gemischtwarenladen bekomme ich so etwas."

„Und so ziemlich alles andere, was Sie brauchen werden", stimmte Ethan zu, als sie Charlottes Haus erreichten. „Auf Wiedersehen, Abigail, und viel Glück Ihnen."

„Warum sollte ich Glück brauchen? Ich würde sagen, er und ich, wir haben bereits Glück." Abigail lächelte auf den Hund in ihren Armen herab.

„Lassen Sie uns eine Woche abwarten, ob Sie dann immer noch dieser Ansicht sind. Welpen können auf allerhand dumme Gedanken kommen."

„Nicht dieser hier." Als Abigail ums Haus zur Hintertür ging, lachte sie immer noch über Ethans amüsierten Gesichtsausdruck. Wenn sie Glück hatte, war Mrs Channing noch nicht da. Charlotte hatte erwähnt, dass die Köchin ein strenges Regiment führte und es nicht mochte, in ihrer Routine gestört zu werden. Ein Welpe war für jedermanns Routine eine Herausforderung.

„Charlotte", rief Abigail, als sie den Flur betrat, „komm her, ich muss dir etwas zeigen."

Glücklicherweise gab es keine Spur von der Köchin. Beim Klang von eiligen Schritten erwachte der Welpe und begann, in Abigails Armen herumzuzappeln, dann gab er ein schrilles Jaulen von sich, als wollte er Charlotte begrüßen.

Während sie auf Charlottes Reaktion wartete, spürte Abigail, wie sich ihr Herzschlag beschleunigte. Würde Charlotte sie für verrückt halten, dass sie einen heruntergekommenen Welpen hier anschleppte? Schließlich war es schon viele Jahre her, dass sie sich sehnlichst einen Hund gewünscht hatte.

Charlottes Reaktion war genauso, wie Abigail es sich erhofft hatte. „Ein Hund.“ Sie faltete in kindlichem Erstaunen ihre Hände, während ein strahlendes Lächeln ihr Gesicht erhellte. „Was um alles in der Welt machst du mit einem Hund?“ Das Zögern in ihrer Stimme verriet Abigail, dass sie Angst hatte, sich Hoffnungen zu machen, die sich dann doch wieder zerschlagen würden.

„Ich konnte den Gedanken nicht ertragen, dass er ertränkt wird“, sagte Abigail, nachdem sie erklärt hatte, was die Soldaten gerade taten. „Außerdem habe ich gehofft, du würdest dich über seine Gesellschaft freuen. Ich habe zu Ethan gesagt, er sei ein verspätetes Weihnachtsgeschenk.“ Als sich Charlottes Augen mit Tränen füllten, rümpfte Abigail ihre Nase und fügte hinzu: „Ein ziemlich übel riechendes Geschenk.“

Sie reichte ihrer Schwester vorsichtig den Hund und lächelte darüber, dass Charlotte ihn zuerst ein Stück von sich weghielt, dann aber doch nachgab und der kleinen Kreatur erlaubte, durch ihr Gesicht zu lecken.

„Oh, Abigail, er ist so entzückend. Natürlich werde ich ihn behalten.“ Charlotte streichelte den Kopf des Welpen und verzog das Gesicht, als sie bemerkte, dass getrockneter Schlamm an ihren Fingern klebte. „Aber warum riecht er so fürchterlich?“

„Als ich ihn fand, wälzte er sich gerade in einer Schlammpfütze.“

„Oh du meine Güte. Na ja, ein bisschen Wasser und Seife kann da Wunder wirken.“

Charlotte trug den Welpen in die Küche und nickte, als Abigail nach einem Wasserkessel griff. „Auch wenn wir Sommer haben, sollten wir es wahrscheinlich ein bisschen anwärmen.“ Sie lächelte dem zappelnden Fellknäuel zu und summte leise: „Zuerst ein Bad, dann kriegst du etwas zu essen.“

Abigail stellte den Kessel auf das Feuer und sah sich nach einem Topf um, den man als Badewanne verwenden konnte. Doch dann entschied sie sich, doch die Waschwanne zu nehmen. Der Hund sollte nicht im Kochtopf landen.

Sie sah ihrer Schwester dabei zu, wie sie die Wanne in die Mitte des Raumes zog. Charlotte strahlte vor Freude. Abigail gratulierte sich innerlich zu ihrer Entscheidung für den Hund. Es war offensichtlich die richtige Entscheidung gewesen.

Charlotte blickte auf ihr neues Haustier herab. Der Welpe hatte angefangen sich zu winden und das zufriedene Jaulen verwandelte sich in ein Winseln. „Dieser kleine Kerl braucht einen Namen. Was denkst du, Abigail? Wie soll ich ihn nennen?"

Einem weiteren Winseln folgte das Geräusch von Flüssigkeit, die auf den Boden klatschte. „Oh nein!" Charlottes Freude verwandelte sich in Entsetzen. Rasch hielt sie den Hund von sich weg, um zu verhindern, dass ihr eleganter Kaschmirrock nass wurde.

„Welpen!" Abigail griff nach einem Lappen. „Ich werde die Pfütze aufwischen."

Als der Boden wieder trocken war, streichelte Charlotte den Hund. „Schlammpfützen. Andere Arten von Pfützen." Sie legte den Kopf schief und überlegte. Dann erhellte ein zufriedenes Lächeln ihr Gesicht.

„Das ist es", sagte sie. „Sein Name ist Pfütze."

„Perfekt." Wenn Abigail eines über Hunde wusste, dann war es die Gewissheit, dass dies nicht die letzte Pfütze sein würde, die der Welpe im Haus hinterlassen würde. Sie goss das inzwischen warme Wasser in die Wanne und bedeutete Charlotte, ihr das Tier herüberzugeben.

„Du solltest vielleicht Abstand halten", warnte sie.

Im Gegensatz zu gestern, wo Charlotte ein schlichtes Hauskleid angehabt hatte, trug sie heute ein aufwendig geschneidertes Kleid. Obwohl es der Mode ähnelte, die Abigail in aktuellen Modezeitschriften bewundert hatte, zeigten ihr die Spitzenbordüre und die handgearbeiteten Knöpfe, dass es sich hier um einen Entwurf ihrer Schwester handelte. Charlotte war zweifellos eine talentierte Schneiderin. Das Problem war, dass dieses schöne Kleid nicht dafür geeignet war, einen Hund zu baden.

Wie Abigail erwartet hatte, protestierte der Welpe. Matschwasser war in Ordnung. Schließlich war das seine Idee gewesen. Aber ein Bad in warmem, duftendem Wasser war etwas anderes. Pfütze bellte und jaulte, als Abigail sein Fell einseifte, und begann schließlich zu heulen, während er ununterbrochen versuchte, ihrem Griff zu entkommen.

„Wird Mrs Channing nicht überrascht sein, wenn sie ihn sieht?“ Abigail warf Charlotte, die inzwischen in sicherer Entfernung zu dem klatschnassen Welpen auf der Sitzbank Platz genommen hatte, einen fragenden Blick zu. Pfütze machte Anstalten, die Feuchtigkeit bis auf den letzten Tropfen aus seinem Fell zu schütteln.

„Natürlich wird sie ihn nicht hier in der Küche haben wollen. Sie wird wahrscheinlich mit Kündigung drohen und dann habe ich ein Problem.“ Charlotte seufzte. „Es ist fast unmöglich, Bedienstete zu finden. Sobald sich eine Frau hier niederlässt, macht ihr jeder alleinstehende Mann im Fort den Hof. Hier sollte man sich aufhalten, wenn man einen Ehemann sucht.“

„Was ich nicht tue.“ Abigail hielt Pfütze mit einer Hand am Rücken fest, während sie anfing, seinen Bauch einzuseifen. Obwohl er ein kleines Tier war, wand er sich so energisch, dass sie wünschte, sie könnte Charlotte um Hilfe bitten, doch wollte sie nicht riskieren, das Kleid ihrer Schwester zu ruinieren.

„Natürlich suchst du nicht nach einem Ehemann“, stimmte Charlotte zu. „Woodrow ist ein wunderbarer Mann, sehr vernünftig und bodenständig. Er wird dir ein guter Ehemann sein.“

Und er würde Abigail geben, wonach sie sich ihr ganzes Leben lang gesehnt hatte: ein beständiges Zuhause. Woodrow teilte nicht nur Abigails Liebe zum Unterrichten, sondern auch ihre Überzeugung, dass das perfekte Leben, das Gott für sie beide vorgesehen hatte, darin bestand, sich in einem der bezaubernden Landhäuser niederzulassen, die sich dicht bei der Lehranstalt befanden, und dort ihre Kinder großzuziehen. Aber Woodrow war Tausende Meilen weit weg. Und jetzt ging es darum, Pfütze sauber zu kriegen.

Abigail zog den Welpen aus dem Wasser und hielt ihn über die Wanne, während sie ihn mit Wasser aus einem Krug abspülte. „Falls du die Absicht hast, ihn hier drinnen zu behalten, muss er erzogen werden.“ Sie wickelte Pfütze in ein altes Handtuch und gab ihn Charlotte.

„Ich kenne mich mit Hundeerziehung nicht aus.“

Abigail versuchte, nicht die Stirn zu runzeln, als ihr klar wurde, dass sie wieder einmal impulsiv gehandelt hatte. Sie hätte alles, was ein Hund brauchte, bedenken sollen, bevor sie einen rettete. „Ich kenne mich auch nicht gut damit aus, also werden wir wohl gemeinsam lernen müssen."

„Das wird wie in alten Zeiten." Das Lächeln auf Charlottes Gesicht verriet Abigail, dass jedes Problem, dem sie begegnen würden, mit einem Lachen gemeistert werden würde. Das war gut. Das war sehr gut.

„Ich dachte, ich sollte dich besser vorwarnen."

Ethan entdeckte Jeffrey, als sich dieser auf dem Weg ins Krankenhaus befand. Obwohl Ethan den Befehl, das Hundeproblem zu lösen, für alles andere als erfreulich gehalten hatte, handelte es sich um eine einfachere Aufgabe als die seines Freundes. Heute war der Tag, an dem sich Jeffrey die Klagen des hier stationierten Arztes anhören musste. Es war jede Woche dasselbe. Der Arzt behauptete, dass die Rekruten, die im Moment als Pfleger dienten, ihre Pflichten vernachlässigten und Disziplin lernen müssten. Die Männer schimpften, dass die zwanzig Cent am Tag, die man ihnen zusätzlich zu ihrem Sold zahlte, für die Demütigung, Bettpfannen reinigen zu müssen, nicht ausreichten. Ganz zu schweigen von der nicht geringen Wahrscheinlichkeit, sich mit einer ansteckenden Krankheit zu infizieren. In den Bäckereien zu arbeiten, sei im Sommer zwar unbeschreiblich heiß, aber immer noch besser als der Dienst im Krankenhaus, behaupteten die Männer. Die einzige Möglichkeit, das Problem zu lösen, bestand darin, die Männer abwechselnd in den verschiedenen Bereichen einzusetzen. Doch dann war es vorherzusehen, dass sich der Chirurg darüber beklagen würde, er müsse eine neue Gruppe einweisen.

„Läuft Dr. Pratt wieder Amok?" Jeffrey blieb stehen, als sei er dankbar für eine Entschuldigung, um sein Treffen ein wenig hinauszuzögern.

„Nicht dass ich wüsste. Ich dachte nur, du solltest wissen, dass ihr vermutlich ein neues Familienmitglied bekommen würdet."

Jeffrey grinste. „Das ist nichts Neues. Falls du dich erinnerst, habe ich dir das selbst erzählt. Das Kind soll Ende Oktober zur Welt kommen."

Ethan ahnte, dass Jeffrey das Grinsen vergehen würde, wenn er von den Ereignissen des Vormittages hörte. „Ich spreche nicht von diesem Neuankömmling. Es gibt einen vierbeinigen, der schon heute angekommen ist."

Als drei Hunde beim Gemischtwarenladen um die Ecke bogen und anfingen zu bellen, runzelte Jeffrey die Stirn. „Kein Hund. Sag, dass es kein Hund ist."

„Ich fürchte, das kann ich nicht. Abigail hat entschieden, einen Welpen zu retten. Aus irgendeinem Grund scheint sie zu glauben, dass deine Frau ein Haustier braucht."

„Was Charlotte braucht, ist eine Schwester weniger." Jeffrey wurde ärgerlich. „Ich weiß nicht, warum, aber schon als ich Abigail zum ersten Mal getroffen habe, wusste ich, dass ich sie nicht leiden kann. Hast du so etwas auch schon mal erlebt?"

Das hatte Ethan. Im ersten Jahr seiner militärischen Ausbildung hatte er die Gegenwart eines der anderen Rekruten nicht ertragen können. Es war ihm nie gelungen, die Gründe dafür herauszufinden, aber er hatte sich sehr viel Mühe gegeben, dem Mann aus dem Weg zu gehen. Trotzdem war es schwer zu verstehen, warum es Jeffrey mit Abigail so erging.

„Was ich auch tue", fuhr Jeffrey fort, „ich vermute, dass ich für den Rest des Sommers mit Abigail zurechtkommen muss. Sie hat Charlotte gesagt, dass sie nur für ein paar Wochen hierbleiben wird, aber ich glaube ihr nicht. Der Himmel allein weiß, wie viel Ärger sie machen wird, bevor sie wieder geht." Jeffrey schüttelte erneut den Kopf. „Ein Hund."

„Vielleicht ist das gar nicht so schlimm." Abigails Behauptung, jeder Mensch habe das Bedürfnis zu spielen, tönte immer noch in Ethans Kopf. War das ein Grund für die Unzufriedenheit der Männer? Im Gegensatz zu den Offizieren hatten die Rekruten wenig freie Zeit für Spiele. Ihre Tage waren mit dem Exerzieren und den verhassten Kasernendiensten gefüllt. Obwohl er sich nicht für einen Experten hielt, schien es Ethan, als hätten die Ehefrauen der Offiziere das entgegengesetzte Problem – zu viel freie Zeit. „Ich schätze, das Leben hier ist einsam für die Frauen."

Jeffrey war anderer Meinung. „Wie kann das sein? Es scheint doch immer etwas los zu sein. Wenn es keine Einladung zum Tee gibt, organisieren sie einen Nähkreis. Du irrst dich, Ethan." Es war ein Hinweis auf Jeffreys Ärger, dass er Ethans Vornamen in der Öffentlichkeit benutzte. „Charlotte ist nicht einsam. Sie braucht keinen Hund und Abigail braucht sie noch weniger. Alles war in Ordnung, bevor sie gekommen ist." Jeffrey runzelte die Stirn. „Es muss eine Möglichkeit geben, Abigail davon abzuhalten, dass sie sich einmischt."

Er starrte in die Ferne, als würde die Antwort vom Krankenhaus herausschallen, aber alles, was herüberwehte, war eine warme Brise. Nach ein paar Sekunden schnippte Jeffrey mit den Fingern. „Ich habe eine Idee. Du solltest anfangen, an unseren Mahlzeiten teilzunehmen, und vielleicht könntest du Abigail auch ein paarmal die Woche auf einen Spaziergang mitnehmen. Dann wäre sie vielleicht zu beschäftigt, um irgendetwas Neues auszuhecken."

Das wäre sie vielleicht, aber es klang gefährlich danach, als sollte er Abigail den Hof machen. „Ich bin an deiner Kuppelei nicht interessiert."

Jeffreys Augen weiteten sich. Er schien ehrlich überrascht zu sein. „Das ist es nicht. Du liebes bisschen, natürlich nicht. Das Letzte, was ich will, ist, dass du Abigail heiratest. Wenn du das tätest, würde ich sie nie wieder loswerden. Abgesehen davon besteht keine Gefahr. Charlotte sagt, sie sei praktisch mit einem der Lehrer auf der Mädchenschule in Vermont verlobt."

Obwohl er sie so beiläufig dahergesagt hatte, trafen Jeffreys Worte Ethan so heftig wie der Tritt eines ausschlagenden Maultieres. Es war nicht ungewöhnlich, dass eine so schöne Frau wie Abigail verlobt war. Es sollte ihm nichts ausmachen – es machte ihm nichts aus –, dass sie bereits gebunden war. Schließlich war es nicht so, dass er nach einer Frau suchte. Oliver war derjenige, der hinter allem her war, was einen Rock trug. Und doch konnte Ethan nicht abstreiten, dass Abigail anders war als die anderen Frauen, die er bisher getroffen hatte.

Jeffrey bemerkte nichts von den widerstreitenden Gefühlen in Ethan und sprach weiter. „Du sollst sie nur ein bisschen beschäftigen. Jeder Moment, den du mit Abigail verbringst, ist ein Moment, in dem sie kein Unheil anrichten kann." Jeffrey rollte die Augen und verzog das Gesicht. „Ein Hund! Aus Angst, dass es eintreffen könnte, werde ich lieber nicht fragen, was als Nächstes kommen wird."

„Sieh es doch mal so: Vielleicht wird ein Hund sowohl deine Frau als auch Abigail beschäftigen."

„Komm schon, Ethan. Ich brauche deine Hilfe. Wir West Pointer müssen zusammenhalten. Abgesehen davon ist Mrs Channing eine wunderbare Köchin."

Das war sie. Und es war auch eigentlich gar kein Opfer, Zeit mit Abigail zu verbringen. Anders als die Frauen, die sein Großvater für ihn ausgesucht hatte, schien Abigail in der Lage zu sein, auch über andere Dinge als über die neueste Mode zu sprechen. In der Postkutsche hatte sie sich als stark und geistesgegenwärtig gezeigt. Der heutige Morgen hatte bewiesen, dass unter der harten Schale eine weichherzige Frau steckte, die sich um einen kleinen Welpen kümmerte und die – anders als die meisten der Frauen, die er bisher getroffen hatte – kein Problem mit ein bisschen Matsch auf ihrer Kleidung hatte. Kein Zweifel, Abigail Harding war eine faszinierende Frau.

„Also gut", stimmte Ethan zu, „solange du weißt, dass ich keinerlei romantische Absichten habe."

„Natürlich nicht." Jeffrey warf ihm ein triumphierendes Grinsen zu. „Dein Herz ist sicher."

„Du bist der größte Glückspilz auf Erden." Ohne auf eine Einladung zu warten, machte es sich Oliver auf einem der Stühle in Ethans Zimmer bequem und streckte die Füße aus.

Ethan unterbrach das Polieren seiner Stiefel gerade lange genug, um die Stirn zu runzeln. „Ein Glückspilz würde sich keine Gedanken darüber machen müssen, dass seine Männer desertieren."

Obwohl die Männer ohne allzu viel Murren das zu Ende gebracht hatten, was er das „Hundeeinsatzkommando" nannte, konnte er nicht vergessen, wie missmutig sie auf den Gedanken reagiert hatten, den Tieren hinterherzujagen. Auch konnte er nicht vergessen, dass zwei seiner Männer letzte Woche desertiert waren. Sie waren der Grund gewesen, warum er nach Cheyenne gefahren war.

„Du musst aufhören, dir ihretwegen Sorgen zu machen. Wenn Hauptmann Westland gewollt hätte, dass du dich um die Deserteure kümmerst, hätte er dir nicht den Auftrag erteilt, mit den streunenden Hunden aufzuräumen."

Und war das nicht ein armseliger Zustand – Hunde anstelle von Deserteuren zu fangen? Obwohl die Behauptung des Hauptmanns stimmte, dass die Desertationsrate weit niedriger sei als noch vor einem Jahr, konnte Ethan nicht aufhören, über Johann Schiller und den anderen Mann nachzudenken und sich zu fragen, ob einige der Soldaten, die sich unter seinem Kommando befanden, ebenfalls desertieren und sich zu ihnen gesellen würden. Schiller war nur eine Woche nach Ethans Ankunft in Fort Laramie desertiert, aber in jener Woche hatte er bemerkt, dass er bei den anderen Respekt und Ansehen genossen hatte. Hatte seine Unzufriedenheit die anderen angesteckt? Vielleicht hatte er Kontakt zu Wessen und Kelly gehabt, den Männern, die das Fort in der vergangenen Woche verlassen hatten. Vielleicht war Schiller der Grund, weshalb sie abgehauen waren. Wenn das der Fall war, bestand die Möglichkeit, dass sich auch noch andere darauf vorbereiteten, das Fort zu verlassen. Dass einige Soldaten desertierten, war schon schlimm genug, doch noch schlimmer wäre es, wenn sie anfingen, Postkutschen auszurauben.

Oliver rieb sich die Nase, ein sicheres Zeichen, dass er aufgeregt war. „Vergiss die Deserteure. Worauf es ankommt, ist, dass du Miss Harding zweimal am Tag sehen wirst, jeden Tag. Ich würde alles dafür geben, in deinen Stiefeln zu stecken."

Ethan verpasste besagten Stiefeln den letzten Schliff und zwang sich zu einem Lächeln. „Das Essen wird besser sein als unsere übliche Kost", räumte er ein.

„Essen? Wem geht's denn hier ums Essen? Solange es keine Pilze sind, esse ich alles. Was ich will, ist eine Frau."

„Ich enttäusche dich nur ungern, aber wenn du Miss Harding für diese Position in Betracht ziehst, muss ich dir leider sagen, dass sie mit irgendeinem Professor bei sich zu Hause so gut wie verlobt ist."

Oliver verzog das Gesicht. „Du hast gerade etwas gefunden, das mir noch mehr den Magen umdreht als Pilze." Oliver hielt sich den

Bauch und tat so, als hätte er Magenschmerzen. Dann zog ein breites Grinsen über sein Gesicht. „Du sagtest ‚so gut wie', nicht wahr?"

Als Ethan nickte, wurde das Grinsen auf Olivers Gesicht zu einem Strahlen. „Das bedeutet, dass es Hoffnung gibt. Wenn der Mann dumm genug war, Miss Harding den ganzen Weg allein herkommen zu lassen, kann er sie nicht so lieben, wie ich das tue."

„Du hast sie doch noch gar nicht kennengelernt."

Oliver ließ sich nicht entmutigen. „In dem Moment, in dem ich sie sah, wusste ich, dass sie die ideale Frau für mich ist. Jetzt muss ich nur noch einen Weg finden, mir eine Frau leisten zu können. Miss Harding verdient mehr, als vom Gehalt eines Leutnants leben zu müssen." Oliver lehnte sich zurück und schloss die Augen, als könnte er sich so besser konzentrieren. „Es muss eine Möglichkeit geben."

Und es musste eine Möglichkeit geben, die Stimmung so weit zu verbessern, dass die Männer nicht mehr desertieren wollten.

Ethan legte seinen Suppenlöffel vorsichtig auf den Teller und lächelte seiner Gastgeberin zu. Es gab keinen Zweifel: Das Essen im Haus der Crowleys war weit besser als das, was man ledigen Offizieren servierte. Was die Verpflegung der Rekruten anbelangte – darüber ließ sich lediglich positiv anmerken, dass ein Soldat damit nicht verhungerte. Aber hier, bei den Crowleys, aß man nicht einfach nur; man dinierte. Da der Tag für Juni recht kühl war, hatte Mrs Channing eine dicke, cremige Suppe vorbereitet und servierte sie mit frisch gebackenem Brot. Ausgesprochen lecker.

Das Einzige, was störte, war Mrs Channings ständiges Stirnrunzeln, das, wie es schien, dem Welpen zuzuschreiben war. Sein Gebell ließ keinen Zweifel daran, dass er nicht damit einverstanden war, in eine Kiste im Flur verbannt worden zu sein, während sich die zweibeinigen Mitglieder des Haushalts woanders aufhielten.

Ethan wandte sich an seine Gastgeberin. „Das klingt nicht, als wäre Ihr Hund allzu glücklich."

„Wussten Sie das noch nicht?" Charlottes Lächeln war strahlender, als Ethan das jemals gesehen hatte, und bestätigte, wie klug

Abigail gehandelt hatte, als sie spontan den Welpen aufgenommen hatte. „Immer wenn sich Pfütze schlecht benimmt, ist er Abigails Hund."

Als Abigail kicherte, lächelte Ethan ihr zu. Es war keine Einbildung: Die frostige Atmosphäre, die noch gestern in diesem Raum geherrscht hatte, war verschwunden. An ihre Stelle war etwas getreten, das echte Fröhlichkeit zu sein schien. „In dem Fall vermute ich, dass er die meiste Zeit Ihnen gehört, Abigail. So auch jetzt."

Abigail zuckte die Achseln. „Er sucht nur jemanden, der mit ihm spielt. Sie wissen doch, dass wir ihn von seinen Geschwistern und dem Rest des Rudels getrennt haben. Jetzt möchte er sich diesem Rudel hier anschließen."

Obwohl Jeffrey über die Bezeichnung seiner Familie als Rudel entsetzt zu sein schien, war Ethan der Meinung, dass gegen Abigails Vermutung nichts einzuwenden war. Das galt umso mehr, als sie mit der Idee übereinstimmte, die ihn seit heute Morgen so sehr beschäftigte.

„Bist du auch dieser Meinung, Jeffrey?", fragte er. „Glaubst du, dass jeder Mensch das Bedürfnis hat zu spielen?" Obwohl Jeffrey das nicht wissen konnte, war seine Antwort ausschlaggebend für Ethans Pläne.

Jeffrey trank einen Schluck kühlen Tee, bevor er antwortete. „Ich habe noch nicht wirklich darüber nachgedacht, aber ja, ich glaube tatsächlich, dass jeder Mensch *irgendein* Spiel braucht." Seine Lippen wurden schmaler, als das Gebell des Welpen in ein Winseln überging. „Aber nicht unbedingt mit einem Hund. Also, Ethan, woran hast du gedacht? Und erzähl mir nicht, du hättest keinen Plan ausgeheckt. Ich kann es in deinen Augen sehen."

Ethan hatte nicht die Absicht, es zu leugnen. „Ich dachte an einen Schläger und einen Ball, nicht an einen Hund." Abigails Kommentare zum Thema Langeweile hatten ihn beschäftigt, und als sie von dem Bedürfnis zu spielen gesprochen hatte, war ihm die Idee gekommen. „Ich weiß, dass einige der anderen Forts Baseballteams haben", fuhr er fort. „Soviel ich weiß, sind sie beliebt; wahrscheinlich weil sie den Männern die Möglichkeit geben, etwas mit ihrer freien Zeit anzufangen."

Abigails Augen strahlten beinahe genauso hell wie heute Morgen, als sie Pfütze gerettet hatte. „Das könnte die Desertationsrate senken."

Genau. „Ich muss zugeben, dass das einer meiner Beweggründe ist. Ich will nicht, dass sich irgendjemand in Fort Laramie *langweilt.*" Ethan betonte das letzte Wort und schmunzelte, als Abigail lachte. Sie hatte die Reise in der Postkutsche und die Landschaft vielleicht langweilig gefunden, aber jetzt schien sie sich gut zu unterhalten.

„Dann werden Charlotte und ich uns die Spiele ansehen müssen, nicht wahr?" Abigail warf ihrer Schwester ein liebevolles Lächeln zu. „Kannst du dir Pfützes Begeisterung vorstellen?"

Als Charlotte lächelnd nickte, hob sich Ethans Laune noch mehr. Jetzt musste nur noch eine Person überzeugt werden. „Wie ist es mit dir, Jeffrey? Wärst du bereit, Kapitän eines Teams zu sein?" Obwohl Ethan zuversichtlich war, dass die Idee seiner Kompanie gefallen würde, brauchten sie aus den anderen Kompanien andere Mannschaften als Gegner.

Jeffreys Grinsen war beinahe genauso breit wie heute Morgen, als er die bevorstehende Ankunft seines Kindes verkündet hatte. „Bereit für die Gelegenheit, dich fertigzumachen? Darauf kannst du wetten!"

„Oh, meine Liebe, Sie müssen uns alles über Ihr Martyrium erzählen." Mrs Montgomery, die mit einer Freundin gekommen war, um Charlotte zu besuchen, schielte über den oberen Rand ihrer Brille hinweg. Wenn es ihr etwas ausmachte, dass ihre Gastgeberin in die Küche verschwunden war, um Tee für sie zu holen, dann zeigte sie es nicht. Unbeirrt führte sie die Unterhaltung mit Abigail fort. „Ich war wirklich entsetzt, als ich hörte, dass Sie ganz allein in dieser Postkutsche unterwegs waren."

„Moment, Adele, sie war nicht allein", sagte die zweite Frau, die sich als Mrs Alcott vorgestellt hatte. „Leutnant Bowles war in der Kutsche." Sie lächelte Abigail verschmitzt zu. „Sie hätten sich keinen besseren Reisegefährten wünschen können. Leutnant Bowles ist der begehrteste Junggeselle im Fort."

Abigail nickte langsam und überlegte dabei sorgfältig ihre Worte. Sie wollte diesen Frauen, die den Klatsch zu verschlingen schienen wie Pfütze die trockenen Enden des Bratens, kein falsches Bild vermitteln. Es stimmte, dass Ethans Gesellschaft angenehm war und dass sie seinen lebendigen Sinn für Humor genauso mochte wie seine offensichtliche Besorgnis um seine Männer, aber das bedeutete nicht, dass Abigail irgendwelche romantischen Gefühle für ihn empfinden würde. Das tat sie nicht. Es war Woodrow, den sie liebte, nicht ein Mann, der niemals einen festen Wohnsitz haben würde, nicht ein Mann, der eine Waffe trug und zum Töten ausgebildet war.

„Ich war dankbar, dass Leutnant Bowles dort war", sagte Abigail zu den Gästen ihrer Schwester. „Ich weiß nicht, was sonst mit den anderen Passagieren und mir passiert wäre." Wenn sie ihre Augen schloss, sah sie immer noch die grausamen Augen des einen Deserteurs vor sich.

„Wer war noch in der Kutsche?", fragte Mrs Alcott.

Als Abigail den Namen der anderen Passagiere nannte, schnellte Mrs Montgomerys Augenbraue in die Höhe. Sie war groß und das, was Mama eine „klassische Schönheit" genannt hätte. Abigail hingegen hätte eher das Adjektiv „mollig" für sie verwendet. Mrs Montgomery schien zu glauben, dass ihr kupferrotes Haar und ihre grünen Augen am besten durch extravagante Kleidung vervollständigt werden sollten. Jedenfalls vermutete Abigail das, denn ein anderer Grund fiel ihr nicht ein, weshalb die Besucherin ein leuchtend pfauenblaues Kleid ausgesucht hatte. Im Gegensatz dazu wirkte das schlichte, cremefarbene Musselinkleid ihrer Begleiterin beinahe unscheinbar.

„Mrs Hiram Dunn?", fragte Mrs Montgomery.

„Ich glaube nicht, dass sie den Namen ihres Mannes erwähnt hat. Alles, was ich weiß, ist, dass die Dunns eine Ranch nördlich von hier besaßen und dass sie seit ein paar Jahren verwitwet ist."

„Dann ist es nicht Mrs Hiram Dunn. Er war Bergarbeiter, der in Deadwood plötzlich reich geworden ist und sich in Cheyenne niedergelassen hat. Allerdings ist das seltsam." Zwischen Mrs Montgomerys Augenbrauen bildeten sich ein paar Falten. „Ich dachte, ich würde alle Farmer in dieser Gegend kennen. Wissen Sie, mein

Mann spielt mit dem Gedanken, sich hier niederzulassen, sobald sein Dienst endet. Deshalb hat er sich die Mühe gemacht, in Erfahrung zu bringen, wem die einzelnen Farmen gehören. Mir sind jedoch keine Dunns bekannt."

Mrs Alcott mischte sich ein. „Das ist nicht von Bedeutung, Adele. Worauf es ankommt, ist, dass Miss Harding hier ist und wir sie angemessen in Fort Laramie willkommen heißen müssen. Ich denke, wir sollten ihr zu Ehren einen Tanzabend abhalten. Das gibt allen Männern die Gelegenheit, sie kennenzulernen."

Wo war Charlotte, wenn man sie brauchte? Abigail lächelte so süß, wie sie nur konnte, und richtete ihre Antwort an beide Frauen, obwohl sie spürte, dass Mrs Montgomery die Dominierende war. „Es ist sehr nett, dass Sie das anbieten, aber es wäre ungerecht, bei irgendjemandem den Eindruck zu erwecken, ich wäre …" Sie hielt inne und suchte einmal mehr nach den richtigen Worten. „Ich gehe davon aus, dass ich mich, sobald ich nach Vermont zurückkehre, mit meinem Kollegen verlobe."

Mrs Montgomery räusperte sich kurz. „Meine Liebe, es ist nur ein Tanzabend." Sie lächelte Charlotte zu, die in diesem Moment mit einem Teetablett ins Wohnzimmer zurückkehrte. „Habe ich nicht recht, Charlotte?"

Charlotte nickte. „Die Rekruten bekommen ihre Baseballspiele und wir einen Tanzabend. Das ist perfekt." Charlotte nahm die Teekanne, füllte eine der Tassen und reichte sie Mrs Montgomery. „Also, meine Damen, was wäre Ihrer Meinung nach der beste Termin?"

Kapitel 5

Abigail lächelte. Pfütze saß zu Füßen ihrer Schwester, nagte hingebungsvoll an einem Knochen herum und warf Charlotte von Zeit zu Zeit bewundernde Blicke zu, Blicke, die diese erwiderte. In den drei Tagen, in denen der Welpe nun Teil der Familie war, hatte Charlotte viel von ihrer alten Persönlichkeit zurückgewonnen. Sie lachte über Pfützes Mätzchen, beschwerte sich nicht, wenn der Welpe an einem ihrer Lieblingspantoffeln herumkaute, und hatte sogar Mrs Channing besänftigt, als sich Pfütze geweigert hatte, in der Holzkiste zu bleiben, die sein Bett sein sollte. Heute Morgen war es Charlotte sogar gelungen, ein normales Frühstück zu sich zu nehmen. Obwohl es noch Wochen in Anspruch nehmen würde, bis ihre hohlen Wangen verschwinden würden, hatte ihr Gesicht zumindest heute eine rosige Farbe.

Als würde sie den prüfenden Blick ihrer Schwester spüren, sah Charlotte auf. Nachdem sie ihr Frühstück beendet hatten, waren sie und Abigail ins Wohnzimmer gegangen. Sie wollten ihre Näharbeit beenden, bevor es aufgrund der Hitze des Tages unerträglich wäre, zusätzliche Meter Stoff über seinen Schoß zu legen.

„Denkst du, Elizabeth würde es gefallen, hier zu leben?"

Abigail war überrascht über die Frage. Sie hatte ihrer Schwester gestern einen Brief geschrieben und versucht, Wyoming ansprechend erscheinen zu lassen, fürchtete aber, dass das gescheitert war. „Ich weiß nicht. Sie scheint New York zu mögen. Obwohl ihr Studium sie stark in Anspruch nimmt, denke ich, dass sie das Stadtleben genießt."

„Cheyenne ist eine Stadt."

„Das stimmt." Abigail starrte ihre Schwester an. „Warum fragst du das?"

„Weil es so wundervoll ist, dich hier zu haben. Deshalb versuche ich, einen Weg zu finden, wie wir alle drei zusammen sein können." Ein wehmütiges Lächeln huschte über Charlottes Gesicht.

Abigail konnte ihre Schwester nicht weiterträumen lassen. „Du glaubst doch nicht wirklich, dass ich dauerhaft hierbleiben werde, oder?“

Charlotte schüttelte den Kopf. „Ich weiß, dass es sich nur um eine Wunschvorstellung handelt und dass dein Platz daheim in Vermont bei Woodrow ist, aber es wäre nett.“

Abigail fingerte an dem Unterrock herum, den sie säumte, während Charlotte Abigails Kleid für den Tanzabend den letzten Schliff verlieh. „Ich bin nicht wie du, Charlotte. Ich will nicht an einem Ort leben, wo jeden Tag der Wind heult. Ich will nicht jedes Jahr oder alle zwei Jahre umziehen. Ich will ein eigenes, beständiges Zuhause.“

Charlotte nickte kurz. „Ich verstehe dich.“ Sie durchtrennte einen Faden, dann stand sie auf und hielt das Kleid, das sie genäht hatte, hoch. „Was hältst du davon?“

„Es ist wunderschön.“ Abigail betastete das dunkelgrüne Musselinkleid, das noch vor zwei Tagen nicht mehr als ein gewöhnliches Sommerkleid gewesen war. Jetzt hatte es sich dank des Nähtalents ihrer Schwester und einiger Meter zarter Spitze in ein Ballkleid verwandelt. „Es ist wirklich erstaunlich, wie anders es aussieht.“

Mit der Begründung, das Original sei zu altmodisch, hatte Charlotte den Halsausschnitt vergrößert, dabei aber Abigails Anstandsgefühl gewahrt, indem sie am Mieder eine Spitze angebracht hatte. Anschließend, und das machte sie in Abigails Augen zu einem wirklichen Genie, hatte ihre Schwester in unregelmäßigen Abständen kleine Schleifen aus der verbliebenen Spitze auf den Rock genäht. Das Ergebnis war das schönste Kleid, das Abigail jemals besessen hatte.

„Du hast eine echte Gabe“, sagte sie zu ihrer Schwester. „Ich hätte niemals gedacht, dass ein bisschen Spitze ein schlichtes Kleid in etwas derart Hübsches verwandeln kann.“

Obwohl Charlottes Augen bei dem Lob leuchteten, sagte sie nur: „Mama hat immer behauptet, ich hätte ein Auge für Mode.“

„Sie hatte recht. Es ist ein wundervolles Talent.“

Pfütze bellte, als wolle er seine Zustimmung ausdrücken.

Charlotte drapierte das Kleid über einen Stuhl. „Lass uns in den Gemischtwarenladen gehen und nachsehen, ob wir ein Geschenk für Elizabeth finden können. Wenn sie nicht bei uns sein kann, wird sie zumindest wissen, dass wir an sie denken.“

Abigail und Charlotte hielten Pfütze fest an der Leine, der vor Freude umherhüpfte, als sie ihn zur Vordertür hinausließen, und stiegen die Stufen hinab.

„Lass uns den langen Weg nehmen", sagte Charlotte und deutete nach rechts. „Es ist so ein schöner Tag."

Es war ein herrlicher Tag. Der Wind war sanft, zumindest für Wyomings Verhältnisse, sodass Abigails Hut nicht davonzuwehen drohte. Ein paar aufgebauschte Quellwolken trieben über einen Himmel dahin, der beinahe so tiefblau war wie Ethans Augen. Abigail war einverstanden. Obwohl sie Charlotte schon auf einige Spaziergänge begleitet hatte, waren sie immer in die entgegengesetzte Richtung gegangen und hatten den Weg eingeschlagen, den Abigail genommen hatte, als sie angekommen war.

Als sie um die Ecke bogen, zog Pfütze an der Leine und versuchte, das Fuhrwerk zu erreichen, das mit frisch geschlagenem Holz und sechs missmutig aussehenden Soldaten beladen war. Es steuerte auf das Grundstück zu, auf dem das Verwaltungsgebäude allmählich Gestalt annahm.

„Nein, Pfütze. Die Männer können nicht spielen", mahnte Abigail und zerrte ihn zurück.

Das brachte die Männer zum Schmunzeln. „Nun, Ma'am", sagte einer mit einem Grinsen im Gesicht, „das wäre wesentlich besser, als Bäume zu fällen. Als ich der Armee beigetreten bin, habe ich nicht gedacht, dass ich mal sowas machen müsste."

Als sie außer Hörweite waren, wandte sich Abigail an ihre Schwester. „Ich wollte nicht die Gefühle der Männer verletzen, aber ich vermute, dass Pfütze mehr am Holz interessiert war als an ihnen. Gerüche scheinen anziehend auf ihn zu wirken." Abigail hatte das bemerkt, als sie ein Glas Essiggurken geöffnet hatte, und dann noch einmal, als sie Eau de Toilette auf ihre Handgelenke getupft hatte. In beiden Fällen war Pfütze mit schnüffelnder Nase vor ihr auf und ab gesprungen.

„Hier sind sogar noch mehr Gerüche", sagte Charlotte, als sie ein langes Ziegelsteingebäude passierten. „Dies ist eine der Infanterie-Kasernen. Die anderen befinden sich auf der anderen Seite des Paradeplatzes."

Abigail hatte die Gebäude von Charlottes Haus aus gesehen,

aber erst ein genauerer Blick offenbarte die Kluft zwischen den Unterkünften der Offiziere und der Rekruten. Es gab keinen Zweifel daran, dass in der Armee sehr genau nach Rang und Dienstgrad unterschieden wurde. Während Charlottes Zuhause viele Annehmlichkeiten bot, waren diese Gebäude beinahe spartanisch. Kein Wunder, dass die Rekruten verärgert genug waren, um zu desertieren.

Ethan und Jeffrey hatten berichtet, dass die Männer von der Aussicht, Baseball zu spielen, begeistert waren. Es war aufgeregt diskutiert worden, wer an welcher Position spielen würde. Abigail fragte sich, ob der Enthusiasmus der Männer wohl auch darauf zurückzuführen sei, dass die strikte Trennung zwischen Vorgesetzten und Untergebenen beim Sport, wenn Offiziere und Rekruten gemeinsam spielten, gelockert wurden. Jetzt überlegte sie, ob sich die Rekruten auf die Möglichkeit freuten, ihre Überlegenheit zu demonstrieren, wenn auch nur auf dem Spielfeld.

„Ich würde hier nicht leben wollen", sagte sie, als sie auf die Unterkünfte blickte.

Charlotte lachte. „Es geht dir nicht nur um die Unterkünfte, es geht dir nicht mal um Wyoming. Du wolltest niemals etwas mit Soldaten zu tun haben. Ich erinnere mich, dass du immer davongelaufen bist, wenn die Jungen während der Pause Krieg spielten. Die anderen Mädchen haben oft zugeschaut."

Aber der Rest der Mädchen hat auch nicht gesehen, was passieren kann, wenn Jungs mit den Gewehren ihrer Väter Soldat spielen.

Abigail versuchte nicht zu schaudern, als die Erinnerungen über sie hinwegspülten. Stattdessen tat sie, was ihr Papa immer geraten hatte: Sie versuchte, an etwas Angenehmeres zu denken. „Welche Art von Geschenk hattest du für Elizabeth im Sinn?"

Charlotte zuckte die Achseln. „Ich bin mir nicht sicher. Wir werden nachsehen müssen, was der Laden im Angebot hat."

Als sich Pfütze vor ihr niederwarf und jeden weiteren Schritt verweigerte, beugte sich Charlotte zu ihm herab und kratzte ihn am Kopf. Solcherart besänftigt begann der Welpe wieder herumzutollen.

„Du dummer Hund. Wovon sprachen wir? Geschenke. Jeffrey und ich, wir haben seinen Geschwistern zu Weihnachten eingemachte Austern geschenkt. Ich glaube, sie haben sich sehr darüber gefreut." Charlotte runzelte die Stirn. „Dem Wenigen, was er erzählt hat, habe ich entnommen, dass die Familie schwierige Zeiten durchgemacht hat, als Jeffrey Kind war. Es gab kaum genug zu essen für alle – Jeffrey hat acht Brüder und Schwestern – und er hat mir gesagt, dass er zu Weihnachten niemals ein Geschenk bekommen hat. Ich denke, das ist der Grund, warum er so glücklich war, allen etwas kaufen zu können."

Und das würde erklären, warum er darauf bestand, dass Charlotte von allem nur das Beste bekommen sollte.

Sie hatten die Ecke des Paradeplatzes erreicht. Wenn sie geradeaus weitergingen, würde die Straße sie zur Bäckerei führen, zum Proviantmeister und zu dem, was alle „das Seifenviertel" nannten: die Häuser der Waschfrauen. Charlotte wandte sich nach links, um den Paradeplatz weiter zu umrunden, aber Abigails Aufmerksamkeit wurde auf zwei Frauen gelenkt, die sich aus der anderen Richtung näherten. Ihre Haare waren von einem so hellen Blond, wie sie es noch nie zuvor gesehen hatte, und die grellen Farben ihrer Kleider hätten Mama zusammenzucken lassen.

„Komm her." Charlottes Blick verfinsterte sich, als sie nach Abigails Arm griff und auf dem Absatz kehrtmachte, um wieder nach Hause zurückzukehren.

„Was ist mit dem Laden und dem Geschenk für Elizabeth?"

„Da gehen wir hin, wenn *sie* nicht mehr da sind." Charlottes Blick wurde noch ungehaltener. „Keine anständige Frau hält sich in ein und demselben Raum mit ihnen auf, aber sieh nur. Einige der Männer werden ihnen folgen." Charlotte musterte die Soldaten, die auf dem Paradeplatz exerzierten, als erwartete sie, dass sie die Formation aufbrächen und hinter den Frauen herliefen. „Ich verstehe nicht, warum die Armee sie ins Fort lässt. Es ist schon schlimm genug, dass sie bei ‚Peg's' arbeiten, Whiskey verkaufen und …"

Charlotte errötete, vielleicht aus Ärger, vielleicht aus Verlegenheit. Obwohl sie ihre Lippen aufeinanderpresste und abrupt schwieg, wusste Abigail genau, wie diese Frauen ihren Lebensunterhalt verdienten.

Frances entkorkte die Flasche und schüttete ein wenig von der bernsteinfarbenen Flüssigkeit schwungvoll in ein Glas. Der Whiskey war vielleicht nicht so gut wie der, den sie getrunken hatte, als die Truppe auf Tour gewesen war, aber er war deutlich besser als das Zeug, das auf der anderen Seite des Gebäudes serviert wurde. Dieses Hinterzimmer, in dem sie auf ihren Besucher wartete, war für gewöhnliche Glücksspieler tabu. Allein diejenigen, die mit hohen Einsätzen spielten, durften diesen Raum betreten. Doch heute nicht. Heute ging es nur ums Geschäft – ihr anderes Geschäft.

„Sie haben gesagt, dass kein Personal der Armee in der Kutsche sein würde." Frances musste sich ein Grinsen verkneifen, als sie die Verwirrung ihres Besuchers bei ihren ersten Worten bemerkte. Er hatte wahrscheinlich irgendeine Begrüßungsfloskel erwartet, aber sie hatte gelernt, dass es am besten war, mit einem Wutausbruch zu beginnen und den Gegner dadurch wissen zu lassen, dass man die Oberhand behielt. Man hätte doch davon ausgehen können, dass ihm die Armee diese Taktik beigebracht hätte, aber er schien auf ihren Angriff unvorbereitet zu sein.

„Bowles sollte erst einen Tag später zurückkommen. Wie hätte ich wissen sollen, dass er sich in Cheyenne langweilt?"

Die Schweißperlen, die dem Mann auf der Stirn standen, legten Zeugnis von seiner inneren Unruhe ab. Gut. Er verdiente es, unruhig zu werden. Der Baron war ebenfalls sehr unruhig geworden, als er von dem Fiasko in der Postkutsche gehört hatte.

„Sie werden dafür bezahlt, es zu wissen."

Frances trank einen weiteren Schluck Whiskey und beobachtete, wie die Unruhe des Mannes wuchs. Genug. Sie brauchte ihn fast genauso wie er sie.

„Einen Drink?" Sie goss eine großzügige Menge in ein zweites Glas und schob es zu ihm hinüber. Als er hastig trank, änderte sie ihren Tonfall und wurde versöhnlicher. „Wir brauchen einen Ersatz für Schiller. Er ist nutzlos, bis seine Hand geheilt ist, und ich will nicht so lange warten. Der Baron wird allmählich unruhig. Wir brauchen einen weiteren Soldaten, der abhaut."

„Ich weiß niemanden. Ich habe von keinem gehört, der die Absicht hat zu desertieren."

Frances stieß einen Seufzer aus. „Es ist nicht sehr wahrscheinlich, dass die Männer es Ihnen sagen, oder? Schließlich wären Sie moralisch verpflichtet, sie zu melden, und wo wären diese Leute dann? Eingesperrt in der Wache. Aber Sie müssen doch wissen, wer unzufrieden ist. Es ist ziemlich schwierig, das zu verbergen. Geben Sie mir einfach ein paar Namen. Ich kümmere mich um den Rest."

Der Mann schüttelte seinen Kopf und Frances glaubte einen Moment lang, er würde sich weigern. Aber dann schüttete er den Rest Whiskey in sich hinein. Als er sich den Mund abgewischt hatte, murmelte er zwei Namen, heftete seinen Blick aber auf den Tisch, als er sie aussprach.

„Ist das alles?", fragte er.

„Ja." *Für den Moment.*

Der Mann schob seinen Stuhl zurück und stürzte aus dem Raum. Frances wartete, bis sich die Tür hinter ihm geschlossen hatte, bevor sie anfing zu lachen. Es gefiel ihm vielleicht nicht, aber er hing genauso fest an der Angel wie eine Forelle mit einem Haken im Maul. Perfekt.

Zu Abigails Erleichterung war der Samstag sonnig und warm, windiger, als sie sich das ausgesucht hätte, aber nicht drückend heiß. Die schlimmste Hitze, so hatte Charlotte gewarnt, würde im Juli einsetzen. Da sich der Juni in Wyoming bereits als beträchtlich heißer erwiesen hatte als in Vermont, war Abigail froh, dass sie direkt im Anschluss an den Unabhängigkeitstag abreisen würde.

Als sie ihr Ziel erreicht hatten, stellte Abigail fest, dass das Haus, in dem der Tanzabend stattfinden sollte, dem von Charlotte und Jeffrey ähnelte. Auch hier handelte es sich um ein großes Gebäude, das in zwei Wohnungen aufgeteilt war. Es befand sich westlich vom Paradeplatz in der Nähe der Quartiere für die ledigen Offiziere, dem Haus des Arztes und dem Gemischtwarenladen. Allem Anschein nach war es ein paar Jahre vor Charlottes Haus gebaut worden, doch wartete es mit größeren Räumen auf. Der größte Teil des Mobiliars war aus dem Salon entfernt worden, um Platz zum Tanzen zu schaffen. Allerdings hatte man für die, die von der vielen Bewegung ermüdet waren, ein paar Stühle um die Tanzfläche herum aufgestellt.

„Kommen Sie und sehen Sie, was wir für Sie auf Lager haben."

Mrs Montgomery deutete auf das Esszimmer, wo der Tisch mit einer großen Bowleschüssel und mit Silbertabletts beladen war, auf denen sich unzählige Kuchen und Kekse befanden. Ein Tafelaufsatz mit frischen Blumen bildete das Herzstück, daneben standen schwere Kerzenhalter aus geschliffenem Glas. Das war ein überraschend eleganter Rahmen. Obwohl die Entfernung fast zweitausend Meilen betrug, konnte sich Abigail fast vorstellen, daheim in Vermont zu sein, wäre da nicht der Wind gewesen, der draußen heulte. Ihre zwei Gastgeberinnen trugen schwere Satinkleider, die auch in Boston nicht fehl am Platze gewesen wären, und waren nach der neuesten Mode frisiert.

„Es ist wunderschön. Es ist eine große Ehre für mich, hier bei Ihnen zu sein."

„Es freut uns sehr, Sie bei uns zu haben." Mrs Alcott glättete ihre hellblauen Röcke. „Der heutige Abend ist schließlich etwas Besonderes."

Und das war er. Mrs Alcotts Salon war bald so vollgedrängt mit Menschen, dass sich Abigail fragte, wie sie wohl tanzen sollten. Obwohl ihr Charlotte erzählt hatte, dass es nur siebzehn Offiziere im Fort gab und mindestens einer von ihnen nicht gekommen war, hatte sich der Raum gefüllt. Die Ehefrauen, die ihre besten Kleider trugen, mischten sich unter die Junggesellen, während Mrs Montgomery und Mrs Alcott in der Tür des Salons standen und Abigail jedem Neuankömmling vorstellten. Obwohl sie wusste, dass sie sich niemals an ihre Namen erinnern würde, würde ihr doch die aufrichtig herzliche Begrüßung im Gedächtnis bleiben, mit der jeder von ihnen sie willkommen hieß. Ob jung oder etwas älter, männlich oder weiblich – es schien keinen Unterschied zu machen. Sie alle gaben Abigail das Gefühl, als sei ihr Besuch einer der Höhepunkte ihres Sommers. Sie sprach kurz mit einem jeden von ihnen. Und obwohl sie sich zwang, ihre Aufmerksamkeit auf die Person zu richten, die sie gerade begrüßte, blickte sie doch in der kurzen Zeitspanne zwischen den Unterhaltungen immer wieder im Raum umher und suchte nach dem einen, vertrauten Gesicht, das sie erwartet hatte.

Er war nicht da.

Abigail schluckte ihre Enttäuschung hinunter. Obwohl sie nicht erklären konnte, wie es dazu gekommen war, war Ethan in den wenigen Tagen, in denen sie sich in Fort Laramie aufhielt, zu einem wichtigen Teil ihres Lebens geworden. Er hatte angefangen, die Mahlzeiten mit der Familie einzunehmen, und auch wenn es vielleicht ein wenig treulos war, fand sie die Unterhaltung mit ihm anregender als die mit ihrer Schwester oder mit Jeffrey. Sie hatten sich alle über den Tanzabend unterhalten – tatsächlich schien das in den letzten Tagen Charlottes Lieblingsthema zu sein, womit es sogar Pfütze in den Schatten stellte –, aber Abigail konnte sich nicht daran erinnern, dass Ethan gesagt hatte, er werde kommen. Sie hatte wie selbstverständlich angenommen, dass er hier sein würde. Und das war er nicht.

„Ich denke, wir sind bereit, mit dem Tanzen zu beginnen." Mrs Alcott blickte auf die kleine Uhr, die an der Wand hing. Es war Viertel nach acht und damit an der Zeit, die Festlichkeiten des Abends beginnen zu lassen.

Abigail nickte und wollte gerade in den Salon treten, als das Geräusch von Stiefeln, die den Flur durchschritten, sie innehalten ließ. Er war doch noch gekommen.

„Guten Abend, Abigail." Ethan nahm die Mütze ab und deutete mit dem Kopf auf seinen Kameraden. Dieser war einige Zentimeter größer als Ethan, hatte braunes Haar, hellblaue Augen und die längste Nase, die Abigail jemals gesehen hatte.

„Dieser junge Mann würde Sie gerne kennenlernen", fuhr Ethan fort. „Darf ich Ihnen Leutnant Oliver Seton vorstellen? Oliver, das hier ist Miss Abigail Harding."

Dem Mann stieg die Röte ins Gesicht. „Ich bin erfreut, Sie kennenzulernen, Miss Harding. Werden Sie mir die Ehre erweisen, den ersten Tanz mit mir zu tanzen?"

Abigail sah auf die Tanzkarte hinab. „Es tut mir leid, aber der ist bereits vergeben." Jeffrey hatte darauf bestanden, sie beim Eröffnungstanz zu begleiten. Er war der Meinung, dass Charlotte Ruhe brauchte. „Der dritte Tanz ist jedoch noch frei." Als sie seinen Namen auf ihre Karte schrieb, grinste der Leutnant, doch war sein schmales Gesicht noch immer tiefrot. War er so schnell in Verlegenheit zu bringen?

„Darf ich den vierten haben?"

„Natürlich." Abigail nickte Ethan zu.

Als der dritte Tanz geendet hatte, war der Raum überfüllt und überhitzt. Das Murmeln von Dutzenden verschiedener Unterhaltungen machte es schwierig, die Musiker zu hören. Trotz dieser Umstände schienen sich die Gäste zu amüsieren, auch jene Männer, die Taschentücher um ihren Oberarm gebunden hatten, um deutlich zu machen, dass sie beim Tanzen die Frauenrolle übernahmen. Das war, wie Charlotte erläutert hatte, gängige Praxis, da weit mehr Männer am Stützpunkt lebten als Frauen. „Sonst gäbe es nur wenig Gelegenheit zum Tanzen", hatte sie gesagt.

„Würden Sie diesen Tanz lieber draußen verbringen?", fragte Ethan, als er zu Abigail trat.

Leutnant Seton, der beharrlich darauf hingewiesen hatte, er würde sich geehrt fühlen, wenn sie ihn Oliver nennen würde – wobei er allerdings nicht so vermessen gewesen war, ihren Vornamen zu benutzen –, hatte versucht, Ethan davon zu überzeugen, ihm seinen Tanz abzutreten. Dies hatte ihm jedoch einen ordentlichen Rüffel eingebracht.

„Wenn du nicht darauf bestanden hättest, deine Stiefel ein zweites Mal zu polieren, wären wir pünktlich hier gewesen", sagte Ethan zu dem Leutnant, als er Abigails Hand auf seinen Arm legte. „Dann hättest du Miss Harding um einen weiteren Tanz bitten können. Jetzt ist ihre Karte wahrscheinlich voll."

Das war sie, aber das bereitete Abigail weniger Freude als die Tatsache, dass Ethan heute Abend gekommen war. Und obwohl sie sich darauf gefreut hatte, mit ihm zu tanzen, übten ein paar ruhige Minuten an der frischen Luft den größeren Reiz auf sie aus.

„Ich wäre froh, nach draußen zu gehen, wenn es Ihnen nichts ausmacht", sagte sie zu ihm.

Ethan bedachte sie mit dem Grinsen, das sie so sehr mochte. „Überhaupt nicht. Andere Leute in einem heißen Raum anzurempeln ist nicht mein liebster Zeitvertreib." Ebenso wie sie hatte er die ersten drei Tänze getanzt, sodass jetzt Schweißperlen auf seiner Stirn standen. „Eigentlich kommt es gar nicht darauf an, ob der Raum heiß oder kalt ist. Leute anzurempeln, gefällt mir allgemein nicht besonders."

Abigail kicherte, als er die Tür öffnete, um sie auf die Veranda zu führen. Obwohl es weiterhin windig war, schützte das Haus diese Seite der Veranda und verwandelte sie in einen angenehmen Ort.

„Mein Großvater hat darauf bestanden, dass ich tanzen lerne", fuhr Ethan fort, „aber ich muss zugeben, dass es mir nie viel Spaß gemacht hat. Sie und Ihre Schwester scheinen es allerdings zu genießen." Trotz Jeffreys Behauptung, seine Frau müsse sich ausruhen, hatte Ethan den ersten Tanz mit Charlotte getanzt und sie mit einer solchen Begeisterung umhergewirbelt, dass Charlotte laut gelacht hatte. Jetzt lehnte er sich gegen das Geländer, sah Abigail an und gab ihr das Gefühl, als wäre nichts wichtiger als ihre Antwort.

„Das kommt vielleicht daher, dass Tanzen immer noch neu für uns ist. Charlotte und ich haben es erst vor weniger als zwei Jahren gelernt." Als Ethan eine Augenbraue anhob und sie fragend ansah, fuhr Abigail fort: „Unser Vater glaubte, dass Tanzen eine unschickliche Versuchung sei. Mama war nicht dieser Meinung, aber aus Respekt ihm gegenüber hat niemand von uns getanzt, solange er am Leben war."

„Er klingt wie ein paar der Prediger, die ich getroffen habe."

„Er war ein Prediger."

Als sich Ethans Augen vor Überraschung weiteten, lächelte Abigail, während sie sich an ihren Vater erinnerte. „Papa war ein brillanter Mann. Sein Glaube an Gott war stark und er wusste, wie er diesen Glauben mit anderen teilen konnte. Mama hat uns immer erzählt, dass viele Menschen behaupteten, Papas Predigten seien die besten, die sie jemals gehört hätten, und dass er mit der Fähigkeit gesegnet worden sei, schwierige Themen einfach erscheinen zu lassen."

Abigail starrte einen Moment lang in die Ferne und sah dem Wind dabei zu, wie er die Wolken über den Himmel trieb. Die Sonne war bereits untergegangen, doch das klare Mondlicht erhellte den Nachthimmel. „All das war gut, aber Papa konnte auch halsstarrig und unnachgiebig sein. Wenn er davon überzeugt war, recht zu haben, hörte er nicht auf die Meinung anderer. Obwohl ich damals zu jung war, um das zu begreifen, vermute ich, dass das der Grund war, weshalb wir so oft umgezogen sind – dass er die Gemeinden mit seinen unverrückbaren Anschauungen verärgerte.

Mir schien es jedenfalls, als hätten wir bis zu meinem sechzehnten Lebensjahr jedes Jahr in einer anderen Stadt gelebt."

„Das muss schwierig gewesen sein." Mitgefühl schwang in Ethans Stimme mit. Abigail fragte sich, ob er verstand, wie sehr sich ein Kind – zumindest das Kind, das sie gewesen war – nach Beständigkeit sehnte.

„Ich habe es gehasst. Wir hatten uns gerade niedergelassen, da zogen wir schon wieder um. Es fühlte sich so an, als müsste ich mich ununterbrochen an ein neues Haus und eine neue Schule gewöhnen. Das Schlimmste war, dass ich immer neue Freunde finden musste. Wenn meine Schwestern nicht gewesen wären, weiß ich nicht, was ich getan hätte."

Ethans Augen verdunkelten sich, doch sie hoffte, dass er kein Mitleid empfand. Sie begrüßte Mitgefühl, aber sie wollte kein Mitleid. „Wie Sie wissen, habe ich keine Erfahrung mit Geschwistern, aber die Sache mit den häufigen Umzügen klingt ein bisschen wie die Armee. Es kann schwierig sein, solange man sich nicht daran gewöhnt hat."

„Das ist einer der Gründe, weshalb ich erstaunt war, dass Charlotte Jeffrey geheiratet hat. Ich dachte, sie hätte die Unbeständigkeit unserer Kindheit genauso gehasst wie ich. Es scheint, als hätte ich mich getäuscht." Die Veränderung, die seit Abigails Ankunft in Charlottes Stimmung eingetreten war, passte zu ihren Äußerungen, dass sie gern alle drei Schwestern wieder vereinigen würde. Dies ließ Abigail vermuten, dass die Probleme, die sie in Charlottes Briefen gespürt hatte, an ihrer Einsamkeit lagen. Und das war etwas, das Abigail verstand. Sie liebte das Unterrichten an Miss Drexels Schule sehr, doch sie vermisste auch ihre beiden Schwestern sehr schmerzlich.

Ethan hob ein wenig die Augenbrauen. „Vielleicht waren Charlottes Gefühle für Jeffrey stark genug, um die Hindernisse zu überwinden. Oder sie ist vielleicht wie viele von uns und betrachtet es als ein Abenteuer, neue Orte kennenzulernen."

„Sind Sie deshalb nach West Point gegangen? Wegen des Abenteuers?"

„Nicht wirklich. Als Kind wollte ich wie mein Vater sein. Er war Soldat, also beschloss ich, auch einer zu sein. Ich dachte, der beste

Weg, das zu tun, bestünde darin, die Akademie zu besuchen." Obwohl seine Worte unbeschwert klangen, las sie in Ethans Gesichtsausdruck, dass mehr dahintersteckte und dass – den Schatten nach zu urteilen, die Abigail in seinen Augen entdeckte – auch Schmerz und Trauer dazugehörte.

„Ihr Vater muss sehr stolz auf Sie sein."

Ethan schüttelte den Kopf. „Mein Vater starb im Krieg. Ich weiß noch nicht einmal, ob er überhaupt wusste, dass ich geboren worden war."

Und dennoch – obwohl er wusste, dass auch er ums Leben kommen könnte, hatte Ethan sich freiwillig gemeldet. Abigail gab nicht vor, das zu verstehen. Was sie verstand, war, dass der Tod seines Vaters eine Lücke in Ethans Leben hinterlassen haben musste. „Es tut mir leid." Das war unzureichend, aber Abigail war sich nicht sicher, was sie sonst noch hätte sagen können. Die ständigen Umzüge ihrer Familie schienen ihr unbedeutend im Vergleich zu dem Verlust, den Ethan erlitten hatte. „Hat Ihre Mutter wieder geheiratet?"

Ethans Gesicht wurde zu einer unbeweglichen Maske. „Sie starb, als ich noch kein Jahr alt war, und überließ mich der Erziehung ihres Vaters."

Deshalb hatte Jeffrey von Ethans Großvater gesprochen. Er hatte für Ethan die Rolle der Eltern übernommen. Abigail konnte nur hoffen, dass er liebevoll gewesen war, und doch bezweifelte sie es. Schließlich hatte Ethan erwähnt, sein Großvater hätte ihn nicht freigekauft. Diese Aussage hatte sie schockiert, aber sie hatte nicht ihre volle Bedeutung erfasst. Jetzt fragte sie sich, ob die Beziehung zu seinem Großvater zu Ethans Entscheidung beigetragen hatte, Soldat zu werden.

Ihre Betroffenheit musste sich wohl auf ihrem Gesicht widergespiegelt haben, denn Ethan sagte schroff: „Lassen Sie uns über etwas Angenehmeres sprechen. Erzählen Sie mir etwas über die Schule, an der Sie unterrichten."

Obwohl sich ihr Herz danach sehnte, Ethan Trost zu spenden, erkannte Abigail die Weisheit in seiner Bitte. Der Tanz würde bald enden. Es wäre am besten, wenn sie mit einem Lächeln auf ihren Gesichtern zu der Feier zurückkehren könnten.

Sie nahm sich zusammen. „Die Miss Drexel's Schule ist eine

kleine Mädchenschule in Wesley, Vermont. Normalerweise haben wir nicht mehr als vierzig Schülerinnen. Der Gründer hat davon geträumt, mehr als hundert Mädchen aufzunehmen, aber mehr als vierzig kann das Haus nicht fassen."

Ethan war erstaunt. „Es muss ein großes Haus sein, wenn es so viele Kinder und zusätzlich die Lehrer und Klassenräume aufnehmen kann."

Abigail ging zur Ecke der Veranda und deutete auf das große, weiße Gebäude, das früher als Unterkunft für die ledigen Offiziere gedient hatte. Es trug den Spitznamen „Old Bedlam" – Altes Tollhaus –, weil die Männer wilde Partys darin gefeiert hatten, und war eines der ältesten Gebäude im Fort. „Es ist kleiner als Old Bedlam, aber es ist drei Stockwerke hoch und aus Marmor gebaut."

„Marmor?" Ethans Augenbraue hob sich ein paar weitere Millimeter. „Das klingt sehr prächtig."

Abigail wollte keine Kritik an dem Ort hören, der ihr sowohl ein Zuhause als auch eine Beschäftigung geschenkt hatte. „Das ist nicht prächtiger, als wenn man hier Kalkmörtel verwendet. Es gibt einen Marmorbruch nur wenige Meilen von Wesley entfernt, dadurch wird Marmor zu einem der günstigsten Baumaterialien."

„Ich nehme alles zurück. Ich hätte mich niemals mit einer Schullehrerin anlegen sollen." Ethan warf ihr einen lächelnden Blick zu, wobei die Traurigkeit von eben vielleicht nicht vergessen, zumindest aber nicht mehr sichtbar war. „Was unterrichten Sie also – abgesehen von Bautechnik?"

„Englisch, Deutsch und Französisch, obwohl ich auch andere Themen behandeln musste, als einer meiner Kollegen krank war."

„Wie viele Kollegen gibt es?"

„Wir sind insgesamt fünf. Mr Barnett ist unser Direktor. Seine Frau unterrichtet Kunst und Musik. Miss Thayer ist unsere Rechenlehrerin und Woodrow kümmert sich um Geschichte und Erdkunde."

„Woodrow?"

Abigail spürte, wie ihr das Blut in die Wangen schoss, als ihr klar wurde, dass sie so zwanglos über ihn gesprochen hatte. „Mr Morgan", korrigierte sie.

Ethans Lächeln verblasste. Sicher war es nicht die Tatsache, dass sie Woodrow beim Vornamen genannt hatte. Schließlich nannte sie auch Ethan beim Vornamen. „Er muss derjenige sein, den Jeffrey erwähnt hat, der, den Sie heiraten werden."

Abigail versuchte, nicht die Stirn zu runzeln. Obwohl sie den anderen Frauen von ihrer bevorstehenden Verlobung erzählt hatte, schien es ihr irgendwie unangebracht, dass Jeffrey es gegenüber Ethan erwähnt hatte. Aber jetzt, wo das Thema nun mal angesprochen war, hatte es keinen Zweck, es zu leugnen.

„Das ist Woodrow", sagte sie mit fester Stimme.

Was war er nur für ein Dummkopf! Warum hatte er all diese Fragen gestellt und Abigail dadurch praktisch gezwungen, über ihren Zukünftigen zu reden? Er war so darauf bedacht gewesen, nicht über seinen Großvater zu sprechen, dass er jedes andere Thema vorgezogen hatte. Er hatte sich geirrt. Jetzt erinnerte er sich an das Leuchten in Abigails Augen, als sie den Namen des Mannes ausgesprochen hatte, und an die Bestimmtheit in ihrer Stimme, als sie bestätigt hatte, dass Woodrow Morgan, Geschichts- und Erdkundelehrer, der Mann war, den sie zu heiraten beabsichtigte.

Der Gedanke sollte ihm eigentlich nicht zu schaffen machen. Er war heute Abend einfach nicht gut drauf – erstens, weil Oliver dafür gesorgt hatte, dass sie zu spät gekommen waren, und zweitens, weil sie auf seinen Großvater zu sprechen gekommen waren. Nur deshalb machte er sich Gedanken über Woodrow Morgan. Nur aus diesem Grund.

Trotzdem kehrte er, nachdem er Abigail zurück in den Tanzsaal begleitet hatte, auf die Veranda zurück und hoffte, dass die kalte Abendluft ihm den Kopf frei machen würde. Das tat sie nicht.

Ethan schluckte schwer, trat von der Veranda herunter und steuerte auf den Hintereingang zu. Seine Kehle war so trocken, dass er etwas zu trinken brauchte, selbst wenn die Damen zu denken schienen, dass nur süße Bowle das passende Getränk für einen Tanzabend war.

„Sie ist hübscher, als ich es mir vorgestellt hatte."

Als Oliver plötzlich an Ethans Seite auftauchte, war seine Hoffnung auf Alleinsein dahin. Obwohl die anderen Gäste im Salon geblieben waren und auf das Signal ihrer Gastgeberinnen warteten, im Esszimmer eine Erfrischung einzunehmen, musste Oliver Ethan gesucht haben. Zum ersten Mal schien der junge Leutnant kein Interesse an etwas Essbarem zu haben und ignorierte Ethans Vorschlag, sich eine Tasse Bowle einzuschenken. Stattdessen hörte Oliver nicht auf, von Miss Harding zu schwärmen. „Sie ist bildschön. Außerdem höflich. Sie hat nicht einmal etwas über meine Nase gesagt."

Ethan verzichtete auf den Hinweis, dass keine kultivierte Frau einen Mann in Verlegenheit bringen würde, indem sie auf eine körperliche Unvollkommenheit anspielte, genauso wenig, wie er weder zu Mrs Montgomery noch zu Mrs Alcott sagen würde, dass die Bowle von weniger Zucker profitiert hätte.

„Sie tanzt besser als jede Partnerin, mit der ich jemals getanzt habe. Als sie in meinen Armen war, dachte ich, ich wäre gestorben und in den Himmel gekommen." Olivers Lobeshymnen schienen kein Ende zu finden. „Ich sage dir, Ethan, sie ist die perfekte Frau. Du wirst sehen, was ich meine, wenn du dich verliebst."

Genug. Ethan hatte genug von der unerträglich süßen Bowle und genug von Olivers Predigten. „Spar dir deine Worte, Oliver. Egal, wie häufig du mir noch von Eva und den Tieren in der Arche erzählst, wird es nichts ändern. Was die Liebe betrifft – die ist etwas für Dichter." Er machte auf dem Absatz kehrt, um zu gehen.

Oliver folgte ihm, wobei er ununterbrochen weiterplapperte. „Das sagen sie alle, kurz bevor sie umkippen. Ich sage dir, Ethan …"

„Und ich sage dir, genug ist genug."

Aber obwohl er versuchte, Olivers Worte auszublenden, hallten sie weiter durch seinen Kopf. *Liebe.* Sein Großvater hatte ihm etwas über Liebe erzählt, als er bemerkt hatte, dass Ethan die Enkeltochter des Kochs wiederholt getroffen hatte. Sie war ein bisschen jünger als Ethan mit seinen zehn Jahren und seiner Einschätzung nach das hübscheste Wesen auf Erden. Lange, blonde Zöpfe hatte sie und Augen von einem noch tieferen Blau als die Glockenblumen, von denen der Gärtner sagte, es sei die Lieblingsblume von Ethans Mutter gewesen.

„Unsinn, mein Junge. Du bist nicht verliebt. Liebe ist eine Illusion, der sich arme Leute hingeben", hatte Großvater verkündet, als Ethan erklärt hatte, er liebe die kleine Hilda. „Das ist ihre Entschuldigung für die Ehe. Wir wissen es besser. Die Ehe ist dafür gedacht, Verbindungen zu stärken."

„Hast du deshalb meine Großmutter geheiratet?"

Großvater nahm ihm die Frage nicht übel. „Natürlich. Ihrem Vater gehörte das größte Kohlebergwerk in Pennsylvania und meine Bahngesellschaft brauchte diese Kohle."

Ethan war alt genug, um zu erkennen, dass es töricht war, Großvater Fragen zu stellen, die er nicht beantworten wollte. Trotzdem war er mit der einen Frage herausgeplatzt, die ihm seit dem Tag auf der Zunge gelegen hatte, an dem ihm bewusst geworden war, dass es keine Bilder seines Vaters in dem großen alten Haus gab, auf das sein Großvater so stolz war. „Warum hat mein Vater meine Mutter geheiratet?"

Sein Großvater hatte mit den Händen krampfhaft seinen Gehstock umklammert und sein Gesicht war so tiefrot geworden, dass sich Ethan gefragt hatte, ob er krank war.

„*Dein Vater* ..." Er spuckte die Worte regelrecht aus und verwandelte sie auf diese Weise in eine Beleidigung. „Dein Vater wollte mein Geld haben. Er hat Veronica in die Falle gelockt und sie dazu gebracht, ihn zu heiraten, indem er den ältesten aller Tricks angewendet hat."

Damals hatte Ethan nicht verstanden, was sein Großvater meinte. Aber als er älter geworden war und sich den Tratsch der Bediensteten genauer angehört hatte, hatte er begriffen, dass seine Mutter ein Kind – ihn – erwartet hatte, als sie seinen Vater geheiratet hatte.

„Sein Plan hat nicht funktioniert", hatte sein Großvater triumphierend gesagt. „Dieser verabscheuungswürdige Hundesohn hat niemals einen Penny von mir bekommen. Dafür habe ich gesorgt und zwar, bevor er davongelaufen und in die Armee eingetreten ist. Er behauptete, er würde die Welt verbessern. Hah! Die Welt wurde an dem Tag besser, an dem ein Rebell auf die glorreiche Idee kam, eine Musketenkugel in Stephen Bowles' Herz zu jagen."

Als er zum letzten Mal aus dem Haus seines Großvaters getreten war, hatte Ethan beschlossen, dass sein Großvater – neben seinen anderen Sünden – ein unglaublicher Heuchler war. Wie konnte er es wagen, Ethans Vater dafür zu verurteilen, dass er um des Geldes Willen geheiratet hatte – falls das wirklich so gewesen war –, wenn er selbst seine Ehe nur eingegangen war, um Zugang zu den Kohlebergwerken zu erhalten? Wie konnte er den Versuch wagen, alle Erinnerungen an die Hochzeit seiner Tochter auszulöschen, als wäre aus Veronica Wilson niemals Veronica Bowles geworden? Und wie konnte er verlangen, dass Ethan seinen Namen trug, anstatt mit dem Namen Bowles in Verbindung gebracht zu werden?

Obwohl er davon geträumt hatte, seinen Großvater mit alledem zu konfrontieren, hatte Ethan gewusst, dass es zu nichts geführt hätte. Sein Großvater hätte ihm einfach gesagt, dass er sich irrte, oder, noch schlimmer, er hätte ihn ignoriert. Und so hatte Ethan auf den rechten Augenblick gewartet und es genossen, dass niemand seinen Namen mit Curtis Wilson in Verbindung bringen würde, dem Eisenbahnmagnaten, dessen Ruf und Reichtum legendär waren. Als Ethan in die Militärakademie aufgenommen worden war, hatte sein Großvater nichts dagegen tun können.

Er hatte genug getan. Er hatte Ethan beigebracht, dass die Pflicht wichtiger war als alles andere auf der Welt und dass die Pflicht der einzige Grund war, weshalb er Veronicas Kind bei sich aufgenommen hatte. Er hatte Ethan beigebracht, dass die meisten Menschen das Geld mehr als alles andere schätzten. Und was das Wichtigste war: Er hatte ihm beigebracht, dass Liebe nichts anderes als ein Märchen war.

Kapitel 6

Abigail erwachte von einem seltsamen Geräusch. Sie griff nach ihrem Morgenrock und eilte barfuß in Charlottes Zimmer, wo sie ihre Schwester über den Nachttopf gebeugt vorfand.

„Wie kann ich dir helfen?“

Entweder waren Charlotte die Erfrischungen der Feier nicht bekommen oder die morgendliche Schwangerschaftsübelkeit war zurückgekehrt. Abigail hoffte, dass Ersteres der Fall war. Da ihre Schwester seit ihrer Ankunft nicht mehr krank gewesen war, hatten sie beide geglaubt, dass Charlotte dieses Stadium ihrer Schwangerschaft endlich überwunden hatte.

„Soll ich einen Pfefferminztee kochen?“, fragte Abigail. Es musste doch irgendeine Möglichkeit geben, um zu helfen. Charlotte hatte ihr versichert, dass ihr Magen durch den Kräuteraufguss beruhigt worden war, als sie ihn zum ersten Mal getrunken hatte.

Charlotte blickte auf. Ihr Gesicht war so ausgemergelt und vom Schmerz gezeichnet, dass jeder, der ihr wahres Alter nicht kannte, sie zehn Jahre älter geschätzt hätte. „Schon der Gedanke an irgendetwas in meinem Magen macht mich krank.“

Sie wischte sich den Mund ab und deckte den Nachttopf zu. Abigail half ihr aufzustehen und führte sie zurück zu ihrem Bett. Jeffrey wäre vielleicht eine Hilfe gewesen. Doch er hatte kurz nachdem der militärische Weckruf ertönt war, mit polternden Schritten das Haus verlassen, um sich auf den Weg zur Kleiderinspektion der Kompanie zu machen. Das war, wie Charlotte Abigail erzählt hatte, ein wöchentlich stattfindendes Ereignis und der Grund, warum die Gottesdienste erst am Nachmittag abgehalten wurden.

„Es gibt etwas, das du tun kannst.“ Charlottes Stimme war schwach und dünn, als sie sich gegen ihr Kissen lehnte. „Hol bitte Mrs Grayson.“

Abigail versuchte, ihre Angst zu verbergen. Obwohl sie Charlottes frühere Anfälle von Schwangerschaftsübelkeit nicht miterlebt hatte, musste es heute viel schlimmer sein als sonst, wenn sie wollte, dass die Hebamme kam. „Natürlich."

Innerhalb von Minuten hatte sich Abigail angekleidet und von Charlotte den Weg zu Mrs Graysons Haus erklären lassen. Sie wollte Charlotte eigentlich nicht allein lassen, nicht einmal für die Zeit, die es brauchen würde, die Hebamme herbeizurufen. Es gab jedoch keine andere Möglichkeit. Als sie die Stufen hinunterstieg, traf Abigail auf Pfütze, der unten an der Treppe saß und leise jammerte. Offensichtlich war er verzweifelt darüber, dass seine Beine immer noch zu kurz waren, um die Stufen zu erklimmen. Kurz entschlossen nahm sie ihn hoch und trug ihn zu Charlotte. In Pfützes Gesellschaft war ihre Schwester zumindest nicht allein.

„Er weiß, dass irgendetwas nicht stimmt", sagte sie zu Charlotte, „und er möchte bei dir sein."

„In Ordnung." Aber es klang keine Begeisterung in Charlottes Stimme mit. Das war kein gutes Zeichen.

„Ich gebe zu, dass ich besorgt bin", sagte Mrs Grayson eine Stunde später zu Abigail. Ihre Untersuchung hatte weniger Zeit in Anspruch genommen, als Abigail erwartet hatte, und nun saß die ältere Dame im Wohnzimmer und trank eine Tasse Kaffee. Mrs Grayson war mit einem Sergeant verheiratet und im Fort als Hebamme tätig. Sie maß einige Zentimeter weniger als Abigail, war dabei aber mindestens vierzig Pfund schwerer. Und obwohl ihr braunes Haar noch nicht von grauer Farbe durchzogen war, ähnelte ihr Auftreten dem einer älteren Frau. Vielleicht hatte ihr Beruf sie altern lassen.

„Es sieht wie Schwangerschaftsübelkeit aus. Ich habe noch nie erlebt, dass es so lange dauert, aber ich habe gehört, dass das passieren kann." Mrs Grayson leerte ihre Tasse und nickte, als Abigail anbot, sie noch einmal zu füllen.

Als Abigail mit dem dampfenden Gebräu zurückkehrte, nahm sie gegenüber der Hebamme Platz. Es gab keinen Grund, ihre Sorge zu verbergen, da Mrs Grayson diese teilte. „Ich habe zu Charlotte gesagt, dass dieses Unwohlsein nicht mehr normal ist, aber sie behauptet, es sei nichts Ernstes. Was können wir tun?"

„Ich bin mir nicht sicher, aber die heutige Übelkeit könnte eine Folge der gestrigen Aufregung sein. Für die meisten Frauen wäre das kein Problem, aber Mrs Crowley kann es sich nicht leisten, ein Risiko einzugehen.“ Mrs Grayson stellte die Tasse auf dem kleinen Tisch ab und sah Abigail an, wobei Besorgnis in ihren braunen Augen zu lesen war. „Ich würde das nicht zu Ihrer Schwester sagen, aber ich fürchte, sie könnte das Kind verlieren, wenn es so weitergeht. Sie verliert immer mehr Kraft und das ist weder für sie selbst noch für das Kleine gut.“

Als sie sich in Erinnerung rief, wie lebhaft und unbeschwert Charlotte gestern Abend über die Tanzfläche gewirbelt war, fiel es Abigail schwer, dieses Bild mit der Frau in Einklang zu bringen, die heute Morgen kaum ihren Kopf heben konnte.

Mrs Grayson trank einen weiteren Schluck Kaffee. „Ich möchte, dass Ihre Schwester eine Woche lang im Bett bleibt. Geben Sie ihr leicht verdauliche Kost und stellen Sie sicher, dass es keine Störungen gibt.“

„Was ist mit dem Welpen? Er könnte sie aufheitern.“ Als Abigail zurückgekehrt war, hatte sie Charlotte schlafend und mit Pfütze im Arm vorgefunden. Obwohl Mrs Grayson beim Anblick eines Hundes im Bett die Stirn gerunzelt hatte, fand Abigail die Tatsache ermutigend, dass ihre Schwester schlief.

Die Hebamme legte den Kopf zur Seite und überlegte. „Es wird wahrscheinlich nicht schaden, aber ich rate Ihnen, die Zeit, die sie mit dem Hund verbringt, zu begrenzen, vor allem, weil er noch nicht erzogen ist. Und wenn es den Anschein hat, dass Ihre Schwester ermüdet, dann bringen Sie ihn weg. Es ist wichtig, dass sie ihre Kraft zurückgewinnt.“ Mrs Grayson stand auf und steuerte auf die Küche zu. „Ich werde mit Mrs Channing über geeignete Nahrung sprechen.“

Als die Hebamme gegangen war und Mrs Channing versprochen hatte, auf Charlotte zu achten, holte Abigail den inzwischen wieder lebhaften Welpen aus Charlottes Zimmer. Sie wollte Jeffrey erzählen, was passiert war, und konnte den Hund bei dieser Gelegenheit mitnehmen. Ein Spaziergang würde helfen, Pfützes Energien abzubauen.

„Abigail, was tust du hier?“ Jeffrey blickte von dem Bericht hoch, den er gerade las, und rümpfte verärgert die Nase, als er den Welpen sah. „Und warum bringst du den Köter mit?"

„Es tut mir leid, aber ich wollte ihn nicht bei Mrs Channing lassen."

„Charlotte hätte doch –"

„Nein, Charlotte kann leider nicht." Abigail hatte versucht, sich etwas einfallen zu lassen, um Jeffrey die Nachricht möglichst schonend zu überbringen, aber sie stellte fest, dass sie sich gegen seinen herrischen Ton sträubte. Also gab sie sich keine Mühe, ihre Worte zu mäßigen. „Charlotte ist sehr krank."

Jeffrey erblasste, wodurch seine Sommersprossen einen starken Gegensatz zu seiner fahlen Haut bildeten. „Aber gestern Abend ging es ihr doch noch gut."

Die offensichtliche Bestürzung ihres Schwagers sorgte dafür, dass Abigails Stimme sanfter wurde. „Das war gestern Abend. Heute Morgen ist sie so schwach, dass sie mich gebeten hat, Mrs Grayson zu holen. Sie hat Charlotte eine Woche Bettruhe verordnet."

„Bettruhe. Das hat es noch nie gegeben." Das leichte Zittern in Jeffreys Stimme verriet Abigail, dass er den Ernst der Lage erkannte. „Charlotte muss wieder gesund werden. Sie muss." Als ihm ein weiterer Gedanke kam, bildete sich eine steile Falte auf seiner Stirn. „Was ist mit dem Kind?"

Abigail hätte beinahe einen Seufzer der Erleichterung darüber ausgestoßen, dass Jeffreys erster Gedanke seiner Frau gegolten hatte. Charlottes Befürchtungen, dass Jeffrey sie nur liebte, weil sie seine Kinder gebären würde, waren unbegründet.

„Zum gegenwärtigen Zeitpunkt geht es dem Kind gut", sagte Abigail, „aber Mrs Grayson möchte kein Risiko eingehen. Deshalb besteht sie darauf, dass Charlotte keiner Unruhe ausgesetzt werden darf."

Als sie den Paradeplatz umrundete und die dort exerzierenden Männer bemerkte, wanderten Abigails Gedanken zu dem großen, blonden Soldaten, der die Mahlzeiten so angenehm gestaltete. „Würdest du Ethan erklären, dass unsere Mahlzeiten ab jetzt sehr einfach sein werden und dass es im Moment besser wäre, wenn er nicht zu uns käme?"

„Natürlich." Jeffrey hielt einen Moment lang inne. „Mrs Channing soll sich ausschließlich um Charlotte kümmern. Ethan und ich werden mit den anderen Offizieren essen." Er starrte einen Moment lang verbissen in die Ferne. Als er weitersprach, war Jeffreys Stimme fest und entschlossen. „Nichts darf meiner Frau oder meinem Kind schaden."

„Ich komme schon zurecht." Obwohl Charlottes Gesicht immer noch blass war und die morgendliche Übelkeit sie weiterhin jeden Morgen überfiel, sah sie besser aus als noch vor zwei Tagen. Sie streckte ihre Hand aus, ergriff Abigails und hielt sie fest. „Ich komme wirklich zurecht. Es ist ja nicht so, als würdest du mich im Stich lassen. Du wirst doch nur eine Stunde weg sein und ich weiß ja, dass dir langweilig sein muss. Es kann keinen Spaß machen, hier mit mir eingesperrt zu sein, während ich die meiste Zeit schlafe und Jeffrey nicht da ist."

Zu Abigails Überraschung hatte sich Jeffrey den Rat von Mrs Grayson, dass Charlotte nicht gestört werden sollte, zu Herzen genommen und war so gut wie nie zu Hause. Er aß mit den anderen Offizieren, und wenn er spät abends nach Hause kam, schlief er auf einer Liege im Wohnzimmer, um jede Möglichkeit zu vermeiden, wie seine Frau gestört werden könnte. Er kam ein- oder zweimal am Tag vorbei und verbrachte nicht mehr als fünf Minuten mit Charlotte, bevor er wieder ging. Abigail war der Meinung, ihre Schwester müsse diejenige sein, die gelangweilt sei … und einsam. Deshalb zögerte sie, als Charlotte vorschlug, sie könne mit ihrer Stute einen Ausritt machen.

„Du solltest dich wirklich mehr draußen aufhalten", beharrte Charlotte. „Mir scheint, dass deine einzige Beschäftigung darin besteht, Pfütze zu jagen und Zweige aus seinem Fell zu bürsten."

„Für einen kleinen Hund hat er viel Energie", gab Abigail zu. „Es gibt Zeiten, in denen ich völlig außer Atem bin und kaum noch mit ihm Schritt halten kann."

Der Welpe liebte es, draußen herumzusausen. Abigail wollte ihm dieses Vergnügen nicht vorenthalten, auch wenn das bedeutete, dass auch sie unaufhörlich im Hof herumrennen musste, was ihre Mutter einfach nur als ungehörig bezeichnet hätte. Beinahe genauso ermüdend war es, Pfütze zu überreden, lang genug stillzuhalten, bis er gebürstet war.

„Ich vermute, ich werde nie herausfinden, in was er da gerät." Die Zweige, wie Charlotte sie nannte, stammten von keiner gewöhnlichen Pflanze. Sie hafteten in Pfützes Fell, als hätten sie hundert kleine Haken.

„Fuchsschwanz." Charlottes Antwort war knapp. „Er hat überall scharfe Ränder – schlimmer als Rosendornen."

„Schlimmer als eine Yuccapflanze?"

Charlotte legte den Kopf zur Seite, als würde sie über die Frage nachdenken. „Vielleicht nicht, aber Yuccas jagen dich nicht. Fuchsschwanz tut das."

„Und Pfütze fängt jeden." Dadurch hatte er noch zusätzlich Mrs Channings Missfallen auf sich gezogen. Jeden Tag jammerte sie stundenlang über das, was sie das „widerwärtige Benehmen einer widerwärtigen Kreatur" nannte, und betonte, dass der einzige Grund, weshalb sie blieb, Charlottes Zustand sei. „Es wäre nicht richtig, Mrs Crowley jetzt im Stich zu lassen", verkündete sie, „aber wenn es ihr wieder besser geht …"

Die Drohung wurde zwar nicht ausgesprochen, war aber trotzdem deutlich.

Charlotte blickte auf den Welpen mit den riesigen Pfoten hinab, der friedlich auf dem Boden schlief. „Er mag vielleicht wild sein, aber er macht mir so viel Freude. Ich weiß nicht, was ich ohne ihn machen würde – und ohne dich natürlich." Charlottes schelmisches Lächeln verriet Abigail, dass sie sie absichtlich als Letzte genannt hatte. „Pfütze und ich kommen zurecht, während du weg bist. Und jetzt geh, hab Spaß und komm nicht so bald wieder. Ich habe Lust, ein langes Schläfchen zu machen."

Als sie auf Sallys Rücken den Stall verließ, gestand sich Abigail ein, dass es sich gut anfühlte, wieder auf einem Pferd zu sitzen. Die Stute war genauso geduldig, wie Charlotte es behauptet hatte, und da Abigail und ihre beiden Schwestern dieselbe Kleidergröße trugen, passte Charlottes grünes Reitkleid so gut, als wäre es für Abigail gemacht worden. Der Rekrut, der die Ställe ausgemistet hatte, war ihr irgendwie bekannt vorgekommen. Er hatte sie zuerst „Mrs Crowley“ genannt und war dann errötet, als ihm der Fehler bewusst geworden war.

„Alles in Ordnung“, sagte Abigail. „Es schmeichelt mir, dass Sie mich mit meiner Schwester verwechseln.“

Obwohl Mama behauptet hatte, dass all ihre Töchter hübsch seien, wusste Abigail, dass Charlotte die Schönheit der Familie war. Sogar Woodrow hatte sich eine Bemerkung zu Charlottes gutem Aussehen erlaubt, wohingegen er niemals zu Abigail gesagt hatte, sie sei schön. Woodrow blieb stets bei der Wahrheit.

Als der Soldat die Stute sattelte, runzelte Abigail leicht die Stirn und versuchte, sich daran zu erinnern, wo sie den Mann schon einmal gesehen hatte. Als die Erinnerung zu ihr zurückkehrte, lächelte sie. „Sie sind der Soldat, der die Hunde gejagt hat und auf Deutsch nach ihnen rief.“

„*Ja*“, antwortete er auf Deutsch, fuhr dann aber auf Englisch fort: „Das habe ich gemacht, aber es hat nicht geholfen. Sie haben nicht auf mich gehört, ganz egal, welche Sprache ich gesprochen habe.“

Obwohl der Mann mit starkem Akzent sprach, war an seiner Grammatik nichts auszusetzen. Mrs Barnett, die behauptete, dass ein leichter Akzent bezaubernd sei, eine armselige Grammatik jedoch auf Ignoranz hindeute, wäre beeindruckt gewesen.

Als die Erinnerungen an die Frau ihres Schuldirektors durch Abigails Kopf huschten, fragte sie sich, was Woodrow heute tat. Bereitete er sich ebenfalls auf einen Ausritt vor? Wahrscheinlicher war es, dass er jemanden für ein Tennisspiel gefunden hatte, denn Tennis war im Sommer seine liebste Freizeitbeschäftigung. Miss Thayer war eine gute Tennisspielerin. Vielleicht würde sie ihn herausfordern. Oder vielleicht würde eine der Schülerinnen um Trainingsstunden bitten. Henrietta Walshs Eltern hatten Woodrow im letzten Sommer gebeten, ihr Tennisunterricht zu erteilen. Den Rest des Schuljahres hatte das Mädchen damit verbracht, jeden, der zuhören wollte, mit Geschichten über Woodrows Können zu erfreuen. Aber Woodrow und Tennisspiele waren beinahe zweitausend Meilen weit weg.

Abigail sah dem Korporal zu, der die Sattelgurte überprüfte.

„Möchten Sie, dass ich Sie begleite, Ma'am?", fragte er mit seinem deutschen Akzent. „Ich werde meinen Vorgesetzten um Erlaubnis bitten."

Abigail schüttelte den Kopf. „Nein, danke, Korporal ..." Sie hoffte, er würde ihr seinen Namen nennen.

„Keller, Ma'am. Dietrich Keller."

„Danke, Korporal Keller, aber meine Schwester hat mir versichert, ich müsse mir keine Sorgen machen, solange ich in der Nähe des Forts bleibe."

„Ja", sagte er wieder auf Deutsch. „Das stimmt. Guten Tag, Ma'am."

Abigail ritt langsam durch das Fort, um sich erst einmal an Sally zu gewöhnen. Trotz Charlottes Anweisung, einen langen Ausritt zu machen, hatte sie sich entschieden, den Standort lediglich zu umrunden. Fort Laramie lag an einer Biegung des Laramie Rivers, wobei der Fluss die südliche und östliche Begrenzung des Forts bildete. Obwohl sie wusste, dass ihr Pferd ohne Probleme den Fluss durchqueren könnte, wollte Abigail Charlottes Reitkleid nicht durchnässen. Schließlich hatten kluge Menschen Brücken erfunden, nicht wahr? Sie würde die Brücke am östlichen Ende des Standorts überqueren, dann dem Fluss folgen und nach einer gewissen Strecke umkehren und auf demselben Weg zurückkehren.

Abigail machte es sich im Sattel bequem und lächelte über die bauschigen Quellwolken, die am Himmel dahinzogen. Obwohl Wyoming nicht mit der grünen Schönheit Vermonts zu vergleichen war, konnte man nicht leugnen, dass der Himmel hier herrlich war. Die Geräusche waren ebenfalls anders. Jetzt, wo sie außerhalb des Forts war, bemerkte Abigail, dass das Geräusch marschierender Soldaten, die Rufe und Hornsignale, die Teil des täglichen Lebens waren, und der scheinbar unaufhörliche Baulärm die natürlichen Geräusche übertönten. Hier draußen regierte der Wind, rauschte durch das hohe Gras und trug Vogelrufe und seltsame Pfeiftöne mit sich.

Als das Pfeifen lauter wurde und von gelegentlichem Fiepen begleitet wurde, sah sich Abigail um. Die Quelle war, wie sie herausfand, ein Präriehund, der oben auf seinem Erdhügel saß und ganz offensichtlich den Rest seiner Kolonie über ihre Ankunft informierte. Sie zügelte Sally und betrachtete die Szenerie einen Moment lang, wobei sie sich an die Geschichten erinnerte, die Mrs Dunn in der Postkutsche erzählt hatte. Präriehunde, so hatte ihre Mitreisende behauptet, seien gesellige Kreaturen, die sich ihre Zeit am liebsten damit vertrieben, auf ihren Hinterbeinen zu stehen und mit ihren Nachbarn zu tratschen. Das schien wirklich wahr zu sein. Als sie die vielen scheinbar miteinander plaudernden Tiere auf den Erdhügeln stehen sah, die beim Bau unterirdischer Höhlen entstanden waren, wusste Abigail, warum ihre Kolonien „Präriehundstädte" genannt wurden. Die Tiere waren so süß wie Eichhörnchen, aber Abigail wusste, dass ihre Höhlen eine Gefahr für unachtsame Wanderer darstellten. Als sie sich daran erinnerte, dass Mrs Dunn erzählt hatte, sie sei in ein Erdhörnchenloch getreten und habe sich dabei den Knöchel gebrochen, lenkte Abigail Sally von der Präriehundstadt weg. Sie wollte es nicht riskieren, die Stute ihrer Schwester zu verletzen.

„Wie weit sollen wir noch reiten?", fragte sie das Pferd. Wie erwartet sagte Sally nichts. Abigail machte eine große Pappel in ungefähr dreißig Metern Entfernung aus. „Dort werden wir umkehren", verkündete sie.

Und das hätte sie auch getan, hätte sie nicht eine Gestalt im Schatten eines Baumes am Flussufer sitzen sehen. Die weiten Ärmel und der lange Rock verrieten Abigail, dass es sich um eine Frau handelte; die hängenden Schultern und der geneigte Kopf verrieten Verzweiflung. Auch von Weitem konnte Abigail sehen, dass die Frau weinte.

„Komm schon, Sally", trieb sie die Stute an. „Lass uns nachsehen, ob wir helfen können."

Sekunden später sprang Abigail auf den Boden. Obwohl es schwierig werden könnte, anschließend ohne Hilfe wieder aufzusitzen, wollte sie sich der Fremden nicht auf dem Rücken eines Pferdes nähern. Irgendetwas in der Körperhaltung der Frau sagte ihr, dass sie so wachsam war wie ein wildes Tier. Eine Reiterin auf einem Pferd war einschüchternder als eine Spaziergängerin auf zwei Beinen. Trotzdem reichte es schon aus, dass Abigail sich zu Fuß näherte, um die Frau zu alarmieren. Kaum war Abigail abgestiegen, sprang sie auf ihre Füße. Obwohl sie ihre Schultern straffte und mit einer Geste, die man für unbekümmert hätte halten können, ihr blondes Haar über ihre Schultern warf, enthielt ihr Gesichtsausdruck Verzweiflung.

„Kann ich Ihnen helfen?" Abigail brach die Qual, die sie in den Augen der jungen Frau sah, beinahe das Herz. Diese Augen waren blau, allerdings heller als die von Ethan, und sprachen von mehr Schmerz, als Abigail jemals in einem derart jungen Gesicht gesehen hatte. Denn Abigail konnte trotz der dicken Schicht Puder, die an Mrs Dunn erinnerte, und trotz der dicken Schminke, die Entsetzen bei Mama hervorgerufen hätte, erkennen, dass die Frau nicht älter war als sie selbst.

„Wie kann ich Ihnen helfen?" Abigail formulierte ihre Frage anders, denn es gab keinen Zweifel daran, dass diese Frau ihre Hilfe brauchte.

Die junge Frau schüttelte den Kopf, wobei das blonde, wehende Haar einen starken Parfumduft freisetzte. „Ich brauch keine Hilfe. Alles in Ordnung, Miss …"

„Harding", beendete Abigail den Satz. „Mein Name ist Abigail Harding, aber ich glaube nicht, dass alles in Ordnung ist."

Die Frau wischte sich die Tränen ab. Ihr Gesicht hätte schön sein können, wenn es nicht so tränenüberströmt und verschmiert gewesen wäre. „Es is nix, was Sie ändern könnten. Eigentlich sollten Sie nich ma mit mir reden, Miss Harding."

„Warum nicht?"

Diese Frau gehörte nicht der Armee an, in der strenge Regeln galten, wer sich mit wem unterhalten durfte. Ihr bemaltes Gesicht und das starke Parfum ließen Abigail vermuten, dass sie eine der Frauen war, die Charlotte letzte Woche mit Verachtung gestraft hatte. Aber selbst wenn ihre Vermutung zutraf, gab es keinen Grund, weshalb Abigail nicht versuchen sollte, ihr zu helfen. Im Gegenteil, das sollte gerade ein Grund sein, es zu tun.

Abigail warf der Frau ihr strahlendstes Lächeln zu, das, was schon so manch verschüchterte Schülerin aus der Reserve gelockt hatte. „Bitte sagen Sie mir Ihren Namen. Ich möchte Sie nicht nur als ‚Miss' ansprechen."

Die Frau verschränkte die Arme vor der Brust, als wollte sie sich verteidigen. Abigail bemerkte, dass ihr Kleid, obwohl es aus einfacher Baumwolle gefertigt war, den gleichen Blauton aufwies wie ihre Augen. Charlotte hätte bei dem Gedanken, eine Gemeinsamkeit mit dieser Frau zu haben, entsetzt geschaudert, doch es schien, als interessierten sich beide für Mode.

„Mein Name is Leah", sagte die Frau leise. „Niemand tut mich Miss Irgendwas nennen. Ich bin einfach Leah."

„Wenn Sie mir Ihren Nachnamen sagen, Leah, werde ich ihn benutzen."

Sie schüttelte den Kopf. „Das wär nich richtig. Sie sollten überhaupt nich mit mir reden."

„Warum nicht?"

Die blauen Augen der Frau spiegelten Schmerz und noch etwas anderes wider, etwas, wovon Abigail glaubte, dass es Scham sein könnte. Wenn sie das war, was Mama eine „gefallene Frau" genannt hätte, war sie vielleicht zu beschämt, um es zuzugeben.

Die hübsche Blonde atmete einmal tief ein. „Ich tu auf der Schweinefarm arbeiten."

Abigail spürte, wie sie sich entspannte. Sie hatte vorschnell und voreilig falsch geurteilt. „Es ist nichts dabei, Schweine aufzuziehen, Leah."

Leahs Lachen enthielt keine Freude. „Sie sind wohl nich von hier, was? Es gibt keine Schweine auf ner Schweinefarm. ‚Peg's' is der Ort, wo Männer hingehen, um Whiskey zu trinken, zu pokern und …" Leah hielt inne und versuchte ganz offensichtlich, ihre Worte sorgsam zu wählen. „Frauen zu besuchen", sagte sie schließlich.

„Ich verstehe." Und das tat Abigail. Es war nicht nur die Natur, die in Wyoming anders war. Die Menschen sprachen hier auch eine andere Sprache. Banditen wurden Wegelagerer genannt, Häuser mit schlechtem Ruf Schweinefarmen. Aber eins blieb dasselbe: Ob sie nun in Vermont oder Wyoming war – Abigail konnte einen Menschen in Not nicht ignorieren.

„Ich schätze, Sie sollten sich Ihr Pferd schnappen und abhauen, Miss Harding. Sie sollten sich nich mit Leuten wie mir abgeben. Sie hätten gar nich anhalten sollen."

Abigail sah zu Sally hinüber und stellte fest, dass die Stute zufrieden graste. Es gab keinen Grund zu gehen und jeden Grund zu bleiben. Sie schüttelte den Kopf. „Ich habe eine Frau gesehen, die einsam und traurig aussah, und ich dachte, ich könnte vielleicht helfen."

„Niemand kann mir helfen." Leah wischte die Tränen ab, die ihr in die Augen stiegen. „Ich hasse, was ich tu, aber ich hab keine Wahl."

Abigail wollte das nicht glauben. „Es muss etwas anderes geben. Ich habe gehört, dass die Frauen der Offiziere immer nach Bediensteten suchen."

Ein Ausdruck von Erstaunen huschte über Leahs Gesicht. „Denken Sie, die würden mich einstellen? Das is 'n hübsches Bild – ich am Kochen und Saubermachen für irgendso 'ne Dame, wo ich vorher ihren Mann unterhalten hab. Das wird nich passieren, Miss Harding. Oh, ich kann 'n Haus sauber halten und ich koch gar nich ma schlecht, aber so 'ne schicke Dame lässt mich bestimmt nich ins Haus. Die ham Angst vor mir."

Hatte Charlotte deshalb so heftig reagiert? Abigail verwarf den Gedanken genauso schnell, wie er gekommen war. Charlotte und Jeffrey waren praktisch frisch verheiratet; es gab keinen Grund zu glauben, er sei ihr untreu geworden.

„Vielleicht könnten Sie bei ‚Peg's' kochen, anstatt Männer zu unterhalten."

Leah schüttelte den Kopf. „Peg wär nich einverstanden. Die Männer sind nich sonderlich scharf auf Essen, aber sie ham nix dagegen, für ein bisschen Unterhaltung mit ihren Moneten zu klimpern."

„Sie könnten weggehen." Schon als Abigail die Worte aussprach, wusste sie, wie unrealistisch dieser Vorschlag war. Wohin sollte Leah gehen und wie würde sie dorthin kommen? Aller Wahrscheinlichkeit nach hatte sie kein Geld.

„Ich kann nich." Leah ließ die Schultern hängen. „Peg hat gesagt, sie macht Jagd auf mich, wenn ich abhau. Wissen Sie, die Kerle mögen mich lieber als die anderen Mädchen, weil ich jung bin und meine Haare wirklich blond sind. Die anderen Mädchen müssen Perücken tragen, um blonde Haare zu haben."

„Und das nehmen sie Ihnen übel."

„Ja, Miss, das tun sie. Ich hab keine Freunde."

Abigails Herz litt mit der jungen Frau, deren Leben so ganz anders verlaufen war als ihr eigenes. Auch wenn es ihr nicht gefiel, bezweifelte sie stark, dass sie irgendetwas tun könnte, um Leahs Lebensumstände zu verändern. Es gab allerdings eine Sache, die sie tun konnte.

„Ich möchte gern Ihre Freundin sein", sagte Abigail sanft und streckte ihre Hand aus.

Leah schüttelte den Kopf und ignorierte die ausgestreckte Hand. „Das is nich richtig."

„Du hast *was* gemacht?" Charlotte rappelte sich in eine sitzende Position und starrte ihre Schwester an. Obwohl sie bei Abigails Rückkehr wach gewesen war, hatte sie im Bett gelegen; jetzt katapultierten Schock und Ärger sie in die Höhe.

Abigail antwortete ruhig, aber mit fester Stimme. „Du hast mich richtig verstanden, Charlotte. Ich habe zu Leah gesagt, dass ich ihre Freundin sein will. Und das ist auch die Wahrheit."

„Bist du verrückt? Sie arbeitet auf der Schweinefarm. Du weißt, dass sich anständige Frauen nicht mit schmutzigen Täubchen abgeben." Während sie ihre Standpauke hielt, trat Schweiß auf Charlottes Gesicht und es bildeten sich rote Flecken auf ihren Wangen. „Was hast du dir nur dabei gedacht! Oder hast du überhaupt nicht nachgedacht?"

„Ich dachte daran, dass eine Frau meine Hilfe braucht. Du hättest dasselbe getan, wenn du sie gesehen hättest." Abigail war sich dessen nicht sicher. Die Charlotte, die sie in Vermont gekannt hatte, hätte versucht, einer Frau in Not zu helfen; aber die Charlotte aus Wyoming, die verheiratete Charlotte, war anders.

Charlotte schüttelte den Kopf. „Du irrst dich. Ich wäre ihr nie so nahe gekommen. Du musst doch bemerkt haben, dass sie nicht so gekleidet war wie wir."

Abigail sah ihre Schwester an. Sogar ihr Nachthemd mit den feinen Falten und der zarten Spitze im Halsausschnitt war eleganter als bei den meisten Frauen. „Niemand kleidet sich so gut wie du. Die meisten haben nicht dein Nähtalent oder deinen Blick für Mode, aber gegen Leahs Kleid war nichts einzuwenden."

Charlotte ließ sich nicht besänftigen. „Mir ist egal, was die Dirne anhatte. Nicht egal ist mir, dass du mit ihr gesprochen hast. Oh, Abigail, wann wirst du deine Impulsivität endlich besiegen? Irgendwann musst du doch mal begreifen, dass du nicht jedem helfen kannst." Charlotte schauderte. „Ein schmutziges Täubchen! Wie konntest du nur?"

„Wie hätte ich es nicht tun können?" Obwohl Mrs Grayson Abigail ermahnt hatte, Aufregung von ihrer Schwester fernzuhalten, musste sie es erklären. „Ich habe mich daran erinnert, wie Mama und Papa über Nächstenliebe gesprochen haben. Ich dachte, dass Leah Liebe braucht und ich sie ihr geben könnte."

Abigail beobachtete, wie Charlottes Gesicht weicher wurde.

„Du hast recht", sagte sie. „Es ist nur so, dass ich den Gedanken an eine Versuchung wie diese in derart großer Nähe zum Fort nicht ertragen kann. Und ..." Sie zögerte einen Moment, als würde sie ihre Worte sorgsam wählen. „Ich mache mir Sorgen um dich, Abigail. Ich weiß, dass du es gut meinst und jedes Problem lösen willst, das du siehst, aber das kannst du nicht. Ich habe Angst, dass du bei deinen Bemühungen verletzt wirst."

Abigail umarmte Charlotte vorsichtig. „Mach dir keine Sorgen, große Schwester. Mir passiert nichts."

Ethan ließ seine Blicke über den Sportplatz wandern und war zufrieden mit dem, was er sah. Die Mannschaft war so bereit, wie sie sein konnte, wenn man bedachte, dass sie nur ein paar Tage zum Trainieren gehabt hatten. Glücklicherweise hatte Jeffreys Team auch nicht mehr Zeit gehabt. Beide Mannschaften trainierten jeden Abend zwischen Abendessen und Zapfenstreich. Die Männer, die keinen Wach- oder Arbeitsdienst hatten, wechselten sich am Tage mit Werfen, Schlagen und Fangen ab. Heute Abend sollte ihr erstes Spiel stattfinden. Und auch wenn Jeffrey noch so sehr mit dem Können seiner Mannschaft prahlte, war Ethan fest davon überzeugt, dass seine Männer besser waren.

Es hatte sich herausgestellt, dass Dietrich Keller, der Korporal, der die Befehle hinsichtlich des Hundeeinsatzkommandos übersetzt hatte, ein hervorragender Werfer war, während sich Oliver zu einem erstklassigen Schlagmann entwickelt hatte. Der Rest des Teams näherte sich dem Sport mit Begeisterung, wenn auch nicht mit sehr viel Können. Aber ihre Fähigkeiten verbesserten sich von Tag zu Tag und – was noch besser war – dasselbe galt auch für ihre Stimmung. Ein Sieg war genau das, was nötig war, um ihrer Moral den entscheidenden Auftrieb zu verleihen.

Das war der wichtigste Grund, weshalb Ethan unbedingt den Sieg seiner Mannschaft wollte – um die Moral zu stärken. Aber er konnte auch den Wunsch nicht leugnen, Jeffrey spüren zu lassen, dass er sich geirrt hatte. Sein Freund neigte zum Angeben, das bewies auch schon der Name, den er für sein Team ausgesucht hatte. Es wäre eine Genugtuung, wenn er seine wohlverdiente Strafe bekäme.

„Du hast dein Team den Namen aussuchen lassen?" Als Jeffrey erfahren hatte, dass Ethans Team zu Ehren sowohl des Forts als auch der Farbe ihrer Uniformen „Laramie Blues" heißen sollte, hatte er nicht versucht, seine Verachtung zu verbergen. „Du bist der Mannschaftsführer. Du hättest die Entscheidung treffen sollen."

Ethan verzichtete auf den Hinweis, dass er in der Tat die Entscheidung getroffen hatte – nämlich dass das Team den Namen aussuchen sollte.

„Also los, Männer. Ihr wisst, was zu tun ist." Ethan wandte sich an sein Team. Er war stolz auf sie und hoffte, dass dies Selbstvertrauen bei ihnen hervorrufen würde. „Lasst uns ‚Crowley's Champs' zeigen, wer die wirklichen Champions sind."

Dietrich Keller grinste und sagte mit seinem deutschen Akzent: „Heute Abend gewinnen die Blues. Das spüre ich genau." Als der Rest des Teams zu jubeln begann, führte Ethan sie aufs Feld.

Anderthalb Stunden später war Dietrichs Vorhersage immer noch nicht eingetroffen. Ethan erkannte, dass es ein Fehler gewesen war, das Können des anderen Teams zu unterschätzen. Ihr Werfer war vielleicht nicht so gut wie Dietrich, aber ihr Fänger und ihr Halbspieler waren erstklassig. Inzwischen war das letzte Inning erreicht und Ethans Team hatte nur einen Punkt Vorsprung.

„Wir müssen gewinnen." Ethan hörte, wie sein Spieler an der zweiten Base diese Worte vor sich hin murmelte. Während sich ein

Mann an der ersten Base befand, hatten die Champs zwei Outs und der Schlagmann lag zwei Strikes hinten. Es war also nur noch ein weiterer Strike erforderlich.

Von seiner Position aus, die sich im linken Außenfeld befand, beobachtete Ethan die Menschenmenge, die sich versammelt hatte, um das Spiel anzusehen. Es schien, als stünden alle Soldaten, die keinen Dienst hatten, und beinahe alle Zivilisten an den Seitenlinien. Sie jubelten ihrem Lieblingsteam zu oder protestierten, wenn ihnen die Entscheidung des Schiedsrichters missfiel.

Ethan war nicht überrascht, dass Abigail gekommen war, auch wenn ihre Schwester immer noch im Bett bleiben musste. Schließlich war Abigail jeden Abend zum Training gekommen und hatte Pfütze mitgebracht. Obwohl der Fänger gescherzt hatte, dass der Hund versuche, seinen Platz im Team einzunehmen, hatte Pfütze bewiesen, dass er mehr als ein sich windendes, bellendes Fellknäuel war. Er hatte eine sinnvolle Aufgabe erfüllt und die Bälle, die nicht gefangen worden waren, wieder zurückgebracht. Das einzige Problem war, dass er diese Bälle hartnäckig zu Abigail zurückgebracht hatte. Trotz ihrer Bemühungen, Pfütze damit zu Dietrich Keller zu schicken, hatte sie keinen Erfolg gehabt. Dennoch hatte das Team Spaß an Pfützes Mätzchen gehabt und Ethan … nun, alles, was gut für das Team war, war auch gut für ihn.

Obwohl er nicht überrascht war, dass Abigail heute Abend zum Spiel gekommen war, konnte Ethan nicht leugnen, dass er sich darüber freute. Es stimmte, dass sie beiden Teams zujubelte, aber das schien die Blues nicht zu stören. Ethan hatte einige Männer darüber spekulieren hören, welches Team Miss Harding bevorzugen würde. Die meisten konnten es verstehen, dass sich Abigail verpflichtet fühlte, dem Team zuzujubeln, das ihr Schwager anführte. „Ich wünschte, sie hätte den Hund mitgebracht", hatte einer bemerkt. Aber heute Abend gab es keinen frechen Welpen, nur eine schöne Frau mit offenbar echtem Interesse an Baseball.

Ethan lenkte seine Aufmerksamkeit wieder auf das Spiel. Dietrich bewegte seinen Arm und bereitete sich auf den letzten Wurf vor. Ethan war sich sicher: Der Schlagmann würde den Ball verfehlen. Das Inning wäre damit zu Ende und sein Team würde gewinnen.

Klack! Es war das unverkennbare Geräusch eines Schlägers, der auf einen Ball trifft. Ethan blinzelte vor Erstaunen, als er sah, wie der Ball am Innenfeld vorbeiraste. Das war der beste Schlag des Abends. Er rannte los, entschlossen, den Ball im Flug zu fangen, aber der Ball prallte auf den Boden, bevor er ihn erreichen konnte. Hinter sich hörte Ethan die Menge jubeln und wusste, dass der Schlagmann die erste Base erreicht hatte. Den Rufen nach zu urteilen, war der Mann von der ersten Base zur zweiten gelangt und rannte jetzt auf die dritte zu, während der Schlagmann auf die zweite zusteuerte. Während Ethan hinter dem Ball herjagte, sagte er sich, dass es immer noch Hoffnung gab. Er würde ihn zum Fänger werfen, der Lauf wäre ungültig und das Spiel zu Ende. Aber Ethan kam zu spät. Als er den Ball zu fassen bekam, hatte der erste Läufer bereits die letzte Base erreicht und der Schlagmann war auf dem besten Weg, einen Home Run zu erzielen. Die Blues hatten verloren – durch Ethans Verschulden.

„Glückwunsch“, sagte er atemlos, als er eine Minute später Jeffreys Hand schüttelte. „Dein Team hat ein gutes Spiel gemacht.“

Jeffreys Miene zeigte ein selbstgefälliges Grinsen. „Ich sagte doch, dass wir die Besten sind. Jetzt habt ihr den Beweis.“

Da Ethan wusste, dass seine Mannschaft zuhörte, sagte er nur: „Nächste Woche gibt es noch ein Spiel.“

„Und das Ergebnis wird dasselbe sein.“ Jeffrey wandte sich seiner Mannschaft zu. „Ihr habt gute Arbeit geleistet, Männer. Ich bin stolz auf euch.“

Als Jeffreys Team das Feld verließ, wandte sich Ethan seinem zu. „Die Champs waren gut, aber ihr wart großartig. Wenn ich nicht gewesen wäre, hättet ihr gewonnen.“ Es fiel ihm schwer, die Worte auszusprechen und damit zuzugeben, dass er seine Männer enttäuscht hatte.

Dietrich schüttelte den Kopf. „Wenn Sie nicht gewesen wären“, sagte er entschieden, „hätten wir gar kein Team gehabt.“

Zustimmendes Gemurmel folgte seinen Worten.

„Dietrich hat recht“, sagte einer der anderen Männer. „Nächstes Mal wird’s anders aussehen.“

Das hoffte Ethan – um ihretwillen.

Kapitel 7

War sie die Einzige, die bemerkt hatte, dass er aufgebracht war? Er hatte nur kurz die Schultern sinken lassen und die Mundwinkel verzogen, aber sie hatte es dennoch gesehen. Einen Moment später, als er sich zu Jeffrey gesellt hatte, um ihm zu gratulieren, hatte er schon wieder den Eindruck gemacht, als sei alles in bester Ordnung. Hatte er das in West Point gelernt – seine Gefühle derart zu verbergen? Abigail wusste, was sie gesehen hatte: Es ärgerte Ethan außerordentlich, dass seine Mannschaft verloren hatte. Deshalb wartete sie auf dem Paradeplatz, bis die Rekruten auf ihre Unterkünfte zusteuerten.

„Es war ein gutes Spiel", sagte sie, als sie neben Ethan trat. Normalerweise war es Oliver Seton, der ihr nach dem Training anbot, sie nach Hause zu begleiten. Doch dieses eine Mal war er schon gegangen, kaum dass das Spiel geendet hatte.

Ethan schüttelte den Kopf. „Wir hätten gewinnen müssen. Die Blues sind ein besseres Team als die Champs. Wenn ich nicht gewesen wäre, hätten wir gewonnen."

Das war es also, was ihm zu schaffen machte. Es war nicht so sehr die Niederlage, sondern die Überzeugung, dass er dafür verantwortlich war. War das ebenfalls etwas, das man ihm in der Militärakademie beigebracht hatte – dieses Gefühl, allein die Verantwortung übernehmen zu müssen? Das mochte ja in einem Kampf gelten, aber Baseball war etwas anderes.

„Sie spielen in einem Team, Ethan. Das bedeutet, dass jeder eine Rolle spielt. Ob man gewinnt oder verliert, hängt von allen ab, nicht von einer Person."

Er sah sie an, als spräche sie eine andere Sprache. „Sie verstehen das nicht."

„Ich glaube doch. Sie haben Angst, dass Sie Ihre Männer enttäuscht hätten. Aber Ethan, denken Sie doch mal darüber nach, warum Sie die Mannschaft überhaupt aufgestellt haben. Sie wollten den Männern ein neues Interesse, eine Beschäftigung geben. Sie wollten vermeiden, dass sie sich langweilen."

Obwohl seine Lippen fest zusammengepresst blieben, entdeckte Abigail einen Funken Begeisterung in seinen Augen. Sie hoffte, diesen Funken entfachen zu können, und sagte: „Ich habe mir jeden Spieler auf dem Feld angesehen und kann Ihnen eins versichern: Niemand hat sich gelangweilt."

„Da könnten Sie recht haben."

„Natürlich habe ich recht." Abigail ballte die Fäuste, stemmte sie gegen ihre Hüften und sagte mit gespielter Entrüstung: „Hat man Ihnen nicht beigebracht, dass Lehrerinnen immer recht haben?"

Einen Moment lang glaubte sie, er würde lächeln, aber stattdessen verfinsterte sich Ethans Blick wieder. „Es ist schon komisch, aber als ich Jeffrey gratuliert habe und ihn grinsen sah, hätte ich schwören können, dass es mein Großvater ist, der vor mir steht. Ich konnte beinahe hören, wie er mir vorwirft, dass ich seinem Anspruch nicht gerecht geworden bin."

Abigail war sich nicht sicher, ob sie Bedauern oder Bitterkeit aus Ethans Stimme heraushörte, aber keines von beidem war gut. „Ich frage mich, ob überhaupt irgendjemand den Erwartungen seiner Eltern entspricht. Ich weiß, dass ich meine mehr als einmal enttäuscht habe."

Die Sonne begann unterzugehen und die Brise, die durch Abigails Haar wehte, war kühl – eine Erinnerung daran, dass es in Wyoming auch dann, wenn die Tage warm waren, am Abend ziemlich kalt werden konnte. Abigail wusste, dass sie zu Charlotte zurückkehren sollte. Und doch wollte sie Ethan nicht allein lassen.

Er war einen Moment lang still, so als würde er über das nachdenken, was sie gesagt hatte. Aber als er dann sprach, überraschten sie seine Worte. „Es muss schwierig gewesen sein, die Tochter eines Pfarrers zu sein. Mit meinem Großvater zu leben war nicht immer einfach, aber zumindest war das Strafgericht auf die Sonntage beschränkt gewesen."

Welche Art von Kirche hatte Ethan besucht? So schnell, wie ihr die Frage in den Sinn gekommen war, wusste Abigail auch schon die Antwort. Papa war von einigen Gemeinden um seinen Abschied gebeten worden, weil die Gemeindemitglieder ihn als zu gutmütig bezeichnet hatten. Sie hatten Predigten gewollt, die all denen mit Strafe drohten, die eine andere Meinung vertraten. Stattdessen hatten die Vertreter dieser Gemeinden mit Erschrecken feststellen müssen, dass Papa eine eigene Meinung vertreten hatte und dass diese nicht immer mit der Meinung der Ältesten übereinstimmte.

„Mein Vater war nicht diese Art von Pfarrer." Abigail nickte, als Ethan den Weg in Richtung von Charlottes Haus einschlug. Sie konnten ihre Unterhaltung auf der Veranda fortsetzen. „Er hat gepredigt, dass Gott ein Gott der Liebe ist."

„Keine Blitze von oben? Keine Drohungen mit ewiger Verdammnis?"

„Kaum. Papa wollte, dass wir nach der Hoffnung streben, die Jesus versprochen hat. Er sagte, dass wir uns keine Sorgen um das Leben nach dem Tod machen müssen, wenn wir Jesus als unseren Retter annehmen und unser Leben damit verbringen, seinem Beispiel zu folgen."

„Zusagen anstelle von Drohungen. Das ist eine faszinierende Herangehensweise."

„Nicht nur im Hinblick auf den Glauben. Auch Sie haben das den Männern angeboten, als Sie die Baseballspiele organisiert haben. Sie haben ihnen Unterhaltung und eine neue Herausforderung versprochen. Sie haben nicht mit Bestrafung gedroht, wenn das Spiel verloren geht."

Ethan schmunzelte. „Als Nächstes werden Sie mir dann wohl erzählen, es spiele keine Rolle, dass wir das Spiel verloren haben."

„Natürlich."

„Und wenn ich Ihnen sage, dass ich noch nicht überzeugt bin, werden Sie mir sagen, dass Sie immer recht haben."

„Natürlich."

Ethans Lachen war das schönste Geräusch, das Abigail den ganzen Abend über gehört hatte.

Wenn es einen anderen Grund für den Ritt gegeben hätte, hätte Ethan ihn genossen. Obwohl er wusste, dass Abigail ihm widersprechen würde – um nicht zu sagen, vehement widersprechen würde

–, gab es seiner Meinung nach nichts, was so wunderschön war wie die Prärie von Wyoming. Wo sonst war der Himmel so klar, dass ein fantasievoller Mensch glauben könnte, er blicke bis in die Unendlichkeit? Wo sonst war der Boden mit den kleinsten Blumen bedeckt, die man sich nur vorstellen konnte, jede davon ein Beispiel von Perfektion in Miniatur? Wo sonst trug der Wind den Duft von Salbeisträuchern über Meilen mit sich? Wyoming war wunderschön. Daran gab es keinen Zweifel. Unglücklicherweise bot die sanfte Hügellandschaft, deren Schönheit durch vereinzelte Schluchten vervollkommnet wurde, denjenigen ideale Möglichkeiten, die sich verstecken mussten. Und versteckt hatten sie sich.

Als Ethan seine Hand über seine Augen legte, um sie vor dem Sonnenlicht zu schützen, und in die Ferne starrte, verfinsterte sich sein Blick. Sie mussten ganz nah sein. Obwohl sie zwölf Stunden Vorsprung hatten, waren sie zu Fuß unterwegs. Normalerweise hätte er sie längst finden müssen, doch diese beiden elenden Feiglinge entzogen sich seinem Zugriff. Er hatte die Spur öfter verloren, als er zugeben wollte. Allein sein Instinkt hatte ihn in diese Richtung gelenkt.

Die Chancen standen gut, dass sie auf dem Weg zu den Goldfeldern von Deadwood waren. Dorthin gingen die meisten Deserteure in dem Glauben, sie würden über Nacht reich werden. Das passierte nicht, aber viele konnten dem Reiz des Goldes trotzdem nicht widerstehen. Das war der Grund, warum ein Suchtrupp in nordöstlicher Richtung nach Deadwood unterwegs war. Obwohl auch er davon überzeugt war, dass die Deserteure nach Gold aus waren, bezweifelte Ethan, dass sie den Wunsch hatten, im Dreck danach zu wühlen. Deshalb hatte er sein Pferd gesattelt und war nach Süden aufgebrochen, um die Gegend parallel zur Postkutschenroute abzusuchen. Sein Instinkt sagte ihm, dass diese Männer ebenso wie der Gefreite Schiller auf schnellen Reichtum aus waren.

„Komm schon, Samson. Wir finden sie."

Das Pferd musste nicht getrieben werden, damit es galoppierte. Augenblicklich nach Ethans Befehl flog es mit flatternder Mähne und klappernden Hufen über die Prärie. Und dann passierte es. In dem einen Moment galoppierte Samson noch, im nächsten verpasste er einen Schritt, machte einen Satz vorwärts und hielt abrupt an.

Ein Präriehundloch! Das musste es sein. Obwohl Ethan viele unterhaltsame Stunden damit zugebracht hatte, über die Gewohnheiten dieser possierlichen Nagetiere zu plaudern, war es überhaupt nicht unterhaltsam, in eines dieser Löcher zu treten. Sie waren breit genug, um den Huf eines Pferdes einzufangen, und tief genug, um ihm das Bein zu brechen – besonders, wenn es in vollem Galopp geschah.

Ethan sprang ab und sprach beruhigend auf den Hengst ein.

„Das wird schon wieder", sagte er, während er mit den Händen das Bein des Pferdes abtastete. Samson hatte Glück gehabt, begriff Ethan, als er mit der Hand an den Fesseln des Pferdes entlangfuhr. Das Bein war nicht gebrochen, nur stark geprellt.

„Komm schon, Junge", sagte er und ermutigte das Pferd, ein paar Schritte zu tun. Wie er gehofft hatte, war Samson in der Lage, das Bein zu belasten, obwohl er es offensichtlich schonte.

Ethan zog eine Bandage aus seiner Satteltasche und begann, das Bein seines Pferdes damit zu umwickeln.

„In ein paar Tagen bist du wieder in Ordnung", sagte er zu seinem Pferd, dann verzog er das Gesicht. Heute würde er nicht mehr reiten können. Das bedeutete nicht nur, dass er zurück zum Fort marschieren musste, sondern – noch schlimmer – dass er diese elenden Deserteure wieder nicht würde fassen können.

Ethan versuchte, kein allzu finsteres Gesicht zu machen, während er zurück nach Fort Laramie trottete. Samson trug weder Schuld daran, dass er in das Loch getreten war, wie an der Tatsache, dass die beiden Männer sich entschieden hatten zu desertieren. Und es war ganz bestimmt auch nicht seine Schuld, dass Ethan jetzt schlecht gelaunt war. Ethan war so zuversichtlich gewesen, dass Baseball das Desertationsproblem lösen würde. Doch das war offensichtlich nicht bei allen Männern geglückt. Einer der Soldaten, der seinen Posten mitten in der Nacht verlassen hatte, war Teil seiner Mannschaft gewesen. Obwohl sein Verstand ihm klarmachte, dass eine Desertation keine spontane Entscheidung, sondern eine sorgfältig geplante Aktion war, konnte Ethan die nagende Angst nicht abschütteln, dass die Niederlage seiner Mannschaft zum Verschwinden des Mannes beigetragen hatte.

Das war absurd. Genauso absurd wie die Tatsache, wie sehr er es vermisste, seine Mahlzeiten bei den Crowleys einzunehmen.

Samson schnaubte und warf den Kopf hoch, fast so, als könnte er Ethans Gedanken lesen und hätte etwas dagegen einzuwenden. Das Pferd war kein Gedankenleser. Natürlich war es das nicht. Aber wenn Ethan ehrlich zu sich selbst war, müsste er sich eingestehen, dass er sich vor allem darauf freute, Zeit mit Abigail zu verbringen, nicht mit dem Rest der Familie Crowley.

Abigail war nicht wie die anderen Frauen, die er kennengelernt hatte. Es war kein Wunder, dass Jeffrey seine Schwägerin als Problem betrachtete. Sie hatte eine eigene Meinung und zögerte nicht, sie vor anderen zu vertreten. Da war zum Beispiel die Art und Weise, wie sie Ethan davon zu überzeugen versucht hatte, dass die Niederlage des Teams nicht seine Schuld gewesen war. Sie hatte damit keinen Erfolg gehabt – jedenfalls nicht in vollem Umfang –, aber sie hatte ihn sehr ins Nachdenken gebracht, unter anderem über die Frage, ob das Gottesbild seines Großvaters falsch sein könnte. Unglücklicherweise kam Ethan aufgrund von Charlottes Erkrankung nicht mehr in den Genuss der Rededuelle bei den Mahlzeiten. Stattdessen war das Beste, worauf er hoffen konnte, eine gewöhnliche Mahlzeit mit uninteressanten Gesprächen mit den anderen Offizieren – Gesprächen, die nur allzu oft darin bestanden, dass Oliver Loblieder auf Abigail sang.

Obwohl es nicht das erste Mal war, dass Oliver sich in eine Frau verguckt hatte, schien es dieses Mal schlimmer zu sein als sonst. Er interpretierte ein einfaches Lächeln als ein Zeichen unsterblicher Liebe. Er war sogar fest davon überzeugt, dass Abigail das Baseballtraining mit der ausdrücklichen Absicht besucht hatte, ihn zu sehen. Sobald das Training beendet war, eilte Oliver an Abigails Seite, tätschelte den Hund und plapperte ohne Pause. Ethan zuckte jedes Mal zusammen, wenn er den unaufhörlichen Wortfluss hervorsprudeln hörte. Eines Abends hatte Oliver sogar einige Verse Poesie von sich gegeben. Ethan war sich sicher, gesehen zu haben, dass Abigail sich das Lachen verkneifen musste.

Ein Habicht stieg gemächlich auf, wobei seine Flügelspannweite in den Sekunden, in denen er über Ethan war, einen willkommenen Schatten warf. Trotz seiner unvergleichlichen Schönheit verlor der Himmel von Wyoming ein bisschen von seinem Reiz, wenn ein Mann gezwungen war, stundenlang unter ihm herumzulaufen.

Ethan öffnete seine Feldflasche und nahm einen kurzen Schluck. Er beschloss, sich weder von der sengenden Sonne noch von der Tatsache stören zu lassen, dass er seine Mahlzeiten nicht mehr in Abigails Gesellschaft genießen konnte. Sie würde verschwinden, noch bevor die Blätter fielen – es sei denn, Oliver stimmte sie um.

Ethan verzog angewidert den Mund, als er die Möglichkeit in Betracht zog, dass Abigail als Mrs Oliver Seton in Fort Laramie bleiben könnte. Die Tochter eines Pfarrers und ein Mann, der kein Problem damit hatte, seine Abende im „Peg's" zu verbringen, zu spielen und sich mit den Frauen zu vergnügen? Ethan konnte sich die beiden nicht zusammen vorstellen. Und dann gab es ja auch noch diesen unsichtbaren Woodrow.

Ethan zog seine Uhr hervor und runzelte die Stirn. Es war an der Zeit, Samson noch einmal eine Pause zu gönnen. Obwohl sich das Pferd nicht beschweren würde, wollte Ethan keine weiteren Verletzungen an seinem Bein riskieren. Aus diesem Grund verbrachte er fünfzehn Minuten pro Stunde damit, auf dem Boden zu sitzen, während Samson sein Bein entlasten konnte. Das tat sowohl dem Pferd als auch ihm selber gut. Das einzige Problem war, dass die Untätigkeit Ethan mehr Zeit zum Nachdenken verschaffte, und die Gedanken behagten ihm heute ganz und gar nicht.

Wegen Samsons unglücklicher Begegnung mit einem Präriehundloch würden die Deserteure höchstwahrscheinlich nicht gefasst werden, zumindest nicht heute. Oder morgen. Wenn Samson sich nicht verletzt hätte, wäre Ethan die ganze Nacht durchgeritten. Inzwischen aber zeigte sein Pferd Anzeichen von Ermüdung. Ethan wollte keinesfalls eine weitere Verletzung riskieren. Er und Samson würden heute Nacht ihr Lager in der Prärie aufschlagen. Der morgige Tag würde dann besser werden. Er musste einfach besser werden.

Aber als er am nächsten Vormittag das Fort betrat, löste sich Ethans Erleichterung, wieder zu Hause zu sein, in dem Moment in Luft auf, als er zwei vertraute Gestalten aus dem Gemischtwarenladen treten sah. Warum ging Abigail mit Oliver spazieren und warum, warum nur, machte es ihm etwas aus?

Sie sollte sich nicht ärgern, sagte Abigail zu sich selbst, als sie ihre Handschuhe auszog und die Bänder ihres Hutes löste. Schließlich hatte sie erledigt, was sie sich vorgenommen hatte: Sie hatte das Garn gekauft, um das Charlotte sie gebeten hatte, und eine Dose Pfefferminz. Sie hoffte, dass diese Süßigkeiten ihre Schwester an die Nachmittage erinnern würde, die sie als Kinder damit verbracht hatten, mit ihren Puppen zu spielen, unsichtbaren Tee zu servieren und vorzugeben, dass Pfefferminzbonbons ausgefallene Kuchen wären. Darauf kam es an – nicht auf die Tatsache, dass Oliver Seton während ihres Einkaufs den Laden betreten und darauf bestanden hatte, sie nach Hause zu begleiten. Da Abigail kein unhöflicher Mensch war, sah sie keine Möglichkeit gegeben abzulehnen. Sie hätte ja kaum sagen können: „Ich würde lieber allein gehen", auch wenn das der Wahrheit entsprach. Oliver war eigentlich ein netter Mann. Das musste sie sich eingestehen. Doch genauso ehrlich musste sie zugeben, dass sie seine Gesellschaft nicht so gern hatte wie Ethans.

Obwohl es erst etwas mehr als einen Tag her war, dass sie ihn gesehen hatte, vermisste sie Ethan bereits. Abigail zog die Stirn in Falten, als sie die Stufen hinaufstieg. Es war dumm, dass sie sich wünschte, es hätte gestern Abend ein Baseballtraining gegeben. Die Männer mussten sich auch mal ausruhen. Und sie musste aufhören, ständig an Ethan zu denken. Sie würde sich schon bald auf den Weg zurück nach Vermont und zu Woodrow machen. Darauf kam es an, nicht auf Olivers unwillkommene Gesellschaft oder Ethans Abwesenheit.

Abigail runzelte erneut die Stirn, als sie Charlottes Zimmer betrat. Sie war sicher, dass sie die Tür nicht angelehnt gelassen hatte, aber sie war eindeutig nicht verschlossen. Charlotte schlief, während Pfützes Kiste leer war. Das erklärte die halb geöffnete Tür, aber es lieferte keinen Hinweis darauf, wo der Welpe abgeblieben war. Abigail schloss die Tür leise und stieg die Stufen hinab. Vermutlich lag Pfütze im Hof unter seinem Baum und schlief. Das würde erklären, warum sie das Jaulen und Bellen nicht gehört hatte, das er von sich gab, wenn er mit einem unsichtbaren Gefährten herumtobte.

Obwohl er nachts in einer Kiste schlief, weigerte sich Mrs Channing, ihn während des Tages in der Küche oder Speisekammer zu haben. Häufig begann Pfütze sich zu langweilen, wenn Charlotte einschlief. Es war nicht möglich, ihn einfach im Hinterhof herumlaufen zu lassen, denn dann kratzte der Welpe an der Tür und jaulte, bis ihm Mrs Channing ein wenig Aufmerksamkeit schenkte. Selbst die Schläge auf das Hinterteil, die die Köchin ihm verpasste, entmutigten Pfütze nicht. In ihrer Verzweiflung hatte Abigail es sich angewöhnt, ihn an einen Baum im Hof anzubinden, wenn er nicht bei ihr oder Charlotte war. Die Tatsache, dass er nicht mehr in der Lage war, den Eingang des Hauses zu sehen, schien den Unterschied zu machen. Denn der Welpe spielte jetzt stundenlang, schlug nach Schmetterlingen und jagte – so weit, wie seine Leine das erlaubte – Eichhörnchen.

Mrs Channing musste ihn im seitlichen Hof angebunden haben, als sie zum Einkaufen gegangen war. Abigail bog um die Ecke des Hauses, doch ihr Blick verfinsterte sich, als sie keinen Hund unter dem Baum entdeckte. Der einzige Beweis dafür, dass er dort gewesen war, war ein Stück Seil, das offensichtlich zerkaut worden war. Abigail seufzte. Pfütze hatte einen neuen Trick gelernt – einen schlechten. Wenn er den Hof verlassen hatte, konnte er in Schwierigkeiten stecken, denn die Soldaten patrouillierten immer noch auf den Straßen und versuchten, das Fort von wildernden Hunden zu befreien.

„Pfütze! Pfütze! Wo bist du?“

Sie erhielt keine Antwort. Abigail ging durch den Hof und suchte nach dem Hund.

„Komm hierher, Junge. Wir spielen fangen.“

Aber nicht einmal das magische Wort *fangen* rief fröhliches Gebell hervor. Als sie sah, dass die Tür zum Toilettenhäuschen nur angelehnt war, rannte Abigail hinüber und riss sie auf. Pfütze hatte sich dort einmal versteckt, weil ihn die Gerüche ganz offensichtlich angezogen hatten. Aber heute war das Häuschen leer.

Der freche Welpe konnte überall im Fort sein. Abigail holte ihre Handschuhe und ihren Hut und machte sich mit der Leine in der Hand auf den Weg. Sobald sie ihn fand – denn an etwas anderes wollte sie nicht einmal denken –, würde sie dafür sorgen, dass der Hund fest angeleint wurde. Und er würde heute Abend keinen Knochen bekommen.

Abigail blickte über den Paradeplatz. Abgesehen von ein paar Soldaten, die sich auf dem Weg ins Seifenviertel befanden, war er leer. Als sie sich daran erinnerte, wie sehr Pfütze von starken Gerüchen angezogen wurde, beschleunigte Abigail ihren Schritt und steuerte auf die Ställe zu. Die meisten Pferde und Maultiere waren zu dieser Tageszeit draußen, aber der Geruch haftete noch in den Ställen. Pfütze konnte sich sicher länger als eine Stunde damit beschäftigen, sich in Stroh und Mist zu wälzen. Abigail seufzte bei dem Gedanken, ihn baden zu müssen, falls er sich tatsächlich in etwas weniger Wohlriechendem als Heu gewälzt haben sollte.

Als Abigail die Ställe betrat, war sie außer Atem und blinzelte ein paar Mal, damit sich ihre Augen an die dunkle Umgebung gewöhnen konnten. Sie hörte das Schnauben eines Pferdes und das Rascheln eines kleineren Tieres. Pfütze?

„Nicht jetzt, Junge."

Abigail lächelte. Die Stimme und das enttäuschte Jaulen, das folgte, waren unverkennbar. Pfütze war da und Ethan ebenso. Sie eilte in den hinteren Teil des Stalles und fand Ethan, der auf dem Boden hockte und das Bein eines Pferdes von einer Bandage befreite. Pfütze, der zu glauben schien, dass es sich bei der Bandage um ein neues Spielzeug handelte, versuchte hartnäckig, danach zu schnappen.

Abigail beugte sich herunter und versuchte, Pfütze auf den Arm zu nehmen, aber er flitzte davon. „Es tut mir leid, Ethan. Ich weiß nicht, wie er davonlaufen konnte. Komm her, Pfütze."

Der Hund machte einen weiteren Schritt zurück.

„Pfütze, geh." Ethan verband seinen Befehl mit einer Geste in Richtung Abigail. Der Hund kauerte sich nieder und verweigerte jede Bewegung.

„Geh!"

Dieses Mal enthielt Ethans Stimme einen Ton, der selbst erwachsenen Männern Angst einflößen konnte. Offenbar erkannten auch aufsässige Welpen den Klang eines Befehls, denn Pfütze bewegte sich langsam auf sie zu.

Als sie dem Hund die Leine angelegt hatte, wandte sich Abigail an Ethan. „Er scheint zu glauben, dass er Ihnen gehört."

Ethan fuhr mit den Händen am Bein des Pferdes entlang und erhob sich dann. Zu Abigails Überraschung sah er genauso verärgert aus wie sie sich gefühlt hatte, als Oliver sie vom Laden nach Hause begleitet hatte. „Ich vermute, Pfütze ist mehr an Samson interessiert als an mir."

Jetzt, wo sich ihre Augen an die Dunkelheit gewöhnt hatten, bemerkte Abigail, dass Ethans Uniform verknitterter war, als sie es jemals gesehen hatte. Seine normalerweise gut polierten Stiefel waren mit Staub bedeckt.

„Was ist passiert?"

Das Pferd bewegte sich langsam, wobei es eindeutig sein rechtes Vorderbein schonte.

„Der arme, alte Kerl." Ethan streichelte beruhigend Samsons Schnauze. „Wir haben nach Deserteuren gesucht, als er in ein Präriehundloch getreten ist. Glücklicherweise ist sein Bein nur geprellt, aber wir haben anderthalb Tage gebraucht, um zurückzukommen." Das erklärte die staubige Kleidung und den Grund, warum Abigail Ethan gestern nicht gesehen hatte. Es konnte ebenfalls seine ungewöhnlich düstere Stimmung erklären. Ethan war offensichtlich zu Fuß gegangen und hatte die Nacht unter den Sternen verbracht, um das Bein des Pferdes nicht noch mehr zu belasten.

Er klopfte Samson noch einmal, dann nickte er in Richtung des Stalleingangs. „Ich bin hier fertig. Darf ich Sie und Pfütze nach Hause begleiten oder wartet jemand anderes auf Sie?" Die scharfe Note in seiner Stimme überraschte Abigail. Ethan musste erschöpfter sein, als ihr klar gewesen war.

„Danke." Obwohl sie am helllichten Tage ohne Probleme auch allein nach Hause gehen könnte, wollte sich Abigail die Gelegenheit, mit Ethan zusammen zu sein, nicht entgehen lassen. Irgendwie fühlte sie sich in seiner Gesellschaft lebendiger als sonst und immer, wenn sie zusammen waren, erfuhr sie irgendetwas Neues über ihn. Ethans Charakter war vielschichtiger, als ihr am Anfang bewusst gewesen war, und das faszinierte sie.

„Komm, Pfütze." Abigail zog an der Leine und drängte den Welpen, die Box zu verlassen. Zuerst leistete der Hund Widerstand, aber als er sah, dass Ethan Abigail begleitete, rannte Pfütze an ihre Seite. In seinem Eifer, an Ethans Seite zu gelangen, drehte sich der Welpe vor Abigail im Kreis und verhedderte seine Leine in ihrem Rock.

„Sehen Sie“, sagte Abigail, als sie ihren Rock von dem Seil befreite und die Leine in die andere Hand nahm, „er denkt, dass er Ihnen gehört.“

Ethan zuckte die Achseln. „Wahrscheinlicher ist, dass ihn der Geruch an meinen Stiefeln fasziniert.“ Die Tatsache, dass der Welpe versuchte, die Stiefel abzuschlecken, stützte diese Vermutung. „Ich bin weit gelaufen. Kein Mensch weiß, was für Gerüche ich mitgebracht habe.“

Pfütze drehte sich um und sah in den Stall zurück, woraufhin Ethan eine Augenbraue hob. „Ihr Hund ist wankelmütig. Er wäre lieber bei den Pferden als bei einem von uns.“

Abigail erinnerte sich daran, wie Pfütze gewinselt hatte, als sie von ihrem Ausritt zurückgekehrt war. „Wenn ich eine Möglichkeit fände, ihn zu tragen, würde ich ihn auf den nächsten Ausritt mitnehmen. Diese Beine sind viel zu kurz, um mit einem Pferd mitzuhalten.“

Ethan runzelte die Stirn. „Ich wusste nicht, dass Sie draußen gewesen sind. Wer hat Sie begleitet?“ Er schien aus irgendeinem Grund verärgert zu sein, aber das war vielleicht nur Müdigkeit.

„Niemand. Charlotte hat mir versichert, ich sei sicher, solange ich in Sichtweite des Forts bleibe.“

„Vielleicht“, stimmte ihr Ethan zu, „aber das hier ist nicht Vermont. Es gibt hier Gefahren, die Ihnen nicht einmal im Traum einfallen würden. Präriehunde, giftige Schlangen, Deserteure. Sie sollten das Fort nicht allein verlassen. Wenn Sie noch einmal ausreiten möchten, werde ich Sie begleiten. Samson wird morgen nicht zur Verfügung stehen, aber wenn Sie gerne reiten möchten, könnten wir das übermorgen tun.“

Das war ein großzügiges Angebot, doch da es von einem derart finsteren Gesichtsausdruck begleitet wurde, gewann Abigail den Eindruck, als erfülle Ethan nur eine Pflicht und sehe kein Vergnügen darin. Und das verletzte sie mehr als die Dornen eines Fuchsschwanzes. Sie hatte geglaubt, sie und Ethan seien Freunde geworden, aber Freunde verhielten sich nicht so. Was hatte sich geändert?

„Ich bin so stolz auf ihn." Abigail tätschelte Pfützes Kopf, als sie ihn am nächsten Morgen auf den Boden neben Charlottes Bett legte. Obwohl er die Treppenstufen schon herabsteigen konnte, brauchte er immer noch Hilfe, um sie zu erklimmen. Damit es schneller ging, trug Abigail ihn lieber hinauf. Ihre Schwester hatte sich aufgesetzt und gegen einen Haufen Kissen gelehnt. Ein wenig mehr Farbe war in ihr Gesicht zurückgekehrt. Und was noch besser war: Sie litt heute nicht unter morgendlicher Übelkeit.

„Pfütze hat das Papier benutzt, das ich neben seine Kiste gelegt habe", verkündete Abigail. „Ich musste ihm nicht einmal gut zureden. Als ich heute Morgen nach unten gegangen bin, stand er sehr stolz daneben. Ich denke, es wird einfacher sein als erwartet, ihn zur Sauberkeit zu erziehen."

Charlotte lächelte und streckte ihre Arme nach dem Welpen aus. „Ich wünschte, ich hätte mehr Energie", sagte sie, als sie ihn neben sich auf die Decke legte. Pfütze drehte sich auf den Rücken, um sich den Bauch kraulen zu lassen, und entlockte Charlotte dadurch ein erneutes Lächeln. „Mit ihm zu spielen, erschöpft mich."

„Mrs Grayson sagte, ihrer Ansicht nach seist du kräftiger geworden, und du siehst heute Morgen auch besser aus."

„Ich fühle mich besser, aber nicht gut, wenn das irgendeinen Sinn ergibt." Charlotte zog Pfütze auf ihren Schoß und streichelte seine Ohren. „Ich muss ununterbrochen daran denken, wie Mama ihre letzten Jahre im Bett verbracht hat. Oh, Abigail, ich möchte nicht das gleiche Schicksal erleiden."

„Das wirst du auch nicht." Abigail legte ihre Hand auf Charlottes Arm. Irgendwie musste sie ihre Schwester davon überzeugen, dass sie nicht so gebrechlich werden würde wie ihre Mutter. „Das hier ist nicht wie Mamas Erkrankung. Du bist nicht krank, du erwartest nur ein Kind. Ehe du dich versiehst, wird das Kind da sein und du bist wieder bei Kräften."

„Ich bete, dass es so ist."

Ein paar Minuten später gab Charlotte Pfütze an Abigail zurück. „Ich bin so müde", sagte sie. „Das ist es, was mir Sorgen macht – dass ich die ganze Zeit schlafe."

„Mrs Grayson hat gesagt, das sei das einzige Heilmittel, das sie kennt."

„Ich hoffe, es funktioniert."

„Das wird es." Abigail küsste Charlotte auf die Stirn und ging die Treppe hinunter, wobei sie dem zappelnden Hund etwas vorsummte.

Eine halbe Stunde später, nachdem sie Pfütze mit einer neuen Leine sicher an seinen Lieblingsbaum angebunden und im Hof zurückgelassen hatte, betrat Abigail das Wohnzimmer. Wenn sie schon nichts für Charlotte tun konnte, konnte sie wenigstens diesen Raum in den Normalzustand zurückversetzen. Jetzt, wo Jeffrey lieber hier als im Schlafzimmer schlief, musste täglich sauber gemacht werden. Obwohl Jeffrey sein zusammengerolltes Bettzeug in der Speisekammer versteckte und versuchte, das Mobiliar wieder zurückzustellen, gelang es ihm nie, den Schmutz seiner staubigen Stiefel zu beseitigen.

Als Abigail einen der Sofabezüge glättete, schnupperte sie. Sie bildete es sich nicht ein: Es lag tatsächlich ein schwacher Geruch von Parfum über dem Raum. Wie seltsam. Es war ihr bisher noch nicht aufgefallen, dass Mrs Channing Parfum auftrug. Und bei diesem Geruch handelte es sich eindeutig weder um das Rosenwasser, das Abigail benutzte, noch um das Maiglöckchenparfum, das Charlotte bevorzugte. Und doch kam ihr irgendetwas daran bekannt vor. Abigail schnupperte noch einmal, als sie sich daran zu erinnern versuchte, wo sie diesen Geruch schon einmal wahrgenommen hatte. Es war irgendwo in Wyoming gewesen. Sie dachte zurück an die Postkutsche. Mrs Dunn hatte kein Eau de Toilette benutzt. Vielleicht war Mrs Fitzgeralds Parfum ähnlich gewesen.

Abigail hatte Jeffrey gestern nicht nach Hause zurückkehren hören, aber das war nicht ungewöhnlich. Seitdem er angefangen hatte, die Mahlzeiten mit den anderen Offizieren einzunehmen und im Wohnzimmer zu schlafen, war er jeden Abend erst spät nach Hause gekommen. Abigail sah ihn nur selten und begriff, dass sie kaum eine Vorstellung davon hatte, wie oder mit wem er seine Zeit verbrachte. Doch sicher war er nicht mit einer anderen Frau zusammen gewesen. Jeffrey liebte Charlotte. Er würde sie niemals betrügen.

Als sie die Fenster öffnete, um den Raum zu lüften, sah Abigail eine Gruppe Soldaten in Formation über den Paradeplatz marschieren. Jeweils zu viert nebeneinander aufgereiht schienen sie sich wie ein Mann fortzubewegen. In Wesley, Vermont, gab es so etwas nicht. Abigail seufzte. Heute fühlte es sich so an, als wäre Vermont viel mehr als zweitausend Meilen entfernt. Es schien zu einer vollkommen anderen Welt zu gehören. Ihr Leben dort war genau geordnet. Jeder Tag ähnelte dem vorangegangenen und ihre Zukunft war genau vorgezeichnet. Es gab keine Banditen, keine Deserteure, keine Leutnants mit unerklärlichen Stimmungen. Und vor allem gab es keine Sorgen darüber, dass ihr Schwager sein Eheversprechen gebrochen haben könnte.

Oh Herr, was soll ich tun? Wenn sie Jeffrey zur Rede stellte, würde er jedes Fehlverhalten leugnen. Wenn sie Charlotte davon erzählte, würde sie ihr vielleicht unnötigen Kummer machen.

Zum ersten Mal war Abigail dankbar für den ständigen Wind von Wyoming, denn innerhalb weniger Augenblicke erfüllte der Duft von Gras und Salbei den Raum und verdrängte den süßlichen Parfumgeruch. Der Wind fegte noch mehr als das Parfum davon. Als sie die Fenster wieder schloss, erfüllte Abigail ein Gefühl von Frieden. Eine leise Stimme tief in ihrem Inneren sagte ihr, dass sie sich genau dort befand, wo sie sein sollte.

Voller Zuversicht blickte sie auf den Schreibtisch. Obwohl sie eigentlich bis morgen damit hatte warten wollen, einen Brief an Woodrow zu schreiben, holte sie ein Stück Briefpapier aus der Schreibtischschublade und öffnete die Flasche mit der Tinte.

Eine halbe Stunde später schrieb Abigail ihren Namen unten auf das letzte Blatt und begann ihren Brief noch einmal durchzulesen. Als sie das Ende erreichte, runzelte sie die Stirn. Vier Seiten, dreizehn Absätze, und beinahe jeder davon erwähnte Ethan. Wenn sie dies hier an Woodrow schickte, würde er glauben, ihr Leben drehe sich nur um Ethan Bowles. Das tat es nicht. Das tat es ganz bestimmt nicht. Woodrow war der Mann, den sie heiraten wollte.

Kapitel 8

Abigail hatte schon häufig von ihrer Hochzeit geträumt. Seit sie ein Kind war, hatte sie sich den Tag, an dem sie heiraten würde, in den schönsten Farben ausgemalt. Die Einzelheiten hatten sich im Lauf der Jahre verändert, aber das letzte Jahr über waren sie konstant geblieben. Und so träumte sie auch in dieser Nacht wieder, dass sie hinten in der Kapelle stand und ihren Schwestern dabei zusah, wie sie ihr durch den Gang vorangingen. Sie trug dasselbe Kleid wie immer; sie hatte denselben Brautstrauß in der Hand. Als Elizabeth den Gang ungefähr halb entlanggeschritten war, machte Abigail die ersten Schritte. Lächelnd näherte sie sich ihrem Bräutigam. Der Traum war immer derselbe. Bis letzte Nacht. Letzte Nacht hatte ihr Bräutigam ihr den Rücken zugedreht, anstatt sich ihr zuzuwenden, und er schien größer als Woodrow zu sein. Statt braunhaarig war der Bräutigam blond. Und als er sich umdrehte, sah Abigail, dass es überhaupt nicht Woodrow war. Mit wild klopfendem Herzen war sie aus dem Schlaf aufgeschreckt, als ihr klar geworden war, dass sie von Ethan geträumt hatte.

Es bedeutete nichts. Ein Traum war nur ein Traum. Aber obwohl sie sich das unzählige Male gesagt hatte, war es ihr unmöglich gewesen, wieder in den Schlaf zu finden. Und jetzt würde sie dem Mann, der in ihrem Traum die Hauptrolle gespielt hatte, entgegentreten müssen, denn heute war der Tag, an dem sie mit Ethan ausreiten wollte. Glücklicherweise ahnte er nicht, welche Bilder ihr treuloser Verstand heraufbeschworen hatte.

Als sie auf die Veranda heraustrat, lächelte Abigail über den Anblick von zwei Frauen, die mit ihrem Sonnenschirm kämpften. Heute war kein Tag für Sonnenschirme, zumindest nicht nach Abigails Einschätzung. Wären die breiten Bänder nicht gewesen, die ihren Hut festhielten, dann hätte der Wind ihre Kopfbedeckung schon lange in den nächsten Fuchsschwanzstrauch geweht.

Abigail lächelte erneut, als sie beobachtete, wie diese großen Pflanzen im Wind tanzten und sich beinahe genauso schnell zu bewegen schienen wie ein Pferd. Sie selbst war nicht ganz so schnell, beeilte sich aber doch, denn schließlich wollte sie nicht zu spät kommen und Ethan einen weiteren Grund zur Verstimmung liefern. Es war schon schlimm genug, dass er seine Einladung so widerwillig ausgesprochen hatte.

Als Abigail beim Stall ankam, wartete Ethan bereits und Sally sowie ein Rotschimmelhengst waren gesattelt. Offenbar war Samson noch nicht bereit für einen Ritt. Ungesattelt stand er in seiner Box, Ethan neben ihm.

„Guten Morgen, Abigail."

Bestimmt bildete sie sich nicht nur ein, dass Ethan sie nur zögernd begrüßte. Erinnerte er sich an seine barschen Worte von ihrer letzten Begegnung oder wäre er lieber allein ausgeritten? Er klopfte noch einmal auf Samsons Hals, dann wandte er sich Abigail zu.

„Bevor wir losreiten, möchte ich mich bei Ihnen entschuldigen. Ich war bei unserer letzten Begegnung nicht gerade guter Stimmung. Es war nicht Ihre Schuld und es tut mir leid, dass ich das an Ihnen ausgelassen habe."

Als ihr klar wurde, dass sie sich keine Sorgen hätte machen müssen, atmete Abigail erleichtert auf. „Ich nehme die Entschuldigung an."

Sie streckte ihre Hand aus und lächelte, als er sie mit festem Griff umschloss. „Es muss anstrengend gewesen sein, so weit zu laufen."

Ethan zuckte die Achseln und half Abigail, auf Sally zu steigen. „Ich gehöre zur Infanterie, was bedeutet, dass ich laufen gewohnt bin. Das war es nicht, was mir zu schaffen gemacht hat. Es war eine Mischung aus Samsons Verletzung und der Tatsache, dass ich die Deserteure nicht gefasst habe. Beides hat mich sehr geärgert."

Abigail wusste, dass es weitere Deserteure gegeben hatte, doch Einzelheiten waren ihr nicht bekannt. „Stammten sie aus Ihrer Kompanie?"

Ethan nickte und schwang sich in den Sattel des Rotschimmels. Als sie den Stall verließen, sagte er: „Der Gefreite Dickinson war in meinem Baseballteam."

Kein Wunder, dass es Ethan diesmal besonders tief getroffen hatte. Abigail war sich nicht sicher, wie sie in derselben Situation empfunden hätte, aber unglücklich wäre sie ebenfalls gewesen. Sie beobachtete, wie Ethan die Lippen zusammenpresste, und suchte nach den richtigen Worten. „Ich vermute, es fühlte sich wie Verrat an, als er desertiert ist."

„Das stimmt wirklich. Wissen Sie, ich hatte gehofft, der Sport würde dabei helfen, die Männer hier zu halten. Doch dass einer aus meiner Mannschaft gleich am nächsten Tag desertiert ... nun ..."

Als sie sich der Brücke näherten, zog Ethan an den Zügeln. „Ich habe mich die ganze Zeit gefragt, was ich sonst noch hätte tun können."

Abigail wartete, bis sie die gegenüberliegende Seite des Flusses erreicht hatten, bevor sie antwortete. „Mein Vater hat immer gesagt, dass wir versuchen sollten, andere anzuleiten, doch dass wir dabei bedenken müssen, dass die Entscheidung letztlich bei ihnen liegt. Wir können uns nicht die Schuld für ihr Handeln geben, denn wir bestimmen über niemanden außer über uns selbst."

„Es ist seltsam, dass ein Prediger so etwas sagt." Ethan zog die Stirn in Falten. „Hat er Sie nicht daran erinnert, dass Gott alles kontrolliert?"

Abigail schüttelte den Kopf und lächelte versonnen. „Das glaubte Papa nicht. Er hat gelehrt, dass Gott uns alles gegeben hat, auch einen freien Willen, und dass es unsere Entscheidung ist, ob wir seine Gaben akzeptieren."

„Ihr Vater klingt anders als die Pfarrer, die ich kannte." Ethan räusperte sich, um zu signalisieren, dass er das Thema wechseln wollte. „In welche Richtung sind Sie beim letzten Mal geritten?" Als Abigail nach rechts deutete, nickte er. „Lassen Sie uns den linken Weg nehmen, dann können Sie einen anderen Teil der Landschaft kennenlernen."

„Für mich sieht hier alles gleich aus."

Obwohl Abigail ihre Worte scherzhaft gemeint hatte, antwortete Ethan, als hätte sie es vollkommen ernst gemeint. „In dem Fall haben Sie nicht sorgfältig genug geguckt. Mein heutiger Auftrag lautet, Ihre Meinung zu ändern."

Sie ritten ein paar Minuten schweigend weiter. Obwohl Abigail es nicht zugeben wollte, konnte sie keinen Unterschied zu der Landschaft feststellen, die sie in der entgegengesetzten Richtung gesehen hatte. Da waren dieselben flachen Hügel, dasselbe struppige

Gebüsch, dieselben gelegentlichen Kalksteinplateaus. Der Boden war mit derselben Mischung aus kurzen, gewellten Gräsern und langen, geraden Halmen bedeckt, die von gelben Blumen und flachen, weißen Steinen durchsetzt waren. Es war nicht hässlich, aber es war ziemlich eintönig. Abigail war erleichtert, als Ethan das Thema wechselte und über die bevorstehende Feier zum Unabhängigkeitstag sprach. Er behauptete, dieses Fest sei einer der Höhepunkte des Jahres.

„Ich war zwar im letzten Jahr nicht selber dabei", gab er zu, „aber alle sagen, dass es die größte Feier des Sommers ist mit Spielen, Feuerwerk und gutem Essen."

Ein großer Vogel schwang sich direkt vor ihnen in die Lüfte. Selbst Abigail musste zugeben, dass der Himmel beeindruckend schön war, besonders als Hintergrund für den Habicht oder Adler oder was auch immer es war, das dort seinen Schatten auf den Boden warf.

„Lassen Sie mich raten. Ist Essen die Hauptattraktion?"

Obwohl er mit den Schultern zuckte, verriet Ethans Grinsen, dass sie richtig vermutet hatte. „Alles ist besser als trockenes Brot und Kaffee – keine Milch und kein Zucker, wirklich nur Kaffee. Das serviert man den Männern an den meisten Tagen zum Abendessen."

Abigail rümpfte die Nase. „Das klingt nicht im Geringsten verlockend." Sogar die Schonkost, die Mrs Channing für Charlotte zubereitet hatte, klang appetitanregender als das. „Haben Sie die Möglichkeit in Betracht gezogen, dass das Essen der Grund sein könnte, weshalb die Männer desertieren?"

Ethan nickte. „Schlechte Bezahlung, minderwertige Verpflegung und raue Bedingungen. Es ist ein hartes Leben, aber ich habe trotzdem kein Mitleid mit Männern, die ihrer Verpflichtung nicht nachkommen. Sie haben ihr Wort gegeben, als sie Soldat geworden sind." Er starrte in die Ferne. Sein verbissener Gesichtsausdruck verriet Abigail, dass sich seine Gedanken in eine unerfreuliche Gegend verirrt hatten. „Mein Großvater und ich sind in vielerlei Hinsicht unterschiedlicher Meinung, aber ich pflichte ihm in einer Sache bei, die er mir beigebracht hat. Und das war seine Überzeugung, dass die Ehre eines Mannes sein wertvollster Besitz ist."

Papa hatte dasselbe gesagt und seinen Töchtern beigebracht, dass sie jedes Versprechen, das sie gaben, auch halten mussten. „Ich denke, mein Vater hätte Ihren Großvater gemocht."

Ethans Antwort war leise und kaum zu verstehen. „Das bezweifle ich. Mein Großvater ist kein angenehmer Mensch."

Seine Antwort verriet, dass es sich um einen tiefer greifenden Konflikt handelte, nicht nur um einige Unstimmigkeiten, und bestätigte Abigails Eindruck, dass Ethan eine schwere Kindheit gehabt hatte. Wie traurig! Abigail konnte sich nicht vorstellen, wie es war, in einem Haushalt aufzuwachsen, der nicht von Liebe erfüllt war. Ihre Eltern waren zwar nie reich gewesen, aber sie hatten ihre Töchter mit Liebe überhäuft. Anscheinend war Ethans Leben das genaue Gegenteil gewesen. Er hatte niemals Armut kennengelernt, dafür aber auch keine Liebe. Obwohl Abigail nur zu gern mehr über Ethan und seinen Großvater erfahren hätte, bedeutete ihr der abwesende Blick in seinen Augen, dass es sich um ein verbotenes Thema handelte. Also fragte sie stattdessen, ob es anlässlich der Feier zum Unabhängigkeitstag ein Baseballspiel geben würde.

Obwohl Ethan seinen Kopf schüttelte, lächelte er, vielleicht, weil ihm die Idee gefiel, vielleicht, weil er erleichtert war, dass Abigail ihm keine weiteren Fragen in Bezug auf seinen Großvater stellte. Einen Moment später zügelte er sein Pferd.

„Sind diese Blumen nicht wunderschön?", fragte er.

„Das sind Blumen? Ich dachte, das wären Steine."

Ethan lachte, als er vom Pferd stieg. „Ich versichere Ihnen, dass es Blumen sind. Schauen Sie nur genauer hin!"

Galant wie ein Gentleman half er ihr vom Pferd. Es war nichts Ungehöriges in seinem Verhalten. Trotzdem war sich Abigail der Wärme einer Männerhand noch nie so bewusst gewesen. Es war beinahe, als hätten seine Finger Abdrücke auf ihrer Taille hinterlassen. Verwirrt machte Abigail einen Schritt rückwärts.

„Sie müssen näher herangehen, um sie zu bewundern."

Dankbar für einen Grund, Ethans Blick zu entgehen, kniete Abigail sich neben einen der weißen Flecken und entdeckte, dass das, was sie für Steine gehalten hatte, Unmengen der kleinsten Blumen waren, die sie jemals gesehen hatte. Obwohl sie einzeln nicht größer als nur einige Millimeter waren, scharten sich die Blüten zusammen und bildeten zusammen einen wunderschönen weißen Kreis. Als Abigail die Blumen genauer betrachtete, entdeckte sie, dass jede aus fünf eigenständigen, abgerundeten Blütenblättern und einer gelben Mitte bestand. Letztere war jedoch so klein, das sie praktisch unsichtbar war.

„Oh, sie sind wunderschön", sagte sie überrascht.

Vielleicht hatte Ethan recht. Vielleicht musste sie genauer hinsehen und vielleicht waren es auch nicht nur die Blumen, die man unter einem genaueren Blick neu entdeckte. Vielleicht musste sie auch die Menschen anders betrachten. Unwillkürlich kam ihr das Bild von Leah in den Sinn und Abigail fragte sich, was sie entdecken würde, wenn sie mehr Zeit mit ihr verbrächte.

Ethan, der nichts von Abigails Gedanken wusste, schmunzelte. „Seien Sie vorsichtig, Abigail. Ehe Sie sich's versehen, stellen Sie fest, dass Sie Wyoming mögen."

Es war keine Sache des Mögens oder Nicht-Mögens, erkannte Abigail. Es war nur so, dass das Leben hier ganz anders war als in Vermont. Zu Hause wäre sie viel zu beschäftigt gewesen, um einen Morgen damit zu verbringen, nach Wildblumen zu suchen.

„Wir haben keine solchen Blumen in Vermont", räumte sie ein. „Wissen Sie, wie sie heißen?"

Ethan zog eine Augenbraue hoch. „Sie müssen wissen, dass man keinen Gartenbau in West Point unterrichtet, aber …" Er legte eine Pause ein, um ein bisschen Spannung aufzubauen. „Jemand hat mir erzählt, dass das hier Rocky-Mountain-Phlox sind."

Abigail erhob sich, blickte sich um und entdeckte eine weitere weiß blühende Pflanze. Diese war erheblich größer als die Ansammlungen am Boden.

„Was ist das hier?", fragte sie und trat ein Stück näher, um sie zu betrachten. „Die Blumen sehen aus wie Mohnblumen, aber ich habe noch nie weiße Mohnblüten gesehen."

„Seien Sie vorsichtig", warnte Ethan, als sie sich herunterbeugte, um die hauchdünnen Blütenblätter zu berühren. „Sie heißen stachelige Mohnblumen. Wenn Sie die Blätter berühren, werden Sie spüren, wieso."

Aus der Ferne sahen die blau-grauen Blätter harmlos aus, aber als sie näher hinsah, entdeckte Abigail, dass sie tatsächlich scharfe

Ränder hatten. „Ich wage zu behaupten, dass sie nicht so gefährlich sind wie Yuccas."

„Wenige Dinge sind so scharf wie eine Yucca", stimmte Ethan zu, „aber die Blüten sind ziemlich hübsch."

„Das hat Mrs Dunn auch gesagt."

„Mrs Dunn?"

Jetzt war es Abigail, die lachte. „Wie haben Sie unsere Weggefährtin aus der Postkutsche vergessen können?"

Er seufzte. „Ach ja, die redselige Witwe."

Abigail hoffte, er würde sich nicht daran erinnern, dass es bei einem ihrer Gesprächsthemen um Ethan als potenziellen Verehrer Abigails gegangen war. Das war ein gefährliches Thema, besonders, wenn der Wind Ethans Geruch zu Abigail herüberwehte und in ihr die Erinnerung wachrief, dass sie diesen Geruch eingeatmet hatte, als Ethan ihr beim Absteigen geholfen hatte. „Mrs Dunn hat es gut gemeint und mir sogar den einen oder anderen guten Ratschlag gegeben. Dank ihr war ich vorsichtig genug, um Sally von Präriehundlöchern fernzuhalten."

„Wie grausam von Ihnen, mich daran zu erinnern, dass Samson nicht so viel Glück gehabt hat." Ethans Mundwinkel zuckten und verrieten Abigail, dass diese Antwort nicht ernst gemeint war. „Schon deshalb helfe ich Ihnen vielleicht nicht zurück aufs Pferd."

Aber er tat es natürlich – ganz Gentleman – und formte mit den Händen eine Räuberleiter, sodass sie hineintreten konnte, als sie Sally bestieg. Es fühlte sich seltsam an, die Hände eines Mannes auf diese Weise zu benutzen, und doch war etwas dabei, das ihr ein Gefühl der Geborgenheit vermittelte. Vielleicht war es die Erinnerung daran, dass sie an diesem Ort, der ihr wild und unzivilisiert vorkam, nicht allein war. Sie waren weiter geritten, als Abigail es bei ihrem ersten Ausritt gewagt hatte, und hatten das Fort weit hinter sich gelassen, doch sie hatte nicht einmal einen Hauch von Besorgnis verspürt. Stattdessen hatte sie sich an der Landschaft erfreut, an Ethans Begleitung und ihrer Unterhaltung. Seltsamerweise genoss sie sogar die Stille, die Zeiten, in denen ihre zwanglose Unterhaltung verklang und sie schweigend nebeneinanderher ritten.

Woodrow ertrug keine Stille. Wenn er und Abigail zusammen waren, erzählte er entweder etwas oder stellte ihr eine Frage. Es gab keine längeren Pausen und ganz sicher nicht minutenlanges Schweigen. Das hier war anders. Die Stille war angenehm.

Abigail wusste nicht mehr, wie lange sie geritten waren, als sie bemerkte, dass sie einen großen Bogen beschrieben hatten und sich jetzt vertrauten Orientierungspunkten näherten. Die einsame Pappel am Fluss war die, an der sie Leah getroffen hatte. Der Umriss von grau-weißen Gebäuden zeigte ihr, dass sie sich nah am Fort befanden.

Als sie sich dem Baum näherten, sah Abigail, dass Leah erneut dort saß. Obwohl sie dasselbe Kleid trug, hingen ihre Schultern nicht herunter. Stattdessen erweckte ihre Körperhaltung den Eindruck von Unbeschwertheit. Abigail sprach ein stilles Dankgebet, als sie die Zügel anzog und auf die junge Frau zuritt. Sie würde nicht ins Fort zurückkehren, ohne Leah begrüßt zu haben. Obwohl sie keine Lösung für Leahs Probleme hatte, konnte sie ihr zumindest Freundschaft anbieten.

„Guten Morgen, Leah“, rief Abigail. „Ich freue mich, Sie wiederzusehen.“

Ethan sagte nichts, es sei denn, man würde ein Schnauben als Form der Kommunikation ansehen, aber er blieb an Abigails Seite.

Als sie näher kamen, sah Abigail, dass Leahs Haar feucht war, als hätte sie es im Fluss gewaschen. Ärgerlich auf sich selbst hielt sie inne. Wann würde sie es endlich lernen? Obwohl sie die Absicht gehabt hatte, sie zu ermutigen, hatte Abigails impulsives Verhalten Leah in eine unangenehme Lage gebracht. Keine Dame würde einem fremden Mann erlauben, ihr Haar zu sehen, solange es nicht anständig frisiert war. Leah nahm die langen, dicken Locken in ihre Hände und drehte sie hinter ihrem Kopf zusammen. Als sie das tat, trug der Wind ihren Geruch zu Abigail hinüber.

Eine Sekunde lang glaubte Abigail, sie würde ohnmächtig werden. Obwohl sie es leugnen wollte, konnte sie es nicht. Was sie im Wohnzimmer gerochen hatte, war *Leahs* Parfum gewesen. Deshalb war es ihr bekannt vorgekommen. Leah hatte es getragen, als Abigail sie getroffen hatte. *Oh, Jeffrey, wie konntest du nur?* Abigail versuchte, ihre Wut zu kontrollieren, und ballte ihre Hände zu Fäusten.

Vielleicht spürte Leah ihre Bestürzung, denn sie sah Abigail nicht in die Augen, als sie sagte: „Guten Morgen, Miss Harding. Sir. Ich muss jetzt gehen."

„Und wir sollten zum Fort zurückkehren." Obwohl er es als nichtssagende Bemerkung formuliert hatte, klang Ethans Stimme stahlhart, wodurch seine Worte einem Befehl gleichkamen. Seine Reaktion sagte Abigail, dass er Leah genauso ablehnend gegenüberstand wie Charlotte.

Ethan wartete, bis sie außer Hörweite waren, bevor er wieder sprach. Seine Stimme klang noch immer hart und schroff. „Woher kennen Sie diese Frau?"

Abigail kämpfte noch immer mit dem Gedanken, dass Jeffrey seine Abende mit Leah verbrachte. Unerschrocken hielt sie Ethans Blick stand und wollte sich nicht von ihm einschüchtern lassen. Sie war ebenfalls wütend, aber ihre Wut richtete sich gegen Jeffrey und all die anderen Männer, die Leahs Hilflosigkeit ausnutzten. „Wenn Sie Leah meinen – ich habe sie kennengelernt, als ich das erste Mal ausgeritten bin."

Ethans Lippen wurden schmal. „Sie wissen, was sie ist, oder?"

Es war genau so, wie Abigail es befürchtet hatte. Ethan beurteilte Leah nach der Art und Weise, wie sie ihren Lebensunterhalt verdiente, und weigerte sich zu erkennen, dass unter dem bemalten Gesicht eine ganz normale Frau steckte.

„Ich weiß, *wer* sie ist", konterte Abigail. „Leah ist eine Frau, die in unglücklichen Umständen gefangen ist."

Ethan schüttelte den Kopf. „Was wissen Sie schon von ihren Umständen? Haben Sie schon einmal eine Schweinefarm gesehen?" Er starrte längere Zeit in die Ferne, bevor er hinzufügte: „Vielleicht sollten Sie das mal."

Er lenkte sein Pferd vom Fluss weg, wobei er den Anblick von Leah, die in dieselbe Richtung unterwegs war, ignorierte. Sie ritten weniger als eine Meile, aber Abigail fand die Stille zum ersten Mal unangenehm. Der harte Zug um Ethans Mund ließ keinen Zweifel daran, dass er verärgert war. Abigail war sich nur nicht sicher, ob sich sein Ärger gegen Leah oder gegen sie selbst richtete.

Ethan deutete auf die Ansammlung verfallener Gebäude, der sie sich jetzt näherten. „Das hier ist es. Das hier ist das ‚Peg's'."

Obwohl Abigail Klagen über den Zustand der Gebäude im Fort

gehört hatte, waren es im Vergleich zu diesen Hütten gut gebaute Häuser. Das „Peg's" bestand aus einem Haufen wackeliger Holzbauten, deren Farbe schon lange verblasst und abgeblättert war. An das größte Gebäude in der Mitte grenzten auf beiden Seiten drei kleinere Bauten. Etwas weiter entfernt stand ein Verschlag, der wie ein Stall aussah. Wenn das der Ort war, an dem Leah lebte, war es kein Wunder, dass sie so … *am Boden zerstört* … war. Das war der einzige Ausdruck, den Abigail fand, um ihr Verhalten zu beschreiben.

Ein paar Hühner kratzten im Dreck herum, während zwei Frauen an einem der kleineren Gebäude lehnten. Obwohl die Frauen deutlich älter als Leah waren, ließ ihre auffallende Kleidung keinen Zweifel an ihrer beruflichen Tätigkeit. Beim Geräusch klappernder Hufe blickten sie interessiert auf, aber als sie Abigail sahen, wandten sie sich wieder ihrer Unterhaltung zu. Eine der beiden schlug nach einer Fliege. Bei dieser Bewegung erreichte Abigail der Duft ihres Parfums. Es war dasselbe wie Leahs und dasselbe wie das, was sie in Charlottes Wohnzimmer gerochen hatte. Das hieß zwar, dass es nicht unbedingt Leah sein musste, die von Jeffrey besucht wurde, doch entlastet wurde er dadurch nicht. Die Beweislage schien klar: Jeffrey hatte die Schweinefarm zumindest einmal besucht.

„Guten Morgen, Miss Harding." Der Postbote grüßte sie mit seinem fröhlichen Grinsen, als er sich Charlottes Haus zur selben Zeit näherte wie Abigail. „Der Brief, auf den Sie gewartet haben, ist heute gekommen."

Als er ihr einen Umschlag reichte, der Woodrows charakteristische Handschrift trug, murmelte Abigail ein paar Dankesworte. Woodrows Brief war genau das, was sie jetzt brauchte, ein Gegenmittel gegen die Erkenntnis, dass Jeffrey bei „Peg's" gewesen war, und eine Ablenkung von Ethans Ermahnung, sich von Leah fernzuhalten.

„Ich schätze, der kommt von Ihrem Liebsten", sagte der Postbote. „Sie beeilen sich besser und lesen ihn."

Abigail setzte noch nicht einmal ihren Hut ab, bevor sie die eng beschriebenen Blätter aus dem Umschlag zog.

In der Akademie ist es einsam ohne dich, hatte Woodrow geschrieben. *Ich denke an den letzten Sommer, an die Zeiten, in denen wir über den See gerudert sind, und an die Picknicks, die wir unter den Weidenbäumen gemacht haben.* Der Brief ging einige Seiten lang weiter und berichtete von Woodrows Plänen für eine neue Geschichtsklasse. Abigail ertappte sich dabei, dass sie seine Worte überflog und nach etwas Persönlicherem suchte. Sie fand es auf der letzten Seite. *Ich vermisse dich. Du musst nach Hause kommen, Abigail. Du bist jetzt lange genug bei deiner Schwester geblieben. Ich bestehe darauf, dass du den nächsten Zug nimmst. Es ist an der Zeit, Pläne zu schmieden.*

Obwohl er nicht mehr schrieb, wusste Abigail, dass es bei diesen Plänen um ihre Zukunft ging. Sie starrte aus dem Fenster und blickte auf den jetzt verwaisten Paradeplatz. Vor einer Woche wäre sie begeistert gewesen, dass Woodrow sie vermisste und über ihr gemeinsames Leben sprechen wollte. Sie sollte glücklich sein, aber alles, was sie wahrnahm, war der gebieterische Ton in seinen Worten. *Ich bestehe darauf, dass du den nächsten Zug nimmst.* Die Worte nagten an ihr. Es war nicht nur die Tatsache, dass Woodrow sie herumkommandierte wie Ethan seine Männer. Obwohl sie den Grund nicht erklären konnte, war Abigail noch nicht bereit, nach Vermont zurückzukehren.

„Also, was wollte der alte Mann?", fragte Jeffrey.

Ethan runzelte die Stirn. Die beiden Männer saßen am Ende des langen Tisches und nahmen ihr Abendessen ein. Die einzig guten Neuigkeiten des Tages hatten darin bestanden, dass die Hebamme Charlotte für gesund genug erklärt hatte, um das Bett zu verlassen und ihren normalen Alltag wieder aufzunehmen. Jeffrey hatte fröhlich grinsend verkündet, dass Ethan eingeladen war, ab dem morgigen Tag wieder die Mahlzeiten bei ihnen einzunehmen. Zweifellos waren Mrs Channings Kochkünste exzellent. Ethan wusste, dass er das Essen genießen würde. Nicht klar war, wie Abigail über seine Anwesenheit denken würde. Er konnte niemandem außer sich selbst dafür die Schuld geben.

Er war durchaus im Recht gewesen, als er erklärt hatte, dass anständige Frauen die Schweinefarm nicht besuchten oder mit ihren Bewohnerinnen sprachen. Das Problem war, dass er genauso wie sein Großvater geklungen hatte, ganz und gar streng und missbilligend. Ethan hatte es gehasst, wenn sein Großvater diesen Tonfall angeschlagen und dadurch versucht hatte, Ethans Begeisterung mit seinem Hohn zu ersticken. Von daher war es nur verständlich, dass Abigail verärgert über ihn war.

Ethan musste sich eingestehen, dass er sich nicht hätte einmischen dürfen, aber er hatte nicht anders gekonnt. Er wollte nicht, dass Abigails Gefühle verletzt wurden, und aus einer Freundschaft mit Leah konnte wirklich nichts Gutes herauskommen. Egal, wie harmlos es wäre – die Frauen der Offiziere wären sicher nicht damit einverstanden. Ihre Ablehnung würde Abigails Leben hier ausgesprochen unangenehm machen. Deshalb hatte er schroffer reagiert als beabsichtigt, mit dem Ergebnis, dass er sie verletzt hatte. Jetzt verdiente sie eine Entschuldigung. Noch eine.

„Der Hauptmann." Jeffrey stach so heftig in ein Stück Fleisch, dass seine Gabel klappernd gegen den Teller stieß und Ethans Gedanken in die Gegenwart zurückkehrten. „Was hat er gesagt?"

„Er war verärgert. Offenbar sind gestern Nacht einige Schusswaffen gestohlen worden und er hat mich angewiesen, der Sache auf den Grund zu gehen." Bei dem Gedanken daran, wie er den Rest des Tages verbracht hatte, verfinsterte sich Ethans Blick. „Wie zu erwarten, hat niemand der Männer zugegeben, irgendetwas zu wissen. Ich bin mir nicht sicher, ob sie die Wahrheit sagen oder jemanden schützen. Alles, was ich weiß, ist, dass Hauptmann Westland von mir erwartet, die Gewehre und den Dieb zu finden. Und das am besten sofort."

Jeffreys Lächeln war mitfühlend. „Viel Erfolg dabei. Die Gewehre sind wahrscheinlich schon verkauft."

„An wen?" Wenn Ethan herausfinden könnte, wer sie ankaufte, wäre er vielleicht in der Lage, etwas über die Identität des Diebes in Erfahrung zu bringen.

„Farmer, Indianer, Reisende – obwohl es von den beiden Letzteren nicht mehr so viele gibt." Jeffrey trank einen Schluck Kaffee, bevor er hinzufügte: „Falls du dich fragst, woher ich das alles weiß … das letzte Mal, als das passiert ist, hat der alte Mann mich mit der Aufklärung beauftragt. Ich schätze, es handelt sich um die Aufgabe, die sie dem jeweils jüngsten Leutnant andrehen."

„Hast du einen Hinweis auf den Dieb erhalten?"

Jeffreys Gesichtsausdruck machte seine Antwort überflüssig. „Nein. Ein Farmer hat zugegeben, seine Gewehre von einem Soldaten gekauft zu haben. Er behauptete, er würde den Mann nicht wiedererkennen – sagte, wir würden alle gleich aussehen."

Ethan hatte solche Bemerkungen schon des Öfteren gehört. Er nahm an, dass Männer in Uniform für jemanden, der keine besondere Beobachtungsgabe besaß, tatsächlich nicht sehr leicht zu unterscheiden waren. „Passiert das sehr oft?"

„Nicht mehr. Früher kam es häufiger vor", räumte Jeffrey ein. „Meine Theorie ist, dass der Dieb ein Rekrut ist, der zusätzliches Geld braucht. Du solltest herausfinden, wer in letzter Zeit viel gespielt und verloren hat."

Ethan nickte. „Das klingt sinnvoll." Da der Zahlmeister nur alle zwei Monate kam und manchmal auch noch verspätet eintraf, waren die Soldaten fast immer knapp bei Kasse. „Natürlich bezweifle ich, dass mir irgendjemand sagen wird, was ich wissen muss." Er konnte nicht einfach in das Casino der Rekruten spazieren und fragen, wer vom Glück verlassen worden war. Selbst unter den günstigsten Umständen waren Offiziere im Casino nicht gern gesehen. Eine mehr oder weniger offene Anklage, einer der Rekruten sei ein Dieb, war auf keinen Fall unter „günstige Umstände" einzusortieren.

„Kopf hoch!" Jeffrey füllte erst Ethans Kaffeetasse, dann seine eigene. „Nächste Woche wird der Hauptmann die Gewehre schon wieder vergessen haben. Und wenn nicht, wird es irgendetwas anderes geben, was wichtiger ist. So war es auch bei mir."

„Das wären gute Neuigkeiten." Die Deserteure zu finden, war wichtiger, zumindest für Ethan.

Jeffrey griff in seine Tasche. „Das hätte ich beinahe vergessen. Ich habe heute Morgen den Postboten getroffen. Als er mir sagte, dass er einen Brief für dich hat, habe ich angeboten, ihn mitzunehmen."

Ethan blickte auf den Umschlag und war erstaunt über den Anblick einer fremden Handschrift. „Ich hab keine Post erwartet."

„Vielleicht sind es gute Neuigkeiten."

Aber das waren sie nicht. Als er in sein Quartier zurückkehrte und den Umschlag öffnete, entdeckte Ethan, dass der Brief von Mrs Eberle stammte, der Haushälterin seines Großvaters. Es war das erste Mal, dass sie an ihn geschrieben hatte. Der schwachen Grammatik, den durchgestrichenen Wörtern und der kaum lesbaren Handschrift nach zu urteilen, hatte Mrs Eberle Schwierigkeiten beim Verfassen des Briefes gehabt. Ethan hatte Schwierigkeiten mit dem Inhalt.

Die Haushälterin behauptete, dass sein Großvater im Sterben lag. Das war nicht gerade eine Überraschung. Curtis Wilson war zweiundsiebzig Jahre alt und die Ärzte hatten ihm bereits eine Herzschwäche attestiert, als Ethan noch bei ihm gelebt hatte. Eine Überraschung war jedoch Mrs Eberles letzter Absatz.

„Schätze, du solltest sofort nach New York kommen. Dein Großpapa braucht dich."

Hah! Sein Großvater brauchte niemanden. Ethan zerknüllte den Brief und warf ihn weg.

Unglücklicherweise war es nicht so einfach, die Gedanken loszuwerden, die Mrs Eberle gesät hatte. Sie verfolgten ihn während des Baseballtrainings und ließen Ethan so unkonzentriert werden, dass er die Leitung an Oliver übergab und behauptete, dass es für die Mannschaft wichtig sei, viele unterschiedliche Mannschaftsführer zu haben.

Ethan wusste, dass er nach dem Training noch ein wenig Zeit hatte, bevor er zum Zapfenstreich zurück sein musste. Er ging zur Tür. Obwohl der Wind abgeflaut war und er Gefahr lief, von Mücken gestochen zu werden, musste er raus aus seinem Quartier. Wenn er hierbliebe, würden sich seine Gedanken weiter im Kreis drehen und ihn an die Deserteure erinnern, an seinen Großvater und an den Ausdruck auf Abigails Gesicht, als er ihr praktisch befohlen hatte, sich von der Schweinefarm fernzuhalten.

Durch einen zügigen Ritt würde er seinen Kopf freibekommen. Doch als er auf die Ställe zuging, erblickte er eine vertraute Gestalt. Zwei vertraute Gestalten, berichtigte sich Ethan, denn Abigail wurde von Pfütze begleitet. Allerdings stand nicht wirklich fest, wer wen begleitete. Während Abigail vielleicht behaupten würde, dass sie mit Pfütze spazieren ging, schien der Welpe die Richtung und Geschwindigkeit vorzugeben.

Ethan überlegte kurz, auf dem Absatz kehrtzumachen. Schließlich war es möglich, dass Abigail seine Gesellschaft nicht willkommen war. Aber obwohl er seinen Füßen befahl, die Richtung zu ändern, taten sie es nicht. Plötzlich fand er sich in nur einem knappen Meter Entfernung von dieser schönen Frau und ihrem Hund wieder. Die Frau lächelte, als hege sie keinerlei Groll, während der Hund an ihm hochsprang und staubige Fußabdrücke auf Ethans Hose hinterließ. Es war ein herzlicheres Willkommen, als er verdiente, und bedeutete vielleicht, dass es nicht notwendig war, eine Entschuldigung vorzubringen.

„Er ist schon wieder gewachsen, nicht wahr?" Ethan beugte sich herab, um Pfützes Kopf zu tätscheln, dann sah er zu Abigail hoch.

Wenn sie unglücklich darüber war, ihn zu sehen, zeigte sie es nicht. Stattdessen schien es, als ob die morgendliche Meinungsverschiedenheit gar nicht stattgefunden hätte. Vielleicht wollte auch sie diese Auseinandersetzung lieber vergessen.

„Er kam mir schwerer vor, als ich ihn gebadet habe." Abigail lächelte gequält. „Das ist nicht gerade unsere Lieblingsbeschäftigung. In Wirklichkeit verschlingt er so viel, dass ich mich wundere, warum er nicht schon doppelt so groß ist."

„Ehe Sie sich's versehen, ist er ausgewachsen."

Abigails Lächeln verblasste und ihr Gesichtsausdruck war beinahe melancholisch. „Ich werde nicht hier sein, um das mitzuerleben."

Ethan schlug nach einer Mücke, die ihn gestochen hatte. Er dachte darüber nach, dass der Biss des Insekts weit weniger schmerzte als die Aussicht auf Abigails Abreise. Es wäre überflüssig zu bemerken, dass er sie vermissen würde. Stattdessen zwang er sich zu einem Lächeln.

„Das stimmt, aber Sie können sich auf etwas anderes freuen. Sie werden wieder daheim in Vermont sein." *Bei Woodrow.* Ethan wollte diese beiden Worte nicht aussprechen. Sie waren schlimmer als die Mücken, die permanent um ihn herumschwirrten.

„Ich bin nicht sicher, wie lange ich hier sein werde. Ich wollte nicht länger als einen Monat bleiben. Jetzt, wo es Charlotte offenbar besser geht, könnte ich abreisen, aber …" Abigail hielt inne und Ethan spürte, dass sie versuchte, ihre Worte sorgsam zu wählen. „Ich habe heute einen verstörenden Brief bekommen."

Obwohl sie nicht mehr sagte, vermutete Ethan, dass der Brief von Woodrow stammte. Der Mann war ein Dummkopf, wenn er etwas gesagt hatte, das Abigail verärgerte. Ethan zuckte zusammen, als ihm klar wurde, das er derjenige gewesen war, der sie heute Morgen verärgert hatte. Er war wohl kaum derjenige, der mit Steinen werfen durfte. Aber das bedeutete nicht, dass er Woodrows Namen ins Spiel bringen würde. Stattdessen bemerkte er: „Heute muss wohl der Tag der unangenehmen Briefe sein. Ich habe auch einen bekommen." Er ballte die Fäuste, als er sich an dessen Inhalt erinnerte. „Ich hasse es, wenn die Menschen glauben, sie wüssten, was das Beste für mich ist."

„Ich weiß, was Sie meinen. Ich mag es gar nicht gern, herumkommandiert zu werden."

„Ich auch nicht."

Abigail zog eine Augenbraue hoch. „Das ist eine seltsame Aussage für einen Mann, der eine Karriere in der Armee eingeschlagen hat."

„Es klingt seltsam, nicht wahr?"

Sie waren um die Ecke des Paradeplatzes gebogen und näherten sich Abigails Haus. Ethan verlangsamte seine Schritte, denn er wollte nicht, dass ihre Unterhaltung endete. „Es ist allerdings etwas anders, wenn die Befehle von meinem Hauptmann kommen. Es ist seine Aufgabe, Befehle zu erteilen, und meine, sie zu befolgen. Ich wusste das, als ich zur Armee gegangen bin. Ich verstehe die Befehle vielleicht nicht immer, aber ich weiß, dass dies das Leben ist, für das ich bestimmt bin."

Abigails Lächeln wurde unsicher. „Ich wünschte, ich wäre mir auch so sicher. Früher war ich es, aber jetzt … jetzt bin ich es nicht mehr."

Das Eingeständnis überraschte Ethan. Die Abigail, die er kannte – die Abigail, die er zu kennen *glaubte* –, war das personifizierte Selbstvertrauen. Was war geschehen, dass sich das geändert hatte?

„Was dachten Sie, dass Sie tun sollten?", fragte er.

Pfütze winselte, weil er verärgert darüber war, dass sein Frauchen nicht so schnell vorankam, wie er sich das wünschte. Abigail hob das Tier auf und drückte es an sich. „Ich habe mir vorgestellt, dass ich heiraten und meine Kinder aufziehen würde." Sie schenkte Pfütze ein Lächeln und streichelte ihm die Ohren. „Ich wünschte mir sechs Kinder – drei Mädchen und drei Jungen – und dass wir alle in einem Haus in der Nähe eines Sees leben würden."

Ethan versuchte, nicht die Stirn zu runzeln. Es war doch völlig egal, dass es keine Seen in diesem Teil von Wyoming gab. Sie würde sowieso nicht hierbleiben. „Das klingt, als ob Sie sich schon alles durchdacht hätten." Er sollte diese Unterhaltung nicht fortführen, denn es war, als würde er den Schorf von einer gerade erst verheilten Wunde reißen.

Abigail setzte Pfütze auf den Boden zurück. „Das ist es, wovon ich dachte, dass ich es wollte", sagte sie sanft, „aber ich bin nicht sicher, ob es Gottes Plan ist. Und das beunruhigt mich."

„Ich bin wohl kaum derjenige, der Ihnen in dieser Hinsicht Ratschläge erteilen sollte, aber Sie sind die Tochter eines Pfarrers. Wenn Sie Ihren Vater gefragt hätten, was hätte er gesagt?"

Abigails Augen weiteten sich, dann lächelte sie. „Das ist einfach. Papa hätte gesagt, dass es nur einen Weg gibt, das herauszufinden, und zwar, indem man ihn fragt. Gott, meine ich."

Ihre eigenen Worte hallten noch durch ihren Kopf, als sie ihr Zimmer betrat. Gott fragen. Das hatte sie getan. Oder nicht? Abigail starrte auf den Boden. Hatte sie wirklich gefragt oder hatte sie Gott nur gesagt, was sie wollte, und dann darauf gewartet, dass er ihre Pläne billigte? Sie fürchtete, dass sie Letzteres getan hatte. Vielleicht war das der Grund, warum sie keine Antwort erhalten hatte.

Sie sank langsam auf ihre Knie und neigte den Kopf zum Gebet. *Vater im Himmel, es tut mir leid. Ich vertraue dir. Ich weiß, dass du Pläne für mich hast und dass sie besser sind als meine eigenen Wünsche. Zeig mir* deinen *Plan.* Es gab keine Antworten, nichts als das Gefühl von Frieden, das ihr Herz erfüllte. Das war fürs Erste genug. Die Antworten würden kommen.

Eine halbe Stunde später hörte Abigail, wie sich Charlotte im Nebenraum bewegte. Da sie wusste, dass Jeffrey nicht zu Hause war, öffnete Abigail die Zwischentür. Ihre Schwester saß aufrecht im Bett. Ihre Gesichtsfarbe war besser als heute Morgen.

„Bürstest du mir die Haare?"

Es war das erste Mal, dass Charlotte Abigail bat, etwas zu tun, das während ihrer Kindheit ein allabendliches Ritual gewesen war. Abigail lächelte, als sie begriff, dass dies die Antwort war, die sie gesucht hatte. Charlotte brauchte sie – und wenn es nur war, um ihr die Haare zu bürsten.

Als Abigail nickte, stieg Charlotte aus dem Bett und setzte sich auf den Frisierhocker. „Ich will für Jeffrey hübsch aussehen", sagte sie, als sie Abigail die Bürste mit dem silbernen Griff reichte. „Ich habe ihn so sehr vermisst."

„Natürlich hast du ihn vermisst. Er ist dein Ehemann." Abigail konnte es nicht verhindern, dass sich die Erinnerung an das Parfum der Frauen von der Schweinefarm in ihre Gedanken schlich. Sie wollte Charlotte nicht beunruhigen, indem sie davon sprach, und doch konnte sie es nicht vergessen.

Offensichtlich hatte Abigail laut aufgeseufzt, denn Charlotte betrachtete im Spiegel prüfend Abigails Gesicht. „Ich weiß, dass du Woodrow vermisst. Und deshalb finde ich – auch wenn ich es sehr genieße, dich hier zu haben –, dass du nach Hause zurückkehren solltest. Du verdienst dein eigenes Leben."

Abigail schüttelte den Kopf. „Nicht bis ich sicher bin, dass du mich nicht mehr brauchst. Du bist der Grund, aus dem ich hierhergekommen bin."

„Ich weiß das und ich schätze es sehr, aber ich habe Jeffrey."

Konnte sich Charlotte auf Jeffrey verlassen? Abigail war sich nicht sicher. „Ich mache mir immer noch Sorgen um dich, Schwesterchen." Es war die liebevolle Bezeichnung, die sie als Kinder benutzt hatten. Abigail benutzte sie absichtlich, weil sie hoffte, dass diese Charlotte zum Lächeln bringen würde.

Das tat sie. „Es gibt keinen Grund zur Sorge", beharrte ihre Schwester. Obwohl sie mit fester Stimme sprach, überzeugten ihre Worte Abigail nicht. „Ich komme zurecht. Du musst nach Hause fahren. Woodrow wartet auf dich."

Abigail zog die Bürste durch Charlottes Haar, bis es knisterte. „Ich werde nach Hause fahren, aber erst am Ende des Sommers."

Als Charlotte zu protestieren begann, hob Abigail abwehrend die Hand. „Ich hab darüber gebetet, Charlotte, und ich glaube, dass es das ist, was Gott will. Wenn Woodrow und ich ein Leben zusammen haben sollen, wird er auf mich warten. Mein Platz ist hier bei dir."

Und bei Leah und Ethan. Vielleicht würde sie an dieser Aufgabe scheitern, doch sie musste irgendwie versuchen, Leah zu helfen. Auch Ethan brauchte Hilfe, selbst wenn er es nicht zugeben würde. Abigail war sich nicht sicher, was sie tun konnte. Alles, was sie wusste, war dies: Gott wollte, dass sie etwas tat. Und bis sie wusste, was das wäre, würde sie Wyoming nicht verlassen.

Kapitel 9

Der Baron war angekommen. Auch wenn seine Schritte für einen Mann recht leichtfüßig waren, kündigte die Wolke von Zigarettenrauch, die ihn umgab, seine Anwesenheit an. Frances schloss die Tür zu ihren Privaträumen und ging zurück in den Raum, in dem sie und der Baron ihre Geschäfte abwickelten. Niemand – nicht einmal der Baron – hatte Zutritt zu ihren Gemächern. Anders als die Mädchen, die sie anheuerte, unterhielt sie keine Männer in ihren Privaträumen. Dort war der Ort, an dem sie Erinnerungen an ihre Vergangenheit aufbewahrte, handfeste Beweise dafür, dass die Frau, die jeder in diesem Teil von Wyoming unter dem Namen Peg kannte, in Wirklichkeit Frances Colfax war, ein früherer Bühnenstar. Selbst der Baron, der dachte, alles über sie zu wissen, ahnte nichts davon.

„Willst'n Whiskey?"

Natürlich wollte er. Der Mann, der genauso wenig ein Baron war, wie sie Peg hieß, wollte immer einen. Sie füllte eine großzügige Portion in ein Glas, bevor sie eine kleinere Menge in ein anderes Glas goss. Es wäre gefährlich, ihren Verstand zu betäuben. Wenn der Baron hier war, musste sie klar denken können.

„Was hast du für mich?", fragte er, als er die bernsteinfarbene Flüssigkeit hinuntergeschüttet hatte und ihr das Glas hinhielt, damit sie noch einmal nachschenkte. Abgesehen von seiner ausladenden Nase fand Frances nichts besonders auffällig an dem Mann, der seit sechs Jahren ihr Geschäftspartner war. Er war mittelgroß mit stahlgrauem Haar und hellblauen Augen. In dem gut geschnittenen Anzug, den er heute trug, spielte er perfekt die Rolle des Viehbarons, der er zu sein behauptete. Doch Frances wusste, dass er sich in Jeans, Cowboyhut und Baumwollhemd genauso mühelos in eine Gruppe von Farmern einreihen würde.

Sie wusste auch, dass er ihre Antwort nicht begrüßen würde. „Vor allem Revolver."

Sie öffnete die Kiste, die sie heute Morgen in den Raum gezogen hatte. Zum Vorschein kamen ein Dutzend Revolver und zwei Gewehre.

Die Lippen des Barons wurden schmaler. „Springfields sind mehr wert."

Er nahm eines der Gewehre aus der Kiste und richtete es auf sie. Eine andere Frau wäre vielleicht zusammengezuckt, aber Frances wusste, dass es sich um eine leere Drohung handelte. Selbst wenn das Gewehr geladen wäre – was nicht der Fall war –, würde der Baron sie nicht erschießen. Eines Abends, als er mehr Whiskey als üblich getrunken hatte, hatte er ihr offenbart, dass er zwar wenig Skrupel hatte, aber keine Frauen oder Kinder töten würde. Wenn es unvermeidbar war, besänftigte er sein Gewissen damit, dass er jemand anderem befahl, den Abzug zu drücken.

„Ich bin nicht dumm, Baron. Ich kenne den Wert von Gewehren. Das Problem ist, dass unser *Freund*" – Frances würzte das Wort mit Verachtung – „gesagt hat, dies sei alles, was er kriegen konnte. Die Dinge sind nicht mehr wie früher, seit die Kavallerie das Fort verlassen hat. Weniger Männer bedeuten weniger Waffen."

Der Baron legte das Gewehr in die Kiste zurück. „Das wird für diese Woche genügen. Man munkelt, dass sich nächste Woche ein paar reiche Leute auf den Weg nach Deadwood machen. Es wäre eine echte Schande, wenn man die Gelegenheit verstreichen ließe, sie näher kennenzulernen, findest du nicht?"

Frances nickte, während ihr verschiedene Möglichkeiten durch den Kopf gingen. Es war zu früh, um erneut Mrs Dunn auf die Reise zu schicken. Wer würde sie dieses Mal sein? Eine wohlhabende Witwe? Eine unverheiratete Tante? Eine alternde Schullehrerin? Sie würde die richtige Rolle finden und sie genauso perfekt wie früher auf der Bühne spielen.

„Noch etwas", sagte der Baron, als er die Kiste auf die Tür zu schleifte. „Ich habe gehört, dass jemand nach Großnases Versteck sucht. Könnte sein, dass es unser Freund im Fort ist. Wenn ja, sollte er sich schon mal darauf vorbereiten zu teilen."

Frances schenkte sich ein weiteres Glas Whiskey ein und fragte sich, ob an dieser Behauptung des Barons etwas dran war. Sie bezweifelte, dass es in Wyoming irgendjemanden gab, der nicht von George Parrott, besser bekannt als Großnase, gehört hatte. Als einer der skrupellosesten und erfolgreichsten Gesetzlosen der Gegend war er vor einigen Jahren seinem Schicksal in Form eines Galgenstricks begegnet. Er hatte nur wenig Trauernde, dafür aber viele Neugierige hinterlassen, die sich den Kopf darüber zerbrachen, wo er eine große Schiffsladung Gold versteckt hatte, die er kurz zuvor erbeutet hatte.

Gewehre waren gut, Juwelen von Postkutschenreisenden noch besser – aber nichts konnte mit Großnases Gold mithalten. Es war an der Zeit herauszufinden, was der Mann im Fort wusste.

Der Unabhängigkeitstag war endlich gekommen und der Wind von Wyoming heulte heute ausnahmsweise einmal nicht. Es war sogar beinahe ruhig – eine Seltenheit und etwas, das die Freude an dem Feiertag bei allen vergrößern würde. Abigail war nicht überrascht, dass sich die Soldaten so sehr auf diesen Feiertag freuten. Selbst jetzt, wo es das Baseballtraining gab, war ihr Leben noch eintönig, sodass die Feiern eine willkommene Ablenkung waren. Was Abigail aber sehr wohl überraschte, war Charlottes Begeisterung. Es schien, als sei niemand so aufgeregt wie ihre Schwester. Seit sie sich von ihrer letzten Schwächephase erholt hatte, platzte sie fast vor Energie. Charlotte ließ Mrs Channing nicht nur zusätzliche Süßigkeiten für die Männer backen, sondern hatte – obwohl Abigail protestierte – darauf bestanden, ein neues Kleid für ihre Schwester zu nähen.

„Du hast nichts Patriotisches", hatte Charlotte erklärt, als Abigail vorgeschlagen hatte, dass sie eins der Kleider tragen könne, die sie aus Vermont mitgebracht hatte. „Dies ist der Geburtstag unserer Nation. Du musst passend gekleidet sein, und das bedeutet in Rot, Weiß und Blau."

Zielsicher hatte Charlotte einen tiefroten Baumwollstoff für Abigails Tunika ausgewählt und ihn mit weißer Spitze verziert. Kragen, Ärmelaufschlag und Unterkanten waren mit breiter Spitze umsäumt, während eine schmalere Spitze, die vorne am Oberteil appliziert war, den Anschein vermittelte, Abigail würde eine Jacke tragen. Obwohl Charlotte versprochen hatte, einen passenden roten Rock zu nähen, würde Abigail heute die elegante Tunika über einem marineblauen Rock tragen, damit sie gehorsam alle Farben der Nation in ihrer Kleidung vereinigte. Charlotte hatte Abigails Strohhut mit breiten blauen Bändern und roten Rosetten besetzt und rote und blaue Rüschen und Bänder an ihrem weißen Sonnenschirm befestigt.

„Es ist wunderschön."

Abigail drehte sich vor dem Standspiegel. Nachdem sie sich ausgiebig bewundert hatte, wandte sie ihre Aufmerksamkeit ihrer Schwester zu. Obwohl Charlottes Kleid viel schlichter war als Abigails, war der Entwurf trotzdem bemerkenswert. Da Charlotte endlich begonnen hatte, Gewicht zuzulegen, und ihr Korsett nicht mehr so eng schnüren konnte wie vorher, hatte sie ein einteiliges, leicht tailliertes Kleid aus demselben marineblauen Stoff entworfen, den sie für Abigails Rock benutzt hatte. Die dunkelroten Ärmelaufschläge und der dunkelrote Kragen hoben das tiefe Blau hervor. Während die Knöpfe, die das Kleid in Wirklichkeit zusammenhielten, von einer Leiste verdeckt waren, schien das Kleid von kunstvoll geflochtenen Zierverschlüssen gehalten zu werden, die eleganter geflochten waren, als Abigail das je zuvor gesehen hatte. Diese Verschlüsse verliefen vom Stehkragen bis zum Saum und versahen Charlottes Kostüm mit einer auffallenden weißen Verzierung.

„Dank dir sind wir sicherlich die bestgekleideten Frauen am Standort." Abigail lächelte. Obwohl jeder in Fort Laramie ihre Beziehung kannte, schien die Tatsache, dass Charlotte für ihr Kleid und Abigails Rock denselben Stoff benutzt hatte, noch einmal zu betonen, dass sie Schwestern waren. Das fühlte sich gut an.

Die Zweifel, die Abigail hinsichtlich ihrer Reise nach Wyoming gehegt hatte, waren verschwunden. Hier war der Ort, an dem sie sein sollte. Sie war sich dessen sicher, auch wenn sie noch nicht genau wusste, was sie tun sollte. Sie war inzwischen dreimal zu der großen Pappel geritten und hatte nach Leah Ausschau gehalten, aber die Frau war nicht dort gewesen. Und obwohl sie Ethan jeden Tag bei den Mahlzeiten und zweimal in der Woche bei den Baseballspielen sah, hatte sie immer noch keine Idee, wie sie ihm helfen konnte. Abigails Hoffnungsschimmer bestand darin, dass Charlotte glücklich war.

Abigail lächelte ihrer Schwester ein weiteres Mal zu. „Ich weiß nicht, wie ich dir für dieses wundervolle Kleid danken soll."

Charlotte zuckte die Achseln, als seien die Stunden, die sie beim Entwerfen und Nähen des Kleides zugebracht hatte, nicht von Bedeutung. „Du weißt, dass ich liebend gerne nähe und dass ich jede Menge Zeit habe. Abgesehen davon macht es mir Freude, wenn jemand etwas trägt, das ich gemacht habe."

Abigail fragte sich, ob Charlottes gelöste Stimmung zum Teil auch damit zusammenhing, dass es jetzt, wo Abigail da war, mehr Dinge gab, mit denen sie ihre Tage ausfüllen konnte. Wenn das wahr war, was würde dann passieren, wenn Abigail am Ende des Sommers nach Vermont zurückkehrte? Charlottes Worte ließen eine Idee in ihr erwachen.

„Ich habe gehört, dass sich ein paar der Offiziersehefrauen darüber beklagt haben, wie schwierig es ist, wegen Kleidungsanproben nach Cheyenne zu fahren. Hast du mal in Erwägung gezogen, die Schneiderin des Standorts zu werden?"

Zuerst bestand der einzige Hinweis darauf, dass Charlotte die Frage gehört hatte, in einer kaum wahrnehmbaren Anspannung ihrer Lippen. Dann schüttelte sie langsam den Kopf. „Ich habe tatsächlich darüber nachgedacht, als wir neu angekommen waren, aber Jeffrey war nicht einverstanden. Er glaubt, dass es seine Verantwortung ist, seine Familie zu versorgen."

Und wenn Jeffrey eine Entscheidung getroffen hatte, war es unwahrscheinlich, dass er sie wieder änderte. Abigail steckte eine verirrte Locke zurück in die Frisur ihrer Schwester und sagte: „Wir können von Glück reden, dass Papa nicht dieser Meinung war." Abigail wusste, welch eine wichtige Einkommensquelle in ihrer Kindheit die selbst gemachten Marmeladen und Bonbons ihrer Mutter für ihre Familie gewesen waren.

Das Kopfschütteln zeigte, dass Charlotte anderer Meinung war. „Papa hatte kaum eine Wahl. Immer, wenn wir umgezogen sind, gab es Monate ohne Gehalt."

„Das wusste ich nicht." Abigails Herz zog sich zusammen, als sie sich fragte, was ihr sonst noch so entgangen war.

„Wir sollten es nicht wissen, aber ich habe Mama und Papa einmal darüber reden hören. Ihnen war nicht bewusst, dass ich im

Nebenraum war, als sie sich Sorgen darüber machten, wie sie uns mit Kleidung versorgen sollten. Offenbar war genug Geld für Essen da, aber wir alle drei hatten unsere Kleidung aufgetragen." Charlotte erhob sich und öffnete eine der Schubladen ihres Schreibtisches. Abigail konnte den Schmerz in der Stimme ihrer Schwester hören. „Wenn ich mich recht erinnere, war das das einzige Mal, dass ich Mama habe weinen hören. Sie hatte im Jahr davor ihre Kleider zerschnitten, um daraus Kleidung für uns zu machen, und jetzt hatte sie keine mehr. Am nächsten Tag tauchte eine Kiste mit gebrauchter Kleidung auf unserer Veranda auf."

„Ich erinnere mich daran. Mama hat gesagt, es handele sich um eine Gebetserhörung."

Charlotte drehte sich um und hielt ein Paar Handschuhe in ihren Händen. „Es war nicht die Antwort auf mein Gebet. Das einzige Kleid, das mir passte, war scheußlich grün. Es war das hässlichste Ding, das ich jemals gesehen hatte, und ich habe es gehasst, aber ich konnte nichts sagen, weil ich nicht wollte, dass Mama wieder anfängt zu weinen."

Abigail betrachtete das wunderschöne Kleid, das Charlotte trug. Es war weit entfernt von dem verhassten grünen Kleid.

„Ich erinnere mich an das Kleid", sagte sie sanft, „aber ich erinnere mich nicht daran, dass es hässlich war. Ich erinnere mich daran, dass du einen wunderschönen Kragen und elegante Ärmelaufschläge dafür gehäkelt hast und dass jedes Mädchen in der Schule so eine Garnitur haben wollte."

Charlotte zuckte die Achseln. „Ich musste etwas tun, um es ein wenig ansehnlicher zu machen. Ich habe dieses Kleid nie vergessen. Damals schwor ich mir, dass ich, wenn ich erwachsen bin, nie wieder ein derart hässliches Kleid besitzen werde."

„Und das tust du auch nicht." Abigail fühlte mit dem Mädchen mit, das ihre Schwester gewesen war. Obwohl sie über all die Jahre hinweg Geheimnisse miteinander geteilt hatten, war ihr nie bewusst gewesen, wie sehr Charlotte unter den gebrauchten Kleidungsstücken gelitten hatte. Kein Wunder, dass sie eine so geschickte Schneiderin geworden war. Kleidung hatte für Abigail keine Rolle gespielt. Sie hatte sich danach gesehnt, ein beständiges Zuhause zu haben. Sie fragte sich, was Elizabeth sagen würde, wenn sie hier wäre. Gab es etwas, dass ihre jüngere Schwester in ihrer Kindheit vermisst hatte?

Als sie die Stufen hinuntergingen, brachte Charlotte den offensichtlich todunglücklichen Welpen in den Seitenhof und band ihn an den Baum. „Tut mir leid, aber du kannst nicht mitkommen. Der heutige Tag ist nur für Menschen."

Pfütze winselte.

Abigail lächelte. „Er denkt, er gehört in diese Kategorie."

Kräftiges Gebell schien ihren Eindruck zu bestätigen.

Abigail und Charlotte gingen auf der östlichen Seite des Paradeplatzes entlang und warteten auf das erste Ereignis des Tages, die Galaparade. Sie war für den späten Vormittag geplant, gefolgt von 35 Salutschüssen zur Mittagszeit. Anschließend stand ein besonderes Mittagessen auf dem Programm, das viele Rekruten als Höhepunkt des Tages betrachteten. Die Kompanieköche hatten zusätzliche Rationen Fleisch erhalten und die Offiziersfrauen den Nachtisch beigesteuert. Es würde heute sogar Butter für das Brot geben.

„Bist du sicher, dass es dir gut geht?", fragte Abigail besorgt, während sie und Charlotte auf den Beginn der Parade warteten.

Ihre Schwester nickte. „Ich fühle mich wunderbar, aber auch wenn ich das nicht täte, würde ich das hier um nichts in der Welt verpassen wollen."

Wie aufs Stichwort kündigte ein Signalhorn den Beginn der Parade an. Abigail bemerkte belustigt, dass sie sich aufrichtete und ihre Augen vor Stolz leuchteten, als sie die Männer auf den Paradeplatz marschieren sah. Stolz und aufrecht marschierten sie in exakten Reihen heran. Zumindest im Moment freuten sich diese Männer darüber, Teil der Armee zu sein. Die Parade dauerte zwar schon länger als sonst üblich, aber als sie endete, wünschte sich Abigail, sie würde noch weitergehen.

Als die Männer den Paradeplatz verlassen hatten und auf ihre Kantine zusteuerten, machten sich Abigail und Charlotte auf den Weg zu Mrs Montgomerys Haus, wo sie und Mrs Alcott ein gemeinsames Essen für die Offiziere und ihre Familien arrangiert hatten. Jede Hausfrau brachte mindestens ein Gericht mit, um es mit den anderen zu teilen, während die Gastgeberinnen Getränke zur

Verfügung stellten. Charlotte hatte angeboten, beim Aufbau des Essens zu helfen, doch die beiden Frauen hatten dies freundlich, aber bestimmt abgelehnt. Charlotte solle sich bitte weiterhin ein wenig schonen. Und so standen Charlotte und Abigail auf der Veranda und warteten auf die Ankunft von Jeffrey und Ethan.

Als sich die Männer näherten, stellte Abigail fest, dass sie die beiden miteinander verglich. Als sie ein Kind gewesen war, hatte sie gedacht, dass Soldaten wie die Lebkuchenmännchen seien, die ihre Mutter immer zu Weihnachten gebacken hatte: einer wie der andere. Aber inzwischen wusste sie, wie falsch sie gedacht hatte. Diese beiden Männer waren das perfekte Beispiel. Obwohl Jeffrey einige Zentimeter kleiner war als Ethan, schien er ein größerer Mann zu sein, mit breiteren Schultern und einer kräftigeren Statur. Und anders als Ethan, den jede Frau bewundern würde, war Jeffrey kein Mann, dem man einen zweiten Blick zuwerfen würde … von Charlotte einmal abgesehen. Während der kurzen Zeit, in der Jeffrey um Charlotte geworben hatte, hatte diese ihn zum wundervollsten, bestaussehenden, vornehmsten Mann erklärt, den sie jemals getroffen hatte. Charlotte war verliebt, das hatte Abigail in dem Moment begriffen, in dem sie Jeffrey zum ersten Mal gesehen hatte. Jeffrey war weder gut aussehend noch vornehm. Ethan hingegen waren diese Beschreibungen wie seine Uniform auf den Leib geschneidert.

„Hat Ihnen der Vormittag gefallen?“, fragte das Objekt ihrer Gedanken, als er die Stufen gemächlich hinaufgestiegen war. Jeffrey war mit einem großen Satz hinaufgeeilt und hatte Charlotte für eine private Unterhaltung zur Seite genommen.

Abigail nickte. „Alles bis auf die Geschütze. Ich weiß nicht, ob ich mich jemals daran gewöhnen werde.“ Abigails Meinung zufolge war und blieb eine Waffe gefährlich, auch wenn sie stolz präsentiert wurde. „Die Parade schien mir sogar noch besser als die, die immer sonntags abgehalten wird.“

Ethan lächelte sie an. „Das fand ich auch. Die Männer sind aufgeregt, dass heute der Geburtstag unserer Nation ist.“ Sein Grinsen verbreiterte sich. „Es erinnert uns daran, warum wir stolz darauf sind, Amerikaner zu sein, und warum wir der Armee beigetreten sind.“

Er öffnete die Tür und geleitete Abigail ins Haus, wo die anderen Offiziere und ihre Frauen darauf warteten, sich an dem reichhaltigen Buffet bedienen zu können, das auf dem Tisch aufgebaut war. Die Erwachsenen unterhielten sich angeregt und die Freudenschreie, die durch die Tür drangen, bestätigten, dass auch die Kinder ihr Picknick im Hinterhof genossen. Es war ein Festtag für alle. Doch irgendwie hatte Abigail das Gefühl, als entdecke sie Traurigkeit oder Besorgnis in Ethans Augen, obwohl sein Mund lächelte.

„Ich bezweifle, dass Sie sich heute Sorgen über Deserteure machen müssen." Sie sprach mit leiser Stimme, denn sie wollte nicht, dass die anderen mithörten.

„Das mache ich mir auch nicht." Ethan deutete auf den Tisch. „Jeffrey hat mich darauf hingewiesen, dass niemand so dumm sein würde, sich ein gutes Essen entgehen zu lassen. Wer desertieren will, wird es nicht ausgerechnet heute tun. Das Mittagessen der Männer ist vielleicht nicht so aufwendig, aber auch besser als üblich."

Wenn Ethans Kummer nichts mit einer möglichen Desertation seiner Männer zu tun hatte, dann musste die Ursache nach Abigails Meinung in dem Brief zu finden sein, den er an dem Tag erhalten hatte, an dem sie Woodrows Brief erhalten hatte. Ethan war ihr seitdem ernster vorgekommen. Abigail beschloss insgeheim, ihn beim nächsten Mal, wenn sie allein waren, danach zu fragen.

Das Essen war köstlich; die Unterhaltung war angenehm; Charlotte strahlte vor Freude und badete in Jeffreys Aufmerksamkeit. Es war eine beinahe perfekte Mahlzeit. Und doch wünschte Abigail, sie wäre zu Ende und sie könnte eine Gelegenheit finden, um mit Ethan zu sprechen.

Jeffrey erhob sich. „Wir werden nachher wieder zu euch stoßen." Die Männer mussten sich auf die Aktivitäten des Nachmittags vorbereiten.

Als Ethan und Jeffrey gegangen waren, wandte sich Abigail Charlotte zu und bemerkte, dass ihre Schwester müde aussah.

„Warum ruhst du dich hier nicht ein bisschen aus?", schlug sie vor. „Ich kann nach Pfütze sehen."

Sie waren übereingekommen, dass der Welpe nicht den ganzen Tag allein gelassen werden sollte. Eigentlich hatten die beiden Schwestern geplant, ihn zwischen Mittagessen und dem Nachmittagsprogramm auszuführen.

Als Charlotte nickte, nahm Abigail ihren Sonnenschirm zur

Hand, den ihre Schwester passend zu ihrem Kleid dekoriert hatte. Während sie nach Hause eilte, hoffte sie, dass Pfütze nicht schon wieder Dummheiten gemacht hatte. Gestern hatte er die Freude am Graben entdeckt und den Hof der Crowleys entsprechend umgestaltet. Jeffrey war nicht erfreut gewesen. Als er den Schaden entdeckt hatte, hatte er in einem Ton verkündet, der Abigail an Woodrow erinnerte, wenn er unartige Schüler maßregelte, dass man dem Hund nicht erlauben könne, weiterhin das wenige Gras, das dort wuchs, zu zerstören.

„Sie nehmen den Geburtstag unserer Nation sehr ernst, nicht wahr? Sogar Ihr Sonnenschirm ist patriotisch."

Beim Klang von Ethans Stimme fuhr Abigail zusammen und drehte sich um. „Ich habe Sie nicht kommen hören."

„Sie schienen ganz in Gedanken versunken zu sein. Haben Sie sich gewünscht, daheim in Vermont zu sein?"

Etwas in Ethans Gesichtsausdruck sagte ihr, dass die Frage mehr als eine beiläufige Erkundigung war.

„Nein", antwortete sie wahrheitsgemäß. „Ich bin glücklich, hier zu sein." Das war die Wahrheit. „Ich hab einfach nur darüber nachgedacht, dass mich Jeffrey an jemanden erinnert."

Ethan nickte, als würde er verstehen. „Jeffrey ist ein guter Soldat und ein Ehrenmann. Wenn er Sie an jemanden erinnert, ist das gut, nicht wahr?"

„Ich glaube schon." Glücklicherweise war Woodrow kein Soldat. Er würde nie eine Waffe tragen. Er würde nie einen anderen Menschen töten. Aber Ethan hatte recht. Woodrow war ein rechtschaffener Mann und das war wichtig. Noch wichtiger war die Tatsache, dass er und sie dieselben Dinge vom Leben erwarteten: ein Zuhause, eine Familie, Stabilität. Wenn ihm der Sinn für Humor fehlte, nun … niemand war perfekt.

Sie hatten das Haus der Crowleys erreicht. Wie Abigail befürchtet hatte, buddelte Pfütze begeistert Löcher in den Boden.

„Nein, Pfütze!" Abigail warf dem Welpen einen strengen Blick zu, bevor sie seufzte. „Jeffrey wird nicht glücklich darüber sein." Sie fragte sich, wie sie den Rasen wieder in Ordnung bringen sollte. Selbst wenn sie es tat, gab es keine Garantie, dass Pfütze nicht versuchen würde, einen weiteren Tunnel zu graben.

„Gibt es eine Schaufel?“, fragte Ethan.

Abigails Blick wanderte von dem Hund zu Ethan, der in seine Paradeuniform gekleidet war. Das war wohl kaum eine angemessene Kleidung, um den Garten umzugraben. „Ich dachte, alle würden ihre Uniform für die Spiele wechseln.“

„Alle, die daran teilnehmen, ja“, pflichtete Ethan ihr bei. „Ich tue das nicht. Meine Aufgabe ist es, die Gewinner bekannt zu geben und die Preise zu vergeben. Ich denke, dass es eine größere Bedeutung für die Männer haben wird, wenn ich dabei meine Galauniform trage.“

Wie aufmerksam! „Ich kann Ihnen nicht erlauben, hinter Pfütze herzuräumen, wenn Sie so elegant gekleidet sind“, sagte Abigail mit fester Stimme. „Abgesehen davon wird Pfütze sowieso wieder alles zunichtemachen. Aber ich werde Charlotte vorwarnen. Vielleicht kann sie Jeffrey ein bisschen um den Finger wickeln.“

Als ein kurzer Moment der Stille eintrat, wusste Abigail, dass jetzt der richtige Moment gekommen war. Wenn sie diese Gelegenheit verstreichen ließ, würde sich vielleicht tagelang keine mehr bieten. „Ethan, ich hoffe, Sie haben nicht das Gefühl, dass ich mich in Ihre Angelegenheiten einmische, aber Sie sehen aus, als würde Ihnen irgendetwas zu schaffen machen. Ich bin der Meinung, dass es helfen kann, wenn man darüber spricht.“

Ethan schwieg so lange, dass Abigail befürchtete, er würde überhaupt nicht mehr antworten. „Sie sollten das eigentlich nicht merken. Niemand sollte das.“

„Weil Sie ein Offizier sind und weil Offiziere ihre Probleme allein lösen?“

„Ja“, gab Ethan widerwillig zu.

Das war es also, was Abigail befürchtet hatte: männlicher Stolz in Kombination mit seiner Ausbildung in West Point. „Sie sind auch ein normaler Mensch und Menschen vertrauen sich ihren Freunden an.“ Sie hielt inne und schenkte ihm den Hauch eines Lächelns. „Ich würde gerne glauben, dass ich Ihr Freund bin.“

Er nickte langsam. „Das sind Sie. Aber Sie können sich sicher denken, dass ich es nicht gewohnt bin, über mich selbst zu sprechen.“

Sie würde nachfragen müssen, um etwas zu erfahren. „Sie haben vorhin gesagt, dass Sie sich keine Sorgen um Deserteure machen.“

Als Pfütze winselnd um Aufmerksamkeit bettelte, hob Ethan einen Stock auf und warf ihn über den Hof. Der Welpe jaulte vor Freude auf und rannte hinter der Beute her. Obwohl sie wusste, dass Pfütze die Bewegung nötig hatte, fragte sich Abigail unwillkürlich, ob Ethan den Hund als Hinhaltetaktik benutzt hatte oder ob er ihren Kommentar einfach nur ignorierte.

Sie sah ihn an und war überrascht, als seine Mundwinkel zuckten und sie Belustigung in seiner Stimme hörte. „Ich sagte, dass ich mir heute keine Sorgen darüber mache." Er betonte das Wort *heute*. „Die Wahrheit ist, dass ich mir beinahe jeden Tag Sorgen über Deserteure mache." Sein Tonfall war wieder ernst. „Ich befürchte, dass es einen Zusammenhang mit dem Diebstahl der Revolver gibt; ich befürchte, dass es einen weiteren Überfall auf eine Postkutsche gibt; und ich befürchte, dass …" Seine Stimme verklang, aber die Tatsache, dass seine Lippen schmaler wurden, verriet Abigail, dass die letzte, unausgesprochene Befürchtung die entscheidende war.

„Was befürchten Sie?", fragte sie sanft.

Ethan warf den Stock ein weiteres Mal. Als Pfütze davonjagte, wandte sich Ethan wieder Abigail zu. „Können Sie genau sagen, was Sie an Ihrem Brief so durcheinandergebracht hat?"

Die Frage kam unerwartet, verriet Abigail aber zwei Dinge: Der mysteriöse Brief hatte Ethans größte Sorge verursacht und es widerstrebte ihm, mit ihr über seinen Inhalt zu sprechen. Aber wenn sie ihm von ihrem Brief erzählte, würde er sich ihr vielleicht ebenfalls anvertrauen.

Sie nickte langsam. „Mein Brief war von Woodrow." Als Ethan leicht mit dem Kopf nickte, begriff Abigail, dass er das bereits vermutet hatte. „Er hat darauf bestanden, dass ich umgehend nach Vermont zurückkehre – er hat mir praktisch befohlen, den nächsten Zug zu nehmen."

„Aber das haben Sie nicht getan."

„Nein, das habe ich nicht. Mir ist klar geworden, dass es noch nicht an der Zeit ist abzureisen. Ich habe hier noch etwas zu tun."

Der Nachmittag war so still, dass Abigail das Summen der Insekten im Garten der Nachbarn hören konnte.

„Ich schätze, Sie haben darüber gebetet." Es war kein Spott in Ethans Stimme zu hören, nur Interesse.

„Und dann habe ich zugehört." Abigail lächelte kleinlaut. „Für mich ist das immer der schwierigste Teil – auf Gottes Antwort zu warten. Ich bin zu ungeduldig. Ich will die Antworten sofort, aber das passiert nicht immer."

Als Ethan immer noch nichts sagte, fasste sich Abigail ein Herz und fragte: „Was stand in Ihrem Brief?"

Er lachte ein trauriges Lachen. „Seltsamerweise hatte er Ähnlichkeit mit Ihrem Brief. Die Haushälterin meines Großvaters hat geschrieben, dass er im Sterben liegt und ich nach New York kommen soll, um ihn noch einmal zu sehen."

Die Bitterkeit in Ethans Stimme verriet Abigail, dass er nicht die Absicht hatte, das zu tun. „Warum werden Sie das nicht tun?"

„Wie Sie habe ich hier Dinge zu erledigen."

Es war ein Vorwand. Abigail wusste das. Es gab andere Offiziere im Fort, die seine Pflichten übernehmen konnten, aber er hatte nur einen Großvater. „Die Probleme in Fort Laramie laufen nicht weg. Ihr Großvater schon, wie es scheint."

„Vielleicht, aber er und ich haben uns nichts mehr zu sagen."

Abigail versuchte, die richtigen Worte zu finden. Sie war nicht so anmaßend zu behaupten, dass sie die Beziehung zwischen Ethan und seinem Großvater verstand, aber Papa hatte mehr als eine Predigt darüber gehalten, dass man Frieden schließen musste, bevor es zu spät war.

„Sind Sie sich dessen sicher?", fragte sie.

Ethan zuckte die Achseln, dann schüttelte er den Kopf. „Vielleicht sollte ich darüber beten. Aber jetzt ...", er zog seine Uhr heraus, „... ist es an der Zeit, auf den Paradeplatz zurückzukehren."

Obwohl sie wusste, dass das Problem noch nicht gelöst war, spürte Abigail, dass sich Ethans Stimmung gebessert hatte. Sie betete, dass es so bleiben würde.

Der Nachmittag war noch unterhaltsamer, als sie zu hoffen gewagt hatte. Den Höhepunkt des Tages bildeten die Wettrennen: zu Fuß, mit einem Sack und – Abigails Favorit – das langsame Maultierrennen. Sie und Charlotte amüsierten sich großartig, während die Männer versuchten, ihre Maultiere voranzutreiben, das allerdings nur notdürftig. Die Regeln besagten, dass derjenige gewann, dessen Maultier als letztes die Ziellinie überquerte. Allerdings galt auch, dass man disqualifiziert wurde, wenn ein Maultier mehr als zwei Sekunden lang stehen blieb. Und Maultiere, die streitsüchtiger waren als Hähne und schwerer zu dressieren als Welpen, neigten nun mal dazu, sich dann und nur dann zu bewegen, wenn sie es wollten.

„Jetzt verstehe ich, warum es nicht erlaubt ist, Hunde mitzubringen. Ihr Bellen könnte die Maultiere zum Rennen bringen."

„Oder zumindest zum Traben." Charlotte legte ihren Arm um Abigails Taille und lächelte. „Ich bin so froh, dass du da bist. Das macht den Tag noch viel schöner." Charlotte beugte sich vor und flüsterte leise in Abigails Ohr: „Vielleicht wirst du nächstes Jahr mit Woodrow herkommen."

Abigail sah sich auf dem Paradeplatz um und versuchte vergeblich, sich Woodrow hier vorzustellen. „Vielleicht."

Die Rennen gingen weiter, bis es Zeit für das Abendessen war, und dann, nach einer weiteren außerordentlich leckeren Mahlzeit, begann das Tanzen.

„Ich hoffe, ich werde Ihnen nicht auf die Füße treten", sagte Oliver, als er Abigail in die Mitte des Paradeplatzes führte. Wieder einmal war er der Erste gewesen, der um einen Tanz gebeten hatte, Ethan der Zweite. Charlotte hatte zwar bei dem Gedanken daran, am Rand zu sitzen, die Nase gerümpft. Doch folgsam hatte sie auf Mrs Graysons Ratschlag gehört, auf lebhafte Aktivitäten zu verzichten, und saß jetzt auf einer der Bänke, die die offene Fläche säumten. Da Jeffrey nirgends zu sehen war, hatte sich Ethan bereit erklärt, bei Charlotte zu bleiben, bis er mit dem Tanzen an der Reihe war.

„Ich bin sicher, dass Sie mir die Zehen nicht zerquetschen werden", sagte Abigail zu Oliver. „Sie tanzen gut." Das war keine übertriebene Höflichkeit. Obwohl er einen etwas unbeholfenen Gang hatte, was auch beim Exerzieren auffiel, waren Olivers tänzerische Fähigkeiten einwandfrei.

„Das liegt daran, dass ich mit Ihnen tanze", sagte er. „Sie sind die beste Partnerin, die ich jemals hatte."

Das allerdings war Schmeichelei, denn in diesem Moment hatte Abigail einen Schritt verpasst. Sie war mit dem Absatz ihres Schuhs am Rand des geölten Segeltuchs hängen geblieben, das auf den Paradeplatz gelegt worden war, um einen Tanzboden zu bilden, und stolperte jetzt beinahe in Olivers Arme. Es war nur seinen schnellen Reflexen zu verdanken, dass sie nicht stürzte.

„Kann ich noch einen Tanz bekommen?", fragte Oliver, als der Tanz zu Ende war.

„Um Ihre Zehen zu riskieren?" Abigail schüttelte den Kopf. „Ich fürchte nicht. Es ist ungehörig für eine unverheiratete Dame, mehr als einen Tanz mit einem Mann zu tanzen, mit dem sie nicht verheiratet oder verlobt ist. Jedenfalls sagt das meine Schwester." Obwohl sie ganz eindeutig die Grenzen überschritten hatte, als sie mit Leah gesprochen hatte, war Abigail heute Nacht nicht bereit, irgendwelche gesellschaftlichen Regeln zu brechen.

Oliver zuckte die Achseln. „Dann gibt es kein Problem. Sie müssen nur einwilligen, mich zu heiraten." Er trat einen Schritt zurück und legte seine Hand auf sein Herz. „Wollen Sie mir die Ehre erweisen, meine Frau zu werden?"

Er meinte das nicht ernst. Das konnte er nicht. Und doch funkelten Olivers Augen nicht übermütig und scherzend, sondern es stand tiefe Ernsthaftigkeit darin. Abigail atmete einmal tief durch und begann die Worte aufzusagen, die sie ihren Schülerinnen einzubläuen versucht hatte: „So sehr mich Ihr Antrag auch ehrt – ich fürchte, ich muss ..."

Olivers Gesichtsausdruck verfinsterte sich. „Sie müssen nicht weitersprechen. Ich weiß schon, dass Ihre Antwort Nein ist." Er warf ihr einen fast trotzigen Blick zu. „Ich weiß, dass ich Sie überrascht habe. Das nächste Mal wird es anders sein. Sie werden feststellen, dass ich nicht so leicht aufgebe."

Bevor Abigail antworten konnte, tauchte Ethan an ihrer Seite auf, um den versprochenen Tanz einzufordern.

„Sie hat mich abgewiesen", verkündete Oliver, als er sich auf den Weg zu Charlotte machte.

Ethan sah Abigail an und lachte. „Was hat er gemacht, hat er Sie um einen zweiten Tanz gebeten?"

„Das war die erste Frage. Dann hat er mir auch einen Heiratsantrag gemacht, obwohl ich bezweifle, dass er es ernst gemeint hat."

Als die Musik wieder einsetzte, zog Ethan sie in seine Arme. „Er hat es ernst gemeint. Oliver meint es stets ernst, wenn er sich verliebt. Das Problem ist nur, dass er sich *immer* verliebt, wenn eine unverheiratete Frau ins Fort kommt. Meistens legt sich das genauso schnell wieder."

„Das dachte ich mir." Abigail lächelte, als sie in Ethans Armen über den behelfsmäßigen Tanzboden wirbelte. Mit Oliver war der Tanz scheinbar endlos gewesen, sie hatte die Unebenheit der Plane unter ihren Füßen gespürt und sich in seinen Armen unbehaglich gefühlt. Jetzt aber fühlte sich Abigail, als würde sie ein paar Zentimeter über der Oberfläche schweben. Auch erschien ihr die Tatsache, dass sie auf Segeltuch anstelle von gebohnertem Holz tanzte und dass die Mücken um sie herumschwirrten, plötzlich wie ein Abenteuer, nicht wie ein Zugeständnis an die Realität eines Lebens an einem Armeestandort.

Als sie am Rand der Tanzfläche vorüberwirbelten, bemerkte Abigail, wie Oliver Charlotte anlächelte. „Wenn ich mich nicht irre", sagte sie zu Ethan, „hat sich Leutnant Seton von seiner Enttäuschung schon erholt."

„Ein wankelmütiger Mann." Ethan zog sie ein wenig dichter an sich heran. „Ich wäre niemals so unreif."

„Erzählen Sie mir nicht, dass Sie noch niemals Liebeskummer verspürt haben."

„Ist aber so", beharrte er. „Wie könnte ich aufgehört haben, in jemanden verliebt zu sein, wenn ich noch nie damit angefangen habe?"

Obwohl er seine Worte leichtfertig und lachend ausgesprochen hatte, spürte Abigail, dass mehr dahintersteckte als das, was er sagte. Jetzt war allerdings nicht die richtige Zeit, um danach zu fragen. Stattdessen stieg sie auf seinen beiläufigen Tonfall ein. „Das ist ein echtes Problem."

„Und zwar eins, das Sie nicht teilen."

„Oh doch." Abigail setzte eine gespielt ernsthafte Miene auf. „Als ich acht Jahre alt war, war ich davon überzeugt, dass der Lieferjunge des Lebensmittelhändlers – er war ganze zehn Jahre alt und in meinen Augen ein erwachsener Mann – mein Ritter in schimmernder Rüstung sei."

Sprühende Heiterkeit hatte die Dunkelheit aus Ethans Augen verdrängt. „Und was passierte dann?"

„Er gab Charlotte einen Strauß Löwenzahn.“ Abigail blinzelte mit den Augen, als versuche sie, die Tränen zurückzuhalten. „Mein Herz war gebrochen … mindestens einen Tag lang.“

Genau wie sie gehofft hatte, fing Ethan an zu lachen.

Ethan stand am Rand des Paradeplatzes und sah den Tänzern zu, wie sie ihre Plätze einnahmen. Er blickte hoch in den Himmel und versuchte abzuschätzen, wie lange es noch dauern würde, bevor das Feuerwerk begann. Er hatte keine Tanzverabredung mehr. Es lag sicher daran, dass es zu viele Männer gab, die tanzen wollten – es lag aber auch daran, dass er nicht gern tanzte … außer mit Abigail. Sie war anders als alle Frauen, die er bis jetzt getroffen hatte – klug, fürsorglich und in der Lage, über sich selbst zu lachen. Wäre er ein Mann, der auf Freiersfüßen wandelte – was er ganz bestimmt nicht war –, dann wäre sie die Art Frau, die er gerne heiraten würde. Aber auch wenn er sie gerne heiraten würde, gab es da noch ein Hindernis: Woodrow.

„Ist sie nicht wundervoll?“ Olivers Stimme klang genauso verzückt wie noch vor einigen Wochen, als er behauptet hatte, in Miss Smyth verliebt zu sein, die letzte Wäscherin des Standorts.

Obwohl er genau wusste, wen Oliver meinte, konnte Ethan es sich nicht verkneifen, seinen Freund ein bisschen aufzuziehen. „Ist wer nicht wundervoll?“

Olivers Augen weiteten sich, als wäre die Antwort vollkommen offensichtlich. „Miss Harding. Abigail. Sie ist die wundervollste Frau, die ich jemals getroffen habe.“

Ethan konnte dieser Einschätzung nicht widersprechen, auch wenn er sich Abigail nicht als Mrs Oliver Seton vorstellen konnte. „Du denkst, dass sie wundervoll ist, obwohl sie dich abgewiesen hat?“

„Sie wird ihre Meinung ändern. Ich weiß, dass sie das tun wird. Ich sage dir, Ethan, sie ist die richtige Frau für mich, auch wenn sie nicht so schön ist wie ihre Schwester.“

Ethan blinzelte vor Überraschung. „Du findest, dass Mrs Crowley hübscher ist als Abigail Harding?“

Oliver nickte. „Jeder Mann, der Augen im Kopf hat, kann das sehen, aber Jeffrey hat sie zuerst entdeckt. Dieser Glückspilz. Miss Harding ist die Nächstbeste."

Dass Abigail als „Nächstbeste" bezeichnet wurde, ließ Ethan die Fäuste ballen. Charlotte hatte einen hübschen Kopf, der allerdings mit nicht viel mehr als Luft gefüllt war. Sie hätte niemals versucht, ihn von seiner schlechten Laune zu befreien, wie Abigail das getan hatte, denn Charlotte hätte niemals bemerkt, dass er Trübsal blies. Nächstbeste? Hah!

„Du bist verrückt, Oliver. Jedermann kann sehen, dass Abigail etwas Besonderes ist, viel besonderer als ihre Schwester. Ich bestreite nicht, dass Mrs Crowley hübsch ist, aber Abigail hat vielmehr Klasse."

Oliver kniff seine Augen zusammen, während er Ethan betrachtete. „Das klingt, als seist du selbst an ihr interessiert."

Lächerlich. Der Gedanke war absurd. „Das bin ich natürlich nicht. Ich lege nur die Fakten dar."

„Ich warne dich, Ethan. Du stehst vielleicht über mir, was die Armee betrifft, aber du solltest besser kein Auge auf Miss Harding werfen, denn ich gedenke sie zu heiraten." Ohne auf eine Antwort zu warten, schritt Oliver davon.

Ethans Blick verfinsterte sich. Es gab keinen Grund, weshalb Olivers Worte einen bitteren Geschmack auf seiner Zunge hinterlassen sollten. Schließlich war es sonnenklar, dass keiner von ihnen Abigail Harding heiraten würde. Warum also machte es ihm etwas aus, dass Oliver so entschlossen war, um sie zu werben? Das war albern, schalt er sich selbst, schlicht und ergreifend Dummheit.

Ethan ging um den Paradeplatz herum. Nein, er hielt nicht nach Abigail Ausschau. Er wollte nur etwas Sinnvolles tun, bis das Tanzen endete. Es war ihm egal, ob sie tanzte. Es war ihm sogar egal, ob sie Oliver einen zweiten Tanz gewährte. Es spielte keine Rolle. Aber obwohl er sich sagte, dass es ihm egal war, suchten Ethans Augen den Tanzboden ab und hielten nach einer schönen Frau in einem rot-weiß-blauen Kleid Ausschau.

Da war sie. Ethan spürte, wie er erbleichte. Was um alles in der Welt tat sie *jetzt*?

Der Mann war offensichtlich unglücklich. Während die anderen Soldaten, die nicht tanzten, in Gruppen zusammenstanden, miteinander sprachen und gestikulierten und eine angenehme Zeit zu haben schienen, stand er allein da. Sein Rücken war der Menschenmenge zugekehrt und seine hängenden Schultern verrieten seine Gefühle. Abigail runzelte die Stirn, als sie in ihm den Soldaten erkannte, der ihr im Stall geholfen hatte. Korporal Keller. Er war an jenem Tag freundlich und zuvorkommend gewesen, doch jetzt schien ihn irgendetwas zu beschäftigen und unglücklich zu machen. Unwillkürlich kam Abigail der Gedanke an Desertation. Sicher hatte der Korporal nicht vor, die Armee zu verlassen, und doch … Ethan hatte gesagt, dass etliche der zuletzt verschwundenen Deserteure deutschsprachig gewesen waren. Einer der Möchtegern-Postkutschenräuber war deutscher Abstammung gewesen. Konnte es sein, dass Korporal Keller zu ihnen stoßen wollte?

Abigail setzte ein Lächeln auf und näherte sich dem Soldaten.

„Korporal Keller, ich habe mich gefragt, ob ich Sie um einen Gefallen bitten darf."

Als er sich mit verwundertem Gesichtsausdruck zu ihr umdrehte, fuhr sie fort: „Es scheint, als bräuchte ich eine Pause vom Tanzen. Ich weiß, dass es fürchterlich dreist von mir ist, aber würden Sie mir ein wenig Gesellschaft leisten?"

Sie wollte nicht mit ihm tanzen, denn das würde Charlotte nicht gefallen, aber sicher gab es keine Vorschriften, die es der Schwägerin eines Offiziers verboten, mit einem Rekruten zu sprechen.

„*Ja*", sagte Korporal Keller auf Deutsch und nickte. „Es wäre mir eine Ehre."

Während sie sich ein Stück von der Tanzfläche entfernten, lächelte Abigail den Korporal an. „Gefallen Ihnen die Feierlichkeiten?"

Seit sie ihn angesprochen hatte, schien er über das, was ihn beschäftigt hatte, nicht mehr nachzudenken. Vielleicht hatte sie sich geirrt. Vielleicht war nur ein kurzer Moment der Melancholie über ihn gekommen, vielleicht hatte er gar nicht über Desertieren nachgedacht.

Er rümpfte die Nase und tat so, als wäre er verärgert.

„Es wäre besser gewesen", sagte er, wobei er erneut mit starkem Akzent, aber fehlerfrei sprach, „wenn mein Maultier langsamer gewesen wäre." Er hatte den zweiten Platz im langsamen Maultierrennen belegt. „Aber es war ein guter Tag."

Abigail dachte über den Tag nach und versuchte sich daran zu erinnern, was sie den Korporal hatte tun sehen. „Sie mussten für ein paar der Männer Anweisungen übersetzen, nicht wahr?"

Dem Korporal rutschte erneut ein deutsches „*Ja*" heraus. „Ich meine *yes*", fuhr er auf Englisch fort. „Sie möchten lernen, besser zu sprechen, aber es ist schwierig."

„Warum? Ich habe gedacht, die Garnison würde den Männern genauso Unterricht erteilen wie den Kindern."

„*Ja*, aber …" Der Ausdruck auf dem Gesicht des Korporals wurde ernst. „Der Lehrer ist nicht sehr geduldig. Er gibt einem das Gefühl, ein *Dummkopf*" – wieder benutzte er ein deutsches Wort – „zu sein."

Abigails Blick hatte jetzt Ähnlichkeit mit dem von Korporal Keller. „Das ist furchtbar. Kein Lehrer sollte so etwas tun."

„Er ist der beste, den wir haben", erwiderte Korporal Keller. „Besser als überhaupt keiner. Das sage ich immer den anderen. Wir lernen etwas."

„Was lehrt er Sie?"

„Geschichte und Rechnen."

„Englisch nicht?"

„Nein." Korporal Keller sah aus, als wolle er antworten, aber als in diesem Moment die Musik wechselte, veränderte sich auch sein Verhalten. Das Leuchten verschwand aus seinen Augen, seine Schultern sackten ein bisschen herunter. Abigail hätte es vielleicht nicht bemerkt, wenn sie ihn vorher nicht allein hätte dastehen sehen.

„Stimmt irgendetwas nicht?", fragte sie sanft.

Einen Moment lang dachte sie, er würde nicht antworten, aber schließlich sagte er: „Es ist die Musik. Sie erinnert mich an Marta."

Als Abigail ihn mitfühlend ansah, fuhr er fort: „Marta ist meine Verlobte zu Hause. Das letzte Mal, als ich getanzt habe, war es mit ihr. Der Geiger hat damals genau dieses Lied gespielt."

„Wann war das?"

„Es ist schon beinahe ein Jahr her. Wir wollten heiraten, bevor ich zur Armee gegangen bin, aber ihr Vater sagte, wir müssten noch warten. Jetzt spare ich jeden Penny, um sie als meine Frau hierherzuholen. Es ist einsam ohne sie."

Abigail vermutete, dass noch andere Soldaten eine ähnliche Geschichte wie Korporal Keller hatten. Die Bezahlung der Rekruten reichte kaum, um einen alleinstehenden Mann zu unterhalten, geschweige denn eine Familie. Und anders als die Offiziere, die mehr Freiheiten genossen, duften die Rekruten nicht ohne Erlaubnis heiraten. Einsamkeit war eine Lebensrealität.

„Ich verstehe. Es wartet ein Mann daheim in Vermont auf mich." Abigail schloss kurz ihre Augen, aber das Bild, das sie heraufbeschwor, zeigte nicht Woodrow. Stattdessen erschien ein großer blonder Mann mit blauen Augen vor ihrem inneren Auge. Ethan.

Er wartete auf sie, als der Tanz endete, die Lippen fest zusammengepresst und mit ärgerlichem Blick. „Hatten Sie eine angenehme Zeit mit Korporal Keller?"

Abigail spürte, wie ihr vor Überraschung der Mund offen stehen blieb. Es klang, als sei Ethan Bowles eifersüchtig! Sie wusste, dass es Woodrow nichts ausmachte, wenn sie mit einem anderen Mann sprach, doch Ethan schien es zu stören. Als eine ungewohnte Wärme durch ihre Adern pulsierte, nickte Abigail.

„Korporal Keller sah einsam aus und da dachte ich, ich könnte mit ihm sprechen." Sie wollte nicht zugeben, dass sie den Eindruck gehabt hatte, er sei nahe dran zu desertieren. Der Mann hatte es nicht verdient, einem Verhör unterzogen zu werden, nur weil er seine Verlobte vermisste. „Er hat mir von seinem Mädchen zu Hause erzählt und davon, dass er Geld spart, um sie hierherzuholen."

„Ich verstehe." Abigail spürte, wie Ethan tief durchatmete. „Es war nett von Ihnen, mit ihm zu sprechen."

Abigail lächelte über Ethans offensichtliche Erleichterung und fügte hinzu: „Ich weiß, dass Sie sich Sorgen darüber machen, dass Ihre Männer desertieren könnten. Ich dachte, ich könnte dabei helfen, Korporal Kellers Moral ein wenig zu heben. Dann wäre er zufriedener und zufriedene Männer laufen nicht davon."

„Sie haben recht." Ethans Lächeln wärmte Abigails Herz. Er war ihr Freund – natürlich nur ein guter Freund –, aber das war genug. Ihr Freund blickte in den Himmel. „Das Feuerwerk wird gleich anfangen. Wollen wir es uns gemeinsam ansehen?"

Abigail konnte sich nichts vorstellen, was sie lieber täte.

Als Ethan zu den Sitzplätzen voranging, die außen um die Tanzfläche herum aufgebaut waren, winkte Charlotte von der gegenüberliegenden Seite. Ihr Lächeln strahlte über den ganzen Platz, weil Jeffrey neben ihr saß. Keinem der beiden schien es etwas auszumachen, dass Abigail nicht bei ihnen war. Abigail war erleichtert, denn diesen Abend wollte sie mit niemand anderem als Ethan verbringen.

Wer war dieser Mann, der so dicht neben ihr saß, dass sie seine Wärme spüren konnte? Er war anders als jeder Mann, den sie bisher getroffen hatte, vielschichtig, wechselhaft und unwiderstehlich. Wie vielen Männern schien es ihm zu widerstreben, seine Gefühle auszudrücken, und doch bezweifelte Abigail nicht, dass er tiefe Gefühle besaß. Er kümmerte sich um seine Männer. Und obwohl er es vielleicht leugnen würde, ahnte sie, dass er tiefe Gefühle für seinen Großvater hegte. Ethan war ein leidenschaftlicher Mann, aber es war nicht nur Leidenschaft, die ihn auszeichnete. Obwohl er schnell ärgerlich wurde, räumte er genauso schnell ein, dass er im Irrtum war. Niemand, nicht einmal Papa, war in diesem Maße bereit gewesen, seine eigenen Fehler einzugestehen. Nur ein starker Mann würde das tun. Ethan war stark, er war leidenschaftlich, er war …

Bumm! Abigail schauderte, als der erste Feuerwerkskörper explodierte, dann lächelte sie. Ethan war wie das Feuerwerk. Obwohl es einen beinahe ohrenbetäubenden Lärm gab, wenn die Böller in die Luft geschossen wurden, folgten Momente atemberaubender Schönheit. Einzigartig. Das Feuerwerk war einzigartig und Ethan war es auch.

Kapitel 10

„Es war so furchtbar.“ Die Frau zitterte noch immer, als sie diese Worte aussprach. Wenn sie nicht gesessen hätte, hätten ihre Beine unter ihr nachgegeben, da war sich Ethan sicher. Obwohl Mrs Cassidy groß und kräftig gebaut war, wie man es bei einer Farmersfrau erwartete, hatten die Ereignisse des Tages eindeutig ihren Tribut gefordert und dafür gesorgt, dass sie vor Angst nur so schlotterte.

„Sie haben unsere Wertsachen gestohlen und dann …“ Die Frau begann zu schluchzen und vergrub ihr Gesicht an der Brust ihres Mannes.

Mr Cassidy sah Ethan ins Gesicht, wobei seine grauen Augen Besonnenheit ausstrahlten. Ethan schätzte, dass er wie seine Frau Mitte dreißig war, doch hatten zu viele Jahre in Sonne und Wind sein Gesicht gegerbt und ihn früh altern lassen. „Was meine Frau eigentlich sagen wollte, war, dass die Banditen 'ne Frau mitgenommen haben. Sie war unterwegs, um ihren Enkel zu besuchen, und sie haben sie aus der Kutsche geholt und auf 'n Pferd gesetzt. Es war absolut schrecklich, wirklich.“

Ethan zog seinen Stuhl ein paar Zentimeter näher an das Paar heran, um ihnen noch einmal zu versichern, dass sie nun in Sicherheit waren. Die anderen Insassen der Postkutsche hatten im Großen und Ganzen dieselbe Geschichte erzählt. Es war aber seine Aufgabe, jeden zu befragen, denn es war immer möglich, dass er etwas herausfinden würde – irgendein winziges Detail –, das dabei helfen würde, die Banditen zu finden, die dieses Verbrechen verübt hatten.

Die Wegelagerer waren nicht nur clever gewesen, sondern hatten auch Glück gehabt – clever deshalb, weil sie eine neue Stelle für den Überfall gewählt hatten, eine, die so weit entfernt von den vorhergehenden war, dass niemand in der Gegend patrouillierte. Glück hatten sie gehabt, weil keine Soldaten in der Kutsche gewesen waren. Zwei Rekruten waren gestern aus Cheyenne zurückgekehrt und drei weitere würden morgen in der Kutsche sein, aber heute war kein Militärangehöriger dabei gewesen. Wäre ein Soldat mitgefahren, das wusste Ethan, dann wäre die Sache ganz anders ausgegangen.

Als Mrs Cassidy den Kopf hob, um Ethan anzusehen, sah er, dass die Angst in ihrem Blick einem Ausdruck von Bedauern gewichen war. „Sie gehörte zu den nettesten Leuten, die man sich nur vorstellen kann. Und sie hatte die leckerste Limonade überhaupt. Sie hat sie für ihren Enkelsohn gemacht, aber sie war nicht geizig. Nein, Sir. Sie hat uns allen davon abgegeben." Mrs Cassidy leckte sich über die Lippen, als erinnere sie sich an den Geschmack.

„Wenn du mich fragst, Mavis, war irgendwas komisch an dieser Limonade. Ich war ganz schön schläfrig, nachdem ich sie getrunken hatte, und du weißt, dass ich am Tage niemals schlafe."

„Du erzählst Blödsinn, Herb. Diese Kutsche bringt einen zum Schlafen. Es war nicht die Limonade. Du bist nur sauer, weil dir die Witwe keine zweite Portion gegeben hat."

Obwohl Ethan die Diskussion des Ehepaars nur mit halbem Ohr verfolgte, horchte er auf, als er das Wort *Witwe* hörte. War das die Information, die ihm helfen würde, die Räuber ausfindig zu machen? Er schüttelte den Kopf. Die Chance, dass es sich um dieselbe Witwe handelte, die mit ihm und Abigail in der Postkutsche gefahren war, war gering. Schließlich war Wyoming ein großes Gebiet mit vielen Witwen. Es gab keinen Grund anzunehmen, dass Mrs Dunn gekidnappt worden war. Und obwohl sie auf dem Weg von Cheyenne beinahe ununterbrochen geredet hatte, hatte sie nichts davon gesagt, dass sie einen Enkel in Deadwood hatte. Sie war nicht aus Pine Bluffs wie diese Witwe. Stattdessen hatte sie behauptet, eine Ranch in der Nähe des Forts zu besitzen. Außerdem war Mrs Dunn nicht so alt gewesen, wie die Reisenden das über diese Mitreisende gesagt hatten. Da waren sich alle einig. Die Frau, die es so eilig gehabt hatte, Deadwood zu erreichen, hatte schneeweiße Haare gehabt und mehr Runzeln als eine Dörrpflaume. Aber er musste trotzdem nachfragen.

„Hat Ihnen diese Witwe zufällig ihren Namen genannt?"

Mrs Cassidy nickte. Sie weinte jetzt nicht mehr. „Aber natürlich hat sie das. Ich hab Ihnen doch gesagt, dass sie sehr freundlich war. Sagte, ihr Name wär Mrs Black."

Nicht Mrs Dunn. Sein Misstrauen war etwas weit hergeholt, aber auch wenn es sich um dieselbe Frau gehandelt hätte, konnte Ethan nicht erkennen, wie ihn das zu den Banditen führen sollte. Es würde lediglich beweisen, dass Mrs Dunn hin und wieder nach Cheyenne reiste und dass sie es auf der vorhergehenden Fahrt unterlassen hatte, ihren Enkel zu erwähnen.

„Wie sah sie aus?" Obwohl die Frage eigentlich zu nichts führen konnte, vertraute der Hauptmann darauf, dass Ethan gründlich arbeitete.

„Wie jede andere alte Frau auch", murmelte Mr Cassidy.

Seine Frau boxte ihn mit ihrem Ellbogen. „Ihr Männer bemerkt auch gar nichts." Sie wandte sich an Ethan. „Sie hatte das hübscheste rote Kleid an, das ich jemals gesehen habe. Sie sagte, sie hätte genug getrauert und wollte mal wieder was Farbiges tragen, wo ihr Haar doch so weiß is."

Wie er erwartet hatte, war die Frau, die entführt worden war, nicht Mrs Dunn. Soweit Ethan das unter ihrem schwarzen Schleier hatte erkennen können, war ihr Haar braun gewesen und von grauen Strähnen durchzogen. „Gibt es noch etwas, woran Sie sich erinnern? Ich möchte diese Dame wiederfinden. Jede Kleinigkeit kann helfen."

Die Frau sah nachdenklich aus. „Sie hatte ein Lorgnon – mit richtig dicken Gläsern – und sie benutzte einen Gehstock."

Das war nicht ungewöhnlich. Viele Menschen im Alter von Mrs Black benötigten ein Lorgnon, um besser sehen zu können, und einen Gehstock.

„Sonst noch etwas?"

„Nö."

Ethan erhob sich. Es gab hier nichts mehr zu erfahren. Jetzt musste er Hauptmann Westland informieren. Er machte sich auf den Weg zum Hauptquartier des Standorts, wobei ihm vor der nächsten Viertelstunde graute.

Als Ethan seinen Bericht beendet hatte, nahm der Hauptmann seinen Zwicker ab und reinigte die Gläser mit einem Tuch. Ethan wusste, dass das kein gutes Zeichen war, sondern eine Verzögerungstaktik, die seinem befehlshabenden Offizier Zeit gab, darüber zu entscheiden, was jetzt zu tun war.

„Weniger als ein Monat." Hauptmann Westland seufzte. „Diese Banditen werden immer dreister oder vielleicht auch verzweifelter. Das Geld zu stehlen, ist schon schlimm genug, aber eine Frau zu entführen? Das muss aufhören." Er faltete das Tuch umständlich wieder zusammen und steckte es zurück in seine Tasche. „Es gibt nur eine Sache, die zu tun ist. Sie und Seton organisieren einige Suchtrupps. Wir müssen diese Dame finden."

Bis zum Anbruch der Dunkelheit hatten sie nichts gefunden. Die Spur war kalt, fast so, als hätten sich die Banditen und ihre Gefangene in Luft aufgelöst. Eigentlich hätte Ethan sich nicht darüber wundern sollen, denn die Wegelagerer waren schon bei früheren Raubzügen erstaunlich gut darin gewesen zu verschwinden. Aber er hatte gehofft, dass es dieses Mal anders sein würde. Es musste schwieriger sein, drei Personen zu verstecken anstatt zwei, besonders wenn es sich bei einer von ihnen um eine Frau handelte, die gegen ihren Willen festgehalten wurde. Aber das Ergebnis war dasselbe: nichts.

Abigail schloss die Augen und genoss das Gefühl, als Charlotte ihre Haare bürstete. Einen Moment lang fühlte sie sich in ihre Kindheit zurückversetzt. Damals hatten sie sich Geheimnisse erzählt, während sie ihr Haar hundert Mal durchkämmten. Mama hatte gesagt, dass diese Anzahl für eine schön gepflegte Haarpracht unerlässlich sei.

„Er hat sich in dich verliebt." Charlottes Worte zerstörten die angenehme Erinnerung und zerrten Abigail in die Gegenwart zurück. Sie seufzte. Dies war kein Geheimnis, sondern nur die fehlgeleitete Aufmerksamkeit eines jungen Mannes. Heute Abend war Leutnant Seton zum vierten Mal in Folge in ihr Haus gekommen und hatte um das Privileg – so nannte er es – von Abigails Gesellschaft gebeten. Sie hätte ihn am liebsten weggeschickt, aber die Duette, die er und Charlotte sangen, machten ihrer Schwester so viel Freude, dass sie es nicht getan hatte.

„Er denkt nur, dass er an mir interessiert ist", sagte Abigail mit fester Stimme. „Ethan hat mir erzählt, dass sich Oliver Seton in jede unverheiratete Frau am Standort verliebt. Und er scheint genauso schnell wieder davon kuriert zu sein."

Charlotte hielt inne und starrte in den Spiegel, wo sie auf Abigails Blick traf. „Dann würdest du Leutnant Seton nicht als Ehemann in Betracht ziehen?"

„Nein, ich liebe ihn nicht." Wieder tanzte Ethans Bild durch Abigails Kopf. Wie dumm! Ethan war ein faszinierender Mann. Es gab keinen Zweifel daran, dass er der interessanteste Mann war, den sie jemals getroffen hatte, aber er war nicht der Mann, den sie zu heiraten bestimmt war. Sein Leben war ganz anders als das, was sie sich erträumte, und außerdem gab es Woodrow. Auch wenn sie vielleicht nicht offiziell verlobt waren, gab es eine Übereinkunft. „Ich werde Woodrow heiraten."

Charlotte hob eine Augenbraue, während sie begann, Abigails Haare zu flechten. „Bist du sicher?"

Abigail nickte zögernd. Doch dann fragte sie plötzlich: „Woher wusstest du, dass Jeffrey der richtige Mann für dich ist?"

Ein sanftes Lächeln huschte über Charlottes Gesicht. „Ich war so einsam, nachdem Mama gestorben war. Du und Elizabeth, ihr hattet euer eigenes Leben, aber ich fühlte mich wie ein Blatt im Wind. Ich wusste nicht, was ich tun sollte. Ich wusste, dass ich nicht wieder unterrichten wollte, aber ich war nicht sicher, was ich sonst tun könnte. Ich betete um Hilfe und dann kam Jeffrey. Du weißt, wie er mich praktisch umgehauen hat."

Abigail kannte die Geschichte. Charlotte war wegen der Hochzeit einer Freundin nach West Point gereist und hatte dort den feschen jungen Oberleutnant kennengelernt. Sie waren einander nicht vorgestellt worden, doch Jeffrey hatte Charlotte vor einem Sturz bewahrt, als sie auf ein paar feuchten Stufen ausgerutscht war. Anschließend hatte er erklärt, ihr Ritter in schimmernder Rüstung zu sein, und war den ganzen Tag über nicht mehr von ihrer Seite gewichen. Und bereits am Abend – so erzählte Charlotte die Geschichte – hatten beide gewusst, dass sie sich ineinander verliebt hatten.

Wieder trat ein Strahlen auf Charlottes Gesicht. „Ich liebe Jeffrey von ganzem Herzen. Du weißt, dass ich das tue." Sie legte die Bürste zur Seite, fasste Abigail an den Schultern und drehte sie so, dass sie einander ansehen konnten. „Ich weiß, dass du keinen Ratschlag haben möchtest, aber ich gebe ihn dir trotzdem. Heirate erst dann, wenn du jemanden so sehr liebst, dass du dir nicht mehr vorstellen kannst, ohne ihn zu leben."

Am nächsten Morgen ging es Abigail nicht besonders gut, was hauptsächlich daran lag, dass sie nicht gut geschlafen hatte. Sie hatte wach gelegen und über den Rat ihrer Schwester nachgedacht. Charlotte konnte nicht recht haben. Es fiel Abigail nicht schwer, sich ein Leben ohne Woodrow vorzustellen. Sie hatte das getan, bevor sie ihn getroffen hatte, und sie tat es jetzt, aber das bedeutete nicht, dass sie ihn nicht heiraten sollte. Sie hatten dieselben Wertvorstellungen, die gleichen Interessen. Das waren Gründe für eine Ehe. Gute Gründe.

Und dann, gerade als sie einschlafen wollte, hatte Abigail gehört, wie Jeffrey nach Hause zurückgekehrt war. Obwohl sie nicht auf die Uhr gesehen hatte, wusste sie, dass es spät war. Sie hatte gedacht, sie bilde sich nur ein, dass der widerliche Geruch des Parfums aus dem „Peg's" unter der Verbindungstür hindurch zu ihr herüberzog. Doch als sie Jeffreys Schnarchen und Charlottes unterdrücktes Schluchzen hörte, wusste Abigail, dass sie es sich nicht nur einbildete. Ihre Schwester liebte Jeffrey, aber in ihrer Ehe gab es große Probleme.

Abigail war eingeschlafen, während sie dafür gebetet hatte, dass es eine harmlose Erklärung sowohl für das Parfum als auch für Jeffreys häufige Abwesenheit gab. Als sie aufwachte, war Jeffrey bereits aufgebrochen. Charlotte lag noch im Bett; ihr ging es nicht gut. Sie behauptete, dass ihr Magen wieder einmal in Aufruhr geraten war, hatte eine Tasse Pfefferminztee angenommen und dann darum gebeten, allein sein zu dürfen. Abgesehen von weiteren Gebeten gab es nichts, was Abigail für ihre Schwester tun konnte.

Sie tat genau das, als sie den Wutausbruch in der Küche hörte.

„Das war's!" Mrs Channing unterstrich ihre Worte mit einem Klaps. „Raus hier! Raus hier! Raus hier!"

Lautes Jaulen und Wimmern bestätigten Abigails Befürchtung, was das Objekt von Mrs Channings Ärger war. Sie eilte die Treppe hinunter, um Pfütze vor der Wut der Köchin zu retten. Als sie die Küche betrat, entdeckte sie ein umgekipptes Mehlfass und einen weiß gepuderten Welpen, der in der Ecke kauerte.

„Wenn er mir noch einmal unter die Augen kommt, gehe ich", verkündete Mrs Channing. „Dieser Hund ist eine wandelnde Katastrophe."

Das war er nicht, aber Abigail wollte nicht mit Mrs Channing diskutieren, wenn sie in dieser Stimmung war. Stattdessen bürstete sie das Mehl aus Pfützes Fell und befestigte die Leine an seinem Halsband. „Komm schon, Junge. Wir machen einen Spaziergang. Einen langen Spaziergang."

Da sie nicht wusste, wie lange sie unterwegs sein und ob sie hungrig werden würde, legte Abigail eine Flasche mit Wasser und ein hart gekochtes Ei in eine Stofftasche. Dann setzte sie ihren Sonnenhut auf und band ihn zu. Der Wind war zwar abgeflaut, sodass sie auch ihren Sonnenschirm hätte benutzen können. Doch Abigail wollte auf die Herausforderung, einen Schirm zusammen mit der Tasche und Pfützes Leine festhalten zu müssen, lieber verzichten.

Der Welpe, der davon überzeugt war, dass dieser Spaziergang eine Belohnung für ihn war, hüpfte an ihrer Seite herum, machte einen Abstecher, um das Loch eines Eichhörnchens zu beschnüffeln, und fing wild an zu bellen, als Abigail ihn weiterzerrte. Obwohl er an der Leine zog, als sie an einem Pferd vorbeikamen, sorgte Abigail dafür, dass er seinen Weg fortsetzte. Heute würde es keinen Ausritt geben. Stattdessen würden sie spazieren gehen, bis Pfützes Beine so müde waren, dass er für den Rest des Tages bereitwillig schlafen würde.

Abigail führte den Hund über die Brücke und lachte, als er zwischen Angst und Faszination über das Geräusch von Wasser unter ihm hin und her schwankte.

„Das ist ein Fluss", sagte sie zu ihm. „Wie eine Pfütze, nur größer."

Und sehr viel gefährlicher, aber es war nicht notwendig, dem Welpen das zu sagen. Er würde entdecken, wie tief das Wasser war, wenn Abigail ihn hineinwaten ließ. Sie hatte vor, mindestens eine halbe Stunde spazieren zu gehen und Pfütze dann im Wasser spielen zu lassen, bevor sie umkehrten.

Dann würde Pfütze nicht nur etwas über tiefes Wasser lernen, sondern der Fluss würde auch das verbliebene Mehl aus seinem Fell spülen.

Sie näherten sich der Flussbiegung, wo Abigail Pfütze sein erstes Wasserabenteuer erleben lassen wollte, als sie eine Frau mit forschen Schritten aus der entgegengesetzten Richtung herankommen sah. Das hellblonde Haar, das üppig über ihre Schultern fiel, und die Art, wie sie sich bewegte – Mama hätte diese Art zu gehen beanstandet und verkündet, dass sich keine anständige Frau auf eine derart verführerische Weise bewegen würde –, war unverwechselbar. Aber Mama war nicht hier und Abigail erhielt die erhoffte Gelegenheit, mit Leah zu sprechen. Sie würde nicht fragen, ob sie Jeffrey gestern Abend getroffen hatte. Leah würde es wahrscheinlich nicht zugeben, auch wenn es tatsächlich so wäre. Aber wenn Abigail eine Möglichkeit finden könnte, sie von der Schweinefarm wegzuholen, dann würde das nicht nur Leah, sondern vielleicht auch Charlotte und Jeffrey helfen. Um das zu tun, mussten sie miteinander sprechen.

Leah hatte offenbar eine andere Meinung dazu. Abigail wusste, dass sie sie erkannte, denn Leah änderte ganz plötzlich die Richtung und beschleunigte ihre Schritte so sehr, dass sie beinahe lief.

„Warten Sie auf uns!“, rief Abigail. Pfütze, der vom Anblick einer unbekannten Person fasziniert war, zerrte an der Leine.

Leah hielt inne.

„Sie sollten nich mit mir gesehen werden“, sagte sie, als Abigail und Pfütze sie erreichten. „Das gehört sich nich.“

Abigail schüttelte den Kopf. „Es ist meine eigene Entscheidung, wer meine Freunde sind, und ich habe mich für Sie entschieden.“

In Leahs Augen schimmerte es feucht. Abigail fragte sich, ob es irgendjemanden gab, der mit Leah befreundet sein wollte. Vielleicht um ihre Tränen zu verstecken, beugte sich Leah hinab und tätschelte Pfütze. „Is er nich wahnsinnig süß?“

Abigail kicherte. „Sein Name ist Pfütze und ich kenne mindestens eine Person, die ihn nicht süß findet.“ Als Abigail von seinem Abenteuer mit dem Mehlbehälter und von Mrs Channings Wutausbruch erzählte, lächelte Leah.

„Sowas tun Welpen nun mal.“ Sie kniete sich neben Pfütze und legte ihre Hände auf beide Seiten seiner Schnauze. „Du wolltest die nette Dame nich wütend machen, oder?" Als würde er verstehen, bellte Pfütze kurz, dann leckte er über Leahs Gesicht.

Abigail sah zu, wie geschickt Leah mit dem Hund umging. Ihr kam eine Idee. „Es sieht aus, als hätten Sie Erfahrung mit Hunden."

Leah nickte. „Es gab viele Hunde auf unserer Farm. Pa ließ mich immer mit ihnen spielen." Ihre Stimme enthielt eine Spur Wehmut.

„Haben Sie jetzt welche?"

Sie schüttelte den Kopf. „Peg lässt uns nich. Ich schätze, sie tut Tiere nich so gern mögen. Hab gehört, dass sie sich beschwert hat, als die erste Katze kam, bis eines der Mädchen ihr erzählt hat, dass Katzen Mäuse fressen. Jetzt ham wa zwei. Katzen, nich Mäuse. Das is alles."

„Es ist an der Zeit, dass Pfütze schwimmen lernt. Wollen Sie mir helfen?"

Leahs Augen weiteten sich. „Sind Sie sicher?"

„Sonst hätte ich nicht gefragt. Sie scheinen viel mehr über Hunde zu wissen als ich. Sie helfen sowohl Pfütze als auch mir."

Leah nickte kurz und nahm Pfützes Leine. „Komm, mein Kleiner, lass uns den Fluss besuchen gehn."

Als sie das Ufer erreicht hatten, setzte sie sich auf den Boden und gab Pfütze genau so viel Leine, wie er brauchte, um in das seichte Wasser zu waten. Der Welpe, der von dem Geräusch der Strömung und dem Geruch des feuchten Grases angezogen wurde, stürmte mutig hinein und sprang erschrocken zurück, als das kühle Wasser seinen Bauch traf.

„Er is echt süß. Ich wünschte, Peg würde mir 'n Hund erlauben."

„Ist Peg die Eigentümerin der Schweinefarm?" Abigail wollte keine Mutmaßungen anstellen.

Leah nickte. „Ich hab gehört, sie hätte 'n Partner, einen Mann, den noch keiner von uns gesehen hat. Er tut nachts kommen, wenn wir beschäftigt sind, aber wir wissen immer, wenn er da gewesen ist, weil wir seine Zigarren riechen können. Igitt!" Lea rümpfte angewidert die Nase. „Ich schätze, wir können von Glück sagen, dass er der Einzige mit solchen Zigarren ist. Wir hassen sie, genauso wie wir hassen, was wir tun."

Obwohl Mama ihr beigebracht hatte, ihre Nase nicht in anderer Leute Angelegenheiten zu stecken, konnte Abigail sich nicht verkneifen zu fragen: „Warum arbeiten Sie dort?"

Leah wandte sich um und sah sie an. „Es gibt sonst nix, was ich tun kann. Als meine Leute starben, stellte sich heraus, dass sie außer Schulden nix hatten." Leahs Lippen wurden schmal. „Die Bank hat uns glatt die Farm weggenommen und ich wusste nich wohin. Ich hatte keinen Schulabschluss und es gab keinen Mann, der mich heiraten wollte." Leah warf Abigail einen scharfen Blick zu. „Jetzt haben Sie bloß kein Mitleid mit mir. Ich bin immer noch am Leben und es könnte schlimmer sein. Peg schlägt uns nich oder sowas und wenn sie abhaut, um ihre Schwester zu besuchen, hat keiner was dagegen, wenn ich spazieren geh."

Trotz allem verspürte Abigail tiefes Mitleid mit Leah. „Ist Peg jetzt weg?"

Leah nickte. „Sie is vor drei Tagen abgehauen. Ich schätze, ihrer Schwester geht's wieder schlecht. Irgendwer hat gesagt, sie tut Anfälle kriegen und nur Peg kann helfen. Sie hat Glück, dass Peg das machen will."

Abigail dachte daran, dass sie mehr als die Hälfte des Landes durchquert hatte, um ihre Schwester zu sehen. „Haben Sie Schwestern oder Brüder?"

„Nein Ma'am. Ich bin ganz allein."

Abigail schüttelte den Kopf. „Jetzt nicht mehr. Ich bin hier, um Ihnen zu helfen."

„Aber wie?"

Abigail hatte keine Antwort.

Kapitel 11

„Bist du sicher, dass du mich dabeihaben willst?" Abigail blickte von den kleinen Sandwiches auf, die sie auf einer silbernen Servierplatte anordnete. „Ich möchte dich nicht in Verlegenheit bringen. Du weißt, dass ich nicht gut nähen kann." Unglücklicherweise fand an diesem Nachmittag der monatliche Nähkreis der Offiziersfrauen von Fort Laramie statt. Wäre der Treffpunkt diesmal nicht in Charlottes Haus gewesen, dann wäre es für Abigail einfach gewesen, nicht dabei zu sein. Aber obwohl sie ernsthaft in Erwägung zog, eine Krankheit vorzuspielen, sah sie keine Möglichkeit, das Treffen zu meiden.

Charlottes Augen weiteten sich, als wäre sie überrascht über die Frage ihrer Schwester. Vielleicht wunderte sie sich auch darüber, dass Abigail sich erneut danach erkundigte, denn sie hatte schon ein paar Mal nachgefragt.

„Natürlich will ich dich hier haben." Charlotte öffnete ein Glas mit Gewürzgurken und verteilte sie auf einem kleinen Teller. „Nichts, was du tun könntest, würde mich in Verlegenheit bringen."

Abigail war sich dessen nicht sicher. Ihre Schwester fand vielleicht ihre Freundschaft mit Leah peinlich, besonders falls das, was Abigail befürchtete, der Wahrheit entsprach: dass Jeffrey regelmäßig auf der Schweinefarm gewesen war. Das war auch der Grund, weshalb Abigail die Begegnung mit Leah nicht erwähnt hatte, als sie den Spaziergang mit Pfütze unternommen hatte. Als sie zurückgekommen war, hatte Charlotte ihr Bett verlassen und war dabei, Mrs Channing zu besänftigen. Das war keine einfache Aufgabe. Abigail hatte den Tag nicht noch komplizierter machen wollen, zumal er so schlecht begonnen hatte.

Und auch jetzt, zwei Tage später, hatte sie entschieden, ihrer Schwester nichts von Leah zu erzählen. Abigail hatte Stunden damit verbracht, darüber nachzudenken, wie sie der jungen Frau helfen könnte. Es war frustrierend, dass sie keinen Vorschlag hatte machen können, um Ethan bei seiner Suche nach der entführten Witwe zu helfen, aber sicher gab es etwas, das sie für Leah tun konnte. Die arme Frau hatte nichts – und niemanden. Aber heute ging es um Charlotte und ihren Nähkreis.

„Ich hoffe, dein Kind wird sich nicht an den ungleichmäßigen Stichen stören." Abigail hatte ein Stück Flanellstoff im Laden gekauft und nähte daraus ein Jäckchen und eine Mütze für das Kind ihrer Schwester.

Charlottes düsterer Gesichtsausdruck verwandelte sich in ein Lächeln. „Das Kleine wird allenfalls merken, dass die Kleidungsstücke warm und sauber und trocken sind. Ich hingegen werde sie als ein Geschenk seiner – oder ihrer – Tante in Ehren halten." Ihr Lächeln strahlte. „Und mach dir keine Sorgen über deine Nähkünste. Mrs Montgomery kann mit der Nadel noch schlechter umgehen als du."

„Die arme Frau!"

Eine Stunde später war ein Dutzend Frauen in Charlottes Wohnzimmer versammelt. Ihre Nähbeutel waren noch ungeöffnet, als sie zunächst über die jüngsten Ereignisse im Fort sprachen.

„Ich bin entsetzt, einfach entsetzt über diese Entführung", sagte eine Frau, als sie eine Tasse Tee von Charlotte in Empfang nahm. „Ich hab jedenfalls meinem Thomas erzählt, dass ich nicht mehr beruhigt nach Cheyenne fahren könnte, wenn er mich nicht begleitet. Er hat versucht, mich zu beruhigen, aber ich habe gemerkt, dass er genauso besorgt war. Meine Damen, ich weiß nicht, wie es Ihnen geht, aber ich bleibe hier, bis mir die Armee garantieren kann, dass das Reisen wieder sicher ist."

Die anderen Frauen nickten und murmelten ihre Zustimmung.

„Es ist wirklich eine Schande", sagte Mrs Montgomery, während sie ihre Brille putzte. „Ich brauche unbedingt ein neues Kleid, aber Leutnant Montgomery und ich sind zu dem Ergebnis gekommen, dass selbst ein neues Kleid nicht das Risiko einer Reise in der momentanen Situation wert ist. Wo wird das nur hinführen?" Sie wandte sich an Abigail. „Ich hoffe, Sie planen nicht, nach Vermont zurückzukehren, bevor das alles geregelt ist."

„Nein, Ma'am, das tue ich nicht. Ich werde nicht vor Ende des Sommers abreisen."

Vielleicht bemerkte Charlotte Abigails Unbehagen. Jedenfalls lächelte sie ihren Gästen zu und sagte: „Wollen wir nicht über etwas Angenehmeres sprechen? Ich habe gehört, dass das neue Verwaltungsgebäude im Oktober fertig werden soll. Ich dachte, wir könnten eine Feier planen."

„Aber natürlich." Mrs Alcott nickte. „Vielleicht könnten wir einen Empfang geben."

„Ein erneuter Tanzabend wäre auch nett", sagte Mrs Montgomery.

Als eine lebhafte Diskussion über die Vorzüge von Tanzabenden gegenüber Empfängen folgte, lehnte sich Abigail auf ihrem Stuhl zurück und stellte fest, dass niemand begonnen hatte zu nähen. Vielleicht bestand die Hauptbeschäftigung des Nähkreises nicht im Nähen, sondern im Kaffeetrinken, Kuchenessen und in der Gesellschaft der anderen Damen. Das konnte sie den Frauen nicht verdenken, denn sie hatte schon selbst festgestellt, dass sich viele der Tage in die Länge zogen. Selbst ihre Gespräche mit Charlotte und die langen Spaziergänge mit Pfütze reichten nicht aus, um die Langeweile zu vertreiben.

Zwei Soldaten gingen am Haus vorbei, wobei ihre Stimmen, die sich in einer fremden Sprache unterhielten, durch das geöffnete Fenster nach innen drangen.

Mrs Alcott runzelte die Stirn. „Ich verstehe nicht, warum die Armee diese Männer aufgenommen hat."

„Welche?" Charlotte, die in die Küche gegangen war, um eine frische Kanne Tee zu holen, hatte die Unterhaltung der Soldaten nicht mitgehört.

„Diese Analphabeten." Mrs Alcotts Blick verfinsterte sich noch mehr. „Leutnant Alcott hat mir berichtet, dass ein paar von ihnen kein einziges Wort Englisch lesen können. Das ist eine Schande."

„Da stimme ich dir zu." Mrs Montgomery unterstützte ihre Freundin. „Leutnant Montgomery hat dasselbe gesagt. Er ordnet an, dass Dienstanweisungen bekannt gegeben werden, aber diese Männer lesen sie nicht. Das ist ein ernstes Problem, das irgendjemand unbedingt lösen muss."

Abigail presste die Lippen aufeinander, um nicht zu lächeln, als zahlreiche Ideen durch ihren Kopf zu wirbeln begannen. Das Problem der Männer konnte vielleicht die Antwort auf eines der ihren sein.

Zwei Stunden später hatten die Frauen einige wenige Nähte fertiggestellt und alle kleinen Sandwiches und Kuchen verzehrt, die Abigail und Charlotte vorbereitet hatten. Als sie ihre Nähbeutel eingesammelt hatten und gegangen waren, wandte sich Abigail an ihre Schwester.

„Denkst du, die Armee würde mir erlauben, den Männern das Lesen beizubringen?"

Charlotte sah überrascht aus, neigte jedoch den Kopf zur Seite und überlegte. „Du wirst nur noch knapp zwei Monate hier sein."

„Aber zwei Monate sind besser als keiner."

Ein leichtes Lächeln huschte über Charlottes Gesicht. „Du klingst, als hättest du es schon durchdacht und wolltest nur noch meine Zustimmung."

„Ich möchte tatsächlich deine Zustimmung, aber ich habe noch keine wirklichen Pläne geschmiedet. Als die Damen anfingen, sich über das Problem des Analphabetismus zu beklagen, hat mich das an Korporal Keller und seinen Lehrer erinnert." Als sie von der Unterhaltung mit ihm erzählte, leuchteten Abigails Augen vor Begeisterung. Wenn sie Ethans oder Leahs Probleme schon nicht lösen konnte, konnte sie vielleicht im Leben einiger Männer etwas verändern. Und vielleicht, nur vielleicht, würde das auch Ethan helfen.

Charlotte musterte ihre Schwester kritisch. „Mama hatte recht, als sie sagte, dass du viel von Papa hast."

Das war das erste Mal, dass Abigail so etwas hörte. „Inwiefern?"

„Du denkst, dass du jedermanns Probleme lösen kannst." Als Abigail anfing zu protestieren, hob Charlotte warnend die Hand. „Es ist wahr. Du bist hierhergekommen, weil du dachtest, irgendetwas würde mit mir nicht stimmen und du könntest es in Ordnung bringen. Dann hast du diese unglückselige Frau von der Schweinefarm getroffen und wolltest ihr Leben verändern. Jetzt sind es die ausländischen Soldaten. Mama hat gesagt, Papa sei genauso gewesen. Er wollte sich nicht eingestehen, dass es Probleme gibt, die nur Gott lösen kann. Er hat immer wieder versucht, alles zu verändern, und damit nur erreicht, dass die Gemeindemitglieder wütend wurden und ihn aufforderten zu gehen."

Abigail hatte diese Geschichte noch nie gehört. „Ich dachte, es sei wegen seiner theologischen Ansichten gewesen."

„Das gehörte auch dazu. Wenn er ein Problem sah, entschied er, was die Lösung sein sollte. Er konnte erst Ruhe geben, wenn jeder seiner Meinung war. Aber manchmal waren sie nicht seiner Meinung – wie das eine Mal, als er versucht hat, die Kinderarbeit in der Textilfabrik abzuschaffen."

Abigail nickte. Zu der Zeit war sie elf Jahre alt gewesen, alt genug, um lebhafte Erinnerungen daran zu haben, wie die Kirchenältesten ins Pfarrhaus gestürmt waren und verlangt hatten, dass die Familie sofort gehen sollte. Es war Mama gewesen, die sie davon überzeugt hatte, ihnen wenigstens bis zum Ende der Woche Aufschub zu gewähren.

Charlotte legte ihre Hand auf Abigails. „Wiederhole nicht Papas Fehler. Sei dir erst sicher, dass es das ist, was Gott von dir möchte."

Abigail nickte, als sie sagte: „Ich werde ihn fragen."

Ethan blickte auf die schöne Frau, die neben ihm am Flussufer stand. Obwohl sie in ihrem Marinekleid mit der weißen Bordüre wie ein Seemann aussah, was ihr keck in den Nacken geschobener Hut noch unterstrich, erinnerte ihr konzentrierter Gesichtsausdruck ihn an ein Kind, das gerade versuchte, besonders schwierigen Lernstoff zu bewältigen. Die Art und Weise, wie sie ihre Angel umklammert hielt, räumte jeden Zweifel daran aus, dass sie tatsächlich eine Anfängerin war. Vielleicht war sein Vorschlag, den Morgen beim Angeln zu verbringen, ein Fehler gewesen, aber als sie ihm gestanden hatte, dass sie von den morgendlichen Spaziergängen und den nachmittäglichen Nähkreisen gelangweilt war, hatte er gedacht, dass dies eine Möglichkeit sei, ihre Langeweile zu vertreiben.

„Ich kann kaum glauben, dass Sie noch nie geangelt haben", sagte er leichthin, als er nach dem Gefäß mit den Ködern griff.

Es war der perfekte Morgen zum Angeln. Obwohl der Fluss weniger Wasser führte als noch vor einem Monat, war er immer noch tief genug, um Fischen in der Nähe der Felsen ein Versteck zu bieten. Eine leichte Brise bewegte die Blätter der Pappeln, ein Singvogel zwitscherte über ihren Köpfen. Und was am besten war: Da sich keine anderen Angler in Sichtweite befanden, musste sich

Abigail keine Sorgen darüber machen, dass sie sich als Angel-Neuling blamieren könnte.

„Gibt es keine Flüsse in Vermont?“, fragte er.

Sie warf ihm einen Blick zu, der jeden anderen Mann vernichtet hätte. „Natürlich gibt es die. Ebenso Brücken. Ich habe nur niemals das Angeln gelernt. Papa hat sich mehr für Bücher interessiert.“

„Weshalb Sie Französisch und Deutsch sprechen, aber keinen Haken auf einen Köder spießen können.“

„Genau.“ Abigails Mund verzog sich zu einem verschmitzten Lächeln. „Warum sollte ich auch zugeben, dass ich weiß, wie man Würmer aufspießt, wenn Unwissenheit bedeutet, dass Sie die unangenehmen Arbeiten erledigen?“ Sie blickte auf das geöffnete Gefäß und rümpfte die Nase.

„Sie nutzen mich also aus, ja?“

„Wenn ich das täte, würde ich es niemals zugeben, oder?“ Abigail reichte ihm ihre Angel, wandte jedoch den Kopf ab, als er nach einem Wurm griff.

Ethan kicherte, als ihm klar wurde, dass die Frau, die dem Blick von Banditen standgehalten hatte, wegschauen musste, wenn es darum ging, einen Köder an einem Haken zu befestigen. Vielleicht war es nur ihre mitfühlende Art, die sie dazu brachte, den Wurm zu bemitleiden. Auf jeden Fall ließ Abigails übertriebener Ausdruck von Entsetzen ihn auflachen. Es fühlte sich gut an, unbeschwert zu lachen.

Das Leben im Fort war, vor allem seit dem letzten Postkutschenüberfall und der Entführung, ein bisschen trostlos. Selbst den heiß umkämpften Baseballspielen war es nicht gelungen, die dunkle Wolke zu lichten, die sich über die Garnison gesenkt hatte. Es tat wirklich gut, einmal zu lachen. Ethan hätte das unter allen Umständen genossen, aber mit Abigail zu lachen, war ganz besonders angenehm. Ihr Lächeln ließ sein Herz Sprünge machen. Wenn sie über etwas lachte, was er gesagt hatte, fühlte sich Ethan, als hätte er eine wichtige Schlacht gewonnen.

„Heißt das, dass Sie von mir auch erwarten, den Fisch auszunehmen?“, fragte er immer noch lachend.

Sie schüttelte den Kopf. „Wenn wir etwas fangen – und ich muss gestehen, dass ich das für sehr unwahrscheinlich halte –, aber wenn wir tatsächlich einen Fisch fangen, dann könnte ich mir vorstellen, dass Mrs Channing weiß, wie man ihn ausnimmt."

„Das klingt, als wüssten Sie es nicht."

„Tu ich auch nicht."

Ethan gab ihr die Angel, dann versah er seinen eigenen Haken mit einem Köder. „Also, Miss Harding", neckte er sie, „was tun Sie, wenn Sie nicht angeln oder kochen?"

Sie hob eine Augenbraue. „Ich habe nie gesagt, dass ich nicht kochen kann. Und ich hatte ganz einfach noch keine *Gelegenheit*" – sie betonte das Wort übertrieben – „zu lernen, wie man einen Fisch ausnimmt. Das war nicht Teil der klassischen Erziehung, von der mein Vater glaubte, dass seine Töchter sie brauchten."

Das klang schon wieder sehr ernsthaft, und das wollte Ethan nicht zulassen. Nicht heute Morgen. Dieser Morgen war zum Lachen bestimmt.

„Sie haben meine Frage nicht beantwortet. Womit verbringen Sie Ihre Zeit?"

„Ich unterrichte."

Sie hatte nicht verstanden, worum es ging. „Wir haben Sommer. Im Sommer unterrichtet man nicht."

„In den meisten Sommern unterrichte ich wirklich nicht, aber ich arbeite an Unterrichtsplänen. Und in manchen Jahren, wenn wir Schülerinnen haben, die das ganze Jahr in der Schule bleiben, lehre ich sie, Kanu zu fahren oder Tennis zu spielen."

Das klang wie seine Kindheit in Großvaters Haus, in der jede Minute verplant gewesen war. „Also spielen Sie nie."

Abigail zuckte die Achseln. „Das habe ich nicht gesagt. Als Kind habe ich natürlich gespielt. Papa sagte immer, der Sommer sei eine verheißungsvolle Zeit. Er sei unsere Chance, etwas Neues und Aufregendes auszuprobieren. Dann, als wir älter wurden, sagte er uns, wir sollten den Sommer nutzen, um Möglichkeiten für unser Leben zu entdecken."

Vielleicht war das ebenfalls ein Grund, weshalb sie nach Wyoming gekommen war. Vielleicht war ihr klar geworden, dass das straff organisierte Leben in der Schule nicht so reizvoll war, wie sie gedacht hatte. Vielleicht war Woodrow gar nicht so ein Musterknabe, wie sie behauptete.

„Sind die Sommer in der Schule aufregend?"

Ethan spürte, dass Abigail seine Frage bejahen wollte, es aber nicht konnte.

„Sommer sind vielleicht nicht aufregend, aber sie sind auch nicht …"

„Langweilig?"

Wie er gehofft hatte, lachte sie. „Sie werden mich niemals vergessen lassen, dass ich das gesagt habe, nicht wahr?"

Ethan schüttelte den Kopf. „Ich werde nicht aufgeben, bis Sie zugeben, dass Wyoming nicht langweilig ist. Habe ich versäumt zu sagen, dass ich es zu meiner Mission gemacht habe, Sie davon zu überzeugen, dass hier der schönste Platz auf Erden ist?" Als Abigail mit den Augen rollte, grinste Ethan nur. „Sehen Sie sich zum Beispiel das da drüben an." Er zeigte auf das Tier, das am gegenüberliegenden Ufer Gras mümmelte.

Abigail schien unbeeindruckt. „Es ist ein Hase. Wir haben Hasen in Vermont."

„Das ist kein gewöhnlicher Hase; es ist ein Eselhase. Viel größer, viel schneller und sein Schwanz ist schwarz. Schauen Sie mal." Der Hase knabberte noch ein paar Sekunden vor sich hin. Während er fraß, drehten sich seine enormen Löffel hin und her, als würde er horchen, ob sich ein Feind näherte. Dann hob er den Kopf, sah Ethan und Abigail an und hüpfte davon.

„Sie haben recht." Abigail war sowohl belustigt als auch erstaunt. „So einen habe ich noch nie gesehen. Er ist beinahe wie ein Reh gesprungen."

„Wenn Sie meinen, das könnte man springen nennen, dann sollten Sie mal die Gabelantilopen sehen." Ethan beschloss, ihr bei Gelegenheit eine Herde dieser Tiere zu zeigen, von denen es hieß, sie seien die schnellsten in Amerika. Er sah Abigail an und erkannte, wie sehr sie an allem interessiert war, das sie umgab. Sie langweilte sich nicht; sie tat nur so.

„Der Naturkundeunterricht ist zu Ende", verkündete er. „Es ist an der Zeit zu lernen, dass Angeln entspannend und nicht langweilig ist." Ethan demonstrierte, wie man die Angel auswarf. Dann standen sie nebeneinander am Flussufer und warteten darauf, dass ein Fisch anbiss.

Abigail starrte auf ihre Angelschnur, als würden die Fische auf Kommando anbeißen. Nach ein paar Minuten begann sie sich zu entspannen und sah Ethan an. „Verscheuche ich sie, wenn ich spreche?“ Als Ethan den Kopf schüttelte, sagte sie: „Ich kann es nicht erklären, aber ich muss immerzu an Mrs Dunn denken. Erinnern Sie sich an sie, an die Frau in der Postkutsche?“

Ethan nickte. „Die redselige Witwe. Warum müssen Sie an sie denken?“

„Ich muss andauernd an die arme Frau denken, die entführt wurde, und dann denke ich daran, dass Mrs Dunn ganz allein lebt, und ich frage mich, ob die Entführer vielleicht von ihr wissen und sich da draußen verstecken. Sie könnte genauso in Gefahr sein wie Mrs Black.“

Das klang für Ethans Ohren ziemlich weit hergeholt, aber er wollte die angenehme Stimmung des Morgens nicht kaputt machen, indem er das äußerte. „Niemand aus dem Fort war auf ihrer Ranch.“ Ethan hatte mit jedem Suchtrupp gesprochen und besaß eine Liste aller Farmen, die sie besucht hatten. Mrs Dunn stand nicht darauf.

„Ich möchte sie finden, um mich zu überzeugen, dass es ihr gut geht.“

Ethan war der Meinung, dass das eine ziemlich überflüssige Sorge war. Wenn es jemanden gab, der sehr gut auf sich selbst aufpassen konnte, dann war es Mrs Dunn. Allerdings hatte Ethan frei und er musste zugeben, dass es viel angenehmer wäre, diese Zeit mit Abigail zu verbringen, anstatt Knöpfe und Schnallen zu polieren.

Er spürte, dass etwas an der Schnur zog.

„Sehen Sie sich das an“, sagte er und zog den Fisch aus dem Wasser. „Das ist das Ende unserer ersten Lektion.“ Er ließ den Fisch in den Korb gleiten und versah seinen Haken mit einem weiteren Köder. „Jetzt haben Sie gesehen, wie man es macht. Nun ist es an der Zeit, einen eigenen Fisch zu fangen. Wenn Sie das schaffen, begleite ich Sie zu Mrs Dunns Farm.“

„Wirklich?“ Abigail strahlte. Wenn es so einfach war, sie glücklich zu machen, würde er in Zukunft häufiger auf ihre Wünsche eingehen.

„Sobald Sie einen Fisch gefangen haben.“

Ungefähr zehn Minuten später hatte Ethan einen zweiten Fisch gefangen, doch bei Abigail hatte immer noch nichts angebissen.

„Irgendetwas mache ich falsch“, sagte sie mit einer Spur Verärgerung in der Stimme.

Er hatte ihr gezeigt, den leichten Zug zu erkennen, der bedeutete, dass ein Fisch angebissen hatte. Als an seinem Haken der zweite Fisch gezappelt hatte, hatte er ihr seine Angel in die Hand gegeben.

„Es ist alles eine Frage der Geduld“, sagte er zu ihr.

„Das ist leider eine Tugend, mit der ich sehr dürftig ausgestattet bin.“

Ethan war überrascht über dieses Eingeständnis. Die Abigail, die er kannte, scheute sich nicht davor, eine Aufgabe zu Ende zu bringen.

„Das ist einer der Gründe, weshalb ich angle“, sagte er, „um Geduld zu lernen.“

Sie starrte fasziniert auf ihre Rute, als hüte sie ein Geheimnis. „Funktioniert es?“

„Ein bisschen.“

„Wo haben Sie angeln gelernt? Ich kann mir nicht vorstellen, dass Sie im Hudson River geangelt haben.“

„Habe ich aber. Ich hab's gelernt, als ich in West Point war. Doch in einem Punkt haben Sie recht. Ich habe nie geangelt, als ich bei meinem Großvater gelebt habe, obwohl wir nur wenige Blöcke vom Fluss entfernt waren. Der Fisch, den wir gegessen haben, kam vom Fischmarkt. Ich denke, mein Großvater hätte einen Herzinfarkt gekriegt, wenn ich etwas so Gewöhnliches getan hätte – zu versuchen, das eigene Essen zu fangen.“ Bei der Vorstellung, sein strenger Großvater stünde mit einer Angelrute in der Hand am Flussufer, musste Ethan schmunzeln. Wenn er es getan hätte, hätte er vielleicht gelernt, dass mehr zum Leben gehörte, als immer mächtiger zu werden und riesige Summen Geld anzuhäufen.

„Ich denke, meinem Vater hätte es gefallen, wenn er es versucht hätte“, sagte Abigail ein paar Minuten später. „Angeln ist wirklich entspannend. Es gibt einem Menschen Zeit zum Nachdenken.“ Sie starrte einen Moment lang auf ihre Rute, dann zog sie sie aus dem Wasser. „Ich hatte recht. Ich dachte, der Wurm wäre weg, und das ist er. Wie ist das bloß passiert?“

„Ein raffinierter Fisch. Er hat den Wurm abgeknabbert, anstatt ihn mit einem Mal verschlingen zu wollen."

„Ungerecht!"

„Es ist in Ordnung, Abigail. Wir können uns auf den Weg zu Mrs Dunn machen, auch wenn Sie keinen Fisch fangen."

„Wirklich?"

„Wirklich."

„Oh Ethan, danke!" Abigail ließ ihre Angelrute fallen und umarmte ihn stürmisch. „Sie sind wundervoll!"

Das war er nicht. Ganz im Gegenteil. Aber Ethan hatte nicht die Absicht, ihr das zu erzählen, wo doch ihre spontane Umarmung das Beste war, was er jemals gespürt hatte. Was für ein perfekter Tag!

Kapitel 12

„Wäre ich ein Mann des Gebets, dann würde ich sagen, dass Sie die Antwort auf mein Gebet sind."

Abigail starrte Hauptmann Westland verblüfft an. Die hellblauen Augen hinter den Gläsern seines Zwickers wirkten aufrichtig. Nichts in seinem Gesichtsausdruck vermittelte ihr das Gefühl, dass dies eine sarkastische Bemerkung gewesen war. Seine Antwort war jedoch ganz anders als die Reaktion, die sie nach Jeffreys widerwilliger Einwilligung erwartet hatte.

„Dann sind Sie einverstanden?" Sie musste sichergehen, dass sie ihn nicht falsch verstanden hatte. Vor ihrem Besuch in seinem Büro war das Höchste, worauf sie gehofft hatte, ein Einverständnis gewesen. Dann hatte sie zuerst festgestellt, dass das Hauptquartier des Standorts nicht dem entsprach, was sie erwartet hatte. Und jetzt ging es ihr mit Hauptmann Westlands Antwort auf ihren Vorschlag genauso.

Abigail hatte angenommen, dass das „Waisenhaus", wie das Gebäude laut Ethan genannt wurde, spartanisch ausgestattet sein würde. Das war es nicht. Vorhänge hingen vor den Fenstern und ein gewebter Teppich bedeckte den Fußboden. Regale, die mit Büchern beladen waren, hingen an zwei Wänden, während ein Schreibtisch aus hochglänzend poliertem Holz an einer anderen stand. Die größte Überraschung war jedoch das Tischtuch, das über dem Tisch lag, an dem Abigail und Hauptmann Westland jetzt saßen, denn dieses ließ den Raum eher anheimelnd als zweckmäßig wirken.

Hauptmann Westland lächelte Abigail freundlich an. „Ich bin nicht nur damit einverstanden, dass Sie meinen Männern Englisch beibringen, sondern ich hoffe sogar, dass Sie in Erwägung ziehen, den gesamten Unterricht für die Erwachsenen zu übernehmen. Sergeant Ransom – er ist derjenige, der bisher unterrichtet hat – ist für einen Monat im Wachhaus." Der Hauptmann griff nach dem gläsernen Briefbeschwerer, der den Tisch schmückte, und warf ihn von einer Hand in die andere, während er über seine nächsten Worte nachdachte. „Einer meiner Offiziere hat Ransom gestern Abend bei einer Schlägerei erwischt. Das kann ich nicht zulassen, insbesondere nicht bei einem Mann, der ein gutes Beispiel abgeben sollte. Also, Miss Harding, was denken Sie? Würden Sie zumindest für einen Monat seinen Platz einnehmen?“ Er runzelte die Stirn, während er zögernd hinzufügte: „Ich muss Ihnen allerdings sagen, dass die Bezahlung ziemlich schlecht ist.“

Abigail wurde beinahe schwindelig vor Erleichterung. Hauptmann Westland hatte ihre Idee nicht abgelehnt. Im Gegenteil, er hatte gleich konkrete Aufgaben für sie. Sicher war das der Beweis dafür, dass Gott sie dafür vorgesehen hatte, dieses Problem zu lösen. Es konnte kein Zufall sein, dass Hauptmann Westland gerade in dem Moment einen Lehrer benötigte, in dem sie entschieden hatte, ihren Vorschlag anzubringen.

„Die Bezahlung ist egal. Es wäre mir eine Ehre.“

„Hervorragend. Leutnant Bowles wird Ihnen alles geben, was Sie brauchen.“ Hauptmann Westland legte den Briefbeschwerer auf den Tisch zurück und rief: „Bowles!“

Als Ethan das Büro betrat, lächelte Abigail ihm zu. Als sie gestern beim Abendessen ihre Idee besprochen hatte, hatte er sie mit Entschiedenheit unterstützt und war Jeffreys Einwänden und Charlottes Bedenken entgegengetreten, dass es schwieriger sei, Erwachsene statt junger Mädchen zu unterrichten. Ethan hatte sogar angeboten, in ihrem Namen mit dem Hauptmann zu sprechen, aber das hatte Abigail abgelehnt. Es war wichtig, dass die Entscheidung für oder gegen sie auf sachlichen Argumenten basierte, nicht auf Beziehungen. Aber jetzt, wo der Hauptmann zugestimmt hatte, freute sie sich, dass Ethan der Erste war, der es erfuhr.

„Bowles, diese junge Dame hat sich angeboten, den Unterricht zu übernehmen, während Ransom im Wachhaus ist.“ Er zwinkerte Abigail zu, als er fortfuhr: „Vielleicht auch länger, wenn wir sie davon überzeugen können, Fort Laramie zu ihrem Zuhause zu machen. Das ist Ihre Aufgabe, Bowles. In der Zwischenzeit geben Sie Miss Harding, was sie braucht, und stellen Sie sicher, dass sich immer ein Sergeant im Klassenraum befindet. Ich gehe nicht davon aus, dass es Probleme geben wird, aber Mrs Westland würde mir das Fell über die Ohren ziehen, wenn ich zuließe, dass Miss Harding etwas passiert.“

„Ja, Sir." Ethan salutierte, dann begleitete er Abigail nach draußen. „Sie scheinen sich zu freuen", sagte er, als sie die Straße erreichten.

„Das tue ich, aber ich bin auch ein bisschen überwältigt." Sie blickte umher. Der Paradeplatz sah genauso aus wie jeden Morgen, mit Männern, die marschierten, während andere noch immer Jagd nach streunenden Hunden machten. Am gegenüberliegenden Ende der Straße hämmerten und klopften Arbeiter, die sich abmühten, Fenster in das Gebäude einzusetzen, das das neue Hauptquartier des Standorts werden sollte. Zwei Vögel planschten in einer Vogeltränke, ein Waldkaninchen hoppelte unter eine Veranda. Es war für jeden in Fort Laramie ein normaler Morgen, außer für Abigail. Sie hatte mehr bekommen, als sie sich erträumt hatte.

„Ich weiß noch nicht einmal, welche Fächer ich unterrichten soll. Denken Sie, Sergeant Ransom würde mich an seinen Unterrichtsplänen teilhaben lassen?"

Ethans Lachen schallte über den Paradeplatz. „Unterrichtspläne? Ich bezweifle, dass der Mann die Bedeutung dieses Wortes kennt."

Korporal Keller und ein anderer Soldat kamen näher. Die Lassos in ihren Händen verrieten Abigail, dass sie sich auf Hundepatrouille befanden. Sie blickte in beide Richtungen und hoffte, dass Pfütze nicht schon wieder ausgerissen war.

„Korporal Keller", rief Ethan. „Miss Harding würde gern kurz mit Ihnen sprechen."

Wieder war sich Abigail sicher, dass das kein Zufall sein konnte: Ausgerechnet der Mann, der sie auf die Notwendigkeit besseren Unterrichts aufmerksam gemacht hatte, spazierte in dem Moment an ihr vorbei, in dem sie Fragen über die Unterrichtsfächer hatte.

Die Augen des Korporals leuchteten auf, als Abigail erklärte, dass sie den Unterricht übernehmen würde.

„Sehr gut", sagte er auf Deutsch, doch dann korrigierte er sich und wiederholte die Worte auf Englisch.

Das hoffte Abigail auch; allerdings wäre es nur dann gut, wenn sie wüsste, was sie unterrichten sollte. „Wissen Sie, ob Sergeant Ransom Unterrichtspläne benutzt hat?"

Der Korporal starrte Abigail verständnislos an. „Entschuldigen Sie bitte, Ma'am, aber was sind *Unterrichtspläne*?"

Obwohl es so schien, als hätte Ethan recht, dass Sergeant Ransom keine Pläne gehabt hatte, war es auch möglich, dass Korporal Keller nur den Begriff nicht kannte. „Normalerweise ist es ein Buch mit einer Liste von all dem, was er am Abend unterrichten wollte, ergänzend dazu Fragen für die Studenten."

„Nein", antwortete der Korporal und schüttelte den Kopf, um seine Antwort zu unterstreichen. „Ich habe sowas nie gesehen."

„Können Sie mir dann vielleicht sagen, was Sergeant Ransom in der letzten Stunde unterrichtet hat?"

Korporal Keller rümpfte die Nase, während er über die Frage nachdachte. „Es war irgendetwas über Länder in Europa, Ma'am. Er hatte eine Karte."

Europäische Geografie. Abigail konnte sich nur wenige Themen vorstellen, die für Soldaten in Wyoming weniger geeignet waren. „Es sieht so aus, als gäbe es allerhand zu tun."

„Ja, Ma'am."

Als der Korporal gegangen war, wandte sich Ethan wieder Abigail zu. „Sind Sie sicher, dass Sie das immer noch machen möchten?"

„Natürlich. Wissen Sie denn, wann der Unterricht abgehalten wird?"

Ethan nickte. „In letzter Zeit waren es dieselben Abende, an denen wir Baseball gespielt haben, Dienstag und Donnerstag. Ich hatte den Verdacht, dass Sergeant Ransoms Wahl auf diese Abende gefallen ist, damit er möglichst kleine Klassen hat. Sie haben ja den Korporal gehört. Wer würde sich eine Karte von Europa angucken, wenn er Baseball spielen könnte?"

Abigail war entsetzt über das, was sie über ihren Vorgänger erfuhr. „Das geht so nicht. Ich werde den Unterricht Montag, Mittwoch und Freitag stattfinden lassen. Auf diese Weise werden die anderen Tage frei sein für die Spiele."

„Und Ihre Schüler werden jede Woche eine zusätzliche Unterrichtsstunde haben."

Abigail nickte. „Es klingt, als hätten sie es nötig."

„Das haben sie", bestätigte Ethan. „Und da Sie Zeit brauchen werden, um Ihre Stunden vorzubereiten, können wir unseren Ausritt verschieben."

Das klang vernünftig. Es war nicht nur so, dass Abigail unbedingt Unterrichtspläne erstellen musste, sondern es hallten auch Charlottes Worte durch ihren Kopf: *Du kannst nicht jedes Problem lösen. Sei dir erst sicher, dass es das ist, was Gott von dir möchte.* Abigail war zuversichtlich, dass Gottes Plan für sie der war, dass sie die Soldaten unterrichtete. Dieser Morgen hatte es bewiesen. Sie sollte sich voll und ganz auf ihren Unterricht konzentrieren. Und dennoch konnte sie nicht aufhören, über Mrs Dunn und die entführte Frau nachzudenken.

Sie schüttelte den Kopf. „Es ist nur ein Tag. Ich möchte mich auf den Weg machen." Und sie wollte, wenn sie ehrlich war, gerne Zeit mit Ethan verbringen.

Der Tag war stark bewölkt und die Luftfeuchtigkeit so hoch, dass Abigail sicher war, die Wolken würden überlaufen, aber das taten sie nicht.

„Es ist ein guter Tag für einen Ausritt", sagte Ethan. „Die Pferde werden nicht so schnell ermüden, wenn die Sonne nicht brennt. Aber wenn Sie lieber warten wollen …"

Das wollte sie auf keinen Fall. Und so machten sich Ethan und Abigail nicht lange nach Tagesanbruch auf den Weg nach Norden. Obwohl sie Ethan gegenüber gestand, dass sie der Witwe nicht immer genau zugehört hatte, war sich Abigail sicher, dass Mrs Dunn gesagt hatte, ihre Farm befinde sich eine oder zwei Stunden nördlich des Forts.

„Doch das bedeutet, dass meine Männer sie hätten finden müssen." Ethans Augen schienen sich ununterbrochen zu bewegen, suchten den Horizont ab und sahen hinab auf den Boden, den sie passierten. Wachsam für mögliche Gefahren zu bleiben war etwas, das jeder gute Soldat tun würde – das nahm Abigail jedenfalls an.

„Denken Sie, dass die Banditen da draußen sind?"

Ethan schien überrascht. „Nicht hier. Warum fragen Sie?"

„Weil Sie ganz offensichtlich nach etwas suchen."

Er zuckte die Achseln. „Ich mache mir mehr Sorgen um wilde Raubtiere. Dies ist Klapperschlangengebiet, die sich im hohen Gras verbergen könnten. Außerdem habe ich Geschichten über Wolfsrudel gehört. Auch wenn ich nie einen Wolf gesehen hab, möchte ich kein Risiko eingehen.“

Abigail blickte umher. Für sie sahen die sanften Hügel mit den gelegentlich sichtbaren Felsen nicht bedrohlich aus. „Ich dachte, Sie wollten mich davon überzeugen, dass Wyoming schön ist.“

Und das war es ja auch, auf seine eigene Art. Das hier war nicht Vermont mit seiner idyllischen Landschaft und seinen grünen Hügeln, auf denen Milchvieh verstreut graste, aber die baumlose Prärie und enorme Weite hatte eine eigene Schönheit. Was Abigail einmal langweilig genannt hatte, hielt sie inzwischen für erholsam.

Ethans Ausdruck blieb ernst, als er sagte: „Schönheit bedeutet nicht, dass es keine Gefahr gibt, aber Sie müssen sich keine Sorgen machen.“ Er berührte den Revolver an seiner Hüfte und blickte auf sein Gewehr. „Ich bin ein erstklassiger Schütze.“

Abigail versuchte, nicht zu zittern. Waffen gehörten hier zum Leben, und auch wenn sie die Zerstörung fürchtete, die sie hervorrufen konnten, war es ihr doch unmöglich, sie für überflüssig zu erklären. Sie atmete einmal tief durch, dann starrte sie auf den Horizont. Sie war erleichtert, als sie etwas sah, das aussah wie eine Ansammlung von Gebäuden. „Ich glaube, ich sehe eine Farm. Vielleicht handelt es sich um die von Mrs Dunn.“

Obwohl das Farmgebäude klein war, war es gut gepflegt. Seine Fenster strahlten vor Sauberkeit und die Vordertür war frisch gestrichen. Ein paar Blumen in fröhlichem Gelb und Rot erhellten die Ecke der Veranda und lenkten die Aufmerksamkeit des Besuchers weg von dem trockenen Gras. Als sich Abigail und Ethan näherten, betrat eine Frau die Veranda.

„Willkommen, Mylady, Sir. Was kann ich für Sie tun?“

Abigail nahm an, dass die braunhaarige Frau ungefähr dreißig Jahre alt war. Unter ihrem weit geschnittenen Kleid war zu erkennen, dass sie hochschwanger war. Allerdings war ihr Gesicht von Sonne und Wind so gegerbt, dass ihr Alter nur schwer zu schätzen war.

„Wir suchen nach Mrs Dunn“, erklärte Abigail, als sie und Ethan vom Pferd stiegen. Auch wenn sie nur eine kurze Pause machten, würde es sich gut anfühlen, die Beine auszustrecken. „Sie sagte, sie habe eine Farm in dieser Gegend.“

Die Frau schüttelte den Kopf. „Ich kenne keine Dunns, aber vielleicht kennt Michael sie." Sie legte ihre Hände wie einen Trichter um ihren Mund und rief: „Michael, wir haben Besucher."

Ein dunkelhaariger Mann trat aus der Scheune. Er hatte einen Jungen von vielleicht fünf oder sechs Jahren bei sich und bewegte sich langsamer, als Abigail erwartet hätte. Er passte seinen Schritt dem seines Sohnes an, zeigte dabei aber kein Anzeichen von Ungeduld. Als sie näher kamen, sah Abigail den Grund für den unsicheren Gang des Jungen: Einer seiner Füße war unförmig und missgebildet.

„Ich bin Michael Kennedy", sagte der Mann und streckte Ethan seine Hand entgegen. „Sie haben meine Frau Hetty bereits kennengelernt und das hier ist unser Sohn Paul. Wie können wir Ihnen helfen?"

Als Ethan es erklärte, schüttelte Mr Kennedy den Kopf. „Ich fürchte, ich kann Ihnen nicht helfen. Im Umkreis von hundert Meilen gibt es keine Dunns. Der einzige Fremde außer Ihnen, den ich gesehen habe, war ein Mann. Er kam vor ungefähr einer Woche vorbei und bot mir ein neues Gewehr an und ein paar Kleinigkeiten für Hetty. Er hatte ziemlich schicken Schmuck bei sich."

Ethan atmete scharf ein. Womöglich handelte es sich hierbei um das Diebesgut. „War eine Damenbrosche mit roten Steinen dabei?" Als Mr Kennedy nickte, fuhr Ethan fort: „Erinnern Sie sich daran, wie der Mann aussah?"

„Ganz gewöhnlich, aber er hatte die grünsten Augen, die ich je gesehen habe."

Das klang nach dem Gefreiten Schiller. Ethan hatte erwähnt, dass die Augen des Deserteurs von einem tieferen Grün waren als Jeffreys.

„Hat er mit Akzent gesprochen?", fragte Abigail.

Der Farmer nickte erneut. „Ich denke, er könnte Deutscher gewesen sein. Ich konnte ihn kaum verstehen." Es musste sich in der Tat um Schiller handeln.

Der Junge sah zu seinem Vater hoch. „Er war ein böser Mann. Ich mochte ihn nicht."

Mr Kennedy fuhr seinem Sohn durch die Haare. „Ich auch nicht. Darum wollte ich auch nichts kaufen, obwohl er mir einen guten Preis gemacht hat."

„Es handelte sich wahrscheinlich um Diebesgut", sagte Ethan

ruhig, um die Familie Kennedy nicht in Aufruhr zu versetzen. Obwohl seine Worte freundlich klangen, hatte er seine Hände zu Fäusten geballt, als sei er verärgert. Für Abigail ergab das keinen Sinn. Warum sollte Ethan sich darüber ärgern, dass sich Mr Kennedy geweigert hatte, dem Gefreiten Schiller etwas abzukaufen?

Ethan fuhr mit seiner Erklärung fort. „Es hat ein paar Postkutschenüberfälle gegeben, außerdem wurden im Fort einige Waffen gestohlen."

„Sowas hab ich mir schon gedacht." Mrs Kennedy nickte, während ihr Mann sprach. „Obwohl der Mann behauptete, er sei ein Farmer, schien mir irgendetwas faul zu sein."

„Er trug keine Uniform?" Es war Ethan, der die Frage stellte.

„Nein, Sir." Der Junge schüttelte den Kopf. „Abgesehen von seinen Stiefeln. Sie waren wie Ihre."

Der Farmer legte eine Hand auf die Schulter seines Sohnes. „Sehr aufmerksam von dir, Paul. Ich habe das gar nicht bemerkt."

Als der Junge vor Freude strahlte, nickte Ethan, aber Abigail spürte, dass er sich irgendwie unbehaglich fühlte. Als Mrs Kennedy sie einlud, zum Essen zu bleiben, lehnte Abigail die Einladung ab, obwohl sie die Familie gern besser kennengelernt hätte.

„Das ergibt keinen Sinn", sagte Ethan, als sie die Farm verließen. „Es scheint, dass es eine Verbindung zwischen den Gewehrdiebstählen und den Postkutschenüberfällen gibt und dass Schiller in beide verwickelt ist, aber ich begreife nicht, wie. Schiller kam mir nie wie ein Anführer vor und er hat mich ganz sicher nicht mit einer Intelligenz beeindruckt, die ihn dazu befähigen würde, die Raubüberfälle zu planen."

„Ich frage mich, woher er die zivile Kleidung hat."

Ethan zuckte die Achseln. „Er könnte nach Cheyenne gefahren sein. Ich schätze, dass er beim Verkauf einen guten Preis für die Revolver erzielt hat. Allerdings frage ich mich, wie er an die Waffen gekommen ist. Er muss sich zurück ins Fort geschlichen haben, aber das bedeutet, dass er ein großes Risiko eingegangen ist. Die Wachen haben Anweisung, besonders nach Deserteuren Ausschau zu halten."

„Sie achten wahrscheinlich auf Leute, die das Fort verlassen, und nicht auf die, die es betreten."

Ethan verzog die Lippen zu einem traurigen Lächeln. „Das stimmt. Es scheint, als müssten wir unsere Sicherheitsvorkehrungen verbessern."

Obwohl die Sonne noch nicht hinter den Wolken hervorgekommen war, konnte Abigail spüren, wie Schweißperlen ihren Nacken hinunterliefen. Der Juli in Wyoming war heiß, sogar an einem bewölkten Tag.

„Ich weiß, dass Sie sich Sorgen über den Gefreiten Schiller machen", sagte sie ein paar Minuten später, „aber ich kann nicht aufhören, an Mrs Dunn zu denken. Vielleicht sollte ich das nicht – meine Schwester erinnert mich andauernd daran, dass ich nicht jedes Problem lösen kann –, aber ich kann sie nicht vergessen. Es ist klar, dass sie mich belogen hat, aber ich weiß nicht, worin die Lüge besteht: in ihrem Namen oder in der Lage ihrer Farm."

Ethan nickte. „Und dann ist da noch die andere Frage: Warum hat sie überhaupt gelogen?"

Nachdenklich ritten sie weiter und schwiegen dabei. Obwohl die Stille nicht unangenehm war, spürte Abigail, dass Ethan über das, was er heute Morgen erfahren hatte, beunruhigt war. Es gab wahrscheinlich nichts, was sie tun konnte, und doch musste sie es versuchen. Sie wartete, bis sie für ein Picknick anhielten.

Als sie das Mittagessen auspackten, das Abigail mitgebracht hatte, sagte sie: „Sie waren so tief in Gedanken versunken. Geht es um Mrs Dunn oder um den Gefreiten Schiller?"

Ethan nahm das Sandwich, das sie ihm anbot, und biss kräftig hinein. „Sie sind viel zu aufmerksam, Abigail. Die Wahrheit ist, dass ich weder über unsere lügende Witwe noch über den diebischen Gefreiten nachgedacht habe. Stattdessen musste ich ständig daran denken, wie Michael Kennedy seinen Sohn behandelt hat. Es schien ihm nichts auszumachen, dass er nicht richtig laufen kann."

„Ich bin sicher, dass es ihm etwas ausmacht. Sicherlich wünscht er sich, irgendetwas tun zu können, um ihm zu helfen, und bestimmt hasst er das Gefühl, machtlos zu sein." Abigail wusste, dass sie, wenn Paul ihr Sohn wäre, alles in ihrer Macht Stehende tun würde, um ihm zu helfen. Aber medizinische Hilfe war teuer und weit weg.

„Aber er behandelt ihn, als würde es keine Rolle spielen."

Als sie den Schmerz in Ethans Stimme heraushörte, versuchte Abigail den Grund dafür zu verstehen. „Es spielt keine Rolle. Ob er nun laufen kann oder nicht, Paul ist sein Sohn. Mr Kennedy liebt ihn." Das war anhand vieler liebevoller Gesten unübersehbar gewesen. Die Gesten. Als Abigail daran zurückdachte, wurde ihr klar, dass Ethans Unbehagen am größten gewesen war, als Mr Kennedy seinen Sohn berührt hatte. „Ich denke, dass es zum Elternsein dazugehört, ein Kind zu lieben, egal, ob es perfekt ist oder nicht."

Ethan schluckte schwer, dann spülte er das Brot mit einem Schluck aus seiner Feldflasche herunter. „Sie können so etwas leicht sagen. Sie hatten Eltern, die Sie liebten. Ich hatte meinen Großvater."

Die Bitterkeit in Ethans Stimme war nicht zu überhören. Wieder wünschte sich Abigail, mehr über seine Kindheit zu erfahren. Es war schwierig, Trost zu spenden, wenn sie nicht wusste, was geschehen war.

„Er hat Sie geliebt. Hätte er sich sonst um Sie gekümmert?"

Ethan starrte in die Ferne. Sein Gesichtsausdruck war verkrampft. „Hat er das oder brauchte er nur einen Erben, der seine Eisenbahn weiterführt?"

„Du siehst glücklich aus." Charlotte legte ihre Näharbeit zur Seite und lächelte Abigail an. Sie waren nach dem Ende des Baseballtrainings gleich nach Hause zurückgekehrt, anstatt den Rest des Abends mit den anderen Offiziersehefrauen zu verbringen. Charlotte verlieh einem neuen Abendkleid den letzten Schliff, während Abigail an ihren Unterrichtsplänen arbeitete und Pfütze zu ihren Füßen vor sich hin döste. Wie an den meisten Abenden war Jeffrey bei den Männern geblieben.

„Ich bin glücklich", stimmte ihr Abigail zu. Es stimmte, dass sie sich immer noch Gedanken über Ethan machte und sich wünschte, dass es etwas gäbe, was sie für Leah tun könnte. Aber sie hatte versucht, Charlottes Rat zu befolgen und die Lösung dieser Probleme Gott zu überlassen … zumindest bis sie anfangen würde zu unterrichten.

„Die Schule des Standorts hat sich als wahre Fundgrube erwiesen.“ Abigail hatte die Räume am vorangegangenen Tag unter die Lupe genommen und war begeistert von den Materialien, auf die sie dort gestoßen war. Zunächst war sie skeptisch gewesen, als sie erfahren hatte, dass das Gebäude vorher eine Bäckerei gewesen war, dann aber hatte sie erleichtert festgestellt, dass es nicht mehr nach Brot roch. Das Letzte, was sie brauchte, waren Schüler, die von Gedanken ans Essen abgelenkt wurden. „Ein paar der Kinderbücher sind perfekt, um den Männern das Lesen beizubringen.“

„Kinderbücher?“ Charlotte rümpfte die Nase. „Ich habe nie gerne gelesen.“ Als Pfütze anfing, sich zu regen, beugte sich Charlotte vor, um seinen Kopf zu streicheln. Dann hielt sie plötzlich inne und richtete sich wieder auf. „Es fällt mir nicht mehr so leicht, mich zu bewegen.“ Als sie auf ihren Bauch hinunterblickte, strahlte sie. „Das Kleine ist jetzt aktiv.“

Bevor Abigail antworten konnte, klopfte jemand an die Tür. Pfütze sprang auf seine Füße und begann zu bellen, wobei er eher aufgeregt als besorgt klang und Abigail dadurch verriet, dass der Besucher jemand war, den sie kannten.

„Ich gehe schon“, sagte sie, denn sie wollte nicht, dass Charlotte aufstehen musste. Die Knöchel ihrer Schwester waren in letzter Zeit angeschwollen, sodass es für sie zunehmend mühsamer wurde herumzulaufen.

Als Abigail die Vordertür geöffnet hatte, lächelte sie. Leutnant Setons Haar war noch feucht und verriet, dass er versucht hatte, den Dreck und Schweiß des Baseballtrainings abzuwaschen. Als er sich einmal nicht gewaschen hatte, hatte Pfütze die ganze Zeit an seinen Stiefeln herumgeschnüffelt und versucht, an seinen Hosenbeinen herumzukauen.

„Guten Abend, Mrs Crowley, Miss Harding.“ Oliver lächelte sie fröhlich an. „Ich hatte gehofft, ich könnte mich heute Abend an Ihrer Gesellschaft erfreuen, aber wenn ich störe …“

Charlotte legte ihre Näharbeit zur Seite. „Wir freuen uns über die Ablenkung. Kommen Sie herein.“ Sie deutete auf einen der bequemen Stühle.

Obwohl Abigail lieber ihre Unterrichtspläne fertiggestellt hätte, wusste sie, dass Charlotte Freude an Olivers Besuchen hatte, denn er war der einzige Offizier im Fort, der Charlottes Liebe zum Gesang teilte. Abigail erinnerte sich an ihre guten Manieren. „Dürfen wir Ihnen eine Erfrischung anbieten?"

Oliver schüttelte den Kopf und wandte sich an Charlotte. „Ich muss gestehen, dass ich gehofft hatte, wir würden ein weiteres Duett singen."

„Nicht schon wieder ‚Old Folks at Home'." Charlotte tat so, als würde sie flehen. „Ich habe ‚Way down upon the Swanee River' den ganzen nächsten Tag gesungen. Leider hat Pfütze es gehasst." Als sie die erste Zeile von Stephen Fosters berühmtem Lied summte, begann der Hund zu winseln. „Sehen Sie, was ich meine?"

„Wie wär's mit ‚The Girl I Left Behind'?", schlug Abigail vor. „Ich habe die Noten in der Klavierbank gefunden." Sie hatte gehört, dass die Musikkapelle der Kompanie stets dieses Lied gespielt hatte, wenn die Soldaten den Standort verließen, um in den Krieg zu ziehen.

Oliver schüttelte den Kopf und sagte in Anspielung auf den Titel des Liedes: „Ich will mein Mädchen nicht zurücklassen. Ich will es an meiner Seite." Er warf Abigail einen Blick zu, der so voller Sehnsucht war, dass es ihr den Magen umdrehte. *Oh nein, Oliver. Du meinst das nicht so. Du weißt, dass ich nicht dein Mädchen bin, und ich werde es auch niemals sein.*

Charlotte merkte nichts von den Gedanken, die Abigail so sehr aufwühlten, und nickte energisch. „Das sollte uns nicht vom Singen abhalten", sagte sie. „Es ist ein schönes Lied."

Und das war es. Wäre nicht die Sorge gewesen, weil Oliver etwas wollte, das sie nicht geben konnte, dann hätte Abigail Stunden damit verbringen können, ihm und ihrer Schwester zuzuhören, denn ihre Stimmen harmonierten wunderbar.

Am Ende des Abends begleitete Abigail Oliver zur Tür. Obwohl sie hoffte, er würde sich einfach nur verabschieden, wie er es sonst tat, ließ die Art, in der er sich räusperte, und das Unbehagen, das sie in seinem Gesicht las, Abigail befürchten, dass er ihr noch etwas sagen wollte. Vielleicht würde er den Fingerzeig verstehen, wenn sie sachlich blieb.

„Danke für Ihren Besuch", sagte sie, als sie auf die vordere Veranda traten. „Charlotte genießt es immer sehr, Musik zu machen."

„Und Sie?“ Es waren nur zwei Worte, aber Olivers Stimme zitterte vor Aufregung, als er sie aussprach.

Bitte, Oliver, geh nach Hause. Sag nichts, was du bereuen wirst. Obwohl ihr der Appell auf der Zunge lag, entschied sich Abigail für eine neutrale Antwort. „Ich habe Freude daran, guten Sängern zuzuhören.“

Oliver strich sich mit einer Geste über die Nase, von der Abigail bereits wusste, dass sie ein Zeichen von Nervosität war. „Das habe ich nicht gemeint. Ich hoffe, dass Sie meine Gesellschaft genauso sehr genießen wie ich Ihre. Ich freue mich stets auf diese Besuche.“

Der Klang seiner Stimme verriet Abigail, dass er kurz davor war, eine Liebeserklärung zu formulieren. Wenn sie ihm den unvermeidlichen Schmerz einer Zurückweisung doch nur ersparen könnte. „Es ist gut, Freunde zu haben“, sagte sie einfallslos.

Oliver schüttelte den Kopf. „Sie wissen, dass ich mehr als Ihr Freund sein möchte. Ich möchte Sie heiraten.“

„Es tut mir leid.“ Und das tat es. Obwohl Ethan behauptete, dass Oliver sich von einer Zurückweisung nicht unterkriegen lassen würde, hasste sie es, diejenige zu sein, die sie aussprach. „Sie wissen, dass eine Heirat unmöglich ist. Woodrow …“ Als Abigail versuchte, sich das Bild ihres Fast-Verlobten in Erinnerung zu rufen, gelang es ihr nicht. Erschrocken brach sie mitten im Satz ab.

„Woodrow ist nicht hier“, beendete Oliver ihren Satz. „Ich dagegen bin es. Ich lie-“

Sie würde ihm nicht erlauben fortzufahren. Obwohl Olivers Besuche dabei halfen, Charlottes Stimmung zu heben, und die Leere füllten, die Jeffreys Abwesenheit hinterließ, konnte Abigail nicht zulassen, dass er falsche Hoffnungen hegte. „Gute Nacht, Leutnant Seton.“ Vielleicht würde es ihm deutlich machen, dass sie ihn nur als Freund betrachtete, wenn sie ihn kurzerhand hinauswarf.

Traurigkeit trat in Olivers Augen. „Gibt es keine Hoffnung für mich?“

Abigail schüttelte langsam den Kopf. „Leider nicht.“

Er stand einen Moment lang einfach nur da und presste die Lippen fest aufeinander. Schließlich streckte er seine Hand aus und griff nach der ihren. Er hob sie zu seinen Lippen und drückte einen Kuss auf ihren Handrücken.

„Gute Nacht, Miss Harding“, sagte er, als er ihre Hand losließ und in der Dunkelheit verschwand.

Es gab absolut keinen Grund, in diese Richtung zu gehen. Ethan starrte in den mondlosen Himmel. Normalerweise war dies keine Zeit, in der er sich gerne draußen aufhielt, und doch war er hier. Nur weil Abigail hier lebte und für gewöhnlich um diese Zeit Pfütze ausführte. Nur weil sie sich unterhalten hatten, als er sie an den letzten paar Abenden auf ihrem Spaziergang begleitet hatte. Nur weil es mehr Freude machte, sich mit Abigail zu unterhalten, als mit irgendeinem anderen Menschen. Nichts davon war ein Grund, hier zu sein. Und doch war er hier, nur ein paar Meter von dem Haus entfernt, das Abigail mit ihrer Schwester und Jeffrey teilte. Obwohl er angenommen hatte, dass sie im Haus sein würde, stand sie draußen. Das Licht aus dem Wohnzimmer floss auf die Veranda und ließ Abigails Kleid schimmern.

Ethans Augen verengten sich. Sie war nicht allein. Ein Mann war an ihrer Seite und stand dichter bei ihr, als er es erlaubt hätte. Oliver. Natürlich. Der Mann hatte weniger Feingefühl als ein Grashüpfer. Es war doch sonnenklar, dass Abigail vollkommen unpassend für Oliver war. Auch wenn sie nicht beinahe an Woodrow vergeben wäre, war sie zu ernsthaft für ihn. Sie passten nicht zusammen, niemals im Leben … Ethan suchte nach anderen Ausdrücken, aber das Einzige, was durch seinen Kopf hallte, war *falsch*. Abigail und Oliver waren falsch füreinander. Vollkommen falsch.

Als Ethan einen weiteren Schritt nach vorn machte, entschlossen, Oliver über seine Dummheit in Kenntnis zu setzen, sah er, wie dieser Abigails Hand an seine Lippen zog. Was dachte er sich nur dabei? Der Mann dachte überhaupt nicht. Das war klar. Ethans Hände ballten sich zu Fäusten. Er sehnte sich danach, seinem Freund damit ein wenig Vernunft einzubläuen. Stattdessen machte Ethan auf dem Absatz kehrt und rannte davon.

Es gab keinen Grund, so verärgert zu sein, keinen Grund, sich überhaupt nur Gedanken darüber zu machen. Natürlich nicht.

Es war dunkel, dunkler, als es jemals gewesen war. Der Mond, der ihnen Licht und Orientierung gespendet hatte, war verschwunden und selbst die Sterne waren hinter einer Wolkendecke versteckt. Obwohl er wusste, dass auf der nächsten Anhöhe eine Stadt lag, waren keine Lichter zu erkennen. Aber vielleicht konnte er sie auch nur nicht sehen. Vielleicht war das ein Segen. Unglücklicherweise konnte er immer noch fühlen, er konnte hören und er konnte riechen. Es wäre besser gewesen, wenn er es nicht mehr könnte.

Er lag auf dem Boden im Schatten der Kirche. Ein Bein war unnatürlich angewinkelt, das andere lag zerquetscht unter dem Körper des Pferdes. Überall um ihn herum stöhnten Menschen. Der Lärm der Kanonen hatte aufgehört und nur den Gestank von Artilleriefeuer hinterlassen, der mit zwei anderen unverwechselbaren Gerüchen vermischt war: dem Geruch von Angst und dem Geruch sterbender Menschen.

Er war einer davon. Er wusste es. Kein Mensch konnte lange überleben, wenn er so viel Blut verloren hatte. Das war der Grund, weshalb sie ihn liegen gelassen hatten. Die Krankenträger durften nur diejenigen mitnehmen, die die größte Überlebenschance hatten. Später würden sie wegen der anderen zurückkehren. Aber er würde nicht mehr hier sein. Alles, was noch da wäre, war sein Körper.

Angesichts der unerträglichen Schmerzen biss er die Zähne zusammen. Die Zeit war kurz. Er konnte spüren, wie er davonglitt. So hatte er sich das nicht vorgestellt. Die Generäle hatten unrecht gehabt. Es lag kein Ruhm im Sterben. Als die Qualen wegen der gebrochenen Knochen und des zerquetschten Körpers langsam nachließen, blieb er mit nichts anderem als tiefstem Bedauern zurück. Es war unerträglich zu wissen, dass er Veronica nie wiedersehen würde, dass er niemals ihr gemeinsames Kind halten würde, dass sie niemals seine liebenden Worte hören würden. Und doch konnte er nichts dagegen tun. Das Ende war nah.

„Mein Sohn!“, keuchte er, als er den letzten Atemzug tat.

Ethan sprang aus dem Bett, seine Glieder zitterten, sein Atem ging stoßweise. *Es war nur ein Traum*, sagte er zu sich selbst, während er an das Fenster trat. Nur ein Traum. Aber er hatte nie zuvor einen derart lebendigen Traum gehabt. Heute Nacht fühlte er sich, als wäre er dort und sähe und fühlte die Folgen dieser fürchterlichen

Schlacht am eigenen Körper. Er war kein bloßer Zuschauer, der die Leichname sah, die auf den Feldern außerhalb von Sharpsburg verstreut waren. Nein, ganz und gar nicht. Er war dort, im Kopf seines Vaters.

Sein Vater! Ethan umklammerte das Fensterbrett und versuchte, auf diese Weise die Schauer zu unterdrücken, die seinen Rücken hinaufkrochen. Wenn er dem Traum Glauben schenken durfte, war sein Vater in der Schlacht von Antietam gestorben. Obwohl er jahrelang nicht daran gedacht hatte, hatte Ethan von den grausamen Kämpfen in der Nähe der Kirche gehört. Jetzt hatte diese Kirche eine besondere Bedeutung für ihn.

Zeigte der Traum das, was wirklich geschehen war, oder spiegelte er nur die Liebe wider, die Ethan sich von seinem eigenen Vater erhofft hätte? Seit dem Tag, an dem er und Abigail die Farm der Kennedys besucht hatten, war es Ethan unmöglich gewesen, den Anblick von Michael Kennedy zu vergessen, der seinem Sohn übers Haar strich und seine Hand auf die Schulter legte. Eine tiefe Sehnsucht hatte Ethan ergriffen, der Wunsch, eine solche Vaterliebe verspüren zu können, und – was noch seltsamer war – der Wunsch, einen eigenen Sohn zu haben, ein Kind, das er so lieben könnte wie Michael Kennedy seinen Sohn.

Ethan schüttelte den Kopf. Es war nur ein Traum! Und doch waren die Einzelheiten so real gewesen. Niemand hatte ihm jemals gesagt, wie sein Vater gestorben war, nur dass er im Krieg den Tod gefunden hatte. Er hatte nicht gewusst, dass sein Vater bei Antietam gefallen war, aber jetzt hatte er keinen Zweifel mehr daran. Der Mann, den Ethan in seinem Traum gesehen hatte, war Stephen Bowles – sein Vater, der Mann, den Ethans Großvater sein ganzes Leben lang verachtet hatte.

Ethan konnte nicht zählen, wie oft ihm davon berichtet worden war, wie sein Vater Veronica in die Falle gelockt hatte. Stephen Bowles hatte vorgegeben, sie zu lieben, und den ältesten Trick von allen benutzt, um sicherzustellen, dass sie ihn heiraten musste. Dabei hatte er Veronica nicht geliebt. So hatte es sein Großvater stets behauptet. Dieser Schurke hatte auch ganz bestimmt nicht das Kind geliebt, das er niemals gesehen hatte. Stephen Bowles hatte nichts anderes geliebt als die Aussicht auf Großvaters Geld. Großvater zufolge war sein Schwiegersohn nichts anderes als ein gerissener Mitgiftjäger, der gestorben war, bevor er begriffen hatte, dass er keinen Penny des Vermögens der Familie Wilson bekommen würde.

Das war der Vater, den Ethan gekannt hatte. Er hatte ihn sich als eine jüngere Version seines Großvaters vorgestellt – kalt, unnahbar und fordernd –, nicht als einen Mann, der durch die Haare eines Jungen wuscheln würde. Aber der Traum hatte sich so real angefühlt. Hatte sein Großvater gelogen?

Kapitel 13

„Es ist nur ein Kinderbuch." Abigail hielt Leah das Buch hin und hoffte, die junge Frau würde es annehmen. Wenn sie lesen und schreiben lernen würde, könnte sich Leah vielleicht von der Schweinefarm lösen. Mit diesen Grundfertigkeiten würde sie bestimmt in der Lage sein, in Cheyenne eine anständige Arbeitsstelle zu finden. Sie könnte als Köchin oder Haushälterin angestellt werden. Mit den Fähigkeiten, die sie sich dann erwerben würde, wäre sie irgendwann in der Lage, in einem der Läden oder in einem Hotel zu arbeiten. Aber zuerst musste sie Selbstvertrauen erlangen.

Leahs Augen weiteten sich. „Für mich?"

„Es ist eine Leihgabe", nickte Abigail. „Wenn Sie dieses hier fertig haben, bringe ich Ihnen das nächste. Und, Leah – bitte, wir sind jetzt Freundinnen." Sie zog eine Schiefertafel und ein Stück Kreide aus ihrer Tasche. „Ich fange morgen an, die Soldaten zu unterrichten, und hatte gehofft, Sie – nein, wir sind nicht mehr so förmlich. Also ich hatte gehofft, du würdest als Versuchskaninchen herhalten." Abigail war nicht sicher gewesen, ob Leah heute zum Flussufer kommen würde. Sicherheitshalber hatte sie aber eine zusätzliche Flasche mit Wasser und zwei hart gekochte Eier dabei, falls die junge Frau dort wäre und zu einer Unterrichtsstunde bleiben könnte. Es war die perfekte Gelegenheit für Abigail. Charlotte war mit morgendlichen Pflichtbesuchen beschäftigt und hatte eingesehen, dass es besser für ihre Schwester wäre, Sally zu bewegen, anstatt sie bei etwas zu begleiten, was selbst Charlotte als furchtbar langweilig bezeichnete.

„Du würdest mir einen Gefallen tun", sagte Abigail zu Leah.

Die Augen der hübschen blonden Frau waren kugelrund vor Staunen. „Wirklich?"

„Wirklich. Sollen wir anfangen?"

Eine Stunde später lächelte Abigail. „Du bist die beste Schülerin, die ich jemals hatte."

Leah errötete. „Das meinst du nicht so."

„Doch, das tue ich." Obwohl die Unterrichtsstunde nur kurz gewesen war, hatte sie Abigail gezeigt, dass Leahs fehlerhafte Ausdrucksweise von einem Mangel an Bildung, nicht an Intelligenz herrührte. Auch wenn es sich bei einer Decke, die unter einer alten Pappel auf dem Boden ausgebreitet war, um einen ungewöhnlichen Klassenraum handelte, hatte das Leah nicht abgeschreckt.

„Wo ist dein Welpe?", fragte sie, als Abigail das Buch zuklappte.

„Wahrscheinlich macht er zu Hause gerade Dummheiten. Er wäre eine Ablenkung gewesen, wenn ich ihn mitgebracht hätte."

Leah rümpfte die Nase. „Aber eine gute." Sie blickte in Richtung Sonne, als würde sie die Zeit abschätzen. „Denke, ich sollte gehen. Peg dreht durch, wenn ich zu spät zum Essen komm. Sie tut das mehr wie alles andere hassen."

„Als."

Ein verwunderter Ausdruck huschte über Leahs Gesicht. „Als was?"

„Sie hasst das mehr *als* alles andere."

Als Abigail die korrekten Worte betonte, grinste Leah. „Ich verstehe." Sie wiederholte den Satz. „Danke …" Sie zögerte einen Moment, bevor sie hinzufügte: „Abigail."

Es war das erste Mal, dass Leah sie mit dem Vornamen ansprach. Diese Geste füllte Abigails Herz mit Wärme.

„Kannst du morgen kommen?", fragte sie. Als Lehrerin kannte Abigail die Bedeutung regelmäßigen Unterrichts. Als Freundin freute sie sich darauf, mehr Zeit mit Leah zu verbringen.

Leah nickte zaghaft. „Ich schätze schon. Aber du solltest das Buch besser behalten. Peg tut …" Sie schüttelte den Kopf und korrigierte sich dann. „Peg mag es nicht, wenn wir persönliche Dinge haben."

Als sie Abigail das Buch aushändigte, rutschte Leahs Ärmel ein Stück in die Höhe und zeigte lilafarbene Flecken oberhalb ihres Handgelenks. Abigail versuchte nicht nach Luft zu ringen, aber die Tatsache, dass die Blutergüsse die Form von Fingern hatten, verriet ihr, dass es sich hierbei nicht um einen Unfall gehandelt hatte. Je schneller sie Leah von der Schweinefarm wegholen konnte, desto besser.

„Also, was haben Sie herausgefunden, Bowles?“, fragte Hauptmann Westland, als Ethan sein Büro betrat. Der Hauptmann war nicht da gewesen, als Ethan von seinem Ausritt mit Abigail zurückgekehrt war. Heute war endlich die Gelegenheit, um Bericht zu erstatten. Es hätte keinen besseren Zeitpunkt geben können. Wenn Ethan seine Aufmerksamkeit auf die Raubüberfälle richtete, würde ihn das ganz bestimmt davon abhalten, sich weiter mit seinem Traum und der Erinnerung an Oliver, der Abigails Hand küsste, zu befassen.

„Ich bin verwirrt.“ Ethan schämte sich nicht, es zuzugeben. „Ich habe diese Witwe nicht gefunden, aber ich habe herausgefunden, dass der Gefreite Schiller in alles andere verwickelt zu sein scheint. Er war einer derjenigen, die versucht haben, die Kutsche zu überfallen, in der ich mich befand.“

„Ich dachte, Sie hätten gesagt, dass Schiller nicht zu den Männern gehörte, die die Frau entführt haben.“

„Nein, Sir, dazu gehörte er auch nicht. Aber er hatte einen Teil des Schmucks bei sich, der dabei geraubt wurde, dazu einige unserer Springfields und Revolver. Es scheint, dass der Waffendiebstahl und die Postkutschenüberfälle miteinander in Verbindung stehen.“

Ein zufriedenes Grinsen trat auf das Gesicht des Hauptmanns. „Gute Arbeit, Bowles. Ich hatte nicht zu hoffen gewagt, dass wir es mit derselben Bande zu tun haben, aber das hier sind gute Nachrichten. Wirklich gute Nachrichten.“

„Das könnte sein. Alles deutet auf Schiller hin. Der Grund, weshalb ich verwirrt bin, liegt darin, dass ich ihn nicht für intelligent genug halte, um solche Raubzüge zu planen.“

Der Hauptmann hob fragend eine Augenbraue. „Wie schlau muss man sein, um mit dem Gewehr auf eine Postkutsche zu zielen und Geld zu verlangen?“

„Es gehört mehr dazu, Sir. Man muss sich einen geeigneten Platz für einen Hinterhalt überlegen. Eins der Dinge, die ich interessant finde, ist die Tatsache, dass es jedes Mal ein anderer Ort war. Die meisten Menschen sind Gewohnheitstiere. Wenn etwas einmal funktioniert hat, werden sie es erneut versuchen. Das war aber nicht der Fall bei diesen Banditen.“ Und das war wirklich gut durchdacht. „Ich hätte nicht gedacht, dass Schiller schlau genug wäre, um zu erkennen, dass wir es schwerer haben würden, wenn er verschiedene Orte für die Raubüberfälle wählt. Und wie ist er zurück in das Fort gelangt, um die Waffen zu stehlen?"

Hauptmann Westland tippte nachdenklich an seine Nase. „Da könnten Sie recht haben. Ich habe ihn ein paar Mal getroffen, aber er hat mich nicht gerade mit seiner Intelligenz beeindruckt."

„Ich verstehe auch nicht, warum alle Raubüberfälle so nahe an der Garnison stattfinden. Wenn ich Bandit wäre, würde ich nicht in der Nähe von Soldaten sein wollen. Jeder weiß, dass wir gelegentlich Patrouillen aussenden. Das vergrößert das Risiko, geschnappt zu werden. Wenn ich vorhätte, eine Kutsche auszurauben, würde ich einen Platz wählen, der sich weiter von der Zivilisation entfernt befindet. Es gibt über Meilen hinweg einsame Gegenden zwischen Cheyenne und hier."

„Da ist was dran, Bowles. Was Sie gesagt haben, ergibt einen Sinn, also sagen Sie mir: Warum haben diese Kerle Ihrer Meinung nach in solcher Nähe zu uns zugeschlagen?"

„Ich weiß es nicht, Sir. Ich wünschte, ich täte es, aber in der Zwischenzeit habe ich einen Vorschlag, wie wir sie stoppen können."

„Sind Sie nervös wegen heute Abend?", fragte Ethan, als er nach einer Scheibe frisch gebackenem Brot griff. Heute hatte Mrs Channing einen dicken Rindfleischeintopf zusammen mit frischem Brot und Butter serviert.

Abigail nickte. Obwohl ihre Unterrichtsstunden mit Leah gut verlaufen waren, verspürte sie dieselbe Kombination von gespannter Erwartung und Besorgnis, die immer vor dem ersten Schultag Besitz von ihr ergriff.

„Ich mache mir ein paar Sorgen", gab sie zu. „Ich bin nicht sicher, ob …"

Bevor Abigail ihren Satz beenden konnte, drangen lauter Krach und das Geräusch zersplitternden Glases an ihre Ohren.

„Das war's! Raus, du Unhold, raus!" Dem Knall und dem Jaulen, das Mrs Channings Rufe begleitete, folgte das Zuschlagen einer Tür. Einen Moment später stürmte die Köchin ins Esszimmer. Sie hatte ihre Hände in die Hüften gestemmt, ihr Gesicht hochrot vor Wut. „Mir reicht's. Ich habe mehrfach gesagt, dass dieser Köter nicht in meine Küche darf. Ich weiß nicht, wie er da reingekommen ist, aber dieses Monster hat einen Topf mit eingelegter Roter Bete umgekippt. Der Boden wird nie wieder sauber werden", fuhr Mrs Channing fort, „aber das ist nicht länger mein Problem. Ich habe genug. Ich kündige."

Obwohl die Köchin schon häufiger damit gedroht hatte zu kündigen, war dies das erste Mal, dass sie noch beim Reden ihre Schürze abband. Vielleicht wollte sie nur eine saubere Schürze anziehen, die nicht mit Rote-Bete-Saft bekleckert war, aber das glaubte Abigail nicht. Charlotte auch nicht. Sie legte eine Hand auf den Arm der Köchin. Mit ihrem sanften Tonfall versuchte sie, die wütende Köchin zu beschwichtigen.

„Es tut mir sehr leid, Mrs Channing. Es war mein Fehler. Ich konnte es nicht ertragen, Pfütze winseln zu hören, als er draußen angebunden war, deshalb habe ich ihn für die Zeit, in der ich am Nähen war, hereingebracht. Er ist eingeschlafen, woraufhin ich vergessen habe, dass er im Haus ist."

Mrs Channing schüttelte den Kopf. „Sie können sich entschuldigen, so viel Sie wollen, aber der Schaden ist nun mal eingetreten. Ich kann das nicht mehr ertragen. Ich gehe." Sie schob Charlottes Hand zur Seite und stolzierte zurück in die Küche.

Charlotte blieb fassungslos stehen.

„Es tut mir leid, Charlotte", sagte Jeffrey, „aber ich sehe nur eine Lösung."

„Und die wäre?" Charlotte sank auf ihren Stuhl und starrte ihren Ehemann an.

Er legte seine Hand auf ihre. „Du weißt, was zu tun ist. Sag Mrs Channing, dass du dich von dem Hund trennen wirst."

Abigail heftete ihre Augen auf ihren Teller und wünschte, sie wäre irgendwo anders, nur nicht hier. Pfütze war ihre Idee gewesen. Wenn ihr der Welpe nicht so leidgetan hätte, befände sich Charlotte nicht in dieser Zwickmühle. Und doch bereute es Abigail nicht, den Hund gerettet zu haben, denn Pfütze hatte ihrer Schwester viele schöne Stunden beschert. Es musste eine Möglichkeit geben, ihn erneut zu retten.

„Oh, Jeffrey, das kann ich nicht." Charlottes Ausruf enthielt so viel Schmerz, dass Abigail aufblickte. Wie sie befürchtet hatte, standen Tränen in den Augen ihrer Schwester. „Ich liebe Pfütze."

„Und ich liebe gut zubereitete Mahlzeiten", entgegnete ihr Mann. Obwohl er immer noch Charlottes Hand hielt, ließ sein Tonfall keinen Zweifel daran, dass er eine Entscheidung getroffen hatte.

„Ich kann kochen." Charlottes Blick erhellte sich. „Ich bin eine gute Köchin und kann auch das Haus sauber halten."

Jeffrey schüttelte energisch den Kopf. „Es gehört sich nicht für die Frau eines Offiziers, dass sie selber kocht und putzt. Abgesehen davon wirst du keine Zeit mehr haben, wenn das Kind da ist. Nein, Charlotte, es gibt nur eine einzige Antwort. Der Hund muss verschwinden. Ich werde ihn selbst ertränken."

„Das kannst du nicht tun!" Als Tränen ihre Wangen hinunterliefen, floh Charlotte aus dem Esszimmer. Obwohl Abigail gedacht hatte, sie würde sich auf den Weg zu Pfütze machen, eilte sie die Treppe hinauf. Anscheinend suchte sie Trost in ihrem Zimmer.

Jeffrey ging mit finsterer Miene in die Küche. „Alles kommt wieder in Ordnung, Mrs Channing", sagte er. Dabei sprach er so laut, dass man ihn im ganzen Haus hören konnte. „Der Hund wird morgen verschwunden sein."

Abigail war der Appetit vergangen. Sie legte ihren Löffel zur Seite und blickte Ethan an. „Es muss einen Weg geben, ihn zu retten."

„Vielleicht können wir eine andere Familie finden, die Pfütze zu sich nimmt. Auf diese Weise könnte Charlotte ihn zumindest ab und zu sehen."

Abigails Stimmung hob sich, zunächst einmal, weil Ethan „wir" statt „Sie" gesagt hatte, und dann wegen der Lösung, die er vorgeschlagen hatte. Die Tatsache, dass Ethan in der Mehrzahl gesprochen hatte, ließ Abigail mit einem Schlag erkennen, was die beste Lösung ihres Problems war.

„Sie haben recht", sagte sie und schenkte Ethan ihr bezauberndstes Lächeln. „Ein neues Zuhause ist eine wundervolle Idee. Es wäre nicht für immer – nur bis wir Mrs Channing davon überzeugen können, dass Pfütze doch ein zu ertragender Hausgenosse ist." Abigail beugte sich vor, um den Abstand zwischen ihr und Ethan zu verringern. Mama hatte immer gesagt, dass Nähe dabei half, jemanden zu überzeugen. Jetzt benötigte sie jedes Gramm Überzeugungskraft, das sie auftreiben konnte. „Machen Sie das, Ethan? Übernehmen Sie Pfütze?"

„Ich?" Der fassungslose Ausdruck auf Ethans Gesicht ließ keinen Zweifel daran, dass er nicht die Absicht hatte, freiwillig zu Pfützes Rettung zu eilen. „Ich bewohne nur einen einzigen Raum. Ich bin kaum zu Hause und weiß nicht, wie man sich um einen Hund kümmert. Das ist kein guter Vorschlag."

„Doch, das ist es." Je länger Abigail darüber nachdachte, desto besser erschien ihr die Idee. „Pfütze kennt Sie und mag Sie. Wenn er bei Ihnen bleiben würde, hätte er keine Angst. Oh, Ethan, das wäre gut für ihn."

„Und was ist mit mir?"

Das war kein kategorisches Nein. Das war schon mal gut. Bestimmt bedeutete es, dass er diese Möglichkeit in Erwägung zog. „Das wäre auch für Sie gut. Bitte, Ethan. Pfütze ist so ein süßer Hund. Ich verspreche auch, dass es nur wenige Wochen sein wird. Wenn wir keine andere Lösung finden, werde ich ihn mit nach Vermont nehmen." Abigail machte Anstalten, sich zu erheben. Genau wie sie beabsichtigt hatte, eilte Ethan zu ihrer Seite des Tisches, um den Stuhl für sie zurückzuziehen. Sie wandte sich um und schenkte ihm ihr gewinnendstes Lächeln. „Bitte, Ethan."

„Es ist gegen meine Überzeugung, aber ..." Obwohl er versuchte, ein ernstes Gesicht zu machen, sah Abigail das Funkeln in Ethans Augen.

„Sie machen es also?", fragte sie aufgeregt.

Obwohl es keine perfekte Lösung war, würde es für Charlotte gut sein. Außerdem war Abigail fest davon überzeugt, dass es Ethan Freude machen würde, ein Haustier zu haben.

„Ja. Ich werde es wahrscheinlich bereuen, aber ..."

„Das werden Sie nicht. Ich weiß, dass Sie – dass du es nicht tun wirst. Oh, Ethan, danke!" Einem Impuls folgend beugte sich Abigail vor und drückte einen Kuss auf seine Wange. Einen Moment später wich sie erschrocken zurück. Was hatte sie getan? Erst hatte sie ihn umarmt. Dann hatte sie ihn geduzt. Jetzt ein Kuss. Was passierte mit ihr?

Mama wäre entsetzt gewesen, denn Abigails Benehmen befand sich außerhalb jeder Etikette. Abigail war ebenfalls entsetzt, aber aus anderen Gründen. Sie hatte Woodrow noch niemals geküsst, denn sie wusste, wie wichtig es für sie als Lehrer war, dass sie den Mädchen ihrer Schule ein gutes Vorbild waren. Warum hatte sie dann Ethan geküsst? Und warum, oh warum, hatte es sich so richtig angefühlt?

„Das ist ein niedlicher kleiner Köter." Oliver beugte sich herab, um Pfützes Kopf zu streicheln, bevor er es sich auf einem Stuhl bequem machte.

Ethan runzelte die Stirn, als er hörte, wie Oliver Pfütze als niedlich bezeichnete. Er hatte den Hund weniger als eine Stunde in seinem Zimmer und Pfütze hatte bereits einen Socken zerkaut. Außerdem hatte er zwei Handtücher auf den Boden gezogen, sie zu einem Haufen aufgetürmt und sich auf dieses provisorische Bett fallen lassen. Anschließend hatte er mit traurigen Augen zu Ethan hinaufgeblickt, als warte er darauf, dass dieser sein Verhalten gutheiße. Das hatte Ethan nicht getan, denn in der Zeit, in der Pfütze in seinem Zimmer herumgetobt hatte, hatte er genug gebellt und gejault, um die Aufmerksamkeit sämtlicher Bewohner des Gebäudes zu erregen. Ethan wollte diese Art der Aufmerksamkeit nicht. Was er wollte, war ein bisschen Ruhe und Frieden.

Die anderen Männer hatten lediglich kurz vorbeigeschaut und waren ihres Weges gegangen, aber Oliver war in Ethans Zimmer gekommen und schien sich auf einen längeren Besuch eingestellt zu haben. Pfütze brauchte die Ablenkung nicht, ebenso wenig Ethan. Er hatte andere Dinge, über die er nachdenken wollte – Dinge wie sein neues Haustier und Abigails Kuss, ebenso die Tatsache, dass sie offenbar jetzt per du waren. Änderte das etwas an ihrer Freundschaft?

Der Hund war von vorübergehender Dauer, so hatte sie es zumindest versprochen, aber der Kuss … Ethan seufzte. Er hatte nichts zu bedeuten. Es war einfach die logische Folge der Dankbarkeit, die Abigail – die impulsive Abigail – ausdrücken wollte. Es bedeutete nicht mehr als die Umarmung, die er beim Angeln bekommen hatte. Das wusste Ethan. Und doch konnte er nicht vergessen, wie weich sich ihre Lippen auf seiner Wange angefühlt hatten und wie süß sie geduftet hatte. Er brauchte Zeit zum Nachdenken. Und Zeit, um die Erinnerung an den Kuss durch die Erinnerung daran zu ersetzen, dass sie vergeben – beinahe vergeben – an Woodrow war. Aber es schien, als würde er diese Zeit nicht so schnell bekommen, denn es gab keinen einfachen Weg, um Oliver loszuwerden.

„Das Problem ist, dass Pfütze nicht mehr lange klein sein wird", sagte Ethan so ruhig wie möglich. „Ich habe das Gefühl, dass er bereits doppelt so groß ist wie noch vor einem Monat." Er schüttelte den Kopf. „Ich hätte niemals zustimmen sollen, ihn zu nehmen, aber ich wollte Charlotte nicht enttäuschen." Oder vielmehr Abigail. Es war Abigails Bitte gewesen, die ihn dazu gebracht hatte, die Verantwortung für Pfütze zu übernehmen.

Oliver streichelte Pfützes Kopf. Als er sich auf den Rücken drehte, kraulte Oliver ihm den Bauch, was dazu führte, dass er sich vor Begeisterung räkelte. „Er ist ein guter Gefährte", sagte Oliver.

Das hatte Abigail auch gesagt.

„Ich brauche keinen Gefährten."

„Jeder braucht einen. Deshalb suchen die meisten von uns nach einer Ehefrau." Oliver war wieder bei seinem Lieblingsthema. Sehr bald würde er über Adam und Eva sprechen, dann über Noah und die Arche. Ethan konnte nur hoffen, dass er keinen Hundegefährten für Pfütze vorschlagen würde. Aber Oliver erzählte keine biblischen Geschichten. Stattdessen verzog er die Lippen, als hätte er etwas Saures gegessen. „Ich wünschte, ich könnte die richtige Frau finden." Pfütze, der ziemlich sensibel für die Stimmung seines menschlichen Gegenübers zu sein schien, begann zu winseln.

„Ich dachte, das hättest du."

Oliver strich sich über die Nase. „Abigail? Das ist vorbei."

Ethan sah seinen Freund an. Hatte er sich geirrt? War der Kuss, den Oliver auf Abigails Hand gedrückt hatte, kein Zeichen ewiger Liebe, sondern vielmehr ein Lebewohl gewesen?"

„Sie hat mich abgewiesen." Oliver versuchte sich an einem Lächeln. „Ich muss zugeben, dass das keine angenehme Erfahrung ist. Sie lässt mich glauben, dass ich bei den Mädchen auf der Schweinefarm bleiben sollte."

„Du kennst die Gefahren."

„Du bist nicht mein Vater, Ethan, also halt mir keine Predigt. Die Mädchen geben zumindest vor, dass sie mich lieben. Das tut Abigail nie."

„Das liegt daran, dass sie nicht die richtige Frau für dich war."

Unglücklicherweise war die Frau mit dem Herzen von der Größe Wyomings auch für Ethan nicht die richtige.

Abigail starrte auf das weiße Blatt Papier, dasselbe Blatt Papier, das sie vor einer Viertelstunde aus der Schreibtischschublade gezogen hatte. Sie sollte jetzt eigentlich dabei sein, einen Brief an Woodrow zu schreiben. Als sie sich hingesetzt hatte, war es ihre Absicht gewesen, ihm etwas über den Vorfall mit Pfütze zu erzählen und die verschüttete Rote Bete in eine amüsante Geschichte zu verpacken. Aber jedes Mal, wenn sie ihren Stift zur Hand nahm, war der einzige Gedanke, der durch ihren Kopf wirbelte, die Erinnerung daran, wie sie Ethan geküsst hatte. Es war nicht mehr als ein flüchtiger Kuss auf die Wange gewesen, nicht genug, um Mama in Ohnmacht fallen zu lassen. Allerdings hätte sie eine strenge Standpauke über die möglichen Konsequenzen eines derart dreisten Benehmens gehalten.

Eine Sekunde. Weniger als eine Sekunde. Länger hatte der Kuss nicht gedauert. Ein vernünftiger Mensch wäre in der Lage gewesen, die Erinnerung über Bord zu werfen und ad acta zu legen, wie sie es mit anderen unbedeutenden Ereignissen machte. Abigail hatte sich immer für einen vernünftigen Menschen gehalten. Doch jetzt konnte sie machen, was sie wollte – es gab einfach keine Möglichkeit zu vergessen, was sie getan hatte. Stattdessen erinnerte sie sich unaufhörlich daran, wie kräftig sich Ethans Wange angefühlt hatten, wie faszinierend der leichte Ansatz von Bartstoppeln für sie gewesen war, wie seine Haut nach Seife und frischer Luft gerochen hatte und nach etwas anderem, das ihn so unverwechselbar machte. Anstatt vernünftig zu sein, benahm sie sich wie ein verliebtes Schulmädchen.

Kapitel 14

Frances zog einen Satz Karten hervor und begann sie zu mischen. Auch wenn der Mann wahrscheinlich erwartete, dass sie ihm Whiskey anbot, würde es heute keinen geben. Whiskey war die Belohnung für einen gut gemachten Job. Der Mann, den sie herbestellt hatte, um ihn zur Rechenschaft zu ziehen, hatte seinen Job überhaupt nicht gemacht. Und gut schon gar nicht. Aus diesem Grund hielt Frances die Karten. Sie wusste, dass das Geräusch ihren Besucher an die Zeiten erinnern würde, in denen er in diesem Raum gesessen und dabei zugesehen hatte, wie sein Spieleinsatz dahinschwand und mit ihm seine Hoffnungen auf schnellen Reichtum. Das würde an seinen Nerven zehren. Gut. Hervorragend. Der Erfolg hing davon ab, andere aus dem Gleichgewicht zu bringen. Und wenn es etwas gab, von dem Frances überzeugt war, dann war es die Tatsache, dass sie sich den Erfolg nicht durch die Lappen gehen lassen würde. Der Mann, bei dem sich jetzt Schweißperlen auf der Stirn bildeten, konnte ersetzt werden. Niemand war unersetzlich, niemand – außer Frances selbst.

„Ich habe ein hässliches Gerücht gehört", sagte sie und betrachtete den Gesichtsausdruck ihres Gegenübers, während ihre Finger weiter mit den Karten spielten. „Ich habe gehört, dass Leutnant Bowles dem Hauptmann empfohlen hat, mindestens einen Soldaten in jede Postkutsche zwischen hier und Cheyenne zu setzen."

Die Augen des Mannes weiteten sich, wodurch er bestätigte, was sie befürchtet hatte. Er hatte nichts von dem neuen Vorhaben gewusst. Was für ein Dummkopf! Er hätte es wissen müssen. Und selbst wenn das nicht der Fall war, hätte er vorgeben müssen, es zu wissen. Es war kein Wunder, dass er so ein armseliger Pokerspieler war. Ein Mann, der die Kunst nicht beherrschte, seine Gefühle zu verbergen, verdiente es nicht, beim Poker oder sonst irgendwo zu gewinnen.

„Mir scheint, dass Sie es hätten wissen müssen, wenn man bedenkt, dass er Ihr Freund ist." Frances ließ die Karten noch einmal durch die Finger gleiten, einfach nur, um ihrem Besucher dabei zuzusehen, wie er sich wand. „Ich habe zwei Fragen an Sie: Warum habe ich nicht durch Sie davon erfahren? Und was werden Sie dagegen unternehmen?“

Wie erwartet hatte der Mann keine Antworten parat.

Ethan war unglücklich. Er hatte den Tag damit verbracht, über den Gefreiten Schiller und die Raubüberfälle nachzudenken. Langsam beschlich ihn das Gefühl, dass er sich wie Pfütze verhielt. Ethan hatte dem Welpen einen Knochen gegeben und angenommen, er würde ihn sofort fressen. Stattdessen hatte Pfütze seinen Leckerbissen hin und her bewegt, aus jedem Blickwinkel betrachtet, einmal kurz an einer Ecke probiert, dann an einer anderen, und Ethan dabei die ganze Zeit über mit einer Mischung aus Neugier und Besorgnis betrachtet. Fürchtete er, dass Ethan ihm den Knochen wegschnappen würde, oder fragte er sich nur, wie er ein so großes Objekt fressen sollte? Ethan wusste es nicht. Alles, was er wusste, war, dass sich das Problem der Waffen- und Postkutschenüberfälle genauso groß vor ihm auftürmte wie der Knochen vor Pfütze und dass weit weniger Vorfreude damit verbunden war.

Obwohl er das Geheimnis lüften wollte, gefiel ihm die Richtung nicht, die seine Gedanken genommen hatten. Wie Pfütze hatte er die Frage umkreist und aus verschiedenen Richtungen daran herumgekaut, aber egal, was er tat, egal, wie er es betrachtete – er kam immer wieder zu derselben Schlussfolgerung. Für ihn schien sie sinnvoll zu sein. Die Frage war nur, ob sie auch für jemand anderen einen Sinn ergeben würde.

„Jeffrey, ich müsste bitte kurz mit dir sprechen“, wandte er sich an seinen Gastgeber, als das Abendessen beendet war. Es war eine seltsame Mahlzeit gewesen. Ethans Geistesabwesenheit hatte selbst eine beiläufige Unterhaltung erschwert. Hinzu kam, dass Abigail wegen des bevorstehenden Unterrichts nervös war. Charlotte war beinahe vollkommen stumm geblieben, vielleicht wegen der Abwesenheit ihres Hundes. Und obwohl Jeffrey mit Appetit gegessen hatte und sich von den Stimmungen der anderen anscheinend nicht beeinflussen ließ, hatte er nur wenig gesprochen.

„Ich bin ein wenig in Eile." Als sie auf die Veranda gingen, deutete Jeffrey nach links. „Ich bin auf dem Weg in den Offiziersclub. Heute ist die Pokernacht, da will ich nicht zu spät kommen."

Das hatte Ethan vergessen. „Ich kann bis morgen warten."

Jeffrey schüttelte den Kopf. „Nein. Sag's mir jetzt. Sonst mache ich mir nur Gedanken darüber, was das Problem ist."

„Ich hab nicht gesagt, dass es ein Problem gibt."

„Aber das gibt es, nicht wahr?" Als Ethan nickte, grinste Jeffrey. „Ich habe schon an deinem Tonfall gehört, dass du dir Sorgen machst. Ich hoffe, es hat nichts mit meiner Schwägerin oder diesem Hund zu tun."

„Nein, ganz und gar nicht." Ethan atmete einmal tief durch, dann sagte er: „Ich denke, dass jemand aus dem Fort in die Raubüberfälle verwickelt ist."

Jeffrey erblasste, wodurch seine Sommersprossen einen starken Gegensatz zu seiner hellen Haut bildeten. „Das ist lächerlich. Wie bist du auf eine so verrückte Idee gekommen? Wir wissen, dass Schiller verantwortlich ist."

Das war die Reaktion, die Ethan befürchtet hatte. „Ich glaube nicht, dass er allein arbeitet. Er ist nicht schlau genug und könnte den Zeitplan der Wachen nicht kennen. Wer auch immer die Waffen gestohlen hat, musste wissen, wann sie nicht bewacht werden. Das ändert sich allerdings jede Woche." Während er sprach, beobachtete Ethan das Gesicht seines Freundes.

Als seine Gesichtsfarbe zurückkehrte, nickte Jeffrey langsam, blickte dabei jedoch in die Ferne. „Das klingt ziemlich weit hergeholt für mich, aber ich werde die Augen offen halten." Er stolperte die Stufen hinunter und wandte sich nach rechts.

Ethan blinzelte überrascht. „Zum Offiziersclub geht's da lang."

Jeffrey machte auf dem Absatz kehrt. „Oh … ja." Er gab ein halbherziges Lachen von sich. „Da siehst du, was Ablenkung anrichten kann."

„Guten Abend, meine Herren." Zu Abigails Erleichterung klang ihre Stimme normal, als sie die Klasse begrüßte. Sie blickte in der früheren Bäckerei umher, die jetzt als Schule des Standorts diente. Vierzehn der fünfzehn Schüler, die sie erwartet hatte, saßen an ihren Tischen, wobei ihr Gesichtsausdruck zwischen Zurückhaltung und gespannter Erwartung schwankte. Einige der Soldaten sprachen miteinander, die meisten aber saßen sehr aufrecht und angespannt da.

„Wir werden unsere Unterrichtsstunde mit Lesen beginnen." Abigail nahm eines der Bücher von dem Tisch, der ihr als Pult diente, und sagte: „Dies ist dasselbe Buch, das ich benutzt habe, als ich lesen gelernt habe. Glücklicherweise sind Sie weiter, als ich es damals war, denn Sie kennen bereits das Alphabet." Als mehrere der Männer grinsten, spürte Abigail, dass die Anspannung verflog. Offensichtlich waren sie genauso nervös gewesen wie sie selbst. Abigail lächelte, als ihr klar wurde, dass ein erster Schultag immer eine Strapaze für die Schüler bedeutete, egal wie alt sie waren.

„Lassen Sie uns anfangen. Wir werden durch den Raum gehen und dabei wird jeder von Ihnen einen Satz vorlesen." Das war eine Technik, die sie bei ihren jüngsten Schülerinnen nutzte, wenn sie bemerkte, dass deren Gedanken abschweiften. „Wir werden die unbekannten Wörter durchbuchstabieren und sie gemeinsam wiederholen. Mein Vater ließ mich das tun, als er mir Deutsch beigebracht hat. Er hat zu mir gesagt, dass es nicht genug sei, die Worte zu lesen; ich müsse auch wissen, wie man sie korrekt ausspricht." Abigail lächelte kleinlaut. „Sie hätten mich mal hören sollen, als ich zum ersten Mal auf Deutsch ‚willkommen' gesagt habe." Sie verlieh dem Wort einen übertriebenen amerikanischen Akzent und hoffte darauf, ein paar Lacher aus der Klasse zu hören. Das funktionierte auch. „Jetzt lassen Sie uns beginnen."

Nach einer Stunde entdeckte Abigail Anzeichen von Ermüdung auf den Gesichtern ihrer Schüler. Sie wusste, dass sie für heute ihr Limit erreicht hatten. Es musste schwierig sein, den ganzen Tag seinen Pflichten als Armeesoldat nachzukommen, besonders wenn es sich um schwere körperliche Arbeiten wie beim Baumfällen oder beim Hausbau handelte, und dann auch noch Energie zum Lernen übrig zu haben. Abends zum Baseballtraining zu gehen, erforderte sicher auch Überwindung. Doch dabei handelte es sich um eine willkommene Abwechslung von der Routine des Tages, bei der die körperliche Betätigung nicht mehr als eine Fortsetzung des täglichen Exerzierens war. Aber die Schule erforderte geistige Anstrengung, während der Körper fast regungslos blieb. Das war zu jeder Zeit eine schwierige Aufgabe, am meisten aber am Ende des Tages.

Abigail klappte ihr Buch zusammen und lächelte die Soldaten an. „Sie haben das ausgesprochen gut gemacht und jetzt werde ich die Worte sagen, auf die Sie gewartet haben: Der Unterricht ist beendet."

Bevor sich irgendjemand bewegen konnte, erhob sich Korporal Keller. „Das war gut, sehr gut. Danke, Miss Harding."

Als das Geräusch von Applaus den Raum erfüllte, spürte Abigail, wie sich ihre Stimmung hob. Sie war vielleicht nicht in der Lage gewesen, Leah zu helfen; sie war vielleicht verwirrt wegen Woodrow; sie war vielleicht immer noch besorgt um ihre Schwester – aber zumindest war es ihr gelungen, die Männer zum Lernen zu bewegen. Es gab keinen Zweifel daran, dass dies einer der Gründe war, weshalb Gott sie nach Wyoming geführt hatte.

„Oh, Charlotte, es war wundervoll", sagte Abigail kurze Zeit später zu ihrer Schwester. „Ich hätte es nicht für möglich gehalten, aber das hier hat viel mehr Spaß gemacht, als Kinder zu unterrichten." Die Freude, die sie bei der Arbeit mit Leah verspürt hatte, war kein Zufall gewesen. Den heutigen Abend hatte sie als noch bereichernder empfunden.

Abigail drehte sich im Kreis und ließ ihren Rock um ihre hoch geschnürten Schuhe wirbeln. „Und das habe ich alles dir zu verdanken. Immer wenn ich dieses wunderschöne neue Kleid gesehen habe, musste ich lächeln, und das half den Soldaten, sich zu entspannen."

Wie sie gehofft hatte, lächelte Charlotte, aber das Lächeln wirkte gezwungen.

„Stimmt irgendetwas nicht?" Obwohl es keine Anzeichen von Tränen gab, war ihre Schwester offensichtlich unglücklich.

„Nein, es ist alles in Ordnung. Es ist nur, dass ich wünschte …"

„Was wünschtest du?"

Charlotte verzog das Gesicht. „Ich wünschte, Pfütze wäre hier."

„Lass uns gehen und ihn besuchen. Ethan wird nichts dagegen haben. Er wird sogar dankbar sein, wenn wir ihn ausführen.“ Pfütze war wahrscheinlich schon dabei, ihn wahnsinnig zu machen. Schließlich lebte Ethan nur in einem einzigen Raum und der Welpe war an wesentlich mehr Platz gewöhnt.

Doch Charlotte lehnte ab. „Ich kann nicht. Das wird es nur noch schlimmer machen. Ich könnte ihn nicht dort lassen.“ Charlotte erhob sich, wobei ihre Bewegungen an die einer alten, erschöpften Frau erinnerten. „Warum gehst du nicht einfach? Ich werde versuchen zu schlafen.“

„Bist du sicher, dass es nichts gibt, was ich für dich tun kann?“

„Ich bin mir sicher.“ Charlotte umarmte Abigail. „Ich bin froh, dass der Unterricht gut verlaufen ist. Ich freue mich für dich. Das tue ich wirklich.“

Aber das konnte die Tatsache nicht verbergen, dass Charlotte ansonsten unglücklich war. Obwohl die Gründe wahrscheinlich in einer Kombination aus dem Verlust des Welpen und dem, was Mama Charlottes „empfindlichen Zustand“ genannt hätte, zu suchen waren, bedeutete dieses Wissen nicht, dass Abigail etwas daran ändern konnte.

Da es nichts mehr gab, was sie für ihre Schwester tun konnte, setzte sie ihren Hut auf, zog ihre Handschuhe an und steuerte auf die Quartiere der ledigen Offiziere zu. Es wäre zwar ungehörig, wenn Abigail als junge Dame das Quartier eines ledigen Offiziers betrat. Da sich die Unterkünfte jedoch in der Nähe des Gemischtwarenladens und des Offiziersclubs befanden, würde mit Sicherheit jemand vorbeikommen, den sie dann zu Ethan würde schicken können.

Als sie um die Ecke bog, lächelte Abigail. Sie würde keinen Boten losschicken müssen, denn da waren sie schon. Der große Leutnant war unübersehbar, ebenso der schwarz-hellbraune Welpe, der heftig an der Leine zog. Beide kamen ihr entgegen.

„Du musst meine Gedanken gelesen haben“, sagte Abigail, als sie vor einem der Wohnhäuser aufeinandertrafen. Sie hatte beschlossen, einfach bei dem vertrauten Du zu bleiben, das schon so lange unausgesprochen zwischen ihnen gestanden hatte.

Zwei Familien, die auf der Veranda saßen, winkten Abigail zu, wobei ihre Gesichter Mitgefühl zeigten. Es schien, als hätte sich die Geschichte von Pfützes Verbannung schnell herumgesprochen. Abigail war davon nicht überrascht und sie versuchte, sich nicht daran zu stören, dass ihre Familie der Gerüchteküche Nahrung bot. Stattdessen lächelte sie Ethan zu und freute sich, als er zurücklächelte.

„Ich habe den Strolch vermisst und mich gefragt, ob du mir erlaubst, ihn auf einen Spaziergang mitzunehmen."

Ethan blickte auf Pfütze, der umhersprang und sichtlich aufgeregt war. „Ich würde sagen, Pfütze hatte dieselbe Idee. Er hat mir praktisch den Arm abgerissen, als er dich sah." Ethan gab ihr die Leine und wartete, während Abigail den Hund streichelte und beruhigende Worte murmelte.

„Wie ist es, ein Hundebesitzer zu sein?", fragte sie, als sie weitergingen. Anstatt den Weg fortzusetzen, den Ethan genommen hatte und der an Pfützes früherem Zuhause vorbeiführen würde, steuerte Abigail auf die Ställe der Kavallerie zu.

Ethan schmunzelte, als Pfütze ein Kaninchen entdeckte und ruckartig an der Leine zog. „Mir war nicht klar, wie viel Energie ein Welpe hat."

„Aber ein Welpe ist nicht für immer ein Welpe." Abigail schlug Ethan seine eigenen Worte um die Ohren und hoffte, er würde auch weiterhin lächeln.

Das tat er. „Zum Glück. Ich bin nicht sicher, ob ich mit einem Wirbelwind wie ihm allzu lange fertig werden könnte."

Abigail beugte sich herab, um Pfütze hinter den Ohren zu kraulen. Sein Fell war weicher als das vieler anderer Hunde und seine Ohren beinahe so zart wie Seide. „Du bist kein Wirbelwind, oder Pfütze?" Als würde er darauf antworten, schüttelte der Hund den Kopf. Dann sprang er zur Seite und zerrte wieder einmal an der Leine, als würden ihn die Erwachsenen urplötzlich langweilen.

„Ich habe gehört, dass dein Unterricht gut gelaufen ist", sagte Ethan, als sie sich wieder in Bewegung setzten. „Wie man hört, bist du die geborene Lehrerin."

Abigail errötete. „Es macht mir Spaß. Die Wahrheit ist, dass ich heute Abend nach dem Ende des Unterrichts mehr Energie hatte als jemals zuvor. Normalerweise bin ich müde, wenn es dunkel wird.

Doch heute Abend nicht. Deshalb beschloss ich auch, einen Spaziergang zu machen.“

„Ich bin überrascht, dass deine Schwester nicht mitgekommen ist. Ich dachte, sie würde den Hund vermissen.“

„Das tut sie auch. Zu sehr. Sie hat sich daran gewöhnt, Pfütze um sich zu haben, aber jetzt ist er weg. Und wenn Charlotte recht hat, was ich befürchte, wird Jeffrey auch nicht einlenken. Ich weiß nicht, was ich tun soll.“ Abigail biss sich auf die Zunge. Sie hatte nicht vorgehabt, Ethan ihre Sorgen anzuvertrauen. Die Worte waren einfach so hervorgesprudelt, vielleicht weil sie sich bei ihm so entspannt fühlte wie bei niemand anderem außer Charlotte.

Ethan legte den Kopf schief, als er über Abigails Worte nachdachte. „Das klingt, als würde sie etwas brauchen, das sie von dem Hund ablenkt und von der Tatsache, dass du am Ende des Sommers wieder abreisen wirst.“

Abigail blieb stehen und starrte Ethan an. „Daran hatte ich gar nicht gedacht.“ Sie hatte sich darum bemüht, nicht darüber nachzudenken, dass sie und Charlotte wieder getrennt werden würden. Wenn sie an den Herbst dachte, und das war in den letzten paar Wochen selten der Fall gewesen, dann konzentrierte sie sich eher auf die Schönheit des Zuckerahorns, der in sein schmuckvolles Herbstkleid gehüllt war, als auf die Tatsache, dass der Wechsel der Jahreszeiten auch die Trennung von ihrer Schwester bedeuten würde.

„In Charlottes Leben ändern sich gerade allerhand Dinge.“ Obwohl Ethan die Worte nicht aussprach, wusste Abigail, dass eine dieser Veränderungen die Geburt des Kindes sein würde. „Mein Großvater hat immer gesagt, dass die beste Art, mit einem Problem umzugehen, darin besteht, sich mit anderen Dingen zu beschäftigen.“ Ethan schmunzelte. „Dieser Rat hat mir nicht bei meiner Suche nach den Postkutschenräubern geholfen, aber er hilft vielleicht deiner Schwester. Was macht sie gerne?“

Abigail dachte einen Moment lang nach. „Sie ist eine fantastische Schneiderin, aber Jeffrey erlaubt ihr nicht, für andere zu nähen. Er sagt, dass das ein schlechtes Licht auf ihn werfen würde.“

Ethan starrte eine Weile in die Ferne. „Ich kann mir nicht vorstellen, dass Jeffrey Einwände hätte, wenn sie sich für ihre Dienste nicht bezahlen lassen würde. Alle Offiziere versuchen, Weihnachten zu etwas Besonderem für die Rekruten und ihre Familien zu machen. Was wäre, wenn Charlotte etwas für sie nähen würde?“

Abigail erinnerte sich daran, wie Charlotte und ihre Mutter Weihnachtskörbe für die weniger wohlhabenden Gemeindemitglieder organisiert hatten. „Sie könnte die anderen Frauen um ihre Mithilfe bitten. Sie haben zwar bereits einen Nähkreis, aber das würde ihnen ein Ziel geben.“

Und Charlotte wäre die perfekte Organisatorin für diese Aktion. Abigail kannte ihre Schwester. Sie würde ein Thema finden und Kleidungsstücke entwerfen, die dazu passten. Ganz nebenbei würde sie auch noch sicherstellen, dass die anderen Frauen wüssten, wie wichtig ihre Beiträge zu dieser Aktion waren. Das war etwas, das Charlotte tun konnte, und zwar auch dann noch, wenn das Kind bereits geboren sein würde. Perfekt!

Abigail blickte auf. Es hatte zwar schon zu dämmern begonnen, doch sie standen so nah an einer der Straßenlaternen, dass Abigail die Frage in Ethans Augen sehen konnte. Er wartete immer noch darauf, dass sie sich dazu äußerte, wie sie seinen Vorschlag fand.

„Es ist die perfekte Lösung. Ich bin begeistert von dieser Idee und ich bin sicher, dass Charlotte das auch sein wird. Wie kann ich dir nur danken?“

Ethan neigte den Kopf und verzog die Lippen zu einem schelmischen Grinsen. „Wie wär's mit einem weiteren Kuss?“

Kapitel 15

„Ein Kuss?" Abigail riss erschrocken ihre Augen auf.

Wie dumm konnte ein Mann sein? Ethan hätte sich für die Worte, die – offensichtlich eigenmächtig – aus seinem Mund gekommen waren, ohrfeigen können. Abigail war eindeutig entsetzt über seinen Vorschlag. Verständlicherweise. Jetzt, wo er darüber nachdachte, war *er* ebenfalls entsetzt. Natürlich würde sie ihn nicht küssen wollen. Er schalt sich vor allem deshalb, weil der Kuss, an den er gedacht hatte, ganz anders war als der zarte Kuss auf die Wange, den sie ihm gegeben hatte. Die einzige Entschuldigung, die Ethan für einen derart lächerlichen Vorschlag finden konnte, bestand darin, dass sich sein Gehirn kurzzeitig ausgeschaltet haben musste. Das war allerdings überhaupt keine Entschuldigung, vor allem deshalb nicht, weil seine Dummheit Abigail durcheinandergebracht hatte. Er musste einen Weg finden, um ihr das Unbehagen zu nehmen.

„Das war ein Scherz, Abigail. Entschuldige bitte", sagte er und hoffte, sie würde sein Bedauern spüren. „Ich hab dich nur geneckt."

„Oh." Ihr Gesichtsausdruck veränderte sich. Bestimmt war es keine Enttäuschung, die sich in ihren Augen widerspiegelte. Das konnte nicht sein, denn er wusste, dass sie ihn nicht hatte küssen wollen. Als würde sie dies untermauern, verschwanden die Falten zwischen ihren Augen, während sie sagte: „Ein Scherz. Natürlich, ich verstehe."

Der peinliche Moment war vorbei. Es gab keinen Grund, sich noch länger damit zu befassen, keinen Grund, sich überhaupt daran zu erinnern, wie dumm es gewesen war, einen Kuss vorzuschlagen. Und doch träumte Ethan in dieser Nacht von einer Frau, die ihn küsste, einer Frau mit Abigails haselnussbraunen Augen und einem Lächeln, das den Abendhimmel zum Strahlen brachte.

Unglücklicherweise gab es keine Möglichkeit, ihre Haare in Ordnung zu bringen, ohne in den Spiegel zu schauen. Abigail versuchte, nicht die Stirn zu runzeln, als der Spiegel dunkle Ränder unter ihren Augen offenbarte. Was hatte sie denn erwartet, wo sie doch kaum geschlafen hatte? Sie könnte Charlotte die Schuld geben und behaupten, dass sie die Nacht nicht damit verbracht hätte, sich hin und her zu wälzen, wenn ihre Schwester bei ihrer Ankunft noch wach gewesen wäre. In Wirklichkeit war sich Abigail jedoch nicht sicher, dass das geholfen hätte. Sie hatte im Bett gelegen und den Abend noch einmal durchlebt. Der Unterricht war wirklich gut gelaufen, sie hatte die Zeit mit Pfütze genossen, aber was sie vom Schlafen abgehalten hatte, waren Ethans Vorschläge gewesen. *Vorschlag, Singular,* korrigierte sie sich selbst. Die Weihnachtskörbe waren ein echter Vorschlag gewesen, der Kuss nur ein Scherz. Das war es jedenfalls, was Ethan gesagt hatte. Und doch war da ein Schimmer in seinen Augen gewesen, der sie hatte glauben lassen, dass er es ernst gemeint hatte, dass er sie wirklich hatte küssen wollen.

Als Abigail ihr Haar zusammendrehte und es mit einem halben Dutzend Nadeln aufsteckte, verfinsterte sich ihr Blick. Hatte Ethan sie wirklich küssen wollen? Der Gedanke war wie ein quälender Misston, der sich unaufhörlich in ihrem Kopf wiederholte. Egal, wie oft sie den Kopf schüttelte, er verschwand einfach nicht. Sie erinnerte sich an sein Lächeln und die Art, wie seine Augen geleuchtet hatten, als er gesagt hatte: „Wie wär's mit einem weiteren Kuss?" Er hatte nicht ausgesehen wie jemand, der Witze machte, und sie … Abigail seufzte.

Es war sinnlos, es zu leugnen. Sie hatte ihn küssen wollen, ihn richtig küssen wollen, nicht nur einen weiteren flüchtigen Kuss auf die Wange. Sie hatte spüren wollen, wie sich seine Lippen auf ihre pressten. Das Verlangen war so stark gewesen, dass sie es beinahe hatte spüren können, und das war falsch. Schrecklich, schrecklich falsch. Eine Frau, die praktisch mit einem anderen Mann verlobt war, hatte keine solchen Gedanken.

Es war eine Versuchung, die ihr vor die Füße gelegt worden war, damit sie vom rechten Weg abkäme. Aber das würde nicht geschehen. Einer Sache, von der sie wusste, dass sie falsch war, würde sie nicht nachgeben. Sie würde nicht länger über Küsse nachdenken.

Wenn diese fehlgeleiteten Gedanken auftauchten, würde sie sie zurückweisen und ihren Sinn fest auf Charlotte richten. Charlotte war der Grund, weshalb sie nach Wyoming gekommen war.

Ein paar Minuten später stieg Abigail die Treppe hinunter und folgte ihrer Schwester in die Küche. Sie wartete, bis sie sich Haferbrei in ihre Schüsseln gefüllt hatten, bevor sie Ethans Vorschlag zur Sprache brachte. Obwohl sie hoffte, dass Charlotte begeistert reagieren würde, war Abigail momentan im Hinblick auf ihre Schwester ziemlich verunsichert. Aber als Charlotte lächelte, lösten sich Abigails Bedenken in Luft auf. Das Unwohlsein, das sie am vergangenen Abend an ihr wahrgenommen hatte, war verschwunden. Stattdessen sprühten ihre Augen vor Glück.

„Das ist eine wundervolle Idee!", jubelte Charlotte. Sie legte ihren Löffel zur Seite und begann zu planen. „Ich kann Mützen und Handschuhe nähen. Du weißt, wie sehr ich Handschuhe liebe." Sie streckte ihre Hand aus und tat, als würde sie einen Handschuh über ihre Finger ziehen. „Mrs Alcott strickt hervorragend. Sie kann Schals machen. Dazu könnten wir einige von Mrs Montgomerys hübschen Taschentüchern in den Ecken verstauen."

Dies war die Charlotte, an die sich Abigail aus ihrer Kindheit erinnerte, die Charlotte, die mit Begeisterung und Energie erfüllt war.

Als ihre Schwester die Kaffeetasse zur Hand nahm und die Stirn runzelte, wusste Abigail, dass ihr ein weiterer Gedanke gekommen war.

„Was mache ich, wenn die anderen nicht mitmachen wollen? Ich kann nicht alles allein machen", sagte Charlotte besorgt.

Abigail schenkte ihr ein aufmunterndes Lächeln. „Überlass das mir. Alles, was du tun musst, ist, sie zum Tee einzuladen."

Am Nachmittag, als Mrs Alcott und Mrs Montgomery im Wohnzimmer saßen und ihre kleinen Finger elegant abspreizten, als sie ihre Teetassen anhoben, begann Abigail.

„Meine Damen, ich brauche Ihre Hilfe." Mama hatte ihren Töchtern beigebracht, dass der sicherste Weg, um Zustimmung zu finden, darin bestand, um Unterstützung zu bitten. „Meine Schwester denkt über ein neues Projekt nach und ich glaube nicht – so lobenswert es auch ist –, dass es ohne Ihre Unterstützung erfolgreich sein würde."

Die Frauen nickten erwartungsvoll. Als keine von ihnen sie unterbrach, während sie den Plan erklärte, fühlte sich Abigail ermutigt. Mrs Montgomery schien jedoch beinahe genauso interessiert an den Melassekeksen zu sein, die Charlotte angeboten hatte, wie an Abigails Anliegen.

„Charlotte kann sehr gut nähen, aber es gibt nichts Besseres als einen warmen, gestrickten Schal oder ein Taschentuch, das mit einer erlesenen Schiffchenarbeit umsäumt ist." Charlotte hatte ihr anvertraut, dass sich Mrs Montgomery als die ortsansässige Expertin für die Herstellung von Schiffchenarbeiten betrachtete.

„Natürlich helfen wir Ihnen gerne", sagte Mrs Alcott.

Mrs Montgomery nickte. „Sie müssen uns nur sagen, was Sie brauchen." Sie nahm einen weiteren Keks von der Servierplatte und biss mit großem Genuss hinein. „Was ich hingegen brauche, ist jemand, der wie Mrs Channing backen kann. Mrs Nelson macht leckere Braten und ihr Brot ist so leicht und locker wie Luft, aber sie scheint Süßspeisen nicht gut zu beherrschen." Mrs Montgomery nahm einen weiteren Keks. „Ich muss zugeben, dass ich eine gute Süßspeise vor allem anderen zu schätzen weiß." Als sie den Bissen heruntergeschluckt hatte, drohte sie Charlotte scherzhaft mit dem erhobenen Zeigefinger. „Seien Sie vorsichtig, meine liebe Mrs Crowley. Es könnte sein, dass ich Ihnen Ihre Köchin abspenstig mache."

Abigail hörte, wie ihre Schwester leise Luft holte, und sie vermutete, dass Charlottes Gedanken in dieselbe Richtung gingen wie ihre. War es möglich, dass sie einen Weg gefunden hatten, Pfütze zurückzubekommen? Eine Sekunde später sah Charlotte genauso ausgeglichen aus wie immer.

„Vielleicht könnten wir einen Handel schließen", sagte sie beiläufig, als würde der Gedanke ihr Herz nicht doppelt so schnell schlagen lassen wie sonst. „Mrs Channing ist auch jetzt, wo wir unseren Hund fortgeschickt haben, noch nicht vollkommen glücklich bei uns."

Mrs Montgomery nickte. „Ich hörte von der eingelegten Roten Bete."

Charlotte schaffte es, ein bisschen zu lachen. „Ich kann mir vorstellen, dass jedermann am Standort davon gehört hat. Es brauchte allerhand Bleichmittel, um den Boden wieder sauber zu bekommen."

„Nun, ich habe keine Hunde, daher wäre das kein Problem." Mrs Montgomery nahm sich einen weiteren Keks und kaute nachdenklich darauf herum. „Das ist einfach köstlich", verkündete sie, als sie zu Ende gegessen hatte. Sie wandte sich an Mrs Alcott und wartete, bis ihr diese zunickte. „Wenn Sie nichts dagegen haben, werde ich heute mit Mrs Nelson sprechen. Sie kann morgen früh bei Ihnen sein."

„Ich habe nichts dagegen." Charlotte schenkte ihrem Gast ein strahlendes Lächeln. Das Problem mit Pfütze war gelöst.

Ethan zog seine Uhr hervor und runzelte zum gefühlt hundertsten Mal die Stirn. Der Unterricht hätte inzwischen zu Ende sein sollen. Abigail hatte gesagt, dass sie ihn auf eine Stunde begrenzen wollte, um die Männer nicht zu überfordern, aber jetzt waren bereits eineinviertel Stunden vergangen und es gab immer noch keine Anzeichen dafür, dass irgendjemand das Schulgebäude verließ. Er klappte seine Uhr wieder zu. Es waren nur fünfzehn Minuten, kein Grund, verärgert zu sein. Die Wahrheit war jedoch, dass er sich wie ein Schuljunge fühlte, der gezwungen war, auf eine versprochene Süßigkeit zu warten.

Es war ein schwieriger Tag gewesen und er hatte sich darauf gefreut, Zeit mit Abigail zu verbringen. Als wäre die andauernde Sorge wegen der Raubüberfälle nicht genug, war sein Baseballteam auf dem besten Wege, zu resignieren. Trotz stundenlangen Trainings und des großen Einsatzes der Spieler hatten sie immer noch kein Spiel gewonnen. Während Jeffrey vor Stolz beinahe platzte, wurden die Laramie Blues immer verzagter. Ethan hatte keine Idee, wie er seine Männer ermutigen sollte, vor allem, wo seine eigene Stimmung auf dem Tiefpunkt angelangt war, als er heute Nachmittag einen weiteren Brief von Mrs Eberle erhalten hatte.

„Komm nach Hause", hatte die Haushälterin seines Großvaters ihn gedrängt. „Er braucht dich."

Hah! Sein Großvater brauchte ihn nicht. Wenn er tatsächlich im

Sterben lag, war alles, was er brauchte, ein Geschäftsführer für die Eisenbahn. Es gab Dutzende von Männern, die weitaus qualifizierter waren als Ethan. Und der Ausdruck „Nach Hause kommen" … Das elegante Sandsteinhaus, in dem Ethan seine Kindheit verbracht hatte, war nicht länger sein Zuhause. Sein Zuhause war der Ort, an den die Armee ihn schickte. Im Augenblick war dies ein einziger Raum, der sich erstaunlich leer anfühlte, seit er Pfütze zurück zu Abigail und Charlotte gebracht hatte.

Applaus schallte durch die Nachtluft, gefolgt von dem Geräusch etlicher Stühle, die über den Fußboden scharrten. Der Unterricht war zu Ende. Ethan spürte, wie er sich entspannte. Abigail würde in einer Minute herauskommen. Obwohl er nicht die Absicht hatte, ihr von Mrs Eberles Brief zu erzählen, würde schon das Zusammensein mit ihr den Tag erhellen. Er trat einen Schritt vor, hielt dann aber inne, da Abigail, als sie das Klassenzimmer verließ, in ein Gespräch mit Korporal Keller vertieft war.

„Ich habe heute einen Brief von Marta bekommen", sagte der Korporal zu Abigail. „Sie ist unglücklich mit mir. All ihre Freundinnen sind verheiratet und sie fühlt sich – wie sagt man das? – ausgeschlossen." Der Korporal runzelte die Stirn. „Ich weiß nicht, was ich ihr sagen soll. Es wird noch drei Monate dauern, bis ich genug Geld gespart habe, um sie hierherzubringen."

Er lauschte nicht, sagte Ethan zu sich selbst. Jedermann auf dieser Seite des Paradeplatzes hätte die Unterhaltung und Abigails Antwort mithören können. „Wenn sie Sie aufrichtig liebt, wird sie warten." Er fragte sich, ob sie an Woodrow dachte. Es kam Ethan so vor, als hätte Abigail länger als nötig darauf gewartet, dass der Mann ihr einen Antrag machte. Wäre Ethan an Woodrows Stelle gewesen, dann hätte er sichergestellt, dass sie seinen Ring trug, bevor sie sich auf den Weg nach Westen machte. Aber er war natürlich nicht Woodrow und es war dumm, überhaupt darüber nachzudenken, einen Ring an Abigails schlanken Finger zu stecken.

Korporal Keller schien nicht überzeugt. „Ich muss das Geld früher haben. Das wäre besser." Er nickte energisch. „Ich werde einen Weg finden."

Ethan fühlte sich wie ein Hund, der plötzlich eine Witterung aufgenommen hatte. Wie würde Dietrich Keller mehr Geld auftreiben? Und wie hatte er überhaupt genug gespart, um dieses Mädchen heiraten zu können? Es war kein Geheimnis, dass die Rekruten von ihrem Gehalt kaum leben konnten. Vielleicht war Keller der Soldat, der den Banditen half.

Ethan trat aus dem Schatten der Lagerhalle des Proviantmeisters heraus und trat auf Abigail zu. Als der Korporal vor ihm salutierte, nickte er. Er würde später mit Keller sprechen. Jetzt wollte er Abigail sehen. Besser gesagt: Er musste Abigail sehen. Er musste daran erinnert werden, dass es noch Gutes in seinem Leben gab.

„Dein Unterricht hat heute Abend lange gedauert", sagte Ethan, als der Korporal fort war. Das Lächeln, das Abigail ihm zuwarf, ließ keinen Zweifel daran, dass sie sich über die Verzögerung freute. Ethan ertappte sich dabei, wie er zurücklächelte. Dies war es, was er gebraucht hatte: ein paar Minuten Normalität.

„Wir waren fast am Ende eines Buches angelangt und sie wollten es gern fertig lesen", erklärte Abigail. „Ich wollte sie nicht daran hindern, nicht, wenn sie so begeistert sind."

Ethan rümpfte die Nase. „Zumindest haben deine Schüler einen Grund, begeistert zu sein. Die Laramie Blues haben ganz bestimmt keinen. Alle lassen sich von unserer Pechsträhne entmutigen."

„Die wird enden." Es war Zuversicht in Abigails Stimme. „Jeffrey würde es niemals zugeben, aber dein Team ist stärker als seins. Es ist nichts als Pech, dass ihr nicht gewonnen habt." Zwischen Abigails Augen bildeten sich ein paar Sorgenfalten. „Du wirst dich davon doch nicht entmutigen lassen, oder? Die Ergebnisse waren so knapp, dass es nur eine Frage der Zeit ist, bis die Blues gewinnen."

Ethan spürte, wie er sich entspannte. Aus diesem Grund hatte er mit Abigail zusammen sein wollen, damit sie alles in die richtige Perspektive rückte. „Das ist genau das, was ich dem Team gesagt habe, aber danke. Es hilft, wenn noch jemand anderes von unserer Stärke überzeugt ist."

Abigails Stirn glättete sich. „Jederzeit. Ich habe dir gesagt, dass ich eine gute Zuhörerin bin, und das meine ich auch so."

Was würde sie sagen, wenn er ihr von dem Brief erzählen würde? Wahrscheinlich dasselbe wie beim letzten Mal – nach Hause zu gehen – und das war ein Rat, den Ethan nicht wollte.

„Ich muss mit Pfütze spazieren gehen", sagte Abigail, als sie das Haus der Crowleys erreichten. „Würdest du gerne mitkommen?"

Ethan nickte. Obwohl er nicht über seinen Großvater sprechen wollte, wollte er keinesfalls auf Abigails Gesellschaft verzichten. „Ob du es glaubst oder nicht, aber mein Quartier kommt mir ohne deinen Hund einsam vor."

„Es ist nicht mein Hund. Er gehört Charlotte", korrigierte Abigail ihn, „aber ich verstehe. Das Haus wirkte leer, als er nicht da war."

Es fühlte sich erstaunlich gut an, von Pfütze begrüßt zu werden, als wäre Ethan ein längst verloren geglaubter Freund. Vielleicht war es das, was er brauchte. Vielleicht sollte er sich selbst einen Hund zulegen.

Als sie den Paradeplatz umrundeten in der Hoffnung, Pfütze so müde zu machen, dass er die ganze Nacht schlafen würde, sprachen Ethan und Abigail über alle möglichen belanglosen Themen. Sie fingen mit Mutmaßungen darüber an, wie groß Pfütze sein würde, wenn er ausgewachsen wäre, und gingen weiter zu der Frage, ob es einen weiteren Hagelsturm geben würde oder nicht. Und genauso häufig, wie sie sprachen, schwiegen sie auch. Obwohl Stille manchmal bedrückend sein konnte, war das hier angenehm. Zum ersten Mal an diesem Tag fühlte sich Ethan im Reinen mit sich und der Welt. Die Sorgen waren immer noch da, aber sie waren nicht mehr so wichtig. Obwohl sich nichts außer seiner Perspektive verändert hatte, war seine Welt auf drei Bewohner zusammengeschrumpft: eine wundervolle Frau, ein verspielter Welpe und er selbst, und so sagte er Abigail nur sehr widerwillig gute Nacht.

Als er sich wieder in seinem Quartier befand, kehrte die Last des Tages zu ihm zurück. Ethan schob die Gedanken an seinen Großvater beiseite und konzentrierte sich auf den Raub. War es möglich, dass Dietrich Keller darin verstrickt war? Der Mann schien ehrlich zu sein, aber Ethan wusste, dass die äußere Erscheinung täuschen konnte. Er würde morgen früh mehr erfahren, wenn er den Korporal und seine Freunde befragte. In der Zwischenzeit wollte er schlafen.

Aber der Schlaf entzog sich ihm. Irgendwann stellte Ethan fest, dass er ziellos durch den Raum wanderte. Als Pfütze noch da gewesen war, hatte er wenigstens jemanden zum Reden gehabt. Ethan lächelte, als er sich daran erinnerte, wie der Welpe vorhin beim Spaziergang an der Leine gezerrt hatte, als sie sich seiner Unterkunft genähert hatten. Es hatte Abigails ganze Kraft erfordert, um ihn davon abzuhalten, die Stufen zu erklimmen.

„Siehst du, er denkt, er gehört dir", hatte sie lachend gesagt. „Ich werde Charlotte nichts erzählen."

„Jeffrey auch nicht", hatte Ethan hinzugefügt. „Ihm käme eine Ausrede wahrscheinlich sehr gelegen, um Pfütze endgültig wegzugeben."

Ethan ging zum Fenster und fragte sich, ob noch jemand anderes außer den Wachen draußen war. Streunende Hunde entdeckte er nicht. Die Nacht war ruhig, der Paradeplatz leer. Ethan blickte nach links und blinzelte überrascht. Warum kehrte Jeffrey von den Ställen zurück? Heute war einer der Abende, an denen er normalerweise Poker im Offiziersclub spielte. Sicherlich dauerte das Spiel noch an, denn sonst wären die anderen Offiziere schon in ihre Quartiere zurückgekehrt. Neugierig ging Ethan nach draußen.

Er passte seine Schritte an Jeffreys an und sagte: „Du kommst spät zurück?" Dabei ließ er seine Worte absichtlich wie eine Frage klingen.

Wenn Jeffrey überrascht war, ihn zu sehen, zeigte er es nicht. Stattdessen antwortete er: „Charlotte ist so beschäftigt mit ihrer Schwester, dass ich mich im Haus wie das fünfte Rad am Wagen fühle. Ich bin ausgeritten, um den Kopf freizubekommen."

Ethan verstand dieses Bedürfnis. „Ich wünschte, ich könnte meinen freibekommen. Ich muss immer noch an die Diebstähle denken." Und an seinen Großvater und an Abigail, aber das wollte er nicht zugeben.

„Die Waffen oder die Postkutsche?"

„Beides. Ich versuche herauszufinden, wer sonst noch daran beteiligt ist."

Als er kurz nickte, blieben Jeffreys Augen in die Ferne gerichtet. „Ich habe nichts gehört."

Das war es, was Ethan vermutet hatte. Wenn Jeffrey irgendwelche Hinweise hätte, würde er es ihm sagen. Aber Jeffrey hatte Dietrich Kellers Unterhaltung mit Abigail nicht gehört. „Wie gut kennst du Korporal Keller?"

Dieses Mal antwortete Jeffrey, indem er mit den Schultern zuckte. „So gut wie jeden anderen deiner Männer, schätze ich. Warum?"

„Würdest du sagen, dass er intelligent ist?"

„Ich habe noch nicht darüber nachgedacht, aber ja, ich denke, das ist er."

„Schlau genug, um Männer anzuführen?"

Die Frage gab Jeffrey zu denken. „Wahrscheinlich", sagte er, nachdem er einen Moment überlegt hatte. „Warum?"

„Ich habe ihn darüber reden hören, dass er zusätzliches Geld braucht. Er behauptet, sein Mädchen hierherbringen und heiraten zu wollen. Dagegen ist nichts einzuwenden, aber es klang, als hätte er mehr gespart als die anderen Männer."

„Und du denkst, dass er das Geld vielleicht auf illegale Weise bekommen hat."

„Genau."

„Dann frag ihn doch."

„Ich bin kein Dieb." Dietrich Kellers Kopf war hochrot vor Ärger, während er Ethan anstarrte. Anscheinend vergaß er, dass er mit einem Offizier sprach. Die beiden Männer standen in dem kleinen Raum neben dem Büro des Adjutanten. Korporal Keller hatte ein wenig besorgt gewirkt, als Ethan ihn zu sich bestellt hatte, jetzt aber war die Sorge in Ärger umgeschlagen.

„Wenn Sie es nicht gestohlen haben, woher haben Sie dann das Geld, um Ihr Mädchen hierherzubringen? Und leugnen Sie nicht, dass Sie es haben. Ich habe gehört, wie Sie mit Miss Harding darüber gesprochen haben." Ethan behielt den festen Tonfall in seiner Stimme bei, denn er wusste, dass die Männer eher nachgeben und die Wahrheit sagen würden, wenn man sie unter Druck setzte.

„Ich leugne es nicht, Sir", erwiderte Korporal Keller. „Es ist die Wahrheit, die jedermann wissen darf. Ich habe für das Geld gearbeitet. Einige Männer bezahlen mich, dass ich ihre Stiefel und Schnallen poliere. Ich reinige Gewehre für andere. Ich spare jeden Penny, den ich kann, aber ich habe nie etwas gestohlen. Nie. Das müssen Sie mir glauben."

„Trotzdem bleibt es dabei, dass jemand Waffen aus dem Lager gestohlen hat. Wissen Sie, wer das war?“

„Nein“, sagte Dietrich Keller auf Deutsch.

Ethan glaubte ihm. Unglücklicherweise, denn das bedeutete, dass er an dem gleichen Punkt war wie am Tag zuvor: Er war der Frage, wer für die Diebstähle verantwortlich war, keinen Schritt näher gekommen.

Frances zog die Stirn in Falten, als ihr klar wurde, dass sie an der Einmündung nach rechts statt nach links abgebogen war. Sie nahm normalerweise niemals diesen Weg, denn der Trampelpfad, der die Bezeichnung „Straße“ eigentlich nicht verdiente, führte zum Fluss. Sie hatte kein Interesse, sich von dieser Tatsache zu überzeugen. Die Schweinefarm, zu der sie unterwegs war, lag in der anderen Richtung. Dennoch wurde Frances das Gefühl nicht los, dass es einen Grund gab, weshalb sie diesen Weg genommen hatte. Es war nicht einfach nur Unaufmerksamkeit gewesen. Etwas, ein Instinkt, hatte sie in Richtung des Flusses geführt. Neugierig trieb sie mit den Zügeln ihr Pferd an, damit es schneller lief. Vermutlich gab es überhaupt nichts zu sehen, doch zumindest würde sie sich davon mit ihren eigenen Augen überzeugen können.

Als sie die letzte Steigung erklommen hatte und auf den Fluss hinabblickte, gab Frances einen leisen Pfiff von sich. Sie hatte recht gehabt. Das war also der Grund, weshalb sie hier war: zu erfahren, womit Leah sich die Zeit vertrieb, wenn sie die Farm verließ.

Diese Närrin! Es war schon schlimm genug, dass Leah mit einer Frau aus dem Fort zusammensaß, aber von allen möglichen Frauen hatte sie sich ausgerechnet mit Abigail Harding eingelassen. Das musste augenblicklich aufhören, denn Abigail war der einzige Mensch, der in der Lage war, Mrs Dunn mit Peg in Verbindung zu bringen. Der Leutnant war ein Mann und deshalb unaufmerksam genug, um nichts zu bemerken, aber Abigail Harding war anders. Verbrachte sie deshalb Zeit mit Leah?

Die Falten auf Frances’ Stirn vertieften sich. Obwohl Leah nicht wusste, was Frances in Wirklichkeit tat, wenn sie behauptete, ihre kranke Schwester zu besuchen, war sie nicht dumm. Und Abigail war es auch nicht. Abigail konnte Frances nicht kontrollieren, aber sie konnte sicherstellen, dass Leah verstand, was die Stunde geschlagen hätte, wenn sie noch ein einziges Mal mit Abigail Harding sprach.

Kapitel 16

„Jeffrey wird nicht glücklich sein", seufzte Charlotte, als der Läufer jubelnd das Ziel erreichte.

Heute Abend schien es, als könnte nichts und niemand die Laramie Blues stoppen. Während Crowley's Champs die Bälle verfehlten und reihenweise ihre Schläger fallen ließen, spielten die Blues ein nahezu fehlerfreies Match.

Abigail ließ den Korb mit dem Gebäck von einer Hand in die andere wandern. Normalerweise stellte sie ihn während des Spiels auf den Boden, aber Charlotte hatte heute Abend darauf bestanden, Pfütze mitzubringen. Im besten Fall hätte der Hund versucht, seine Nase unter die Decke zu stecken. Wahrscheinlicher aber war es, dass er ein paar Zimtrollen gefressen hätte, die zu backen den ganzen Nachmittag in Anspruch genommen hatte.

Als sie von ihrem morgendlichen Ausritt zurückgekehrt war, ohne Leah getroffen zu haben, hatte Abigail entschieden, dass Teig zu kneten vielleicht ein bisschen von der Anspannung abbauen würde, die sich auf ihren Nacken und ihre Schultern gelegt hatte. Heute war der dritte Tag in Folge, an dem Leah nicht zu ihrer Unterrichtsstunde zum Flussufer gekommen war. Abigail war zutiefst beunruhigt. Sie fürchtete, Leah könne krank sein. Jetzt sah sie nur noch eine Möglichkeit: Wenn Leah morgen nicht zu der Pappel käme, würde Abigail sie bei Peg besuchen. In weniger als einem Monat plante Abigail, wieder nach Vermont zurückzureisen. Bevor sie aufbrach, wollte sie, dass Leah ein weiteres Lesebuch beendet und mit dem Unterricht in den Grundrechenarten begonnen hätte. Möglicherweise würde es Leah dann immer noch am nötigen Selbstvertrauen mangeln, um die Schweinefarm zu verlassen und sich ein neues Leben aufzubauen. Aber wenn sie sich doch entschied zu gehen, würden ihr diese Fähigkeiten helfen, eine Stelle als Köchin zu finden, auch wenn sie noch nicht in der Lage wäre, in einem Laden zu arbeiten.

Abigail warf Charlotte einen Blick zu. Sie wusste, dass ihre

Schwester mit einem Besuch der Schweinefarm nicht einverstanden wäre, genauso wenig wie Ethan. Aber vielleicht würde der Ausflug auch gar nicht nötig sein. Vielleicht würde Leah morgen zu ihrer Stunde erscheinen. Erst wenn sie tatsächlich wieder nicht da sein würde, wollte sich Abigail Gedanken darüber machen. Der heutige Abend war dem Baseball gewidmet.

„Es ist an der Zeit, dass die Blues auch mal gewinnen", sagte sie zu ihrer Schwester. „Ethan hat gesagt, dass seine Spieler furchtbar niedergeschlagen waren." Wer wäre das nicht? Egal, wie sehr sie sich bemüht hatten, hatte Ethans Team bis jetzt jedes Spiel verloren.

Ein weiterer Schlagmann nahm seinen Platz ein und wartete geduldig, während der Werfer der Champs seine Arme dehnte und dann kreisen ließ. Dieses Ritual kannten inzwischen alle Zuschauer. Es handelte sich um einen Versuch, den Schlagmann so zu verunsichern, dass er danebenschlagen würde.

„Du hast dich schon immer für die Außenseiter eingesetzt", stellte Charlotte fest.

Abigail konnte es nicht leugnen. Sie hatte auch eine Vermutung, weshalb sie ein so starkes Bedürfnis hatte, denen zu helfen, die weniger vom Glück begünstigt waren oder die sich in Schwierigkeiten befanden. „Ich weiß, was es bedeutet, an zweiter Stelle zu stehen. Es war niemals leicht, deine Schwester zu sein. Du hattest bereits alles mit Bravour gemeistert, was ich versuchte."

Pfütze, der anscheinend gelangweilt war, weil er ruhig sitzen bleiben musste, begann ein Loch zu graben. Charlotte zog an der Leine. Dann sah sie Abigail an. „Das lag allein daran, dass ich älter war. Ich wusste, wie schwer es ist, bestimmte Dinge zu tun, deshalb hab ich versucht, sie dir leichter zu machen."

„Und das hast du. Ich habe ja auch versucht, dasselbe für Elizabeth zu tun." Angesichts der scheinbar endlosen Aufwärmphase des Werfers zog Abigail die Stirn in Falten. „Aber egal, was ich tat, ich war immer die Zweite, niemals die Erste. Manchmal hab ich mich gefragt, wie ein Leben als Einzelkind gewesen wäre. Hast du jemals darüber nachgedacht?"

Charlotte schüttelte den Kopf.

„Ehrlich gesagt, ich schon. An manchen Tagen habe ich mir gewünscht, Mamas und Papas Aufmerksamkeit mit niemandem teilen zu müssen. Aber jetzt, wenn ich mich mit Ethan unterhalte, bin ich froh, dass ich kein Einzelkind war. Ich kann mir das Leben ohne dich und Elizabeth nicht vorstellen." Vielleicht wäre Ethans Kindheit einfacher gewesen, wenn er Geschwister gehabt hätte. Zumindest hätte er dann nicht allein im Zentrum der Aufmerksamkeit seines Großvaters gestanden.

Rumms! Der Schläger traf den ersten Ball, schlug ihn ins rechte Feld und begann zu rennen. Als er atemlos, aber jubelnd das Ziel erreichte, seufzte Charlotte erneut. „Davon werden sich die Champs nicht mehr erholen."

Das taten sie auch nicht. Die Blues gewannen mit großem Abstand. Als das Spiel zu Ende war, war die Begeisterung grenzenlos. Während die Spieler der Blues feierten, stapfte Jeffrey in die Mitte des Paradeplatzes und schüttelte Ethans Hand. Abigail konnte seine Worte nicht hören, aber sein Gesichtsausdruck zeigte ihr, dass Charlotte recht gehabt hatte: Er war nicht glücklich. Obwohl es nur ein Spiel war, schien ihn die Niederlage mehr zu ärgern, als sie es hätte tun sollen.

Als sich ihr Mann auf den Weg nach Hause machte, reichte Charlotte Pfützes Leine an Abigail weiter. „Ich glaube, ich begleite Jeffrey."

Mit dem Korb in der einen und der Hundeleine in der anderen Hand machte sich Abigail auf den Weg zum Gewinnerteam.

„Herzlichen Glückwunsch." Obwohl sie die Worte an alle richtete, gehörte ihr Lächeln Ethan, denn sie wusste, wie viel ihm dieser Sieg bedeutete. Der Erfolg seiner Mannschaft spiegelte sich in seiner entspannten Haltung und seinem fröhlichen Lächeln wider. „Die Blues waren heute Abend grandios." Als würde er Abigails Meinung unterstützen, fing Pfütze an zu bellen.

Ethans Lächeln wurde zu einem breiten Grinsen. „Hört ihr das, Männer? Selbst der Hund ist dieser Meinung." Er blickte auf den Korb hinab. „Könnte es sein, dass du etwas für uns mitgebracht hast?"

Jeder Baseballspieler wusste, dass Charlotte und Abigail zu jedem Spiel Gebäck für das Gewinnerteam mitbrachten. Ethan hatte sich einmal über diese Gewohnheit beschwert und gesagt, es mache die Niederlage seines Teams nur noch schmerzlicher. Heute Abend beschwerte er sich nicht.

„Das habe ich tatsächlich“, sagte Abigail und lächelte. „Heute Abend gibt es Zimtrollen.“

Ihre Worte riefen einen begeisterten Aufschrei hervor. Bisher hatten die beiden Schwestern weniger aufwendige Naschereien mitgebracht. Normalerweise hatte es sich dabei um die Reste gehandelt, die von Mrs Channings Nachtisch übrig geblieben waren. Bei der neuen Köchin Mrs Nelson gab es keine geeigneten Überbleibsel, weil sie lieber Pudding und Kompott servierte als Backwaren.

„Ich habe sie selbst gemacht“, fügte Abigail hinzu.

Ethan hob eine Augenbraue. „Du musst gewusst haben, dass wir gewinnen würden.“

„Ich habe darauf gehofft.“

Als sie die Serviette abnahm, mit der der Korb abgedeckt war, schnupperte Ethan theatralisch an dem Inhalt. „Los, Männer. Genießen wir Miss Hardings Belohnung, bevor Pfütze auf die Idee kommt, sich daran zu bedienen.“ Er nahm sich eine der Rollen und schloss genießerisch die Augen. „Die riechen richtig gut.“

Als die Männer die leckeren Gebäckstücke mit großer Begeisterung vertilgten, stand Ethan an Abigails Seite. „Dies bedeutet eine Menge für uns.“ Er nahm ihre Hand in seine und drückte sie ein wenig. „Danke, Abigail.“

Sein Händedruck war warm und fest und sandte einen wohligen Schauer ihren Arm hinauf. Sogar durch ihre Handschuhe hindurch konnte Abigail den Unterschied zwischen Ethans Hand und ihrer fühlen. Seine war größer. Das hatte sie bereits gewusst. Und stärker. Das war keine Überraschung. Sein Griff war kräftiger. Das hatte sie erwartet. Was sie nicht erwartet hatte, war, dass seine Berührung ihr das Gefühl gab, als wäre sie etwas Kostbares, etwas Wertvolles. Es war ein ungewohntes Gefühl, aber so wundervoll! Abigail blickte auf ihre ineinander verschlungenen Hände hinab und wollte nicht, dass dieser Moment endete. Doch dann fing Pfütze an zu winseln und legte seine Vorderpfoten auf Ethans Beine.

„Ich denke, er fühlt sich ausgeschlossen“, sagte sie.

Ethan rümpfte die Nase und tat so, als würde er den Welpen zornig anstarren. „Du aufdringlicher Hund!“ Als Pfütze zur Antwort bellte, ließ Ethan Abigails Hand los, was ihr irgendwie das Gefühl vermittelte, beraubt worden zu sein.

„Abigail!“

Abigail hielt mitten in der Bewegung inne. Sie hatte mit offenen Augen geträumt und sich daran erinnert, welch wundervolles Gefühl es gewesen war, ihre Hand in Ethans Hand zu spüren. Aus diesem Grund hatte sie sich heute Morgen später angezogen als sonst. An einem gewöhnlichen Morgen wäre Abigail bereits unten gewesen, hätte nach dem Haferbrei gesehen und Kaffee gekocht. Heute war sie gedankenverloren damit beschäftigt, die Brosche ihrer Mutter an ihrem Kleid zu befestigen, als sie Charlottes Stimme hörte.

„Könntest du bitte mal herkommen?“

Abigails Herz begann zu rasen. Irgendetwas war ganz und gar nicht in Ordnung, wenn Charlotte so schwach klang. Sie eilte in das Zimmer ihrer Schwester.

„Was ist los?“

Charlottes Gesicht hatte jegliche Farbe verloren. Nicht einmal bei ihren morgendlichen Übelkeitsanfällen hatte sie so elend ausgesehen.

„Ich weiß es nicht.“ Charlotte legte ihre Hand an ihren Hals. „Ich fühle mich schlechter als jemals zuvor in den letzten Wochen.“ Es gelang ihr, ein wenig zu lächeln. „Würdest du Mrs Grayson holen?“

„Soll ich Jeffrey ebenfalls Bescheid sagen?“

Soweit das überhaupt möglich war, verlor Charlottes Gesicht noch ein bisschen mehr Farbe. „Nein. Ich möchte nicht, dass er sich grundlos Sorgen macht.“

Obwohl Abigail versucht war zu widersprechen, tat sie es nicht. Stattdessen eilte sie zum Haus der Hebamme und sprach bei jedem Schritt ein stilles Gebet für die Gesundheit ihrer Schwester.

„Ich verstehe das nicht.“ Mrs Grayson hatte eine halbe Stunde bei Charlotte verbracht. Jetzt saß sie mit einer Tasse Kaffee in der Hand im Wohnzimmer. „Keine der anderen Frauen, die ich betreut habe, hatte derartige Probleme.“

Das war es, was Abigail befürchtet hatte. Sie hatte ein paar diskrete Fragen gestellt und erfahren, dass Mrs Grayson, obwohl sie nicht als Hebamme ausgebildet worden war, von Geburten und Frauenleiden eine Menge verstand, den anderen Frauen zufolge sogar weit mehr als Dr. Pratt. Mrs Grayson war sehr erfahren und hatte bis jetzt noch keine Patientin verloren, aber Abigail war in größter Sorge darüber, dass selbst für Mrs Grayson Charlottes Zustand unerklärlich war.

„Meine Schwester war als Kind sehr krank", sagte sie und erklärte, was damals geschehen war. „Denken Sie, darin könnte ein Zusammenhang bestehen? Der Arzt hat uns gewarnt, dass ihre Lungen immer schwach sein würden."

Mrs Grayson schüttelte den Kopf. „Die Krankheit rührt nicht von ihren Lungen her. Wenn ich eine Vermutung anstellen müsste, würde ich sagen, dass es ihre Nerven sind. War Ihre Schwester schon immer so leicht aus der Ruhe zu bringen?"

„Nein. Unsere Mutter hat behauptet, sie sei die stärkste von uns."

„Jetzt ist sie nicht stark. Sie wird drei oder vier Tage im Bett verbringen müssen und selbst dann ..." Der Blick der Hebamme verfinsterte sich. „Um ehrlich zu sein, mache ich mir Sorgen um den Rest ihrer Schwangerschaft."

Abigail auch. Sie hasste es, ihre Schwester so krank zu sehen. Noch mehr hasste sie den Gedanken, dass sie bald Tausende von Meilen weit weg sein würde und Charlotte nicht mehr würde helfen können. Vielleicht konnte sie ihre Abreise noch um eine weitere Woche verschieben und immer noch rechtzeitig zum Unterrichtsbeginn zu Hause sein. Sie musste den Fahrplan überprüfen, aber zuerst musste sie Jeffrey sagen, dass seine Frau krank war.

Sie fand ihn im Hauptquartier des Standorts.

„Es ist meine Schuld." Jeffrey schlug mit der Faust gegen seine Stirn, als Abigail erklärte, was geschehen war. „Ich hätte Charlotte nicht hierherbringen sollen. Warum konnte ich nicht sehen, dass sie zu zerbrechlich für dieses Land ist? Was soll ich tun, wenn sie stirbt?"

„Das wird sie nicht." Abigail verlieh ihrer Stimme all die Zuversicht, die sie besaß. „Mrs Grayson möchte nur, dass sie sich ein paar Tage ausruht."

Jeffrey schwieg einen Moment lang, wobei er mit leerem Blick in die Ferne starrte. Als er sprach, trafen seine Worte direkt in Abigails Herz. „Ich hab mich getäuscht. Ich bin nicht schuld. Du bist es. Du hättest niemals hierherkommen dürfen."

Wenn es im Fort eine Kirche gegeben hätte, wäre Abigail dorthin gegangen, um nach Antworten zu suchen und um Hilfe zu flehen. Armer Jeffrey! Sie fühlte mit ihm. Obwohl er mit seinen Worten um sich geschlagen hatte und sie schmerzhaft getroffen hatte, wusste Abigail, dass er nur aus Schmerz und Angst gehandelt hatte. Jeffrey liebte seine Frau und der Gedanke, ihr nicht helfen zu können, war mehr, als er ertragen konnte. Das war der Grund, weshalb er so wütend war. Auch wenn Abigail wünschte, dieses Problem lösen zu können, wusste sie, dass es nur einen gab, der helfen konnte.

Obwohl sie sich nach dem stillen Trost einer Kirche sehnte, rief sich Abigail in Erinnerung, was Papa so oft gesagt hatte: dass Gott überall war und dass Gebete überall etwas bewirkten, egal, wo sie gesprochen wurden. Sie eilte nach Hause, sank im Wohnzimmer auf ihre Knie und schloss ihre Augen.

Guter Gott, ich brauche deine Hilfe. Du weißt, dass ich meine Schwester liebe und nur das will, was das Beste für sie ist. Hat Jeffrey recht? Habe ich dich falsch verstanden? Wäre Charlotte glücklicher, wenn ich nicht hier wäre? Ich weiß nicht mehr weiter. Zeig mir den Weg. Bitte, Herr. Aber da war keine Antwort, nichts außer dem Gefühl, dass sie etwas Wichtiges übersehen hatte.

Irgendwie überstand Abigail den Rest des Tages. Obwohl sie sich fragte, ob Leah heute zu der Pappel gekommen war, wagte sie es nicht, Charlotte allein zu lassen, nicht einmal für einen kurzen Ausritt. Vielleicht konnte sie morgen das Haus verlassen, aber heute verspürte sie das Bedürfnis, nah bei ihrer Schwester zu bleiben.

Der Zugfahrplan bestätigte, was Abigail bereits vermutet hatte. Sie konnte ihre Abreise nicht weiter verschieben, wenn sie rechtzeitig zum ersten Unterrichtstag in Vermont ankommen wollte. Sie musste wie geplant abreisen. Ihre Schülerinnen verließen sich auf sie. Ihre Lehrerkollegen verließen sich auf sie. Und als ob das noch nicht genug wäre, hatte Jeffrey sehr deutlich gemacht, dass sie hier nicht länger willkommen war. Sie würde also jede Stunde, die sie noch mit Charlotte verbringen konnte, aus ganzem Herzen genießen.

Wie beim letzten Mal, als Charlotte krank gewesen war, nahmen Ethan und Jeffrey ihre Mahlzeiten mit den anderen Offizieren ein und ließen Abigail mit ihrer Schwester allein. Obwohl sie vermutete, dass Charlotte nicht schlief, waren ihre Augen jedes Mal geschlossen, wenn Abigail in den Raum blickte. Sie wagte es nicht, sie zu stören. Stattdessen verbrachte Abigail den Tag damit, sich Sorgen zu machen, um sich dann daran zu erinnern, dass es keinen Grund gab, sich Sorgen zu machen, weil Gott das Sagen hatte. Sie verließ das Haus nur einmal, um zu ihrem Unterricht zu gehen. Obwohl sie ihr Bestes tat, um sich ihre Besorgnis nicht anmerken zu lassen, wusste sie, dass die Männer etwas ahnten, denn sie schienen verhaltener zu sein als gewöhnlich.

Als der Unterricht beendet war, war Abigail voller Hoffnung. Vielleicht würde Ethan wieder auf sie warten. Sie hatte seine Gesellschaft bei den Mahlzeiten vermisst. Die Hoffnung, mit ihm sprechen zu können, hatte ihr geholfen, den Tag zu überstehen. Aber er war nicht da. Der Paradeplatz war leer, was bedeutete, dass Ethan in seinem Quartier oder im Offiziersclub sein konnte. Beides war jedoch für einen Besuch einer ledigen jungen Dame nicht geeignet. Sie würde bis morgen warten müssen, um mit ihm zu sprechen.

„Komm, Pfütze", sagte sie, als sie das Haus erreichte und ihn von dem Baum losband. Der schwarz-braune Welpe, der mit flatternden Ohren an ihr hochsprang und jaulte, war überglücklich. Wenigstens einer von ihnen beiden war glücklich – Abigail war es mit Sicherheit nicht. Obwohl sie wusste, dass sie nach Vermont zurückkehren sollte, konnte sie ihre Sorgen um Charlotte nicht vergessen.

„Was denkst du, Pfütze?", fragte sie, als sie ihre zweite Runde um den Paradeplatz begannen.

Wenn sie irgendwelche Zweifel daran gehabt hatte, dass Pfütze von Tag zu Tag größer wurde, dann hätte die Tatsache, dass er nach seinem normalen Spaziergang noch nicht müde war, diese zerstreut. Er benahm sich, als wäre er gerade erst wach geworden, und schien so voller Energie wie noch zu Beginn des Spaziergangs. Abigail war die Einzige, die müde war.

Und doch konnte sie auch nach dem ausgiebigen Spaziergang keinen Schlaf finden. Vielleicht lag es daran, dass sie Pfütze winseln hörte. Als sie die Stufen hinabstieg, saß der Hund mit missmutigem Gesichtsausdruck in seiner Kiste.

„Du bist nicht gerne allein, nicht wahr?"

Da es Charlotte nicht gut ging, hatte Pfütze heute mehr Zeit als üblich allein verbracht und vermutlich viel geschlafen. Es war kein Wunder, dass er jetzt wach war. Abigail streichelte den Kopf des Welpen, dann gab sie nach und erlaubt ihm, seine Kiste zu verlassen. Pfütze hüpfte fröhlich vor ihren Füßen herum, jagte seinen Schwanz und jaulte vor Vergnügen.

Mamas Heilmittel gegen Schlaflosigkeit war ein Glas warme Milch gewesen. Obwohl sie bezweifelte, dass das heute Nacht helfen würde, griff Abigail in die Eiskiste und zog den Milchbehälter daraus hervor. Sie konnte es ja wenigstens mal versuchen. Sie war gerade damit beschäftigt, die Milch sorgfältig zu bewachen, damit sie nicht überkochte, als sie schwere Schritte vernahm. Jeffrey war zurückgekehrt.

„Kannst du nicht einschlafen?", fragte er, als er die Küche betrat.

Abigail nickte. Sie wusste nicht, was sie am meisten überraschte: sein freundlicher Tonfall, die Tatsache, dass er Pfütze nicht zornig angestarrt hatte, oder sein nasses Haar. Jeffrey sah aus, als hätte er gerade gebadet – ein äußerst ungewöhnlicher Vorgang um diese Uhrzeit. Abigails Herz begann wild zu schlagen, als ihr klar wurde, warum Jeffreys Haare nass waren. Er hatte versucht, den Geruch von Parfum abzuwaschen, war damit aber nicht erfolgreich gewesen. Etwas an ihm, vielleicht seine Kleidung, trug immer noch den Duft, den sie im Wohnzimmer gerochen hatte. Er war wieder auf der Schweinefarm gewesen. *Warum, Jeffrey, warum?*

„Ich mache mir etwas warme Milch", sagte Abigail und versuchte, ihre Stimme ruhig klingen zu lassen. Fragen oder Anschuldigungen würden zu nichts führen. „Möchtest du auch ein Glas haben?"

Er schüttelte den Kopf. „Ich konnte das Zeug nie ausstehen. Aber ich bin froh, dass du wach bist. Ich wollte mit dir reden und mich bei dir entschuldigen."

Wofür? Für das Parfum? Obwohl sie gern gefragt hätte, sagte

Abigail nichts, denn sie spürte, wie schwer es für Jeffrey war, das Wort *entschuldigen* überhaupt nur auszusprechen.

Er ballte die Hände zu Fäusten und löste sie langsam wieder. „Ich war heute Morgen nicht ganz bei mir. Es ist nicht deine Schuld, dass Charlotte krank ist. Ich weiß das. Ich denke, ich wusste es auch heute Morgen, aber ich habe mir solche Sorgen um sie gemacht, dass ich nicht klar denken konnte. Es tut mir leid."

Abigail nickte. „Ich verstehe deine Reaktion, Jeffrey." Und das tat sie tatsächlich. Was sie nicht verstand, war, weshalb er nach dem Parfum einer anderen Frau roch.

Als Abigail eine halbe Stunde später die Treppe hinaufstieg, konnten die dünnen Wände trotz der geschlossenen Türen Jeffreys Schnarchen und Charlottes leises Weinen nicht von ihr fernhalten. Abigail wünschte, sie könnte ihr Bett von der gemeinsamen Wand wegschieben, wusste jedoch, dass das nur offenbaren würde, dass sie Charlottes Schluchzen gehört hatte. So ging sie zum Fenster, starrte nach draußen und hoffte, der Anblick der Sterne im schwarzen Himmel von Wyoming würde sie trösten. *Oh, Herr*, betete sie, *zeig mir, was ich tun soll.*

Sie schloss ihre Augen. Bilder ihrer Schule, ihrer Schülerinnen und von Woodrow tanzten durch ihren Kopf. Es war früher Herbst, einer dieser perfekten Tage, an denen sich die Herbstpracht des Zuckerahorns von einem tiefblauen Himmel abhob. Abigail lächelte, als sie sich an die leuchtenden orangefarbenen Blätter und an die Begeisterung der Mädchen erinnerte, als sie ihnen erzählt hatte, dass sie und Woodrow den Unterricht an diesem Nachmittag draußen abhalten würden. Allmählich verblasste die Szene vor ihrem inneren Auge. Vielleicht hätte sie ein Gefühl von Verlust empfinden sollen, aber stattdessen wurde Abigail von Vorfreude erfüllt, als sich die Szene erneut veränderte. Genauso allmählich, wie die Landschaft von Vermont verblasst war, begann sich ein neues Bild zu formen. Als es vollständig war, lächelte sie. *Danke, Herr.*

„Ich bleibe", sagte Abigail am nächsten Morgen zu ihrer Schwester.

Obwohl sie ihr nicht erzählen wollte, wie das Bild von Charlottes Gesicht ihre Erinnerung an Vermont ersetzt hatte, wusste Abigail, dass es sich nicht um einen Zufall oder um ihr Wunschdenken handelte. Dies war die Antwort, nach der sie gesucht hatte. Dies war es, was sie tun sollte.

Charlotte sah an diesem Morgen ein wenig besser aus. Die Farbe war auf ihre Wangen zurückgekehrt und es gelang ihr, Abigails Äußerung mit einem schwachen Lächeln zu beantworten.

„Ich habe mich entschieden, so lange zu bleiben, bis das Kind geboren ist.“ Jeffrey würde vielleicht nicht glücklich über ihre Entscheidung sein, aber Charlotte brauchte sie. Das war alles, worauf es ankam.

„Wirklich, ehrlich?“ Charlottes Augen leuchteten voller Hoffnung, als sie die Frage so stellte, wie sie es in ihrer Kindheit oft getan hatte.

„Ehrlich, wirklich“, antwortete Abigail und freute sich darüber, wie sich das Gesicht ihrer Schwester angesichts der albernen Antwort erhellte. Es glitzerten zwar Tränen in Charlottes Augen, doch Abigail wusste, dass es Freudentränen waren.

„Danke.“ Charlotte streckte die Hände aus, griff nach Abigails Hand und drückte sie, so fest sie konnte. „Ich wollte dich bei mir haben, aber ich habe nicht gewagt zu fragen. Es wäre selbstsüchtig von mir gewesen, dich von der Schule und Woodrow fernzuhalten.“

Abigail schüttelte den Kopf. „Es ist nicht selbstsüchtig. Es ist das, was Schwestern tun. Ich bleibe.“

„Ich bin so furchtbar dankbar. Danke, kleine Schwester.“

„Wohin gehst du so eilig?“ Ethan beeilte sich, um Abigail zu erreichen, dann passte er seinen Schritt dem ihren an.

„Ich muss ein Telegramm verschicken.“ Jetzt, wo ihre Entscheidung gefallen war, wollte sie Mr Barnett sofort davon in Kenntnis setzen. Sie sah zu Ethan auf und fragte sich, wie er reagieren würde, wenn er die Neuigkeiten erfuhr. „Ich habe mich entschieden zu bleiben, bis Charlottes Kind geboren ist. Ich hoffe, die Schule beurlaubt mich so lange.“

Die Art und Weise, wie ihr Herz einen Sprung tat, als sie Ethans Lächeln sah, war absurd. Es war nicht so, dass er mehr als ein Freund war. Und doch konnte Abigail nicht leugnen, dass ihr

Herz schneller schlug und dass das Lächeln dieses Freundes ihr Gesicht mehr zu wärmen schien als die Sommersonne.

„Das sind gute Neuigkeiten für uns alle. Pfütze wird nicht einsam sein, Charlotte wird deine Hilfe bekommen und die Blues werden sich freuen, wenn du ihnen zujubelst."

„Ganz zu schweigen von meinen Zimtrollen."

„Ja, davon ganz zu schweigen." Ethans Lächeln wich einem Ausdruck von Besorgnis. „Was tust du, wenn deine Beurlaubung nicht genehmigt wird? Es könnte schon fast zu spät sein, um noch eine Ersatzlehrerin zu finden."

„Das stimmt. Vielleicht ist Mr Barnett auch so ärgerlich, dass er mich nicht wieder einstellen wird." Abigail hatte diese Überlegung mit einbezogen. Wenn sie sich nur um eine oder zwei Wochen verspätete, könnten die anderen Lehrer ihre Klasse übernehmen. Doch mehrere Monate lang wäre das nicht möglich. Und es würden mit Sicherheit noch Monate vergehen, bis sie nach Vermont zurückkehren konnte. Kein Zweifel: Mr Barnett war in der Klemme – es sei denn, er würde ihren Vorschlag annehmen und Henrietta Walsh die Verantwortung für Abigails Klasse übertragen. Obwohl sie jung war und es ihr an Erfahrung fehlte, war sie engagiert und fleißig. Sicherlich wäre sie eine gute Vertretungslehrerin.

„Wenn Mr Barnett nicht möchte, dass ich zurückkehre, werde ich eine andere Stelle finden. Es gibt viele Schulen in Vermont." Zugegebenermaßen war die Schule, an der sie bisher unterrichtet hatte, eine der renommiertesten. Doch auch wenn sie nicht in der Lage wäre, dorthin zurückzukehren, wusste Abigail, dass ihre Erfahrung sie dazu qualifizierte, beinahe überall zu unterrichten.

„Es gibt andere Orte als Vermont." Ethan legte den Kopf schief. „Du könntest jederzeit hierbleiben. Ich weiß, dass Hauptmann Westland froh wäre, dich für das ganze Jahr zu engagieren."

Abigail legte in gespieltem Entsetzen ihre Hand auf ihr Herz. „Hierbleiben, wo der Hagel größer ist als ein Baseball? Niemals!"

Wie sie gehofft hatte, lachte Ethan.

Korporal Keller lachte nicht. Obwohl der Rest der Klasse jubelte, als Abigail ihnen sagte, dass sie mindestens bis Mitte November bleiben würde, blieb er still. Der normalerweise so aufmerksame Schüler war offensichtlich beunruhigt, sprach kaum während des Unterrichts, und wenn er doch antwortete, war es häufiger falsch als richtig. Charlotte würde ihr sicher wieder sagen, dass sie nicht jedermanns Probleme lösen konnte, aber das hielt Abigail nicht davon ab, es zu versuchen.

„Korporal Keller", sagte sie, als sie die Klasse entließ, „könnten Sie noch einen Moment bleiben?"

Als die anderen Schüler der Reihe nach den Raum verlassen hatten, wandte sie sich ihm zu. „Irgendetwas scheint Sie zu beschäftigen. Kann ich helfen?"

„*Nein.*" Es war ein Hinweis auf seine Sorgen, dass er ins Deutsche verfallen war. „Niemand kann helfen", fuhr er auf Englisch fort. Sein Gesicht war voller Trauer, als er erklärte: „Marta hat jemand anderen geheiratet. Sie wollte nicht auf mich warten."

Der Korporal hatte recht. Dies war ein Problem, das Abigail nicht lösen konnte. „Es tut mir so leid", sagte sie und wünschte, es gäbe etwas, das sie tun könnte, um das Lächeln in sein Gesicht zurückkehren zu lassen. Aber das gab es nicht.

Sie war nicht da. Abigail suchte den Horizont ab und bemerkte, dass die einst grüne Prärie goldbraun geworden war, ein Erbe der sommerlichen Hitze und Trockenheit. Der Wind ließ die Blätter der Pappel tanzen, ein kleiner Hüttensänger sang für seine Gefährten, aber ein Zeichen von Leah gab es nicht.

„Jetzt bleibt nur noch eins zu tun", sagte Abigail zu Sally, als sie sich auf den Weg nach Süden machte. „Wir werden dem ‚Peg's' einen Besuch abstatten." Erwartungsgemäß antwortete die Stute nicht.

Die Schweinefarm war genauso verfallen, wie Abigail sie in Erinnerung hatte. Wieder kratzten Hühner im Dreck, während auf der anderen Seite des Hauptgebäudes eine ziemlich wohlgenährte Katze ihre Pfoten leckte. Wenn die Katze, wie Leah behauptet hatte, zum

Mäusefangen angeschafft worden war, dann schien die Farm eine beachtliche Nagetierpopulation zu haben.

Vielleicht lag es an der frühen Uhrzeit, vielleicht an der Hitze – jedenfalls gab es keine Anzeichen für menschliches Leben. Abigail stieg vom Pferd, schlang Sallys Zügel um den Anbindebalken und ging auf das Gebäude zu. Da sie die Umgangsformen nicht kannte – klopfte man oder ging man einfach hinein? –, zögerte sie. Plötzlich schwang die Tür auf und gab den Blick auf eine Frau frei, deren gebieterischer Gesichtsausdruck keinen Zweifel daran ließ, dass es sich um Peg handelte, Eigentümerin dieses Etablissements, das ihren Namen trug.

Peg war von mittlerer Größe und Statur und wirkte, abgesehen von ihrem mahagonifarbenen Haar und ihrem Parfum, nicht besonders auffällig. Das Parfum allerdings umwehte sie wie eine Wolke. Es war eindeutig derselbe Geruch, den Abigail an Jeffrey gerochen hatte.

„Was wollen Sie?", fragte Peg. Ihre Stimme war sanfter, als Abigail erwartet hatte, und sie sprach leicht gedehnt, so wie es für die Südstaaten typisch war.

Obwohl Abigail ein Dutzend Fragen durch den Kopf schossen, allen voran die Frage nach der Beziehung zwischen dieser Frau und Jeffrey, schob sie sie zur Seite. Sie war nur aus einem Grund hierhergekommen: um Leah zu treffen.

„Ich würde gern mit Leah sprechen."

Pegs Augen verengten sich. „Ich fürchte, das wird nicht möglich sein. Keins *meiner* Mädchen" – sie betonte das Personalpronomen – „hat die Erlaubnis, mit Frauen aus dem Fort zu verkehren. Ich bin sicher, Sie verstehen, dass das nicht gut für das Geschäft ist."

Obwohl Abigail Peg noch nie zuvor getroffen hatte, hatte sie das untrügliche Gefühl, dass ihr irgendetwas an ihr bekannt vorkam. Noch mehr allerdings irritierte sie die Tatsache, dass ihr Gegenüber sie offensichtlich wiederzuerkennen schien.

„Woher wissen Sie, dass ich im Fort lebe?" Abigail bezweifelte, dass Leah etwas gesagt hatte. Obwohl sie behauptet hatte, dass Peg sie meistens gut behandelte, hatte sie es aus Angst vor Peg nicht gewagt, ein Buch auch nur als Leihgabe anzunehmen.

Pegs Lächeln war verschlagen und hinterhältig. „Ganz einfach.

Ich besuche das Fort gelegentlich, um zu sehen, ob der Händler irgendwelche Dinge anbietet, die meinen Kunden gefallen könnten."

Das könnte erklären, warum ihr Peg bekannt vorkam. Vielleicht hatte Abigail sie in der Nähe des Paradeplatzes gesehen.

„Dann geht es Leah gut?"

„Ja, das tut es. Also sollten Sie sich jetzt auf den Weg zurück zum Fort machen, Miss ..." Peg hielt inne.

„Harding. Abigail Harding."

„Und ich bin Peg, aber das wussten Sie bereits, nicht wahr? Auf Wiedersehen, Miss Harding. Besser gesagt: Ich gehe davon aus, dass ich Sie hier nicht wiedersehen werde."

Mrs Eberle hatte immer gesagt, schlechte Neuigkeiten kämen im Dreierpack. Vielleicht galt das auch für gute Neuigkeiten. Ethan rührte das Salz so lange um, bis es sich im Essig aufgelöst hatte, dann begann er seine Knöpfe zu polieren. Es hatte bereits zwei gute Neuigkeiten gegeben. Es war gut – genauer gesagt hervorragend –, dass die Blues endlich ein Spiel gewonnen hatten. Sogar Hauptmann Westland, den niemand einen übermäßig aufmerksamen Beobachter nennen würde, hatte bemerkt, dass sich die Stimmung in der Kompanie verbessert hatte. Und dann war da die Neuigkeit, dass Abigail mindestens drei Monate länger bleiben würde. Das war ebenso gut. Obwohl Ethan den Grund dafür bedauerte – schließlich lastete Charlottes schlechter Gesundheitszustand sowohl auf Abigail als auch auf Jeffrey –, war Ethan froh, dass Abigail ihre Abreise verschoben hatte. Es gab keinen Zweifel daran: Fort Laramie war ein fröhlicherer Ort, wenn sie da war.

Das machte zwei. Er würde eine dritte gute Neuigkeit sehr begrüßen, besonders wenn es sich dabei um einen Hinweis auf die Person handelte, die für die Diebstähle verantwortlich war.

„Hast du sie gesehen?" Oliver sah ganz offensichtlich keine Notwendigkeit für soziale Feinheiten wie das Anklopfen oder eine Begrüßung. Stattdessen stürzte er freudestrahlend in Ethans Zimmer.

„Habe ich wen gesehen?" Ethan versuchte nicht zu lächeln, obwohl das schwierig war, wenn Oliver in der Nähe war. Die Begeisterung seines Freundes war ansteckend.

„Melissa. Hauptmann Westlands Nichte."

Ethan schüttelte den Kopf. Er hatte den Hauptmann zwar sagen hören, dass seine Frau aus Kansas zurückgekehrt und ihre Nichte für einen Besuch mitgebracht hatte, aber er hatte noch nicht die Bekanntschaft der jungen Frau gemacht.

„Sie ist mit der heutigen Kutsche angekommen", fuhr Oliver fort. Dabei fielen seine Worte wie Kartoffeln aus einer umgestürzten Karre. „Miss Melissa Westland ist die hübscheste Frau, die ich je gesehen hab. Oh Ethan, ich hab mich verliebt."

„Nicht schon wieder!" Ethan schmunzelte. Es war schön, Oliver glücklich zu sehen, auch wenn seine Verliebtheit nicht länger als eine Woche anhalten würde. Zumindest für diese eine Woche würde er fröhlich sein, mit den anderen herumalbern und dadurch helfen, die Moral zu heben. Und er würde keinen Grund haben, die Schweinefarm zu besuchen.

Oliver versetzte Ethan einen leichten Schlag auf die Schulter. „Die Liebe ist etwas Großartiges. Ich weiß, dass ich dir das ununterbrochen sage, aber verlass dich nicht nur auf das, was ich dir erzähle. Such dir selber ein Mädchen."

Kapitel 17

„Bist du sicher, dass du nichts dagegen hast?“ Charlottes Gesichtsfarbe war wieder zur Normalität zurückgekehrt. Doch jetzt bildeten sich Falten zwischen ihren Augen und sie sah aus, als ob ihre Schüssel mit Haferbrei plötzlich ihren Reiz verloren hätte. Eigentlich dürfte sie keinen Zweifel daran hegen, dass Abigail mit der einfachen Bitte, die Charlotte an sie gerichtet hatte, einverstanden sein würde. Und doch zeigte ihr mehrmaliges Nachfragen, dass Charlotte sich unsicher war. Vielleicht war dies ein weiterer Hinweis auf das, was Mrs Grayson ihre empfindlichen Nerven nannte.

„Ich habe wirklich nichts dagegen“, sagte Abigail mit fester Stimme. „Überhaupt nicht. Du weißt, dass ich gern mit Pfütze spazieren gehe. Abgesehen davon musst du mit deinen Kräften haushalten.“

Und zu versuchen, mit Pfütze Schritt zu halten, wenn er an der Leine zog, war nicht die richtige Methode, um Kräfte zu sparen. Charlotte hatte sich schnell erholt. Jetzt aber, wo sie das Bett wieder verlassen hatte, erinnerte sie Abigail an einen wirbelnden Derwisch. Sie richtete ihre ganze Energie auf die Organisation des Nähkreises. Alles, was Abigail tun konnte, um sie etwas zu bremsen, war gut.

Ihr Appetit war jetzt offensichtlich wiederhergestellt. Charlotte aß einen weiteren Löffel Haferbrei, bevor sie ihre Schwester anlächelte. „Du kannst ruhig einen langen Spaziergang machen, wenn du willst. Sowohl Mrs Alcott als auch Mrs Montgomery bringen etwas zu essen zum Treffen mit.“

„Und du willst nicht, dass Pfütze das riecht.“

„Genau. Du weißt, dass die anderen Damen nicht widerstehen können und ihn ständig füttern.“ Als ob Charlotte das könnte. Pfütze musste sie nur mit seinem schmachtenden Hundeblick anflehen und schon gab sie ihm einen Bissen von allem, was sie gerade aß.

„Mission angenommen.“ Abigail salutierte.

Wie sie gehofft hatte, lachte ihre Schwester. „Nicht schlecht für einen neuen Rekruten. Ehe du dich versiehst, fragst du dich, ob du vielleicht in die Armee eintreten solltest.“

„Hah! Das passiert erst, wenn Pfütze fliegen lernt." Zuerst musste er lernen, ruhig zu gehen und zu kommen, wenn er gerufen wurde.

„Komm, Pfütze", sagte Abigail, nachdem sie die Bänder ihres Hutes verschnürt und ihre Handschuhe zugeknöpft hatte. „Für dich ist es an der Zeit zu lernen, wie sich ein gut erzogener Hund auf einem Spaziergang benimmt."

Sie wartete, bis sie die Brücke überquert hatten, bevor sie ihre erste Unterrichtsstunde damit begann, die Leine so kurz zu halten, dass Pfütze nichts anderes übrig blieb, als neben ihr zu gehen. Obwohl der Hund zunächst an der Leine zog, schien er sich schließlich mit der langsameren Geschwindigkeit abzufinden, als er merkte, dass Abigail ihn nicht laufen ließ und dass er, wenn er gehorchte, einen Bissen von dem leckeren Keks bekam.

Als sie die große Pappel erreicht hatten, an der sich Abigail immer mit Leah getroffen hatte, entschied sie, dass es Zeit für Pfützes zweite Lektion war. Sie ließ die Leine locker und erlaubte ihm, so weit zu laufen, bis die gesamte Länge ausgenutzt war.

„Komm", rief sie. Zuerst ignorierte er sie, aber sie wickelte die Leine auf und lockte dabei immer wieder: „Komm her." Als er sie erreichte, tätschelte sie seinen Kopf und lobte ihn, als sei es seine Idee gewesen, zu ihr zurückzukommen. „Guter Hund. Brav gemacht, Pfütze."

Nach ein paar Minuten, als er das Kommando zu verstehen schien, löste Abigail die Leine und ließ ihn laufen. „Komm", rief sie. Der Welpe blieb stehen und legte den Kopf schief, als würde er über das Kommando nachdenken. „Komm her." Abigail wiederholte den Befehl und hielt ihm ein Stück Keks hin. „Guter Hund." Als er den Leckerbissen verschlang, streichelte sie ihm die Ohren. „Guter Pfütze."

Sekunden später rannte er davon und genoss seine neu gewonnene Freiheit. Aber jedes Mal, wenn Abigail ihn rief, kam er zurück. Abigail lächelte, als sie ihm den Keks gab. Charlottes Welpe lernte schnell. Sie würde ihn noch einmal laufen lassen, bevor sie sich auf den Rückweg ins Fort machten.

Pfütze flitzte davon. Dieses Mal entfernte er sich weiter, blieb aber in Sichtweite. Abigail vermutete, dass er zwar seine Freiheit genoss, aber auch die Sicherheit brauchte, sie in der Nähe zu wissen. Sie sah ihm dabei zu, wie er einen großen Felsen umrundete. Dabei waren seine Ohren aufmerksam aufgestellt. Als sich Abigail daran erinnerte, wie er einmal einen stacheligen Feigenkaktus zu genau untersucht hatte und sie die Dornen aus seiner Schnauze hatte ziehen müssen, rief sie ihn. Zum ersten Mal ignorierte er ihr Kommando. Er blickte nicht einmal in ihre Richtung.

„Komm, Pfütze." Keine Reaktion. „Pfütze, komm her. Jetzt." Er blieb ungerührt stehen und starrte auf das, was ihn faszinierte. „Komm!" Abigail schrie inzwischen aus vollem Hals, aber der Hund machte nicht den Eindruck, als höre er sie. Verärgert stapfte sie zu ihm hinüber. Anscheinend hatte er das Spiel satt. Es war an der Zeit, ins Fort zurückzukehren.

„Komm her, Pfütze", sagte sie, als sie ihn fast erreicht hatte. Der Welpe winselte, sah sie jedoch nicht an. Irgendetwas stimmt nicht, denn Pfütze hatte sich noch nie so benommen. Es war beinahe, als hätte man ihn hypnotisiert. In diesem Moment hörte sie das Klappern.

Noch vor einer Minute war Ethan fröhlich summend umhergeritten, hatte nach Hinweisen auf Deserteure gesucht und gegen alle Widerstände an der Hoffnung festgehalten, dass er irgendeine Spur der entführten Witwe finden würde. Es war ein sonniger Tag. Fast schien der Tag noch wärmer als die letzten, wahrscheinlich weil kein Wind da war. Auf Ethans Stirn standen Schweißperlen, wohingegen Samson nicht den Eindruck machte, als würde ihn die Hitze stören. Es war ein ganz normaler Tag, an dem er einen einfachen Kontrollritt unternommen hatte. Aber jetzt zitterte Ethan, als ob er in einem Schneesturm gefangen wäre. Schlimmer noch: Er war von einem Gefühl drohenden Unheils erfüllt. Die Furcht, die sein Herz wie ein Schraubstock umklammerte, hatte einen Namen. *Abigail.* Sie brauchte ihn. Ethan wusste das so sicher, wie er seinen Namen kannte. Doch irgendwie ergab das keinen Sinn. Abigail war die unabhängigste Frau, die er kannte.

Er schüttelte den Kopf und versuchte den Gedanken zu verscheuchen, aber es war zwecklos. Seine Glieder zitterten immer noch und sein Herz wusste, was sein Kopf zu leugnen versuchte: Abigail befand sich in Gefahr. Das Gefühl war unlogisch, das Produkt reinen Instinktes. Und doch … Ethan war sich noch nie so sicher gewesen. Es war, als riefe sein Gefühl ihm zu, dass er so schnell wie möglich zum Fort zurückkehren müsse.

„Komm, Samson. Lass uns schauen, wie schnell du rennen kannst."

Als der Wallach über die Prärie jagte, ließ Ethan seinen Blick aufmerksam hin und her schweifen, um mögliche Gefahren auszumachen. Es gab keinen Grund anzunehmen, dass sich die Indianer auf dem Kriegspfad befanden. Ebenso unwahrscheinlich war es, dass die Banditen darauf warteten, einen einsamen Reiter aus einem Hinterhalt heraus zu überfallen. Die üblicheren Gefahren bot die Landschaft der Prärie selbst: Präriehundlöcher, Yuccastacheln und Kaktusdornen. Ein umsichtiger Mann hielt sein Reittier davon fern. Ethan konnte keine weitere Verletzung Samsons riskieren – nicht wenn Abigail ihn brauchte.

Er beugte sich vor und kniff die Augen zusammen. War das eine Frau neben dem Felsen? Ihr Kleid und ihr Hut waren grau und fügten sich nahezu perfekt in die Umgebung ein. Wenn er nicht so konzentriert Ausschau gehalten hätte, hätte er sie vielleicht übersehen. Ethans Herzschlag beschleunigte sich, während er Samson in den Galopp trieb. Das, was er gesehen hatte, war tatsächlich eine Frau.

„Abigail!" Er rief ihren Namen, aber sie rührte sich nicht und starrte auf den Boden, während ihre gesamte Körperhaltung Angst signalisierte. Obwohl er beinahe alles dafür gegeben hätte, dass es nicht so wäre, hatte Ethans Instinkt ihn nicht getäuscht. Abigail brauchte ihn.

„Abigail! Was …?" Die Worte blieben ihm im Halse stecken, als er die Antwort auf seine Frage sah. Auf dem Boden lag eine der größten Klapperschlangen, die Ethan jemals gesehen hatte, und schlug wutentbrannt mit dem Schwanz um sich. Sie züngelte und ihre Augen wanderten hin und her. Nur Abigail hielt sie davon ab, sie anzugreifen, denn sie stand mit einem Fuß auf der Schlange, direkt hinter ihrem Kopf. Wenn sie sich bewegte, wenn sie ihr Gewicht verlagerte, wäre die Schlange frei und würde sie zweifellos sofort angreifen.

Oh, Gott, bitte. Lass mich treffen. Hilf mir, sie zu retten. Ethan wusste, was er zu tun hatte. Doch ohne Gottes Hilfe würde er es nicht schaffen. Einen Fehler durfte er sich nicht leisten. Ethan wusste, dass er keine Gelegenheit für einen zweiten Schuss haben würde, denn Abigail schien kurz vor dem Zusammenbruch zu stehen. Als er seine Pistole aus dem Halfter zog und auf die Klapperschlange zielte, hielt er den Atem an – dann drückte er ab. Eine Sekunde später war die Schlange tot.

Abigail schrie auf. „Nein! Nein! Nein!“ Sie sackte in sich zusammen und schlang die Arme um sich, während sie weiterschrie. „Nicht schon wieder! Nein, nicht schon wieder!“

Ethan sprang vom Pferd und zog sie in seine Arme. „Du bist in Sicherheit.“

Panisch begann Abigail gegen seine Brust zu schlagen. „Lass mich los! Du hast ihn getötet! Du hast Luke getötet!“

Luke? Wovon redete sie?

„Lass mich los!“

Als Ethan sie losließ, glitt Abigail auf den Boden. Obwohl sie aufgehört hatte zu kreischen, zitterte ihr Körper stärker als Präriegras im Sturm. Es handelte sich um eine typische Reaktion auf eine Gefahrensituation. Ethan wusste das, aber er wusste auch, dass Abigails unaufhörliches Schreien für sie sehr ungewöhnlich war. Ihre Augen waren glasig, als sie in die Ferne starrte, ohne etwas zu sehen.

„Du solltest dich nicht auf den Boden setzen. Es könnte noch mehr Schlangen geben.“ Offenbar hörte sie ihn nicht. „Abigail, bitte.“ Ethan beugte sich herab, um sie auf sein Pferd zu heben. Ob es ihr nun gefiel oder nicht, sie musste hier weg. Aber bevor er sie in seine Arme ziehen konnte, tauchte Pfütze an Abigails Seite auf und begann, durch ihr Gesicht zu lecken. Wo war der Hund gewesen? Ethan hatte ihn neben Abigail und der Schlange nicht gesehen.

„Oh, Pfütze, du ungezogener Hund“, murmelte Abigail.

Ethan seufzte erleichtert auf. Dies klang wie die Abigail, die er kannte. Irgendwie hatte der Welpe ihre Hysterie durchbrochen.

„Warum bist du nicht gekommen, als ich dich gerufen hab?“, fragte sie.

Behutsam sagte Ethan: „Wir müssen gehen.“

Sie starrte ihn einen Moment lang an, wobei sie einen verwirrten

Eindruck machte. Dann färbten sich ihre Wangen rot. „Es tut mir leid, Ethan. Du musst mich für eine Irre gehalten haben."

„Was ist passiert?" Er streckte seine Hand aus und half ihr auf die Füße. Obwohl das Zittern weniger geworden war, bezweifelte er, dass sie allein stehen könnte.

„Ich habe mit Pfütze geübt, dass er auf Kommando zu mir zurückkommt. Dabei hat er sich zu weit entfernt und ist auf die Schlange gestoßen." Sie zitterte erneut, als sie sich daran erinnerte. „Als ich herkam, sah es so aus, als würde sie angreifen. Ich konnte nicht zulassen, dass sie Pfütze tötet, aber mir ist nichts Besseres eingefallen, als meinen Fuß auf sie zu stellen. Dann erst ist mir klar geworden, dass ich mich nicht mehr bewegen kann." Abigail atmete tief ein und dann ganz langsam wieder aus, als versuche sie sich zu beruhigen.

„Jetzt bist du in Sicherheit", beruhigte Ethan sie. „Aber wir müssen zurück ins Fort."

Sie konnte den weiten Weg nicht laufen, aber Samson konnte problemlos sie beide tragen. Und Pfütze noch dazu. Ethan würde den Hund gewiss nicht vergessen, denn der Welpe hatte sich zu ihm gesellt und blickte aus diesen großen, traurigen Augen zu ihm hinauf.

„Ich helfe dir", sagte Ethan und beugte sich vor, um Abigail hochzuheben. Sie war überrascht, legte aber ihre Arme um seinen Nacken. Obwohl Ethan sie beim Tanzen schon einmal im Arm gehalten hatte, war das hier anders. Völlig anders. Abigail war leichter, als er erwartet hatte, ihre Arme weicher als in seiner Erinnerung, ihr Duft süßer als alles, woran er sich erinnern konnte. Er hätte sie liebend gern jeden Meter zurück ins Fort getragen, aber das würde nur Fragen provozieren, auf die er keine Antworten hatte. Vorsichtig hob er sie auf Samsons Rücken. Dann reichte er ihr Pfütze. Entschlossen, sie nicht mehr aus den Augen zu lassen, bis sie sicher zu Hause angekommen wäre, setzte er sich hinter sie und trieb Samson mit den Zügeln an. Es war an der Zeit, sich auf den Weg zu machen.

„Wer ist Luke?", fragte er, als Abigails Atmung – und seine eigene – zur Normalität zurückgekehrt waren.

Er spürte, wie sie sich wieder anspannte. Als sie sich zu ihm umdrehte, waren ihre haselnussbraunen Augen mit Schmerz erfüllt. „Woher weißt du von Luke?“

Sie reagierte wie ein Soldat nach einem Kampf und erinnerte sich nur bruchstückhaft an das, was geschehen war. „Du hast mich beschuldigt, ihn getötet zu haben.“

Abigail schauderte. „Es tut mir so leid, Ethan. Ich muss für einen Moment den Verstand verloren haben. Der Schuss und das Blut muss alles wieder hervorgeholt haben.“

Ethan blickte sich um. Weit und breit war kein Hinweis auf eine Schlange zu erkennen. Er stieg vom Pferd und half auch Abigail herunter. Dies war eine Unterhaltung, die er nicht auf dem Rücken eines Pferdes führen wollte. Er musste Abigail sehen, nicht nur ihre Worte hören, sondern auch ihren Gesichtsausdruck wahrnehmen.

„Erzähl es mir“, sagte er schlicht.

Sie schluckte und er sah, wie sich tiefer Schmerz in ihren Augen widerspiegelte. „Luke war einer meiner Nachbarn, als ich neun Jahre alt war. An den meisten Tagen haben er und sein Bruder Verstecken oder Fangen mit mir und meinen Schwestern gespielt. Eines Tages war Charlotte krank und das Wetter so schlecht, dass Elizabeth und ich im Haus blieben. Luke und Richard müssen sich gelangweilt haben, denn sie beschlossen, Soldat in ihrer Scheune zu spielen. Obwohl sie es nicht durften, nahmen sie die Gewehre ihres Vaters mit.“

Abigail schauderte erneut. „Ich war gerade auf unserem Hof zur Toilette gegangen, als ich den Schuss und die Schreie hörte.“

Noch bevor sie die Szene beschrieben hatte, wusste Ethan bereits, was geschehen war.

„Als ich dorthin kam, strömte Blut aus Lukes Brust und Richard schrie, als wäre er derjenige, der angeschossen worden war.“ Abigail ballte ihre Hände zu Fäusten. „Seitdem habe ich Waffen immer gehasst.“

Erinnerungen an den versuchten Postkutschenüberfall flimmerten durch Ethans Kopf. Kein Wunder, dass Abigail so verängstigt gewesen war, als er seinen Colt gezogen hatte. Kein Wunder, dass sie zusammenzuckte, wann immer eine Kanone abgefeuert wurde. Sie war sogar vor dem Feuerwerk am Unabhängigkeitstag zurückgeschreckt.

„Es stimmt, dass Gewehre töten können", sagte er, „aber sie können auch Leben retten. Wie heute."

Sie nickte langsam. „Es tut mir leid, dass ich so dumm war."

„Abigail, du bist die klügste Frau, die ich kenne. Es ist nicht dumm, Angst zu haben. Angst hilft uns, am Leben zu bleiben. Aber du musst wissen, wie du dich selbst beschützen kannst. Wir fangen morgen mit deinem Unterricht an."

Abigail starrte ihn erschrocken an. „Welche Art von Unterricht?"

„Schießen. Du musst lernen, wie man eine Waffe benutzt."

„Ich kann das nicht." Wieder zitterte Abigail am ganzen Körper. Ethan sehnte sich danach, sie erneut in seine Arme zu ziehen.

„Doch, du kannst. Du kannst alles tun, was du dir in den Kopf setzt." Er hatte erneut das Bild vor Augen, wie Abigail die tödliche Schlange von sich ferngehalten hatte, und versuchte nicht zusammenzuzucken. „Was, wenn ich nicht gekommen wäre?"

Sie schüttelte ganz leicht den Kopf. „Aber das bist du. Gott hat dich genau zum richtigen Zeitpunkt geschickt. Ich hab um Hilfe gebetet und er hat dich geschickt."

War es Gottes Drängen gewesen, das ihn zu Abigail gebracht hatte? Was auch immer der Grund dafür war – Ethan war dankbar, dass er dort gewesen war. Er konnte den Gedanken nicht ertragen, die Frau zu verlieren, die irgendwie einen Weg in sein Leben und sein Herz gefunden hatte.

Obwohl er sich danach sehnte, sie festzuhalten und ihr zu sagen, wie viel sie ihm bedeutete, konnte er es nicht, denn das Schreckgespenst Woodrow stand zwischen ihnen. Also zwang sich Ethan zu einer unbekümmerten Antwort. „Vielleicht solltest du um die Stärke beten, eine Waffe halten zu können."

Er hatte einen Witz machen wollen, aber Abigail nickte sehr ernst. „Das werde ich."

Es hatte keinen Zweck, die Stufen hinaufzugehen, denn sie wusste, dass sie sowieso nicht schlafen würde. Zu Abigails Überraschung und Charlottes Freude war Jeffrey nach dem Baseballspiel mit ihnen nach Hause zurückgekehrt, anscheinend unbeeindruckt davon, dass sein Team erneut verloren hatte. Noch überraschender war allerdings, dass er vorgeschlagen hatte, Charlotte und Abigail auf ihrem abendlichen Spaziergang mit Pfütze zu begleiten. Daraufhin hatte Abigail Erschöpfung vorgeschoben nach ihrem langen Ausflug am heutigen Nachmittag. Eigentlich war sie nicht müde, aber Charlotte sollte die Zeit allein mit ihrem Ehemann genießen, während Abigail Zeit zum Nachdenken brauchte.

Sie hatte befürchtet, dass die Geschichte die empfindlichen Nerven ihrer Schwester zu sehr strapazieren würde, und ihr deshalb nichts von der Schlange erzählt. Trotzdem konnte sie an nichts anderes denken. Ihre Ängste, ihre Gebete, das Blut, Ethans Behauptung, dass Waffen Leben retten konnten. Das alles wirbelte in ihrem Kopf wild durcheinander und vermischte sich mit der Erinnerung an Ethans Arme, in denen sie geborgen gewesen war, als sie zurück ins Fort geritten waren.

Abigail schloss die Nebentür hinter sich und ging in Richtung Fluss. Während Charlotte sich nur selten durch das hintere Tor nach draußen wagte, ging Abigail den verborgenen Pfad hinunter zum Fluss und genoss die Einsamkeit. Sie würde nicht die Uferböschung hinunterklettern, denn diese war hier ziemlich steil, aber vielleicht würde das Geräusch des plätschernden Wassers sie beruhigen. Als Abigail das Ufer erreichte, sank sie zu Boden. Bestimmt wäre sie hier in der Lage, ihre Gedanken zu ordnen.

Sie schloss ihre Augen und konzentrierte sich auf das sanfte Rauschen des Wassers, das gelegentliche Quieken von Erdhörnchen und den leichten Duft von Wildblumen. Sogar mit geschlossenen Augen konnte sie sich das Land vorstellen, dieses raue Land, das sie einst verachtet und das jetzt doch irgendwie ihr Herz erobert hatte. Es war ein Land mit heftigem Wind, unbarmherziger Sonneneinstrahlung und giftigen Schlangen, aber es war auch ein Land von beinahe unvorstellbarer Schönheit. Abigail wusste, dass sie einen Teil ihres Herzens hier zurücklassen würde, wenn sie nach Vermont zurückkehrte. Sie würde Wyoming vermissen, aber noch mehr würde sie Ethan vermissen. Oh, wie sie ihn vermissen würde!

Sie konnte nicht sagen, wie oder wann es passiert war, aber irgendwie war Ethan Bowles ein wichtiger Teil ihres Lebens geworden. Wenn sie ihr Kleid für den Tag auswählte, fragte sie sich, ob es ihm gefallen würde. Wenn sie einen Spaziergang mit Pfütze machte, fragte sie sich, ob sie Ethan treffen würde. Wenn sie Charlotte half, Menüs festzulegen, wählte sie Speisen, von denen sie wusste, dass Ethan sie mochte. Sie freute sich auf seine Gesellschaft bei den Mahlzeiten und darauf, ihm bei dem Training seines Baseballteams zuzusehen. Sie genoss diese Zeiten, aber sie waren nichts im Vergleich zu der Art, wie sie sich heute gefühlt hatte, als er sie in seinen Armen gehalten hatte.

Als sie sich beim Reiten gegen ihn gelehnt hatte, hatte sie sich sicher gefühlt, sicher und geborgen. Niemals zuvor, nicht einmal bei Woodrow, hatte sie das Gefühl gehabt, für einen Mann das Wichtigste zu sein. Und doch war dieses Gefühl genau das, was Ethan ihr vermittelte. Als sie von der Schlange und Luke gesprochen hatten, hatte sie gewusst, dass Ethan nichts wichtiger war, als sie zu trösten. Vielleicht hatte Ethan sie nur auf diese Weise behandelt, weil er Soldat war, weil es sein Beruf war, andere zu beschützen. Was auch immer der Grund dafür war – diese wenigen Minuten waren wirklich unvergesslich gewesen.

Ethan war unvergesslich. Aber in ein paar Monaten würde er nicht mehr als eine Erinnerung sein. Abigail schlug die Hände vor ihr Gesicht und versuchte, nicht zu weinen.

Ethan sah sich in seinem Zimmer um und fragte sich, ob er sich die Mühe machen sollte, sich umzuziehen und ins Bett zu gehen. Er bezweifelte, dass er in der Lage wäre zu schlafen, weil die Erinnerungen an die Ereignisse des Tages unaufhörlich in seinem Kopf kreisten. Gut und schlecht; Angst und Freude. Sie vermischten sich, während sie durch sein Gehirn wirbelten.

Zuerst war da die Angst gewesen, schärfer als die Klinge eines Messers, und sie hatte ihn in dem Moment durchbohrt, in dem er die Klapperschlange gesehen hatte. Er bezweifelte, dass er das blanke Entsetzen jemals wieder vergessen würde, das ihn gepackt hatte, als er Abigail Auge in Auge mit dem sicheren Tod gesehen hatte. Seine Sinne hatten überdeutlich reagiert, sodass er seine Umgebung sehr bewusst wahrgenommen hatte, während er sich gleichzeitig auf den Kopf der Schlange konzentriert und gewusst hatte, dass es nur eine Chance gab, Abigail zu retten.

Und dann, als sich die Gefahr gelegt hatte, war die Angst einem anderen, einem sanfteren und doch ebenso mächtigen Gefühl gewichen. Vielleicht hatte ihn die Angst sensibilisiert und ihm stärker bewusst gemacht, dass Abigail eine attraktive Frau war. Vielleicht. Sicher war nur, dass Ethan in dem Moment, in dem er sie in seinen Armen gehalten hatte, mehr gespürt hatte als nur Erleichterung darüber, dass sie sich in Sicherheit befand. Die nackte Angst, die ihn zu ihr geführt hatte, war verschwunden, ersetzt durch eine ungewohnte Wärme. Es hatte sich so gut angefühlt, so richtig, sie in seinen Armen zu halten, dass er sie nicht wieder hatte loslassen wollen. Nie mehr. Und das war schon an sich beängstigend, denn so etwas hatte er noch nie empfunden.

Ethan streifte die Stiefel von den Füßen und stellte sie sorgsam neben das Bett. Sie mussten poliert werden, aber das würde er morgen früh tun. Heute Abend wollte er nicht, dass ihn etwas ablenkte, während er zu verstehen versuchte, was geschehen war. Es war ein außergewöhnlicher Tag gewesen, ein Tag, an dem alles auf den Kopf gestellt worden war, vor allem sein Herz. Alles wegen Abigail.

Niemand hatte sein Herz jemals so berührt, wie sie es tat. Als er gesehen hatte, dass sie sich in Gefahr befand, hatte Ethan sie retten wollen, aber mehr noch – er hatte das Drängen verspürt, sie zu beschützen, und zwar nicht nur heute, sondern für immer. Das Gefühl war so ungewohnt, dass er nicht in der Lage war, ihm einen Namen zu geben. Es könnte Liebe sein – Oliver würde wahrscheinlich behaupten, dass es das war –, aber Ethan war sich nicht sicher. Nichts in seinem Leben hatte ihn auf die Liebe vorbereitet. Für ihn war Liebe nicht mehr als ein Wort, ein abstrakter Begriff, und das gab ihm keine Möglichkeit, sie zu erkennen. Er war sich nur einer Sache sehr sicher: Alles, was er auch immer für Abigail empfand, fühlte sich richtig an. Gleichzeitig beunruhigte ihn diese Gewissheit.

Obwohl er es nicht für möglich gehalten hatte, schlief Ethan schließlich ein und begann zu träumen. Zuerst waren die Träume unvollständig, nicht mehr als Bruchstücke, aber dann wurden die Bilder und Menschen darin deutlicher. Ein Mann stand in der Ecke des Gartens, sein Gesicht war im Schatten der Zweige einer ausladenden Eiche verborgen. Er versuchte, keine Aufmerksamkeit zu erregen. Irgendwie wusste Ethan das, genauso wie er wusste, dass der Mann auf eine Frau wartete. Stunden vergingen oder vielleicht waren es auch nur ein paar Minuten. Ethan wusste es nicht. Es spielte auch keine Rolle.

Schließlich öffnete sich die Hintertür und eine dunkel gekleidete Gestalt schlüpfte aus dem Haus. Obwohl der Mantel ihr Gesicht verdeckte, wusste Ethan, dass es eine Frau war. Leise lief sie über das Gras. Sie beeilte sich sehr, den wartenden Mann zu erreichen. Als sie sich dem Baum näherte, trat der Mann einen Schritt vor und öffnete einladend seine Arme, in die die Frau sich hineinwarf. Einen Moment lang war nichts zu hören, dann vernahm Ethan leises Gelächter. Die beiden strahlten einander an und ihr Glück sprudelte wie Wasser aus einem Springbrunnen.

Als die Wolke, die den Mond verdeckt hatte, weiterzog und die Gesichter im Mondlicht aufleuchteten, breitete sich Wärme in Ethans Herz aus. Dies waren keine Fremden. Der Mann, dessen Nase und Kinn so stark seinen eigenen ähnelten, musste sein Vater sein. An der Identität der Frau gab es keinen Zweifel, denn ihr Gesicht war auf einem Gemälde porträtiert, das Ethan versteckt auf dem Dachboden seines Großvaters gefunden hatte. Diese beiden jungen Menschen waren Ethans Eltern. Obwohl sein Großvater hartnäckig das Gegenteil behauptet hatte, waren sie offensichtlich glücklich und verliebt.

Im Schlaf drehte sich Ethan auf die Seite und träumte weiter. Das Paar blieb im Schutz der Zweige stehen, aber ihre Gesichter begannen sich zu verändern. Sie wurden weicher und verschwammen, dann formierten sie sich neu. Als der Mond sie ein weiteres Mal offenbarte, rang Ethan nach Luft, denn das Paar, das einander mit so offensichtlicher Zuneigung ansah, zeigte sein Gesicht und das von Abigail. So war es richtig. Ja, es war richtig.

Als er seinen Kopf in der Absicht herabneigte, sie zu küssen, lächelte sie süß und hob ihre Lippen zu seinen. Aber bevor sie einander berühren konnten, veränderte sich der Traum erneut. Ethan war allein in dem Garten, starker Wind erhob sich und das Geräusch aneinanderschlagender Zweige füllte die Luft.

Sein Lächeln verblasste, als ihm klar wurde, dass er Abigail verloren hatte. Das Haus, auf das sie sich zubewegt hatten, das Haus, von dem er irgendwie gewusst hatte, dass es ihr Zuhause war, war verschwunden. Übrig geblieben war ein leerer Hof, erfüllt von dem Geräusch der raschelnden Zweige. Doch wie konnte das sein, wo doch alle Bäume verschwunden waren?

Ethan schreckte aus dem Schlaf auf und griff nach seiner Pistole, als ihm klar wurde, dass das Geräusch echt war. Er hörte Krallen, die über Holz kratzten. Ein Tier war in die Unterkunft für die Offiziere gelangt. Der Schrecken verwandelte sich in Erleichterung, als das Kratzen andauerte und von einem wohlbekannten Winseln begleitet wurde.

„Was machst du denn hier?“, fragte Ethan, als er die Tür öffnete und Pfütze hereinstürmte.

Fröhlich bellend sprang der Hund um ihn herum. Eigentlich sollte er im Haus der Crowleys in seiner Kiste schlafen. Wie war er rausgekommen? Ein schneller Blick den Flur entlang erklärte, wie Pfütze es geschafft hatte, die Offiziersunterkunft zu betreten. Der Wind hatte die Tür einen Spalt weit aufgedrückt, durch den sich ein übereifriger Welpe leicht hindurchquetschen konnte.

Obwohl er über den Einfallsreichtum des Hundes lächeln musste, setzte Ethan einen strengen Gesichtsausdruck auf und sagte: „Du gehörst nicht hierher. Komm, ich bringe dich nach Hause.“

Aber Pfütze hatte offenbar andere Vorstellungen, denn er kroch unter das Bett und weigerte sich, wieder herauszukommen. Während sich Ethan seine Uniform anzog, lachte er leise. Hatte er Abigail nicht gewarnt, dass der winzige Welpe, den sie so hinreißend gefunden hatte, ganz schön schwierig werden würde?

„Tut mir leid, alter Junge“, sagte er, als er unter das Bett griff und den Hund packte. „Es gibt da zwei wundervolle Damen, die sich Sorgen machen werden, wenn du nicht zu Hause bist, sobald sie aufwachen.“

Da er vermutete, dass Pfütze selbst dann nicht brav folgen würde, wenn er eine andere Leine für ihn finden könnte, hob Ethan den Hund hoch und trug ihn nach draußen. Als er das Haus der Crowleys erreichte, stellte er fest, dass die Hintertür offen stand und Pfützes Kiste umgekippt auf der Seite lag. Offensichtlich war der Hund für sein Bett zu groß geworden und hatte es geschafft, aus der Kiste zu schlüpfen. Ethan steckte den Hund zurück in die Kiste. Bevor er die Hintertür fest verschloss, schaute er den Hund streng an.

„Bleib“, sagte er energisch. „Abigail ist hier.“

Wundervolle, unvergessliche Abigail.

Kapitel 18

Wie konnte das nur so schwierig sein? Ihre Arme schmerzten, ihr Nacken war steif und ihre Augen fühlten sich an, als hätte jemand einen Becher Staub hineingeschüttet. Abigail blinzelte, hob erneut ihre Arme und drückte den Abzug. Obwohl ihre Ohren den Lärm registrierten und ihre Arme vom Rückstoß erschüttert wurden, musste sie nicht nachsehen, um zu wissen, dass sie erneut danebengeschossen hatte. Es fehlte das Geräusch von splitterndem Holz, das Ethans Schüsse begleitet hatte. Abigail hatte das Gefühl, schon endlose Stunden hier am Schießstand zu sein und sich trotzdem nicht verbessert zu haben. Sie hatte lediglich erreicht, ihre Furcht, eine Waffe abzufeuern, zu überwinden. Als sie den Revolver das erste Mal zur Hand genommen hatte, war sie von Bildern überflutet worden, Bilder von Lukes leblosem Körper. Es hatte all ihre Willenskraft erfordert, sie durch Erinnerungen an die bedrohlich zischelnde Schlange zu ersetzen.

„Ich fürchte, ich bin ein hoffnungsloser Fall."

Obwohl sie die Waffe am liebsten frustriert in die Ecke geworfen hätte, legte Abigail sie vorsichtig auf den Baumstumpf, der ihnen als Tisch diente. Es lag ja an ihrer Unfähigkeit, nicht an der Waffe, dass sie ihr Ziel verfehlt hatte.

Ethan hob die Augenbrauen und setzte einen Gesichtsausdruck auf, der entweder Überraschung oder Missbilligung ausdrückte. „Ich war nie der Meinung, dass du zu denen gehörst, die so leicht aufgeben", sagte er sanft. Zu Abigails Erleichterung klang seine Stimme nicht missbilligend oder verachtend.

„Das mache ich normalerweise auch nicht, aber das hier ist nicht normal. Es kommt mir so vor, als wären wir schon ewig hier. Und immer noch habe ich das Ziel nicht getroffen." Ein Ziel, das so groß war, dass auch ein Neuling wie Abigail es hätte treffen müssen. Anstelle der kleinen Ziele, die die Soldaten benutzten und die in beträchtlicher Entfernung zum Schützen platziert waren, hatte Ethan den Deckel von Pfützes Kiste verwendet und ihn nur wenige

Meter entfernt aufgestellt. Wenn sie etwas derart Großes nicht treffen konnte, wie sollte sie jemals sich selbst und Pfütze gegen eine Schlange verteidigen? Immerhin hatte Ethan den provisorischen Schießstand in ausreichender Entfernung zum Fort aufgebaut. Auf diese Weise konnte niemand anderes ihre Unfähigkeit beobachten. Ethan war überaus rücksichtsvoll.

Abigail wusste nicht, ob er bemerkt hatte, wie sehr seine Umarmung auf ihrem gestrigen Ritt sie aufgewühlt hatte. Aber wenn das der Fall war, dann hatte er sich Mühe gegeben, nichts zu tun oder zu sagen, was sie in Verlegenheit hätte bringen können. Stattdessen hatte er ihr von Pfützes nächtlichem Besuch im Quartier erzählt und vorgeschlagen, jeden Abend die Tür abzuschließen. Dann hatte er ihr den Colt ausgehändigt. Jetzt versuchte er, ihr das genaue Zielen beizubringen.

„Dies ist doch dein erster Tag." Vielleicht bildete sie es sich nur ein, aber sie hatte den Eindruck, als wäre da ein Hauch von Belustigung in Ethans Stimme. Er hatte unrecht. Es war überhaupt nicht witzig, so eine jämmerliche Versagerin zu sein. Bevor sie antworten konnte, sprach er auch schon weiter. „Was würdest du deinen Schülerinnen sagen, wenn sie entmutigt wären, weil sie an ihrem ersten Schultag nicht eine einzige der Geschichten von Mr Dickens lesen konnten?"

Abigail zuckte die Achseln. Die Antwort war offensichtlich. „Ich würde ihnen sagen, dass sie Geduld haben sollen."

„Genau. Du musst Geduld haben. Mitten ins Ziel zu treffen, ist eine Übungssache, die Zeit braucht. Niemand ist am ersten Tag perfekt."

„Aber bei dir sieht es so einfach aus." Sie starrte auf die Pistole. „Ich hätte nie gedacht, dass sie so schwer ist oder dass die Kugeln so weit vom Weg abkommen."

„Daran wirst du dich gewöhnen. Ich kam mir beim ersten Mal genauso unbeholfen vor."

Aber das, so vermutete Abigail, war schon ziemlich lange her. „Wann hast du schießen gelernt?"

„Mein Großvater schenkte mir eine Pistole zu meinem zehnten Geburtstag. Seine Haushälterin war entsetzt, aber mein Großvater war der Meinung, dass jeder Gentleman wissen müsse, wie man sich selbst verteidigt."

„Und so hat er dich schießen gelehrt.“

Ethan schüttelte den Kopf. „Nein. Er hat jemanden angestellt, genauso wie er Menschen angestellt hat, um mir alles beizubringen – angefangen von Rechtschreibung bis hin zum Walzertanzen.“

Obwohl Abigail wusste, dass Ethan aus einer wohlhabenden Familie stammte, erkannte sie noch besser, aus welch unterschiedlichen Familien sie stammten. „Ich hatte nie einen Privatlehrer. Meine Eltern konnten sich keinen leisten, nicht einmal, wenn sie es gewollt hätten. Wir gingen auf öffentliche Schulen, aber sie waren der Meinung, dass sie diejenigen sein sollten, die uns die wirklich wichtigen Dinge des Lebens beibringen.“ Und vieles davon hatten sie durch ihr eigenes Beispiel vermittelt. Abigail hatte gesehen, wie ihr Vater sein Bestes gegeben hatte, um jede Ungerechtigkeit wiedergutzumachen. Das hatte sie gelehrt, wie wichtig es war, anderen zu helfen.

Stimmenlärm einiger Soldaten, die einander etwas zuriefen, schallte bis zu ihnen hinüber, ebenso das unaufhörliche Hämmern am Verwaltungsgebäude und der heisere Ruf einer Krähe, aber Ethan schien nichts davon mitzubekommen. In seinen Augen stand tiefer Schmerz. „Ich habe sehr viel von meinem Großvater gelernt. Das Problem ist, dass ich mich nicht an eine einzige schöne Sache erinnern kann, die er mir beigebracht hat. Was ich von ihm gelernt habe, ist meine Mitmenschen ständig zu hinterfragen und niemandem zu vertrauen.“

Abigail blutete das Herz angesichts der Bitterkeit, die sie in Ethans Stimme hörte. „Das ist so traurig.“ Wenn sein Großvater so hartherzig gewesen war, wunderte es sie nicht, dass Ethan ihn nicht wiedersehen wollte. Dennoch wurde Abigail das Gefühl nicht los, dass Ethan die Entfremdung von seinem Vormund eines Tages bedauern würde. Sie suchte einen Weg, um Verständnis in ihm zu wecken und ihn möglicherweise mit seinem einzigen noch lebenden Verwandten zu versöhnen. „Dein Großvater muss ein sehr unglücklicher Mann sein.“

Ethan war einen Moment lang still und starrte gedankenverloren in die Ferne. Als er antwortete, war seine Stimme rau, als versuche er, seine Gefühle zu kontrollieren. „Er würde dir nicht zustimmen, aber ich vermute, dass du recht hast. Jetzt lass uns über etwas Angenehmeres sprechen oder – noch besser – lass uns auf deinen Unterricht zurückkommen."

Abigail nahm seufzend die Pistole zur Hand und versuchte, die Haltung nachzuahmen, die Ethan ihr gezeigt hatte. Sie kniff die Augen zusammen, zielte und drückte langsam den Abzug. Der Rückstoß ließ ihre Arme nach hinten schnellen. Ihre Augen brannten von dem Rauch, aber das machte Abigail nichts aus, denn das Geräusch zersplitternden Holzes erfüllte ihre Ohren.

„Ich hab's geschafft", jubelte sie. Obwohl sie nur den Rand des Zieles erwischt hatte, hatte sie es getroffen. „Ethan, ich habe getroffen!"

Ethan legte seine Hände auf ihre Hüften, hob sie hoch und wirbelte sie herum. „Ich wusste, dass du es kannst." Als er sie vorsichtig wieder auf die Erde stellte, grinste er. „Du bist eine erstaunliche Frau, Abigail Harding. Ich hatte recht. Du kannst alles tun, was du dir vornimmst."

Wenn das nur stimmte! Wenn sie nur eine Möglichkeit finden könnte, um die Leere zu füllen, die tief in Ethans Herzen gähnte. *Bitte, Gott, zeige mir den Weg.*

Wieder einmal waren die Tage zu einer angenehmen Routine geworden. Abigail lächelte, als sie auf das Schulgebäude zuging, um ihre Klasse zu unterrichten. Es gab mehrere Gründe, um dankbar zu sein. Der Wichtigste bestand darin, dass ihre Schwester vollständig von ihren körperlichen Beschwerden genesen war und glücklicher wirkte als jemals zuvor. Charlotte schien es nichts auszumachen, dass Jeffrey jeden Abend weg war. Eine Zeit lang war er ein paar Stunden nach dem Ende des Baseballtrainings nach Hause zurückgekehrt, aber inzwischen war er wieder jeden Abend bis kurz vor Mitternacht unterwegs. Abigail hörte seine schweren Schritte, wenn er die Treppe hinaufging, doch Parfumgeruch konnte sie nicht mehr feststellen. Stattdessen stank seine Kleidung ständig nach Zigarrenrauch. Der Geruch war zwar abscheulich, aber sie freute sich darüber, denn offensichtlich stimmte es, was ihr Schwager behauptete: dass er seine Abende im Offiziersclub verbrachte.

Ihr Unterricht machte ebenfalls viel Freude. Vielleicht fühlten sich ihre Schüler ermutigt, weil sie wussten, dass Abigail nicht vor Mitte des Herbstes abreisen würde. Was auch immer der Grund dafür war – die Männer waren aufmerksam und machten hervorragende Fortschritte. Wenn Abigail nur eine Möglichkeit finden könnte, Ethan und Leah zu helfen, würden ihre Dankbarkeit und ihr Glück grenzenlos sein.

Ethan streifte einen Stiefel ab. Er sollte doch glücklich oder zumindest zufrieden sein. Unter seinen Männern herrschte eine bessere Stimmung als den ganzen Sommer über. Schon wochenlang hatte es keine einzige Desertion mehr gegeben.

Hauptmann Westland glaubte, dass die Baseballspiele für die Veränderung in der Einstellung der Männer verantwortlich waren, und lobte Ethan dafür.

„Ich kann Ihre Beförderung nicht beschleunigen", hatte der Hauptmann zu Ethan gesagt, als er ihn heute Morgen in sein Büro bestellt hatte. „Ich wünschte, ich könnte das, aber Sie wissen, dass das nicht möglich ist. Was ich tun kann – und werde – ist, Sie lobend zu erwähnen. Ich will, dass die Männer in Washington wissen, was für eine gute Arbeit Sie machen."

Das war es, was sich Ethan erträumt hatte – Anerkennung seiner Fähigkeiten und Leistungen. Das sollte genug sein. Hauptmann Westlands Lob sollte das sein, was ihm nicht mehr aus dem Kopf ging. Stattdessen dachte er ununterbrochen an Abigails Worte. „*Dein Großvater muss ein sehr unglücklicher Mann sein.*" Es war, als hätte sie Steine in einen kleinen Teich geworfen und dadurch den Schlamm aufgewühlt, sodass das klare Wasser trüb geworden war.

War sein Großvater unglücklich? Ethan hätte ihn nie so gesehen, aber jetzt, wo Abigail das Wort ausgesprochen hatte, musste er zugeben, dass es möglich war. Sein Großvater war bereits als junger Mann verwitwet. Seine geliebte Tochter hatte einen Mann geheiratet, den er verabscheute, und dann war sie gestorben und hatte ihn mit der Verantwortung für ihr verwaistes Kind zurückgelassen. Vielleicht war sein Großvater durch diese Schicksalsschläge verbittert geworden. Konnte das erklären, weshalb er Ethan so lieblos behandelt hatte? Wiederum konnte Ethan die Möglichkeit nicht ausschließen. Also gut. Angenommen, es wäre so gewesen. Doch nur, weil er seinen Großvater jetzt ein bisschen besser verstand, bedeutete das noch nicht, dass er ihn ändern konnte. Es war ja nicht so, als würde sich sein Großvater dadurch plötzlich in einen gütigen Mann verwandeln, in einen Mann, der seinen Enkelsohn liebte. Einige Menschen veränderten sich. Davon war Ethan fest überzeugt. Aber nicht Curtis Wilson. Er würde noch auf dem Totenbett derselbe Griesgram sein, der er während Ethans Kindheit gewesen war. Auch davon war Ethan fest überzeugt. Mittlerweile wünschte er sich, Abigail hätte das Thema gar nicht erst angeschnitten, denn er wollte nicht länger über seinen Großvater nachdenken.

Genauso wenig wollte er eigentlich über Abigail nachdenken. Wunderschöne, süße, fürsorgliche, mutige Abigail. Die Frau, die sich ihren Ängsten stellte und sie überwand, beherrschte viel zu viele seiner Gedanken. Das war entsetzlich falsch. Abigail gehörte zu Woodrow. Obwohl sich Ethan nicht an allzu viele der Bibelverse erinnern konnte, die er als Kind mit Mrs Eberles Hilfe auswendig gelernt hatte, erinnerte er sich an einen sehr gut: „Du sollst nicht begehren." Das war eines der Zehn Gebote, eine der Regeln, von denen Gott laut Mrs Eberle verlangte, dass jedermann sie befolgte. Ethan würde es versuchen – oh, wie sehr er es versuchen würde – nicht zu begehren, was ihm nicht gehörte.

„Da bist du ja!" Olivers Stimme dröhnte durch den Raum, als er die Tür öffnete. „Was machst du hier drinnen?"

Ethan hatte eigentlich vorgehabt, seine Stiefel und Messingschnallen zu polieren, aber stattdessen fand er sich vor dem Fenster wieder, aus dem er gedankenverloren starrte. „Ich denke nach."

„Das ist gefährlich. Ein Mann sollte niemals nachdenken, es sei denn, er denkt an eine Frau." Oliver hielt einen Moment lang inne, dann fragte er: „Und, habe ich recht?"

Ethan weigerte sich zu antworten. Obwohl Oliver seine Schwärmereien nur allzu bereitwillig mit der ganzen Welt teilte, würde Ethan nichts über seine Gefühle für Abigail verlauten lassen. Sie waren privat und – noch wichtiger – sie waren falsch.

„Es ist eine Frau!", trumpfte Oliver auf. „Das sind die besten Neuigkeiten, die ich den ganzen Tag über gehört habe. Wer ist sie?"

Ethan beugte sich vor, als sei er im Begriff, ein Geheimnis mit jemandem zu teilen. Er senkte seine Stimme und raunte verschwörerisch: „Die Haushälterin meines Großvaters." Das war keine Lüge. Er hatte über Mrs Eberle nachgedacht.

„Eine Haushälterin!" Oliver starrte Ethan einen Moment lang an, bevor sich seine Lippen zu einem Grinsen verzogen. „Alles klar. Ich verstehe dich. Wer auch immer sie ist, du willst nicht, dass ich es weiß … noch nicht." Olivers Grinsen zeigte, dass er zuversichtlich war, das Geheimnis bald zu lüften. „Du hältst dich gerne bedeckt. Mir dagegen macht es nichts aus, wenn die anderen wissen, was ich fühle." Olivers Lächeln wurde weich, als seine Gedanken zu seiner jüngsten Schwärmerei wanderten. „Ich schwöre dir, Ethan, Miss Westland ist die Frau meiner Träume."

Ethan versuchte, nicht darüber zu lächeln, dass er von Oliver schon so oft exakt diese Worte gehört hatte. Nur der Name der Frau änderte sich. Das passierte beinahe genauso häufig, wie Vollmond war.

Oliver fuhr mit seinen Lobeshymnen fort, wobei seine Stimme wie das Summen einer Hummel klang. Er hörte erst wieder auf, als eine Uhr zu schlagen begann. „Lass uns gehen", sagte Oliver und deutete auf die Tür. „Wir brauchen dich im Offiziersclub. Wir haben einen Mann zu wenig, seit Oberst Crowley nicht mehr kommt."

Ethan hörte zum ersten Mal, dass Jeffrey seinem abendlichen Kartenspiel untreu geworden war. „Er kommt nicht mehr in den Club? Wo ist er denn dann?"

Oliver zuckte die Achseln, als wäre die Antwort klar. „Bei seiner Frau. Wo sonst?"

„Wir haben ein Problem." Frances wartete, bis der Baron seine Zigarre angesteckt und ein paarmal daran gezogen hatte, bevor sie die schlechten Neuigkeiten überbrachte. „Schiller verlangt einen größeren Anteil von den Einnahmen und unser Freund im Fort wird allmählich schwierig. Ich befürchte, er hat Skrupel gekriegt. Oder, was noch schlimmer wäre: Er hat Großnases Versteck gefunden."

Letzteres bezweifelte Frances allerdings. Als sie den Mann direkt nach Großnase gefragt hatte, war es ihr so vorgekommen, als hätte er diesen Namen noch nie gehört. Obwohl es möglich war, dass er sie getäuscht hatte, glaubte Frances das nicht. Er war nicht clever genug, um so überzeugend zu lügen.

Der Baron blieb still, nur das leichte Anheben seiner Augenbrauen zeigte, dass er sie gehört hatte.

„Was machen wir also?“ In solchen Situationen wünschte sich Frances, dass sie keinen Partner brauchen würde. Das Leben war so viel leichter, wenn man niemand anderen konsultieren musste.

Die Augen des Barons verengten sich, dann blies er Rauchringe in die Luft und lächelte über ihre perfekte Form. Mit erkennbarem Widerwillen wandte er ihr seine Aufmerksamkeit zu. „Sie haben jetzt schon zweimal ‚wir‘ gesagt. Sie sagten, *wir* hätten ein Problem, und haben gefragt, was *wir* tun sollten. *Wir* haben kein Problem.“ Er starrte sie an. „*Sie* haben eins. Also kümmern Sie sich darum. Das ist Ihre Aufgabe.“

Frances atmete tief ein. Es war zwar so, dass sie lieber allein arbeitete, aber sie hatte auch gemerkt, dass man den Baron nicht leicht zufriedenstellen konnte. Das letzte Mal, als sie ein Problem auf ihre Art gelöst hatte, ohne vorher mit ihm zu sprechen, hatte er damit gedroht, die Schweinefarm zu schließen. „Ein paar Worte zum Kommandanten des Forts und Sie sind raus aus dem Geschäft“, hatte er gesagt. Der Ausdruck in seinem Gesicht hatte keinen Zweifel daran gelassen, dass dies keine leere Drohung war. Aber heute hatte er offenbar keine Lust, sich mit den Problemen zu befassen.

„Wenn das meine Aufgabe ist, welche ist dann Ihre?“

Gelächter war seine einzige Antwort.

Abigail griff nach ihrem Hut und ihren Handschuhen und schalt sich selbst wegen der Sorgen, die immer noch durch ihren Kopf rasten. Eigentlich hatte sie die Tatsache akzeptiert, dass sie nicht jedermanns Probleme lösen konnte. Trotzdem hätte sie gern einen Weg gefunden, um Korporal Keller davon zu überzeugen, wie viel besser es war, schon jetzt – und nicht erst nach der Hochzeit –

herausgefunden zu haben, dass Marta ihn nicht liebte. Und dann war da noch Leah. Sie verdiente ein besseres Leben als das auf der Schweinefarm.

Abigail dachte immer noch an Leah, als sie den Laden betrat. Einen Moment lang stand sie bewegungslos da, damit sich ihre Augen an das Dämmerlicht gewöhnen konnten. Plötzlich hörte sie eine vertraute Stimme und blinzelte. Was tat Leah hier? Hatte sie geahnt, dass sich Abigail Sorgen um sie machte? Abigail sah sich um und suchte nach der hübschen Frau mit den blonden Haaren, konnte aber nur eine Frau mit beinahe schwarzem Haar entdecken.

„Leah?", fragte sie. Als sich die Frau umdrehte, sah Abigail, dass es sich tatsächlich um ihre Freundin handelte. „Ich habe dich nicht wiedererkannt."

Leah berührte ihre Haare. „Es ist eine Perücke. Peg tut nicht …" Sie hielt inne und korrigierte sich. „Peg mag es nicht, wenn ich hierherkomme, aber sie brauchte ein paar weitere Dosen Austern. Sie erwartet diese Woche Besuch. Ich schätze, es sind wichtige Leute, weil sie uns angewiesen hat, alles auf Vordermann zu bringen." Leah strich in Hüfthöhe ihren Rock glatt – eine Geste, von der Abigail inzwischen wusste, dass sie Unbehagen signalisierte. Sie räusperte sich, bevor sie Abigail ein schwaches Lächeln zuwarf. „Ich soll nicht mit dir reden. Peg hat zu mir gesagt, sie wirft mich raus, wenn ich das mache."

„Dann gehe ich lieber." Abigail wollte die junge Frau nicht in Schwierigkeiten bringen. Auf der Schweinefarm zu arbeiten, war eine furchtbare Art, seinen Lebensunterhalt zu verdienen, aber immerhin erhielt sie Leah am Leben. Wenn sie ohne Geld auf sich allein gestellt wäre, würde sie nicht lange überleben.

„Du musst das nicht tun. Sie wird nichts davon erfahren und ich … vermisse dich."

In Abigails Augen standen Tränen. „Ich vermisse dich auch, Leah."

Als Leah ihre Einkäufe beendet hatte, begleitete Abigail sie nach draußen. „Hättest du gern ein weiteres Buch zum Lernen?" Auf dem Weg zur Brücke würden sie am Schulgebäude vorbeikommen. Abigail könnte rasch ein Buch holen.

Leah schüttelte den Kopf. „Ich wage es nicht, Peg zu reizen. Sie ist in letzter Zeit ziemlich launisch."

„Das tut mir leid. Du hast so gute Fortschritte gemacht."

Abigail und Leah gingen langsam um den Paradeplatz herum, als sich ein Soldat mit eiligen Schritten näherte. Er blieb abrupt stehen und änderte die Richtung. Ein paar Sekunden später drehte er erneut um. Dieses Mal kam er direkt auf sie zu, sodass Abigail ihn erkennen konnte.

„Guten Tag, Miss Harding." Nach einer äußerst kurzen Pause fügte Korporal Keller hinzu: „Und guten Tag, Miss Anson."

Abigail blinzelte. Sie hatte nicht geahnt, dass Korporal Keller mit Leah bekannt sein könnte, und selbst wenn er es war, hätte sie nicht damit gerechnet, dass er sie mit der Perücke erkennen würde. „Sie kennen einander?"

„Nein." Leah rief das Wort praktisch im gleichen Moment, in dem er „Ja" sagte.

Abigail blickte von einem zum andern. Es war deutlich erkennbar, dass beide verlegen waren. Doch der sanfte Blick, den Korporal Keller Leah zuwarf, ließ Abigail vermuten, dass seine Verlegenheit eher auf ihre Anwesenheit und nicht auf Leahs zurückzuführen war.

„Es gibt keinen Grund zu lügen, Leah." Korporal Keller wandte sich an Abigail. „Ich kenne Leah Anson tatsächlich, aber es ist nicht so, wie Sie denken. An dem Abend, an dem ich von Martas Hochzeit erfahren hatte, wollte ich nur noch vergessen. Ich ging ins ‚Peg's' und wollte mich betrinken, bis ich mich an nichts mehr erinnern kann. Leah war da." Das Lächeln, das er ihr zuwarf, war warm und liebevoll. „Als sie begriff, was ich vorhatte, hat sie mich von der Bar weggeholt." Korporal Keller hielt einen Moment lang inne. „Sie hat mich mit auf ihr Zimmer genommen."

Leah starrte auf den Boden.

„Es gibt keinen Grund, sich zu schämen, Leah." Der Korporal streckte eine Hand aus, dann zog er sie zurück, als er begriff, dass Leah sie nicht ergreifen würde. „Wir haben uns nur unterhalten, Leah und ich. Und als wir damit fertig waren, wollte ich keinen Whiskey mehr. Ich habe mir nicht mal mehr Gedanken über Marta gemacht." Er sah Abigail an und seine Augen strahlten vor Glück. „Leah ist das Beste, was mir je passiert ist."

Und nach dem Lächeln auf ihrem Gesicht zu urteilen, war auch Korporal Keller das Beste, was Leah je passiert war.

Kapitel 19

Die Sonne brannte auf den bereits staubtrockenen Paradeplatz herab. Der Wind trocknete die Schweißperlen, noch bevor sie sich so richtig bilden konnten. Nur vereinzelte Wolken brachten Erleichterung von der Hitze des Sommers. Die Männer seufzten tief, wenn die Wolken vorüberzogen und die Sonne wieder auftauchte. Niemand hatte das Gefühl, dass dies ein guter Tag war, um Soldaten zu drillen, am wenigsten Ethan. Er wusste, dass die Männer es hassten, in der Hitze zu marschieren. Ihre dunkelblauen Wolluniformen sorgten dafür, dass sie sich noch unwohler fühlten als sonst. Die Stiefel, deren Wärme so willkommen war, wenn das Thermometer während der langen Winter deutlich unter Null blieb, fühlten sich an, als seien sie an einem heißen Tag aus Kalkstein gefertigt worden. Es war ein unglücklicher Zeitpunkt, um draußen auf dem Paradeplatz in Formation zu marschieren, und doch war es notwendig. Dies war schließlich eine Militäreinrichtung. Seine Soldaten mussten sich jederzeit in hervorragender Verfassung befinden. Obwohl die Gefahr eines Indianeraufstandes oder einer Auseinandersetzung unter den Bergwerksarbeitern, die ein Eingreifen der Armee erfordern würde, gering war, mussten seine Männer stets von einem Moment auf den anderen bereit zum Kampf sein.

„Links, rechts. Links, rechts." Alle marschierten im Takt zu den Befehlen des Feldwebels. Ethan musterte die Kompanie, während sie den Paradeplatz umrundete. Die Männer machten sich gut. Nicht einmal seine Lehrer in West Point hätten etwas an ihnen auszusetzen gehabt.

Das war es, wonach Ethan gestrebt hatte: die beste Kompanie der Garnison. Im vergangenen Monat hatte es keine Desertionen mehr gegeben. Da Hauptmann Westland seinem Vorschlag zugestimmt hatte, in jeder Postkutsche Wachen mitreisen zu lassen, waren keine weiteren Raubüberfälle verübt worden. Die Stimmung unter den Soldaten war besser als zuvor, was, wie Ethan vermutete, zum Teil darauf zurückzuführen war, dass sich die Männer auf den

Dienst als Wachposten in der Kutsche freuten. Nur Oliver hatte dagegen protestiert und behauptet, Melissa Westland nicht allein lassen zu wollen. Doch es war ein direkter Befehl gewesen, den Oliver nicht hatte verweigern können. Immerhin schien ihn Ethans Hinweis besänftigt zu haben, dass er dadurch doch eine Gelegenheit bekommen würde, Melissa in Cheyenne ein Geschenk zu kaufen. Wirklich, das Leben war besser als jemals zuvor in Ethans Erinnerung.

„Telegramm, Sir!"

Ethan wandte sich um und erschrak über den Anblick eines Gefreiten, der ihm völlig außer Atem einen gefalteten Zettel brachte. Es war nicht ungewöhnlich, ein Telegramm zu erhalten. Was ungewöhnlich war, war die offensichtliche Dringlichkeit dieses Telegrammes. „Mr Peterson hat gesagt, es sei wichtig." Der Gefreite reichte ihm das Papier.

Ethan nickte und entließ den Boten. „Weitermachen, Männer", befahl er, als er das Telegramm auseinanderfaltete. Hatte es einen weiteren Überfall auf eine Postkutsche gegeben? Nein. Eine solche Nachricht wäre an Hauptmann Westland gegangen. Dieses Telegramm war an Ethan adressiert.

„Mit tiefer Trauer teilen wir Ihnen mit …" Ethan überflog den Rest der kurzen Botschaft. Sein Großvater war tot. Ethans Augen erfassten die Worte. Der Mann, der, solange Ethan denken konnte, Teil seines Lebens gewesen war; der Mann, der versucht hatte, Ethan nach seinem eigenen Bild zu formen, hatte seinen letzten Atemzug getan. Und Ethan fühlte nichts. Nichts. Er zerdrückte das Blatt zwischen seinen Fingern, dann strich er das zerknitterte Papier glatt und las es noch einmal. Ganz bestimmt würde er etwas fühlen. Trauer, Bedauern oder auch Erleichterung, nur nicht diese völlige Gefühllosigkeit. Diese Leere war seltsam. Ethan wusste das, doch er konnte keine Gefühle erzwingen. Sein Großvater war tot. Dieses Wissen berührte ihn weniger als das heutige Wetter.

„Kompanie entlassen." Nicht einmal der Beifall, mit dem die Männer Ethans Worte begrüßten, rief ein Gefühl hervor. Es war, als wäre irgendetwas tief in ihm erstarrt. Oder vielleicht waren seine Gefühle gar nicht erstarrt. Vielleicht hatte das Telegramm jegliches Gefühl aus ihm herausgesaugt und stattdessen ein Vakuum hinterlassen. Was für eine Art Mensch war er, dass ihm der Tod seines Großvaters einfach nichts ausmachte?

Als sich die Männer zerstreuten, ging Ethan auf die Brücke zu. Normalerweise hätte er ein Pferd gesattelt und darauf gehofft, dass er beim Galoppieren einen klaren Kopf bekommen würde. Aber heute gab es nichts, was geklärt werden musste. Vielleicht würde ein kurzer Spaziergang das erreichen, was ein Ritt nicht tun konnte.

Doch das gelang nicht.

Ethan wusste nicht mehr, wie lange er umhergelaufen war. Irgendwie schien sogar die einfache Bewegung, seine Uhr herauszuziehen und nach der Zeit zu schauen, mit zu viel Anstrengung verbunden zu sein. Mittlerweile stand die Sonne niedriger, sodass sich die Luft abzukühlen begann. Er sollte ins Fort zurückkehren. Doch so etwas wie Widerwille bremste seine Schritte, denn er hatte keine Antworten. Immer noch fühlte er sich wie betäubt und er wusste nicht warum. Ethan zwang seine Füße, sich zu bewegen, überquerte langsam die Brücke und betrat wieder das Fort. Anstatt jedoch den Paradeplatz zu umrunden, um sein Quartier zu erreichen, wandte er sich nach links und ging am Flussufer entlang. Diesen Weg benutzten nur wenige. Das war gut, denn das Letzte, was er wollte, war, einem anderen Menschen begegnen zu müssen.

„Ethan! Was ist passiert?"

Als er Abigails Stimme hörte, wandte sich Ethan um. Wie hatte er nur vergessen können, dass ihn dieser Weg am Hinterhof der Crowleys vorbeiführen würde? Oder vielleicht hatte er es auch nicht vergessen. Sein galoppierender Herzschlag deutete an, dass er diesen Weg in der Hoffnung gewählt hatte, Abigail zu treffen.

„Ich habe mir Sorgen gemacht, als du nicht zum Abendessen erschienen bist." Sie kletterte die Uferböschung zu ihm hinunter und blieb stehen, als sie nur noch wenige Schritte von ihm entfernt war. Sie war jetzt so nah, dass er die Besorgnis in ihren Augen erkennen konnte.

„Nichts ist passiert." Er wollte nicht zugeben, dass er stundenlang ziellos umhergewandert war und versucht hatte, die Leere tief in seinem Inneren zu füllen. Es gab Dinge, die ein Mann niemals zugeben würde.

Abigail schüttelte den Kopf. „Das glaube ich nicht." Sie machte einen weiteren Schritt auf ihn zu. „Wenn du es mir nicht sagst, werde ich mir weiter die schrecklichsten Dinge ausmalen. Ein solches Schicksal würdest du mir doch nicht wünschen, oder?“

Sie machte sich Sorgen um ihn. Ein Funken Wärme entzündete sich tief in seinem Inneren. Das hier war es, was er brauchte: Abigails … Ethan rang um das Wort und blieb schließlich bei *Freundschaft* hängen. Zum ersten Mal, seit er das Telegramm gelesen hatte, fühlte er sich lebendig. Trotzdem wollte er Abigail nicht erzählen, wie er beinahe die Hälfte des Tages verbracht hatte.

„Du bist hartnäckig, nicht wahr?“

Sie zuckte die Achseln. „So sagt man. Ich vermute, das ist eine bessere Charaktereigenschaft als Impulsivität.“

Sie versuchte, ihn zum Lächeln zu bringen. Ethan schätzte ihre Bemühungen, auch wenn sie nicht zum Erfolg führten. Im Grunde sprach nichts dagegen, ihr von dem Telegramm zu erzählen. Sein Inhalt würde sowieso bald bekannt werden.

„Mein Großvater ist gestorben.“ Na bitte. Er hatte es gesagt.

Abigail kam noch näher und legte ihre Hand auf seinen Arm. „Oh, Ethan. Das tut mir leid.“

„Mir nicht.“ Ohne dass er es wollte, schlüpften die Worte aus seinem Mund und sorgten dafür, dass Abigail erbleichte. Jetzt wusste sie, was er war: ein Monster. „Ich sehe, dass ich dich schockiert habe. Ich bin selbst schockiert. Ich wusste, dass er krank war, daher kam sein Tod nicht unerwartet. Aber ich dachte, ich würde irgendetwas fühlen, wenn er tatsächlich stirbt. Das tue ich nicht. Diese Leere ist schlimm und schrecklich und unerträglich.“

Was hatte diese Frau an sich, dass sie ihn dazu brachte, sein tiefstes Innerstes zu offenbaren? Ethan hatte nicht geplant, ihr – oder sonst jemandem – zu erzählen, wie er sich fühlte. Doch jetzt stand er hier und vertraute ihr die Gedanken an, von denen er beschlossen hatte, dass niemand sie jemals erfahren würde.

Abigail blickte zu ihm auf. Dabei waren ihre Augen von Mitgefühl und noch etwas anderem erfüllt. Wenn er nicht gewusst hätte, dass es unmöglich war, dann hätte er gesagt, dass es sich um Verständnis handelte, aber niemand konnte seine Reaktion verstehen.

„Das ist natürlich“, sagte sie mit fester Stimme. „Was du fühlst, ist natürlich.“

„Aber ich fühle nichts."

Abigail nickte. „Dein Körper beschützt dich vor dem Schmerz. Darum fühlst du dich wie betäubt. Und bevor du mir sagst, dass ich kein Arzt bin, möchte ich dich daran erinnern, dass ich die Tochter eines Pastors bin. Papa hat mir erzählt, dass er des Öfteren Menschen getroffen hat, die nach dem Tod geliebter Menschen wie in dichtem Nebel unterwegs waren. Er sagte, dass es manchmal Tage brauchte, bevor sie anerkennen konnten, was passiert war, und dass sie dann meistens erst einmal wütend wurden. Papa hat behauptet, die Taubheit würde ihnen helfen, mit ihrer Trauer umzugehen."

Das war eine interessante Theorie. Unglücklicherweise hatte sie eine erhebliche Schwachstelle. „Ich habe meinen Großvater nicht geliebt und er hat mich nicht geliebt." Als Abigail ihn erschrocken ansah, fuhr Ethan fort: „Hast du manchmal Albträume, aus denen du aufwachst und erleichtert bist, wenn du feststellst, dass es nur ein Traum war?"

Abigail nickte, als wollte sie ihm signalisieren, dass sie dieselben Gefühle durchlebt hatte. Doch das hatte sie nicht, denn ihre Albträume waren nicht Realität geworden. Seine schon.

„Mein schlimmster Albtraum ist heute Nachmittag wahr geworden." Er konnte die Verwirrung in ihren Augen sehen und wusste, dass er es genauer erklären musste. „Ich bin genauso wie mein Großvater." Das war wirklich der Stoff, aus dem Albträume waren. „Mir ist heute klar geworden, dass ich genau das bin, was ich immer an ihm gehasst habe. Ich bin ein Mann, der unfähig ist, sich für andere zu interessieren und für andere etwas zu empfinden."

Als Abigail etwas antworten wollte, schüttelte Ethan den Kopf. „Mein ganzes Leben lang habe ich die Gefühlskälte meines Großvaters gehasst. Ich habe befürchtet, so wie er zu sein, aber gehofft, ich wäre es nicht. Ich habe mich so sehr bemüht, nicht in seine Fußstapfen zu treten. Deshalb bin ich in die Armee eingetreten, denn das war in meiner Vorstellung am weitesten davon entfernt, eine Eisenbahnlinie zu betreiben. Aber ich kann es nicht länger leugnen. Ich bin genauso wie er, ein armseliger Mensch, der weder lieben kann noch würdig ist, geliebt zu werden."

Abigail umfasste mit ihren Händen seine Arme, als wollte sie ihn zügeln. „Du irrst dich." Ihre Stimme war leise, aber leidenschaftlich. Es war ein Versuch, ihn zu trösten, doch scheiterte dieser genauso wie der Versuch, ihn zum Lächeln zu bringen, denn Ethan kannte die Wahrheit.

„Du hast meinen Großvater niemals getroffen, wie kannst du also so etwas sagen?"

„Weil ich dich kenne. Du interessierst dich für andere Menschen. Ich habe gesehen, wie du deine Männer behandelst. Das hat nicht nur etwas mit Pflichterfüllung zu tun. Du tust alles, was du kannst, um ihr Leben zu verbessern."

Er konnte nicht zulassen, dass sie ihn weiterhin für einen Helden hielt. „Das hat wohl kaum etwas mit einem Interesse an den Männern zu tun. Alles, was ich für die Soldaten tue, dient dem Zweck, Desertationen zu verhindern. Das wirft ein gutes Licht auf mich als den Kommandanten. Ich kriege vielleicht eine Auszeichnung dafür und erhöhe damit meine Chancen auf eine Beförderung. Alles, was ich tue, ist allein für mich und meine Karriere, genauso wie alles, was mein Großvater tat, egoistisch und selbstsüchtig war."

Abigail schüttelte den Kopf. „Das kannst du dir einreden, solange du willst, aber ich werde es nicht glauben. Was die andere Hälfte deiner Aussage anbelangt ..." Ihr Gesichtsausdruck veränderte sich und wurde bestimmter. Es schien, als hätte sich die Lehrerin in Abigail durchgesetzt. Ethan wappnete sich innerlich für eine Standpauke. Stattdessen wurden ihre Lippen weicher und ihre Stimme war von Leidenschaft erfüllt, als sie sagte: „Du bist nicht nur würdig, geliebt zu werden, sondern du *wirst* geliebt."

Ethan hatte sich geirrt. Es war nicht Abigail, die Lehrerin, die hier sprach, sondern Abigail, die Pfarrerstochter. Sie wollte ihm eine Predigt halten und nicht eine Unterrichtslektion erteilen. „Ich nehme an, dass du jetzt sagen wirst, dass Gott mich liebt."

„Das tut er."

Sie verstand es nicht. Sie versuchte es, aber sie verstand es nicht. Wie sollte sie auch? „Das kannst du leicht sagen. Du bist die Tochter eines Predigers. Du hast dein Leben nach den Geboten der Bibel geführt. Natürlich liebt Gott dich. Mein Leben ist jedoch nicht so gewesen. Ich habe nichts getan, um die Liebe von irgendjemandem zu verdienen, ganz besonders nicht Gottes Liebe. Ich bin nicht wie du."

Abigail schloss einen Moment lang die Augen. Unwillkürlich fragte Ethan sich, ob sie für ihn betete. Als sie ihn wieder anblickte, spiegelten ihre Augen ein Gefühl wider, dass er nicht einordnen konnte. „Oh, Ethan, du irrst dich in so vielen Punkten. Ich mache genauso viele Dinge falsch wie du und wie jeder andere Mensch auch, aber ich weiß, dass Gott mich liebt. Er liebt mich so sehr, dass er seinen Sohn zum Sterben in die Welt gesandt hat, damit ich den Preis für meine Sünden und Fehler nicht selbst bezahlen muss. Ich habe nichts getan, um das zu verdienen. Es gibt auch gar nichts, was ich hätte tun können, um eines solchen Geschenkes würdig zu sein. Siehst du es denn nicht, Ethan? Gott bietet uns Liebe, Vergebung und ewiges Leben an. Das sind seine Geschenke an mich und an dich. Alles, was du tun musst, ist, dein Herz zu öffnen und Gott darin aufzunehmen."

Der Funken Wärme, den Abigails Sorge um ihn entfacht hatte, wuchs zu einer kleinen Flamme. Ethan konnte spüren, wie das Eis, das sein Herz umgab, zu schmelzen begann. War das wahr? War Liebe ein Geschenk – nicht etwas, das man sich verdienen musste? War es möglich, dass er nicht mehr tun musste, als dieses Geschenk anzunehmen? „Aus deinem Mund klingt das ziemlich einfach. Ich weiß, dass es das nicht ist."

Ein liebevolles Lächeln huschte über Abigails Gesicht. „Es ist die einfachste und die schwierigste Sache, die du jemals tun wirst. Wenn du dich dafür entscheidest, Gottes Geschenke anzunehmen, wird sich dein Leben auf eine Weise verändern, die du niemals für möglich gehalten hättest. Wenn nicht, wird das Leben so bleiben, wie es war. Es ist deine Entscheidung, Ethan. Niemand kann sie dir abnehmen."

„Du glaubst das wirklich, nicht wahr?"

„Das tue ich. Aber verlass dich nicht nur auf mein Wort. Lies in der Bibel, in Gottes Wort. Die Antworten sind dort zu finden."

Ethan sah weg, denn er wollte sich ihrem durchdringenden Blick nicht länger aussetzen. Es war, als könnte sie bis in sein Herz hineinsehen. Das wollte er nicht riskieren, denn er wollte nicht, dass jemand von der Leere wusste, schon gar nicht diese unglaubliche Frau. Das Vakuum tief in seinem Inneren war sein persönlicher Albtraum, etwas, das er niemandem offenbaren wollte. Er hatte geglaubt, dass dies für immer ein Teil von ihm wäre, aber Abigail war nicht dieser Meinung. Sie glaubte, dass die Leere gefüllt werden könnte. Hatte sie recht? War es Gottes Liebe, die Ethan fehlte? Würde Gott die leeren Räume füllen? Er musste es wissen. Er wollte es ausprobieren.

„Wo fange ich an?"

Abigail berührte die Fensterbank, bevor sie auf dem Absatz kehrt machte und zur Tür zurückging. Vor und zurück, vor und zurück. In der Hoffnung, dass diese sinnlose Betätigung sie so sehr erschöpfen würde, dass sie schlafen könnte, durchwanderte sie den Raum. Es schien ihr, als sei sie schon seit Stunden unterwegs. Bis jetzt hatte es nicht funktioniert, denn sie erinnerte sich unaufhörlich an Ethan und den Schmerz, den sie in seinen Augen gesehen hatte. Es hatte ein Funken Hoffnung aufgeleuchtet, als sie von Gottes Liebe gesprochen hatte, aber dieser war schnell wieder der Verzweiflung gewichen. *Oh, Herr, nur du kannst ihm helfen. Erfülle sein Herz mit Liebe.* Abigail betete ununterbrochen. Obwohl sie Ethan unbedingt helfen wollte, wusste sie, dass sie nicht mehr tun konnte, als für ihn zu beten. Ethans Zukunft war eine Sache zwischen ihm und Gott. Abigail blieb nichts anderes übrig, als zu beten und umherzuwandern.

Sie befand sich an der Fensterbank, als sie das leise Klopfen an der Tür hörte.

„Was ist los?", fragte Charlotte, als sie den Raum betrat. Eine Hand lag wie schützend auf ihrem Bauch.

„Es tut mir leid, dass ich dich gestört habe", sagte Abigail. „Ich konnte nicht schlafen."

Mondlicht durchflutete den Raum und zeigte ihr Charlottes Lächeln. „Du hast mich nicht gestört. Das Kleine hat mich geweckt. Ich kann es nicht beweisen, aber mir scheint, dass mein Kind immer dann denkt, es sei Zeit zum Spielen, wenn ich am Einschlafen bin." Ihr Lächeln wurde breiter, als sie sanft über ihren Bauch streichelte.

„Spielen, ja?"

„Das ist besser, als zu glauben, dass er mich absichtlich tritt."

Charlotte griff nach Abigails Hand und legte sie auf ihren Bauch. „Fühl mal."

Wie aufs Stichwort fing das Kind an zu treten. „Er scheint stark zu sein." Obwohl Abigail Charlotte immer wieder daran erinnerte, dass das Kind auch ein Mädchen werden könnte, hatte sie die Gewohnheit ihrer Schwester und ihres Schwagers angenommen, das Kind als „er" zu bezeichnen.

„Ich merke den Unterschied von Woche zu Woche. Er wird aktiver. Obwohl das meinen Schlaf stört, bin ich dankbar dafür, dass er gesund ist." Charlotte ließ Abigails Hand los. „Du hast meine Frage nicht beantwortet. Was hält dich wach?"

Es gab keinen Grund, ihre Schwester zu belügen. „Ethan."

Charlotte nickte. „Als er nicht zum Abendessen erschienen ist, dachte ich mir schon, dass irgendetwas nicht in Ordnung ist. Offensichtlich hast du erfahren, was passiert ist."

„Sein Großvater ist gestorben." Abigail wollte weder den Rest ihrer Unterhaltung noch die flehenden Gebete offenbaren, die sie für Ethan gesprochen hatte, aber Charlotte sollte wenigstens diese Information erhalten.

„Soweit ich weiß, war er alt und bei schlechter Gesundheit. Es könnte eine Erlösung gewesen sein."

Nicht für Ethan. Der Tod seines Großvaters hatte Reaktionen ausgelöst, die Abigail nicht hatte vorhersehen können. Doch sie glaubte daran, dass Gott auch aus dieser Situation etwas Gutes bewirken konnte. Vielleicht würde er die Gefühle, die in Ethan nach dem Tod von Curtis Wilson aufgewühlt worden waren, benutzen, um Ethans Herz zu berühren.

Charlotte sank auf den Stuhl neben Abigails Frisiertisch und faltete ihre Hände über ihrem Bauch. „Das bedeutet, dass Ethan jetzt wahrscheinlich ein wohlhabender Mann ist. Jeffrey sagte, sein Großvater sei mehrfacher Millionär und es gebe keine anderen Erben. Ich frage mich, ob er seinen Dienst quittieren wird, um die Eisenbahngesellschaft seines Großvaters zu übernehmen."

War das ein Teil des Dilemmas, in dem sich Ethan befand? Obwohl sie das für unwahrscheinlich hielt, war sich Abigail nicht sicher. Ethan hatte ihr gegenüber geäußert, dass er in die Armee eingetreten war, um ein Leben zu führen, das sich von dem seines Großvaters möglichst unterschied. Würde er dies jetzt, wo sein Großvater gestorben war, noch einmal überdenken? „Davon hat er nichts gesagt, aber wenn ich eine Vermutung äußern müsste, würde ich sagen, dass er bleibt. Die Armee ist Ethans Leben."

Charlotte neigte den Kopf zur Seite. „Ich hab dasselbe einmal über Jeffrey gedacht, aber er hat davon gesprochen, eventuell den Dienst zu quittieren."

Abigail hörte das zum ersten Mal. „Würde dir das gefallen?"

„Oh ja." Die Begeisterung in Charlottes Stimme ließ keinen Zweifel daran. „Ich versuche, in Jeffreys Gegenwart nichts darüber zu sagen, aber ich sehne mich nach einem beständigen Zuhause, besonders jetzt, wo das Kind kommt." Charlotte zog die Stirn in Falten. „Es tut mir leid. Ich bin abgeschweift. Auch wenn es zu erwarten war, muss die Neuigkeit vom Tod seines Großvaters ein schwerer Schlag für Ethan gewesen sein."

„Ja." Allerdings nicht so, wie Charlotte dachte. „Sein Großvater war sein einzig lebender Verwandter. Bitte bete für Ethan. Er muss Frieden finden."

Charlotte nickte. „Natürlich." Sie erhob sich und kam auf Abigail zu, bis sie neben ihr stand. Lange Zeit sagte sie nichts, sondern sah ihre Schwester nur an. Als sie dann sprach, war ihre Stimme leise, so als wollte sie nicht, dass jemand mithörte. „Ich hätte es schon früher bemerken müssen. Du liebst ihn. Darum machst du dir so viele Gedanken über ihn."

Abigail wollte nicht leugnen, dass sie starke Gefühle für Ethan hegte. „Er bedeutet mir etwas", gab sie zu. „Aber Liebe? Ich weiß es nicht. Es gibt Tage, an denen ich nicht einmal sicher bin, ob ich weiß, was Liebe ist. Ich weiß nur, dass ich für Ethan nicht dasselbe fühle wie für Woodrow."

Wenn sie an Woodrow dachte, spürte Abigail Geborgenheit und Zuverlässigkeit. In einem Leben mit Woodrow würde es keine Überraschungen geben, denn er hatte alles durchgeplant. Vermutlich würde er nichts und niemandem erlauben, diese Pläne zu durchkreuzen. Ethan war anders. Gedanken an ihn ließen sie Spannung verspüren, das Gefühl, einer unbekannten Herausforderung gegenüberzustehen. In einem Leben an Ethans Seite würde es nichts Gewöhnliches oder Vorhersehbares in ihrem Leben geben. Stattdessen wäre es wie die Sommer ihrer Kindheit, gefüllt mit Verheißungen, aber auch Unsicherheiten. Abigail biss sich auf die Lippe. Es war dumm, auch nur darüber nachzudenken, denn Woodrow wartete auf sie. Er war ein guter Mann, dem sie am Herzen lag, und doch …

„Woher weiß man, dass man jemanden liebt?", fragte sie Charlotte.

Ihre Schwester zuckte die Achseln. „Man weiß es einfach. Im tiefsten Inneren seines Herzens weiß man, dass dies der Mensch ist, mit dem man den Rest seines Lebens verbringen möchte."

Ethan starrte aus dem Fenster und sah dem Mond dabei zu, wie er aufging. Es war nicht das erste Mal, dass er wünschte, Oliver wäre hier. Das fröhliche Geplapper seines Freundes hätte ihn abgelenkt, selbst wenn es dabei nur um die schöne Melissa Westland gegangen wäre. Aber Oliver war in Cheyenne, wo es ihm offenbar äußerst elend erging. Jedenfalls behauptete dies das Telegramm, das er geschickt hatte. Obwohl nicht deutlich wurde, worin genau seine Krankheit bestand, war eine Sache klar: Oliver würde die Postkutsche zurück zum Fort mindestens zwei weitere Tage lang nicht nehmen können. Also fand Ethan keine Ablenkung, sodass er wohl oder übel nachdenken musste.

Dies war die dritte Nacht, seitdem er vom Tod seines Großvaters erfahren hatte, und die dritte Nacht, in der er nicht hatte schlafen können. Vielleicht war es falsch gewesen, Hauptmann Westlands Angebot abzulehnen. Er hatte ihm Sonderurlaub angeboten, damit er an der Beerdigung teilnehmen konnte, aber Ethan wollte kein Heuchler sein und Trauer vortäuschen, die er nicht fühlte. Die Beerdigung würde zweifellos gut besucht sein, schließlich würden die Geschäftspartner seines Großvaters die Reihen füllen. Die Trauernden hatten Ethan nicht nötig.

Es gab keinen Grund für ihn, in New York zu sein, und es waren auch gar nicht die Gedanken an seinen Großvater, die ihn vom Schlaf abhielten, sondern vielmehr Abigails Worte. *„Es ist die einfachste und die schwierigste Sache, die du jemals tun wirst"*, hatte sie gesagt. Abigail hatte nicht übertrieben. Ethan hatte die Bibelverse gelesen, die sie ihm genannt hatte. Die Versprechen, die sie erwähnt hatte, waren dort schwarz auf weiß zu lesen. Der Mann, der ihnen Glauben schenkte, würde Trost darin finden. Ethan bezweifelte das nicht. Das Problem bestand in seinem Zweifel daran, dass es sich um mehr als nur gedruckte Worte handelte. Vielleicht bedeuteten sie nicht mehr als die Märchenbücher, die er als Kind gelesen hatte. Vielleicht waren sie nur ausgedacht, aufgeschrieben zur Erbauung, nichts weiter. Es stimmte, dass sie von Liebe sprachen, aber Liebe war ein Wort, das keine Bedeutung für Ethan hatte.

Und so blieb er wach und ließ die Worte durch seinen Kopf kreisen, während er wünschte, dass er so glauben könnte wie Abigail. Er wusste, dass dies nicht möglich war. Er war kein Mann des Glaubens. Stattdessen brauchte er Beweise. Und dafür, dass Gott existierte, gab es genauso keinen Beweis wie für die Aussage, dass dieser Gott ihn, Ethan Bowles, liebte.

Ethan seufzte und wünschte, es wäre anders. Er schloss einen Moment lang die Augen und suchte den Frieden, den er in Abigails Gesicht gesehen hatte, aber alles, was er fand, waren mehr Fragen. Wie? Warum? Warum nicht?

Als er seine Augen wieder öffnete, sah er einen Mann, der sich zurück ins Fort schleppte. Der Mann trug eine offenbar schwere Tasche über seiner Schulter. Seine gebückte Haltung verriet Erschöpfung. Ethan runzelte die Stirn. Wer kehrte so spät zurück? Und warum hatten die Wachen ihn nicht gesehen?

Ethan eilte nach draußen, um den Nachtschwärmer sofort zur Rede zu stellen. Obwohl es sein konnte, dass der Soldat unschuldig war, wanderten Ethans Gedanken sofort zu den verschwundenen Waffen und den Postkutschenüberfällen.

„Halt!“, befahl Ethan, als er sich dem Mann näherte.

Der Soldat hielt an, ließ seine Tasche fallen und salutierte. „Ja, Sir.“

Ethan kannte diesen Akzent. Dies war der Mann, der zusätzliches Geld brauchte, um sein Mädchen nach Wyoming zu holen. Wieder einmal ließ sein Verhalten Ethans Alarmglocken schrillen.

„Korporal Keller, was machen Sie hier draußen und was befindet sich in Ihrem Sack?“

Dietrich Keller blickte auf die Tasche hinab. „Ich war jagen. Ich habe ein Moorhuhn geschossen, aber als ich es mir holen wollte, rannte mir das Pferd weg." Er schüttelte verärgert den Kopf. „So ein", er benutzte ein deutsches Wort, „*Dummkopf*. Ich habe die Fußfessel wohl nicht richtig festgebunden. Ich hoffe, das Pferd ist zurückgekommen."

Es schien, als wäre der Korporal unschuldig, denn der tote Vogel in seiner Tasche schien seine Geschichte zu bestätigen. Es galt nur noch eine Sache zu überprüfen.

„Lassen Sie uns zum Stall gehen und nach dem Pferd suchen."

Als sie dort ankamen, war der alte Wallach, den die Rekruten an ihrem freien Tag ritten, in seiner Box. Er war noch immer gesattelt und offensichtlich nicht geputzt und mampfte Hafer, als hätte er einen langen Ritt hinter sich. Korporal Keller hatte einfach nur Pech gehabt.

Ethan klopfte ihm freundschaftlich auf die Schulter. „Seien Sie beim nächsten Mal vorsichtiger."

„Das werde ich."

„Bowles, das müssen Sie hören." Der ärgerliche Tonfall in Hauptmann Westlands Stimme ließ keinen Zweifel daran, dass die Neuigkeiten nicht gut waren. „Gestern Abend hat es einen weiteren Überfall auf eine Postkutsche gegeben. Die Passagiere sind ‚Im Urigen Eck'." Das war der Name des Hotels, an dem die Postkutschen normalerweise Halt machten. „Sehen Sie zu, was Sie in Erfahrung bringen können."

Was Ethan erfuhr, war nicht ermutigend. Obwohl die Beschreibungen der Passagiere bestätigten, dass die Gefreiten Schiller und Forge beteiligt waren, hatte es dieses Mal – im Gegensatz zu früheren Überfällen – drei berittene Banditen gegeben. Das waren keine guten Neuigkeiten. Noch schlimmer war die Tatsache, dass die Bande aus mindestens vier Personen zu bestehen schien: Die Männer auf den Pferden waren von einem weiblichen Passagier unterstützt worden, der die anderen Mitfahrer in der Kutsche mit einer Waffe bedroht hatte und dann mit den Banditen entkommen war.

„Die Sache gefällt mir nicht, Sir", sagte Ethan, als er dem Hauptmann später Bericht erstattete. „Die Wegelagerer ändern ihre Methoden. Dieses Mal geschah der Überfall spät am Abend und in größerer Nähe zu Cheyenne als jemals zuvor. Es wird schwieriger sein, Vermutungen darüber anzustellen, wo sie das nächste Mal zuschlagen werden."

Der Hauptmann nickte. „Ich will auf jeden Fall wissen, woher sie wissen konnten, dass Seton nicht in der Kutsche sein würde. Es war das erste Mal seit Wochen, dass kein Wachposten in der Kutsche war. Das haben die Banditen gleich ausgenutzt. Das kann kein Zufall sein."

Ethan war derselben Meinung. So wenig ihm der Gedanke auch gefiel, doch wieder einmal deutete die Beweislage darauf hin, dass jemand aus dem Fort in die Sache verwickelt sein musste. Nur im Fort war bekannt gewesen, dass Oliver plötzlich erkrankt war und deshalb länger als geplant in Cheyenne bleiben musste.

„Die Wegelagerer sind schlauer, als ich gehofft hatte", erklärte Ethan beim Mittagessen, als er Abigail und den Crowleys von dem Überfall erzählte. Charlotte erbleichte; Jeffreys Gesicht wurde rot vor Ärger; nur Abigail schien ruhig. Sie strich Butter auf eine Scheibe Brot und schien über die Geschichte nachzudenken.

„Denkst du, dass die Frau, die beim letzten Mal entführt wurde, Teil der Bande war?", fragte sie. „Vielleicht war es nur eine vorgetäuschte Entführung. Vielleicht handelt es sich um dieselbe Frau, die in dieser Postkutsche war."

Das war ein interessanter Gedanke, der Ethan noch gar nicht gekommen war. „Das würde erklären, warum wir sie nie gefunden haben." Er aß langsam ein Stück Fleisch, während die verschiedenen Möglichkeiten durch seinen Kopf wirbelten. Abigails Idee hatte Hand und Fuß. Das einzige Problem war, dass die bewaffnete Frau in der gestrigen Kutsche offenbar keine Ähnlichkeit mit der älteren Frau hatte, die entführt worden war.

Obwohl die Unterhaltung zu angenehmeren Themen wechselte, war Ethan nicht in der Lage, den Gedanken an die Raubüberfälle auszublenden. Als die Mahlzeit zu Ende war und er und Jeffrey wieder zum Paradeplatz zurückgingen, wandte er sich an seinen Kollegen. „Ich denke immer noch, dass irgendjemand aus dem Fort in die Sache verwickelt ist. Ich habe natürlich keinen Beweis, aber mein Instinkt sagt mir, dass es einen Zusammenhang geben muss."

„Dass Schiller und Forge Deserteure sind, muss nichts bedeuten."

„Ich weiß. Das Problem ist, dass ich gestern einen Soldaten dabei erwischt habe, wie er nach dem Zapfenstreich zurückgekehrt ist. Seine Geschichte klang plausibel, aber aufgrund der Tatsache, dass beim letzten Überfall drei Männer beteiligt waren, geht mir die Sache nicht mehr aus dem Kopf. Was, wenn er der Dritte war?"

Jeffrey kräuselte die Lippen, als würde er über die Frage nachdenken. „Wer war es?"

„Dietrich Keller."

Jeffreys Gesicht verfinsterte sich. „An deiner Stelle würde ich ihn genauer im Auge behalten. Ich habe ihm noch nie vertraut."

Kapitel 20

Sally brauchte Bewegung und Abigail Ruhe zum Nachdenken. Heute Morgen war Charlotte ziemlich verstört gewesen, weil Pfütze weggelaufen war. Und obwohl Ethan ihn noch vor dem Frühstück zurückgebracht hatte, hatte Jeffrey über das Benehmen des Welpen geschimpft und erklärt, er müsse verschwinden, wenn Charlotte ihn nicht kontrollieren könne. Wie erwartet war Charlotte in Tränen ausgebrochen. Jetzt hielt sie sich im Hinterhof auf, versuchte, den Hund zu erziehen, und lehnte standhaft Abigails Hilfsangebote ab.

„Jeffrey hat recht. Er ist mein Hund, für den ich verantwortlich bin." Der Ausdruck in Charlottes Augen ließ keinen Zweifel daran, dass sie entschlossen war, ihre Erziehungsmaßnahme allein durchzuführen. Also hatte Abigail ihre Reitkleidung angezogen. Sie war genauso entschlossen wie ihre Schwester, sich nützlich zu machen. Zumindest würde es keinen Streit darüber geben, wer Sally bewegte, denn Charlotte konnte kein Pferd mehr besteigen.

Die Meinungsverschiedenheit zwischen Charlotte und Jeffrey war nicht das Einzige, was Abigail beunruhigte. Die Postkutschenüberfälle spukten in ihrem Kopf herum. Vielleicht lag es daran, dass sie ihnen beinahe selbst zum Opfer gefallen wäre. Vielleicht lag es daran, dass sie wusste, wie sehr das Rätsel Ethan plagte. Abigail war sich nicht sicher, was der Grund war. Sie wusste nur, dass sie sich brennend wünschte, sie könnte Ethan dabei helfen, den Verantwortlichen zu finden.

Beide Sorgen verblassten jedoch angesichts ihrer Sorgen um Ethan selbst. Obwohl er nichts gesagt hatte, wusste sie, dass er immer noch mit dem Gedanken kämpfte, dass Gott ihn liebte, denn seine Augen waren weiterhin von Schmerz erfüllt. Jeden Tag gab Abigail ihm ein gefaltetes Blatt Papier mit einem Bibelvers, von dem sie hoffte, dass er ihn trösten würde. Jeden Tag nahm Ethan ihn entgegen, sagte ihr aber nie, ob er die Verse überhaupt gelesen hatte oder ob sie hilfreich gewesen waren.

„Willst du ausreiten?" Ethan sprach sie an, als Abigail an den Offiziersquartieren vorbeiging. Sie nickte, woraufhin Ethan die beiden Stufen von der Veranda hinunterstieg und eine Augenbraue hochzog. „Hast du deine Pistole dabei?"

„Obwohl wir beide wissen, dass ich nichts treffen könnte, worauf ich ziele – aber ja, ich habe sie dabei." Abigail berührte ihre Tasche. Es fühlte sich immer noch seltsam an, das Gewicht des Colts darin zu spüren, aber sie zweifelte nicht daran, dass es sinnvoll war, ihn dabeizuhaben.

„Darf ich dich begleiten?"

Abigail nickte und hoffte, Ethan würde nicht bemerken, dass sie vor Freude errötete. Mama hatte darauf bestanden, dass eine Frau niemals als Erste ihre Gefühle offenbaren sollte.

„Ich habe kein besonderes Ziel", sagte sie zu Ethan. „Ich möchte nur Sally bewegen."

„Samson wird ebenfalls froh sein, wenn er rauskommt."

Als die Pferde gesattelt waren, lenkte Ethan Samson nach Westen, anstatt auf die Brücke im Osten zuzuhalten.

„Es ist vielleicht dumm", sagte er, als sie das „Im Urigen Eck" passierten, „aber ich dachte, dass ich vielleicht etwas erfahren könnte, wenn ich die Route der Postkutsche zurückverfolge."

Das war es, was Abigail befürchtet hatte. Ethan war so mit den Gedanken an die Raubüberfälle beschäftigt, dass er an kaum etwas anderes denken konnte, auch nicht an seine aufgewühlten Gefühle und seine Zweifel.

„Ich denke auch ständig an die Raubüberfälle", räumte sie ein. „Ich wünschte, wir wüssten, wer die Frau war und wo sie lebt."

Ethans Augen suchten den Horizont ab, bevor sie zu Abigail zurückkehrten. „Du klingst, als wärst du davon überzeugt, dass sie ein und dieselbe Person ist, aber die Beschreibungen der Passagiere sind unterschiedlich. Eine Frau hatte weißes Haar und war älter. Die andere war blond."

Noch vor einem Monat hätte Abigail keinen zweiten Gedanken daran verschwendet, aber das war, bevor sie Leah mit der dunklen Perücke gesehen hatte.

„Es könnte eine Frau mit einer Perücke gewesen sein", gab sie zu bedenken und erzählte Ethan von der Begegnung mit Leah. „Wenn ich ihre Stimme nicht gehört hätte, hätte ich sie nicht wiedererkannt."

„Du könntest recht haben“, pflichtete ihr Ethan bei, „aber das hilft uns nicht, sie zu finden. Sie könnte überall sein. Wer auch immer sie ist, sie hat sich gut versteckt, genau wie die Gesetzlosen.“

„Zumindest weißt du, wer zwei von ihnen sind.“

„Und das ist ein Teil des Problems.“ Ethan zog die Stirn in Falten. „Deserteure versuchen normalerweise, so viel Abstand wie möglich zwischen sich und das Fort zu bringen. Schiller und Forge scheinen nah bei unserer Garnison zu bleiben. Als Grund dafür kann ich mir nur vorstellen, dass ihr Anführer hier ist.“

„Im Fort?“

Ethan nickte. „So wie ich das sehe, muss jemand aus dem Fort in die Sache verwickelt sein. Denn nur jemand aus dem Fort konnte wissen, dass Wachen in den Kutschen vorgesehen waren. Es kann doch kein Zufall gewesen sein, dass die Überfälle aufhörten, als wir alle Kutschen bewachen ließen.“

Warum war dann die Kutsche angegriffen worden, die Oliver hätte bewachen sollen? Bestimmt hätte der Verräter im Fort – wenn es denn einen solchen gab – die Gesetzlosen darüber informiert, dass Oliver die Kutsche begleiten sollte. Es war purer Zufall, dass er krank geworden war. Das hatte niemand wissen können. Oder doch? Die Richtung, die ihre Gedanken nahmen, gefiel Abigail nicht.

„Hat Oliver irgendjemandem davon erzählt, dass er zu krank war, um zurückzureisen?“

Ethan nickte. „Er hat noch am selben Tag ein Telegramm geschickt.“

Trotzdem schienen einige Teilchen nicht zusammenzupassen.

„War das, bevor die Kutsche Cheyenne verlassen hat?“

Die Frau, die an dem Überfall beteiligt gewesen war, hatte die Kutsche in Cheyenne bestiegen. Sie wäre bestimmt nicht mitgefahren, wenn ein Soldat zu den anderen Passagieren gehört hätte.

Obwohl der Himmel wolkenlos war, wurde Ethans Gesichtsausdruck dunkler als eine Gewitterwolke. „Das Telegramm kam später. Oliver hat behauptet, er sei erst am Nachmittag aufgewacht. Als ich ihn fragte, was passiert sei, sagte er, er würde sich nicht an allzu viel erinnern. Seiner Aussage zufolge hatte er an dem Abend zuvor einer Frau geholfen, die vor dem Hotel beinahe gestürzt wäre. Dafür sei sie so dankbar gewesen, dass sie darauf bestanden habe, sein Essen zu bezahlen. Sie habe es ihm sogar bestellt, um sicherzugehen, dass er eine gute Mahlzeit bekäme. Dann weiß er nicht mehr viel. Als Nächstes erinnert er sich erst daran, dass er zu krank war, um sich auf den Beinen zu halten."

Noch eine weitere Frau oder handelte es sich um dieselbe? Für Abigails Geschmack waren das ein paar Zufälle zu viel. „Das klingt, als hätte Oliver verdorbene Nahrung gegessen. Aber ich dachte eigentlich, es würde länger dauern, bis die Symptome auftreten." Als Elizabeth einmal ein verdorbenes Stück Fleisch gegessen hatte, waren Stunden vergangen, ehe sie krank geworden war.

Eine Windböe drohte Abigails Hut zu entführen. Als sie die Bänder enger schnürte, lächelte Ethan. „Einer Sache kannst du dir in Wyoming immer sicher sein: Wenn es heute nicht windig ist, dann wird es das morgen sein." Sein Lächeln verblasste. „Olivers Geschichte könnte wahr sein. Er hat mir erzählt, dass er, wenn er Pilze isst, sofort danach furchtbar krank wird. Es könnten Pilze in der Mahlzeit gewesen sein, die das Hotel serviert hat."

„Du scheinst nicht überzeugt zu sein."

„Ich möchte es glauben, weil Oliver ein Freund ist, und doch ..." Wieder starrte Ethan in die Ferne, als hielte der Horizont die Antworten parat. „Es ist natürlich möglich, dass die Frau, der er geholfen hat, dieselbe war, die beim Überfall auf die Kutsche mitgewirkt hat, und dass sie absichtlich ein Gericht bestellt hat, das Pilze enthielt. Aber das setzt allerhand Dinge voraus, beispielsweise das Wissen, dass Oliver keine Pilze verträgt."

Und das wiederum deutete darauf hin, dass jemand aus dem Fort in die Sache verwickelt war. Jemand, der in Cheyenne fremd war, hätte es nicht wissen können.

„Ich würde Oliver gern glauben", fuhr Ethan fort, „weil die einzige andere Möglichkeit darin besteht, dass er seine Krankheit nur vorgetäuscht hat, damit die Banditen die Kutsche angreifen können. Und diese Idee gefällt mir überhaupt nicht."

Es war unmöglich, noch länger ohne Schlaf auszukommen. Das Bedürfnis nach Erholung hatte ihn am Ende doch noch eingeholt. Ethan gähnte herzhaft, als er seine Stiefel auszog. Er wusste, dass er diesen Punkt erreicht hatte. Obwohl er wegen Olivers möglicher Verwicklung in die Raubüberfälle immer noch beunruhigt war, würde er heute Nacht schlafen, selbst wenn es donnerte und Hagel auf das Dach prasselte. Ethan gähnte erneut, als er seine Uniform zusammenfaltete. Dann schlüpfte er unter die Laken. Sekunden später war er eingeschlafen.

Zuerst war sein Schlaf traumlos, aber dann traten seltsame Geräusche auf. Er träumte von einem Tier, das in einer Falle gefangen war – ein Kaninchen, ein Fuchs, vielleicht ein Gabelbock. Die Falle war so weit weg, dass Ethan das Tier nicht identifizieren konnte. Alles, was er wusste, war, dass dieses Lebewesen Schmerzen litt. Er drehte sich um und versuchte die Schreie auszublenden, aber sie dauerten an, schwächer zwar, aber doch genauso beharrlich, und durchdrangen den Nebel seiner Erschöpfung. Es war kein Traum! Der Schlaf verflüchtigte sich, als Ethan aus dem Bett sprang und die Tür öffnete. Pfütze lag auf der Türschwelle. Der normalerweise quirlige Hund schien zusammengebrochen zu sein und jaulte inzwischen nur noch schwach.

„Was ist los, Junge?" Ethan war zutiefst besorgt. Der Welpe hatte noch nie so ausgesehen: Seine Augen waren trüb vor Schmerzen, sein Körper nahezu regungslos und er hatte nie so schreckliche Geräusche voller Qual von sich gegeben. Schon häufig hatte Ethan den Hund winseln hören, wenn er hereingelassen werden wollte. Er hatte ihn vor Begeisterung jaulen hören und vor Angst bellen. Aber niemals zuvor hatte er derart herzzerreißende Geräusche gehört.

„Pfütze, was ist los?"

Als wollte er antworten, rappelte sich der Hund auf seine Füße. Doch dabei kippte er um, wobei sich seine Beine unkontrolliert bewegten und sein Kopf in einem besorgniserregenden Winkel nach hinten kippte.

„Pfütze!"

Ethan kniete sich neben den Welpen. Seine Angst wuchs, als er hörte, wie schwerfällig er atmete. Obwohl Ethan nur wenig über Hunde wusste, war ihm klar, dass dieser Zustand äußerst besorgniserregend war. Jeder Atemzug kam noch gequälter als der vorangegangene. Pfütze wurde vor seinen Augen immer schwächer.

„Nein!" Ethan nahm den sich krümmenden Welpen auf den Arm. Er konnte – er würde – Abigails Hund nicht sterben lassen. Ohne sich darum zu kümmern, dass er lediglich im Nachthemd war, rannte er nach draußen. Er war sehr dankbar, dass sich das Quartier der Offiziere neben dem Quartier des Stabsarztes befand. Wie durch ein Wunder war das Licht im Sprechzimmer des Arztes noch an.

„Sie müssen mir helfen", rief er, als der Mediziner auf sein Klopfen hin die Tür öffnete.

Der stämmige Mann streifte Ethan mit einem kurzen Blick, bevor er seine Aufmerksamkeit auf den Hund in seinen Armen richtete.

„Ich bin kein Tierarzt", sagte er unfreundlich. Obwohl er aufgrund seiner medizinischen Fachkompetenz ein hohes Ansehen genoss, war er nicht gerade berühmt für seine freundliche Art. „Wenn das der Grund ist, weshalb Sie hier sind, dann befinden Sie sich am falschen Ort. Ich weiß nichts über Hunde. Der einzige Grund, warum ich noch wach bin, ist der, dass ich zwei Männer im Krankenhaus habe, die die Nacht vielleicht nicht überleben werden. Ich bin auf dem Weg zu ihnen."

„Bitte." Ethan hasste es zu betteln, aber es gab keine Alternative. Dr. Pratt war Pfützes einzige Hoffnung. „Es muss irgendetwas geben, das Sie tun können."

Obwohl ihn der Arzt zornig anstarrte, glaubte Ethan einen Anflug von Neugier in seinen grauen Augen zu sehen. „In Ordnung. Bringen Sie ihn rein." Er führte Ethan in sein Behandlungszimmer.

Der Arzt deutete auf den Tisch in einer Ecke des Raumes. Während Ethan Pfütze festhielt, um ihn davor zu bewahren, bei seinen Krampfanfällen von der glatten Oberfläche herunterzurutschen, untersuchte Dr. Pratt ihn. Er blickte in seine Augen und seinen Mund und tastete seinen Körper mit den Händen und dem Stethoskop ab.

„Für mich sieht es nach einer Vergiftung aus", sagte er nach einem Zeitraum, der wie eine Ewigkeit schien. „Ich hätte erwartet, dass er es auswirft, aber Hunde sind nicht wie Menschen. Sie spucken Dinge nicht aus, die schlecht schmecken.“ Er legte eine Hand auf Pfützes rechtes Vorderbein und versuchte, das Zucken zu stoppen. „Was immer es ist, es wirkt sich negativ auf sein Herz aus. Es schlägt zu schnell. Das könnte die Anfälle verursachen. Ich bin mir nicht sicher.“ Der Arzt trat einen Schritt zurück, ließ den Hund aber nicht aus den Augen.

„Könnte irgendetwas die Anfälle zum Stillstand bringen?“ Ethan konnte die Veränderung in Pfützes Atmung hören. In wenigen Minuten würde der Welpe keine Kraft mehr haben.

Dr. Pratt räusperte sich. „Ich habe Ihnen schon gesagt, dass ich nichts über Hunde weiß.“

Pfütze war nicht nur ein Hund. Er war Abigails und Charlottes geliebtes Haustier. Weil er wusste, wie sehr die beiden Schwestern in ihn vernarrt waren und wie sehr sie am Boden zerstört wären, wenn der Welpe sterben würde, war Ethan entschlossen, ihn nicht kampflos aufzugeben. „Was würden Sie tun, wenn er ein Mensch wäre?“

Obwohl seine Frage einen entnervten Seufzer zur Folge hatte, ging der Arzt auf eine der großen Vitrinen zu und öffnete die Tür. Er holte eine braune Flasche daraus hervor. „Ich würde ihm das hier geben, um seine Herzfrequenz zu senken.“

„Können wir das versuchen?“ Ethan war es egal, um welche Art von Medizin es sich handelte. Es war einzig und allein wichtig, dass sie Pfütze helfen könnte.

Auf ein weiteres Räuspern folgte ein widerwilliges Nicken. „Ich schätze, es kann nicht schaden. Ohne das wird der Hund sterben, also können Sie es auch versuchen.“ Dr. Pratt maß einen Teelöffel ab und mischte ihn mit einem Becher Wasser. „Lassen Sie uns versuchen, ob wir ihn dazu bringen können, das hier zu trinken.“ Während Ethan Pfütze das Maul öffnete, schüttete der Arzt die Flüssigkeit hinein. „Gut“, sagte er, als der Welpe schluckte. „Ob es funktioniert, werden wir innerhalb der nächsten Viertelstunde wissen.“

Es dauerte keine zehn Minuten, bis sich der Zustand des Hundes veränderte. Seine Beine hörten auf zu zappeln, seine Atmung normalisierte sich. Dr. Pratt drückte sein Stethoskop auf Pfützes Bauch, dann nickte er. „Es funktioniert … bis jetzt.“

„Wie meinen Sie das – bis jetzt?"

„Genau wie ich es gesagt habe. Dies war nicht mehr als die erste Behandlung. Er wird noch drei weitere benötigen, bevor wir wissen, ob er sich wieder erholen wird. Sie müssen ihm alle zwei Stunden eine Dosis verabreichen. Wenn Sie zu lange warten, wird er sterben. Wenn Sie ihm zu viel geben, wird er ebenfalls sterben. Es hängt von Ihnen ab, Herr Leutnant. Ich habe alles getan, was ich tun konnte." Der Arzt griff nach seinem Mantel und der Medizintasche. „Ich habe zwei Männer, die mich brauchen, also belästigen Sie mich unter keinen Umständen ein weiteres Mal."

Ethan nickte. „Danke, Herr Doktor." Zumindest hatte Pfütze jetzt eine Überlebenschance.

Als er die Räume des Arztes verließ, überlegte Ethan kurz, Abigail und Charlotte über Pfützes Erkrankung zu informieren. Dann aber schüttelte er den Kopf. Es war nicht notwendig, ihren Schlaf zu stören. Er allein würde alles tun, was möglich war, um den Welpen zu retten. Morgen wäre es noch früh genug, ihnen davon zu berichten, denn bis dahin wäre Pfütze wieder gesund. Ethan weigerte sich, die andere Möglichkeit überhaupt in Betracht zu ziehen.

Obwohl sich sein Quartier nebenan befand, schien der Hund bereits fest zu schlafen, als Ethan dort ankam. Das Medikament hatte ganz offensichtlich seine Wirkung entfaltet, denn Pfützes Atmung war gleichmäßig und das Wimmern hatte aufgehört. Da sich jetzt seine eigene Erschöpfung mit voller Wucht zurückmeldete, deponierte Ethan eine gefaltete Decke auf dem Boden, legte den Welpen darauf und kletterte mit dem festen Vorsatz, in weniger als zwei Stunden wieder aufzuwachen, ins Bett. Seine Ausbildung in West Point hatte ihm zu der Fähigkeit verholfen, tief zu schlafen, aber wieder aufzuwachen, wenn es notwendig war, beinahe so, als hätte er einen inneren Wecker gestellt. Sekunden später schlief Ethan.

Als er erwachte, war er einen Moment lang orientierungslos und wusste nur, dass es mitten in der Nacht war und irgendetwas nicht stimmte. Dann brachte ihn das Atmen des Hundes zurück zu den Ereignissen der Nacht. Es war Zeit. Vorsichtig maß Ethan die richtige Dosis an Medizin ab und verdünnte sie mit Wasser aus seinem Krug. Obwohl Pfütze immer noch schlief, weckte er den Hund und goss die Flüssigkeit in seinen Hals.

„Wir haben schon die Hälfte geschafft", sagte er zu Pfütze. „Morgen früh wirst du dich sehr viel besser fühlen." Und er selbst hoffentlich auch.

Obwohl er nicht erklären konnte, was ihn dazu brachte, ließ Ethan den Deckel seiner Uhr hochschnappen, als er zurück ins Bett kletterte. Nein! Das konnte nicht sein! Ethan schrie leise auf, als er begriff, dass ihn sein innerer Wecker im Stich gelassen hatte. Seit Pfützes letzter Medikamentengabe war erst eine Stunde vergangen.

„*Wenn Sie ihm zu viel geben, wird er sterben.*" Dr. Pratts Worte hallten durch Ethans Kopf. Er hatte es getan. Er hatte Abigails Hund mehr Medizin gegeben, als er vertragen konnte, und jetzt würde der Welpe den Preis dafür bezahlen. Pfütze würde sterben – und das allein wegen Ethans Fehler. Er ganz allein war daran schuld.

Er kniete sich neben dem Hund auf den Boden und lauschte seiner Atmung. Es stand außer Frage. Jeder Atemzug wurde angestrengter, während der kleine Körper des Welpen versuchte, mit den Auswirkungen des Medikamentes fertig zu werden. Obwohl Dr. Pratt ihm befohlen hatte, ihn nicht noch einmal zu stören, war das Ethan egal. Er würde Pfütze ins Krankenhaus bringen und den Arzt um Hilfe anflehen. Doch als er den Welpen in seine Arme hob, hörte Ethan, dass Pfützes Atmung ein weiteres Mal schwächer wurde. Es war zu spät. Er würde nicht lange genug leben, um ihn den Berg hinauf bis ins Krankenhaus zu schaffen.

„Oh, Pfütze!" Ethans Gesicht verzerrte sich vor Schmerz, als er begriff, dass es keine Hoffnung mehr gab. Es gab nichts, was er noch tun konnte. Seine Schultern fielen herunter, er neigte den Kopf und wartete auf das Unvermeidliche. Doch plötzlich entzündete sich ein Funken Hoffnung tief in seinem Innern. Es gab nichts, was er tun konnte, aber wenn Abigail recht hatte, gab es jemanden, der Pfütze retten konnte. Sie behauptete, dass ihr Gott ein Gott der Liebe war. Bestimmt erstreckte sich diese Liebe auch auf einen totkranken Welpen.

„Lieber Gott, zeig mir, was ich tun soll." Ethan sprach die Worte laut aus und flehte Abigails Gott an, ihm zu helfen. „Pfütze kann nichts dafür. Er verdient es nicht zu sterben. Zeig mir, wie ich ihn heilen kann."

Es gab keine Antwort, keine Botschaft, die auf Tafeln gemeißelt war, keine Stimme, die von einem Berg herunterschallte. Aber als Ethan den Hund anstarrte und seinem ungleichmäßigen Atem lauschte, kam ihm allmählich eine Erinnerung. Er war sieben oder acht Jahre alt gewesen, und obwohl er sich nicht daran erinnern konnte, was er gegessen hatte, war der Schmerz in seinem Magen schlimmer gewesen als alles, was er bisher erlebt hatte. Dieser Schmerz hatte ihm die Eingeweide umgedreht und wie in Wellen überrollt. Ethan erinnerte sich daran, dass er vor Schmerzen geschrien hatte, dass er so stark an seinem Bettlaken gezogen hatte, bis es gerissen war, und dass er seine Zähne zusammengepresst hatte. Aber nichts hatte geholfen. Und dann war sein Großvater hereingekommen.

„Ihr Idioten!", hatte er die Dienstboten angebrüllt, die ihm zu Ethans Bett folgten. „Holt die Brechwurzel!"

Sein Großvater hatte Ethan gezwungen, die widerlich schmeckende Flüssigkeit zu trinken, dann hatte er Ethans Kopf gehalten, während dieser den Inhalt seines Magens in den Nachttopf erbrach.

„Ich weiß, dass du dich furchtbar fühlst", hatte er gesagt, „aber du darfst das Gift nicht bei dir behalten."

Ethan blinzelte. Das war es. Er würde Pfütze zwingen, sich zu erbrechen. Es wäre vielleicht bereits zu spät, aber Erbrechen war die einzige Möglichkeit, um die Wirkung des Medikamentes zu verlangsamen. Doch wie sollte er das zustande bringen? Er hatte keine Brechwurzel. Zweifellos gab es etwas davon in Dr. Pratts Büro, aber er würde wertvolle Minuten vergeuden, wenn er Pfütze dorthin brachte und versuchte, es zu finden. So lange konnte er nicht warten. Es gab nur eins, was er probieren konnte.

„Tut mir leid, mein Junge", sagte Ethan, als er das Maul des Hundes gewaltsam öffnete und seine Finger hineinsteckte. Wie er gehofft hatte, begann der Welpe zu würgen und erbrach Flüssigkeit. „Bitte, Herr, lass es noch früh genug sein." Pfütze blickte zu Ethan hinauf, seine Augen waren trüb und mit Schmerz erfüllt.

„Ich weiß, dass es wehgetan hat", sagte Ethan zu ihm, „aber es war notwendig. Mach dir keine Sorgen. Du musst es nicht noch einmal ertragen." Er breitete die Decke aus, wickelte den Welpen hinein und nahm ihn in seine Arme. Heute Nacht würde er wieder keinen Schlaf finden.

Ethan ließ sich auf dem Boden nieder und lehnte sich gegen das Bett. Da er Angst hatte einzuschlafen, wagte er es nicht, seine Augen zu schließen. Trotzdem wanderten seine Gedanken hin und her und kehrten zu dieser furchtbaren Nacht seiner Kindheit zurück. Nachdem Ethan seinen Magen geleert hatte, hatte sein Großvater ihn zurück ins Bett gesteckt und die Laken über ihm glatt gestrichen. Dann hatte er seine Hand gehalten, bis Ethan entspannt und voller Vertrauen eingeschlafen war.

Eine Wärme, die nichts mit der warmen Sommernacht zu tun hatte, begann sich in Ethan auszubreiten. Er hatte diese Nacht vergessen, vielleicht, weil sein Großvater nicht mehr da gewesen war, als er aufgewacht war. Und als er sich gut genug gefühlt hatte, um die Treppe hinunterzugehen, hatte er festgestellt, dass sein Großvater zu seinem normalen Verhalten zurückgekehrt war: Stets hatte er Perfektion verlangt, Kritik geäußert und niemals Lob verteilt. Und doch hatte es jene Nacht gegeben. Ethan wusste das, genauso wie er wusste, dass er sich in einem Punkt gründlich geirrt hatte. Sein Großvater hatte es vielleicht nicht deutlich gezeigt. Er hatte vielleicht nie die Worte gesagt. Aber er hatte ihn geliebt. Er hatte es durch sein Verhalten bewiesen.

Als die Sonne aufging, schlief Pfütze friedlich. Er war zwar immer noch schwach und Ethan bezweifelte, dass er heute umherrennen würde, doch er hatte keine Anfälle mehr gehabt. Seine Atmung war langsam und gleichmäßig.

„Danke, Herr." Ethan kniete sich neben das Bett und neigte seinen Kopf. „Danke, dass du Abigails Hund gerettet hast. Danke für das, was du mir gezeigt hast, nämlich dass mein Großvater mich geliebt hat. Und vor allen Dingen danke ich dir, dass du mich liebst."

Abigail wachte plötzlich auf und wusste sofort, dass irgendetwas nicht stimmte. Sie lag einen Moment lang einfach nur so da und versuchte zu begreifen, was sie in Unruhe versetzte. Es kam kein Rufen oder Stöhnen aus Charlottes Zimmer. Nichts deutete auf ein Problem hin, aber Abigail konnte ihre innere Unruhe nicht zum Schweigen bringen. Sie zog sich eilig an und ging die Treppe hinunter. Und sofort wusste sie, was ihr Sorgen machte: Das Haus war zu still. Normalerweise verlangte Pfütze um diese Zeit bereits, nach draußen gelassen zu werden. Aber heute war der Hund nicht zu hören. Seine Kiste war leer.

„Pfütze", rief Abigail, als sie die Hintertür öffnete.

Irgendwie musste der Welpe das Haus verlassen haben. Bestimmt war er jetzt damit beschäftigt, Eichhörnchen über den Hof zu jagen. Aber der Hof war ebenfalls leer.

„Pfütze!" Wo konnte sich der kleine Schlingel wohl verstecken?

Abigail ging langsam um das Haus herum und suchte den Hund. Sie fürchtete Jeffreys Reaktion, falls Pfütze wieder davongelaufen war. Als sie die Vorderseite des Hauses erreichte, sah sie einen Soldaten auf sich zukommen. Sie lächelte voller Freude, denn sie erkannte Ethan eindeutig an seinem Gang. Doch dann überfiel sie die Enttäuschung, als sie bemerkte, dass Pfütze nicht an seiner Seite war. Offenbar hatte der Hund nicht den Weg zu seinem Freund Ethan gesucht. Oder? Abigail kniff die Augen zusammen. Wie seltsam. Ethan trug etwas in seinen Armen, das aussah wie ein Bündel Decken. Als er näher kam, sah sie, wie ein dunkler Kopf daraus auftauchte. Pfütze!

Abigail rannte auf Ethan zu. „Was ist los?"

Irgendetwas musste los sein, wenn er den Welpen wie einen Säugling eingewickelt hatte.

Ihr Blick wanderte von dem Hund zu Ethan. Obwohl sie Besorgnis in seinem Blick erwartete, lächelte Ethan. Es war kein gewöhnliches Lächeln, sondern eins, das so mit Freude erfüllt war, dass sein Gesicht beinahe zu strahlen schien. Noch nie zuvor hatte Abigail einen solchen Gesichtsausdruck bei Ethan gesehen. Der Schmerz, der seine Augen verdunkelt hatte, war verschwunden und dem hellen Glanz von Fröhlichkeit gewichen. Aber warum nur trug er den Hund auf den Armen?

„Was ist los?", wiederholte sie ihre Frage.

Der Pfütze, den sie kannte, würde es nicht zulassen, getragen zu werden.

„Nichts ist los oder besser gesagt … nicht mehr." Ethan blickte auf den Hund herab, wobei sein Lächeln ein wenig verblasste. „Pfütze muss etwas Vergiftetes gegessen haben. Ich weiß nicht, wie er aus eurem Haus gelangen konnte oder warum er zu mir gekommen ist, aber es geht ihm jetzt gut. Er ist ein bisschen erschöpft von der ganzen Tortur, aber er wird es überleben."

Gift. Abigail zuckte bei dem Gedanken zusammen. Selbst verdorbenes Fleisch konnte ein Tier töten. Ein kleiner Welpe war besonders anfällig.

„Was hast du gemacht? Wie hast du ihn gerettet?" Abigail streichelte Pfützes Kopf und wurde mit einem leichten Winseln belohnt.

Ethan wartete, bis sie ihn wieder ansah, bevor er sprach. „Es war nicht das, was ich getan hab. Es war das, was Gott getan hat. Er hat euren Hund gerettet. Pfütze wäre gestorben, wenn ich allein gewesen wäre."

Als Ethan erzählte, was passiert war, sah Abigail die wechselnden Gefühle auf seinem Gesicht … Entsetzen, Angst, Erleichterung, dann Freude.

„Ich weiß nicht, warum Pfütze zu mir kam", sagte Ethan, „aber ich bin froh, dass er es getan hat. Trotz allem, was du mir erzählt hast, und trotz allem, was ich in der Bibel gelesen habe, war ich voller Zweifel. Ich brauchte ein Zeichen, bevor ich es glauben konnte. Pfütze war dieses Zeichen. Was letzte Nacht passiert ist, hat mir gezeigt, dass Liebe mehr als nur ein Wort ist. Sie ist real."

Abigail sah dem Mann, den sie liebte, ins Gesicht. Seine Stimme war leise und voller Gefühl, es schwang Ehrfurcht darin mit. „Eins wusste ich: Wenn Gott einen Welpen genug liebt, um sein Leben zu retten, dann ist es wahr, was du gesagt hast. Gott liebt mich auch. Er hat meine Gebete beantwortet." Erstaunen lag in Ethans Augen und in seiner Stimme.

Abigail lächelte, als sie ihre Hand auf seine legte. „Meine auch."

Kapitel 21

„Telegramm, Sir."

Obwohl Ethan einen unbeteiligten Gesichtsausdruck aufsetzte, raste sein Puls, als er das gefaltete Blatt Papier entgegennahm. „Danke, Gefreiter."

Das hier war es, worauf er gewartet hatte, die Antwort auf seine Erkundigungen. Obwohl er sich wie ein Verräter fühlte, hatte er dem Hotel ein Telegramm geschickt, um nachzufragen, ob sich irgendjemand an Oliver Setons Krankheit erinnerte. Es schien falsch, eine Bestätigung für den Bericht eines Freundes zu benötigen, doch Ethan wusste, dass er keine Wahl hatte. Er musste die Wahrheit herausfinden.

Er atmete einmal tief durch, bevor er das Telegramm auseinanderfaltete. Einen Moment später lachte er erleichtert, denn die Hotelbelegschaft bestätigte Olivers Geschichte. Der Hotelpage hatte bemerkt, dass es ihm nicht gut ging, und angeboten, einen Arzt zu rufen. Mehr noch, der Oberkellner erinnerte sich an die blonde Frau, die Olivers Abendessen bestellt und ausdrücklich darum gebeten hatte, dass die grünen Bohnen in Pilzbrühe gekocht würden.

Oliver hatte nicht gelogen. Das waren gute Neuigkeiten. Hervorragende Neuigkeiten. Unglücklicherweise half das Ethan keinen Schritt weiter, den Komplizen der Gesetzlosen zu finden.

Abigail lächelte, als sie Wasser für Pfützes Bad anwärmte. Der Welpe würde es nicht mögen. So sehr, wie er es liebte, sich in Matschpfützen zu wälzen, protestierte er jedes Mal, wenn sie ihn badete. Unglücklicherweise musste Pfütze, wenn er weiterhin im Haus leben wollte, sauberer werden. Sogar Charlotte, die sich nur selten beschwerte, hatte angesichts seines Geruches die Nase gerümpft. Zum Teil lag das zweifellos an der Medizin, die man ihm verabreicht hatte. Zum Teil hatte der Gestank aber auch mit der fortgesetzten Faszination des Hundes für alles, was fürchterlich roch, zu tun. Wenn er in Wesley leben würde, daran zweifelte Abigail nicht, hätte er sich sicherlich der nächtlichen Parade der Stinktierfamilie über den Marktplatz angeschlossen – ungeachtet der Konsequenzen. Tatsächlich hatte ihn seine Neugier beinahe umgebracht. An dem Morgen, an dem Ethan Pfütze zurückgebracht hatte, waren er und Abigail im Hinterhof auf ein teilweise gefressenes Eichhörnchen gestoßen. Anscheinend konnte Pfütze Eichhörnchenfleisch genauso wenig vertragen wie Oliver Pilze.

„Also gut, mein Junge. Es ist an der Zeit." Abigail griff nach dem Hund, der versuchte, sich unter der Bank zu verstecken, und hob ihn in die behelfsmäßige Badewanne. Als sie seinen Rücken einseifte, lächelte sie erneut. Die zwei Wochen, die seit Pfützes nächtlicher Erkrankung vergangen waren, waren die arbeitsreichsten und zugleich die glücklichsten ihres gesamten Aufenthalts gewesen.

Zum Teil hielt Pfützes Erziehung sie auf Trab. Als sich herausgestellt hatte, dass Charlotte kein Erfolg beschieden war, hatte Abigail die volle Verantwortung für seine Erziehung übernommen. Er verstand jetzt schon einfache Kommandos wie „Bring das her" oder „Komm", „Sitz" und „Platz".

Pfütze machte gute Fortschritte. Dafür war Abigail sehr dankbar. Noch dankbarer war sie dafür, dass er sich vollständig von seiner Eichhörnchenmahlzeit erholt hatte. Die größte Quelle für ihr Glück war allerdings Ethans neu gefundener Glaube. Die Veränderung war unverkennbar. Ethans Gang war schwungvoller, als hätte er ein gewaltiges Gewicht abgeworfen. Er lachte häufiger. Die leichten Sorgenfalten zwischen seinen Augen waren verschwunden, ersetzt durch einen Ausdruck des Friedens. Ethan war ein neuer Mensch. Obwohl Abigail wusste, dass er wegen der ungeklärten Postkutschenüberfälle immer noch beunruhigt war, schien es ihn nicht mehr so zu quälen wie zuvor. Stattdessen war er zuversichtlich, dass er die Bande schnappen würde … zu Gottes Zeitpunkt.

„Er lehrt mich Geduld", sagte Ethan eines Tages zu ihr, bevor sie mit Abigails Schießunterricht begannen.

Geduld war eine Lektion, die Abigail selbst noch lernen musste, denn sie ärgerte sich über ihre langsamen Fortschritte. Es stimmte, dass sie das Ziel jetzt meistens treffen konnte, aber es handelte sich um ein sehr großes Ziel. Ethan schien jedoch zu glauben, dass das bis jetzt gut genug war. Obwohl sie noch nie einen Volltreffer gelandet hatte, hatte er verkündet, dass sie nächste Woche ein kleineres Ziel benutzen würden. Abigail freute sich nicht gerade darauf.

Sie freute sich jedoch auf ihre abendlichen Spaziergänge. Jeden Abend gingen Abigail und Ethan mit Pfütze spazieren, damit er Bewegung bekam. Während der Welpe um sie herumtollte, unterhielten sie sich. Manchmal sprachen sie über bedeutsame Dinge wie über Ethans Bibellektüre. Zu anderen Zeitpunkten redeten sie über nichts Wichtigeres als darüber, ob die dunklen Wolken, die am Himmel standen, Hagel und Gewitter bringen würden. Die Themen spielten keine Rolle. Was eine Rolle spielte, war die Tatsache, dass Abigail Ethan durch die Unterhaltung immer besser verstand. Jeder Tag vertiefte ihre Freundschaft. Obwohl sie ihn erst wenige Monate kannte, konnte sie es nicht länger leugnen. Ethan bedeutete ihr mehr als irgendjemand sonst, sogar mehr als ihre Schwestern. Sie liebte ihn.

„Ja, Pfütze, es stimmt, ich liebe Ethan“, sagte Abigail sanft, als sie den Welpen aus der Badewanne zog und anfing, ihn trocken zu rubbeln.

Charlotte hatte recht gehabt, als sie gesagt hatte, dass Abigail den Mann ihres Lebens erkennen würde, sobald sie ihn traf. Anders als Charlottes Liebe für Jeffrey, die praktisch auf den ersten Blick entstanden war, hatte Abigails Liebe zu Ethan länger gebraucht, um sich zu entwickeln. Zuerst hatte sie die Tiefe ihrer Gefühle nicht erkannt, weil sie so anders waren als die, die sie für Woodrow empfand. Jetzt kannte sie die Wahrheit. Die Liebe, die sie Woodrow entgegenbrachte, war freundschaftliche Liebe. Ihre Gefühle für Woodrow gingen nicht tiefer als die, die sie zu einigen guten Freundinnen und Vertrauten empfand. Abigails Gefühle für Ethan waren vollkommen anders. Wenn sie mit Ethan zusammen war, fühlte sie sich vollständig. Obwohl ihr nicht bewusst gewesen war, dass es einen leeren Fleck tief in ihrem Inneren gab, war er jetzt, wo sie Ethan kannte und liebte, ausgefüllt.

„In Ordnung, Pfütze. Wir sind fertig.“ Abigail zog die Bürste ein letztes Mal durch Pfützes Fell, bevor sie den Hund in die Freiheit entließ. Als er sich um sich selbst drehte, um seinen Schwanz zu jagen, lachte sie laut.

Nur zwei Wochen, und doch hatte sich so viel verändert. Es war nicht nur Ethan, der sich verändert hatte; Abigail hatte sich ebenfalls verändert. Ethans Glaube hatte ihr eigenes Vertrauen auf Gott gestärkt und sie begreifen lassen, dass er der Mann war, den sie heiraten wollte, der Mann, mit dem sie den Rest ihres Lebens verbringen wollte. Obwohl sie nie über ihre Gefühle gesprochen hatten, gab es Situationen, in denen Abigail überzeugt war, dass Ethan ihre Sehnsüchte teilte. Es gab Momente, in denen sie einen wehmütigen Blick auffing, und Momente, in denen sein Lächeln besonders warm wirkte. War das Liebe? Obwohl sie hoffte, dass es so war, wusste Abigail, dass es auch noch eine andere Möglichkeit gab. Vielleicht sah Ethan nicht mehr in ihr als eine Schwester oder eine gute Freundin, so wie sie Woodrow inzwischen als guten Freund wahrnahm.

Pfütze winselte und kratzte an der Tür und erinnerte Abigail ungeduldig daran, dass er bereit war, nach draußen zu gehen. Sie ließ ihre Finger durch sein Fell gleiten und lächelte darüber, wie der Hund auf ihre sanfte Berührung reagierte. Woodrow hatte niemals einen Hund gewollt und behauptet, er mache zu viel Arbeit.

Woodrow. Abigails Lächeln verblasste bei dem Gedanken an den Mann, den sie einst hatte heiraten wollen. Sie wusste jetzt, dass sie ihn – egal, ob Ethan sie liebte oder nicht – nicht heiraten konnte. Das geordnete Leben, das er ihr anbot, war nicht länger das, was sie wollte. Was ihr einmal behaglich und geborgen vorgekommen war, erschien ihr jetzt langweilig. Abigail biss sich auf die Lippe, als sie daran dachte, wie sie Wyoming als langweilig beschrieben hatte. Das war es nicht. Wyoming war wunderschön und lebendig. Das Leben hier hatte sie auf eine Weise verändert, die sie niemals für möglich gehalten hätte. Was die Zukunft auch immer bereithalten mochte – Abigail wusste, dass sie diesen Sommer niemals vergessen würde, denn er hatte ihr gezeigt, was wahre Liebe war. Das war der Grund, weshalb sie Woodrow nicht heiraten konnte. Er verdiente eine Frau, die ihn so liebte wie sie Ethan.

Ihr Problem war, dass sie nicht wusste, wie sie es ihm sagen sollte. Sollte sie ihm einen Brief schicken oder warten, bis sie nach Vermont zurückkehrte, um ihre Sachen zu packen? In beiden Fällen wäre Woodrow enttäuscht, möglicherweise sogar verletzt, und das zu wissen, zerriss Abigail das Herz. Obwohl Woodrow ein guter Mann war, der nichts als Glück verdiente, war sie nicht diejenige, die ihm dieses Glück schenken konnte.

Abigail schloss die Augen und senkte ihren Kopf. „Guter Gott, du weißt, was in meinem Herzen ist. Zeige mir den Weg. Gib mir die Worte, die ich brauche."

Nachdem sie Pfütze an seinen Lieblingsbaum gebunden hatte, warf Abigail einen Blick auf ihre Kleidung und runzelte die Stirn. Die Schürze, die sie beim Baden getragen hatte, hatte ihren Rock nicht vor Pfützes ausgiebigem Schütteln bewahrt. Es war nicht zu übersehen, dass er ebenfalls etliche Wasserflecken abbekommen hatte. Es gab keine andere Möglichkeit, als den Rock zu wechseln und darauf zu hoffen, dass er schnell trocknen würde.

Als sie die Treppe hinaufging, kam leises Schluchzen aus Charlottes Zimmer. Abigail stutzte. Ihre Schwester war heute Nachmittag mit dem Nähkreis zum Tee verabredet gewesen. Warum hatte sie nicht gehört, dass sie zurückgekehrt war?

Nach einem flüchtigen Klopfen drehte Abigail am Türknauf und betrat das Zimmer ihrer Schwester.

„Was ist los?", fragte sie besorgt. Charlotte lag bäuchlings auf dem Bett, ihre Schultern bebten von der Wucht ihrer Schluchzer. „Ist mit dem Kind alles in Ordnung?"

Einen Moment lang war außer Charlottes Weinen nichts zu hören.

„Charlotte, bitte sag mir, was los ist. Du machst mir Angst!" Noch niemals zuvor hatte Abigail ihre Schwester so gesehen. Selbst als ihre Eltern gestorben waren, hatte Charlottes Trauer im Vergleich zu ihren Tränen jetzt noch verhalten gewirkt.

Ihre Schwester drehte sich mit tränenüberströmtem Gesicht um. „Oh, Abigail, ich weiß nicht, wie lange ich noch so weitermachen kann. Ich habe das Gefühl, eine Lüge zu leben."

Abigail sank neben Charlotte auf das Bett. Sie legte ihre Arme um Charlottes Schultern und zog sie in eine sitzende Position. „Manchmal hilft es zu reden", sagte Abigail, als sie ihrer Schwester ein gefaltetes Taschentuch reichte. „Du weißt, dass ich eine gute Zuhörerin bin."

Charlotte trocknete sich die Augen. „Ich wollte nicht, dass irgendjemand davon weiß. Heute, als Mrs Montgomery uns erzählt hat, wie sehr ihr Mann in sie vernarrt ist, konnte ich es nicht länger ertragen. Wenn ich dortgeblieben wäre, hätte ich meine Tränen nicht mehr zurückhalten können. Ich konnte doch nicht zulassen, dass jemand davon erfährt."

„Was erfährt?"

Charlottes Gesicht verzog sich erneut, als sie sagte: „Dass meine Ehe ein Fehler war."

Abigail versuchte, nicht zusammenzuzucken, als sie sich an das seltsame Parfum erinnerte. Obwohl sie sich seit Monaten Sorgen über ihre Schwester und Jeffrey machte, hatte sie versucht sich einzureden, dass sie sich irrte. Sie hatte gehofft, es gäbe einen harmlosen Grund dafür, dass Jeffrey nach dem Parfum einer anderen Frau roch.

„Warum denkst du das?", fragte Abigail. „Ich weiß, dass du Jeffrey liebst und dass er dich liebt. Ich sehe es in seinen Augen, wenn er mit dir zusammen ist."

„Er liebt mich nicht. Nicht mehr." Schluchzer ließen Charlottes Schultern erbeben. Sie schlug die Hände vor ihr Gesicht. „Ich schäme mich so. Ich dachte, ich könnte eine gute Ehefrau sein, aber ich habe versagt."

Arme Charlotte! Wenn sie das wirklich glaubte, war es kein Wunder, dass ihre Nerven so angespannt waren. „Du hast nicht versagt. Du bist eine gute Ehefrau und du wirst eine wundervolle Mutter sein."

Charlotte blickte auf, ihre Augen waren von Schmerz erfüllt. „Ich weiß, dass du mich liebst und ermutigen möchtest, aber das wird nicht funktionieren. Ich kann vor der Wahrheit nicht davonlaufen. Wenn Jeffrey glücklich mit mir wäre, würde er nicht beinahe jede Nacht mit einer anderen Frau verbringen. Ich bin nicht so dumm, wie er denkt. Ich kann das billige Parfum an seiner Kleidung riechen."

„Vielleicht gibt es eine gute Erklärung dafür." Abigail griff nach jedem Strohhalm, schließlich musste sie etwas tun, um ihre Schwester zu trösten.

„Was könnte das für eine sein? Die einzige Erklärung, die ich finden kann, ist die, dass Jeffrey entweder genug von mir hat oder verärgert ist, weil ich so oft krank war. Das Ergebnis ist dasselbe: Er verbringt Zeit mit einer dieser Frauen im ‚Peg's'."

So gern sie auch widersprechen wollte, Abigail konnte es nicht. „Ich hoffe, du irrst dich."

Charlotte schüttelte erneut den Kopf. „Ich irre mich nicht. Die einzige Frage ist die, ob ich weiterhin so leben kann." Sie berührte ihren Bauch. „Mein Kind braucht einen Vater, aber es braucht einen guten. Ich weiß nicht, ob Jeffrey ein guter Vater sein kann."

„Was willst du tun?"

Bestimmt dachte Charlotte nicht daran, Jeffrey zu verlassen. Obwohl sie mehr Geld und eine bessere Bildung hatte als Leah, würde es schwierig sein, allein zu leben. Und schließlich musste man auch noch an das Kind denken.

Charlotte schüttelte den Kopf. „Ich weiß es nicht. Alles, was ich weiß, ist, dass ich nicht länger so leben kann. Ich muss die Wahrheit wissen, aber …" Die Tränen begannen erneut zu fallen. „Oh Abigail, ich bin so ein Feigling. Ich habe Angst, ihn zu fragen. Ich will ihn nicht wissen lassen, dass ich ihm misstraue." Charlotte wischte sich über die Augen. „Ist das nicht dumm? Ich bin ganz krank vor Sorge, aber ich will nichts tun, was ihn verletzen könnte."

„Du liebst ihn." Und Charlotte war eine Friedensstifterin. Sie würde niemals jemanden mit solchen Vorwürfen konfrontieren, schon gar nicht jemanden, den sie so sehr liebte wie Jeffrey.

„Das tue ich. Ich wünschte nur, ich wäre so stark wie du. Dann könnte ich ihn fragen."

Abigail schloss für eine Sekunde ihre Augen, denn die Richtung, die die Unterhaltung nahm, gefiel ihr nicht. „Möchtest du, dass ich ihn frage?" Sie wollte sich nicht in die Ehe ihrer Schwester einmischen, aber wenn es etwas gab, das sie tun konnte, um Charlottes Schmerz zu lindern, dann würde sie das ohne zu zögern tun.

Charlotte schüttelte energisch den Kopf. „Nein. Das wäre falsch, aber könntest du …" Sie zögerte, bevor sie den Satz beendete. „Würdest du herausfinden, wohin er geht?"

Abigail nickte langsam. „Du weißt, dass ich alles für dich tun würde, Schwesterherz."

Ein schwaches Lächeln war Charlottes einzige Antwort.

Beim Abendessen waren keine Spuren von Tränen mehr auf Charlottes Gesicht zu sehen. Dass sie stiller war als sonst, schienen weder Ethan noch Jeffrey zu bemerken. Die Männer sprachen über das bevorstehende Baseballspiel. Als seine Mannschaft gewann, war Jeffrey in sichtlich guter Stimmung.

Aber als das Spiel vorbei war, kehrte er nicht nach Hause zurück. Er blieb lange genug auf dem Paradeplatz, um etliche der Kekse zu genießen, die Charlotte mitgebracht hatte, dann entfernte er sich ohne Erklärung. Obwohl Charlotte nichts sagte, sah Abigail den Schmerz in ihren Augen. Sie wusste, dass sie keine Wahl hatte. Sie musste tun, was sie versprochen hatte: herausfinden, wohin Jeffrey gegangen war.

Als sie und Ethan mit Pfütze spazieren gingen, warf Abigail einen genauen Blick auf den Offiziersclub. Hier behauptete Jeffrey die meisten Abende zu verbringen. Glücklicherweise war der Abend ungewöhnlich warm für Mitte September, sodass die Tür offen stand und es ihr möglich war, die Gäste zu erkennen. Um die Tische saßen viele Männer, die Karten spielten und Alkohol tranken, aber Jeffrey war nicht unter ihnen. Abigails Sorge wuchs, als ihr bewusst wurde, dass dies die Befürchtungen ihrer Schwester bestätigte. Aller Wahrscheinlichkeit nach war Jeffrey auf der Schweinefarm.

Abigail konnte sich nicht daran erinnern, worüber sie im weiteren Verlauf des Spazierganges mit Ethan sprach. Ihre Worte mussten jedoch sinnvolle Sätze geformt haben, was an sich schon ein kleines Wunder war, denn in ihrem Kopf hallten unaufhörlich nur wenige Worte: *Nein, Jeffrey, nein!*

Als sie ins Haus zurückkehrte, war Charlotte bereits im Bett. Nachdem Abigail Pfütze im hinteren Flur eingesperrt hatte, schlüpfte sie durch die Vordertür und eilte zu den Ställen. Obwohl der Soldat, der die Pferde bewachte, nicht davon begeistert war, weigerte er sich nicht, Sally zu satteln. Anscheinend akzeptierte er Abigails Erklärung, dass sie ihrer Schwester half. Das entsprach der Wahrheit, auch wenn die Hilfe, die sie leistete, nicht nur darin bestand, die Stute zu bewegen.

Sie hatte die Ställe verlassen und ritt in Richtung Brücke, als sie ihren Namen hörte. „Abigail! Wo willst du hin?“

Ihr Blick verfinsterte sich. Obwohl ihr Herz beim Klang von

Ethans Stimme normalerweise schneller geschlagen hätte, war dies ein Moment, in dem ihr seine Gegenwart alles andere als willkommen war. Er musste aus irgendeinem Grund bei den Kasernen der Kavallerie gewesen sein und kam jetzt eilig auf sie zu.

„Wo willst du hin?“, wiederholte er.

„Das möchte ich lieber nicht sagen. Es ist eine Familienangelegenheit.“ Ob Charlotte und sie sich nun irrten oder nicht, es war besser, wenn niemand – nicht einmal Ethan – von ihren Verdächtigungen wusste.

Selbst im schwachen Mondlicht konnte Abigail erkennen, dass Ethan die Stirn runzelte. „Ich kann nicht glauben, dass deine Familie weiß, dass du hier draußen bist.“ Als sie nichts sagte, fuhr er fort: „Ich werde nicht fragen, warum du denkst, dass das hier wichtig ist, aber du kannst das Fort bei Nacht nicht allein verlassen. Das ist nicht sicher. Ich würde mir jede Minute lang Sorgen machen, bis du zurückkehrst.“

Abigails Herz erwärmte sich angesichts der Besorgnis in seinem Tonfall, denn sie verriet ihr, dass sie ihm wichtig war ... zumindest ein bisschen.

„Lass mich dich begleiten“, sagte Ethan und legte seine Hand auf Sallys Zaumzeug. „Ich verspreche, das, was du tust, vertraulich zu behandeln. Ich werde es nicht einmal Jeffrey erzählen.“

Abigail schüttelte angesichts der unbeabsichtigten Ironie den Kopf. „Jeffrey wird es schnell genug erfahren. Der Grund, weshalb ich hier draußen bin, ist der, dass ich nach ihm suche. Ich hab gute Gründe zu glauben, dass er sich im ‚Peg's‘ befinden könnte.“

„Jeffrey?“ Ethans Stimme klang ungläubig. „Ich weiß, dass Oliver ein regelmäßiger Besucher ist, aber Jeffrey ...“

„Ich fürchte schon. Er ist nicht zu Hause und er ist nicht im Offiziersclub. Ich weiß wirklich nicht, wo er sonst sein könnte.“ Sie wollte das Parfum nicht erwähnen. Dieses Detail war zu offensichtlich.

Ethan zögerte einen Moment, bevor er nickte. „In Ordnung. Ich hole Samson und wir reiten zum ‚Peg's‘.“

Zum ersten Mal war das Schweigen zwischen ihnen, als sie durch die Nacht ritten, nicht entspannend und angenehm. Abigail wagte sich nicht vorzustellen, was Ethan dachte. Sie betete, dass Charlottes und ihre eigenen Befürchtungen unbegründet waren und dass Jeffrey sein Eheversprechen nicht gebrochen hatte.

Obwohl das Mondlicht viele Mängel verbarg, sah die Schweinefarm noch immer so verwahrlost aus wie im Tageslicht, als Abigail sie gesehen hatte. Das Licht von Öllampen schien durch die geöffneten Fenster, raues Gelächter waberte durch die Luft. Der Geruch von Zigarrenrauch und billigem Parfum ließ Abigail die Nase rümpfen.

Ethan zügelte sein Pferd vor der Haupteingangstür und stieg ab. „Dies ist kein Ort für eine Dame", sagte er und sah zu Abigail hinauf, „aber ich bezweifle, dass ich dich davon abbringen kann. Wirst du mich zumindest als Erstes hineingehen lassen?" Als sie den Kopf schüttelte, seufzte Ethan. „Du bist eine starrköpfige Frau." Aber er half ihr von der Stute herunter.

„Jeffrey ist meine Familie", sagte Abigail, als sie wieder festen Boden unter den Füßen hatte. Obwohl ihre Beine bei dem Gedanken an das, was sie im Inneren des verrauchten Raumes vorfinden könnte, zitterten, wusste sie, dass sie keine Wahl hatte. „Ich muss ihn finden."

Ethan öffnete die Tür und ließ sie vorangehen. Während sich bei der Aussicht, Jeffrey hier zu finden, alles in ihr zusammenzog, stand Abigail im Eingang und sah sich zögernd um. Eine Bar erstreckte sich über die gesamte Länge der hinteren Wand. Der Spiegel, der darüber hing, war so voller Schmutz, dass er Ethans und ihr eigenes Bild kaum reflektierte. Ein paar ebenso dreckige Gläser und Flaschen dekorierten zwei Regale. Vier kleine Tische standen dicht gedrängt in einer Ecke, während ein abgenutztes Klavier die entgegengesetzte Ecke ausfüllte.

Zwei Männer standen an der Bar und diskutierten offensichtlich mit dem Barmann, ein anderer saß an einem der kleinen Tische, wobei seine Aufmerksamkeit auf die spärlich bekleidete blonde Frau gerichtet war, die auf seinen Knien saß. Bei keinem der Männer handelte es sich allerdings um Jeffrey. Blieb noch der große Tisch in der Mitte des Raumes, wo acht Männer so vertieft in ihr Kartenspiel waren, dass sie Abigails Ankunft nicht bemerkt hatten.

Abigail machte einen Schritt vorwärts und war dankbar dafür, dass sich Ethan an ihrer Seite befand. Papa hätte das hier eine Lasterhöhle genannt, kein Ort für seine Tochter. Mama wäre schon bei dem bloßen Gedanken daran, dass Abigail einen Fuß hineinsetzen könnte, in Ohnmacht gefallen. Als sich die Tür hinter ihr und Ethan schloss, sahen sich die Gäste der Kneipe um.

Die Frau, die den Cowboy in der Ecke unterhalten hatte, sprang auf ihre Füße.

„Miss Harding", zischte Leah, während sie auf sie zukam. „Was tun Sie hier? Dies ist kein Ort für Sie."

Es war auch kein Ort für Leah, aber im Moment war Jeffrey Abigails größte Sorge.

„Ich suche nach meinem Schwager", erklärte sie. „Ist Leutnant Crowley hier?"

Als sich die Kartenspieler umgedreht hatten, hatte sie erkannt, dass es sich bei niemandem von ihnen um Jeffrey handelte. Das bedeutete jedoch nicht, dass er sich nicht auf dem Grundstück befand, denn er konnte in einem der Zimmer sein. Zumindest war er nicht bei Leah. Irgendwie tröstete dieser Gedanke Abigail.

Leah kaute auf ihrer Unterlippe herum, ihr Widerwille war offensichtlich. Es war klar, dass sie wusste, wo sich Jeffrey befand, und dass Abigails Frage ihr zu schaffen machte.

„Nein." Leah schüttelte den Kopf, was ihre goldenen Locken um ihre Schultern auf und ab hüpfen ließ. Sie blickte auf den Mann hinter der Bar, dann drehte sie sich ein Stück, sodass er nicht von ihren Lippen lesen konnte.

„Ja, ist er", sagte sie, wobei ihre Stimme so leise war, dass Abigail sie kaum hören konnte. „Er ist im Hinterzimmer." Als Abigail eine Augenbraue hob, anstatt die Frage zu stellen, erklärte Leah: „Der Eingang ist auf der anderen Seite. Das macht es irgendwie privater."

Abigail nickte. „Danke, Leah."

Als sie und Ethan wieder draußen waren, atmete Abigail einmal tief durch. „Du musst nicht mit mir kommen", sagte sie zu ihm. Obwohl Leah nichts gesagt hatte, vermutete Abigail, dass das Hinterzimmer der Ort war, wo die Frauen ihre Kunden unterhielten. Vielleicht bedeutete die gewisse Privatsphäre, dass es Pegs spezieller Raum war. Wenn Abigail die Tür öffnete, würde sie Jeffrey wahrscheinlich in Pegs Armen vorfinden.

„Ich werde dich nicht allein lassen." Ethan bot Abigail seinen

Arm. Dankbar legte sie ihre Hand darauf. Wenn er bemerkt hatte, dass sie zitterte, dann erwähnte er es nicht. Er schien es auch nicht zu bemerken, dass Abigail sich an ihn klammerte wie an einen Rettungsring. Es war gut, so unglaublich gut, dass er darauf bestanden hatte, sie zu begleiten. Jetzt, wo sie hier war und jeden Moment entdecken würde, wie Jeffrey seine Abende verbrachte, war Abigail sich sicher, dass sie das allein nicht geschafft hätte.

Sie und Ethan gingen um das Gebäude herum, wobei sie vorsichtig um den Müll herumstiegen, den der Wind hierhergeweht hatte. Als sie die Rückseite erreichten, atmete Abigail ein weiteres Mal tief durch, was sie sogleich aber bedauerte. Was auch immer hier abgeladen worden war, stank schlimmer als Pfütze vor seinem Bad. Anders als die Vorderseite des Gebäudes gab es auf der Rückseite keine Fenster. Nur das Licht, das zwischen Türrahmen und Türblatt hindurchschien, ließ erkennen, wo die Tür war.

Abigail hob ihre Hand, um zu klopfen, doch dann gab sie ein nervöses Lachen von sich. Obwohl es der Anstand von ihr verlangte, dass sie ihre Ankunft ankündigte, war diese Situation jenseits der Benimmregeln, die sie gelernt hatte.

Ethan stieß kurzerhand die Tür auf. Abigail starrte in den Raum, während sie von Erleichterung durchflutet wurde. *Danke, Herr.* Wie sie vermutet hatte, handelte es sich bei dem Zimmer um das von Peg, aber es war kein Schlafzimmer. Stattdessen enthielt der Raum einen runden Tisch, an dem sechs Männer Karten spielten, während Peg in einem grellen purpurfarbenen Kleid, die Haare in einem leuchtenden Mahagoniton, ihnen dabei zusah.

„Was wollen Sie?“, fragte sie fordernd, als Abigail und Ethan eintraten. „In diesem Raum ist Zutritt verboten.“ Der leichte Südstaatenakzent war jetzt ausgeprägter, vielleicht wegen ihres Ärgers. Denn es gab keinen Zweifel daran, dass Peg wütend war.

„Ich suche nach Leutnant Crowley.“

Abigails Schwager sollte eigentlich nicht hier sein. Doch er war es, der einzige Offizier in einem Raum, der offenbar nur dem Glücksspiel diente. Obwohl er Abigail den Rücken zudrehte, ließen sein Haar und die Form seiner Schultern keinen Zweifel an seiner Identität. Er musste ihre Stimme erkannt haben, ließ sich das aber nicht anmerken.

Pegs Lippen verzogen sich zu einem spöttischen Lächeln. „Jeffrey, dein Kindermädchen und ihr Begleitschutz sind hier."

Dieses Mal drehte sich Jeffrey um. Seine Sommersprossen hoben sich stark von seinem bleichen Gesicht ab. „Woher hast du das gewusst?" Die Frage schien eher an Ethan als an Abigail gerichtet zu sein.

Ethan legte seine Hand auf Abigails, als wolle er ihr Kraft geben. „Was wir zu sagen haben, sollte besser draußen gesagt werden."

Als Peg nickte, erhob sich Jeffrey. Er sammelte das Geld ein, das vor ihm aufgehäuft war, und stopfte es in seine Tasche.

„Warum seid ihr hier?", fragte er, als sie draußen waren und sich die Tür hinter ihnen geschlossen hatte.

„Mir stellt sich eher die Frage, warum du hier bist", konterte Ethan. „Bist du nicht der Mann, der gesagt hat, er würde alles für seine Frau tun?"

Selbst im schwachen Mondlicht war offensichtlich, dass Jeffreys Gesicht noch mehr Farbe verloren hatte. „Was hat Charlotte damit zu tun?"

Abigail funkelte ihn wütend an. „Charlotte macht sich fürchterliche Sorgen um dich. Sie stellt sich die schlimmsten Dinge vor."

„Du wirst ihr doch nicht erzählen, dass ich hier war, oder?"

Obwohl Abigail die Verzweiflung in Jeffreys Stimme hörte, gab es nur eine mögliche Antwort. „Ich kann dir dieses Versprechen nicht geben. Charlotte vermutet bereits, dass du hierherkommst. Entweder du erzählst ihr, was du hier tust, oder ich werde es tun. Sie muss die Wahrheit erfahren."

„Die Wahrheit ist, dass ich das hier für sie tue." Jeffrey sah Ethan an. „Du weißt, wie wenig man uns bezahlt. Ich konnte es mir nicht leisten, Charlotte all das zu geben, was sie verdient. Ich musste einen Weg finden, um an mehr Geld zu kommen."

„Und so hast du dich dem Glücksspiel zugewandt. Das Kartenspielen im Offiziersclub war nicht genug, also bist du hierhergekommen, wo die Einsätze höher waren." Obwohl Ethans Stimme Verachtung enthielt, wusste Abigail, dass Charlotte das Glücksspiel, so abscheulich es auch war, dem Ehebruch vorziehen würde.

„Wenn man so gut darin ist, wie ich es bin, ist es ein einfacher Weg, um an Geld zu kommen."

Der Stolz in Jeffreys Stimme weckte in Abigail den Wunsch, ihm eine Ohrfeige zu verpassen. Er machte sich so viele Gedanken darum, beim Baseball und Glücksspiel zu gewinnen, dass er nicht zu bemerken schien, dass er auf einem weit wichtigeren Gebiet am Verlieren war: in seiner Ehe. „Es ist auch ein einfacher Weg, um deine Frau zum Weinen zu bringen."

„Charlotte ist unglücklich?" Jeffrey schien überrascht, beinahe schockiert. Konnte er allen Ernstes geglaubt haben, dass Charlotte ihn nicht vermisste, wenn er beinahe jeden Abend weg war? Wie blind konnte er denn sein?

„Ich schlage vor, dass du sie selbst fragst." Abigail sprach ein stilles Gebet, dass ihre Schwester genug Mut haben würde, um Jeffrey genau zu erzählen, wie sie sich fühlte.

Ethan gab Jeffrey einen Schubs und dirigierte ihn in Richtung der Vorderseite des Gebäudes. „Lass uns gehen. Es sieht aus, als hättest du allerhand zu erklären."

Als Abigail am nächsten Morgen erwachte, hörte sie als Erstes Charlottes Gesang. Ihr lieblicher Sopran drang bis ins Obergeschoss und vermischte sich mit dem Geklirr von Geschirr und dem Pfeifen des Teekessels.

„Oh, Abigail, du hattest recht", sagte Charlotte, als Abigail die Küche betrat. „Es war nicht so schlimm, wie ich befürchtet hatte." Sie goss kochendes Wasser in den Teekessel, stellte ihn auf ein Tablett und reichte dieses Abigail, damit sie es ins Esszimmer tragen konnte.

„Jeffrey und ich haben letzte Nacht stundenlang geredet", fuhr Charlotte fort. „Mir war nie bewusst, dass er dachte, ich würde all diese ausgefallenen Dinge haben wollen." Sie deutete auf die feinen Tassen aus chinesischem Porzellan und auf die silberne Teekanne. „Sie sind nett, aber nicht, wenn das bedeutet, dass er spielen muss, um sie zu bezahlen."

Als sie im Esszimmer das Geschirr auf den Tisch gestellt hatten, wandte sich Charlotte an Abigail. „Jeffrey hat versprochen, nie wieder dorthin zurückzugehen. Er macht Schluss mit dem Glücksspiel." Sie umarmte Abigail. „Danke. Du bist die beste Schwester auf der ganzen Welt."

„Vor dir siehst du den glücklichsten Mann auf Erden." Das Grinsen, das Olivers Bekanntmachung begleitete, brachte sein eigentlich unattraktives Gesicht zum Leuchten. „Der Hauptmann hat sich für mich verbürgt. Er hat Melissas Vater ein Telegramm geschickt, woraufhin der seine Einwilligung erteilt hat. Ich werde Melissa heiraten!"

Ethan klopfte seinem Freund auf die Schulter. „Herzlichen Glückwunsch, alter Junge. Du hättest keine bessere Wahl treffen können." Anders als Abigail und die anderen Frauen, denen Oliver nachgejagt war, schien Melissa Westland sowohl zu Oliver als auch zu dem unsteten Militärleben zu passen. „Wann ist der glückliche Tag?"

Olivers Lächeln verblasste ein wenig. „Das ist der einzig unschöne Teil. Wir müssen beinahe zwei Wochen warten, bis ihre Eltern kommen. Das Gute daran ist allerdings, dass bis dahin auch das Verwaltungsgebäude fertig sein soll. Melissa freut sich darauf, die erste Braut in der Kapelle zu sein."

Braut. Kapellen. Die Worte riefen vor Ethans innerem Auge schmerzhaft deutliche Bilder von Abigail hervor, wie sie den Gang einer Kirche auf Woodrow zuschwebte. Sie hatte in letzter Zeit nicht über ihn gesprochen, aber das bedeutete nicht, dass sie ihre Hochzeitspläne geändert hätte. Ethan wollte lieber nicht darüber nachdenken und wandte seine Aufmerksamkeit wieder Oliver zu. „Das klingt, als wären große Veränderungen im Anmarsch."

Oliver grinste. „Sie haben bereits begonnen. Jetzt, wo ich heiraten werde, werde ich nicht mehr zur Schweinefarm gehen. Ich habe mich gestern Abend von Peg und ihren Mädchen verabschiedet." Er lachte leise. „Kannst du dir das vorstellen? Peg hat gefragt, ob sie zur Hochzeit eingeladen wird. Es schien ihr leidzutun, dass ich heirate."

Wahrscheinlicher war, dass es ihr leidtat, einen weiteren regelmäßigen Kunden zu verlieren. Erst Jeffrey, dann Oliver. Das konnte nicht gut sein für Pegs Geschäft.

„Mir tut es nicht leid", versicherte Ethan seinem Freund. „Ich freue mich für dich."

Olivers Grinsen wurde, wenn das möglich war, sogar noch breiter. „Deine Zeit kommt auch noch. Vergiss aber nicht, charmant zu sein. So angelt man sich nämlich eine Ehefrau."

Aber Worte, egal wie charmant, würden Ethan nicht helfen – denn die Frau, die er liebte, würde Woodrow heiraten.

Kapitel 22

Abigail lächelte, während sie ein Stück Brot mit Butter bestrich. Seit dem Abend, an dem sie und Ethan Jeffrey von der Schweinefarm nach Hause geholt hatten, waren beinahe zwei Wochen vergangen. Es waren die glücklichsten Wochen gewesen, an die sie sich erinnern konnte. Obwohl Jeffrey stiller wirkte als sonst und Charlotte nicht darüber sprach, was passiert war, entging Abigail nicht, dass die beiden zärtliche Blicke miteinander tauschten. Was auch immer zwischen ihnen passiert war, schien ihre Ehe zum Guten gewendet zu haben. Abigail war zutiefst dankbar.

Nicht nur Charlotte und Jeffrey waren glücklicher. Obwohl die Wegelagerer nicht gefasst worden waren, wirkte Ethan entspannter und ausgeglichener. Vielleicht lag es daran, dass es keine weiteren Raubüberfälle mehr gegeben hatte, vielleicht auch daran, dass er – wie beinahe jeder am Standort – mit den Vorbereitungen für Olivers und Melissas Hochzeit am heutigen Abend beschäftigt war. Ethan lächelte jetzt viel öfter und jedes Mal tat ihr Herz dabei einen Sprung. Bei Woodrow hatte sie sich niemals so gefühlt.

Woodrow. Abigails Lächeln verblasste, als sie daran dachte, dass sie einen Weg finden musste, um ihm zu sagen, dass sie ihn nicht heiraten konnte. Obwohl sie schon ein Dutzend Briefe an ihn begonnen hatte, hatte sie jeden wütend wieder zerrissen.

„Oh, ich hätte es beinahe vergessen." Jeffrey nickte Abigail zu, während er sich ein weiteres Stück Braten nahm. „Für dich ist ein Brief gekommen. Ich denke, er stammt von deinem Liebsten." Er griff in seine Tasche und reichte ihr den Umschlag.

Die Handschrift war unverkennbar Woodrows Schrift. Abigail überkamen erneut Schuldgefühle, weil sie so lange gezögert hatte, ihm die Wahrheit über ihre Gefühle mitzuteilen. Deshalb wartete sie, bis sie allein war, bevor sie den Umschlag öffnete. Es war unwahrscheinlich, dass der Brief mit Liebesbeteuerungen gefüllt sein würde, denn das war nicht Woodrows Stil. Trotzdem zitterten ihre Finger, als sie das dünne Papier hervorzog.

Liebe Abigail, hatte Woodrow geschrieben. *Dieser Sommer, den wir getrennt voneinander verbracht haben, hat mir Zeit zum Nachdenken gegeben.* Abigail riss erstaunt die Augen auf. Woodrow war kein nachdenklicher Mann. Wenn er einmal Pläne geschmiedet hatte, ließ er sich durch nichts davon abbringen, sie in die Tat umzusetzen. Was war geschehen, dass er sich geändert hatte? Waren ihre Gebete beantwortet worden? War es möglich, dass Gott diesen Sommer benutzt hatte, um gerade zu dem Zeitpunkt neue Seiten von Woodrow zum Vorschein zu bringen, in dem Abigail neue Seiten an sich selbst entdeckt hatte?

Es schmerzt mich, dies zu sagen, aber ich merke, dass ich dich nicht so gut kenne, wie ich dachte. Ich glaubte, du wolltest dieselben Dinge, die ich mir wünsche – in Wesley leben, an Miss Drexels Schule unterrichten, vielleicht sehen, wie eines Tages eines unserer Kinder Direktor der Schule wird. Das waren ihre Träume gewesen. Bevor sie ihren Fuß in den Zug nach Cheyenne gesetzt hatte, hatte Abigail nichts mehr gewollt, als diese Träume zu leben. Und dann hatte sich alles geändert.

Deine Briefe zeichnen ein anderes Bild. Ich sehe, dass du dich nach Abenteuer sehnst und mit einem Leben in Wesley niemals vollauf zufrieden sein würdest. Woodrow hatte recht. Irgendwie, auch wenn sie es nicht gemerkt hatte, musste sie ihren Sinneswandel in ihren Briefen deutlich gemacht haben. Es schien, als hätte Woodrow begriffen, was in ihr vor sich ging, noch bevor Abigail das bemerkt hatte. Ihre alten Träume hatten sich ebenso in Stücke aufgelöst wie die Seiten des alten Buches, das sie auf dem Dachboden der Schule gefunden hatte.

Ich weiß, dass deine Schwester krank ist, aber ich bin von einer Sache fest überzeugt: Wenn dein Herz hier wäre, dann wärst du zum Herbstsemester zurückgekehrt. Abigails Augen füllten sich mit Tränen, als sie den Schmerz hinter Woodrows Aussage erkannte. Was sie befürchtet hatte, war eingetreten. Sie hatte einen Mann verletzt, der nichts als Freundlichkeit von ihr verdiente. Sie hatte gehofft, ihm die Neuigkeiten sanft beizubringen, aber jetzt war es zu spät. Es gab keine Möglichkeit mehr, den Schaden wiedergutzumachen.

Dein Verhalten war eindeutig und ich habe die Botschaft verstanden. Weil du nicht die Frau bist, die ich in dir gesehen habe, haben die

Pläne, die ich für diese Frau gemacht habe, keine Gültigkeit mehr. Ein leichtes Lächeln umspielte Abigails Lippen. Dies war der Woodrow, den sie kannte – etwas wichtigtuerisch. Sie hatte schon immer vermutet, dass seine gelegentlich zu hochtrabende Ausdrucksweise seine Art war, um seine etwas unterdurchschnittliche Körpergröße zu kompensieren. Vielleicht war es aber auch einfach nur ein Versuch, seinen Schmerz zu verbergen.

Ich weiß, dass ich nicht das Recht habe, dir irgendwelche Ratschläge zu erteilen, aber ich gebe sie dir trotzdem. Bleibe in Wyoming. Du gehörst dorthin. Hatte er recht? Abigail war sich nicht sicher. Das Einzige, was sie wusste, war, dass sie nicht nach Vermont gehörte, um dort zu unterrichten und Woodrow zu heiraten.

Herzlichst, Woodrow Morgan. Herzlichst? Abigail hob eine Augenbraue. In der Vergangenheit hatte „In großer Zuneigung" oder einfach „Dein Woodrow" unter seinen Briefen gestanden. Die Förmlichkeit in Kombination mit der Benutzung seines Nachnamens machte Abigail deutlich, dass dies der letzte Brief war, den sie von ihm erhalten würde. Ihre Beziehung war beendet.

Ein Gefühl von Bedauern überkam sie, doch begriff sie noch im selben Moment, dass dies unvermeidlich gewesen war. Auch wenn Abigail nach Vermont zurückkehren würde, wäre ihre Beziehung belastet gewesen. Diese Situation hätte es unmöglich gemacht, an derselben Schule zu unterrichten. Sie würde die Tatsache, dass sie Woodrows Gefühle verletzt hatte, zwar immer bedauern. Aber dennoch verspürte Abigail ein Gefühl von Erleichterung darüber, dass sie es nicht geschafft hatte, ihren Brief an ihn zu beenden. Auf diese Weise konnte sich Woodrow damit trösten, dass er ihre Beziehung beendet hatte. Und hoffentlich würde er eines Tages eine Frau finden, die ihn so liebte, wie eine Ehefrau das tun sollte.

Abigail wollte gerade die eng beschriebenen Blätter in den Umschlag zurückstecken, als sie ein paar Zeilen bemerkte, die auf den Rücken des letzten Briefbogens gekritzelt waren. Das sah Woodrow überhaupt nicht ähnlich. Er betrachtete es als ein Zeichen für einen ungeordneten Verstand, ein Postskriptum hinzuzufügen. Er verbrachte Stunden damit, seinen Schülerinnen beizubringen, wie wichtig es war, klare, sorgfältig formulierte Briefe zu verfassen.

Neugierig zog Abigail die Blätter wieder heraus und las: *P.S. – Wenn du dies liest, werde ich mit Henrietta Walsh verheiratet sein.*

Es dauerte einen Moment, bis Abigail die Bedeutung dieser Worte erfasste. Dann aber lachte sie erleichtert auf, weil alle ihre Gebete beantwortet worden waren. Henrietta war die perfekte Frau für Woodrow. Obwohl sie ein bisschen jung war, schwärmte sie für ihn. Ihr Lebenstraum beschäftigte sich – wie bei Woodrow – nur mit einem Leben in Wesley. Henrietta war perfekt. Absolut perfekt.

Männer! Frances murmelte einen Fluch vor sich hin, als sie mit der lästigen Arbeit begann, die Bänder ihres Pompadours zu entknoten. Wenn sie sich über jemanden ärgerte, pflegte sie in die Bänder ihres Pompadours einen Knoten zu machen und so zu tun, als sei das die Schlinge um den Hals des Mannes. Auch wenn es sich dabei nur um reine Fantasie handelte, half das. Unglücklicherweise konnte sie nicht alle Männer umbringen. Sie brauchte sie, zumindest einige davon. Wenn sie nur nicht so schwierig wären ...

So lästig er auch war, leistete ihr der Baron wertvolle Dienste. Er war derjenige, der erfuhr, wann wohlhabende Leute zu reisen planten. Und wenn man die Juwelen, die sie stahlen, allzu leicht wiedererkennen konnte, dann war es der Baron, der Käufer fand. Frances konnte die Beziehung zu ihm nicht abbrechen. Noch nicht.

Bei ihren anderen Komplizen lag der Fall anders. Da war Schiller, der törichterweise glaubte, dass er einen größeren Anteil an der Beute verdiente, nur weil er verwundet worden war. Das war schon schlimm genug. Der andere allerdings war noch schlimmer. Wenn Schiller schon ein Dummkopf war, dann war der Mann im Fort, wie der Baron ihn nannte, ein Vollidiot. Er schien zu glauben, dass er sich aus der Sache herausziehen konnte und niemand sich darüber aufregen würde. Er behauptete, dass er es der Liebe seines Lebens schuldete, die Schweinefarm nicht mehr zu besuchen. Liebe! Wenn irgendetwas bewies, dass der Mann seinen Verstand verloren hatte, dann war es das. Liebe war ein Märchen für Dummköpfe.

Während sie den letzten Knoten öffnete, lachte Frances in sich hinein. Der Dummkopf und der Vollidiot brauchten beide eine

Lektion. Sie wusste auch schon genau, was das für eine Lektion sein würde. Es war perfekt. Sie würde zwei Fliegen mit einer Klappe schlagen. Selbst der Baron würde damit zufrieden sein.

Der Abend war kühl. Eine erste Ahnung von Frost lag in der Luft. Damit bestätigte sich Charlottes Beobachtung, dass der Herbst in dieser Gegend früh Einzug hielt. Abigail zitterte, als sie ihre Schwester zum Ort der Festivitäten des heutigen Abends begleitete. Obwohl der Kalender die letzten Tage des Septembers anzeigte, erinnerte sie das Wetter an den frühen November in Vermont. Auf warme Tage folgten ausgesprochen kühle Nächte, manche so kalt, dass Charlotte den Ofen im Wohnzimmer anmachte. Im Verwaltungsgebäude würde es heute Abend allerdings keine Notwendigkeit geben, einen Ofen anzuschüren. Da jeder im Fort mit dabei sein würde, würde der Theaterflügel nicht nur überfüllt, sondern auch überhitzt sein.

Obwohl es noch früh war, als Abigail und Charlotte ankamen, stellten sie fest, dass sich der Raum schnell mit Soldaten und ihren Familien füllte. Ihre überschwänglichen Begrüßungen wurden wie ein Echo von den Kalksteinwänden zurückgeworfen.

„Du siehst heute Abend besonders hübsch aus."

Abigail lächelte. Sie war sich nicht sicher, was ihr mehr Freude bereitete: Ethans Kompliment oder die Tatsache, dass er sie für ein kurzes Gespräch unter vier Augen zur Seite genommen hatte. Sie hatte nicht geglaubt, dass er sie sehen würde, denn ihr Platz hinter dem Klavier verbarg sie vor den Blicken der Gäste.

Abigail stand auf und machte einen Knicks. Dies brachte den Rock zur Geltung, den Charlotte unter großen Anstrengungen fertiggestellt hatte.

„Das liegt an dem neuen Kleid", sagte Abigail. „Charlotte hat darauf bestanden, dass ich etwas Besonderes für heute Abend brauche."

Abigail hatte sich darüber gefreut, dass Melissa sie gebeten hatte, anlässlich ihrer Hochzeit Klavier zu spielen. Noch mehr Freude empfand sie über Olivers unverkennbares Glück. Wie Woodrow hatte Oliver die Frau gefunden, die perfekt zu ihm passte. Jetzt blieb nur noch Ethan übrig, der Mann, der so dicht bei ihr stand, dass sie seinen warmen Atem spüren konnte.

Verlegen senkte Abigail ihren Blick auf ihr Abendkleid hinab. Der Schnitt der rostfarbenen Seide wirkte erstaunlich schlicht. Irgendwie hatte Charlotte den Rock ohne erkennbare Biesen und Falten drapiert, was Abigail das Gefühl gab, als trüge sie eine Säule aus schimmernder Seide. Es war ein Kleid, das einer Prinzessin würdig war.

Der Ausdruck in Ethans Augen trieb noch mehr Röte auf Abigails Wangen. Er neigte seinen Kopf zur Seite und tat so, als würde er das Kleid genauer betrachten.

„Das Kleid ist hübsch", räumte er ein, „aber es ist mehr als das. Du siehst anders aus. Ich weiß aber nicht, woran das liegt." Er zuckte unentschlossen mit den Achseln. „Mrs Eberle hat immer behauptet, ich sei das unaufmerksamste Kind, das sie jemals gesehen habe. Deshalb kann ich dir nicht sagen, was mir anders vorkommt. Ich weiß nur, dass da etwas ist."

Abigail legte die Notenblätter auf das Klavier und lächelte erneut. Wenngleich der Raum mit Menschen gefüllt war und ihre Stimmen, das Scharren von Stühlen und das Klackern von Stiefeln im Zusammenspiel alles andere als harmonisch klangen, fühlte sich diese Ecke wie eine Oase in dem Lärm an. Und obwohl es nicht die Umgebung war, die Abigail gewählt hätte, wollte sie, dass Ethan wusste, was geschehen war. Sie würde ihm nicht sagen, dass sie ihn liebte. Eine Dame konnte das nicht tun. Aber sie konnte ihm die Wahrheit über Woodrow erzählen.

„Du siehst wahrscheinlich Erleichterung."

„Wegen deiner Schwester?"

„Teilweise."

Seit der Nacht, in der Abigail und Ethan Jeffrey von der Schweinefarm weggeholt hatten, strahlte Charlotte vor Glück. Der Grund war offensichtlich, denn Jeffrey war jeden Abend zu Hause. An den Abenden, an denen er Baseball spielte, ging er mit Charlotte nach Hause, sobald das Spiel beendet war. An anderen Abenden verließ er das Haus erst, wenn er Dienst hatte. Charlotte war überglücklich. Zu ihrer und zu Abigails Erleichterung waren ihre mysteriösen

Leiden verschwunden. Vielleicht hatte Mrs Grayson mit der Annahme recht gehabt, dass Charlottes Krankheit eng mit ihren stark strapazierten Nerven zusammenhing.

„Charlotte ist ein Grund. Woodrow ist der andere." Als Ethan die Stirn runzelte, setzte Abigails Herz einen Schlag aus. Hatte sie recht? Bedeutete sie ihm etwas? War das der Grund, weshalb er nicht an Woodrow erinnert werden wollte? „Ich habe heute einen Brief von ihm bekommen."

Das Stirnrunzeln verschwand. Obwohl Ethan kurz nickte, blieb sein Gesicht so ausdruckslos, als sprächen sie über die Farbe des Garns für eine Stickerei. Vielleicht hatte sie sich geirrt, als sie geglaubt hatte, dass der Gedanke an Woodrow ihm zu schaffen machte. Es gab nur einen Weg, um es herauszufinden.

„Der Brief hat mich über seine Hochzeit informiert." Es war das erste Mal, dass Abigail die Worte aussprach. Charlotte war so mit den Plänen für den heutigen Abend beschäftigt gewesen, dass sie nicht nach dem Inhalt von Woodrows Brief gefragt hatte. Abigail war erleichtert darüber gewesen, denn tief in ihrem Herzen wusste sie, dass Ethan als Erster erfahren sollte, dass sie Woodrow nicht heiraten würde.

Ethan blinzelte und schüttelte den Kopf, als traue er seinen Ohren nicht. „Seine Hochzeit?"

„Mit einer der Schülerinnen aus unserer Akademie."

„Das tut mir leid."

Tat es das wirklich oder murmelte er nur die Worte, die von ihm erwartet wurden? Abigail hoffte, dass Letzteres der Fall war. „Mir nicht. Wie ich schon sagte, ich bin erleichtert." Sie atmete tief ein und dann langsam wieder aus, um ihre Gefühle unter Kontrolle zu bekommen. Es hing so viel davon ab, wie Ethan reagieren würde, wenn er den Rest ihrer Geschichte hörte. „Schon bevor ich den Brief erhielt, war mir klar, dass Woodrow nicht der Mann war, den ich heiraten kann. Ich habe mir Sorgen darüber gemacht, wie ich es ihm sagen soll, ohne ihn zu verletzen." Obwohl sie es kaum schaffte, das Zittern in ihren Händen zu unterdrücken, gelang Abigail ein schwaches Lächeln. „Ich hätte Gott vertrauen sollen. Er hatte einen besseren Plan. Woodrow war nicht verletzt – zumindest nicht sehr – und nun hat er die Frau, die er verdient."

Obwohl sein Gesicht teilnahmslos blieb, sah Abigail etwas – konnte es Erleichterung sein? – in Ethans Augen. „Wie steht's mit dir?"

„Ich warte noch darauf, dass Gott mir zeigt, welchen Plan er für mich hat." Abigail wusste, was sie wollte. Sie wollte Ethan heiraten. Was sie nicht wusste, war, ob das zu Gottes Plänen für sie passte.

Ethans Mund begann sich zu bewegen, als würde er lächeln oder etwas sagen wollen. Aber bevor er eins davon tun konnte, erschien Charlotte an seiner Seite. „Oliver sucht nach dir, Ethan. Es ist an der Zeit anzufangen."

Während er nickte, formte Ethan mit den Lippen das Wort „Später". Gespannte, aufgeregte Vorfreude erfüllte Abigails Herz.

Zwei Stunden später lächelte Abigail immer noch. Die Trauung war wunderschön gewesen, die perfekte Einweihung für das neue Gebäude. Jetzt, wo die Gäste anfingen zu gehen, suchte sie nach Ethan.

Als ob er ihre Gedanken gelesen hätte, tauchte er an ihrer Seite auf. „Ich könnte mir vorstellen, dass Pfütze bereit für einen Spaziergang ist. Darf ich dich begleiten?"

Obwohl sie dies als Entschuldigung, um mehr Zeit mit Ethan zu verbringen, sehr begrüßte, musste Abigail den Kopf schütteln. „Charlotte hat gesagt, sie und Jeffrey würden das heute Abend übernehmen."

„Darf ich dann vorschlagen, dass wir einen Spaziergang am Fluss entlang machen?"

Glück durchströmte Abigail. Dies war das „Später", das Ethan versprochen hatte.

„Das würde mich freuen", sagte sie, während sie nach ihrem Umhang griff. Als Ethan ihr diesen abnahm und ihn über ihre Schultern legte, lächelte sie. Vielleicht war es nur Einbildung, dass seine Hände ein bisschen länger als notwendig dort verweilten und dass die Wärme seiner Handflächen sie innerlich in Aufruhr versetzte. Vielleicht, aber nicht sehr wahrscheinlich. Den ganzen Abend über hatte sie sich an sein Lächeln erinnert und an die Art, wie er das Wort „Später" mit seinen Lippen geformt hatte. Das „Später" war gekommen und brachte beinahe unerträgliche Erwartung mit sich.

Sie gingen langsam nebeneinanderher, ihre Hand lag auf seinem

Arm, seine Hand über ihrer. Es war eine vollkommen angemessene Geste, das Verhalten eines Gentlemans. Es musste nicht mehr bedeuten als ganz gewöhnliche Höflichkeit. Und doch konnte Abigail die zitternde Freude nicht ignorieren, die sie durchfloss – und das nur, weil Ethans Hand auf ihrer lag. Bei Woodrow hatte sie sich niemals so gefühlt, aber sie hatte Woodrow auch nicht so geliebt wie Ethan.

War es möglich? Durfte sie hoffen, dass sie ihm genauso viel bedeutete wie er ihr? Konnte der Grund, weshalb Ethan Zeit mit ihr allein verbringen wollte, darin bestehen, dass er mit ihr über seine Gefühle sprechen wollte? Eine Dame konnte nicht fragen. Sie konnte nicht einmal eine Andeutung machen, denn das wäre höchst unangemessen. Alles, was sie tun konnte, war abzuwarten.

Sie befanden sich in Sichtweite der Brücke, als Ethan unter einer der Pappeln anhielt, die schon viele ihrer Blätter abgeworfen hatte. Das Mondlicht fiel durch das kahle Geäst. Als Ethan seine Hand von ihrer nahm, fühlte sich Abigail einen Moment lang wie beraubt, aber dann wandte er sich um, um sie anzusehen. Als er in ihre Augen blickte, sah sie die Tiefe seiner Gefühle.

„Abigail, ich möchte –"

„Findet den Hauptmann!" Ein heiserer Schrei zerriss die friedliche Atmosphäre. „Ein Mann wurde getötet!"

Was für eine Nacht! Die Gedanken wirbelten schneller durch Ethans Kopf, als sich seine Füße auf den Wachposten zubewegen konnten. Der Abend hatte besser begonnen, als er es in seinen kühnsten Träumen zu hoffen gewagt hatte. Als er von Woodrows Heirat erfahren hatte, hatte er sich gerade noch davon abhalten können, vor lauter Begeisterung laut zu jubeln. Abigail war nicht verlobt mit einem anderen Mann, nicht einmal mehr fast verlobt. Er hatte wie ein dummer Schuljunge gegrinst, als ihm klar geworden war, dass es eine Barriere weniger zwischen ihnen gab. Und dann, gerade als er ihr gestehen wollte, wie glücklich er darüber war, hatte Charlotte ihn unterbrochen. Es war Zeit für Olivers Hochzeit gewesen. Während der Zeremonie und des darauf folgenden Empfangs war

Ethans Herz mit Glück erfüllt gewesen. Unaufhörlich hatte er von dem Moment geträumt, in dem er mit Abigail allein sein würde und um die Erlaubnis bitten konnte, um sie zu werben.

Der Spaziergang am Fluss entlang hatte seine Vorfreude nur noch verstärkt. Es würde der perfekte Ort sein, die perfekte Zeit und irgendwie würde er auch die perfekten Worte finden, um ihr seine Liebe zu erklären. Alles war bereit. Alles war perfekt – bis zu dem Moment, als Ethan anfing zu sprechen und von den Rufen der Wache unterbrochen wurde.

Was für eine furchtbare Art, den Tag zu beenden. Ethan hatte Abigail allein nach Haus geschickt und ihr versprochen, so schnell wie möglich nachzukommen. Dann hatte er sich auf den Weg zur Brücke gemacht. Der Wachmann stand dort, seine Haltung war unnatürlich steif, die Pose eines Mannes, der aufgrund dessen, was er gesehen hatte, fassungslos war.

Ethan kam schlitternd zum Stehen.

„Danke, Gefreiter", sagte er und grüßte damit den Soldaten, der den Körper bewachte. „Wissen Sie, wer es ist?"

Der tote Mann war in eine Armeeuniform gekleidet, lag jedoch mit dem Gesicht nach unten. Das braune Haar, das unter seiner Mütze hervorlugte, konnte hundert Männern gehören.

„Nein, Sir. Ich wollte ihn nicht bewegen."

Ethan verstand den Widerwillen des Gefreiten. Dem Tod ins Auge zu sehen, war niemals leicht, aber jetzt war es Ethans Aufgabe. Er beugte sich hinab und drehte den Körper um. Als er den Mann erkannte, presste er die Lippen aufeinander. Es gab keinen Zweifel, wem diese leuchtend grünen Augen gehörten, die jetzt blind in den Nachthimmel starrten. Johann Schiller, ehemaliger Armeegefreiter, Deserteur und Bandit, würde nie wieder eine Postkutsche bedrohen. Ein Kopfschuss hatte sein Leben beendet.

„Nein, Sir", sagte Ethan eine halbe Stunde später, als er in Hauptmann Westlands Büro stand. „Ich weiß nicht, warum die Leiche hierhergebracht wurde."

Als die Männer den Körper des Gefreiten Schiller in eine Karre gehievt hatten, war unter seinem Körper kein Blut auf dem Boden gewesen. Diese Tatsache sowie die schon sehr niedrige Temperatur der Leiche hatten Ethan verraten, dass der Mord irgendwo anders stattgefunden haben musste. Wo? Wann? Und warum war Schiller zurück ins Fort gebracht worden? Ethan wusste es nicht.

„Vielleicht war es eine Warnung“, schlug er vor. Aber das führte zu einer anderen Frage. Eine Warnung für wen?

„Hast du irgendetwas erfahren?“ Abigail reichte Ethan die Leine. So begeistert, wie Pfütze an ihm hochsprang, war klar, dass er bei Ethan sein wollte. So ging es ihr auch. Es war schon beinahe ein ganzer Tag vergangen, seit Johann Schillers Leiche gefunden worden war, ein Tag, an dem die Gerüchteküche gebrodelt hatte. Obwohl Abigail gehofft hatte, dass das Fort bis zum Sonnenaufgang wieder zur Normalität zurückkehren würde, war das nicht der Fall. Es schien, als hätten die Neuigkeiten vom Tod des Deserteurs jedermann im Fort aufgeschreckt. Es kursierten die wildesten Theorien über den Mörder, wobei jede weniger glaubhaft war als die vorangegangene.

Abigail hatte den Gefreiten Schiller nur einmal gesehen. Das war unter ausgesprochen unangenehmen Umständen gewesen. Doch egal wie oft sie sich gewünscht hatte, dass der Gefreite Schiller seine gerechte Strafe bekäme und dass die Raubüberfälle aufhörten – sie hatte niemals seinen Tod gewollt. Charlotte, die nur flüchtig mit dem Gefreiten Bekanntschaft gemacht hatte, weil er schon bald nach ihrer und Jeffreys Ankunft im Fort desertiert war, hatte angesichts der Neuigkeiten geschaudert. Selbst Jeffrey, der einmal erklärt hatte, Ethan hätte den Gefreiten Schiller besser umbringen anstatt einfach nur verwunden sollen, hatte bestürzt gewirkt. Mit Ethan hatte Abigail noch nicht über den Mord sprechen können, denn er hatte bis in die späte Nacht hinein eine Unterredung mit Hauptmann Westland gehabt. Heute Morgen hatte er einen Suchtrupp zusammengestellt, der die Garnison bei Tagesanbruch verlassen hatte. Jetzt war er zurück, vielleicht mit Neuigkeiten.

„Wir haben nichts erfahren.“ Ethan schüttelte den Kopf, als er sich herabbeugte, um Pfützes Ohren zu kraulen. „Ich bin nicht überrascht. Diese Leute sind clever, aber ich hatte auf irgendetwas gehofft. Meine Männer und ich haben mit den Farmern aus der Nachbarschaft und mit jedem im ‚Peg's' gesprochen, aber die Antworten waren immer die gleichen. Niemand will irgendetwas gesehen oder gehört haben."

Obwohl sein Ton eher unbeteiligt klang, gelang es Ethan nicht, die Anspannung in seinen Händen zu verbergen. Abigail wusste, dass er erschüttert war. Die Postkutschenüberfälle hatten ihm schwer zu schaffen gemacht und Mord war noch viel schlimmer. Egal, wie sehr sie sich danach sehnte, die Magie der letzten Nacht zurückzuerlangen, es war unmöglich. Die Pflicht stand bei Ethan an erster Stelle. Und im Moment war es seine Pflicht herauszufinden, wer den Gefreiten Schiller getötet hatte und warum.

Ethan richtete sich wieder auf und begann mit dem Spaziergang, wobei er Pfütze an der langen Leine laufen ließ. „Wyoming ist ein großes Gebiet mit sehr wenigen Einwohnern. Es ist nicht schwer, sich hier irgendwo zu verstecken." Dieses Mal klang er ziemlich entmutigt, worüber Abigail erschrak.

„Ich bin schockiert!" Um ihre Worte zu unterstreichen, klatschte sie in die Hände und hoffte, die gespielte Überraschung würde ihn aufheitern. „Wenn meine Ohren mir keinen Streich spielen, hast du gerade etwas gefunden, das an Wyoming nicht ganz perfekt ist."

Als sich sein Blick erhellte, kicherte Abigail beinahe. Ihr Plan funktionierte. „Du hast mich voll erwischt", sagte Ethan lächelnd, „aber wenn *meine* Ohren mir keinen Streich spielen, klang es so, als würdest du diese Auffassung nicht teilen. Ist es möglich, dass du deine Meinung geändert hast?"

Über Wyoming vielleicht, aber nicht über die Notwendigkeit, Ethans Stimmung zu heben. Abigail legte den Zeigefinger warnend auf ihre Lippen und benutzte damit ein allgemein gültiges Zeichen für Geheimhaltung. Dann nickte sie.

„Du musst mir versprechen, es niemandem zu erzählen." Sie verlieh ihren Worten einen Hauch von Melodramatik. „Es stimmt. Du hast mein Geheimnis entdeckt. Ich glaube nicht länger, dass Wyoming der trostloseste Ort auf Erden ist."

Ethan neigte den Kopf zur Seite, als würde er über etwas nachdenken. „Was ist mit langweilig? Ich glaube, das war das Wort, das du in der Postkutsche verwendet hast."

Seine Stimmung hatte sich eindeutig gebessert. Abigail freute sich, doch sie versuchte, entspannt zu wirken. „Es hat eine Weile gedauert – wahrscheinlich sehr viel länger als bei dir –, aber ich weiß die offenen Weiten immer mehr zu schätzen. Es gibt Dinge in Wyoming, die ich wahrscheinlich niemals schön finden werde – wie Yuccas …"

„… und Klapperschlangen."

Abigail gab ein übertriebenes Schaudern von sich. „Ganz besonders Klapperschlangen. Aber ich habe festgestellt, dass die Prärie eine zarte Schönheit besitzt. Man muss danach suchen, aber irgendwie macht sie das noch wertvoller."

Ethans Lippen verzogen sich zu einem breiten Lächeln. „Das kann man von vielen Dingen im Leben sagen, nicht wahr?"

Abigail blickte in seine Augen und ihr Herz begann zu rasen. Dies war der Ethan, den sie letzte Nacht gesehen hatte. Niemals zuvor hatte Abigail eine solche Wärme in den Augen eines Mannes gesehen. Niemals zuvor hatte ein Lächeln den Eindruck erweckt, so viel zu versprechen. Niemals zuvor hatte Ethans Stimme so rätselhaft geklungen. Was meinte er?

Ethan runzelte die Stirn, als er seine Post auf den Tisch legte. Er hatte die perfekte Möglichkeit gehabt, um Abigail zu sagen, wie viel sie ihm bedeutete, aber anstatt ihr von seinen Absichten zu erzählen, hatte er über die Suche nach Johann Schillers Mörder gesprochen. Es war nicht nur die Tatsache, dass Hauptmann Westland ihn mit der Fahndung betraut hatte. Das war ein wichtiger Befehl und Ethan gehorchte Befehlen. Aber seine Verbissenheit hatte tiefere Gründe. Vielleicht war es eine Übertreibung zu sagen, dass er es als seine Mission betrachtete, aber Ethan verspürte den Drang, der Gerechtigkeit zum Sieg zu verhelfen. Die Tatsache, dass der Gefreite Schiller zahlreiche Verbrechen begangen hatte, entlastete seinen Mörder nicht.

Es stimmte, dass der Anblick von Schillers leblosen grünen Augen Ethan nicht mehr aus dem Kopf ging, aber das erklärte nicht sein Widerstreben, seine Gefühle für Abigail zum Ausdruck zu bringen. Er konnte es natürlich mit Vernunftgründen versuchen und behaupten, dass es keine ideale Umgebung für eine Liebeserklärung war, wenn man einen Hund an der Leine hatte und von jedem gesehen werden konnte, der den Offiziersclub verließ. Obwohl das der Wahrheit entsprach, handelte es sich hier nur um einen Teil der Gründe. Was ihn abgehalten hatte, war das Empfinden, dass der Zeitpunkt nicht richtig war. Es waren zu viele Dinge unerledigt. Schillers Tod war nur einer davon. Die Postkutschenüberfälle zu beenden war ein weiterer.

Und dann war da noch sein Großvater. Ethan zog erneut die Stirn in Falten, als er auf seine Post guckte. Ein schmaler Umschlag und ein Paket. Es war schon selten, überhaupt Post zu bekommen. Zwei Sachen an einem Tag waren eindeutig unüblich. Er blickte auf den Absender auf dem Umschlag und schüttelte leicht den Kopf, als ihm klar wurde, dass der Brief vom Rechtsanwalt seines Großvaters stammte. Der konnte warten. Der Inhalt des Paketes, das von Mrs Eberle kam, interessierte ihn viel mehr. Ethan hatte nichts Wertvolles zurückgelassen, als er aus dem braunen Sandsteingebäude geflohen war. Was konnte darin sein? Es gab nur eine Möglichkeit, es herauszufinden.

Vorsichtig knotete er das Band auf und wickelte die Kiste aus, dann hob er den Deckel an. Darunter kam ein Umschlag auf zwei wiederum eingewickelten Paketen zum Vorschein.

„Du solltest diese haben“, schrieb Mrs Eberle in ihrer ungeschulten Handschrift dazu. „Mr Wilson sagte, du sollst die Bibel haben.“ Das erklärte das größere der Pakete. „Ich habe das andere gefunden, als ich den Schreibtisch sauber gemacht habe.“

Ethan entfernte die braune Papierhülle von der Bibel, die sein Großvater in seinem Zimmer gehabt hatte. Mehr als einmal hatte er Ethan erzählt, dass sich das Buch, das in schwarzes Leder gebunden und auf dessen Deckel ein einfaches Kreuz geprägt war, schon seit Generationen im Besitz der Familie Wilson befand. „Dies ist die Geschichte meiner Familie“, hatte Großvater erklärt und es Ethan verboten, das Buch zu öffnen. „Das Register von Generationen und Generationen der Familie Wilson wird hier geführt. Die, die des

Namens Wilson nicht würdig waren, haben keinen Platz.“ Und das – Ethan wusste es, ohne fragen zu müssen – schloss ihn und seine Eltern mit ein.

Er fuhr die Umrisse des Kreuzes entlang und erinnerte sich daran, wie er sich als Kind danach gesehnt hatte, die Bibel zu öffnen und die Namen zu lesen, die darin eingetragen waren. Heute gab es niemanden, der ihn davon abhalten konnte. Obwohl er bei dem Gedanken, was er dort finden würde, zusammenzuckte, machte es keinen Sinn, es hinauszuzögern. Sein Großvater war tot und die Bibel gehörte Ethan. Sobald er die letzten Eintragungen auf den Familienseiten las, würde er die Wahrheit erfahren.

Ethan blätterte durch die ersten Seiten. Die frühen Generationen der Wilsons, deren Geburten, Hochzeiten und Todesfälle dort verzeichnet waren, interessierten ihn nicht. Es war die letzte Seite, die die wahren Gefühle seines Großvaters über ihn und seine Eltern offenbaren würde. War der Name seiner Mutter gestrichen, wie er es befürchtete?

Ethan blätterte ein letztes Mal um und starrte auf die Seiten. Anstelle der dicken schwarzen Linie, die er erwartet hatte, war die Geburt seiner Mutter noch lesbar. Und zu Ethans Erstaunen hatte Großvater nicht nur den Tod seiner Mutter, sondern auch ihre Heirat, die Daten von Geburt und Tod seines Vaters und Ethans eigene Geburt dort niedergeschrieben. Die Handschrift war zittrig und zeigte Ethan, dass sein Großvater viele Jahre gewartet hatte, bevor er die Familiengeschichte eingetragen hatte, aber die Aufzeichnungen waren da.

Während er auf den Beweis dafür blickte, dass sein Großvater doch nicht gleichgültig gewesen war, dass er sich doch nicht dafür entschieden hatte, die Erinnerungen an seine Tochter und ihre Familie auszulöschen, stiegen Ethan Tränen in die Augen. Obwohl Ethan davongelaufen war und sich sowohl äußerlich als auch innerlich entfremdet hatte, hatte Curtis Wilson ihn nicht verstoßen. Es war Ethan gewesen, der die Entfremdung aufrechterhalten hatte.

Wären die Dinge anders verlaufen, wenn er seinen Großvater nach seinem Abschluss in West Point besucht hätte? Wären sie in der Lage gewesen, als Erwachsene zu einer engen Beziehung zu finden? Hätten sie einander besser verstanden? Es war zu spät, um es zu erfahren, zu spät, um die Jahre des Schweigens rückgängig zu machen. Ethan schloss seine Augen und versuchte die Tränen zurückzuhalten. Er wusste, dass er es für den Rest seines Lebens bereuen würde, dass er es nicht versucht hatte.

Er griff nach seinem Stift. Vielleicht würde er eines Tages seine eigene Hochzeit und die Daten der Geburten seiner Kinder eintragen, aber jetzt gab es nur eine Eintragung, die zu machen war. Mit großer Sorgfalt schrieb er den Todestag seines Großvaters auf das vergilbte Papier.

Nachdem er die Bibel zugeklappt hatte, sah Ethan auf das andere Paket. Anders als die Bibel, die sich in braunem Papier befunden hatte, war dieses in etwas eingeschlagen, das nach dem eleganten Taschentuch einer Dame aussah. Außerdem war es mit einem verblassten pinkfarbenen Band umwickelt. Als Ethan das Monogramm an der Ecke des Taschentuchs sah, setzte sein Herz einen Moment lang aus und raste dann los, als würde es den verpassten Schlag wieder aufholen wollen. *VEW. Veronica Elaine Wilson.* Seine Mutter. Ethan atmete tief durch und versuchte, seine Gefühle zu kontrollieren. Er hatte geglaubt, dass sein Großvater das Eigentum seiner Tochter vernichtet hatte, aber es schien, als hätte er das nicht getan, genauso wenig, wie er sie aus der Familienbibel gestrichen hatte.

Ethans Herz füllte sich mit gespannter Erwartung. Er zog an dem Band, um die Schleife zu lösen, und entfernte dann das Taschentuch. Zum Vorschein kam ein kleines Paket mit vergilbten Briefen. Er starrte auf den ersten. Obwohl er den Namen und die Adresse seiner Mutter wiedererkannte, war ihm die Handschrift nicht vertraut. Er konnte nur erkennen, dass ein Mann diese Briefe geschrieben haben musste. Sollte er den Umschlag öffnen? Ethan zögerte und fragte sich, wer der Verfasser war. Dann aber lächelte er. Der Brief war an Veronica Bowles adressiert. Bowles, nicht Wilson. Die Briefe stammten von seinem Vater.

Ethan fuhr mit den Fingern über die sorgfältig gefalteten Briefe. Sein Vater hatte das hier geschrieben. Seine Finger hatten diesen Umschlag berührt, vielleicht hatten sie sogar über der Adresse verweilt, wie Ethans Finger das jetzt taten. Seine Mutter hatte den Brief gelesen und sich über die Worte gefreut, die ihr Ehemann geschrieben hatte. Vielleicht hatte sie die Briefe als Erinnerung für sich selbst behalten. Vielleicht hatte sie irgendwie gewusst, dass sie das einzige Erbe sein würden, das Ethan von seinem Vater erhalten würde. Vielleicht spielte es auch keine Rolle. Viel entscheidender war es, dass die Briefe Ethans einzige Verbindung zu seinen Eltern waren.

Als er innerlich mit sich selber stritt, ob er die Briefe nun lesen sollte oder nicht, schüttelte er schließlich den Kopf. Es war genug zu wissen, dass sie existierten. Langsam wickelte Ethan die Briefe wieder in das Taschentuch ein.

Er sah anders aus. Abigail warf einen forschenden Blick auf Ethan, der auf der gegenüberliegenden Seite des Mittagstisches saß. Seine Augen waren dunkler und mit etwas gefüllt, das sie nicht so ganz erkennen konnte. Es sah aus wie Bedauern und doch erkannte sie dort auch Frieden.

„Ich habe gehört, dass du heute allerhand Post gekriegt hast", sagte Jeffrey und wandte sich Ethan zu.

„Die Haushälterin meines Großvaters hat mir die Familienbibel und ein paar Briefe geschickt, die mein Vater geschrieben hatte."

Abigail nickte langsam. Die Briefe mussten der Grund für das Bedauern sein, das sie in Ethans Augen gesehen hatte. „Du hast sie vorher noch nie gelesen?"

„Ich habe nicht gewusst, dass sie existieren." Ethan legte seine Gabel zur Seite und sah Abigail an. „Es ist schwer zu erklären, aber es fühlt sich so an, als hätte man mir einen Schatz gegeben."

„Das hat man doch auch, nicht wahr?" Jeffreys Stimme enthielt einen Hauch von Ärger. „Jetzt, wo dein Großvater nicht mehr da ist, bist du Erbe seines Vermögens."

Ethan fuhr zusammen, als hätte man ihn geschlagen, bevor er kurz angebunden erwiderte: „Wenn ich es annehme."

„Was meinst du mit ‚wenn'?"

Ethan sah Jeffrey an. „Ich habe einen Brief vom Anwalt meines Großvaters erhalten, worin er mir erklärt, dass ich das Erbe ausschlagen kann. Ich vermute, dass mein Großvater zur Hälfte damit gerechnet hat, dass ich das tun würde. Darum hat er einen entfernten Cousin als eventuellen Begünstigten benannt." Als Jeffrey eine Augenbraue hob, fuhr Ethan fort: „Ich höre diesen Begriff zum ersten Mal, aber ich hatte bisher ja auch keinen Grund, etwas über eventuelle Begünstigte oder ähnliche Begrifflichkeiten zu wissen. Ich bin noch nie in einer solchen Situation gewesen."

„Was wirst du tun?" Die Frage kam von Charlotte, die sich bisher nicht zu Wort gemeldet hatte.

Ethan zuckte mit den Achseln. „Ich habe mich noch nicht entschieden." Er sah wieder Abigail an und lächelte, als sich ihre Blicke trafen. „Es hängt von vielem ab."

Kapitel 23

Hatte sie sich geirrt? Mittlerweile hatte Abigail schon dreimal den Eindruck gehabt, als wäre Ethan kurz davor, ihr zu erklären, dass sie ihm etwas bedeutete, vielleicht sogar, dass er sie liebte. Aber dann war er jedes Mal kurz vor den entscheidenden Worten verstummt. Das erste Mal war es an dem Abend passiert, an dem die Leiche des Gefreiten Schiller gefunden worden war, dann am darauffolgenden Abend, als sie mit Pfütze spazieren gegangen waren, und schließlich an dem Tag, an dem Ethan von seiner Erbschaft erfahren hatte. Abigail verstand, was ihn am ersten Abend abgehalten hatte, aber dass er am zweiten nichts gesagt hatte, verwirrte sie. An jenem Abend hatte Ethans Stimmung von Entmutigung zu offensichtlicher Zärtlichkeit gewechselt und war dann wieder zu einer sachlichen Unterhaltung über den Mord zurückgekehrt. Warum nur? Hatte er Angst vor ihrer Reaktion oder hatte sie sein Verhalten einfach falsch gedeutet? Bei dem Mittagessen, als er die Briefe seines Vaters erwähnt hatte, hatte Abigail natürlich nicht erwartet, dass er mehr dazu sagen würde. Schließlich waren Charlotte und Jeffrey dabei gewesen. Aufgrund des Blickes, den er ihr zugeworfen hatte, als er *„Es hängt von vielem ab"* gesagt hatte, war bei ihr allerdings der Eindruck entstanden, dass er mit ihr über das Vermächtnis seines Großvaters sprechen wollte. Sie verstand nicht, warum er das nicht längst getan hatte.

„Ich denke nicht, dass es noch sehr lange dauern wird."

Abigail starrte ihre Schwester an. Hatte Charlotte irgendwie ihre Gedanken gelesen? Nein. Charlotte sprach von ihrem Kind, denn sie legte ihre Hand auf ihren Bauch. Die beiden Schwestern befanden sich im Wohnzimmer und verliehen der Säuglingsausstattung den letzten Schliff, während Jeffrey – auf Charlottes Geheiß hin – im Offiziersclub war.

„Ich weiß, dass es nicht sehr interessant ist, mir beim Nähen zuzusehen", erklärte Charlotte. „Darum habe ich zu Jeffrey gesagt, dass ich nichts dagegen habe, wenn er ein paar Abende in der Woche in den Offiziersclub geht. Ich möchte nicht, dass er sich so langweilt wie du."

„Ich langweile mich nicht."

Charlottes Gesichtsausdruck zeigte ihre Zweifel. „Warum erwische ich dich dann so oft dabei, wie du in die Ferne starrst?"

Abigail errötete. Ihr war nicht klar gewesen, dass ihre Zerstreuung so offensichtlich war. „Ich denke nach."

„Über Ethan?"

„Ja." Es gab keinen Grund, es zu leugnen. Charlotte hatte bereits erraten, dass Abigail mehr als freundschaftliche Gefühle für ihn hegte. „Ich habe noch nie irgendjemandem gegenüber solche Gefühle gehabt. Ich denke die ganze Zeit an ihn."

Es schien, als würde alles sie an Ethan erinnern. Bei ihrem gestrigen Unterricht, in der sie eine Geschichte hatte lesen lassen, die von einem Geschwisterpaar handelte, hatte sie darüber nachgedacht, wie anders Ethans Leben möglicherweise verlaufen wäre, wenn er Geschwister gehabt hätte. Und heute, als sie zum Laden gegangen war, um noch eine Rolle Garn für Charlotte zu kaufen, hatte sie einen warmen Schal gesehen und sich gefragt, ob er Ethan wohl gefallen würde.

Charlottes Augen strahlten. „Das ist normal, wenn du verliebt bist. Du liebst Ethan und das macht ihn zum Zentrum deiner Gedanken. Das ist ganz selbstverständlich."

„Ich liebe ihn wirklich." Abigail fragte sich, ob sie jemals müde werden würde, diese Worte zu sagen. „Aber was, wenn er mich nicht liebt? Was mache ich dann?"

Charlotte beugte sich vor, um Abigails Hand zu streicheln. „Mach dir keine Sorgen. Ethan liebt dich. Ich kann es in seinen Augen sehen."

Oh, wie sehr Abigail das glauben wollte. Charlotte war eine verheiratete Frau. Sie wusste mehr über Männer als Abigail und dennoch … „Wenn er mich liebt, warum hat er dann nichts gesagt?"

„Ich weiß es nicht."

Ethan drehte den Docht herunter, um die Flamme zu löschen. Dadurch wurde der Raum in Dunkelheit getaucht. Es hatte keinen Zweck zu lesen, doch ins Bett zu klettern, um zu schlafen, war wahrscheinlich genauso aussichtslos. Wenn der heutige Abend wie die vergangenen war, würde er nicht schlafen können, denn es wirbelten immer noch Tausende Gedanken durch seinen Kopf. Der Mord an dem Gefreiten Schiller, der Tod seines Großvaters, die Briefe seines Vaters, Abigail. Immer Abigail. Egal, was er tat, er bekam sie nicht aus seinem Kopf. Allerdings wollte er das auch gar nicht, wenn er ehrlich zu sich selbst war.

Er lachte in sich hinein, als er die Laken zurückschlug und ins Bett schlüpfte. Es schien, als hätte er zumindest eine Sache von seinem Vater geerbt, und das war seine Faszination für eine Frau. Ethan hatte den ersten Brief aus dem Paket gelesen und gelächelt, als sein Vater Veronica – seiner Veronica, wie er sie nannte – gesagt hatte, dass er jede Stunde an jedem Tag an sie dachte. Die Worte bestätigten, was Ethan mittlerweile glaubte: dass Stephen Bowles genauso in Veronica verliebt gewesen war wie Ethan in Abigail.

Abigail. Ethan faltete seine Hände hinter seinem Nacken und lächelte. Er hatte alles geplant. Morgen würde er Jeffrey bitten, mit Charlotte einen Spaziergang zu machen und Ethan und Abigail allein zu lassen. Auch wenn der Abend kühl wäre, würden sie um des Anstands willen auf der Veranda sitzen, aber es wäre spät genug, um nicht von anderen unterbrochen zu werden. Sobald sie allein wären, würde er ihre Hand in die seine nehmen und ihr sagen, wie viel sie ihm bedeutete. Und dann … An dieser Stelle endeten Ethans Pläne. Was als Nächstes passieren würde, wusste er nicht, denn alles hing von Abigail ab. Er konnte nur hoffen, dass sie Zuneigung für ihn empfand.

Ethan schwang seine Beine über die Bettkante, denn ihm war klar geworden, dass es keinen Zweck hatte, so zu tun, als würde er schlafen. Genauso hatte es keinen Zweck, so zu tun, als wäre Zuneigung das Einzige, was er von Abigail wollte. Zuneigung war gut. Zuneigung empfanden Freunde oder Geschwister füreinander. Ethan wollte mehr. Viel mehr. Er wollte, dass Abigail ihn genauso liebte wie er sie.

Er ging zum Fenster hinüber und warf einen Blick nach draußen.

Als er einen Mann sah, der die Kasernen verließ, weiteten sich seine Augen. Seine verstohlenen Bewegungen, die Art, wie er seinen Kopf duckte und über die Schulter hinweg nach hinten blickte, als hätte er Angst, gesehen zu werden, sagte Ethan, dass er etwas im Schilde führte. Er warf sich in seine Kleidung und rannte nach draußen, aber er kam zu spät. Der Mann war weg.

„Leutnant, Sie müssen sie sehen." Die Worte des Sergeants kamen stoßweise, da er vom schnellen Laufen atemlos war. „Ich habe sie genau da liegen gelassen, wo sie waren."

Ethan blickte von dem Bericht auf, an dem er geschrieben hatte. „Was ist los, Sergeant?"

„Ich denke, Sie sollten sie sehen. Drüben in den Kasernen."

„Was sehen?"

Der Sergeant schüttelte nur den Kopf. „Am besten, Sie schauen es sich selbst an."

Als sie die Kasernen erreichten, starrte Ethan auf den schwachen Schimmer von Gold und Rot, der nur zum Teil hinter der Truhe eines Soldaten verborgen war. Kein Wunder, dass der Sergeant beunruhigt war. Männer bewahrten ihren Besitz nicht außerhalb ihrer Truhen auf und sie ließen ganz sicher keinen wertvollen Schmuck auf dem Boden liegen. Es gab keinen Zweifel, dass es sich bei dem, was der Sergeant gefunden hatte, um die goldenen Rubinohrringe einer Frau handelte.

„Die sehen aus, als handele es sich um jene, die bei dem letzten Postkutschenraub als gestohlen gemeldet wurden", sagte Ethan, mehr zu sich selbst als zu dem Sergeant.

Der Sergeant nickte. „Das habe ich mir auch gedacht. Ich schätze, Dietrich hat da was zu erklären."

Ethan runzelte die Stirn, als er den Namen auf der Truhe las. Immer wenn irgendetwas Verdächtiges passierte, schien Dietrich Keller mittendrin zu stecken. Obwohl er in der Vergangenheit vernünftige Erklärungen geliefert hatte, konnte man die Tatsache, dass Diebesgut neben seiner Truhe lag, nicht ignorieren. Wie konnte der Mann so sorglos oder so dumm gewesen sein, sie an einem Ort zu hinterlassen, an dem jeder sie finden konnte? Die Ohrringe waren klein genug, um sie in einer Uhrtasche zu verstauen, wo niemand sie gesehen hätte.

Ethan wandte sich an den Sergeant. „Sagen Sie Korporal Keller, dass er mir Bericht erstatten soll."

Als der Mann kam, verschwendete Ethan keine Worte, sondern hielt ihm einfach nur die Ohrringe hin. „Erklären Sie mir, weshalb sich diese neben ihrer Truhe befunden haben, Korporal Keller."

„Was haben Sie dort?", fragte Dietrich überrascht.

Obwohl er ehrlich verwirrt aussah, wusste Ethan, dass ein Mann, der bereit war zu stehlen, auch gut darin sein konnte, seine Gefühle zu verstellen. Hatten er und Jeffrey nicht beide geäußert, dass Dietrich Keller schlauer war als viele andere der Männer? Das hier konnte Teil seiner Schauspielerkunst sein.

Der Sergeant schnaubte. „Ich schätze nicht, dass Ihnen Leutnant Bowles diese Unschuldsmasche abkaufen wird. Wir wissen, dass Sie sie gestohlen haben. Es ist wahrscheinlich, dass Sie in die Postkutschenüberfälle verwickelt sind. Könnte auch sein, dass Sie derjenige sind, der Schiller getötet hat."

Die Farbe wich aus Dietrichs Gesicht. Er sprudelte einige Worte heraus, doch alles auf Deutsch.

„Englisch, Korporal."

Trotz Ethans Ermahnung fuhr der Mann fort, in Deutsch zu brabbeln. Obwohl es sich um ein Täuschungsmanöver handeln konnte, vermutete Ethan, dass der Mann so verstört war, dass er in seine Muttersprache verfiel.

„Holen Sie mir Miss Harding", befahl er dem Sergeant. „Vielleicht kann sie übersetzen."

Es dauerte einige Minuten, bis Abigail in höchster Eile erschien – was deutlich daran zu erkennen war, dass ihr Hut ziemlich schief auf ihrem Kopf saß. Trotzdem war sie auch mit verrutschter Kopfbedeckung die schönste Frau, die Ethan jemals gesehen hatte. Es war verrückt. Er befand sich in einer Situation, in der er weder ein noch aus wusste, und doch hob sich seine Stimmung bei ihrem Anblick. Allein war er frustriert gewesen; doch vielleicht waren sie gemeinsam in der Lage, diesem Durcheinander auf den Grund zu gehen.

„Was ist los?" Abigail blickte von Ethan zu Korporal Keller, wobei etwas an ihrem Gesichtsausdruck ihn daran erinnerte, dass der Korporal einer ihrer Schüler war. Er bezweifelte, dass sie Situationen wie diese hier in der netten Mädchenschule in Vermont erlebt hatte.

Ethan erklärte, was der Sergeant gefunden hatte und dass Dietrich anscheinend nicht in der Lage war, englisch zu sprechen. „Ich fürchte, ich brauche einen Dolmetscher. Würdest du den Korporal fragen, woher er diese Ohrringe hat und warum er gegen 22.30 Uhr gestern Abend die Kaserne verlassen hat?"

Als Abigail die Fragen stellte, gestikulierte Dietrich wild herum und schüttelte den Kopf, während die Worte wie ein Wasserfall aus ihm heraussprudelten. Abigail hörte sorgfältig zu, bevor sie sich wieder Ethan zuwandte.

„Er sagt, dass er die Ohrringe zum ersten Mal gesehen hat, als du sie ihm eben gezeigt hast. Was die andere Frage anbelangt, hat er nur zögernd geantwortet. Schließlich hat er aber doch zugegeben, dass er um 22.30 Uhr nicht in der Kaserne war. Er ist gegen 21.00 Uhr gegangen und erst nach Mitternacht zurückgekehrt."

Ethan wandte sich an den Sergeant, der die Tür bewacht hatte, als würde er damit rechnen, dass Korporal Keller fliehen könnte. „Wenn er die Wahrheit sagt, muss ihn jemand gesehen haben."

Während die meisten Männer um 22.30 Uhr, als Ethan den Mann die Kaserne hatte verlassen sehen, wahrscheinlich schon geschlafen hatten, dürften zumindest ein paar um 21.00 Uhr noch wach gewesen sein.

„Sehen Sie, was Sie in Erfahrung bringen können", wies Ethan den Sergeant an.

Als er eilig gegangen war, wandte sich Ethan wieder an Abigail. „Wohin ist Korporal Keller gestern Abend gegangen?"

„Ins ‚Peg's'. Er sagt, dass er den Abend mit Leah verbracht hat und erst nach Mitternacht zurückgekehrt ist."

„Ist das wahr?" Ethan sprach Dietrich direkt an.

„Ja", antwortete der Korporal.

Ein paar Minuten später kehrte der Sergeant zurück. „Der Gefreite Harrison bestätigt Kellers Geschichte. Er sagte, er hätte gehört, wie er um 21.00 Uhr die Kaserne verlassen hat, aber er kann nicht sagen, wann er zurückgekehrt ist."

Obwohl es so klang, als würde der Korporal die Wahrheit sagen – zumindest über seinen gestrigen Aufenthaltsort –, durfte Ethan kein Risiko eingehen. Es war möglich, dass Dietrich mehr getan hatte, als Leah zu besuchen. Er konnte genauso gut einen Teil der gestohlenen Güter abgeholt haben. Unglücklicherweise berücksichtigte diese Theorie nicht den Mann, den Ethan gestern bei Nacht und Nebel die Kasernen hatte verlassen sehen.

Ethan nickte dem Sergeant zu. „Bringen Sie Korporal Keller ins Wachhaus und halten Sie ihn dort fest, bis ich zurückkehre." Als die beiden Männer gegangen waren, wandte sich Ethan an Abigail. „Wärst du bereit, mit mir zu kommen? Leah wird wahrscheinlich eher mit dir sprechen als mit mir."

„Glaubst du Korporal Keller nicht?"

Ethan antwortete nicht direkt. „Ich muss sicher sein."

Abigail sah Zweifel in seinen Augen, als wäre er genauso verwundert darüber wie sie, dass ein anscheinend intelligenter Mann solch belastende Beweismittel offen liegen ließ.

Ethan nickte kurz. „Ich würde meinen Auftrag nicht richtig erledigen, wenn ich nicht versuchen würde, die Aussage des Mannes zu überprüfen. Wirst du mir helfen?"

Natürlich würde sie das. Abigail würde alles tun, was sie konnte, um ihm zu helfen. Und Korporal Keller. Auch wenn Ethan vielleicht nicht überzeugt war, hatte sie keine Zweifel, dass ihr Schüler unschuldig war – zumindest was die Anschuldigungen betraf, die schwerer wogen als die Tatsache, dass er das Fort ohne Erlaubnis verlassen hatte.

Als sie die Schweinefarm erreichten, war der Hof leer, aber das Geräusch von Hufgetrappel lockte eine Frau aus der Haupteingangstür. Obwohl sie nicht länger das leuchtend purpurrote Kleid trug und auch ihr Haar einfacher frisiert war, wirkte Pegs Gesicht genauso verärgert wie in der Nacht, in der Abigail und Ethan Jeffrey hier vorgefunden hatten.

„Ihr schon wieder?" Peg schüttelte empört ihren Kopf und setzte dadurch eine Welle süßlichen Parfums frei. „Jeffrey ist nicht hier."

„Das wissen wir", antwortete Ethan, während er vom Pferd stieg und Abigail von Sally herunterhalf. „Wir möchten gern mit Leah sprechen."

Pegs Lippen verzogen sich zu einem spöttischen Lächeln. „Wenn Männer hierherkommen, dann nicht, um mit meinen Mädchen zu *sprechen.*"

Obwohl Abigail nicht erklären konnte, warum das so war, richteten sich die Härchen in ihrem Nacken auf. Irgendetwas an Peg beunruhigte sie und weckte den Hauch einer Erinnerung in ihr. Wie Abigail das hasste! Der Gedanke war zum Greifen nah, ließ sich aber einfach nicht einfangen. Sie kniff die Augen zusammen und versuchte, sich auf die Frau zu konzentrieren, die nur einen Meter entfernt von ihr stand. „Wir bezahlen für ihre Zeit, wenn es das ist, worüber Sie sich Sorgen machen."

„Ich mach mir keine Sorgen über das Geld", schnaubte Peg. „Ich hab einfach keine Lust, euch hier zu haben. Leute wie ihr sind schlecht fürs Geschäft." Sie neigte den Kopf zur Seite, als würde sie den Schaden berechnen, den sie allein durch ihre Gegenwart anrichten konnten. Schließlich nickte sie, wobei ihr Widerwille jedoch offensichtlich war. „Leah ist in der dritten Hütte. Macht's kurz."

„Danke." Bevor Peg ihre Meinung ändern konnte, machte sich Abigail auf den Weg zu Leahs Hütte.

„Peg erinnert mich an jemanden", sagte Abigail zu Ethan. „Ich wünschte, ich wüsste, an wen. Ich habe das Gefühl, dass es wichtig ist, aber ich kann nicht erklären, warum."

Ethan zuckte die Achseln. „Mich solltest du nicht fragen. Habe ich dir nicht gesagt, dass ich der unaufmerksamste Mann bin, der jemals geboren wurde? Du erinnerst dich wahrscheinlich nur an die Nacht, in der wir sie mit Jeffrey gesehen haben."

Das war möglich, aber Abigail bezweifelte es. Ihr Instinkt war an jenem Abend oder an dem Tag, an dem sie Peg zum ersten Mal getroffen hatte, nicht geweckt worden, aber jetzt schrie er ihr förmlich etwas zu. „Eine Sache, die mich stört, ist Pegs Art zu sprechen. Sie war an jenem Abend, als wir Jeffrey gesucht haben, anders – irgendwie kultivierter. Ich erinnere mich an die gedehnte Aussprache, die für die Südstaaten typisch ist."

Ethan zuckte erneut die Achseln. „Ich erinnere mich nicht daran, dass irgendetwas anders war. Um ehrlich zu sein, war es mir nur wichtig, Jeffrey da rauszukriegen."

Sie hatten die dritte Hütte erreicht. Ethan wollte an die Tür klopfen, aber Abigail hielt ihn mit einer Handbewegung zurück.

„Leah", sagte sie, als sie sanfter klopfte, als Ethan das getan hätte. „Hier ist Abigail Harding. Ich bin mit Leutnant Bowles hier. Wir würden dir gern ein paar Fragen stellen."

Ein Stuhl scharrte über den Boden und es raschelte, dann wurde die Tür geöffnet. Als Leah zum Vorschein kam, hatte sie ein Tuch um ihre Schultern gelegt und hielt es krampfhaft fest. Zugleich bewies ihr zerzaustes Haar, dass sie geweckt worden war.

„Worum geht es?", fragte Leah. Ohne die übliche Schminke sah ihr Gesicht jung aus, beinahe unschuldig, obwohl ihre Augen erkennen ließen, welchen Tribut die Jahre im „Peg's" gefordert hatten. Sie musterte sowohl Abigail als auch Ethan mit Argwohn.

Ethan trat einen Schritt vor, bevor er sagte: „Wir sind wegen Korporal Keller hier. Wann haben Sie ihn zuletzt gesehen?"

Die Art, wie Leahs Lippen schmaler wurden und ihre Finger das Tuch umklammerten, ließ keinen Zweifel daran, dass sie eigentlich nicht antworten wollte.

„Sag uns die Wahrheit", drängte Abigail die junge Frau. „Es ist in Ordnung. Du wirst dem Korporal nicht schaden."

Leahs Blick wanderte von Abigail zu Ethan und wieder zurück, wobei ihr Widerwille beinahe greifbar war. Erst als Abigail ihr erneut aufmunternd zulächelte, sagte sie: „Dietrich war gestern Abend hier. Ich weiß, dass er das Fort nicht verlassen soll, aber das hat er."

Als Ethan nichts sagte, fuhr Abigail mit der Befragung fort. „Erinnerst du dich daran, wann Dietrich kam und wie lange er geblieben ist?" Wenn Leah ihn entlasten sollte, mussten die Zeiten übereinstimmen.

Leah nickte. „Er ist vor halb zehn gekommen und erst nach Mitternacht wieder gegangen."

„Sind Sie sicher?" Ethans Stimme war schroffer, als Abigail es für gut befunden hätte, und sie sah, wie Leah zusammenzuckte.

„Ich bin sicher. Er hat doch keine Schwierigkeiten, oder?" Zwischen Leahs Augen bildeten sich ein paar Sorgenfalten und ihre Stimme wurde brüchig. „Er ist nur gekommen, um mich zu beschützen. Ich wusste, dass gestern Abend einer der Farmer erwartet wurde. Ein unangenehmer Kerl. Er geht ziemlich grob mit den

Mädchen um, wenn er getrunken hat, und an den meisten Abenden hat er das.“

Abigail behielt ihren teilnahmslosen Gesichtsausdruck bei, obwohl ihr die Situation von Leah und all den anderen, die der Grausamkeit des Farmers ausgesetzt waren, das Herz zerriss.

„Ich hab Dietrich von ihm erzählt“, fuhr Leah fort, „und er hat gesagt, er würde kommen. Er hat für meine Zeit bezahlt, sodass ich den Farmer nicht unterhalten musste. Sie werden ihn doch deswegen nicht ins Wachhaus stecken, oder?“

Ethan schüttelte den Kopf. „Das habe ich nicht zu entscheiden.“

Leah trat einen Schritt vor und legte ihre Hand auf Abigails Arm. „Dietrich ist ein guter Mann und ich tu das nich nur sagen …“ Sie errötete, dann korrigierte sie sich. „Ich sage das nicht nur, weil er mich heiraten will.“ Sie blickte zu Ethan auf. „Dietrich sagte, der Hauptmann muss seine Einwilligung erteilen. Denken Sie, dass er das tun wird?“

Eine Sekunde lang dachte Abigail, Ethan würde den Kopf schütteln. Doch dann sagte er stattdessen: „Ich werde mit ihm reden.“

Als Leah jetzt nickte, war ihr Lächeln voller Freude. „Danke, Herr Leutnant.“

ꕥ

„Ich glaube ihr“, sagte Abigail, als sie und Ethan von der Schweinefarm wegritten.

„Ich auch. Irgendjemand hat versucht, Dietrich etwas anzuhängen.“

„Ganz offensichtlich, aber warum?“

Ein Windstoß blies einen Fuchsschwanz vor ihre Pferde und sorgte dafür, dass Sally zur Seite tänzelte. Ethan wartete, bis Abigail wieder neben ihm ritt, bevor er sagte: „Es liegt wahrscheinlich daran, dass er ein Einwanderer ist. Jeder weiß, dass Johann Schiller etwas mit den Raubüberfällen zu tun hatte. Jemand will mich glauben lassen, dass Dietrich ebenfalls darin verwickelt war.“

„Wer würde so etwas tun?“

Ethan schwieg einen Moment lang. Als er sprach, sagte er nur: „Ich wünschte, ich wüsste es.“

Allerdings verriet Abigail irgendetwas in seinem Gesichtsausdruck, dass er einen Verdacht hatte.

☙

Jemand war in seinem Zimmer gewesen. Ethan wusste es in dem Moment, als er die Tür öffnete. Er hatte irgendeine Art von Reaktion auf das erwartet, was er heute getan hatte, aber nicht das hier. Er bezweifelte, dass irgendjemand verärgert darüber sein würde, dass er Hauptmann Westland gebeten hatte, Korporal Kellers Hochzeit mit Leah zu genehmigen und ihn nur zu zehn Tagen statt einem ganzen Monat im Wachhaus zu verurteilen. Ganz anders verhielt es sich jedoch mit seiner Vermutung, dass einer der Offiziere in die Raubüberfälle verwickelt war und in den Versuch, Korporal Keller in die ganze Sache mit hineinzuziehen. Seit seine Vermutung dazu geführt hatte, dass Hauptmann Westland jeden Offizier einer genauen Befragung unterzog, hatte Ethan durchaus eine Reaktion erwartet. Allerdings hatte er nicht geglaubt, dass sie so persönlich sein würde. Und doch war nicht zu leugnen, dass er einen ungebetenen Gast gehabt hatte. Im Zimmer hing ein ungewohnter Geruch und der Eindringling hatte eine der Kommodenschubladen nicht vollständig geschlossen.

Ethans Herz schlug schneller, als ihm klar wurde, was er in diese spezielle Schublade gelegt hatte. Der Verdacht, den er gehegt hatte, wurde zur Gewissheit. Es war kein Zufall, dass er innerhalb weniger Stunden nach dem Beginn der Befragungen durch Hauptmann Westland einen Besucher gehabt hatte. Ebenso war es kein Zufall, dass der ungebetene Besucher Ethans Kommode durchsucht hatte.

Ethan zog die Schublade vollständig auf und sein Herz klopfte wie wild, als sich seine Befürchtungen bewahrheiteten. Das Päckchen mit den Briefen war weg, ersetzt durch ein einziges Blatt Papier.

„Wenn du deinen Schatz wiederhaben willst, komm ins Hinterzimmer des ‚Peg's'."

Obwohl der Schreiber versucht hatte, seine Handschrift zu verstellen, hatte er sich mit seiner Wortwahl verraten. Nur ein Mann wusste, dass Ethan diese Briefe als seinen Schatz betrachtete. *Jeffrey Crowley*. Der Mann, von dem Ethan geglaubt hatte, dass er sein

Pflichtbewusstsein und sein Ehrgefühl teilte, war in die Raubüberfälle verwickelt. Es musste Jeffrey gewesen sein, der die Wegelagerer benachrichtigt hatte, wann eine Kutsche unbewacht sein würde. Jeffrey war der Mann, der die gestohlenen Ohrringe neben Dietrich Kellers Truhe platziert hatte.

Ethan sattelte Samson und machte sich auf den Weg zum „Peg's". Er wünschte, er würde sich irren, und wusste doch, dass dies nicht der Fall war. Die Briefe waren der Köder. Ethan hatte keinen Zweifel, dass Jeffrey vorhatte, ein Lösegeld dafür zu fordern, aber warum hatte er das „Peg's" für die Begegnung ausgewählt? Vielleicht wollte er mehr als Geld. Vielleicht wollte er nur nicht allein arbeiten. Das musste es sein. Aus irgendeinem Grund wollte Jeffrey einen Komplizen bei sich haben, wahrscheinlich Peg höchstpersönlich.

Sie warteten auf ihn. Ethan wusste, dass sie das tun würden, deshalb zog er seine Waffe, bevor er die Tür aufstieß. Der Raum war so, wie er sich an ihn erinnerte, mit einem großen runden Tisch in der Mitte und einer kleinen Bar an der rechten Wand. Heute waren die Stühle jedoch leer. Heute befanden sich keine halb gefüllten Gläser, keine Karten und Chips auf dem Tisch. Stattdessen stand Jeffrey hinter dem Tisch, an dem er einst Poker gespielt hatte, während Peg an der Bar lehnte. Peg schien unbewaffnet zu sein, Jeffrey jedoch hielt seine Pistole auf Ethan gerichtet.

„Lass die Waffe fallen."

Ethan starrte auf den Mann, den er einst als seinen Freund betrachtet hatte. Der Mann, der darauf bestanden hatte, dass Ethan regelmäßig an seinem Tisch aß, starrte ihn mit hasserfüllten Augen an.

„Fallen lassen", wiederholte Jeffrey.

„Ich denke nicht dran."

Hinter sich hörte Ethan, wie die Tür zuging. Draußen wehte heftiger Wind. Vielleicht hatte dieser die Tür zugeweht. Er wagte nicht, seine Augen von Jeffrey zu nehmen, um zu sehen, was geschehen war.

„Seien Sie kein Dummkopf." Die Stimme kam von hinten und war von dem unverwechselbaren Druck einer Pistole begleitet, die gegen Ethans Hinterkopf gepresst wurde. Es war nicht der Wind gewesen, der die Tür geschlossen hatte, sondern ein anderer Mann, der den Raum betreten hatte. „Kein Brief ist es wert, deswegen zu sterben." Die Stimme des Mannes war kultiviert und enthielt einen schwachen Akzent, der Ethan an die Geschäftspartner seines Großvaters erinnerte.

Ethan blieb regungslos stehen und dachte darüber nach, welche Möglichkeiten er hatte. Diese waren ziemlich begrenzt. Er war vielleicht in der Lage, Jeffrey die Waffe aus der Hand zu schießen. Dann würde ihn allerdings der Fremde töten. Die Härte in seiner Stimme verriet das. Widerwillig ließ er die Pistole aus seiner Hand gleiten.

„Er gehört dir, Jeffrey." Der Mann stieß Ethan vorwärts, dann verschwand er in einer dunklen Ecke des Raumes. Obwohl Ethan seine Umrisse und die Waffe sehen konnte, die weiterhin auf ihn gerichtet waren, konnte er keine Gesichtszüge erkennen.

Jeffreys Lächeln enthielt keine Fröhlichkeit, nur Schadenfreude.

„Setz dich, Ethan", sagte er und deutete zum Tisch. „Du kannst es dir auch bequem machen."

Ethan blieb stehen. Bequem würde das hier nicht werden und im Sitzen hätte er noch größere Nachteile als ohnehin schon. „Wo sind die Briefe?"

Es war Peg, die antwortete. „Sie sind genau hier", sagte sie und klopfte auf ihren Pompadour. „Du kannst sie haben, wenn wir fertig sind."

„Wie viel wollt ihr?" Als er zur Schweinefarm geritten war, hatte Ethan versucht zu überschlagen, welchen Betrag Jeffrey fordern würde. Eintausend Dollar? Zweitausend? Beides wäre ein Vermögen für einen Mann, der es gewohnt war, von der Bezahlung durch das Militär zu leben.

Jeffreys Lächeln verbreiterte sich, aber es war keine Freundlichkeit darin, nur Verschlagenheit. „Nicht viel. Nur die Unterschrift auf einem Stück Papier." Er schob ein Blatt billigen Papiers über den Tisch.

„Was … ?" Ethan nahm es zur Hand und begann zu lesen. „Das ist ein Testament."

„Genau." Die Schadenfreude, die Ethan auf Jeffreys Gesicht gesehen hatte, klang in seiner Stimme ebenfalls durch. „Du wirst mir alles hinterlassen. Ich verdiene es mehr als dieser mögliche Begünstigte."

Die Art, wie er die Worte förmlich ausspie, verriet Ethan, dass Jeffrey nicht mehr in der Lage war, klar zu denken. Er war verrückt geworden, eindeutig vom Geld besessen. Aber warum? Und warum glaubte er, dass er Ethans Erbschaft verdiente?

„Warum sollte ich dir auch nur einen Penny geben?"

„Weil du alles andere vermasselt hast." Es war Peg, die jetzt sprach.

Als Ethan ihr einen Blick zuwarf und sah, wie sie die Bänder ihres Pompadours verdrehte, stieg eine Erinnerung in ihm auf. Irgendetwas daran kam ihm bekannt vor. Abigail hatte gesagt, dass Peg sie an irgendjemanden erinnerte, aber an wen?

„Wir hatten einen guten Plan." Peg starrte Ethan zornig an. „Haben jede Menge Geld bei diesen Postkutschenüberfällen verdient, aber du konntest uns ja nicht weitermachen lassen. Nein, du musstest dem Hauptmann den Floh ins Ohr setzen, dass er Wachen in jeder Postkutsche mitfahren lässt. Was sollten wir tun? Wir können nicht alle vergiften, wie wir es mit deinem Freund Seton gemacht haben. Du warst dabei, uns das Geschäft zu vermasseln, Ethan Bowles. Da mussten wir einen anderen Weg finden." Peg tauschte einen Blick mit dem Mann in dem Schatten. „Jetzt wird das zeitlich sehr gut passende Ableben deines Großvaters – und natürlich dein eigenes – alles ersetzen, was du uns weggenommen hast."

Der Mann im Schatten kicherte. „Und was das Beste daran ist: Es wird ganz legal aussehen."

Ethans Blick wanderte von dem Mann zu Peg und dann zu Jeffrey. Was für ein Dummkopf er gewesen war! Er war so selbstsicher gewesen, dass er seinen Gegner unterschätzt hatte. Er hätte andere mit hierherbringen sollen. Dann würde er sich jetzt nicht in dieser ausweglosen Lage befinden, aber sein Stolz – sein dummer, dummer Stolz – hatte ihn für die Möglichkeit, dass Jeffrey und seine Komplizen ihn töten wollten, blind gemacht. Jetzt war er allein.

Als eine plötzliche Wärme in ihm aufstieg, ebbte Ethans Anspannung ab. Er war nicht allein. Er war niemals allein. Während er seine Augen weiter auf Jeffrey und seine Waffe richtete, hauchte er ein stilles Gebet. *Guter Gott, ist dies dein Plan für mich?* Er hatte keine Angst vor dem Tod. Die Bibel versprach, dass der Tod der Anfang von etwas war, das das Leben auf der Erde bei Weitem übertraf.

Ethan war überzeugt, dass dieses Versprechen Wirklichkeit werden würde, genauso wie er wusste, dass der Tod ihn mit seinen Eltern vereinen würde. Eines Tages wünschte er sich das, aber noch nicht jetzt. Nicht, wenn ein Leben voller Liebe und Freude auf ihn wartete. Nicht, wenn Bilder seiner Kinder, die einen Welpen jagten – der ziemlich viel Ähnlichkeit mit Pfütze hatte –, vor seinem geistigen Auge umhertanzten. Nicht, bevor er Abigail gesagt hatte, dass er sie liebte.

Es war zu spät. Er war zu spät gekommen, um eine liebevolle Beziehung zu seinem Großvater aufzubauen, und jetzt war er erneut zu spät.

Ethan atmete tief durch. *Wenn das dein Wille ist, Herr, dann gib mir Kraft und lass Abigail irgendwie, auf irgendeine Weise wissen, wie sehr ich sie liebe.* Er erwartete keine Antwort, aber tief in ihm drin hörte Ethan ein paar geflüsterte Worte: *Zögere es hinaus.* Obwohl ihm diese Anweisung seltsam vorkam, beeilte sich Ethan, sie zu befolgen.

Er sah Jeffrey an. „Da du sowieso vorhast, mich zu töten, ganz egal, was ich tue, könntest du mir auch ein paar Fragen beantworten. Mich interessiert vor allem, wie du in all das verwickelt wurdest."

Obwohl sich Jeffreys Schultern strafften, als würde die Geschichte seine Körpergröße wachsen lassen, blickte er zu Peg hinüber. Als diese zustimmend nickte, sagte er: „Ich brauchte Geld und das, was ich beim Glücksspiel gewann, war nicht genug. So gut ich auch war, es gab immer noch zu viele Abende, an denen ich verlor." Peg schnaubte, als wäre sie anderer Meinung, was Jeffreys Einschätzung seines Könnens beim Glücksspiel betraf. „Peg gab mir die Möglichkeit, mithilfe von Diebstählen mehr Geld zu verdienen. Auf diese Weise habe ich nie verloren." Jeffrey blickte auf die Pistole in seiner Hand. „Anfangs nahm ich nur Gewehre. Es war so einfach. Niemand befragt einen Offizier. Man muss lediglich so aussehen, als wüsste man, was man tut, und keiner interessiert sich dafür."

Kein Wunder, dass niemand entdeckt hatte, wer für die Gewehrdiebstähle verantwortlich war. Jeffrey hatte die Untersuchungen geleitet, bis Ethan gekommen war. Wie er über die Ironie, für diese spezielle Aufgabe ausgewählt worden zu sein, gelacht haben musste!

„Du hast recht", sagte er, als hätte er Ethans Gedanken gelesen. „Hauptmann Westland hatte keine Ahnung, dass er den Fuchs beauftragt hatte, die Hühner zu bewachen."

Peg lachte. „Erzähl ihm den Rest, Jeffrey. Lass den Mann in dem Wissen sterben, dass er das Geheimnis gelüftet hat, auch wenn es ihm dann nichts mehr nützen wird."

Jeffrey nickte. „Gewehre waren gut, aber Peg hatte eine bessere Idee: Postkutschen."

„Alles, was du tun musstest, war, ihr zu sagen, in welchen Kutschen sich niemand aus dem Fort befinden würde", beendete Ethan den Satz.

„Das stimmt. Es hat hervorragend funktioniert, bis du entschieden hast, einen Tag früher aus Cheyenne zurückzukommen und einen Raubüberfall zu vereiteln. Das war dein erster Fehler, Ethan."

Vielleicht sah Jeffrey das so, aber Ethan würde diesen Tag niemals bedauern. Abgesehen davon, dass er unschuldige Zivilisten hatte beschützen können, war an diesem Tag auch Abigail in sein Leben getreten.

„War die Schweinefarm nur Fassade?" Ethan richtete die Frage an Peg.

Sie lachte, während sie einen weiteren Knoten in die Bänder ihres Pompadours band. „Oh nein. Sie war ebenfalls eine gute Geldquelle, außerdem gab sie mir die Möglichkeit, Männer zu treffen, die – mit ein bisschen Überzeugungsarbeit – helfen konnten."

Das letzte Puzzleteil landete an seinem Platz. „Also haben Sie Johann Schiller und Robert Forge überredet zu desertieren."

Peg nickte. „Neben anderen. Es ist eine Schande, dass Schiller gierig wurde. Als er mehr als seinen Anteil verlangte, hatte ich keine andere Wahl, als das Problem zu beseitigen."

„Genauso wie wir dieses Problem beseitigen werden." Jeffreys Gelächter ließ keinen Zweifel an der Bedeutung seiner Worte.

„Genug geredet", sagte der Mann im Schatten. „Unterschreib die Papiere, Bowles."

Zögere es hinaus. Die Worte hallten durch Ethans Kopf. „Warum sollte ich das, wenn Sie mich sowieso umbringen werden? Ich bin nicht darauf aus zu sterben, aber ich bin noch weniger darauf aus, euch meine Erbschaft zu geben."

„Du wirst sie mir geben.“ Jeffreys Stimme klang kalt und zuversichtlich. „Das ist die einzige Möglichkeit, um zu verhindern, dass Abigail Opfer eines unglücklichen Unfalls wird.“ Ethan schaute in Jeffreys Augen und war überzeugt, dass er seine Drohung wahr machen würde. „Wenn sie sich nicht mehr einmischt, wird es mir wesentlich besser gehen.“

Jeffrey war verrückt. Das war die einzige Erklärung. Das zu wissen, trug allerdings nicht zu Ethans Beruhigung bei. Wenn Jeffrey vorhatte, ihn umzubringen, würde er auch keine Skrupel haben, es noch einmal zu tun.

„Wie kann ich wissen, dass Abigail in Sicherheit sein wird, wenn ich tatsächlich unterschreibe? Es ist ja nicht so, dass ich hier sein werde, um dich zu beobachten.“

Jeffrey kicherte. „Du wirst mir vertrauen müssen.“

Wohl kaum. „Da wirst du mir etwas Besseres anbieten müssen. Ich will eine Garantie, dass Abigail nichts zustößt. Ohne das werde ich überhaupt nichts unterschreiben.“

„Bring mir die Papiere, Peg.“ Die Stimme des Mannes im Schatten verriet seinen Ärger. „Ich werde einen Nachtrag vornehmen. Wenn diese Abigail innerhalb von zwei Jahren nach Leutnant Bowles’ Ableben eines unnatürlichen Todes stirbt, wird Jeffrey seinen Anspruch auf das Geld einbüßen.“

„Aber …“

„Halt die Klappe, Crowley.“ Obwohl die Worte grob und unhöflich waren, galt dies nicht für die Stimme des Mannes. Es war nicht nur der Akzent, der Ethan an die Geschäftspartner seines Großvaters erinnerte, jetzt war es auch noch sein Vokabular. *Ableben, unnatürlicher Tod, Anspruch einbüßen …* Der Mann im Schatten klang wie einer von Curtis Wilsons’ Anwälten.

Bevor Ethan die Möglichkeit hatte, weiter über die Identität von Jeffreys Partnern nachzudenken, reichte Peg ihm das Testament. Eine kurze Durchsicht überzeugte Ethan davon, dass der Mann sein Versprechen gehalten hatte. Wenn Jeffrey das Geld wollte – und Ethan hatte keinen Zweifel daran, dass das der Fall war –, wäre Abigail sicher.

„Es ist an der Zeit“, befahl der Mann. „Unterschreib die Papiere, Bowles.“

Kapitel 24

Abigail schauderte. Mrs Grayson behauptete zwar, dass es nur eine Frage der Zeit sei, und Charlotte selbst hatte ihr geraten, mit Pfütze einen Spaziergang zu machen, aber trotzdem hasste Abigail das Gefühl der Hilflosigkeit. Charlottes Stöhnen und die gelegentlichen Schmerzensschreie hielten nun schon seit Stunden an. Die Qualen seines Frauchens hatten Pfütze so zu schaffen gemacht, dass Abigail ihn in den Hof verbannt hatte, wo er traurig vor sich hin jaulte. Es gab Momente, in denen ihr selbst nach Jaulen zumute war. Selbst das Gebet, das immer ein Trost gewesen war, brachte ihr nicht den Frieden, den sie suchte. Ihre Schwester litt große Schmerzen und es gab nichts, was sie tun konnte.

Abigail machte sich Vorwürfe, die Anzeichen nicht früher erkannt zu haben. Obwohl Charlotte beim Mittagessen ungewöhnlich still gewesen war, hatte sich Abigail nichts dabei gedacht. Sie hatte die Schweigsamkeit ihrer Schwester der Tatsache zugeschrieben, dass sie und Ethan die Unterhaltung mit dem Bericht über den Versuch, Dietrich in die Postkutschenüberfälle zu verwickeln, bestimmt hatten. Erst als die Männer gegangen waren, hatte Abigail die Sorgenfalten auf Charlottes Stirn bemerkt.

Als sie sie danach gefragt hatte, hatte Charlotte zugegeben, Beschwerden zu haben, aber auch darauf bestanden, dass es zu früh war, um irgendjemanden damit zu belästigen. Kinder, so hatte Charlotte behauptet, bräuchten Stunden – manchmal Tage –, um zur Welt zu kommen. Abgesehen davon handelte es sich wahrscheinlich um falschen Alarm. Aber gegen drei Uhr nachmittags konnte Abigail nicht länger warten. Es war Charlotte nicht gelungen, vor ihrer Schwester zu verbergen, dass die Schmerzen stärker wurden, und so hatte Abigail trotz Charlottes Proteste Mrs Grayson geholt.

„Sie sind weiter, als ich es erwartet hätte, besonders fürs erste Kind", sagte die Hebamme, als sie Charlotte untersuchte.

Mit verlegenem Gesichtsausdruck räumte Charlotte ein, dass sie schon seit Mitternacht Schmerzen hatte.

„Anfangs war es nur ein Stechen", sagte sie zu Mrs Grayson. „Ich dachte, es würde aufhören. Aber auch, als es nicht aufhörte, gab es keinen Grund, irgendjemandem davon zu erzählen."

Abigail nickte, als sie sich an eine weitere Situation erinnerte. Sie hatte Anzeichen von Anspannung auf Charlottes Gesicht gesehen, als der Sergeant sie in Ethans Büro bestellt hatte. Zu der Zeit hatte sich Abigail zu viele Sorgen um Ethan gemacht, um zu erkennen, dass auch ihre Schwester Hilfe benötigte. „Du hättest mir davon erzählen sollen."

Genauso wie sie Jeffrey davon hätte erzählen sollen. Aber Charlotte war auch hier unnachgiebig geblieben. „Es gibt nichts, was er tun könnte. Zu wissen, dass ich Schmerzen habe, würde ihm nur Sorgen bereiten."

Das war schon Stunden her. Obwohl sie nicht mit Charlotte einer Meinung gewesen war, wusste Abigail, dass das Problem zum Abendessen hin gelöst sein würde. Sobald er zum Essen nach Hause zurückkehrte, würde Jeffrey erfahren, dass die Geburt seines Kindes kurz bevorstand. Aber er kam nicht, genauso wenig wie Ethan, und das beunruhigte Abigail. Es war gut möglich, dass einer der anderen Soldaten sie gesehen hatte, wie sie Mrs Grayson geholt hatte, und Jeffrey dann davon erzählt hatte. In diesem Fall hätte Abigail aber eigentlich erwartet, dass er nach Hause gekommen wäre. Sicher würde er wissen wollen, wie sich die Wehen seiner Frau entwickelten.

„Was ist los, Junge?" Abigail blickte auf Pfützes Fressnapf herab. Obwohl er sein Fressen normalerweise sofort verschlang, wenn er es bekam, schnüffelte er heute nur an der Schüssel und drehte sich dann weg. „Du machst dir auch Sorgen, nicht wahr?" Sie setzte sich auf die Stufe der Veranda und streckte die Hand aus, um den Kopf des Welpen zu streicheln. „Bald ist alles wieder in Ordnung." *Bald*, betete Abigail. *Lass dieses Kind bald geboren werden.*

Aber als sie die Tür zu Charlottes Zimmer öffnete, schüttelte die Hebamme den Kopf und formte mit dem Mund die Worte „Keine Veränderung".

Mrs Grayson irrte sich. Es hatte sich etwas verändert. Das Kind war der Geburt vielleicht nicht näher gekommen, aber Charlotte war deutlich schwächer geworden. Alle Farbe war aus ihrem Gesicht gewichen. Das ließ sie Jahrzehnte älter als ihre fünfundzwanzig Jahre wirken und erinnerte Abigail daran, dass manche Frauen bei der Geburt eines Kindes starben. *Bitte, Herr, rette meine Schwester.*

Abigails Herz hämmerte voller Sorge. Sie griff nach Charlottes Hand.

„Halte dich an mir fest", sagte sie.

Mama hatte immer behauptet, dass die beiden wichtigsten Elemente in Krisensituationen Gebet und menschliche Berührung waren. Abigail betete unaufhörlich für ihre Schwester, und wann immer sie im Zimmer war, reichte sie Charlotte ihre Hand und ließ sie so kräftig drücken, wie sie konnte, wenn die Schmerzen sie überrollten.

Dieses Mal schüttelte Charlotte den Kopf. „Finde Jeffrey. Ich muss ihn sehen."

Das Zittern in Charlottes Stimme beunruhigte Abigail noch mehr als ihre Bitte. Ihre Schwester klang genauso schwach, wie sie aussah, und der abwesende Ausdruck in ihren Augen ließ Abigail befürchten, dass die Situation ernster war, als sie gedacht hatte.

„Halte durch, Charlotte. Es dauert nicht mehr lange." Obwohl Abigail nicht wissen konnte, ob das stimmte, wollte sie ihre Schwester ermutigen.

Charlotte schüttelte kaum wahrnehmbar den Kopf. „Ich brauche Jeffrey", wiederholte sie.

Mrs Grayson nickte. Sie drehte sich weg, sodass Charlotte sie nicht hören konnte, und flüsterte: „Vielleicht wird das helfen. Diese Aufregung ist nicht gut für das Kind."

Abigail zwang ein Lächeln auf ihr Gesicht. „Mach dir keine Sorgen, Charlotte. Ich werde Jeffrey finden. Wenn er kommt, wirst du euren Sohn in den Armen halten und Jeffrey wird der stolzeste Papa sein, den Fort Laramie je gesehen hat." *Bitte, Herr, lass es so sein.* Abigail drückte Charlottes Hand und gab ihr einen Kuss auf die Stirn. „Ich liebe dich, große Schwester", sagte sie sanft.

Charlottes Augen leuchteten auf. „Ich dich auch." Und dann wurde sie von erneuten Schmerzen geschüttelt.

Abigail griff nach Hut und Handschuhen und warf einen Umhang über ihre Schultern. Obwohl die Tage immer noch recht warm waren, wurden die Oktoberabende ziemlich kalt und erinnerten jedermann daran, dass der Winter nicht mehr lange auf sich warten lassen würde. Anstatt dem Straßenverlauf zu folgen, nahm Abigail eine Abkürzung über den Paradeplatz und betete die ganze Zeit dafür, dass es Charlotte und dem Kind gut ging und sie Jeffrey im Offiziersclub finden würde. Da Damen im Club keinen Zutritt hatten, klopfte sie an die Tür.

Sekunden später öffnete Oliver und starrte sie überrascht an. „Miss Harding, was tun Sie hier?"

„Ich suche Jeffrey. Ist er hier?"

Oliver schüttelte den Kopf. „Heute nicht. Ich hab gesehen, wie er gegen drei Uhr das Fort verlassen hat. Tut mir leid, Miss Harding, aber ich weiß nicht, wo er hinwollte."

Abigail schon. Es gab nur einen Ort, an den ihr Schwager gegangen sein konnte, wenn er zur Abendbrotzeit von zu Hause ferngeblieben war. *Oh, Jeffrey, warum bist du ausgerechnet heute dorthin gegangen?*

„War Leutnant Bowles bei ihm?" Das würde erklären, warum keiner von ihnen zum Abendessen erschienen war.

Oliver schüttelte erneut den Kopf. „Ich habe ihn den ganzen Nachmittag über nicht gesehen." Er wandte sich zu seinen Offizierskollegen um. „Hat irgendeiner Crowley oder Bowles gesehen?"

Alle verneinten diese Frage. Das ließ Abigail keine andere Möglichkeit, als ihre Suche fortzusetzen. Sie steuerte auf die Ställe zu, hielt dann aber abrupt an, als ihr auffiel, dass sie ihre Pistole nicht dabei hatte. Wenn Ethan bei ihr gewesen wäre, hätte sie sich keine Sorgen gemacht, aber sie hatte ihm versprochen, dass sie das Fort nicht ohne ihre Waffe verlassen würde. Ohne sich um irgendwelche Anstandsregeln zu kümmern, raffte Abigail ihren Rock und rannte zurück zum Haus. Minuten später saß sie auf Sally, die Pistole sicher in ihrer Tasche verstaut, und galoppierte zum zweiten Mal an diesem Tag auf die Schweinefarm zu.

Die Sonne war gerade im Begriff unterzugehen, als sie ankam, aber die abendlichen Aktivitäten waren in vollem Gange. Ein Mann sang zu dem verstimmten Klavier. Immer wenn er den Text des anzüglichen Liedes vergaß, brach er in schallendes Gelächter aus. Draußen standen ein halbes Dutzend Pferde neben dem Anbindebalken, die leise wieherten. Abigail glitt von Sally herunter, schlang die Zügel um den Balken und eilte auf die Rückseite des lang gestreckten Gebäudes zu. Wenn Jeffrey hier war – und sie war sich sicher, dass er das war –, würde er sich zusammen mit den anderen Glücksspielern, die hohe Einsätze bevorzugten, im Hinterzimmer aufhalten und pokern, während seine Frau in den Wehen lag.

Abigail ballte ihre Fäuste und wünschte, sie könnte etwas gesunden Menschenverstand in ihren Schwager hineinprügeln. Papa hatte behauptet, dass es sich beim Spielen und Trinken um Krankheiten handelte und dass Menschen, wenn sie einmal infiziert waren, Mühe hatten, der Versuchung zu widerstehen. Es schien, als wäre Jeffrey eine dieser unglücklichen Seelen. Abigail konnte ihn nicht davon abhalten; sie konnte nur hoffen, dass Charlotte ihm ein weiteres Mal verzeihen würde.

Abigail atmete tief durch, um sich zu beruhigen, und bog um die Ecke des Gebäudes. Als sie sich dem rückwärtigen Eingang näherte, sah sie, dass der Wind die Tür aufgeweht hatte. Obwohl Licht auf den Boden schien und ihr auf diese Weise zeigte, dass der Raum belegt war, drangen keine Männerstimmen nach draußen. Stattdessen herrschte eine unheilvolle Stille. Es war sicherlich möglich, dass Jeffrey dort gewesen war, dass er den Ort in der Zwischenzeit aber schon wieder verlassen hatte. Allerdings wunderte sich Abigail, dass in einem offenbar leeren Zimmer die Lampe noch brannte.

„Unterschreib die Papiere, Bowles." Eine fremde Männerstimme bellte den Befehl.

Abigail wich zurück. Sie hatte Samson am Anbindebalken nicht gesehen, aber es gab nur einen Mann namens Bowles in der Gegend. Warum war Ethan hier? Und was waren das für Papiere, die man ihm zu unterschreiben befahl? Und wenn Ethan in diesem Zimmer war, wo war dann Jeffrey? Die Fragen wirbelten wild durch ihren Kopf.

Obwohl sie nicht daran gedacht hatte, ihre Schritte zu dämpfen, als sie das Gebäude umrundet hatte, zwang Abigails Instinkt sie jetzt zur Vorsicht. Sie schlich zur Tür und hoffte, dass die Öffnung groß genug sein würde, dass sie erkennen konnte, was drinnen vor sich ging. Abigail versuchte, kein Geräusch zu verursachen, und spähte hinein. Ihr stockte der Atem. Das konnte nicht wahr sein! Es musste sich um einen Albtraum handeln! Im gleichen Moment wusste sie jedoch, dass sie nicht träumte, sondern die bittere Wahrheit sah. Der Wind, der ihr den Rock um die Beine wehte, und die festgetretene Erde unter ihren Füßen waren Wirklichkeit, nicht bloß ein Gebilde ihrer Fantasie.

Als ihr Gehirn begriff, was ihre Augen gesehen hatten, setzte Abigails Herz einen Moment lang aus und begann dann wie wild zu rasen. Ethan war hier, ebenso Jeffrey, aber keiner von beiden spielte Poker. Ethan stand mit dem Rücken zu ihr, während Jeffrey … Abigail war entsetzt, als sie ihren Schwager anstarrte. Es gab keinen Zweifel. Ihre Augen hatten sie nicht getäuscht. Jeffrey hielt seine Waffe direkt auf Ethan gerichtet.

Abigail zwang sich, gleichmäßig zu atmen, während sie zu verstehen versuchte, was sie sah. Eine Sekunde lang war sie zurück in der Scheune neben ihrem Elternhaus und sah, wie das Leben aus Lukes Körper wich, während Richard schrie. Es war nicht dasselbe. Das war ein Unfall gewesen. Dies hier war keiner. Jeffrey bedrohte Ethan.

Etwas ging hier fürchterlich, fürchterlich schief. Es befanden sich keine Karten oder Gläser auf dem Tisch, keine Anzeichen dafür, dass irgendjemand gespielt hatte. Es konnte also nicht sein, dass Ethan ein illegales Kartenspiel unterbrochen hatte. Aus ihrer Perspektive konnte Abigail nur den Tisch und die beiden Männer sehen, die sich gegenüberstanden, aber irgendwo in diesem Raum war der andere Mann, derjenige, der Ethan befohlen hatte, die Papiere zu unterschreiben. Er musste der Grund dafür sein, weshalb Jeffrey die Waffe in der Hand hielt.

Aus eigenem Antrieb würde Jeffrey Ethan nichts zuleide tun. Er war kein Mörder. Und doch war der Jeffrey in diesem Raum nicht der Jeffrey, den Abigail kannte. Die Augen dieses Jeffreys waren kalt, auf seinem Gesicht lag ein Ausdruck von mörderischem Hass. Obwohl sie es gern geleugnet hätte, schien Jeffrey bereit zu sein, einen Offizierskollegen zu erschießen. Nicht nur einen Offizierskollegen, sondern einen anderen West-Point-Absolventen. Einen Mann, mit dem er den ganzen Sommer über gemeinsam gegessen hatte. Seinen Freund – so hatte Abigail jedenfalls bis heute geglaubt.

Sie verschränkte die Hände ineinander und versuchte, ihr Zittern zu unterdrücken, während sie sich an den rätselhaften Gesichtsausdruck auf Ethans Gesicht erinnerte, als sie heute Morgen von der Schweinefarm zurückgekehrt waren. Zu dem Zeitpunkt hatte sie geglaubt, dass er eine Vermutung hatte, wer Korporal Keller in die ganze Sache hatte verwickeln wollen. War es Jeffrey? War er derjenige, der die Postkutschenräuber unterstützt hatte? So quälend dieser Gedanke auch war, im Moment spielte er kaum eine Rolle. Stattdessen kam es darauf an, Ethan zu helfen.

Er hatte keine Waffe. Ein kurzer Blick bestätigte, dass sein Waffengurt leer war. Schlimmer noch, die Welt hatte sich gegen ihn verschworen, denn irgendwo in dem Raum war der Mann, der ihm befohlen hatte, die Papiere zu unterschreiben. Dieser Mann war höchstwahrscheinlich bewaffnet. Vielleicht richtete er gerade jetzt eine Pistole auf Ethan. Zwei Männer mit Waffen gegen einen unbewaffneten Mann. Ethan hatte keine Chance.

Guter Gott, zeige mir, was ich tun soll. Abigail tastete nach der Pistole in ihrer Tasche, dann schüttelte sie den Kopf. Ihre Treffsicherheit war immer noch so schlecht, dass sie Ethan verletzen könnte, auch wenn sie lediglich versuchte, Jeffrey zu entwaffnen. Es musste einen anderen Weg geben. Ethan konnte sich selbst verteidigen, wenn es ihr gelingen würde, ihm die Waffe zu geben. Die Frage war, wie sie das fertigbringen sollte. Abigail atmete tief ein und dann langsam wieder aus. Ablenkung. Das war Ethans einzige Hoffnung.

Sie riss die Tür auf und stürmte in den Raum, als wäre sie gerade erst angekommen.

„Schnell, Jeffrey!“, rief sie. „Bei Charlotte ist es so weit. Sie braucht dich.“

Während sie durch den Raum stürzte, sah sich Abigail um. Die Chancen standen noch schlechter als erwartet. Zusätzlich zu Jeffrey und dem Fremden, der sich im Schatten aufhielt, stand Peg mit einem Pompadour in der Hand neben dem Tresen. Ethan hatte sich kaum bewegt, während Abigail gerufen hatte. Er schien jedoch seine Aufmerksamkeit weiter auf Jeffrey zu konzentrieren und betrachtete ihn auf dieselbe Weise wie die Klapperschlange, die Pfütze bedroht hatte.

Ethan wagte nicht, sich zu bewegen, aber sie konnte das.

„Schnell, Jeffrey! Charlotte und euer Kind brauchen dich.“

Abigail eilte auf ihren Schwager zu und hoffte, dass er sie nicht als seinen Widersacher betrachten würde. Sie musste ihn ausreichend ablenken, um ihm die Waffe aus der Hand zu schlagen und Ethan ihre Pistole zu geben.

Als er Abigails Worte begriff, erbleichte Jeffrey so, dass seine Sommersprossen plötzlich einen starken Kontrast zu seiner aschfahlen Haut bildeten. Er machte einen Schritt auf sie zu, aber die Hand, die die Waffe hielt, zitterte nicht. Der erste Teil ihres Planes würde sich nicht umsetzen lassen. Sie wagte es nicht, Jeffrey zu entwaffnen, denn seine Waffe könnte losgehen und Ethan treffen. Jetzt konnte sie nur noch versuchen, Ethan eine Waffe zu verschaffen.

„Nicht so schnell, Crowley." Die Worte kamen aus dem Schatten, gesprochen von derselben Stimme, die Ethans Unterschrift gefordert hatte. „Deine Arbeit ist noch nicht getan."

Sie würde den Fremden nicht ansehen. Sie würde nicht zulassen, dass jemand sie ablenkte. Abigail ging langsam weiter vorwärts. Noch zwei Schritte, dann wäre sie nah genug bei Ethan, um ihm ihre Pistole zu geben.

Ethan wandte sich um, so als hätte er ihre Gedanken gelesen.

„Geh nach Hause, Abigail", sagte er mit fester Stimme. „Du darfst nicht hier sein."

Sie konnte nicht gehen, nicht wenn er in Gefahr war. Abigail griff in ihre Tasche.

„Abigail." Der Mann im Schatten kicherte. „Ich denke, wir haben gerade einen Weg gefunden, um Leutnant Bowles zu überzeugen. Fessele sie, Peg." Als Abigail versuchte, die Pistole herauszuziehen, wurde die Stimme des Mannes lauter. „Ich würde keine plötzliche Bewegung machen, junge Dame. Meine Waffe ist auf Sie gerichtet und ich schieße niemals daneben."

Er bluffte nicht. Abigail wusste das. Sie hielt inne. Peg würde vielleicht versuchen, sie zu fesseln, aber sie würde es ihr nicht leicht machen. Als die Frau auf sie zukam, humpelte sie. Es war das erste Mal, dass Abigail Peg dabei beobachtete, wie sie sich fortbewegte. Bei allen anderen Begegnungen war Peg stehen geblieben, aber jetzt überwand sie die Entfernung zwischen ihnen trotz starken Humpelns schneller, als Abigail es für möglich gehalten hatte. Dabei hielt sie mit den Fingern die Bänder ihres Pompadours fest.

Ein Humpeln. Ein Pompadour. Abigails Augen weiteten sich,

als sie die Knoten sah. Das letzte Puzzleteilchen fiel an seinen Platz. Kein Wunder, dass ihr Peg bekannt vorgekommen war!

„Mrs Dunn!“ Während die Erinnerungen durch Abigails Kopf rasten, wurde ihr klar, dass Mrs Dunn – oder Peg oder wie auch immer ihr richtiger Name war – geplant hatte, bei dem Raubüberfall auf die Kutsche, in der sie und Ethan gewesen waren, mitzuhelfen. Das war der Grund, weshalb sie versucht hatte, ihren Pompadour zurückzubekommen. Es war kein Riechsalz gewesen, was sie gewollt hatte. Aller Wahrscheinlichkeit nach war eine Waffe im Pompadour gewesen.

Peg musste die Frau sein, die in allen Kutschen gesessen hatte. Offenbar besaß sie eine große Menge Perücken, mit denen sie sich verkleiden konnte. Außerdem hatte Leah gesagt, dass sie gelegentlich die Schweinefarm verließ, um ihre Schwester zu besuchen. Abigail wettete, dass es keine Schwester gab und dass jeder „Besuch“ mit einem Postkutschenüberfall einherging.

Pegs Grinsen enthielt wenig Heiterkeit. „Du hast mich also erkannt, ja? Das wird dir jetzt herzlich wenig nützen.“

„Vielleicht nicht.“ Sie konnte Ethan beim besten Willen nicht sterben lassen. Abigail riss die Waffe ruckartig aus ihrer Tasche und zielte im gleichen Moment auf Peg, in dem sie mit dem Fuß gegen das verletzte Bein der Frau trat. Da sie ihre Aufmerksamkeit auf die Waffe richtete, sah Peg den Tritt nicht kommen.

„Du widerliches kleines –“ Peg stieß eine Reihe Flüche aus und krümmte sich vor Schmerzen. Das war die Pause, die Abigail brauchte. Sie wirbelte herum und hoffte, sich so schnell zu bewegen, dass der Mann im Schatten nicht begreifen würde, was geschah.

„Ethan, fang“, rief Abigail, als sie ihm die Waffe zuwarf.

Aus dem Augenwinkel sah sie wie in Zeitlupe, dass sich Jeffrey auf Ethan zubewegte.

„Geh in Deckung!“, rief sie, aber Ethan tat es nicht. Mit der Waffe in der Hand sprang er vorwärts, packte Jeffrey und zerrte ihn zu Boden. Abigail hörte die Männer ächzen und keuchen, während sie sich auf dem Boden wälzten und aufeinander einschlugen und eintraten.

„Du bist nutzlos, Crowley.“ Der Mann aus dem Schatten kam jetzt näher. „Töte ihn“, drängte er. „Wir werden seine Unterschrift fälschen.“

Es kam keine Antwort. Alles, was zu hören war, waren das Ächzen der beiden Männer, die ihr Bestes taten, um den jeweils anderen bewusstlos zu schlagen, und Pegs fortwährende Flüche. Als sich der Klang veränderte, sah Abigail nach unten. Peg kämpfte sich auf ihre Füße, die blanke Wut verzerrte ihre Gesichtszüge.

„Ich bin noch nicht fertig mit dir", murmelte sie.

Aber das war eine leere Drohung, denn blitzschnell griff Abigail hinter sie, packte einen Stuhl und schlug ihn Peg mit voller Kraft auf den Kopf. Als das Geräusch zersplitternden Holzes ertönte, versuchte Abigail, nicht zusammenzuzucken. Sie hatte noch nie einem anderen menschlichen Wesen eine Verletzung zugefügt, aber sie hatte auch noch nie erlebt, dass der Mann, den sie liebte, in Gefahr schwebte.

All das passierte so schnell, dass Abigail hinterher nicht mehr sagen konnte, was zuerst geschehen war. Peg stürzte zu Boden, ein Schuss ertönte und ein Mann schrie auf, doch war seine Stimme so schmerzverzerrt, dass Abigail sie nicht identifizieren konnte. Schlimmer noch – das Ächzen und Keuchen verstummte und wurde von einem schwachen Stöhnen abgelöst.

Abigail schloss ihre Augen, während das Stöhnen in ihren Ohren widerhallte und sie zu dem Tag zurückversetzte, an dem Luke erschossen worden war. *Nicht schon wieder!* Sie konnte keinen weiteren Freund verlieren. *Bitte, Gott, rette Ethan. Rette sie beide.*

Mit zitternden Schritten überwand Abigail die kurze Entfernung zu den Männern. Sie würde ihnen helfen. Es konnte nicht zu spät sein. Aber der Anblick, der sich ihr bot, war noch beunruhigender als der bloße Klang des schmerzerfüllten Stöhnens. Obwohl Jeffreys Körper schwer auf Ethan lag und sich unter den beiden Männern Blut sammelte, bewegte sich keiner der beiden. Wessen Blut war es? Es war nur ein Schuss gewesen. Bestimmt waren sie nicht beide verletzt … oder schlimmer. *Bitte, Gott, nein.* Hinter sich hörte Abigail Schritte und das Klappen einer Tür. Der Mann aus dem Schatten war verschwunden und hatte ein Schlachtfeld hinterlassen.

Als Abigail niederkniete, konnte sie krächzendes Atmen und ein weiteres Stöhnen hören. „Ethan, Jeffrey, redet mit mir."

Sie blickte nach unten. Jeffrey musste Ethan fast erdrücken, aber obwohl sie sich sehr bemühte, ihn zu bewegen, war sein Körper für sie zu schwer.

„Mir geht es gut."

Das Geräusch von Ethans Stimme war eine solche Erleichterung für Abigail, dass ihr schwindelig wurde. *Danke, Herr.* Eines ihrer Gebete war erhört worden, doch floss immer noch Blut auf den Boden.

„Was kann ich tun?"

„Ich weiß es nicht." Ethan stützte einen Arm auf dem Boden ab und drückte sich dann hoch, wobei er Jeffrey zur Seite schob. „Die Kugel hat ihn getroffen." Er drehte Jeffrey auf den Rücken, wodurch ein viel zu blasses Gesicht zum Vorschein kam. Als Ethan Jeffreys Jacke öffnete und nach der Verletzung suchte, spritzte noch mehr Blut aus Jeffreys Brust. Genau wie bei Luke.

Abigail schauderte. Obwohl sie ein leidenschaftliches Gebet gen Himmel schickte, kannte sie die Wahrheit. Niemand, der so viel Blut verlor, konnte überleben. Während Ethan sein Taschentuch auf die Wunde presste und auf diese Weise versuchte, die Blutung zu stillen, kniete Abigail neben ihrem Schwager und hielt seine Hand, so wie sie Charlottes Hand vor nur einer Stunde gehalten hatte.

„Lebe, Jeffrey! Du musst leben!"

Aber er konnte nicht. Jeffreys Gesicht hatte eine graue Farbe angenommen, seine Augen waren glasig geworden. Obwohl sich ihr Gesicht direkt über seinem befand, war sich Abigail nicht sicher, ob er sie erkannte, ob er mehr wusste, als dass sein Leben zu Ende ging. Es schien wie eine Ewigkeit, aber es vergingen wahrscheinlich nur ein paar Sekunden, bis Jeffrey seinen Mund öffnete, als wolle er sprechen. Abigail beugte sich tiefer zu ihm herab, aber es ertönten keine Worte, nur ein heiseres Krächzen.

„Charlotte", hauchte Jeffrey schließlich. „Liebe …" Ein unheilvolles Rasseln begleitete sein letztes Wort und Abigail sah, wie das Licht in seinen Augen erlosch.

„Oh, Jeffrey." Abigail ließ seine Hand los und fing an zu weinen. Obwohl der Jeffrey, den sie heute Nacht gesehen hatte, ein Fremder gewesen war, kamen ihr auch viele Erinnerungen an den Mann, der ihre Schwester geliebt hatte, in den Sinn. Dieser Jeffrey hatte es nicht verdient, so elend zu sterben.

Ethan berührte sie sanft an der Schulter. „Wir können nichts mehr für ihn tun." Hinter ihnen begann Peg sich zu rühren. „Wir sollten sie ihrer gerechten Strafe zuführen." Er griff nach Pegs Pompadour, zog die Schnüre heraus, die sie verknotet hatte, und benutzte sie, um ihr die Hände auf den Rücken zu binden. „Das hält sie in Schach, bis wir zu den Pferden kommen. Ich habe dort ein Seil."

„Ich werde nicht mitkommen." Peg spie ihm die Worte regelrecht entgegen. „Ihr habt keinen Beweis."

Als sie begann, Beschimpfungen und neue Flüche von sich zu geben, zog Ethan ihr Taschentuch aus dem abgelegten Pompadour und formte es zu einem Knebel.

„Komm, Abigail." Er drängte sie, sich zu erheben. „Es ist Zeit zu gehen."

Widerwillig stand Abigail auf, dann blickte sie herab auf den nunmehr unbeweglichen Körper. „Wir können Jeffrey nicht einfach hier zurücklassen."

Ethan nickte. „Ich hole ihn später", versprach er, „sobald wir Peg aufs Pferd gesetzt haben." Er blickte sich um. „Ihr Partner ist weg. Wenn Peg ihn nicht identifiziert, kommt er ungeschoren davon." Abigail merkte, dass dieser Gedanke ihm ganz und gar nicht behagte.

Was ihr noch mehr Sorgen machte, war die Aussicht, Charlotte gegenüberzutreten. Irgendwie musste sie die richtigen Worte finden, um ihrer Schwester zu erklären, was geschehen war: dass sie Witwe war und dass das Kind, das sie und Jeffrey so sehnlichst erwartet hatten, ohne Vater aufwachsen würde.

„Arme Charlotte."

Ethan nickte erneut. „Zumindest hat sie dich."

Abigail zitterte bei dem Gedanken an Charlottes Zukunft und erinnerte sich an ihre Reise in den Westen. Obwohl sie nach Wyoming gekommen war, um ihrer Schwester zu helfen, hätte sie sich nie träumen lassen, dass Charlotte sie einmal so brauchen würde, wie sie das jetzt tat.

Ethan ließ Peg vor sich her marschieren und hielt sie dabei an der Schulter fest. Als sie die Vorderseite des Gebäudes erreichten, stieß er einen Pfiff aus. Sofort kam Samson hinter der zweiten Hütte hervor. Kein Wunder, dass Abigail ihn nicht gesehen hatte. Während das Pferd ruhig dastand, warf Ethan Peg auf Samsons Rücken.

Dann wickelte er ein Seil um ihre Arme und Beine. Obwohl sie dagegen ankämpfte, war klar, dass die Fesseln halten würden, zumindest bis sie das Fort erreichten.

„Eines muss ich noch tun." Ethan ging in die Kneipe und kam einen Moment später mit zwei Soldaten wieder heraus.

„Sie werden Jeffrey ins Fort bringen", erklärte er, als er Abigail half, auf Sally zu steigen. „Das einzig Gute, was ich über den heutigen Tag sagen kann, ist, dass die Postkutschenüberfälle aufhören werden. Peg hatte alles mit Jeffreys Hilfe arrangiert. Jetzt, wo Jeffrey tot ist und Peg hinter Gittern verschwindet, ist niemand mehr da, der einen Überfall planen kann."

„Was ist mit dem Mann, der Jeffrey erschossen hat?" Obwohl sie seine Gesichtszüge nicht gesehen hatte, stellte Abigail ihn sich als gewissenlosen, gerissenen Schurken vor.

„Ich weiß nicht, was seine Rolle war", gab Ethan zu. „Vielleicht wird Peg es uns erzählen."

Die Art, in der ihre Gefangene gegen die Seile ankämpfte, legte nahe, dass sie nicht kooperieren würde. „Auch wenn sie das nicht tut", fuhr Ethan fort, „werden die Gesetzlosen wegen der Wachen in allen Kutschen keine Chance mehr haben. Wer auch immer er war, der Mann wird eine andere Möglichkeit finden müssen, um seinen Lebensunterhalt zu verdienen."

Abigail dachte über Peg und die Tatsache nach, dass sie vorgegeben hatte, Mrs Dunn zu sein. „Peg muss die Frau gewesen sein, die in jeder der ausgeraubten Kutschen saß."

Ethan nickte. „Es scheint, als wäre sie der Drahtzieher gewesen. Wir wussten, dass die Banditen clever waren, aber es war brillant, jemanden aus dem Fort darin zu verwickeln." Ethans Stimme verriet keine Gefühle, während er über Jeffreys Rolle bei den Überfällen sprach.

Abigails Hände in ihren Handschuhen zitterten vor Erschöpfung und Angst. „Arme Charlotte." Angesichts der Neuigkeiten, dass ihr Ehemann ein Verbrecher gewesen war, würde sie am Boden zerstört sein.

Als die Lichter des Forts näher kamen, stellte Abigail die Frage, die ihr am meisten auf der Seele lag. „Warum hat Jeffrey gedroht, dich zu töten?"

Während Ethan die Lösegeldforderung beschrieb, wurde Abigail noch niedergeschlagener. Nahmen Jeffreys Sünden denn gar kein Ende?

„Ich wusste, dass ihm Geld wichtig war", sagte sie sanft. „Charlotte hat mir gesagt, dass Jeffreys Familie sehr arm war und dass er das nicht vergessen konnte, aber ..." Abigail schauderte angesichts der Erinnerung an die Waffe, die er auf Ethan gerichtet hatte, und an den Hass, den sie in seinen Augen gesehen hatte. „Ich hätte niemals gedacht, dass Jeffrey wegen Geld derart weit gehen würde." Das Spielen war schon schlimm genug gewesen, aber Stehlen und Mord ... Der Gedanke ließ Abigail erschauern.

Die Dunkelheit verbarg Ethans Gesichtsausdruck, als er sich ihr zuwandte. „Egal, wie gut du jemanden zu kennen glaubst, du weißt nie, was im Herzen eines anderen Menschen vor sich geht." Er öffnete den Mund, als wolle er noch mehr sagen, tat es dann aber nicht. Nachdem sie die Brücke überquert und das Fort erreicht hatten, lenkte Ethan die Pferde in die Richtung, in der sich das Haus der Crowleys befand.

„Sobald Peg hinter Schloss und Riegel ist, werde ich Sally zurück in den Stall bringen. Danach hole ich Jeffrey her", sagte Ethan, als er Abigail dabei half, vom Pferd zu steigen.

Sie schüttelte den Kopf. „Warte bitte noch." Sie würden Jeffreys Leiche für die Beerdigung vorbereiten müssen, aber Abigail wollte jetzt noch nicht darüber nachdenken. Obwohl die dramatischen Ereignisse auf der Schweinefarm alle anderen Gedanken aus ihrem Kopf verdrängt hatten, war die Erinnerung an die Tortur ihrer Schwester zu ihr zurückgekehrt, als sie sich dem Fort genähert hatten. Sie musste erfahren, was mit dem Kind und Charlotte passiert war.

Abigail atmete einmal tief durch, um ihr Zittern zu unterdrücken, stieg die vorderen Stufen hinauf und öffnete die Tür. Ein Moment der Stille empfing sie, doch dann hörte sie die Schreie. Nichts hatte sich verändert. Charlotte durchlitt immer noch die Schmerzen der Entbindung. Aber als das Wimmern anhielt, begriff Abigail, dass sie sich geirrt hatte. Es war nicht Charlotte, die schrie; es war ihr Kind. Abigail stürmte die Stufen hinauf und betete die ganze Zeit über, dass es ihrer Schwester gut ging. Als sie im Türrahmen stand, blickte Abigail auf das Bett, das der Schauplatz von so viel Schmerz gewesen war, und ihr Herz setzte vor Freude einen Schlag aus. Da lag Charlotte, gegen einen Haufen Kissen gestützt, mit einem winzig kleinen Neugeborenen in ihren Armen und einem Lächeln purer Freude auf ihrem Gesicht. Obwohl sie immer noch ein bisschen blass war, hatten ihre Wangen den größten Teil ihrer Farbe zurückerlangt und ihre Augen leuchteten. Charlottes Kind war gesund zur Welt gekommen. Da Mrs Grayson auch nicht besorgt neben ihrem Bett stand, schwebte Abigails Schwester nicht mehr in Gefahr. *Danke, danke, danke.*

„Oh, Charlotte!" Die Tränen, die sich in Abigails Augen sammelten, waren eine Mischung aus Freude, Erleichterung und Schmerz.

„Jeffrey?" Das Lächeln, mit dem Charlotte Abigail begrüßt hatte, verblasste, als sie bemerkte, dass ihre Schwester allein war.

Der Zeitpunkt war gekommen. Abigail durchquerte den Raum mit drei schnellen Schritten und griff nach Charlottes Hand. Während sie diese mit ihren beiden Händen fest umklammerte, sagte sie schlicht: „Es tut mir leid, aber er ist …"

„Tot." Charlotte sprach das Wort aus. Dabei war ihre Stimme genauso leblos wie ihr Ehemann. „Jeffrey ist tot. Ich habe geahnt, dass es so ist."

Abigail sank auf den Stuhl neben dem Bett und starrte ihre Schwester an. Sie hatte Tränen erwartet, Wut und erneute Schmerzensschreie, aber nicht das hier. „Woher wusstest du es?"

Charlottes Augen füllten sich mit Tränen, als sie auf das Kind sah, das in ihren Armen schlief. „Als das Kind geboren wurde, fühlte ich mich auf wunderbarste Weise erfüllt. Es war anders als alles, was ich bis dahin gekannt hatte, aber ihm folgte beinahe unmittelbar ein Gefühl schweren Verlustes." Charlotte blickte zu Abigail auf. Es schien ihr nichts auszumachen, dass Tränen ihre Wangen hinunterliefen. „Ich konnte mir nicht vorstellen, warum ich mich so fühlte. Alles, was ich wusste, war, dass etwas Wichtiges aus meinem Leben verschwunden war. Ich dachte, es könnten die Nachwirkungen der Geburt gewesen sein, aber als ich sah, dass du allein bist, wusste ich, dass es Jeffrey sein musste." Charlotte umklammerte Abigails Hand. „Was ist passiert?"

Abigail beschloss, mit dem Ende zu beginnen. Es war später noch genug Zeit, den Rest zu erklären. „Er wurde von einem fremden Mann erschossen. Ich weiß nicht, wer der Mann war. Ich habe nicht einmal sein Gesicht gesehen, weil er im Schatten geblieben ist."

Eine Sekunde lang dachte Abigail, Charlotte würde sich damit zufriedengeben, aber ihre Augen verengten sich. „War Jeffrey im ‚Peg's'? Sag mir die Wahrheit."

Abigail nickte.

Charlotte schloss die Augen. Abigail sah ihr dabei zu, wie sie einmal tief durchatmete, als müsste sie ihre sich überschlagenden Gedanken ordnen. „Hat er wieder gespielt?" Sie öffnete die Augen, um Abigails Reaktion zu sehen.

„Nein, aber …"

„Etwas Schlimmeres." Es war eine Feststellung, keine Frage.

Oh, wie Abigail wünschte, Charlotte würde nicht auf der Wahrheit bestehen. Es war zu früh für sie, um alles zu hören, aber jetzt hatte sie keine Wahl mehr. Abigail würde sie nicht anlügen. „Er war in die Postkutschenüberfälle verwickelt."

Als Charlotte schauderte, rührte sich das schlafende Kind. „Ich hätte es mir denken sollen. Ich wusste, dass irgendetwas nicht stimmte, weil sich Jeffrey immer ein bisschen seltsam benommen hat, wenn jemand über die Überfälle sprach. Zu der Zeit glaubte ich, es läge daran, dass ihn die Diebstähle beunruhigten. Aber das war es ganz und gar nicht. Niemand sollte merken, dass er dafür verantwortlich war." Charlotte drückte einen Kuss auf den Kopf ihres Kindes. „Ich hätte nie gedacht, dass Jeffrey das Geld so sehr liebt, dass er dafür sterben würde."

Abigail hörte den Schmerz in der Stimme ihrer Schwester. Mehr als alles andere wünschte sie sich, sie könnte diesen Schmerz wegnehmen, aber das konnte sie nicht. Alles, was sie tun konnte, war, ein bisschen Trost zu spenden. „Jeffrey hat dich mehr als alles andere geliebt. Seine letzten Worte waren dein Name und das Wort ‚Liebe'."

Als ihre Unterlippe zu zittern begann, biss Charlotte darauf, dann sah sie zu Abigail auf. „Ich hab ihn auch geliebt." Sie zog ihre Hand zwischen Abigails Händen hervor und legte beide Arme um ihr Kind. „Alles wird gut, mein Kleines. Ich werde dir all die Liebe geben, die du brauchst."

Als Abigail eine Stunde später voller Erleichterung darüber, dass Charlotte endlich schlief, die Treppe hinunterging, saß Ethan im Wohnzimmer. Er hatte sich die Zeit genommen, seine Uniform zu wechseln und sein Gesicht sowie seine Haare zu waschen, sodass er nicht länger mit Jeffreys Blut beschmiert war. Obwohl ihm Sorgenfalten auf der Stirn standen, waren Gefühle in seinen Augen zu lesen, die Abigail nicht zuordnen konnte. Es sah aus wie Hoffnung und Besorgnis, vermischt mit irgendetwas anderem, das sie aus Angst, sich zu irren, nicht in Worte zu fassen wagte.

„Wie geht es deiner Schwester?" Obwohl Besorgnis mitschwang, enthielt Ethans Stimme keinen Hinweis auf die Zärtlichkeit, die Abigail in seinen Augen zu erkennen glaubte. Das hier war Ethan, ihr Freund, nicht mehr.

Sie verlieh ihrer Stimme einen ruhigen Klang. „Im Moment tut sie gerade so, als wäre nichts passiert. Sie hat das auch getan, als unsere Mutter starb. Es war beinahe so, als könnte sie Mama zurückholen, wenn sie sich nicht eingestand, dass sie tot war."

Dieser Zustand hatte damals nicht lange angehalten. Als sich die Taubheit verloren hatte, war Charlotte von Trauer übermannt worden. Abigail wusste, dass das auch dieses Mal passieren würde. Sie vermutete, dass die Trauer noch tiefer und intensiver sein würde als vorher, denn Charlottes Leben hatte sich im Zeitraum weniger Stunden bis zur Unkenntlichkeit verändert.

Nachdem die erste Flut von Tränen verebbt war, hatte Charlotte tief durchgeatmet. Sie zitterte nur noch leicht, als sie Abigail ihrem Neffen vorstellte. „Jeffrey und ich hatten uns noch nicht für einen Namen entschieden, aber ich ziehe David in Betracht. Ich fürchte, dass dieser Kleine in seinem Leben so einige Riesen zu bezwingen hat." Charlottes Lippen bebten und Abigail wusste, dass sie erneut den Tränen nahe war. Aber dann straffte sie die Schultern, um – wie es typisch für sie war – den Anschein von Normalität zu erwecken.

Abigail setzte sich auf den Stuhl, der sich Ethan gegenüber befand, und wartete, bis auch er sich wieder hingesetzt hatte. „Bevor sie schließlich eingeschlafen ist, hat Charlotte davon gesprochen, nach Cheyenne zu ziehen. Sie hat behauptet, hier sei kein Platz für sie."

Ethan nickte. „Was deine Schwester gesagt hat, ist wirklich wahr. Angehörige der Armee haben kein Aufenthaltsrecht in einem Fort. Wenn der Soldat stirbt, müssen sie mit sofortiger Ausweisung rechnen."

Offenbar hatte Charlotte das gewusst. Und da sie nun einmal Charlotte war, hatte sie sofort begonnen, mit den veränderten Umständen klarzukommen.

„Das scheint mir ganz schön ungerecht." Abigail blickte ins Wohnzimmer mit seiner eleganten Möblierung und fragte sich, ob Charlotte diese mitnehmen oder versuchen würde, neu anzufangen.

„Es ist nicht leicht", stimmte Ethan ihr zu, „aber so sind die Bestimmungen." Er hielt einen Moment lang inne. Wieder bildeten sich Sorgenfalten auf seiner Stirn. „Ich musste Hauptmann Westland alles berichten. Da das Fort momentan nicht überbelegt ist, konnte ich ihn überzeugen, Charlotte noch einen Monat hier wohnen zu lassen."

Es schien, als hätte Ethan in kurzer Zeit schon viel erledigt, denn zusätzlich zu seinen offiziellen Pflichten hatte er auch noch die Zeit gefunden, Charlotte zu helfen. Kein Wunder, dass Abigail ihn liebte. Er war freundlich und fürsorglich. Und obwohl er das Wort in Bezug auf sich selbst vielleicht nicht verwenden würde, war er liebevoll.

Sie schluckte schwer und versuchte, ihre überschäumenden Gefühle zu kontrollieren.

„Danke", sagte sie so ruhig, wie sie konnte. Wagte sie zu hoffen, dass Ethan sie liebte? Das tat er. Sie war sich dessen sicher. Es war allein die Natur dieser Liebe, die sie nicht kannte, und die Frage, ob er sie eingestehen würde.

„Ein Monat wird Charlotte und mir die Möglichkeit geben, Pläne zu machen." Auch hätte Abigail einen weiteren Monat, um Erinnerungen zu sammeln für den Fall, dass sie und Ethan am Ende dieser Zeit für immer auseinandergehen würden.

Ihre Worte schienen ihn zu beunruhigen, denn Ethans Lippen wurden schmaler. Er schaute weg, als würde ihm die Richtung, die ihre Unterhaltung genommen hatte, nicht gefallen. Abigail versuchte, die Hoffnung zu unterdrücken, dass er eine eventuelle Trennung genauso fürchtete wie sie, aber sie schaffte es nicht.

„Was deine Pläne anbelangt …“ Seine Stimme klang angestrengt und die Sorgenfalten, die sich zwischen seinen Augen bildeten, erinnerten Abigail daran, dass der Tag, so furchtbar er für sie gewesen war, für Ethan noch schlimmer gewesen war. Er war derjenige, der dem Tod ins Auge gesehen hatte.

Ethan starrte immer noch auf die Wand, als er wie zu sich selbst sagte: „Der Zeitpunkt scheint nie richtig zu sein.“

Abrupt wandte er sich Abigail zu. Sie sah die Bedenken in seinen Augen. Was immer Ethan sagen würde, er war sich nicht sicher, wie sie darauf reagieren würde.

Er schluckte erneut, wobei sich sein Gesichtsausdruck änderte. Die Besorgnis verwandelte sich in Hoffnung.

„Oliver hat zu mir gesagt, Damen würden ein schönes Umfeld und besondere Worte erwarten“, sagte Ethan mit einer Stimme, die von tiefen Gefühlen erfüllt war. „Ich wollte dir das geben. Ich hatte alles geplant, aber dann …“ Er hielt inne. „Dieser Abend hat alles verändert. Ich kann nicht länger warten. Dem Tod ins Auge zu sehen, hat mich begreifen lassen, dass man keine Zeit verschwenden darf. Der morgige Tag wird vielleicht nicht kommen und dann gibt es keine zweite Chance.“ Seine Lippen wurden schmaler, als er sagte: „Ich habe viele Dinge falsch gemacht in meinem Leben, aber in dem Moment, in dem ich dachte, dass ich sterben würde, habe ich nur eines bedauert. Ich wollte dich nicht verlassen, ohne dir zu sagen, was ich fühle.“

Abigail spürte, wie jubelnde Freude durch ihre Adern strömte. Obwohl Jeffreys Tod den Tag auf furchtbare Weise überschattete, war auch etwas Gutes passiert: Die Mauern, die Ethans Herz umgaben, waren verschwunden. Jetzt hatte er die Freiheit, seine Gefühle auszudrücken. Zu tief bewegt, um sprechen zu können, lächelte Abigail Ethan an und hoffte, er würde die Liebe in ihren Augen sehen können.

Er streckte seine Hände aus. Ohne zu zögern legte Abigail ihre Hände in seine. Endlich glättete sich seine Stirn und seine Lippen formten sich zu einem Lächeln. Seine Hände waren warm und beruhigend, sein Lächeln so, wie sie es oft geträumt hatte. Wenn Träume wahr wurden, würde er bald die Worte sagen, die sie so gerne hören wollte: *Ich liebe dich.*

Ethans Lächeln verblasste ein wenig, als er sagte: „Ich weiß, dass du den Westen und das Leben in der Armee nicht leiden kannst, aber es gibt keine andere Möglichkeit. Ich schulde der Armee ein weiteres Jahr. Wirst du auf mich warten?“

Das waren nicht die Worte, die sie erwartet hatte.

„Warten worauf?“ Abigail würde nicht den Fehler machen, einfach davon auszugehen, dass sie wüsste, was Ethan meinte. Obwohl der Blick in seinen Augen, ein Blick, der ihren eigenen widerspielte, von Liebe sprach, musste sie diese Worte hören. Warum wollte er sie nicht aussprechen?

Ethan rollte mit den Augen. „Jetzt geht das schon wieder los. Immer zäume ich das Pferd von hinten auf. Das ist deine Schuld, weißt du? Ich war nie so, bevor ich dich getroffen habe.“ Er verstärkte den Griff um ihre Hände. „Ich liebe dich, Abigail. Ich liebe dein Lächeln, dein freundliches Wesen, deine impulsive Art. Ich liebe alles an dir.“ Ethan hielt inne. Sie spürte, dass der tapfere Mann, der dem Tod ins Auge gesehen hatte, ohne mit der Wimper zu zucken, Angst vor ihrer Antwort hatte. „Ist es möglich, dass du mich liebst?“

Ihr Traum war wahr geworden. Während ihr Herz vor Glück überquoll, lächelte Abigail den Mann an, den sie so sehr liebte. Sie hatte sich nach den drei besonderen Worten gesehnt und Ethan hatte sie ihr gegeben. Nicht einmal, sondern dreimal. Und als ob das nicht genug gewesen wäre, hatte ihr die Angst, die sie kurz gesehen hatte, die Tiefe seiner Liebe gezeigt. Ethan liebte sie. Er liebte sie und jetzt, jetzt endlich konnte sie ihm von ihrer eigenen Liebe erzählen.

„Natürlich liebe ich dich.“ Abigail verlieh ihren Worten all die Gewissheit, die sie besaß. Ethan sollte niemals daran zweifeln, wie sehr sie ihn liebte. „Ich denke, ich habe dich von dem ersten Moment an geliebt, in dem ich dich sah, obwohl ich es zu der Zeit noch nicht erkannt habe. Ich dachte, Gott hätte mich nach Wyoming gebracht, um Charlotte zu helfen, aber als die Wochen vergingen, schien es, als hätte er noch mehr für mich bereit. Jetzt weiß ich, was es war. Er brachte mich zu dir.“

„Und er hat dich benutzt, um mir zu zeigen, was Liebe ist.“ Ethan erhob sich und zog Abigail auf ihre Füße. „Wirst du mein Leben vervollständigen? Wirst du mich heiraten, wenn meine Zeit bei der Armee vorbei ist?“

Darauf gab es nur eine mögliche Antwort. „Nein."

Abigail sah die Fassungslosigkeit auf seinem Gesicht. „Nicht? Ich verstehe nicht. Wenn du mich liebst, warum wirst du mich dann nicht heiraten? Willst du nicht?"

Wieder gab es nur eine Antwort. „Ich will dich sehr wohl heiraten, Ethan. Mehr als alles andere."

Seine Verwirrung war köstlich. Abigail musste ein Lachen unterdrücken und wusste, dass sie ihr Leben lang von diesem Moment sprechen würden.

„Warum hast du mich dann abgewiesen?"

„Es war nicht der Antrag, den ich abgewiesen habe; es war der Zeitpunkt. Warum sollten wir ein Jahr lang warten?"

„Weil du das Armeeleben hasst. Ich will unsere Ehe nicht in dem Wissen beginnen, dass du unglücklich bist."

„Oh, du Dummkopf." Abigail lächelte, um ihren Worten den Stachel zu nehmen. „Wie könnte ich unglücklich sein, wenn ich mit dir zusammen bin? Das Einzige, was mich unglücklich machen könnte, wäre die Aussicht, von dir getrennt zu sein. Ich liebe dich, Ethan. Ich will den Rest meines Lebens als deine Frau verbringen … und jetzt damit anfangen."

Ethans Lächeln reichte fast von einem Ohr zum anderen. „Das ist die Abigail, die ich liebe: eigensinnig und impulsiv, mit einem Herzen, das größer ist als ganz Wyoming. Ich würde dich gar nicht anders haben wollen."

Nachwort

Liebe Leserinnen, liebe Leser,
eine der Fragen, die mir oft gestellt werden, ist die Frage nach der Inspiration für meine Bücher. Die Antwort ist dieses ach so frustrierende „Das hängt davon ab". Und das tut es auch. Jedes Buch ist anders als alle anderen.

Sie müssen wissen, dass ich gern und viel reise, und so wurde auch *Der Sommer, der so viel versprach* durch eine Reise inspiriert. Ich war schon immer von den Pionieren fasziniert, die in Planwagen in den Westen reisten. Welches Ausflugsziel könnte sich also besser eignen als Fort Laramie, der Ort, an dem all diese Wagenkolonnen anhielten, um auszuruhen und ihre Vorräte aufzufüllen, bevor sie die Rocky Mountains überquerten?

Zu der Zeit, als ich die Fahrt plante, hatte ich nicht die Absicht, dort ein Buch spielen zu lassen. Es war einfach eine Möglichkeit, um der nicht enden wollenden Arbeit zu entkommen, die mit einem Umzug in ein neues Haus verbunden war. Aber die Inspiration schlägt zu, wenn man es am wenigsten erwartet.

Als wir im Fort ankamen, überraschten mich mehrere Dinge. Zunächst einmal sah es nicht so aus wie das Bild, das ich von einem Fort hatte. Es gibt keine Umzäunung um die Garnison herum. Stattdessen ist sie offen und scheinbar ungeschützt. Die zweite Überraschung war, dass die Gebäude nicht meinem Bild von einem Armeebau entsprachen. Die Kasernen und die Offiziersunterkünfte waren aus einer Vielzahl von Materialien hergestellt. In Kombination mit dem zentralen Paradeplatz ließen sie das Fort wie ein Dorf in New England aussehen. Die dritte Überraschung war, dass der Ort, obwohl es sich einst um Militärgebiet gehandelt hatte, auf mich einen so friedlichen Eindruck machte. In anderen Worten: Es war nicht das, was ich erwartet hatte.

Hätte mich jemand vor meinem Besuch in Fort Laramie aufgefordert, ein Buch zu schreiben, das dort spielt, hätte ich mir eine Szenerie überlegt, die sich während der großen Einwanderung ereignen würde und in der die Heldin Teil eines Planwagenzuges wäre. Aber als ich im Fort herumlief und mehr über seine Geschichte erfuhr, faszinierten mich seine letzten Tage. Während des letzten Jahrzehnts seiner Existenz (den 1880er-Jahren) sah Fort Laramie keine Kriege und auch nicht sehr viele Konflikte. Stattdessen war es ein Ort, wo Offiziere in relativem Luxus lebten, wo ihre Frauen Teenachmittage und Bälle abhielten und wo der Paradeplatz Gaslichter und Vogeltränken vorzuweisen hatte.

Ich war begeistert. Und so hatte ich nach einem einzigen Nachmittag, an dem ich nur ein bisschen Erholung erwartet hatte, den Anfang eines Buches.

Mit den besten Wünschen
Amanda Cabot